그림과 공연

중국의 그림 구연과 그 인도 기원

Painting and Performance : Chinese Picture Recitation and Its Indian Genesis

지은이 빅터 메어(Victor H. Mair)는 펜실베이니아대학 동양학과 중국학 전공 교수이다. 1976년 하버드대학 중문과에서 박사학위를 취득하였으며, 그곳에서 강의를 맡기도 하였다. 다트머스대학에서 영문학 학사 학위를 런던대학 아시아 아프리카 학부에서 중문학 학사 학위를 각각 받았다. 지난 10년간 메어는 불교 민간서사인 변문 연구에 몰두하였다. 변문이 발견된 돈황에 네 차례 다녀왔으며, 돈황 문서가 소장되어 있는 대표적인 네 곳(파리, 런던, 레닌그라드, 북경 그리고 대북)을 모두 방문하였다. 메어는 주로 중국-인도, 중국-이란 문화 교류에 관한 강의를 해왔으며, 이런 주제에 관하여 폭넓은 출판활동을 하여왔다. 최근작으로는 『돈황 민간 서사』와 『당 변문』이 있다. *이 지은이 소개는 *Painting and Performance* 권말에 있는 내용을 그대로 옮긴 것임. 이 저서가 출간된 1988년 이후의 활동상은 역자 해제를 참고하기 바람.

옮긴이 김진곤(金震坤)은 한밭대학교 중국어과 교수이다. 1996년 서울대학교 중문과에서 중국 고전소설 연구로 박사학위를 취득하였다. 중국 역사소설의 성립과 전개 과정에 관심이 많으며 더불어 중국 역사서사의 유형과 특질에 관하여 공부하고 있다. 『중국 고전문학의 전통』(공저), 『이야기, 小說, Novel』, 『강물에 버린 사랑』, 『중국백화소설』 등의 저역서를 발표하였다.

옮긴이 정광훈(鄭廣薰)은 한국외대 중국어과를 졸업하고 북경대학 중문과 박사과정을 수료했다. 돈황(敦煌) 변문(變文)에 관한 연구로 석사학위를 받았으며, 지금은 문인 서사와 통속 서사를 포함한 당대(唐代) 스토리텔링 전통을 주제로 박사논문을 집필 중이다. 허구와 사실의 경계를 넘나드는 고대 중국의 짤막한 이야기들을 좋아하며, 『중국문화사전』, 『맹자 교양강의』 등 중국 고전과 문화에 관한 몇 권의 책을 번역했다.

그림과 공연 Painting and Performance – 중국의 그림 구연과 그 인도 기원

1판 1쇄 인쇄 2012년 10월 5일 **1판 1쇄 발행** 2012년 10월 10일

지은이 빅터 메어 **옮긴이** 김진곤 · 정광훈 **펴낸이** 박성모 **펴낸곳** 소명출판
등록 제13-522호 **주소** 137-878 서울시 서초구 서초동 1621-18 (란빌딩 1층)
대표전화 (02) 585-7840 **팩시밀리** (02) 585-7848
이메일 somyong@korea.com **홈페이지** www.somyong.co.kr

ISBN 978-89-5626-742-5 93820 값 35,000원, © 2012, 한국연구재단

이 번역도서는 2009년 정부재원(교육과학기술부 학술연구조성사업비)으로 한국연구재단의 지원에 의하여 연구되었음.

컬러도판 1 변 그림 두루마리(일부), P4524. 반디에르-니꼴(Vandier-Nicole)의 복제본에서 인용. 국립 도서관(Bibliothèque Nationale), 파리. 이 책의 210쪽을 볼 것.

컬러도판 2 손풍금 그리고 두 명의 조수와 함께 정열적인 공연을 펼치는 그림 이야기 구연자. 남자 조수는 인쇄본 텍스트를 판매하려고 고 있다. 초기 기도서에서 발췌한 작자 미상의 작품 가운데 일부. 뮌헨 귄터 뵈머 캘렉션. 아이쉴러, 『독일의 그림 이야기 구연 밴클장과 리타트*Bänkelsang und Moritat*』, 53쪽에서 인용.

도판 3 엉터리 약을 파는 사람과 칸타스토리에*cantastorie*(역주 : 이야기구연자 혹은 민요가수)가 긴밀히 결합하여 일하고 있다. 1830년
의 칼라 석판화. 피안타니다(Piantanida), 「치아를라타니(Ciarlatani)」, 248쪽.

컬러도판 4 1832년, 밴클장 가수와 그 일행이 바젤의 나델베르그에서 공연하는 장면. 하이로니무스 헤스(Hieronymus Hess) 그림. 이 이쉴러, 『독일의 그림 이야기 구연 밴클장과 모리타트』, 권두화에서 인용. 더 많은 정보를 알고자 한다면 본서에 실린 그림 70a와 b를 참고할 것.

러도판 5 보뻐가 스틱 지터를 연주하면서 춤을 추고 있다. 그의 조수, 램프를 들고 있는 여인이 옆에서 바라보고 있다.

컬러도판 6 와카야마현 도조사(道成寺)의 현대 에토키 공연. 카즈오 도쿠다 제공.

컬러도판 7 · 8 자바라(Zavāra)의 맛지드-이 주마(Masjid-i Juma')에서 공연하는 이란의 파르다-다르. 사무엘 피터슨 촬영.

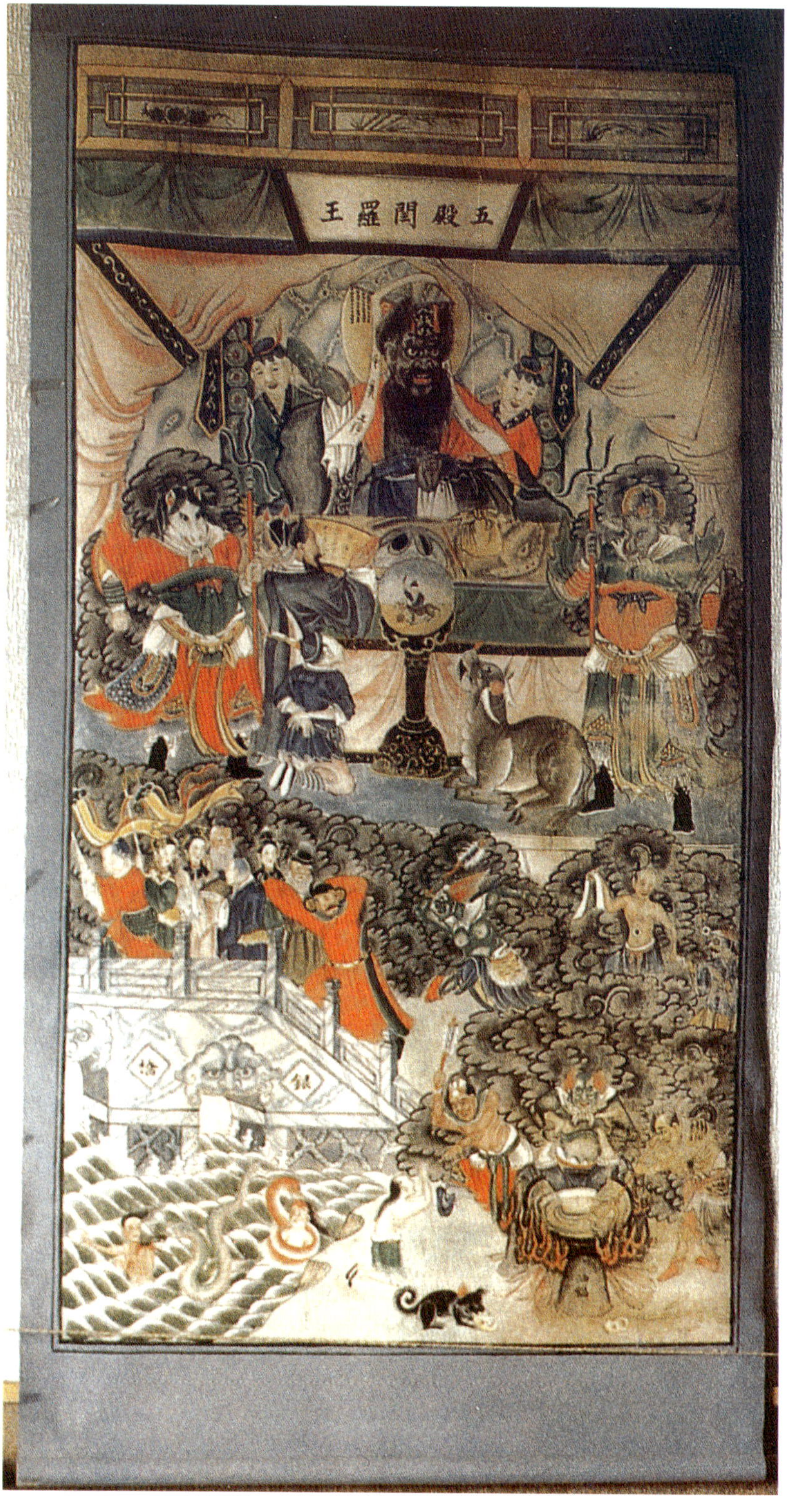

컬러도판 9 하북성(河北省) 창현(滄縣)의 보권 공연에서 사용되었던 10세트 水陸 두루마리 가운데 한 세트. 李世瑜와 폴 코헨 제공. 이 책의 63쪽을 볼 것.

그림과 공연

중국의 그림 구연과 그 인도 기원

Painting and Performance

빅터 메어 지음
김진곤 · 정광훈 옮김

소명출판

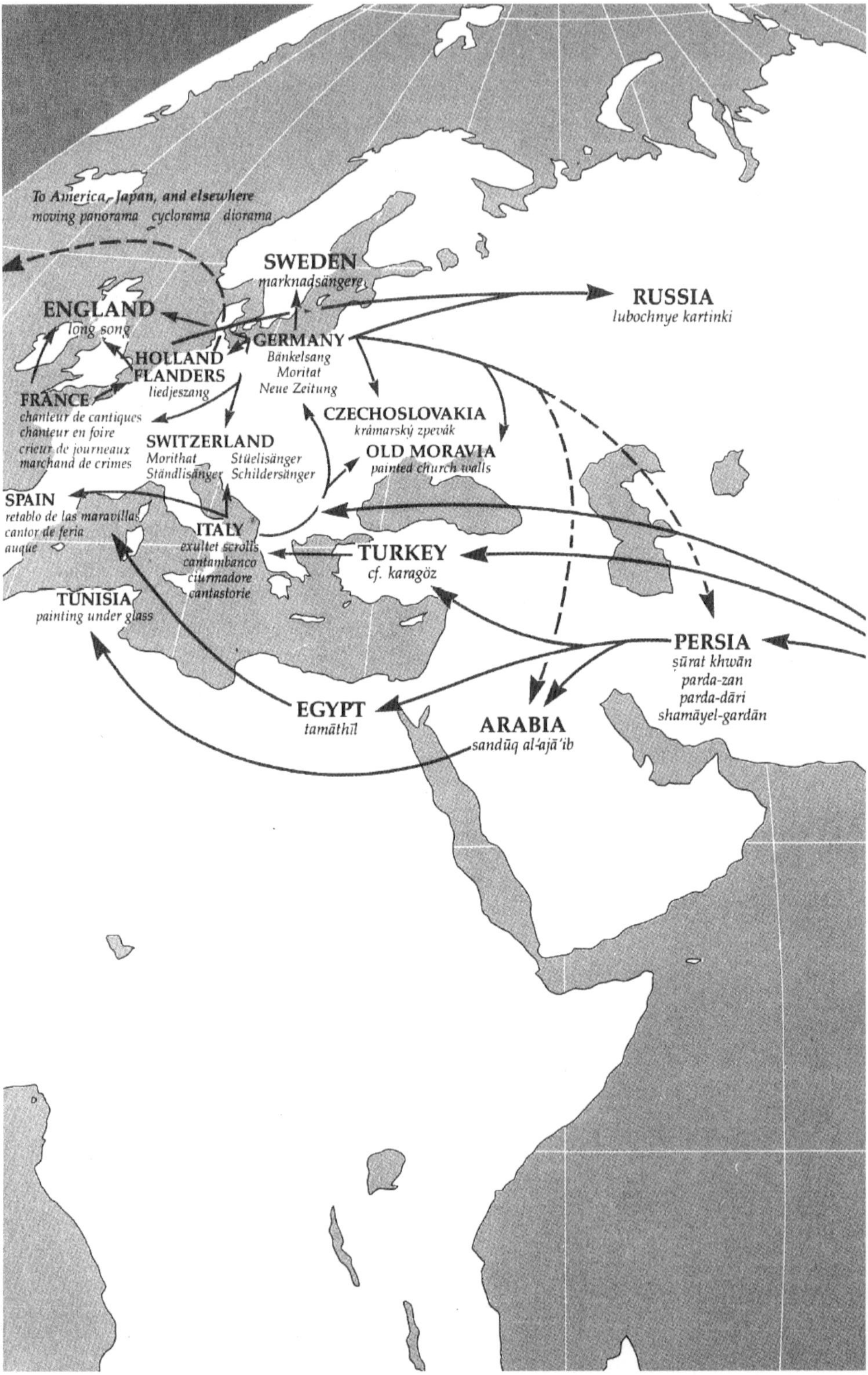
To America, Japan, and elsewhere
moving panorama cyclorama diorama
SWEDEN
marknadsängere
RUSSIA
lubochnye kartinki
ENGLAND
long song
GERMANY
Bänkelsang
Moritat
Neue Zeitung
HOLLAND
FLANDERS
liedjeszang
FRANCE
chanteur de cantiques
chanteur en foire
crieur de journeaux
marchand de crimes
CZECHOSLOVAKIA
krámarský zpevák
SWITZERLAND
Morithat
Ständlisänger
Stüelisänger
Schildersänger
OLD MORAVIA
painted church walls
SPAIN
retablo de las maravillas
cantor de feria
auque
ITALY
exultet scrolls
cantambanco
ciurmadore
cantastorie
TURKEY
cf. karagöz
TUNISIA
painting under glass
PERSIA
ṣūrat khwān
parda-zan
parda-dāri
shamāyel-gardān
EGYPT
tamāthīl
ARABIA
sandūq al-'ajā'ib

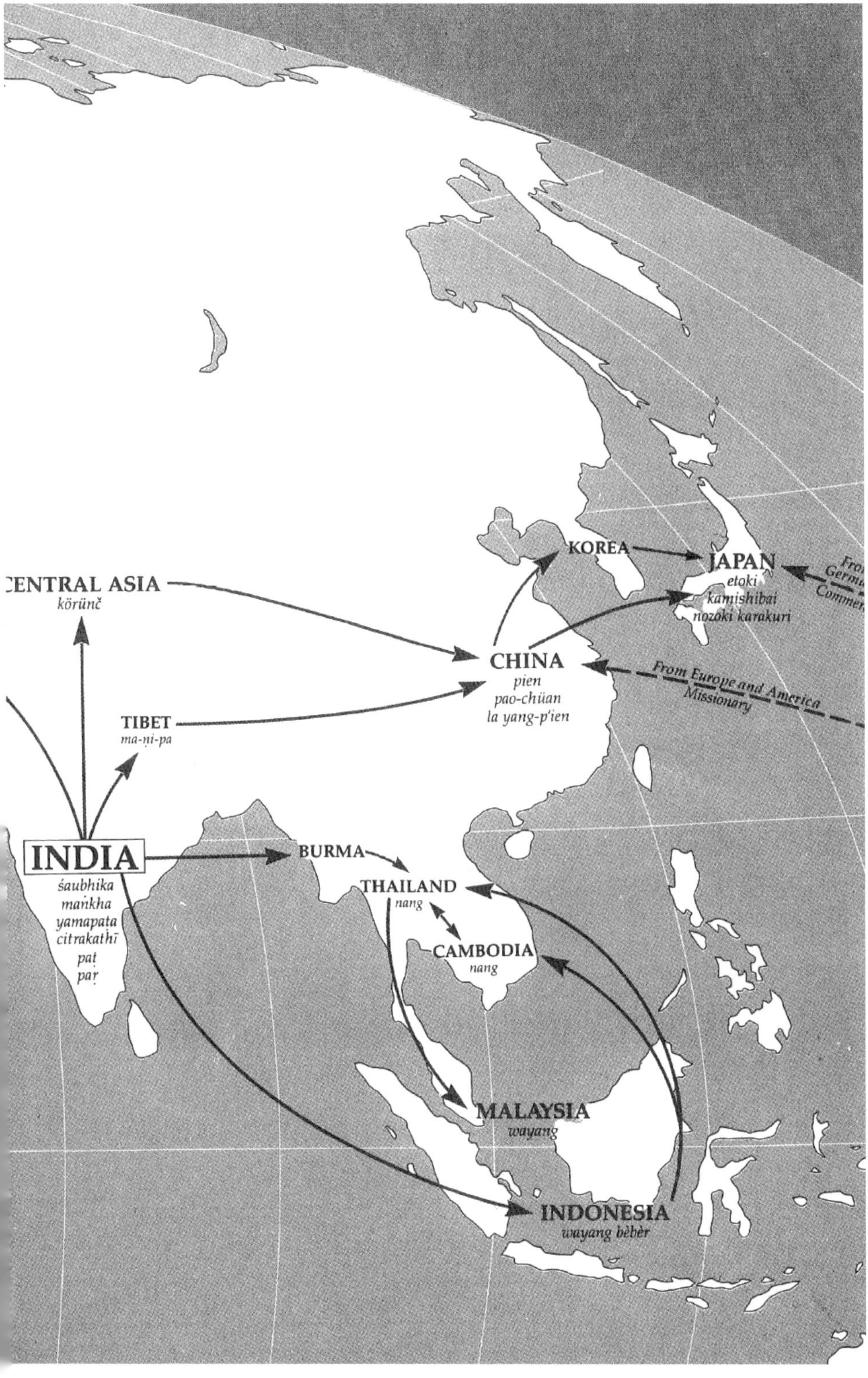

CENTRAL ASIA
körünč
TIBET
ma-ṇi-pa
INDIA
śaubhika
maṅkha
yamapaṭa
citrakathī
paṭ
paṛ
KOREA
JAPAN
etoki
kamishibai
nozoki karakuri
CHINA
pien
pao-chüan
la yang-p'ien
From Europe and America
Missionary
BURMA
THAILAND
nang
CAMBODIA
nang
MALAYSIA
wayang
INDONESIA
wayang bèbèr

Wayang bèbèr scroll. *Archives Internationales d'Ethnographie*, 16 (1903), taf. 18.2.

옮기고 나서

돌이켜 보면 겹겹의 인연이 이 책을 번역하게 만들었던 것 같다.

중국 서사문학을 같이 공부한 인연이 있는 정광훈 선생이 나에게 빅터 메어 선생님의 『그림과 공연』을 우리말로 옮겨보자고 연락해온 게 2009년 6월 중순 무렵이었다. 당시 그는 북경대학에서 변문을 중심에 놓고 당대 서사문학 전반의 특성에 관한 주제로 박사논문을 준비하는 중이었다. 이 책을 읽은 것은 고사하고 이름조차 모르고 있었던 나였지만 변 공연 역시 그림을 걸어놓고 그 그림을 설명하는 방식으로 이루어지기도 하였으니 중국 서사문학 관련 연구서이겠거니 하고 지레짐작하고는 별다른 고민 없이 그의 제안을 흔쾌히 받아들였다. 그러나 나중에 그가 책을 보내왔을 때 나는 너무도 당황스러웠다. 예상과는 전혀 다르게 이 책은 변 공연에 대한 친절한 설명을 담은 책이 아니었다. 이 책은 전 세계의 그림 혹은 그림자 인형을 이용한 이야기 구연의 기원과 역사 그리고 공연 양상을 다루면서 그 기원으로 인도의 그림 이야기 구연을 제시하고 있었다. 이 책이 전 세계의 그림 이야기 구연의 역사와 양상을 다루다보니 빅터 메어 선생님이 한국어판 서문에서 밝힌 것처럼 너무도 많은 언어들, 영어, 불어, 독어, 네덜란드어, 이탈리아어, 산스끄리뜨어, 티베트어, 위구르어, 중국어, 일본어, 인도네시아어 등이 곳곳에서 등장하여 그 언어에 기가 질렸을 뿐더러 그 언어들이 사용되는 다양한 지역들의 역사적, 지리적, 인문적 배경에 압도되어 번역 작업을 같이하겠다고 약속한 것을 물리고 싶을 정도였다. 그러나 박사논문을 준비하면서 짬짬이 이 책의 "Introduction(이끄는 말)"을 번역하고 그 파일을 나에게 보내준 그의 얼굴이 자꾸 떠올라 차마 뱉어낸 말을 주워 담을 수는 없었다. 이게 내가 이 번역 작업을 시작하게 된 첫 번째 인연이었다.

나는 90년대 중후반에 중국의 서사문학 그 가운데에서도 소설이라는 장르를 공부하면서 기이하고 짧은 귀신이야기나 역사적 인물을 둘러싼 짧은 일화들, 장터에서 걸쭉한 입담으로 구성지게 들려주었을 법한 이야기들부터 장편역사소설이나 모험담, 인간의 존재 의의를 가족의 틀 안에서 고민하는 작품 그리고 요즘 중국에서 창작되고 유통되는 소설 작품들을 꿰어볼 수 있는 실마리가 뭐 없을까 고민하게 되었다. 그때 정사를 비롯한 중국의 역사서에서 훈련된 기록전통이 기이한 풍물이나 기이한 사건과 만나면서 소설이라는 장르가 탄생되었을 것이라는 케네스 드워스킨(Kenneth J. DeWoskin)의 논문과, 소설의 등장을 픽션의 등장과 같은 개념으로 보고 중국소설의 등장은 중국에서의 픽션 개념의 등장이란 말로 치환될 것이며, 중국에서의 픽션 개념은 자생적 개념이 아니라 유입된 개념이며 그 개념은 인도의 환상(마야(māyā)) 관념을 받아들여 중국화한 것이라는 주장을 편 빅터 메어(Victor H. Mair)의 논문을 같이 읽게 되었다. 그때 나는 처음으로 빅터 메어 선생님을 알게 되었다. 2001년 이런 식으로 읽은 논문들을 우리말로 옮기고 내 나름의 해설도 붙이고 하여 『이야기, 小說, Novel』이라는 책을 엮어내었다. 나는 빅터 메어 선생님 하면 해박하다, 인도 그리고 불교에 대한 사랑이 느껴진다, 대담한 가설을 세우고 그 가설을 입증하기 위하여 최대한 자료를 긁어모아 조리를 잘 맞춘다, 이런 인상을 갖게 되었다.

그리고 다시 8년여의 세월이 흘러 정광훈 선생의 제안으로 빅터 메어 선생님을 또 만나게 되었다. 1990년대 중후반에서 2001년에 걸친 만남과는 약간의 다름이 있었다. 한 편의 논문이 아니라 한 권의 저서로 만난다는 차이, 이 책이 다루는 공간적 시간적 영역이 이전에 번역하였던 한 편의 논문과는 엄청나게 다르다는 차이와 같은 외재적 요인에서 말미암은 차이도 있었고, 번역이라는 형식을 빌어 내 공부의 미진함을 변명하는 게 과연 정당할까 하는 내재적 자책에서 말미암은 차이도 있었다. 췌언이긴 하나 내가 서양 학자들의 글을 몇 편 번역하게 된 것은 눈으로 쓱 읽어보고선 바로 그 논문의 요지를 잡아낼 정도로 내가 영민하지는 못하니 기왕에 읽을 거라면 좀 더 꼼꼼하게 읽어야겠구나 하는 생각과 기왕에 내가 꼼꼼하게 읽고자 한다면 여기서 한 걸음 더 나아가 우리말로 옮겨 발표하면 다른 사람들이 읽을 때 조금이라도 편할 수 있겠지 하는 생각이 겹쳤기 때문이었다. 그러나 번역을 하다 보니 나름 그들이 써낸 논문 혹은 저서가 주는 이론적 탄탄함이나 주장의 대담함 뭐 그런 요인들이 나로 하여금 주눅 들게 한 바도 있어, 내가 나 자신에게 이런 정도의 글을 직접 쓰지 못할 거라면 기왕에 발표된 외국의 업적을 차분하게 읽고 우리말로 옮기는 게 더욱 바람직할 수 있는 것 아닌가 하고 스스로를 합리화하였던 듯하다. 써낼 용기 없음을 그저 부지런함이나 정성이란 요소로 만회하고자 하는 약간은 우직하거나 혹은 반대로 기만적인 전략이 작동했던 것 아닌가 한다. 그러다 보니 내 언어로 내 생각을 하지 못하고, 다른 사람의 생각을 내 언어란 외피를 입혀 되새김질하고 있는 나를 발견하게 되었다. 역자 후기를 빌어 속내를 내비치는 김에 한 마디 더 하자면 '조금만 더 준비하고 나서', '조금만 더 다지고 나서'라는 식으로 나는 나에게 속삭여왔는데, 나는 지금도 뭔가를 다지기만하고 있거나, 다지고 있다고 그저 믿어버리고서 내 말로 내 생각을 펴지 못하는 처지를 깨닫고 있지 못하는 모양인지도 모른다. 이제는 은퇴한 패트릭 하난(Patrick Hanan) 선생님은 무언가를 연구할 때 먼저 해당 작품을 영역하고서 그에 관련한 논문을 발표하고 이를 모아 연구서를 상재하는 선순환을 보여주었다. 예컨대, 이어(李漁)를 연구할 때는 『육포단』, 『무성희』 같은 작품들을 영어로 번역하여 출간하였다. 그런데 나는 중국문학자들의 연구대상이 되는 작품을 번역하는 것도 아니고 그 연구자들의 성과를 찔끔찔끔 번역하고 있는 것이니 두 걸음 정도는 떨어진 곳에서 장막을 사이에 두고 타인의 해설을 부지런히 받아적고 있는 듯한 느낌 또한 들었다. 세월의 두께도 무시할 수 없는지라, 메어 선생님의 이 책은 45세 되는 해에 상재한 것인데 이제 나는 그보다 더 나이가 들어버렸구나 하는 별로 본질적이지도 아니한 상념 또한 들었다.

이런 상념에 사로 잡혀 있을 때 빅터 메어 선생님을 직접 만날 기회가 생겼다. 책을 보다가 사람을 만나고 싶었는데 참 잘 되었다. 메어 선생님이 2010년 11월 28일 한국을 방문하게 되었다. 고려대학교 민족문화연구원의 국제 돈황 프로젝트(International Dunhuang Project) 서울 센터 개소식 행사에 초대받은 메어 선생님이 한국에 머무는 일주일 동안 인사동이나 비원도 같이 구경하고 이런저런 이야기를 나눌 기회를 가졌다. 더불어 공식행사 이후에는 전홍철 선생님의 후의로 전주에서 판소리도 같이 볼 기회도 가졌다. 이때 나는 메어 선생님이 하버드대학에서 중문학을 공부하게 된 계기가 장학금 때문이라든가, 다트머스대학 재학 시절에는 농구선수로 활약하였는데 나중에 유명한 프로농구 선수가 되었으며 정치가로 변신한 빌 브래들리(Bill Bradley)와 상대한 적이 있다는 일화, 불교와 인도를 사랑하여 대학을 졸업하고서 2년 동안 네팔에서 평화봉사단원으로 활약하였다는 것 그리고 『그림과 공연』의 헌사는 자신의 아내와 장모를 위하여 쓴 것이며 그 한자표기가 (張)立青과 王秀芝라는 것, 인도를 사랑하여 자신의 아들에게 끄리슈나라는 이름을 지어 주었다는 것, 이제는 저 세상으로 멀리 떠난 아내를 위하여 계속 수염을 기르고 있다는 그래서 아마도 평생 수염을 자르지 않을지도 모른다는 것 등등.

빅터 메어 선생님이 마흔 다섯에 쓴 책을 우리말로 옮기느라 낑낑대는 내 모습에 내 스스로가 의기소침해하고 있었다가 선생님을 직접 만나 그의 휘날리는 수염을 본 느낌은 나에게 무척이나 강렬한 인상을 남겨주었나 보다. 선생님은 일흔을 바라보는 나이에도 세계를 누비며 왕성하게 강연과 연구 활동을 하고 있구나. 1986년부터 Sino-Platonic Papers라는 시스템을 운영하기 시작하여 현재는 http://www.sino-platonic.org라는 사이트로 전환하여 운영하며, 중국학 관련 에세이, 논문 등 다양한 논저를 제공하고 있구나. 하여 이 사이트에는 사계의 연구자들이 자유롭게 자신의 작업 결과를 게재할 수 있으며, 2012년 3월 현재 총 217개의 아티클이 올라있다고 하지 않는가. 그렇다면 선생님은 이 책『그림과 공연』을 상재한 이후에도 25년 정도를 더욱 힘차게 공부하였던 것 아닌가 하는 마음이 절로 들었다. 25라는 숫자는 나에게 지금 이 나이에도 나는 번역이나 하고 있구나 하는 생각을 할 게 아니라 이 책을 제대로 읽어내고 그런 다음 내 모국어로 풀어내는 기본적 훈련은 나이와 상관없이 값진 것이라는 걸 다시금 인정하게 만들기도 하였다. 메어 선생님 역시『당 변문』이란 저서를 상재하기 전에 분석 대상이 되는 변문 작품을 먼저 영어로 번역하고 수많은 전적을 참고하여 주석을 달아 출판하지 않았던가. 그러므로 나는 번역이나 하고 있는 것이라는 자괴감을 가질 것이 아니라, 번역도 하되, 번역에만 안주하지 말아야 한다는 자기각성이 필요할 것이라는 생각이 들었다. 누군가의 저서를 보고서 그가 몇 살 때 출간한 것인지를 먼저 확인하고 내 나이를 대입해보는 그런 얄팍함에서 벗어나야겠다는 생각을 하였다. 메어 선생님과의 직접 만남이 준 선물이었다. 이것이 이 책을 번역하면서 만든 두 번째 인연이었다.

두 번째 인연이 준 깨달음의 덕분으로 이 번역은 외려 더 많은 시간을 잡아먹게 되었다. 처음 번역할 때 나는 영어, 중국어, 일본어를 제외하고 다른 언어는 가급적이면 원어를 그대로 노출하거나 우리말 발음표기를 부기하여 주되 그 의미를 해석하여 줄 필요까지는 없겠다 하는 생각을 하였다. 위에 밝힌 세 가지 외국어 외에는 내가 자신 있게 할 수 있는 외국어가 없는 형편에서 출발하여 기왕에 이 책이 전문적인 학술서적이니 연구자들이 읽으면서 알아서 찾아보지 않겠는가 하는 생각이 들었기 때문이었다. 그러나 나의 이런 생각은 너무도 안이한 생각이 아닐까 하는 반성이 되었다. 내가 번역한 책을 읽어볼 연구자들이 알아서 찾아볼 거라는 생각을 약간 과장되게 확장하면 결국 번역 자체가 설 자리가 없어지는 것 아닌가. 그냥 원문 그대로 읽어보면 될 것이므로 말이다. 그래서 생각을 고쳐먹었다. 뭐든 번역할 수 있는 건 다 번역해보자. 참고문헌이든 그림 설명이든 가리지 말고 말이다. 어차피 내가 번역한다는 것의 의미는 한국에서 이 책이 다시 번역될 수 있는 기회를 말살하는 것이 되므로 내가 철저하게 번역하지 않는다면 그것은 죄를 짓는 것이 아닐까 하는 생각이 들었다. 주위의 분들에게 물어보고 인터넷으로 검색하면서 낑낑대는 그 순간은 힘들었으나 끝내고 나니 뿌듯했다. 물론 내가 낑낑대었다고 해서 그 번역의 질이 자동적으로 보장되지 않는다는 것은 냉정한 현실이다. 그래도 우리말로 이 책의 모든 걸 다 옮겨내고 색인표에 올려보았다.

이 과정에서 나에게 세 번째 인연을 허락해주신 분들이 많다. 그 가운데에서 먼저 인도 전문가이신 이재숙 선생님께 받은 은혜를 드러내고 싶다. 일면식도 없는 내가 불쑥 메일을 보내 내가 번역한 원고의 인도어 표기를 검토하여 달라고 부탁드렸을 때 본인이 직접 번역한 『나띠야샤스뜨라』에 실려 있는 산스끄리뜨어 표기표를 소개하여 주셨고, 내 번역본에 나오는 수많은 산스끄리뜨어 표기를 일일이 읽고 수정하여 주셨다.

특히 이재숙 선생님께서는 번역문 가운데 인도어 표기가 나올 때마다 관련 사항을 메모하여 나에게 메일로 보내주시는 친절을 베풀어주셨다. 예를 들자면 이런 식이다. "인도어 자음에는 d / dh처럼 'h'(기음)가 들어간 독립된 자음 소리들이 많은데, 우리말로 옮길 때 이 차이를 옮기기 쉽지 않으므로 d / dh를 돗(d)따 / 다(dh)르마처럼 같이 씀. ex) Mahābhārata(bh) → 마하바라따, Kolhapur(lh) → 꼴라뿌르, Sutradhara → 수뜨라다라, Kalighat → 깔리가뜨, khyal(kh)가 하나의 독립자음이므로 '크야'로 나눌 수 없음 → 키얄." 이 책에 등장하는 수많은 인도어가 나름 체계를 잡아 한국말로 표기될 수 있었던 것은 모두 이재숙 선생님의 가르침 덕분이다. 그 가르침이 없었더라면 이 책의 인도어 표기는 그저 원서에 나오는 알파벳을 영어식으로 읽는 데에서 그치고 말았을 것이다. 이재숙 선생님께 고마운 마음뿐이다.

이 책의 번역 작업에 관심을 가지고 격려해주셨으며 특히 외국어 우리말 표기가 공식적인 표기 원칙, 국립국어원에서 공표한 원칙에 준하여 일관되게 표기되어야 함을 강조하고, 중국어는 고대와 현대를 막론하고 현지음 표기 원칙을 따르는 게 좋겠다는 조언을 해주신 조관희 선생님께 감사한다. 다만, 나는 중국어의 우리말 표기를 현지음 중심으로 하는 것에 대하여서는 아직 흔쾌히 동의하지 못하는 편이라 선생님의 충고에 전적으로 따르지는 아니하였다. 서경호 선생님께 감사한다. 나의 박사논문을 지도해주셨던 선생님께서는 특히 이 책 번역 원고의 초고를 읽고서 일일이 문제점을 지적하여주셨다. 선생님의 필체를 확인하면서 내 실수를 바로잡는 과정은 부끄러움보다는 즐거움의 과정이었다. 전홍철 선생님께 감사한다. 돈황학에 대한 끊임없는 열정으로 돈황학회를 조직하고 내 번역 작업의 무언의 후원역할을 맡아주셨다.

서두에서 밝혔다시피 이 책의 번역 작업의 물꼬를 틔워준 사람은 정광훈 선생이다. 그가 나에게 이 책을 소개해주었고, 이끄는 말 부분과 제1장과 5장을 말끔하게 번역하여 내가 그에 힘입어 나머지 부분을 번역할 수 있게 했을 뿐만 아니라 이 책의 의의와 특징을 먼저 정리하여 나에게 설파해주었다. 내가 번역한 제2장, 3장, 4장 그리고 그림 설명 부분이나 참고문헌 부분을 읽고서 문제점을 지적하여주고 바른 번역을 제시하여 준 사람도 바로 정광훈 선생이다. 번역의 초고가 마무리되고 난 다음 후속 작업이 시작될 무렵부터는 그가 박사학위 논문을 완성하여야 했기에 어쩔 수 없이 내가 주로 작업을 맡아 하였다. 하지만 나 혼자의 작업 과정은 그의 역할이 얼마나 컸는지를 확인하는 과정이었을 뿐이다. 광훈에게 고맙다는 말을 거듭 전하고 싶다.

이 책의 번역 작업은 한국연구재단의 동서양명저번역과제 지원 사업에 선정되어 완성될 수 있었다. 사실 번역 작업 그 자체보다는 그에 이어지는 출판의 과정이 더욱 걱정스럽다는 현실이 한국에서 이런 종류의 책을 번역하는 자가 떠안는 고민거리이다. 연구재단의 지원 사업에 선정되어 어느 출판사에게 어떻게 부탁하여야 하나 하는 부담을 덜었다. 그래서 너무도 즐겁게 번역할 수 있었다. 연구재단에서 번역과제 지원 사업을 담당하는 분들과 이 즐거움을 함께 나누고 싶다. 원고를 다듬어 책답게 만들어준 소명출판 식구들에게 고맙다. 특히, 나에게 연락도 해주고 책답게 출판하기 위하여 내가 무엇을 해야 하는지 알려주고 독려해준 윤종욱 선생님께 고마운 마음을 전하고 싶다.

이런 인연이 켜켜이 쌓여 이 책이 빛을 보게 되었다. 그 모든 분들에게 감사, 그 분들이 나에게 주신 인연의 끈에 감사한다. 이 책을 그분들에게 바친다.

2012년 9월 김진곤

해제 같음과 다름, 주고받기와 독창성 사이에서 자리 잡기

빅터 메어(Victor H. Mair)와 그림과 공연*Painting and Performance*

1. 저자 빅터 메어(Victor H. Mair)에 대하여

『그림과 공연*Painting and Performance*』의 저자 빅터 메어(Vcitor H. Mair)는 1943년생으로, 다트머스대학에서 수학하고, 2년 동안 네팔에서 평화봉사단 활동을 마친 후, 1976년 하버드대학에서 돈황 변문을 주제로 한 논문으로 박사학위를 취득하였다. 1979년부터 현재까지 미국 펜실베이니아대학(University of Pennsylvania) 동아시아 언어 문명학부(Department of East Asian Languages and Civilizations) 중국어문학 전공 교수로 재직 중이다.

빅터 메어는 자신의 홈페이지에서 스스로 주 관심 분야를 중국어 어원과 사전 편찬, 초기 백화, 청동기 및 철기 시대의 중앙아시아, 중국 불교문화, 중국-인도·중국-이란 문화 교류, 유라시아의 문화 교류, 중국어 불경 필사의 기원과 발전, 중국어의 개혁 등등으로 적시하고 있다.

그가 스스로 밝히고 있는 관심 분야가 이미 웅변하여주고 있다시피, 그는 통상적으로 정통이라 인정받는 작품의 내재적 분석이나 감상에 몰두하기보다는, 경계에 서있으며, 다문화적이며, 혼합되어있으며, 하위 문화적 성격이 강한 분야의 연구를 통하여 세계는 고정되어 있는 것이 아니라 흘러가는 것이며 그 흐름 속에서 서로를 내어주고 넘겨받는다는 점을 보여주고자 노력한다.

빅터 메어가 매우 폭 넓은 분야에 관심을 갖고 있으며 문화 교류를 중시하고 경계를 넘어선 학제간의 연구 방법을 시도하고 있기에 혹시 그가 개별 작품 자체에 대한 치밀한 분석과 이해를 결여한 채 목록학적이며 개론적이고 거시적인 이해만을 바탕으로 광대한 지역과 시간대를 넘나드는 것 아닌가 하는 혐의를 받을 수도 있을 것 같다. 그러나 그는 이미 1976년 돈황 변문 연구로 박사학위 논문을 완성한 다음 자신이 연구 대상으로 삼았던 돈황 변문 작품 가운데 「降魔變一卷(Transformation on the Subduing of Demons, One Scroll)」, 「大目乾連冥間救母變文并圖一卷并序(Transformation Text on Mahāmaudgalyāyana Rescuing His Mother from the Underworld, With Pictures, One Scroll, With Preface)」, 「伍子胥故事(The Story of Wu Tzu-hsü)」, 「張義潮變文(Transformation Text on Chang I-ch'ao)」 이상 네 작품을 번역하고 충실한 주석을 덧붙여 『敦煌 民間敍事*Tun-huang Popular Narratives*』(New York : Cambridge University Press, 1983)란 역주서를 완성한 바 있다. 이는 역자 주석이 전체 분량의 2 / 3가량을 차지할 만큼 단어, 구절, 문장 하나하나의 의미 파악에 심혈을 기울인 역주서이다. 이런 충실한 작품 분석과 해제를 바탕으로 하여 빅터 메어는 『唐 變文 : 중국 白話小說과 희곡의 탄생에 미친 불교 영향 연구*T'ang Transformation Texts : A Study of the Buddhist Contribution to the Rise of Vernacular Fiction and Drama in China*』(Cambridge : Harvard University Press, 1988)라는 제목의 저서를 상재할 수 있었다. 이 저

서의 부제가 명시하고 있는 바와 같이 그는 이보다 앞서 출간한 『돈황 민간 서사』에서 성취한 작품 분석의 기초 위에서 변문의 구성 요소, 공연자, 초사자, 공연 방식 그리고 통속소설 및 희곡과의 관계 등을 논구한 다음 이를 바탕으로 중국 변문의 기원이 불교에 맞닿아 있고 그 변문이 또 중국의 백화소설과 희곡의 기원임을 논증하고 있다. 그의 이런 주장을 어떻게 받아들일 것인가는 아직도 쟁론의 여지가 모두 사라진 것은 아니나 그가 이 주장을 제기하는 태도와 과정에서 보여준 사례 분석의 치밀함과 가설과 논증의 엄정함만큼은 분명 본받을 만하다 할 것이다.

빅터 메어는 스스로 위에서 설명한 두 저서, 『돈황 민간 서사』와 『당 변문』을 만들어가는 10여 년에 걸친 연구 과정에서 얻어진 망외의 부산물이 바로 『그림과 공연』이라고 밝힌 바 있다. 그 자신은 망외의 부산물이라 겸양하고 있으나 사실 그것이 어찌 망외의 부산물일 뿐이겠는가. 그것은 오히려 지역적으로는 중국의 돈황을 넘어서서 세계로, 장르상으로는 변문을 넘어서서 구연문학 혹은 공연문화 전반으로 범위를 넓혀간 것이요, 그 넓어진 범위를 감당해내기 위하여 수많은 자료를 수집하고 그 자료들로 하여금 가장 자연스럽게 제 목소리를 내게 하기 위한 서술 전략을 고민하고 그 전략으로서 인도 가설을 제시한 역작이라 할 것이다. 그 인도 가설이 과연 무엇인지 그리고 『그림과 공연』에서 빅터 메어가 그 인도 가설을 어떻게 입증하여 나가는지에 대해서는 절을 따로 구분하여 역자의 번역 소감 및 의견과 더불어 서술하고자 하며, 여기서는 그의 학문적 역정을 그의 저서를 중심으로 더듬어보는 것에 집중하고자 한다.

빅터 메어의 왕성한 연구열은 그의 연구 범위를 변문과 그 언저리에 국한시키지 않고 외연을 더욱 확대시켰다. 1990년에는 『道德經』을 번역하여 『道德經 : 덕과 도에 관한 경전*Tao Te Ching : The Classic Book of Integrity and the Way*』(New York : Bantam Books, 1990)이란 이름으로 출판하였으며, 1994년에는 『莊子』를 번역하여 『도에서 노닐기 : 莊子－초기 도가 이야기와 우화*Wandering on the Way : Early Taoist Tales and Parables of Chuang Tzu*』(Honolulu : University of Hawaii Press, 1994, 1998 재판)라는 이름으로 출판했다. 이 두 역주서는 그가 변문 같은 민간 문학뿐만 아니라 중국 사상과 문화의 뿌리라 할 수 있는 선진(先秦)의 사상과 문헌에도 조예가 깊음을 보여준다. 그러면서도 그는 선진 문헌 가운데에서도 불교나 변문과 나름의 연결 고리를 맺을 수 있는 도교 방면의 텍스트를 선택하여 자신의 연구의 일관성과 폭을 동시에 획득하기 위한 노력을 멈추지 않는다. 특히 『장자』를 도가 사상의 핵심 텍스트로 파악한 데에서 머물지 않고 그 사상을 전달하는 방식과 스타일이 지닌 이야기 혹은 우화로서의 특성을 드러내고자 시도한 점은 주목할 만하다. 이와 같은 이야기를 향한 일관된 관심으로 말미암아 그는 2001년에 데니스 메어(Denis C. Mair)와 함께 청대 문언소설 작품집인 『聊齋誌異』의 500여 편 작품 가운데, 「考城隍」, 「畵壁」, 「偸桃」, 「青鳳」, 「畵皮」, 「嬰寧」, 「聶小倩」, 「俠女」, 「阿宝」, 「口技」, 「連城」, 「羅刹海市」, 「促織」, 「續黃粱」, 「顔氏」, 「小謝」, 「考弊司」, 「山市」, 「青娥」, 「宦娘」, 「于去惡」, 「鳳仙」, 「長亭」, 「胭脂」, 「瑞雲」, 「葛巾」, 「黃英」, 「書痴」, 「晩霞」, 「竹青」 등 30여 편의 작품을 선정하고 번역하여, 『聊齋誌異選 : 할 일없이 편안하게 지내는 서재에서 모은 기이하고 신기한 이야기들*Liao Zhai Zhi Yi Xuan : Strange Tales From Make-Do Studio*』(Beijing : Foreign Languages Press, 2001)이란 제목으로 출판하였다.

변문을 중심으로 중국, 인도, 중앙아시아 공연 예술 연구와 중국문학 작품의 독해와 번역 출판에 자신의 시간과 노력을 쏟아 부으면서도 빅터 메어는 연구의 시야를 중국문학 전체로 확대하고 아울러 개인 작업이 갖는 한계를 돌파하기 위하여 사계의 연구자들을 조직하여 공동연구 작업을 병행하였고, 그 결실은 미국의 중국문학 연구자들의 역량을 총결집한 것이라 할 만한 선집인 『콜롬비아대학판 중국 고전문학 선집*The Columbia Anthology of Traditional Chinese Literature*』(New York : Columbia University Press, 1996)으로 맺어졌다. 이 선집은 크게 선진 사상서들과 역사서 및 원시 문헌자료, 시가, 산문, 소설, 연극, 비평과 번역, 민간문학의 일곱 분야로 나누어 각 분야의 전문가들이 정밀한 주해와 번역 작업을 수행한 결과물이다. 이 저서의 방대함은 1376쪽이라는 수치가 증명해주고도 남으며, 이 방대함으로 말미암아 2000년도에는 741쪽의 축약본이 출판되기에 이르렀다. 중국문학 작품에 대한 기초적인 읽기와 해제 작업은 미국의 중국문학 연구자들과의 공동 작업을 더욱 밀고나가서 그 결과를 결집하여 책임 편집한 2002년의 『콜롬비아대학판 중국문학사*The Columbia History of Chinese Literature*』로 연결된다.

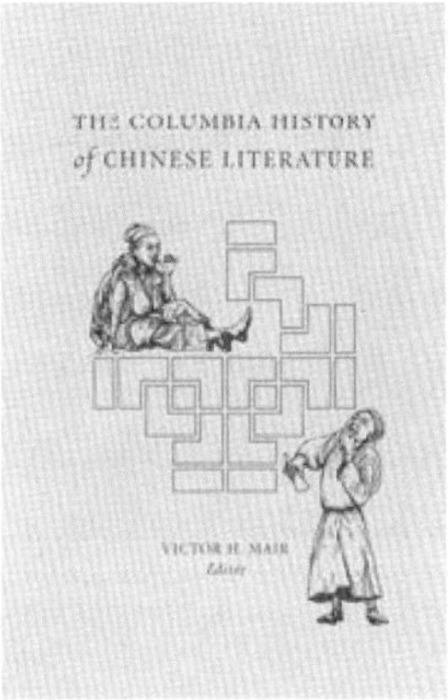

빅터 메어가 재직하고 있는 학과의 명칭, 동아시아 언어와 문명학과에서 이미 짐작할 수 있듯이 그는 자신의 관심과 연구 영역을 문학 범주에 국한시키지 아니하고 고고학, 역사학, 문화사 등의 제반 분야에까지 넓혀나간다. 이제 고고학, 역사학, 문화사 분야에서 빅터 메어가 이루어낸 성과를 그의 저서 출간 연대순으로 정리하고 그 저서들의 특성을 간략하게 살펴보는 방식으로 그의 학문 세계를 마저 서술하고자 한다.

먼저 『청동기 시대 그리고 초기 철기 시대의 동부 중앙아시아 지역의 거주민*The Bronze Age and Early Iron Age Peoples of Eastern Central Asia*』(Washington, D. C. : Institute for the Study of Man Inc., the University of Pennsylvania Museum Publications, 1998)을 거론하여야 할 것 같다. 이 저서는 두 권으로 이루어져 있다. 제1권은 고고학, 정주와 이주, 언어학적 측면에서 접근하고 있으며, 제2권은 유전학적 인류학, 야금술, 직물, 지리, 기후, 역사, 신화의 측면에서 접근하고 있다. 여기서 특히 주목할 것은 빅터 메어의 관심이 고고학 내지는 인류학적 차원으로 확장되면서도 그의 관심 지역은 여전히 중앙아시아에 집중되어 있다는 점이다. 이 저서도 역시 인도의 (환상

적) 창조성과 그것의 중앙아시아를 통한 중국에의 전파라고 하는 그의 기본 가설을 확인하는 과정에서 이루어졌음을 미루어 짐작할 수 있다. 바로 위에 보이는 사진은 빅터 메어가 국제 돈황 프로젝트 서울 센터 개원을 기념하는 학술대회에 참석하였던 2010년 11월 30일에 촬영한 것으로 그의 왼쪽 옷깃에 보이는 뱃지가 바로 돈황을 상징하는 것이라 한다. 이 점을 통해서도 그의 학문역정에서 보이는 변화와 지속의 단서를 잡아낼 수 있다 하겠다.

다음으로 언급할 저서는 맬로리(J. P. Mallory)와 같이 작업한 『타림의 미이라 : 고대 중국 그리고 서구에서 온 최초 거주민에 대한 수수께끼*The Tarim Mummies : Ancient China and the Mystery of the Earliest Peoples from the West*』(London & New York : Thames & Hudson, 2000)이다. 타림의 미이라가 발견되자 자연스럽게 지금부터 2천 년 전, 인도유럽인은 어떻게 아시아에 올 수 있었을까 하는 문제가 학계의 화두가 되기 시작하였다. 빅터 메어는 이 저서에서 이 화두에 대한 답안을 제시하는 형식으로 타림 미이라의 발견 과정을 되짚고, 지역적 특성과 언어학적 자료를 정리해내고, 그 민족적 정체성을 밝혀내고자 시도한다.

빅터 메어는 또 낸시 샤쯔만 스타인하르트(Nancy Shatzman Steinhardt), 폴 라키타 골딘(Paul Rakita Goldin)과 함께 『하와이 대학 판 전통 시기 중국 문화 관련 저작 선집*Hawai'i Reader in Traditional Chinese Culture*』(Honolulu : Hawai'i University Press, 2005)

을 편찬한다. 앞서 언급한 『콜롬비아대학판 중국 고전문학 선집』이 중국문학의 범주에 포섭될 수 있는 다양한 작품을 선택하고 영어로 번역한 결과물이라면, 이 저서는 그 대상 범위를 더욱 확대하여 청동기시대부터 20세기에 이르기까지 중국 문화의 면면을 여실하게 보여줄 수 있는 저작 90편을 골라 선역 내지는 완역한 선집이다. 농업, 예술과 건축, 전기, 불교, 유교, 재판과 일상생활, 도교, 죽음과 상례, 상업, 민속과 종교, 언어, 법률, 의술, 군사와 무술, 음악, 지역 문화, 과학, 의류, 여성 등등의 항목을 총망라하고 있다.

『고대 세계의 접촉과 교류*Contact and Exchange in the Ancient World*』(Honolulu : Hawai'i University Press, 2006)는 2001년 5월, 펜실베이니아대학에서 열린 학회에서 발표된 아홉 편의 논문을 모아 편찬한 책이다. 유라시아의 교류, 현대중심주의 비판, 자연사와 문화사, 서주시대 청동기, 터키와 터키인의 기원, 서부 중앙아시아의 언어 차용 등을 주제로 발표된 논문들이 수록되어 있다.

얼링 호(Erling Hoh)와 함께 작업한 『차의 역사*The True History of Tea*』(London & New York : Thames & Hudson, 2009)는 중국, 일본, 티베트, 몽골 등을 포함한 여러 나라들의 관련 문헌을 검토하면서 고대에서 현대까지, 동양에서 서양까지 망라하여 차의 역사와 차를 둘러싼 교류의 역사를 탐색한 저서이다. 동남아시아의 밀림, 찬란했던 당송 왕조, 중세 일본, 중앙아시아의 전설적인 차 중개 무역 그리고 드디어 서양인들의 찻잔에 떠있게 된 차 잎사귀 등을 생생한 필치로 그려낸다. 아울러 어찌하여 녹차가 모로코의 국민음료가 되었는지, 조지 롬니(George Romney)의 그림 『에지웨어가의 차 끓이는 여인*The Tea-maker of Edgware Road*』을 통하여 영원한 인물로 승화된 엠마 하트가 과연 누구인지 등등의 흥미로운 주제를 견고한 학문적 바탕 위에 대중적 필치를 날리며 묘사해내고 있다.

2. 그림과 공연*Painting and Performance*

앞 절에서 거론한 두 저서, 『돈황 민간 서사』와 『당 변문』에서 빅터 메어는 중국의 '변(變)'을 대체로 불교와 관련된 기이하고 변화막측한 서사, 그 서사를 시각 예술로 표현한 것, 공연자가 기이하고 변화막측한 서사를 표현한 그림을 보면서 그 내용을 청중들에게 설명해주는 것으로 정의하였다. 이때 공연자는 대본을 보면서 공연하는 것이 아니라 외워서 능수능란하게 공연하였다고 하였다. 그리고 '변문'이란 공연자가 '변'을 공연하는 것을 제3자가 보면서 글자로 옮겨 적어 기록한 결과물이라고 하였다.

이 『그림과 공연』에서 빅터 메어는 '변'의 속성 가운데에서도 기이하고 변화막측한 서사를 표현한 그림을 보면서 그 내용을 청중들에게 설명해주는 그 속성의 기원이 바로 인도에 닿아 있다는 대전제를 세우고 그 대전제를 다양하고 빈틈없는 자료와 증거를 통하여 입증해내는 작업을 수행해내었다. 상기한 대전제에 입각하여, 빅터 메어는 먼저 고대 인도의 그림 이야기 구연의 역사와 양태를 자세히 설명하고(제1장), 고대 인도의 그림 이야기 구연 양식이 중앙아시아와 티베트를 거쳐 중국에 전파되었으며(제2장), 다른 한편으로는 미얀마, 타일랜드, 캄보디아로 전파되고 마침내 인도네시아에 이르러 '와양*wayang*'이란 양식을 꽃피우게 하여 그림을 동원한 이야기 구연 양식과 더불어 그림자 연극을 탄생시켰다(제3장)고 주장한다. 더불어 전 세계 그림 이야기 구연 양식의 원조라 할 수 있는 인도의 그림 이야기 구연이 현대 인도에서는 어떤 모습을 띠고 있는지 그 현재적 상황을 점검하고(제4

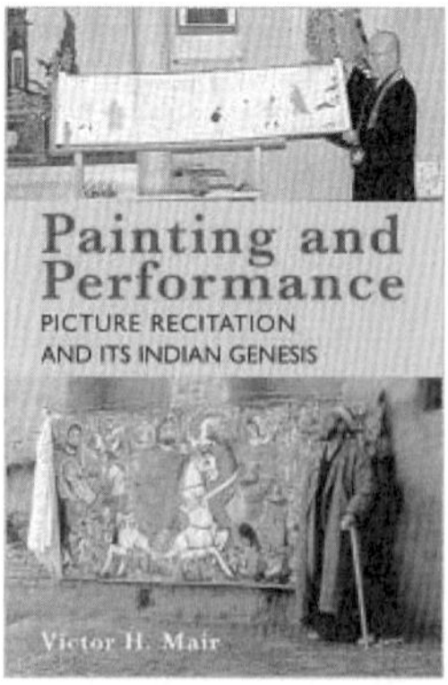

장), 이야기 구연 양식이 인도의 서쪽, 즉 페르시아, 아라비아, 터키를 거쳐 체코, 독일, 이탈리아, 네덜란드, 프랑스, 스웨덴, 영국으로 전파되면서 변화되는 양상을 추적하여 세계의 그림 이야기 구연을 정리해내었다(제5장).

『그림과 공연』, 이 책을 관통하고 있는 저자 빅터 메어의 기본적인 집필 태도 혹은 특징을 들라면 아마 다음과 같은 네 항목을 꼽을 수 있을 것 같다. 문화의 상호교류를 폭넓게 인정하는 열린 자세, 어원 중심의 언어학적 접근, 자료 중심, 인도를 향한 애정 혹은 인도 가설과 불교가 바로 그 네 항목이다.

> "이웃 나라에게서 받은 눈곱만큼의 영향이라도 어쩔 수 없이 인정하고 나면 국가의 영예가 상처를 입는다고 생각하는 모양이다. 신에 대한 사랑이 그러하듯, 국가에 대한 사랑 역시 어리석은 광신으로 타락할 위험성이 있다. 모든 예술, 모든 과학, 모든 발견, 모든 발명들은 광영에 가득 찬 특별한 토양에서 아무런 영향도 받지 않고서 홀로 생겨났다고 하여야만 열광적인 국수주의자들이 만족해할 것 같다."

위의 언명은 실바 레비(Sylvain Lévi)가 1928년에 그의 저서 『인도와 세계*L'Inde et le Monde*』에서 논파한 것이다. 이 언명은 일찍이 패브리(C. L. Fabri)가 그의 논문 「메소포타미아와 초기 인도 예술(Mesopotamia and Early Indian Art)」에서 영어로 번역하고 인용한 바 있다. 바로 이 언명이 빅터 메어의 저서 『그림과 공연 : 중국의 그림 구연과 그 인도 기원*Painting and Performance : Chinese Picture Recitation and Its Indian Genesis*』의 첫머리에 새겨진다. 아마도 이 언명만큼 자신의 저서를 관통하는 입장을 잘 설명해주는 것이 없다고 느꼈기 때문에 첫머리에 인용하였을 것이다. 『그림과 공연』의 역자인 나 역시 이 언명이 저자의 입장을 여실히 드러내주고 있다는 데에 이의가 없다. 그 언명 자체를 어떻게 받아들일 것인가에 대한 논의는 잠시 뒤로 미루고 말이다.

『그림과 공연』을 관통하는 빅터 메어의 문화의 상호교류를 폭넓게 인정하는 열린 태도는 바로 언어학적 접근과 자료 자체가 말하게 하기, 즉 자료 혹은 사례 중심 서술이라는 두 가지 전략에 의하여 뒷받침된다. 첫째 언어학적 접근이란 사람들이 사물이나 관념을 이해하는 것은 언어를 통해서이며, 이 언어는 또 역으로 사람들의 사물 이해와 개념화를 규율한다는 전제에서 출발하여 세워진 연구방법론이라 할만하다. 서로 영향을 주고받은 문화권들 사이에서 유사한 현상, 유사한 개념을 표현하는 단어라면 비록 발음은 각 문화권의 발음체계의 상이성으로 말미암아 달라질지라도 적어도 그 기본 의미는 유사성을 유지하고 있으며, 특히 각 문화권의 콘텍스트에서 해당 단어가 차지하는 위상만큼은 거의 차이가 나지 않을 정도로 유사성을 지니고 있다는 것이다.

예를 들어, 연극 혹은 그림을 사용하는 서사 구연(역주 : 이재숙은 산스끄리뜨어 나따까의 의미는 '흉내내기' 정도일 뿐이라고 지적해주었다. 그의 지적에 따르면 메어의 해석은 자신의 논지를 위해 확대한 것일지도 모른다)이란 의미를 지니고 있는 산스끄리뜨어의 나따까*nāṭaka*, 본디 광경, 장면이란 의미를 지니고 있었으나 연극 혹은 이야기 구연이라는 의미까지로 확장된 위구르어의 *körünč*, 그리고 *körünč*와 연관된 시각화하여 보여준다는 의미를 지닌 *körün,* 형상이나 형식이라는 의미를 지니고 있는 *körk*, 아울러 광경, 외양이란 의미를 지니고 있는 현대 터키어의 괴뤼뉘스*görünüš*가 유사 의미를 지닌 단어들로 정리되고, 이런 단어들이 사용된 문헌이 다른 문화권의 다른 언어로 번역될 때 어떤 단어들과 대응되는지를 조사한다. 그 결과 지금 예로 들고 있는 나따까*nāṭaka*, 쾨륀크*körünč*는 고대 중국어의 變이나 幻에 대응하는 단어였음을 밝혀내고, 이를 근거로 다시 빅터 메어는 중국의 변을 공연의 기록물로서의 변문과 일치시키는 것이 얼마나 협소한 해석인지를 통박한다. 빅터 메어는 변이란 환상적인 공연, 그림을 활용한 공연 그 자체를 가리켰을 것이며, 이는 단지 중국만의 문화현상이 아니라 당시 중앙아시아 혹은 전 세계적인 문화현상이었을 것이라고 주장하는 데까지 나아간다.

하나 더 예를 들자면 전통 인도의 예인이었던, 마술사라는 의미를 갖고 있는 샤우비까*śaubhika*(빨리어로는 소비야*sobhiya*라고 하며, 마술사 혹은 어릿광대라는 의미를 지님)라는 단어의 용례를 밝혀내기 위하여 『마하바시야 *Mahābhāṣya*』, 『나띠야샤스뜨라*Nāṭyaśāstra*』, 『브라흐마-잘라 숫따*Brahma-jāla sutta*』, 『식샤사뭇짜야*Śikṣāsamuccaya*』, 『니띠와끼야*Nītivākya*』 등의 전적들을 뒤진 다음 이를 해석하고 연구한 현대 학자들인 키이스(Keith), 하인리히 뤼더스(Heinrich Lüders), 베버(Weber), 힐레브란트(Hillebrandt), 빈터니츠(Winternitz), 피쉘(Pischel), 쿠마라스와미(Coomaraswamy), 바르마(Varma), 오토 프랑케(Otto Franke)의 연구서를 꼼꼼하게 읽어가면서 자신의 견해를 다듬어낸다. 아울러 산스끄리뜨어, 산스끄리뜨어의 영어 번역, 티베트어, 티베트어의 영어 번역, 중국어, 중국어의 영어 번역을 직접 인용하고선 세밀하게 대조하고 비교하여, 문맥에서 어떤 단어가 서로 호응하고 대치되는지를 꼼꼼하게 살핀다.

어원중심의 언어학적 접근과 짝을 이루는 전략이 바로 자료 혹은 사례 중심 서술이다. 저서 전체 분량의 20%에 육박하는 참고서지 목록과 105컷에 달하는 그림 자료는 빅터 메어가 『그림과 공연』을 집필하기 위하여 활용한 자료의 양이 얼마 정도인지를 대변해준다고 하겠다. 세계의 다양한 그림 이야기 구연 양식을 검토하기 위하여 빅터 메어는 인도의 낄레끼야따(killekyāta), 찌뜨라까티(citrakathī), 보뽀(bhopo), 티베트의 마니파 *ma-ṇi-pa*와 게사르 서사시 음유 시인, 이란의 수라트 콴 *ṣūrat khwān*, 파르다-잔*parda-zan*과 샤흐리 파랑*shahr-i farang*, 일

Color Plate 2. Energetic performance by a picture reciter with hand organ and two assistants. The male assistant is offering texts for sale. Anonymous fragment taken from an early primer. Collection of Günter Böhmer, Munich. From Eichler, *Bänkelsang und Moritat*, p. 53.

본의 에토키(繪解き)와 카미시바이*kamishibai*, 이탈리아의 칸탐반코*cantambanco* 나 칸타스토리에*cantastorie*, 독일의 밴클장*bänkelsang*, 프랑스의 성가곡 가수 *Le chantuer de cantique,* 시장 가수*le chanteur en foire,* 군소리 전달자*marchand de crimes / complaintes* 그리고 신문 읽어주는 자*crieur de journeaux,* 스페인의 레따블로 데 라스 마라비야스*retablo de las maravillas* 스웨덴의 그림 구연자 *marknadsängere,* 스위스의 *ständlisänger,* 체코의 *krámarský zpevák,* 플랑드르의 *liedjeszanger*를 살피고 난 다음 마지막으로 미국의 게티즈버그에 소장되어 있는 폴 필리포토(Paul Philippoteaux)의 남북전쟁을 다룬 스펙터클한 원형 파노라마 그림까지를 언급한다. 빅터 메어가 보여준 자료 수집의 철저함과 광대함은 유사한 주제를 연구하고자 하는 학자들의 귀감이 되기에 전혀 부족함이 없다 할 것이다.

아울러 빅터 메어는 실제 공연에서 사용되었던 각 양식들의 공식구(公式句)를 검토하기도 하였다. 그리하여 인도의 빠르(par) 공연에서 사용하는 공식구 가운데 하나인 '데까(dekā)'는 바로 중국어 '且看'(고음은 ts'ia-k'ān 이며, "어디 한번 살펴보자"라는 의미)과 정확하게 맞아떨어지는 단어이며; "까이 바르따 짤루 호 자와이(kāī vārtā calū ho jāvai)"("이야기가 어떻게 흘러갈까?")는 중국어 '若爲陳說'("그 일이 어떻게 되었는고 하니")과 기능이 같음을 밝혀내었으며, 인도와 중국의 그림 이야기 구연에서 사용하는 그림의 사이즈를 제시하고 그림 사이즈를 바탕으로 이야기 구연의 관중 수를 추정하는 치밀함을 보여주기도 한다.

한편 자료 중심의 서술은 갖다 붙여대기 식의 서술 혹은 그저 자료만을 집적하였을 뿐 필자의 언급은 자료들을 연결하여 주는 최소한의 서술에 불과할 수도 있다는 혐의를 쉽게 받기도 한다. 더욱이 이 『그림과 공연』의 저자 빅터 메어가 힘주어 제시하는 모든 문화는 상호 교류할 수밖에 없다는 관점 역시 이런 공격에 쉽게 노출될 수 있기도 하다. 단순화의 위험을 무릅쓰고 말하자면, 알타미라 벽화와 현대의 영화 역시 상호 영향 관계를 논할 수 있을 것이다. 정말로 빅터 메어는 알타미라 벽화를 누군가가 가리키며 거기에 얽힌 이야기를 긴 밤을 지새우는 자신의 동료들에게 들려주었다면 그것은 기본적으로 현대의 영화와 같을 수도 있다고 주장하고 있는지도 모른다.

이처럼 저자 빅터 메어는 같은 연원을 가질 수 있다고 추정할 수 있는 것들을 최대한 모으고 분류하고 그 안에서 뭔가 실마리를 찾아내고 싶다는 의도를 가지고 있었을 법하다. 우리가 이 『그림과 공연』의 독자로서 저자의 이런 의도를 '같다'는 개념의 무분별한 확장 내지는 모든 걸 상호교류의 관점으로만 바라보는 것이라고 몰아붙여버리면 사실 이 저서는 더 이상 가치를 부여하기 어렵게 되고 말 것이다. 차라리 우리는 저자 빅터 메어가 영향을 주고받았을 것이라고 추정되는 사례들을 모아내고 그것들 사이에서 상호 동일성을 찾아내며 그 경로를 입증해내는 방법론을 일단 인정하고 지지함으로써 그 동안 우리가 미처 보아내지 못한 그 무엇을 새롭게 보아내고자 하는 것이 더욱 현명한 자세일지도 모르겠다.

물론 빅터 메어는 자료 그 자체만을 맹신하지는 않았다. 그는 이 책의 서언에서 다음과 같이 자료더미를 관통하는 관점 혹은 입장이 개입하지 않을 수 없음을 고백한 바 있다.

> "가능한 한 많은 원자료를 제공하자는 것이 이 책 전반에 걸친 기본 의도이다. 하지만 아무런 해석도 제시하지 않고서 관련 논의의 사실 관계를 제기하는 것은 불가능하다. 이 연구에서 제시한 해석의 기본틀은 '인도 가설'이라 불릴 만한 것이다. 이 가설은 이 저서에 모아놓은 증거와 자료들에 의미를 부여하기 위해 시도한 최소한의 틀에 불과할 뿐이며, 순수한 학술적 토론의 정신으로 제안되는 것이다. 나는 여기 제시한 자료들의 질서를 잡아줄 또 다른 틀을 환영한다."

메어 자신은 최소한의 틀이라고 말하고 있지만 결국 그 최소한의 틀이 모든 것들을 꿰어내는 기본틀이며 서 말의 구슬을 꿰어내는 끈이 된다. "우리는 자연이 우리에게 규칙성을 새겨주기를 기다리는 수동적인 관찰자라는 생각을 마땅히 버려야 하며, 그 대신 감각 소여를 소화할 때 우리는 그것들에 능동적으로 지성의 질서와 법칙을 새겨 넣는다는 견해를 택해야만 한다. 이 우주에는 우리 마음의 각인이 새겨져 있다"고 『추측과 논박』에서 칼 포퍼가 언명한 것은 이 대목에서 더불어 같이 음미할 만한 가치가 있다고 할 것이다.

빅터 메어가 최소한 틀이자 입장이라고 제시한 소위 인도 가설은 사실 어쩌면 인도 사랑 혹은 인도 편향일 수도 있다. 그렇다고 하여 그 편향이 원초적으로 잘못된 것일까. 칼 포퍼의 언명처럼 그것을 편향이라고 논박하기 전에 그 기본틀이 우리에게 새로운 관점을 제시하여 주는가, 그리고 단지 새롭다는 차원을 넘어서서 그것이 인류의 삶에 유용한 빛을 비춰 주는가를 따지는 것이 더욱 건설적인 자세가 될 수 있을 것 같다. 물론 여기서 반증 사례에 대한 열린 자세는 기본일 것이다.

그런 면에서 보자면 '같다(같을 수도 있다)'는 각도에서 살펴볼 수 있는 모든 것들을 꼼꼼하고 방대하게 모으고 그것들의 조리를 살펴내어 서술하고자 시도한 빅터 메어의 이 『그림과 공연』 저작은 분명 일독의 가치를 지닌다고 나는 믿는다. 그 결과가 어떠한가를 묻기보다는 그 시도가 어떠하였으며 그 시도를 밀고 가는 과정 자체가 공정하였는가를 묻는 그 물음 자체가 바로 인문학을 구성하는 것이며 그런 인문학은 인류에게 행복을 줄 수 있을 것이라고 나는 믿는다. 그런 믿음이 나에게 이 『그림과 공연』을 번역하게 만든 원동력이었으며 번역하는 동안 내내 작은 범위에서 세밀한 논점을 제시하는 글에 대해서는 전체적인 입장과 안목이 부족하다고 평하고, 범위를 넓히고 꾸준히 자료를 조사하고 그 결과를 정리해낸 글에 대해서는 세밀함이 부족하다는 식으로 평하는 그런 얼토당토 않는 우를 범하지 않으려고 노력하였다. 저자 빅터 메어의 시도에 걸맞은 잣대로 평가하고 인정하면서 번역하고자 하였음을 마지막으로 밝힌다.

To Li-ching
and the memory of
Wang Hsiu-chih
아내 (張)立青에게
그리고 장모 王秀芝를 추억하며

이웃 나라에게서 받은 눈곱만큼의 영향이라도 어쩔 수 없이 인정하고 나면 국가의 영예가 상처를 입는다고 생각하는 모양이다. 신에 대한 사랑이 그러하듯, 국가에 대한 사랑 역시 어리석은 광신으로 타락할 위험성이 있다. 모든 예술, 모든 과학, 모든 발견, 모든 발명들은 광영에 가득 찬 특별한 토양에서 아무런 영향도 받지 않고서 홀로 생겨났다고 하여야만 열광적인 국수주의자들이 만족해할 것 같다.

패브리(C. L. Fabri)가 그의 논문 「메소포타미아와 초기 인도 예술(Mesopotamia and Early Indian Art)」 245쪽에서 실바 레비(Sylvain Lévi)의 1928년도 저서인 『인도와 세계*L'Inde et le Monde*』의 한 대목을 영어로 번역하고 인용한 것이다.

서언

나는 다른 두 저서에서 중국 민간 문학 가운데 변문(變文*transformation texts*)이라는 장르를 다룬 적이 있다. 『돈황(敦煌) 민간 서사*Tun-huang Popular Narratives*』(1983)와 『당(唐) 변문*T'ang Transformation Texts*』(1988)이란 두 저서의 집필을 위한 연구를 수행하면서 나는 글로 쓰인 변문이 그림을 사용하는 이야기 구연 전통에서 왔으며, 이 전통이 인도에서 유래하였음을 점차 깨닫게 되었다.

나는 제반 사항을 고려하여 볼 때 이 주제를 독립된 저서로 출판하는 것이 낫겠다는 생각을 하게 되었다. 애당초 이보다 더 일찍 수행했던 연구는 원래 중국학적, 문학적 성격의 것이었다. 그에 반해 이 책의 주제는 주로 중국 밖의 대중 예술, 문화와 관계가 있다. 중국에는 그림 구연에 대한 자료가 부족했으므로 나는 다른 곳의 흡사한 전통으로부터 정보를 끌어와 이용 가능한 역사적, 일화(逸話)적 근거들을 보충해야 했다. 인도, 인도네시아, 이란 그리고 기타 지역의 그림 구연에 대한 내용을 수백 쪽이나 서술하여 중국 민간 문학에만 관심 있는 학자들을 지루하게 만드는 건 현명한 접근법이 아니었을 것이다. 그럼에도 불구하고 여기에 모은 정보들은 민속과 민중 생활 연구자들에게 너무도 중요하여 전문가의 전공논문 속에 감추어 놓을 수만은 없는 노릇이다. 나는 중국 학자들이 이 저서의 면면을 자세히 들여다보기를 충심으로 희망하며, 나는 또 민속학자들이 나의 또 다른 저서 『당 변문』을 들춰보고 싶을 정도로 변문에 호기심을 느끼기를 바라마지 않는다.

이 저서의 중요한 의도 가운데 하나는 바로 독특하면서도 측량할 수 없을 정도로 귀중한 중국의 그림 두루마리 하나의 역사적, 사회적 맥락을 밝히는 것이다. 사리불과 여섯 이교도의 싸움을 묘사한 이 두루마리는 파리 국립 도서관에 소장되어 있다(펠리오(Pelliot) 사본 4524번*). 아키야마 테루가쯔(秋山光和)가 일찍이 이 두루마리에 세심한 관심을 기울인 것은 너무도 당연한 일이었다. 그는 이 두루마리의 예술적 측면을 다룬 흥미로운 논문들을 발표하였다. 니콜 반디에르-니콜라스(Nicole Vandier-Nicolas)는 중국 민간문학을 연구하는 모든 이들이 영원히 감사해야 마땅할 정도로 멋지게 이 그림 두루마리의 복사본을 만들어 출판했을 뿐 아니라, 이 복사본에 덧붙여 소책자 형식으로 이 그림 두루마리 이야기의 연원에 대한 연구논문을 발표하였다. 나는 이 그림 두루마리의 해당 텍스트를 전부 번역하여 『돈황 민간 서사』에 실었다. 이렇듯 다른 논문이나 저서에서 이미 충분히 설명되었기 때문에 이 저서에서는 사리불 두루마리 자체에 대한 설명에 너무 많은 시간을 할애할 필요는 없을 것이다.

이 연구는 필연적으로 범위가 넓어질 수밖에 없었고 그래서 나는 원

* 역주 : 여기서 펠리오는 1909년에 돈황 장경동(藏經洞)에서 발견된 사본들 가운데 상당량을 프랑스로 가져간 폴 펠리오(Paul Pelliot)를 가리킨다. 그가 가져간 사본들은 현재 프랑스 국립 도서관에 소장되어 있으며, 그의 성 첫 글자인 'P' 다음에 일련번호를 붙이는 식으로 사본번호를 표기한다. 그보다 먼저 오렐 스타인(Aurel Stein)에 의하여 영국으로 반출된 돈황 사본의 경우는 스타인의 성 첫 글자인 'S' 다음에 일련번호를 붙이는 식으로 사본번호를 표기한다.

래 내 전공이 아닌 분야까지 들어가게 되었다. 나는 이 저서에서 다루는 모든 언어와 모든 분야에서 어느 정도의 성과를 일구어내기 위하여 갖은 애를 썼지만 사실 그건 어느 한 개인이 쉽사리 감당할 수 있는 범위를 벗어나는 것이었다. 내 눈앞에 펼쳐지는 소름끼칠 정도로 엄청난 난관들에도 불구하고 내가 이 연구 작업을 끝까지 밀고나갈 수 있었던 것은 이 연구 작업 자체가 지니고 있는 지적인 특성이 나로 하여금 이 연구 작업을 도저히 그만둘 수 없게 만들었기 때문이었다. 세세한 전문적인 부분에서 나하고 다른 의견을 가지고 있을 수밖에 없을 산스끄리뜨 연구자들, 티베트 연구자들, 아라비아 연구자들, 페르시아 연구자들, 터키 연구자들, 인도네시아와 중앙아시아 및 일본의 문학과 예술 전문가들에게 나는 양해를 구하는 바이다. 이 연구자들과 전문가들이 중요한 순간마다 아낌없이 도움을 준 까닭에 나는 내가 범한 잘못을 만회하고 어이없는 실수를 피해나갈 수 있었다. 윌리엄 하나웨이(William Hanaway)는 이란의 그림 구연에 관한 전면적이고도 흥미진진한 세부사항들을 알려주었으며, 나의 페르시아어 번역을 바로잡아주기도 하였다. 비바(A. D. Bivar) 역시 이란의 독특한 서사에 관하여 나에게 알려주는 도움을 베풀어주었다. 메틴 앤드(Metin And)는 터키어 관련 자료들을 내게 제공해주는 친절을 베풀었다. 루스 앨리(Ruth Allee)는 중국 예술사에 대한 정보를 제공해주었고, 크레이그 클루나스(Craig Clunas)는 중국 인쇄사에 대한 정보를, 로어 샌더(Lore Sander)는 중앙아시아 예술사에 대한 정보를 제공해주었다. 애석하게도 이미 유명을 달리한 고(故) 모한데시(M. Mohandessi)는 나에게 *ṣūrat-khwān*과 더불어 『서푼짜리 오페라*The Threepenny Opera*』에 대해 설명해주었다. 이는 그의 학식의 폭이 얼마나 넓은지를 그대로 웅변하는 것이리라. 아라비아어 문제는 다행히 케빈 레인하트(Kevin Reinhart), 로저 앨런(Roger Allen), 애드난 해이다르(Adnan Haydar)의 도움을 받을 수 있었다. 나와 같은 대학에서 근무한 바 있는 바바라 루흐(Barbara Ruch)는 나에게 현명한 충고를 해주었다는 점에서는 나의 감사를 받을 자격이 충분하며, 중세의 그림-서사체 연구에 획기적인 성과를 내었다는 점에서는 이 분야에 관심 있는 자들의 감사를 받을 자격이 충분하다 할 것이다.

록펠러 3세 기금(John D. Rockefeller 3rd Fund)의 후원으로 미국 전역을 여행하고 있던 자카르타의 와양(Wayang) 박물관 관장 뱀뱅 구나르조(Bambang Gunardjo)를 만난 것은 나에게는 무슨 특혜와도 같은 것이었다. 나는 수라카르타에 있는 카라위탄 콘서바토리(Konservatari Karawitan)의 수반도노(Subandono)와 편지를 주고받을 수 있었다. 그는 와양 베베르(*wayang bèbèr*) 스타일의 멋진 천 그림 두 점을 내게 보내주었다. 더불어 나는 남자카르타시(Jakarta-Selatan)의 싱기 위비소노(Singgih Wibisono) 박사와 나의 제자들인 다이아나 보든(Diana Borden)과 윌리엄 크로포드(William Crawford)에게도 감사를 전하고 싶다. 두 제자들은 인도네시아를 여행하면서 위비소노 박사를 찾아가 내가 궁금해 하던 수많은 사항들을 대신 질문해 주었다.

하버드대학의 피바디(Peabody) 박물관에서 근무하는 마리 아담스(Marie Adams)와 이사벨 쇼(Isabel Shaw)는 짬을 내어 나에게 바틱(*batik*)과 와양 쿨리트(*wayang kulit*)에 대해 설명해주었다. 해리슨 파커(Harrison Parker)는 와양의 현재 모습에 대하여 내가 품고 있는 수많은 의문에 해답을 제공하여주었을 뿐 아니라 소장하고 있는 다양한 인도네시아 현대 예술품들을 내가 자유롭게 접해볼 수 있도록 해주었다. 문화교류 협회(Interculture Associates)의 헨리 퍼구슨(Henry Ferguson)과 조안 퍼구슨(Joan Ferguson)은 자신들이 소장하고 있는 인도 그림 이야기 구연 관련 자료들을 내 연구를 위해 공개해주는 친절을 베풀어주었다. 감숙(甘肅) 주천(酒泉) 사범대학의 사서 謝生保는 감숙 서부 보권(寶卷)의 수많은 세부내용들을 조사하면서 모아놓은 귀중한 문헌을 장시간에 걸쳐 나에게 보여주었다. 프린스턴대학 극동 예술 세미나(Far Eastern Art Seminar)의 큐레이터 루시 로(Lucy L. Lo)는 자신이 근무하고 있는 곳에서 소장하고 있는 돈황 사진 자료들에 대한 내 질문 몇 가지에 친절하게 답해주었다. 펜실베이니아대학의 조셉 밀러(Joseph C. Miller, Jr.)와 런던대학의 존 스미스(John D. Smith)는 빠르(*paṛ*) 전통에 대한 자신들의 훌륭한 연구 성과를 나와 공유하는 관대함을 베풀어주었다. 자신이 소장하고 있는 수많은 음성과 영상 테이프들, 발표되지 않은 원고, 인쇄자료, 사진, 빠르 그림들을 이용할 수 있도록 허락해 준 조셉 밀러에게 특히 감사드리고 싶다. 뿐만 아니라 그는 많은 시간을 할애하여 라자스탄의 그림 공연 전통과 관련 있는 수많은 세부 내용들을 내게 설명해주는 친절을 베풀어주었다. 이들 가운데 내게 가장 큰 은혜를 베풀어준 분은 뭐니 뭐니 해도 바로 유니세프 미국 위원회 어린이 문화 정보센터(Information Center on Children's Cultures of the United States Committee for UNICEF) 국장 안네 펠롭스키(Anne Pellowski)이다. 그녀는 전 세계 모든 형식의 이야기 구연에 대하여 정말로 믿기 어려울 정도로 광대한 지식을 지니고 있다. 스텔라 크램리쉬(Stella Kramrisch)와 마이클 마이스터(Michael Meister)는 인도 예술과 관련한 문제에 대해 전문적인 지도를 해주었다. 단 벤-아모스(Dan Ben-Amos)와 맥신 벨몬트 웨인스타인(Maxine Belmont Weinstein)은 내가 민속과 민중생활 분야의 연구를 계속 정진할 수 있도록 해주었다. 오이겐 베버(Eugen Weber)는 근대 프랑스사와 독일사에서 내 연구와 관련 있는 흥미로운 주제들을 소개해주었다. 나는 1978년 6월 15일부터 18일까지 하버드대학의 세계종교연구센터에서 '라다 그리고 신의 배필(Rādhā and the Divine Consort)'이라는 제목으로 열린 회의에 참석한 참가자들, 그중에서도 특히 브렌다 벡(Brenda Beck), 놀빈 하인(Norvin Hein), 바바라 스톨러 밀러(Barbara Stoler Miller) 그리고 샬롯 보드빌(Charlotte Vaudeville)에게 감사를 표하고 싶다. 그들은 오늘날 인도의 그림을 동원한 이야기 구연에 관한 나의 질문에 답해주었다. 마찬가지로 나는 같은 주제로 나에게 편지를 보내준 발렌티나 스태치-로젠(Valentina Stache-Rosen)과 조띤드라 자인(Jyotindra Jain)에게도 감사를 드린다. 이 책의 출판을 앞둔 시점에 콜롬비아대학 중세 일본학 연구소(Institute for Medieval Japanese Studies)가 '그림 구연에 관한 워크숍'(1987년 11월 14-15일)을 지원해준 것에 감사드린다. 그 이틀은 너무도 흥미롭고 유익한 주말이었다. 나는 피터 첼콥스키(Peter Chelkowski), 수잔 슬리오모비치(Susan Slyomovics), 브룩스 맥나마라(Brooks McNamara), 살 무르기얀토(Sal Murgiyanto), 바바라 크리셴블랫-김블렛(Barbara Kirshenblatt-Gimblett)과 그 외 여러분들이 최근에 부각된 이 분야의 다양한 역사적, 이론적 연구에 적극적으로 참여했다는 것을 알고 무척이나 기뻤다. 조나단 차베스(Jonathan Chaves)는 중국 민간문학의 발전에 끼친 인도 공연예술의 중요성을 인식하는 소수의 중국학 연구자 가운데 한 사람이 되어주는 바로 그것으로써 나에게 고마운 지지를 보내주었다. 알프레도 카돈나(Alfredo Cadonna)는 찾기 힘든 이태리어 자료 하나를 끝까지 추적해서 내게 복사본을 보내주었다. 내 동료 루도 로처(Ludo Rocher), 바바라 루흐(Barbara Ruch), 라잠(V. S. Rajam), 프랭크 코롬(Frank Korom), 조지 카르도나(George Cardona), 마사토시 나가토미, 피터 가에프케(Peter Gaeffke), 빌헬름 할프파스(Wilhelm Halbfass)는 각자 이 저서의 다양한 부분들을 초고 상태로 읽고 정말로 큰 도움이 되는 다양한 충고를 해주었다. 앤 청(Ann Cheng)은 색인과 교정을 도와주었다. 마지막으로 나는 하와이대학 출판부의 편집자 다마리스 키르치호퍼(Damaris Kirchhofer)에게 감사를 드리고 싶다. 그녀는 꽤나 까다로운 내 원고의 출판을 세심하게 준비해주었으며, 줄곧 친절하고도 따듯한 마음으로 이 저서 출판에 관련된 전과정을 처리해주었다.

인문학 국가 기금(The National Endowment for the Humanities)은 1984년에 내게 하계 수당(Summer Stipend)을 지원해 줌으로써 이 긴 프로젝트를 마무리할 수 있도록 하였다. 이 지원을 해준 인문학 국가 기금에 가슴속 깊은 곳에서 우러나는 감사를 드린다.

아낌없는 지원을 해주신 많은 분들에게 고마움을 표시할 수 있어 너무 행복하면서도 한편으로는 이 저서에서 내가 풀어놓은 모든 말과 주장에 대한 전적인 책임 또한 절감하는 바이다. 지금 여기에 내놓는 이 저서는 그 특성상 여러 분야 전문가들의 조언이 필요했다. 그들의 조언을 이 저서에서 내가 제시한 해석과 입장에 대한 지지로 받아들여서는 안 될 것이다. 이 저서에서 내가 제시한 해석과 입장은 오롯이 나의 것이다.

가능한 한 많은 원자료를 제공하자는 것이 이 책 전반에 걸친 기본 의도이다. 하지만 아무런 해석도 제시하지 않고서 관련 논의의 사실 관계를 제기하는 것은 불가능하다. 이 연구에서 제시한 해석의 기본틀은 '인도 가설'이라 불릴 만한 것이다. 이 가설은 이 저서에 모아놓은 증거와 자료들에 의미를 부여하기 위해 시도한 최소한의 틀에 불과할 뿐이며, 순수한 학술적 토론의 정신으로 제안되는 것이다. 나는 여기 제시한 자료들의 질서를 잡아줄 또 다른 틀을 환영한다. 전파론이라는 것을 아예 고려하지 않는 사람들은 지금 여기서 논의 대상으로 삼고 있는 그림 이야기 구연 전통에 인도가 영향을 미쳤을 것이라는 가능성을 즉시 거부해버릴지도 모른다. 내가 중요하게 생각하는 것은 10여 년에 걸쳐 힘들게 모은 그림 구연 관련 증거 자체들이지, 그 증거들과 관련하여 제기된 분석틀이 아님을 다시 한 번 강조하고 싶다. 지난 10여 년 동안 나는 내 관심범위 안으로 들어온 그림 구연과 관련된 모든 실마리들을 부지런히 그리고 열심히 쫓아다녔다. 언제나 그리고 어디서나 여기에 모아놓은 정보가 다양한 분야의 동료들에게 조금이라도 쓸모가 있기를 바라마지 않는다.

한국어판 서언

김진곤, 정광훈 두 선생이 『그림과 공연*Painting and Performance*』을 한국어로 번역해오고 있다는 소식을 듣고 너무 반가웠다. 너무도 많은 언어들(영어만이 아니라 불어, 독어, 산스끄리뜨어, 티베트어, 위구르어, 중국어, 일본어, 인도네시아어 등등)이 등장하는 이 책을 번역하는 것이 그리 만만한 작업은 아니었을 것이다. 이 책에서 다루고 있는 영역 또한 매우 다양하니, 그 다양한 영역들이 또 역자들에게 도전으로 다가왔을 것이다.

지난 수 년 동안 돈황 변문을 다룬 내 저서가 한국에서 강한 반향을 불러일으켰음을 알게 되었다. 한국인들이야 영어보다는 한국어로 읽는 것이 여러모로 편할 것이므로 이 저서를 한국어로 옮기는 역자들의 수고는 너무도 값지다 할 것이다.

나는 이 『그림과 공연*Painting and Performance*』 한국어판이 한국의 연구자들이 한국과 중국뿐만 아니라 교훈과 오락이 결합된 이 양식이 등장하는 전 지역의 그림-이야기 구연을 더욱더 깊이 연구하도록 자극을 주기를 소망한다.

I am delighted that Professor Jingon Kim and Mr. Kwanghun Jung have translated *Painting and Performance* into Korean. It must have been a difficult job, since there are so many languages(not just English, but French, German, Sanskrit, Tibetan, Uyghur, Chinese, Japanese, Indonesian, and so forth) to contend with. There are also many different topics in diverse fields touched upon in this book, all of them posing challenges to the translators.

For many years, I have been aware that there is a strong interest in my work on Dunhuang *bianwen* in Korea. Since it will be much easier for Koreans to read my book in Korean than in English, the translators have performed a valuable service in rendering this work into their own language.

It is my hope that this Korean version of *Painting and Performance* will stimulate Korean researchers to engage in further investigations on storytelling with pictures, both in Korea and in China, but also elsewhere, wherever this form of entertainment and instruction may occur.

Victor H. Mair
University of Pennsylvania

핵심 용어

* 밴클장(bänkelsang) : 그림을 사용하는 독일의 이야기 구연. 모리타트(moritat) 혹은 몇 가지 다른 이름으로도 불린다.
* 보뽀(bhopo) : 라자스탄의 그림 이야기 구연자.
* 달랑(dalang) : 인도네시아 그림자 연극 공연자와 그림 이야기 구연자.
* 에토키(etoki) : 일본의 '그림 해설'.
* 빠르(paṛ), 빠뜨(paṭ), 빠따(paṭa), 빠르다(parda) 등 : 인도와 이란의 그림 이야기 구연을 지칭하는 용어들. 상호 관련이 있는 이 용어들의 글자 그대로의 의미는 '천[위의 그림]'이다.
* 변(變, pien) : '변화', '변형', '신기한 사건' 등을 의미하는 중국 불교 용어. 당오대(唐五代) 때는 현시(顯示, manifestations)와 출현(appearances)을 다루는 문학 장르(변 혹은 변문(變文))의 이름으로도 쓰이고 같은 주제를 다루는 시각 예술(변 혹은 변상(變相))을 가리키는 말로도 쓰였다.
* 와양(wayang) : 동남아시아에서 다양한 종류의 연극 공연들을 가리킬 때 쓰는 단어(글자 그대로는 '그림자'를 의미함).

중국 역대 주요 왕조 연표

상(商)	기원전 1523~1028년경	
주(周)	기원전 1030~722년경	
춘추(春秋)	기원전 722~481년	
전국(戰國)	기원전 480~221년	
진(秦)	기원전 221~207년	
서한(西漢, 전한(前漢))	기원전 206~기원전 8년	
동한(東漢, 후한(後漢))	기원후 25~220년	
삼국(三國)	221~265년	육조(六朝, 모두 건강(建康)[지금의 남경]을 도읍으로 삼음)
서진(西晉)	265~317년	
동진(東晉)	317~420년	
남북조(南北朝, 송(宋)·제(齊)·양(梁)·진(陳))	420~581년	
수(隋)	581~618년	
당(唐)	618~906년	
오대(五代)	907~960년	
요(遼)	907~1125년	
북송(北宋)	960~1126년	
남송(南宋)	1127~1279년	
금(金)	1115~1234년	
원(元)	1260~1368년	
명(明)	1368~1644년	
청(淸)	1644~1911년	

표기 방침 및 인용 방식에 대한 일러두기

이 책에 등장하는 수많은 언어들, 그중 일부는 서양에 잘 알려져 있지도 않고 또 어떤 것은 천 년 전에 이미 사어(死語)가 되었으므로, 이들을 로마자로 표기하는 방식들 역시 다양할 수밖에 없는 노릇이다. 참고한 여러 출전들 사이에서 충돌이 일어나더라도 나는 되도록 그것들을 하나의 방침에 따라 체계화하려고 노력했다. 그러나 실제 적용 과정에서 이따금씩 이 체계화된 원칙과 일치하지 않는 것이 남아있을 수 있다. 일반적으로 이것은 원 자료를 그대로 인용하거나, 시간의 경과에 따른 파생어의 차이와 언어적 변화가 가지고 온 이형(異形)들을 그대로 인용한 결과이다. 심지어 더 이상 '낯선' 언어로 간주되지 않는 표준 중국어에도 표기의 일관성을 유지하기 위한 노력과 관련하여 엄청난 난관들이 존재한다. 이 책에서 채택한 기준은 중국학 분야의 연구자들이 전통적으로 받아들여 온 기준, 즉 웨이드 자일스(Wade-Giles) 방식의 개량 형식이다.

이 책 본문과 주석의 원 자료 인용 방식에 대해서도 몇 마디 일러둘 필요가 있다. 여기서 사용한 몇몇 언어들에 익숙하지 않은 독자들을 위해 항상 영어번역을 본문 속에 제공했다. 그러나 주석에서는 보통 원래 제목보다 짧게 줄인 형식으로 인용 자료를 표시했다. 본문과 주석 모두에서 한자의 남용을 피하기 위해 이끄는 말과 그 외 몇 곳의 전문용어, 고유명사 등을 제외하고 대부분의 한자는 참고문헌에만 썼다. 그러므로 동아시아 자료의 저서나 논문에 들어 있는 원래 글자를 알고 싶은 독자는 참고문헌 목록을 참조하기 바란다. 본문에서 돈황 사본을 언급할 때는 그 사본이 소장된 장소를 의미하는 축약어로 표시할 것이다. 예를 들어, P는 파리 국립도서관(Bibliothèque Nationale)의 펠리오(Pelliot) 돈황 사본 번호를, PK는 북경대학 도서관의 돈황 사본 번호를, S는 런던 대영박물관(British Museum)의 스타인(Stein) 돈황 사본 번호를 가리킨다.

이끄는 말

이 책은 중국 민간문학 장르 가운데 변문(變文, transformation texts)에 대해서 10년 넘게 연구한 결과물이다. 그 기원이 당대(唐代, 618-906)로 거슬러 올라가는 변문은 중국 최초의 장편 백화 서사문학이라는 점에서 중국 문학사—특히 소설사와 희곡사—에 있어 대단히 중요하다. 20세기 초엽 (서북쪽으로 멀리 떨어진 감숙성(甘肅省) 경내의) 돈황(敦煌)에서 변문이 발견된 이래 지금까지 변문에 대한 많은 혼란과 논쟁이 있어왔다. 그 가운데 가장 일반적인 해석은 변문이 불가의 승려가 강의하거나 설교할 때 참고했던 대본(promptbooks)이라는 것이다. 그런데 다양한 자료에서 찾아낸 현존 증거들은 '변(變)' 이야기 구연자는 분명 승려들이 아니라 대개는 세속의 공연 예인들이었으며, 그 가운데에는 여성들도 있었음을 보여준다. 그리고 변문의 내용은 종교적인(주로 불가적인) 것도 있었지만 세속적인 것도 있었다.

변문 작품 자체에 그리고 동시대에 변문을 언급한 역사 기록에는, 이 기록문학 양식이 '전변(轉變)'(문자 그대로 '변(變)[두루마리 그림] 돌리기', 즉 '변 공연하기')이라 불리는 그림을 이용한 이야기 구연 양식에서 연유한 것임을 시사하는 나름의 증거들이 들어있다.[1] 여기서 '변'은 결국 불가 인물을 환상적으로 현시하거나 재현하는 것을 의미한다. 이 '변'의 의미는 '니

---

1 나는 많은 저서와 논문들에서 변문이 그림을 사용하는 구연 양식에서 발생하였다는 점을 밝혔다. 빅터 메어(Victor H. Mair), 『敦煌 民間敍事*Tun-huang Popular Narratives*』, 『唐 變文*T'ang Transformation Texts*』, 「세속의 학생들과 백화 기록서사의 형성 : 돈황 사본 목록(Lay Students and the Making of Written Vernacular Narrative : An Inventory of Tun-huang manuscripts)」 등을 참고. 그 외의 참고자료는 이 책의 참고문헌과 위 저서들의 참고문헌을 참고할 것.
역주 : 이 가운데 『唐 變文*T'ang Transformation Texts*』은 전홍철, 정광훈에 의하여 『한국중국소설연구회보』(한국중국소설학회 편) 45-51호(2001.3-2002.9)와 『동서문화교류연구』 4집(2002.5)과 5집(2003.5)에 각각 번역 연재되었다. 빅터 메어는 '변(變, pien)'의 기본 개념을 '변화(change)', '변형(transform)', '기이한 사건(strange happening)'을 의미하는 중국 불교 용어로 파악하였다. 아울러 그는 '변'이 당오대에는 불교적 환상을 겉으로 드러내 보여주거나(manifestations) 겉으로 표현하여 나타낸(appearances) 문학 장르나 시각 예술 장르, 즉 그림 같은 양식의 이름으로도 쓰였다고 보았다. 메어의 견해를 정리하면, '변'은 대체로 불교와 관련된 기이하고 변화막측한 서사나 그 서사를 시각 예술로 표현한 것이 된다. 그리고 공연자가 기이하고 변화막측한 서사를 표현한 그림을 보면서 그 내용을 청중들에게 설명해주는 과정이 바로 '변 공연'이 된다. 변을 공연하는 자들은 결코 대본을 보면서 공연하지 않고 아주 능수능란하게 외워서 공연하였다고 한다. 메어에게 있어 '변문'이란 변을 공연하는 것을 제3자가 보면서 글자로 옮겨 적어 기록한 결과물을 말한다.
이 책에 등장하는 'performance'는 공연이라 옮겼다. 이때 우리말로 옮겨진 공연의 의미는 공연자가 주로 입으로 내용을 끌어나가되, 동작과 연기 혹은 그림 이외의 기타 도구를 포함할 가능성이 있는 것을 가리키며, 이 공연이란 개념은 연극이나 노래 같은 장르의 실행을 포함하는 가장 넓은 개념으로 파악하였다. 'Recitation'은 구연이라 옮겼다. 이때 구연은 입으로 한다는 것, 그리고 보조자가 있다고 하더라도 주 구연자가 혼자라는 것을 강조한다. 'Storytelling'은 이야기 구연으로 옮겼다. storytelling 자체가 recitation의 의미까지를 내포한 것이 확실하다고 주장할 수만은 없으나 이 책에서 사용하는 storytelling이 이미 개인과 개인 사이의 의사소통 내지는 경험 교환으로서의 이야기하기를 넘어 어떤 전문화된(비록 반드시 금전적 대가를 확실하게 요구하지는 않는다 하더라도) 공연의 한 형태를 가리킨다는 점에서 구연이라는 단어를 부가하여 '이야기 구연'이라 번역하였다. 역자는 이 번역어가 storytelling이 갖고 있는 전문성과 학술적 성격을 더욱 잘 부각시켜줄 수 있다고 생각한다.

르마나*nirmāṇa*'(역주 : 창작), '비꾸르와나*vikurvāṇa*'(역주 : 변형), '릇디쁘라띠하리야*ṛddhiprātihārya*'(역주 : 수수께끼 풀기) 등의 인도어의 개념과 관련시켰을 때에만 정확하게 이해할 수 있다. 이들 인도어 개념들은 모두 현시(顯示)가 갖는 기적적인 힘과 연관되어 있으며, 중국어로 번역될 때는 모두 '변'이라는 글자를 포함한 단어로 번역되었다.[2] 본래 이러한 현시의 모습을 종이나 비단에 그리거나 또는 벽화로 묘사하는 작업은 예술가의 몫이었으며, 이러한 경우 그 그림들을 '변상(變相)'이라고 부를 수 있을 것이다.[3] '변' 이야기 구연자는 공연하는 동안 예증의 도구로 변상을 사용하곤 했다. 따라서 '변을 공연한다'는 것은 이야기 구연자가—직업 공연자로서 그가 갖고 있는 다양한 도구를 사용하여—두루마리 그림에 등장하는 인물과 장면에 정말 그럴 듯하게 생명력을 부여한다는 것을 의미한다.

안타깝지만 중국의 '변' 두루마리 그림 구연은 본디 민간의 전통에 속해 있었기 때문에 엘리트 계층의 산물일 수밖에 없는 사서(史書)에서는 이 그림 구연에 관한 기록을 거의 찾아볼 수가 없다. 현재 유일하게 남아있는 귀중한 두루마리 그림은 파리 국립 도서관에 소장되어 있는 펠리오(Pelliot) 돈황 사본 P4524(자세한 것은 도판 Ⅰ을 볼 것)뿐이다.[4] 이 두루

2 불교 통속소설이 가지고 있는 사상에 대한 일반적인 논의는, 빅터 메어, 「중국문학의 서사혁명 : 존재론적 전제(The Narrative Revolution in Chinese Literature : Ontological Presuppositions)」 참고. 역주 : 이 논문의 우리말 번역은 김진곤 편역, 『이야기, 小說, Novel』(예문서원, 2001)에 실려 있다.

3 빅터 메어, 「變相의 銘文(Records of Transformation Tableaux(pien-hsiang))」 참고.

4 가와구치 히사오(川口久雄)는 『에토키의 세계—敦煌으로부터의 그림자(繪解きの世界—敦煌からの影)』(도판 Ⅲ과 해당 도판에 부가된 해설)에서, 파리 국립 도서관에 소장되어 있는 「蓮華經」에 관한 그림을 이 경전의 俗講과 관련되어 쓰였던 '變相' 두루마리인 것으로 보고 있다. 특히 그는 문제의 두루마리 그림이 「妙法蓮華經講經文」(P2133. 같은 경전의 또 다른 강경문으로 P2305 사본이 있는데 가와구치는 이 사본에 대해서는 언급하지 않았다) 공연에 사용하는 그림이었다고 주장한다. 그러나 이 강경문에 쓰인 글과 그림 두루마리에 쓰인 글은 내용이 서로 다르다. 즉 후자는 '普門品'이라는 「蓮華經」의 한 장을 단순히 그대로 옮긴 것인 반면, 전자는 경전의 다른 부분 약간에 대해 상세한 주석을 단 것이다. 또 이 '普門品' 두루마리의 형식은 P4524와도 완전히 다르다. '普門品' 두루마리는 위로 1/3

마리는 부처의 제자인 사리불(舍利弗)과 이교도의 우두머리인 노도차(勞度差)가 법력을 다투는 장면을 묘사한 것이다. 이 두루마리 그림이 순전히 우연한 기회에 지금까지 남아 있게 된 것은 너무 고마운 일이지만, 아쉽게도 이 두루마리 그림이 실제 공연에서 사용되던 상황이 어떠했는지는 여전히 풀리지 않는 수수께끼로 남아 있다.

이 두루마리 그림과 동일한 이야기를 담고 있는 변문 사본들이 있다. 영국 국립 도서관에 소장되어 있는 스타인(Stein) 사본 S5511과 S4398, 그리고 이전에는 호적胡適이 소장하고 있었으나 지금은 중국 어느 곳에 있는지 알 수 없는 두루마리 한 권이 바로 그것이다. 이들 세 사본은 「항마변문(降魔變文)」이라는 제목 혹은 그와 유사한 제목을 가지고 있다. 이 변문들은 인도의 전형적인 운산조합(韻散組合)—소위 운산체 혹은 설창체—형식을 따르고 있지만, 위 두루마리 그림(P4524)의 뒷면에는 운문 부분만 쓰여 있다. 여기서 우리는 변문과 변 두루마리 그림 사이의 관계에 대한 질문들에 직면하게 된다. 변문은 그림을 구연하면서 사용한 즉석 대본이나 보조용 메모*aides-mémoire*였을까? 왜 두루마리 그림에는 운문 부분만 기록되어 있을까? 이들 변의 공연자는 누구였을까? 그들의 사회적 지위는 어느 정도였을까?

변 공연에 관한 중국의 기록이 실망스러울 정도로 빈약하여서, P4524와 그것을 둘러싼 일련의 문제들이 영원히 미해결의 난제로 남게 될 가능성이 상당히 높다. 이러한 난국을 돌파하기 위해 나는 이 책에서 근본적인 연구 전략을 세웠다. 중국의 그림 구연에 대해 알고 있는 우리 지식이 너무도 심각하게 부족하므로, 그 공백을 메우기 위해 인도, 인도네

정도 되는 곳에 일련의 서사 그림들이 있고 아래로 2/3 정도 되는 지점에는 그에 상응하는 글이 있다. 이 두루마리가 개인적으로 읽기 위해 만들어졌다는 것은 분명하다(文言으로 되어 있다는 점 역시 이 주장을 뒷받침해 준다). 반면 P4524는 앞면이 모두 그림으로 되어 있으며, 그 뒷면에는 그림의 내용에 상응하는 운문이 백화로 쓰여 있다. P4524가 變을 공연할 때 사용했던 두루마리라는 견해를 입증하는 또 다른 증거는 빅터 메어, 『당 변문』 제4장 참고.

시아, 일본, 이란, 터키, 이탈리아, 독일 그리고 여타의 많은 나라들에 퍼져 있는 유사한 양식들에서 정보를 추출하기로 하였다. 그 결과는 놀라울 정도로 만족스러웠다. 본래 나는 다른 곳에 있는 유사한 전통들을 증거로 하여 중국의 기록을 보충하려고 했을 뿐인데 도리어 이 여러 가지 전통들 사이의 유기적인 관계를 드러내게 된 것이다. 이것은 본래 내가 기대했던 것 이상이지만 어쨌든 기분 좋은 부산물이 되었다.

하지만, 내 노력의 초점은 항상 P4524에 있었다.[5] 유독 그것 하나만 달랑 존재하는 것처럼 보이지만 이 당대의 두루마리 그림은 한때 널리 흥성했던 전통의 일부였음에 틀림없다.[6] 본 이끄는 말의 이하 부분은 여러 흩어진 자료에서 당대 이후의 중국에 그림 구연이 여전히 존재하고 있었다는 증거를 찾아내어 보여주는 데 그 목적이 있다. 이렇게 찾아진 증거 가운데 일부는 조각조각 파편화되어 있기도 하고 또 다른 일부의 증거는 비록 가설 상태일 뿐이지만—정통 관념이 무시하고 심지어는 적대시하였음에도 불구하고—그림을 이용한 종교적이거나 세속적인 민간 이야기 구연 전통이 20세기 후반기에 이르기까지 결코 완전히 사라지지 않았음을 보여주기에는 충분하다할 것이다. 거대한 중국 땅덩어리의 어느 외진 구석에서 아직까지도 이러한 이야기 구연이 계속되고 있는지도 모른다. 내 최대의 희망은 이 책이 그 존재를 알고 있는 사람들을 자극하여 이 매혹적인 주제에 대해 더욱 풍부한 근거를 제공해주도록 하는 것이다.

비록 본래 의미의 변 공연은 송대(宋代, 960-1277)에 이르러 점차 사라져간 듯하지만,[7] 그림을 사용한 구연 양식 자체는 다른 이름으로 그 생명

---

5 니콜 반시에르-니콜라스(Nicole Vancier-Nicolas)는 두루마리에 대한 소개를 곁들여 P4524를 완벽하게 복사했으며, 아키야마 테루가쯔(秋山光和)는 예술사가의 관점에서 이 두루마리 그림을 철저하게 연구하였다.

6 이에 대한 근거는 빅터 메어, 『당 변문』 제6장 참고.

7 금지된 종교적 행동과 관련되었다는 이유로 인해 변문이 정부의 압력을 받았다는 증거를 볼 수 있다. 위의 책 같은 장 참고.

을 계속 유지해 갔다. 이 점은 명대(明代)의 유명한 장수 정화(鄭和)의 비서이자 그와 함께 동남아시아로 원정을 떠났던 마환(馬歡)의 기록에서 확인할 수 있다. 그의 1416년 기록 가운데에는 자바(Java)에 대하여 다음과 같은 언급이 있다.

> 어떤 이들은 인물, 조수, 벌레 같은 것들을 종이에 그렸는데, 두루마리 그림과 흡사하였다. 세 자 크기의 막대 두 개로 그림을 받치는 기둥을 삼고 막대의 한쪽 끝을 그림의 한쪽 끝과 일치하게 하였다. 그 자는 양반 다리를 하고 땅에 앉고서는 그림을 땅바닥 위에 세웠다. [그리고는 두루마리를 돌려서] 한 장면을 펼칠 때마다 앞쪽을 향하여 그네들 말로 크게 그 장면의 유래를 설명하였다. 청중들은 그 자의 주위에 둘러앉아 들었는데, 때로는 웃고 때로는 우는 모습이 마치 평화(平話)를 구연하는 것과 흡사하였다.[8]
>
> 有一等人, 以紙畫人物鳥獸鶻虫之類, 如手卷樣. 以三尺高二木爲畫杆, 止齊一頭. 其人蟠膝坐于地, 以圖畫立地, 每展出一段, 朝前番語高聲解說此段來歷. 衆人環坐而聽之, 或笑或哭, 便如說平話一般.

이 기록에 근거하여 구스타프 슐레겔(Gustave Schlegel)은 인도네시아의 '와양 베베르*wayang bèbèr*(그림을 활용한 이야기 구연)'가 '와양 푸르와*wayang purwa*(피영희(皮影戱))'보다 훨씬 더 먼저 생긴 것으로 추정한다(제3장 참고). "만약 '와양 푸르와(또는 피영희)'가 1416년에 자바에서 공연되었다면, 자바에 대해 더할 나위 없이 상세하게 묘사하고 있는 마환이 그 공연을 기록하지 않았을 것 같지는 않다. 하지만 그는 달랑*dalang*, 즉 구연자가 구

8 밀스(J. V. G. Mills) 역, 『瀛涯勝覽*The Overall Survey of the Ocean's Shores*』, 97쪽. 이 부분의 영역은 약간의 수정이 가해져 있다. 그로너벌트(W. P. Groeneveldt)는 『인도네시아와 말레이시아에 대한 역사 기록*Historical Notes on Indonesia and Malaysia*』, 53쪽에서 같은 부분을 번역하고 있다. 馮承鈞 篇, 『瀛涯勝覽校注』, 15쪽과 폴 펠리오(Paul Pelliot), 『15세기 초 중국인의 대항해*Les grands voyages maritimes chinois*』, 370쪽 역시 참고. 역주 : 한자 원문은 역자가 추가.

연을 하면서 자신의 구연에 맞추어 두 개의 나무 원통 사이의 긴 그림을 돌려 펼쳐 보여주는(암베베르*ambèbèr*), '와양 베베르'만을 언급하고 있을 뿐이다."[9] 슐레겔은 논리적으로 볼 때 위 기록은 중국과 인도네시아의 그림을 이용한 이야기 구연 전통의 공통된 원형이 틀림없이 인도에 있었다는 사실을 내포하고 있다고 보아도 무방하다고 주장한다. 이 기록은 약간 다른 형태로 공진(鞏珍, 1430-1434년경 활동)의 『서양번국지(西洋番國志)』 가운데의 '조왜국(爪哇國)' 항목에 인용되고 있다.[10] 공진이 인용한 기록과 마환의 원래 기록을 볼 때, '와양 베베르'가 중국인 관찰자에 의해 '평화(平話)' 또는 '평화(評話)'로 알려진 민간 장르와 직접 비교되었다는 것은 분명하다. 원(元)과 명(明)의 평화가 원래 그림-이야기 구연의 형태였을 것이라는 믿음에 대한 명확한 근거를 제공하여 주고 있으며 지금까지 학술계에서 미처 인식하지 못했던 사실을 아울러 일깨워 주고 있다는 점에서, 이 비교의 중요성은 아무리 강조해도 지나치지 않다. 만약 인쇄본 평화가 마환과 공진이 언급한 구두본 평화에서 온 것이라고 가정한다면, 그 인쇄본 평화 형식(페이지의 위 부분에 그림이 있고, 그 아래에는 본문이 적혀 있는)의 기원이 명백해질 수 있는 것이다. 더욱이, 우리는 이 기록으로부터 15세기 초반 '와양 베베르'의 존재와 그 특성을 알 수 있는 근거를 얻게 된다. 또 변 그림 두루마리 형식에 대해 우리가 알고 있는 지식과 위

9 '*Ambèbèr*'라는 이 용어는 분명 '펴다', '펼치다'의 의미를 가질 수 있다. 구스타프 슐레겔(Gustave Schlegel), 「講演廳(Sprechsaal)」, 34쪽 참고.

10 "또 한 부류의 사람들이 있다. 그들은 사람, 물고기, 짐승, 곤충 그리고 발이 없는 벌레들을 그렸다. 그 그림은 중국의 그림두루마리 같았다. 세 자 높이의 막대 두 개를 그림걸이로 삼아 그림을 가지런히 걸었다. 그 사람[즉, 공연자]은 양반다리로 땅에 앉아서 그림을 땅에 세운다. 그는 한 장면을 펼치고서 앞쪽을 향해 이민족의 언어를 쓰면서 큰 소리로 그 장면의 배경을 설명해준다. 청중들은 둘러앉아 귀를 기울이고 때로는 웃기도 때로는 울기도 하였는데, 마치 중국에서 누군가가 平話를 이야기하는 것 같았다.(又有一等人, 雜畫人物鳥獸虫豸, 如中國所爲手卷狀, 以二木高三尺爲畫杆, 止齊一頭. 其人盤膝坐地, 以圖畫立地上, 展出一段則朝前用番語高說此段來歷. 衆人環坐而聽之, 或笑或哭, 如中國說平話然.)" 鞏珍, 『西洋番國志』, 10쪽.

에서 언급한 마환과 공진의 기록에 근거하여 평화는 변 이야기 구연의 원대(元代, 1260-1368) 직계 자손이라 말할 수 있다. 심지어 '평화'는 본래 '변'의 중국화된 명칭이라고까지 과감하게 말할 수도 있을 것이다.

평화 작품 가운데 저작 시기와 지역에 대한 정확한 정보를 알 수 있는 것으로 '전상평화오종(全相平話五種)'이 있다.[11] 이 다섯 가지 평화 중 맨 마지막에 실려 있는 「신전상삼국지평화(新全相三國志平話)」의 제목 페이지에 표시된 출판 시기는 1321-1323년 사이이다. 다섯 종의 전상평화 가운데 네 종은 복건(福建) 건안우씨(建安虞氏)가 출간한 것으로 확인되고 있다. '전상'이라는 용어는 평화뿐만 아니라 원대의 다른 형태의 소설이나 희곡을 간행하면서도 쓰였으며, '전상'에서 '상'의 의미는 그보다 더 이른 시기에 보이는 '변상(transformation illustration)'(혹은 내가 번역한 바에 따르면 transformation tableau)의 '상'과 관계가 있다.

지금은 전해지지 않는 「오월춘추연상평화(吳越春秋連像平話)」를 통해 그림과 함께 이 긴 이야기를 강설(講說)하는 전통이 있었음을 가정할 수 있다.[12] 전국(戰國)시대 오나라 월나라 사이의 전쟁 영웅 오자서(伍子胥)에 관한 이야기를 다룬 돈황의 「오자서고사(伍子胥故事)」는 위와 같은 전통에서 그림은 빠져있는 형식이 발전해 온 것으로, 그리고 「오월춘추연상평화」는 같은 전통이면서도 그 안에 그림이 남아있는 형식으로 간주될 수 있을 것이다.

인도에는 중국의 평화와 동일한 형식으로 삽화가 들어 있는 사본들이 많이 있다. 여기서는 그 가운데 스미소니언 박물관 프리어 갤러리(Freer

11 『全相平話五種』. 원본은 日本의 內閣文庫에 소장되어 있다. 변문의 기원 및 평화를 포함한 백화 단편소설의 발전에 있어 변문이 준 중요한 영향에 대해서는, 李本燿, 『宋元明平話研究』, 19-48쪽 참고.

12 孫楷第가 일본 毛利 집안의 도서관 목록에서 주목한 사항. 孫楷第, 『中國通俗小說書目』, 2쪽과 패트릭 하난(Patrick Hanan)의 「宋元 白話小說 : 현대적 연대 확정법 비판(Sung and Yüan Vernacular Fiction : A Critique of Modern Methods of Dating)」, 175쪽 주석 83 참고.

Gallery)에 소장되어 있는 1451년 작 '바산따월라사(Vasantavilāsa, 봄의 향연)' 만을 언급하겠다. 이 사본은 여든네 컷의 그림이 천 두루마리에 세로 형태로 그려져 있다. 이 사본의 글자들은 여백을 남겨두고서 먼저 그림을 그리고 난 다음에 그 여백에다가 써넣은 것 같아 보인다. 그 크기나 배열 형식을 보면 '바산따월라사'가 개인의 독서용으로 만들어진 것임을 알 수 있다.[13] 문자로 출판된 평화와 마찬가지로 이 '바산타월라사' 사본 역시 텍스트, 즉 문자가 주가 되고 그림은 그 문자 부분의 내용을 설명한 것처럼 보인다.[14] 하지만 민간문학 양식의 발전이라는 측면에서 볼 때, 원래는 그림이 주가 되었으며 '글'은 그 그림을 구연하며 설명하던 부차적인 것이었을 것이다.

유월(俞樾, 1821-1906)의 『구구소하록(九九消夏錄)』에는 '도설여평화체례(圖說如平話體例)'라는 조목이 있다.[15] 이를 통해 우리는 평화와 변문 사이의 어떤 유사성을 확인할 수 있다. 유월의 시대에는 양동명(楊東明, 1548-1624)의 '하남기민도(河南饑民圖)' 판각본이 여전히 존재하고 있었다. 양동명은 만력(萬曆) 연간(1573-1619)에 황제에게 이 그림들을 바쳤다. 이 그림들은 총 14폭이었으며, 그 중 앞쪽 13폭에는 각각의 설명이 붙어 있다(各繫以說). 그리고 마지막 그림에는 화가 자신이 황제에게 바치는 다음과 같은 글귀가 적혀 있다. "이렇게 궁궐을 바라보며 머리를 조아리는 사람은 바로…… 楊東明입니다(這望闕叩頭的就是 …… 楊東明)." 유월 자신이 지적한 대로 그 설명이 모두 구어(口語)로 쓰여 있다는 사실은(諸說皆俚俗之語) 대단히 중요하다. 또 유월은 역시 명대 사람인 설몽리(薛夢李)의 『교가류찬

---

13 사리유 도쉬(Saryu Doshi), 「봄의 향연 : 바산따월라사(세 가지 간단한 소개)(Spring Festival : The Vasanta Vilasa(three vignettes))」, 37-38쪽과 도판 참고. 위의 사본을 철저하게 다루고 있는 노먼 브라운(W. Norman Brown)의 「바산따월라사 : 봄의 향연을 읊은 고 구자라뜨어 시가, 산스끄리뜨어 표기와 삽화가 부가됨(The Vasanta Vilasa : A poem of the Spring Festival in Old Gujarātī Accompanied by Sanskrit and Illustrated with Miniature Paintings)」 역시 참고.

14 阿英, 『中國連環圖畫史話』, 8쪽 참고.

15 俞樾, 『九九消夏錄』 12권.

(敎家類纂)』을 언급하고 있는데, 여기에는 “문안에 서 있는 이 사람은 모 왕조의 어떤 사람으로, 운운(這一箇門內站的人是某朝某人, 云云)”과 같은 설명이 붙은 그림들이 포함되어 있었다. 여기서도 마찬가지로 그 설명은 구어로 쓰여 있다. 유월은 이것이 명대에 대단히 유행했던 평화의 형식이 아닌가 의심하고 있다.

평화가 본래 그림 구연 양식에서 출발하였다는 점을 주장하기 위해서는 여러 중국 자료들을 통한 좀 더 철저한 연구가 선행되어야 할 것이다. 즉, 초기의 평화에 대해서는 발전된 민간 기록문학 형식으로서가 아니라 구두 공연 형식으로써 연구될 필요가 있다는 것이다. 물론 평화의 형식은 20세기까지 일종의 구연 예술 형태로 남아있긴 하지만 그림을 사용하고 있는 것은 아니다. 그러나 현존하는 증거들에만 근거하더라도 우리는 초기의 평화가 변과 유기적인 관계를 가지고 있었다고 말할 수 있다.

구연되는 변 → 구연되는 평화 → 그림 없이 구연되는 평화

↘ ↘

변문 기록된 평화

변과 변문이라는 명칭이 문학사에서 보이지 않게 된 후에도 그림을 이용하여 이야기를 구연하는 전통이 중국에서 계속 전해져왔다는 사실은 다른 자료들을 통해서도 증명될 수 있다. 『설악전전(說岳全傳)』의 제56회는 조녕(曹寧)이라는 금(金)의 걸출한 장수가 새로 전쟁터에 나타나고 송나라 장수들이 그 조녕을 막아 내기가 얼마나 어려웠는지를 언급하는 것으로 시작한다. 이전에 충성의 징표로 팔 하나를 잘라 적군의 대장인 올출(兀朮, 1148년 사망)에게 보내는 계략을 써서 금군(金軍)에 잠입했다가 이제 ‘고인아(苦人兒)’라는 이야기 구연자 행세를 하고 있는 왕좌(王佐, 1126년생)는 다음과 같은 (송(宋)에게 일어난) 불행한 사태를 설명하게 된다.[16]

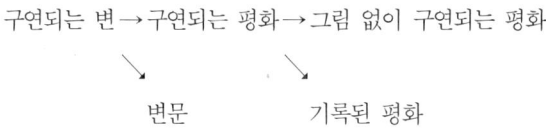

각설하고, 금(金)의 영내에서 왕좌는 이 일을 듣고서 마음속으로 놀라고 당황스러워 장막으로 들어가 문룡을 뵈었다. 문룡이 말하였다 "고인아, 오늘은 또 무슨 이야기를 할 건가?" 왕좌가 말하였다. "오늘은 아주 좋은 이야기가 하나 있으니, 이 오랑캐 무리들은 모두 나가게 하시고 전하 혼자서만 들으셔야 할 것입니다." 문룡은 보좌하고 있는 사람들을 모두 밖으로 나가게 했다. 왕좌는 오랑캐 무리들이 모두 나가는 것을 보고는 그림 한 폭을 꺼내 바치면서 말하였다. "전하께서는 먼저 이것을 보시지요. 그 연후에 이야기를 하겠습니다." 문룡이 그것을 받아 보니 그림 한 폭이었고, 그 그림에 있는 사람이 부왕(父王)과 매우 닮았다는 것을 알 수 있었다. 또 대당(大堂) 위를 보니 장군 한 명과 부인 한 명이 죽어 있었고, 또 한 어린아이가 그 부인 곁에서 울고 있었다. 또 많은 오랑캐 병사들이 그려져 있는 것도 보였다. 문룡이 말하였다. "고인아, 이것은 무슨 이야기인가? 나는 모르겠구나. 내게 이야기해 주도록 하라." 왕좌가 말하였다. "제가 직접 그림을 가리키면서 이야기를 할 수 있도록 전하께서 옆으로 살짝 비켜주십시오. 이곳은 중원의 노안주(潞安州)입니다. 여기 죽어있는 어른은 절도사의 관직에 있던 분으로 성은 격(擊)이고 이름은 등(登)입니다. 이 죽은 부인은 바로 사씨(謝氏) 부인이십니다. 이 공자(公子)는 이름이 격문룡입니다." 격문룡이 말하였다. "고인아, 어찌 그자도 이름이 격문룡이란 말인가?" 왕좌가 말하였다. "전하 우선 들어보시지요. 창평왕 올출의 군대가 노안주를 약탈할 때, 이 격문룡의 부친은 송나라에 충성을 다하고 목숨을 잃었고 그 부인은 절개를 잃지 않고자 죽음을 택한 것입니다. 올출은 유모에게 이 부부의 어린 아들 격문룡을 잘 안아서 그가 다스리는 곳으로 데리고 오도록 하여, 자신의 아들로 삼은 지 벌써 13년이 지났습니다. 그는 부모의 원수도 갚지 않고 도리어 그 원수를 아버지로 여기고 있으니 어찌 통탄할 일이 아니겠습니까!" 격문룡이 말하였다. "고인아, 네가 지금 분명 나를 빗대어 이야기하고 있는 것이로구나."

16 兀朮의 일대기에 대해서는 『金史』 77권의 第1條 참고. 이와 비슷한 계략이 당대를 배경으로 하고 있는 원 잡극인 無名氏의 「小尉犀將鬪將認父歸朝」, 7b-8b에서도 보인다.

且說金營內王佐聞知此事, 心下驚慌, 來至擊文龍營前, 進帳見了文龍. 文龍道 "苦人兒, 今日再講些甚麼故事?" 王佐道 "今日有絶好的一段故事, 須把這些小番都叫他們出去了, 只好殿下一人聽的." 文龍吩咐伺候的人盡皆出去. 王佐見小番盡皆出去, 便取出一幅畫圖來呈上道 "殿下請先看了, 然後再講." 文龍接來一看, 見是一幅畫圖, 那圖上一人有些認得, 好像父王. 又見一座大堂上, 死著一個將軍, 一個婦人. 又有一個小孩子, 在那婦人身邊啼哭. 又見畫著許多番兵. 文龍道 "苦人兒, 這是甚麼故事? 某家不明白, 你來講與某家聽." 王佐道 "殿下略略閃過一旁, 待我指著畫圖好講. 這個所在, 乃是中原潞安州. 這個死的老爺, 官居節度使, 姓擊名登. 這死的婦人, 乃是謝氏夫人. 這個公子, 名叫擊文龍." 擊文龍道 "苦人兒, 怎麼他也叫擊文龍?" 王佐道 "你且聽著, 被這昌平王兀朮兵搶潞安州, 這擊文龍的父親盡忠, 夫人盡節. 兀朮見公子擊文龍幼小, 命乳母抱好, 帶往他邦, 認爲己子, 今已十三年了. 他不與父母報仇, 反叫仇人爲父, 豈不痛心!" 擊文龍道 "苦人兒, 你明明在說我."[17]

이 이야기는 경극 무대에서 '팔대추(八大錘)'나 '단비설서(斷臂說書)' 혹은 다른 제목으로 알려져 있다.[18] 이들 이야기에서 왕좌는 그림들을 가지고 나와서 벽에 걸어두고 이야기를 풀어 나간다.[19]

산서(山西)의 도교 사원 영락궁(永樂宮)에 있는 칠진전(七眞殿)－도사 왕중양(王重陽)의 이름을 따라 중양전이라 불리기도 한다－은 1252년에 건립되었다. 건축 양식으로 판단해 볼 때, 칠진전 안쪽에 있는 벽화들 역시 거의 같은 시기의 것으로 보인다.[20] 그 북쪽 벽에는 아마도 남자 하

17 錢彩, 『說岳全傳』, 275-276쪽. 역주 : 원문은 역자가 붙임.

18 陶君起, 『京劇劇目初探』, 283쪽 참고. 이 연극은 潮州의 연극 전통에서 아직도 유행하고 있다. 이야기 구연자 王佐에 대해서는 제Ⅱ막에서 자세히 다루고 있다. 이들 경극에서 왕좌는 다음과 같이 이야기를 시작한다. "여기 그림 한 장이 있으니, 이것을 걸고, 이 그림에 따라 이야기를 하겠습니다(這裡有圖畫一張, 掛起來, 照圖來講)." 郭智略 등이 쓴 「王佐斷臂」에 근거.

19 톰 지(Tom Gee), 『중국 희곡 고사*Stories of Chinese Opera*』, 270-273쪽.

20 山西省文物管理工作委員會 編, 『永樂宮』 前言, 16쪽.

나가 해골 그림을 이용하여 청중들에게 죽음에 대하여 강연하는 것 같은 대단히 흥미로운 장면이 그려져 있다(도판 II). 이 벽화 장면은 곧 '야마빳따까(*yamapaṭṭaka*)'로 알려진 인도 그림 연행자의 공연 방식을 떠올리게 한다(제1장 참고). 이 그림들의 존재는 비록 평화의 경우를 제외하고는 다른 양식들이 어떤 이름으로 불렸는지 우리가 알 수는 없지만, 그림을 이용한 이야기 구연 혹은 적어도 그림을 이용하는 강연이 원대에 존재하고 있었다는 것만은 분명 시사해 준다. 어떻게 도사들이 이러한 방법을 사용하게 되었는지는 역시 불가사의하다. 영락궁에 있는 그림들은 그 배경이 비록 도교적인 것이라 하더라도, 그 기원은 불교적이기 때문이다. 예를 들면, 삼청전(三清殿) 북쪽 벽 감실에 있는 '비천(飛天)'은 불교적인 화법으로 그려져 있다.[21]

유명한 두루마리 그림 '청명절에 강에 나서다[청명상하도(清明上河圖)]'의 원본은 북송(北宋) 수도 개봉(開封)의 생활을 묘사한 것으로 알려져 있다. 물론, 이 청명상하도의 이후의 모사본들이 송대 당시를 있는 그대로 제대로 묘사하고 있다고 보기야 어렵겠지만, 이 이후의 모사본들 역시 꼼꼼하게 살펴볼 가치는 충분히 있다. 이 외에도 검토할 만한 것들이 상당히 많다. 중국문학 연구자들은 그림을 이용한 이야기 구연의 증거를 검토한다는 측면뿐만 아니라, 희곡이나 기타 모든 유형의 구연 양식의 증거를 검토한다는 측면에서도 청명상하도와 같은 성격의 그림들을 철저하게 검토하여야 할 것이다.

원대 백운당(白雲堂) 본(本) '청명상하도'의 제10단에서는 꼭두각시 인형극 혹은 그림 구연의 장면을 볼 수 있다.[22] 장막 또는 그림 위에는 천을 걸어두는 용도로 쓰인 것으로 보이는, 또는 만약 꼭두각시 인형극이라면

21 같은 책, 그림 136 · 137.

22 劉淵臨, 『清明上河圖之綜合研究』, 그림 부분 참고. 백운당 본은 黃君璧이 소장하고 있다(같은 책, B2쪽). 이 그림의 연대에 대한 유연림의 의견은 A9쪽에 보인다. 유연림이 복사한 그림을 통해서는 무엇이 그려져 있는지 확실히 말하기가 힘들다.

꼭두각시 인형들의 모자인 것으로 보이는 두 개의 검은 물체가 있다. 백운당본과 동일한 전승 관계에 있는 원비부(元秘府) 본에도 똑 같은 위치에 꼭두각시 인형극이 그려져 있다.[23] 그림공연이었든, 꼭두각시 인형극이었든 백운당 본에는 천의 바로 왼편에 흰옷을 입고 서 있는 사람이 그려져 있는데, 지시봉을 쥐고 있는 것처럼 보인다. 인도, 티베트, 일본의 다양한 전통을 통해서 알 수 있듯이, 이것은 그림 이야기 구연자의 전형적인 특징 가운데 하나이다. 천은 상당히 넓어서 실제로는 한 변의 길이가 거의 1.5미터 정도는 되었을 것이다. 그리고 상당히 많은 관중들(최소 열 명 이상 되는 다양한 연령층의 사람들)이 모여 있다. 그 옆에 서있는 사람들은 공연이 너무 보고 싶은 듯, 공연하고 있는 방향을 손으로 가리키고 있다.

또 백운당 본의 제13단에는 사원이 그려져 있는 매우 큰 그림을 들고 있는 사람이 나온다. 그 사람 뒤로는 등에 상자를 메고 있는 조수가 그려져 있으며, 그 조수는 사람들에게 돈을 걷을 때 쓰는 둥근 접시를 들고 있다. 백운당 본 말고 다른 모사본들 중에는 그림판(이 그림판에는 여섯 명의 인물이 등장함)을 세워 놓고 있는 사람이 묘사되어 있는 모사본들이 있다.[24] 이 그림판을 세워 놓고 있는 사람은 주위에 많은 청중들을 끌어 모아놓고 있다. 아마 그는 관상가 또는 그림을 해설하는 사람일 것이다.[25]

메트로폴리탄 미술박물관에 소장되어 있는 '청명상하도'의 명대 모사본에는 그림 이야기 구연과 관련된 것으로 보이는 아주 흥미로운 장면이 있다(도판 III, 역주 : 이 번역본에는 참고문헌 직전 373쪽에 실림).[26] 이 장면에

---

23 원비부 본 역시 유연림의 그림들 안에 복사되어 있다. 하지만 여기서는 천인 것 같지도 않고 이야기하는 사람이 막대를 잡고 있는 것 같이 보이지도 않는다. 메트로폴리탄 미술박물관(Metropolitan Museum of Art [A])의 아홉 번째 사본 역시 천 종류로 보인다는 것만 제외하면 사정은 마찬가지이다.

24 이 그림들은 명대의 화가인 仇英(仇十洲)이 모사한 것이다. 유연림의 도판을 참고.

25 메트로폴리탄 미술박물관 [A]의 모사본에는 네 사람이 그려진 가로형 두루마리가 보인다.

26 앨런 프리스트(Alan Priest), 『清明上河 : 강에서의 봄 축제*Ch'ing Ming Shang Ho : Spring Festival on the River*』 서문과 주석, 항목 9.

는 절을 하고 있는 승려 앞에 악사(樂師)들이 등장한다. 그 승려는 대만의 민간 종교극에서 승려 역할을 하는 배우가 입는 옷과 대단히 흡사한 기운 누더기 옷을 입고 있으며, 끝 부분이 바리때인 것으로 보이는 지팡이를 쥐고 있다. 한 소년이 사원 혹은 성(城)이 그려진 듯한 큰 그림을 들고 있다. 그 소년 뒤로는 '와양 베베르 코탁(*koṭak*, 나무로 만든 상자 또는 궤)'과 크기와 모양이 같은 상자를 등에 지고 있는 사람이 한 명 있다. 이 상자는 악사들이 사용하는 용구이거나 다른 두루마리를 담는 용도로 쓰인 것으로 보인다. 이 상자를 메고 있는 사람 역시 그림 옆에 서 있는 사람들의 주목을 끌고 있다. 아마 이 사람들은 사원을 위한 돈을 모으면서 이 사원을 짓는 일에 관한 이야기를 하고 있을 것이다. 또는 어떤 공연을 위해 관중을 모으려 하고 있는 듯 보이기도 한다. 의도가 어떤 것이든 간에, 그들은 그 공연에 푹 빠져있는 관중들에게 둘러싸여 있다.

'청명상하도'로 알려진 그림은 최소한 37종이 현존하고 있다.[27] 이외에도 일상생활의 모습을 자세히 묘사하고 있는 당, 송, 원, 명대의 그림들은 대단히 많다. 이들 그림에 대한 철저한 조사는 이 시대의 민간 연행을 연구하는 학자들에게 큰 도움이 될 것이다.[28]

16세기 명대의 시인이자 화가인 진탁(陳鐸, 자는 대성(大聲), 호는 추벽(秋碧))이 지은 산곡(散曲) 한 수는 본서의 핵심 문제들에 상당한 시사점을 줄 수 있을 것이다. 이 산곡은 중국 이외의 지역에서는 찾아보기 힘들 것이므로 작품 전체를 번역하고자 한다.

만정방(滿庭芳) · 도인(道人)

27 로데릭 위트필드(Roderick Whitfield), 『張擇端의 '淸明上河圖'*Chang Tse-tuan's Ch'ing-Ming shang-ho t'u*』 부록 3, 196-206쪽 참고. Chiang Fu-tsung, 「중국의 도시, 개봉(淸明上河圖)(A City of Cathay(Ch'ing-ming shang-ho t'u))」 역시 참고.

28 민족음악 학자인 아이리스 피엔(Iris Pian)은 세계 일주를 하면서 그림 이야기 구연자가 들어가 있는 '청명상하도'를 보았다고 내게 말해 주었다. 나는 그것이 어떤 그림이었는지는 확실히 말하기 힘들다.

남들은 곰보라 부르지만 자기는 스님이라 자칭한다오.

스승이 있는 것도 아니요, 그저 집집마다 문 두드리며 염송하고 소원 빌어줄 뿐.

밤새도록 잠도 자지 않고, 긴 저고리를 가사인 양 끌고 다닌다.

낡은 집 대청에 불상 그림 높이 걸어두고서, 금강경 한 권을 다 염송하였으니,

밥 한 끼 시주 정도야 받을 만하도다. 입으로 음식 들어가면 그뿐, 어이 돈을 탐하랴.

稱呼爛面, 倚稱佛教.

那有師傅, 沿門打聽還經願,

整夜無眠, □[29]長布衫當袈裟[30]拖展,

舊家堂作聖像高懸. 宣罷了金剛卷,[31]

齋食兒未免, 單顧嘴, 不圖錢.[32]

이 작가가 작품 속 인물을 정식 승려로 보고 있지 않다는 것은 분명하다. 하지만 동시에, 이 '도인(道人)'은 분명히 종교적인 외양을 갖추고 있다. 본 연구에서 계속 보게 되겠지만, 이 사람은 신성(神聖)과 속세 사이에 걸쳐있는 모종의 사회 영역에서 살아가는 세속의 연행자와 같은 사람이다. 많은 경우 이러한 사람들은 보통 걸인들이며, 이 산곡의 '도인' 역시 마찬가지일 것이다. 이 시는 또 보권(寶卷)의 구연과 그 구연에 사용되었던 그림의 연관성을 시사해준다는 측면에서도 매우 중요하다.[33]

29 빠진 글자는 '用' 또는 '着'일 가능성이 크다.

30 산스끄리뜨어로 '*kaṣāya*'.

31 『金剛般若波羅蜜多經*Vajracchedikā-prajñāpāramitā-sūtra*』.

32 1985년 3월 14일 편지로 이 작품을 보내 주신 山東大學 중문과의 關德棟 교수에게 감사를 드린다. 關교수는 『陳大聲樂府全集』을 보고 기록하였다. 나는 금세기에 다시 출간된 陳鐸의 산곡집 『秋碧樂府』와 『梨雲寄傲』에서는 이 작품을 찾지 못했다. 이 두 산곡집은 盧前(冀野) 編, 『飮虹簃所刻曲』(臺北 : 世界書局, 1967년 重印) 제1권에 실려 있다. 역주 : 원문은 본디 각주 32번 항목에 실려 있었으나 번역본에서는 해당 작품 번역 바로 아래로 옮겨 실었다.

33 명청대의 민간 종교 용어인 '宣卷'은 일반적으로 '宣寶卷'을 의미한다.

학자들은 원대 이후에 처음으로 등장했고 불교적인 주제를 다루면서 전형적인 인도의 운산조합 형식을 따르고 있는 민간의 교훈적 설교 이야기인 보권이 변문에서 발전해 온 것으로 보고 있다. 변 공연과 마찬가지로, 보권도 그림이나 혹은 다른 형식의 도상(圖像)과 함께 연행되었을 것이라는 첫 번째 증거는 바로 이 진탁의 산곡 작품이다.

진탁의 산곡에 제시되었던 정보는 내가 1985년 8월 연구차 방문했던 중국 북서부 감숙성의 주천(酒泉) 지역에서 얻은 정보를 통해 더 자세하고 확실해진다. 무위(武威), 장액(張掖), 주천(酒泉) 시 주변의 마을들에서는 여전히 보권이 염송되고 있었다. 돈황과 인접한 지역에서 그리고 눈으로 뒤덮인 기련(祁連) 산맥의 그림자 아래로 펼쳐진 감숙 지역을 따라, 구연된 변과 많은 유사점을 가지고 있는 강창체 이야기 연행 전통이 오늘날까지도 남아있는 것이다. 하서 보권(河西寶卷)의 연행에 대해서는 어떤 언어로도 기록되어 있지 않기 때문에, 여기서 좀 더 상세한 언급을 하고자 한다.

우선 1949년 중화인민공화국이 성립된 이래, 특히 50년대 초 공산당 권력이 공고해진 후 하서 보권의 연행자와 접촉하기가 대단히 어렵게 되었다는 점에 주의해야 한다. 그 지역에는 80년대 중반까지 연행된 것으로 알려진 53가지 보권이 있다. 티베트족이 하서회랑 지역을 점령했던 시기를 다룬 '목양(牧羊)보권'과 '규각녀(閨閣女)보권'처럼 적어도 표면적으로는 세속적인 주제를 다룬 것도 있기는 하지만 그래도 보권들은 거의가 다 두드러진 종교적 색채를 띠고 있다. 그 가운데에서도 특히 목련(目連)이 지옥에서 어머니를 구하는 내용의 보권처럼 명백한 불교적 주제를 담고 있는 보권이나 도교의 여러 신들을 주제로 다루고 있는 보권들은 종교적 색채가 훨씬 더 강렬하다. 바로 이와 같은 종교적인 측면으로 말미암아 1949년 이후로 하서회랑 지역에서 보권을 공연하거나 출판하는 행위는 법으로 금지되었다. 하지만 이 일에 종사했던 사람들이 무자비하게 박해를 받고 그들의 보권이 압수되거나 폐기되었던 60년대 후반과 70년대 초반의 문화대혁명 때까지, 이 공연은 중심 밖의 외곽지역에서 계속 유지되어 왔다. 문화대혁명이 끝난 이후로는 당국의 감시가 엄하지 않거나 지속적으로 미치지 않는 비교적 큰 도시의 외곽지역에서 살며시 재연되어 왔다. 보권은 아직까지도 배포나 판매의 목적으로는 출판할 수 없다.* 따라서 보권 텍스트를 가지고 싶은 사람은 보통 친구나 동료가 가지고 있는 사본을 필사한다. 지난 반세기 동안의 사상적인 동란에도 불구하고, 불교 신앙의 원초적인 흐름은 하서회랑 지역에서 여전히 강하게 유지되고 있다. 자신들을 불교도라고 규정하는 사람들에게 보권 텍스트를 집에 보관하고 그것의 공연을 돕는 일은 일종의 미덕이다. 이에 따라 보권과 관련된 대부분의 활동들이 지금도 비밀리에 진행되고 있다.

1949년 이전, 하서 지역에서 보권은 대단히 인기가 높았다. 보권 공연은 보통 신년 행사나 기타 명절의 축제 때 행해졌다. 또 공연은 종종 사원의 행사와 함께 진행되기도 했다. 보권 공연을 보는 것은 지방희(地方戱)를 보러 가는 것과 마찬가지로 하나의 오락으로 간주되었지만, 그 안에는 항상 종교적인 메시지가 내포되어 있었다. 그러나 보권의 연행자는 불교 승려 같은 종교적 인물이 결코 아니었다. 그들은 다만—지금도 마찬가지로—보권 공연에 종사하는 속세의 다른 사람들로부터 보권 연행 방법을 배운 농민들이었다.

보권의 연행자는 직업적으로 공연을 하는 사람이 아니다. 그의 주요 수입은 농사를 통해서 얻어진다. 하지만 보권에 흥미를 느낀 마을 사람들의 초청을 받아 공연할 때에는 식사대접이나 선물을 받을 것이며, 여기에는 아마 약간의 돈도 포함될 것이다. 어떤 지방에서는 보권의 연행

---

* 역주 : 메어가 이 책을 연구하고 집필하던 1980년대 전후의 상황과 지금의 상황은 많이 다르다고 보아야 할 것이다. 21세기에 접어든 지금 중국학자들은 보권의 정리와 연구 작업을 활발히 진행하고 있으며, 이러한 연구의 성과로 몇몇 보권 작품이 출판되어 있는 상황이다. 그리고 청대 보권의 원본들도 자유롭게 유통되고 있다.

자가 이곳저곳으로 떠돌아다닌다. 그리고 본 연구에서 보게 될 많은 다른 연행자와 마찬가지로 그들 역시 낮은 수준의 교육을 받은 사람이다. 오늘날 하서 보권 연행자의 대부분은 50세 이상이지만 솜씨가 뛰어난 20대 중반의 연행자들도 있다. 예측하지 못한 큰 사회적 혼란이 발생하지 않는다면, 이 전통이 즉시 소멸할 위험성은 크지 않은 것 같다.

하서 보권 구연자들에 관한 새로운 발견 가운데 가장 관심을 끄는 것은 중화인민공화국 성립 이전에 그들이 일반적으로 그림과 함께 공연을 했다는 사실이다. 몇몇 하서 보권의 공연이 본래 그림 공연의 형태였다는 것은 분명하다. 그 그림들은 큰 천에 채색이 되어 있는 것들이었고 휴대하기 쉽도록 위로 말아 올릴 수 있었다. 연행자는 길거리를 마주보고 있는 건물의 외벽에 그것들을 걸어두고, 이야기를 풀어가면서 관련된 부분을 가리키고는 했다. 가장 일반적인 그림은 지옥에서의 여러 가지 고통을 묘사한 것들이었다. 이 그림들은 그들이 표방하는 도덕적 교훈을 반대하는 사람들에게 어떤 일이 일어나는지를 보여주기 위한 것으로 어떤 보권과도 함께 쓰일 수 있었다. 그림들은 각각의 장면이 명확하게 구분선으로 나누어지는 형식이 아니라 서술되는 사건의 장면들을 별도의 구분 없이 연속적으로 묘사해 놓은 형식이었다.

오랫동안 하서 보권의 공연을 연구해 온 한 학자는 주천 종루사(鐘樓寺) 출신의 한 승려가 사원의 대전(大殿)에 있는 벽화를 가리키며 당대 승려 현장(玄奘)이 경전을 찾아 인도로 떠난 이야기를 구연하는 장면을 목격했다고 한다. 산문과 운문을 결합한 그의 이야기는 사원의 방문객이나 사원의 모임에 참석한 신도들을 계몽하기 위한 것이었다.[34] 또 다른 관찰자는 무위에서의 공연에 대한 좀 더 상세한 정보를 주었다. 매년 [음력?] 5월 이곳에서는 상회(商會)의 주관 하에 연꽃 축제가 벌어졌다. 천에 그린 큰 그림은 도시의 네 곳 또는 다섯 곳의 벽에 걸리게 되었다. 그

34 謝生保,「하서 보권과 돈황 변문의 비교(河西寶卷與敦煌變文的比較)」, 79쪽.

그림들은 천국, 지옥, 삶과 죽음의 윤회[상사라saṁsāra] 등을 묘사한 것들이었다. 이야기 구연자는 한 손에는 보권을 들고 다른 한 손에는 막대기를 들고서, 그림 앞에 놓인 탁자에 서서 그림 속 장면들을 가리키면서 노래를 부르기도 하고 읊기도 하였다. 남녀노소 청중들은 그 이야기 구연자를 빙 둘러싸고 있었지만, 자유롭게 오갈 수도 있었다. 무위 사람들은 이러한 형태의 그림 서사 공연을 '강선서(講善書)'라고 불렀다.[35]

문화대혁명 기간 동안 보권 두루마리 그림들이 모두 파괴당한 바 있는 관계로 지금까지도 보권 연행자들은 눈에 잘 띄는 연행 도구를 사용하는 것이 안전하지 못할 수도 있다고 생각한다.

하북성(河北省) 창현(滄縣)에 있는 보권의 연행자들도 이와 비슷한 그림 세트들을 사용하였다. 내게 정보를 제공해 주는 사람에 의하면, 사실 그들은 아직도 거의 완전한 세트 한 벌을 가지고 있으며, 그 세트는 본래 열 개의 두루마리에서 한 개만 빠져 있는 상태라고 한다.[36] 창현의 보권 연행자들은 그들의 걸개 두루마리 세트를 '수륙(水陸)'이라 불렀다(컬러도판 9). 감숙의 그림 두루마리와 마찬가지로, 그들은 지옥의 여러 가지 장면들, 특히 십전(十殿)의 염라(閻羅)가 내리는 징벌의 공포를 묘사하였다. 창현의 연행자들은 천지문(天地門)으로 알려진 백련교(白蓮教)의 한 분파에 속해 있었다. 이 연관성은 이와 같은 민간 불교문학의 이교적이고 민간 종교적인 성격을 드러내 준다. 두루마리 세트가 '수륙'이라고 불린 것은 보권 공연이 본래 수중의 영령과 지상의 귀신들에게 음식을 바치는 행사인 수륙재(水陸齋)의 필수 구성요소였기 때문인 것으로 보인다.

하서 보권의 연행은 연행자가 그림을 이용하여 이야기부분과 노래부분을 번갈아가면서 구연함으로써 이루어진다. 청중들은 어떤 곳에서는 직접 끼어들어 연행자가 설교하는 구절을 따라한다(몇몇 돈황 민간 서사에

35 譚嬋雪, 「하서의 보권(河西的寶卷)」, 『敦煌語言文學研究通訊』 1(1986). 謝生保의 「하서 보권과 돈황 변문의 비교」, 79-80쪽에서 인용.

36 李世瑜의 개인 서신, 1985년 11월 6일.

서 반복적으로 보이는 '불자(佛子)'와 대비시켜 보자). 운문부분은 보통 10자구(3-3-4음절)로, 정해진 여러 곡조들에 맞추어 부르는데, 이 곡조들 가운데 반 정도는 하서지방에만 있는 것이다. 「오경조(五更調)」와 같은 몇몇 노래들은 돈황의 곡(曲)으로 직접 거슬러 올라갈 수 있다. 텍스트에는 거의 적혀 있지 않지만, 보권의 연행자들이 운문부분을 이끌 때 일반적으로 사용하는 공식구는 "이야말로(這眞是) ……" 또는 여기서 약간 변형된 형태이다. 텍스트의 주요 단락에는 음창(吟唱) 형식의 짧은 5언 운문이 있다. 그리고 그 다음에 이어지는 산문 부분은 "각설하고(却說) ……"라는 공식구로 시작한다. 여기에는 어떤 종류의 악기도 사용되지 않는다.

하서 보권 텍스트의 연대는 명대부터 지금까지 이어진다. 만년필로 쓴 아주 최근의 사본만 제외하면, 질이 좋지 않은 종이에 붓으로 써서 실을 가지고 책의 형태로 묶은 것이 일반적이었다. 이 많은 텍스트들의 통상적인 외관은 돈황 변문과 대단히 흡사하다. 하나의 보권을 필사하는 데에는 한 명 이상의 필사자가 관여했던 것으로 보인다. 문자에 익숙하지 않은 사람에게 흔히 나타나는 철자상의 오류가 대단히 많다. 예를 들어, '這'가 '只'로, '展'이 '占'으로, '於'가 '與'로 쓰인 경우들이 그러하다. 속자들('卷'이 '眷'으로, '叫'가 '叫'로 쓰인 예 등등) 역시 자주 보인다. 기준에 맞지 않는 언어 사용의 방식들이 보이기도 한다(예를 들어, '大吃一驚' 대신 '大失一驚'을 쓴 것).

동일한 텍스트의 여러 사본들이 존재한다고 하더라도 이들은 결코 동일한 것이 아니며 심지어는 완전히 다른 제목을 가질 수도 있다. 각 이야기 구연자는 자신의 스타일에 맞게 그 이야기를 개작하며, 마찬가지로 텍스트를 베끼는 필사자들은 자신의 취향과 문자 해독 수준에 따라 그 이야기를 고친다. 보권을 집에 보관하였다가 공연할 때 제공하면 자기 가족이 복을 받는다고 믿었기 때문에 글을 읽고 쓸 줄 모르는 사람들조차도 보권의 필사에 참여할 정도로 당시에 보권의 필사가 매우 활발하였다.

하서 보권은 보통 '남녀노소 모두 보권을 들으러 오시라'는 의미의 7

언구로 시작한다(…… 老小男女听卷來). 그 후 보권 본문은 다음과 같은 공식구로 시작된다. "각설하고 이 인연담(因果, 즉 인연에 얽힌 이야기)은 언제 일어난 것으로(却說這段因果出在~年間), 어디 어디에서, 누구랑 관련된, 무슨 무슨 사건들로 이루어져 있다." 이들 보권 가운데 많은 수가 상투적으로 당대(唐代)를 시대적 배경으로 한다. 보권 텍스트는 대체로 보권의 공덕을 찬송하는 5언 4구 형식으로 전체를 마무리하며 끝난다.

누군가 이 두루마리를 빌린다면,
그대 집안에서 읽으시라,
남자든 여자든 상관없이,
마음속에 꼭 기억해 두시라.
有人來請卷,
請在家中念,
不論男共女,
勞記在心間.

9세기 돈황 변문과 20세기 보권이 형식상 그리고 내용상 확실히 일치하고 있다는 점에서 판단하건대, 이 두 양식은 아마도 문자로 기록되기도 하였던 동일한 민간 불교 구연서사 전통에서 연유한 대표적 양식일 것이다. 하서 보권에 대해서는 앞으로 더 많은 연구가 진행되어야 할 것이다. 정치적인 제약 때문에 이 장르에 대해 충분히 설명한다는 것은 관련 학자들과 연행자들 모두에게 위험한 일이었다. 그러나 주의 깊게 작업을 진행해 오고 있는 헌신적인 사람들 덕분에 편집된 여러 권의 텍스트와 그 외에 이용할 수 있는 자료들이 제공될 것이라는 희망을 충분히 가질 만하다.

대략 1068년에서 1085년 사이에 쓰인 것으로 보이는 『사물기원(事物紀原)』에는 중원절(中元節, 음력 7월 15일) 행사 때에 "목련이 어머니를 구하는 그림 이미지(畵像)가 진열되었다(陳目連救母畵像)"고 하는 기록이 나온다.[37] 이 책에 직접적으로 언급되어 있지는 않지만, 이들 그림은 당대의 변상에서 유래된 것이라고 가정할 수 있다. 어쨌든 당대에는 확실히 이와 같은 풍습의 선례가 있었음에 틀림없다. 왜냐하면 『태평광기(太平廣記)』의 「선실지(宣室志)」 인용 부분에서 중원절 동안 기(旗)와 번(幡)과 상(像) 사이에 우란(盂蘭)의 영령을 놓고 제물을 바쳤다는 기록을 볼 수 있기 때문이다.[38] 같은 시기에 이처럼 목련을 다룬 그림과 짧은 연극이 같이 존재하였던 것으로 미루어보아 당대의 변 공연과 명대의 보권 구연 사이에 연결 고리가 있음을 알 수 있다.

청대(1644-1911) 중엽까지도 많은 평화의 연행자들이 양주(揚州)에서 활동하고 있었다. 이두(李斗)가 기록한 '화방(畵舫)'의 연행자 명단에는 평화를 구연하면서 여전히 그림을 썼던 것으로 보이는 두 사람의 이름이 있다. 그들은 '오미도(五美圖)'를 가지고 있던 고진공(高晉公)과 '선악도(善惡圖)'를 가지고 있던 조천형(曹天衡)이다.[39] 청 말엽의 작가인 서가(徐珂)는 '오미도를 구연할 수 있는(能說五美圖)' 무석(無錫)의 한 찻집에 있던 탄사(彈詞) 연행자를 언급하고 있다.[40]

전통 탄사의 약 10퍼센트가 '도(圖)'자로 끝나는 제목을 가지고 있는 점은 흥미롭다.[41] 이는 우연으로 치부하기에는 너무나 높은 비율이다. 또 '도'자로 끝나는 제목을 갖고 있는 탄사 가운데 몇몇 작품이 실제로 그림이 작품의 모티프나 구성상의 중요 소재로 사용되고 있기 때문이라고 설명하는 것도 적절치 않아 보인다. '도'자로 끝나는 제목을 갖고 있

37 高承, 『事物紀原』 제8권, 308쪽. 나는 『돈황 민간 서사』, 87-121쪽에서 「目連變文(Maudgalyāyana)」을 완역하였다.

38 李昉 外 編, 『太平廣記』 422권, 제6조(盧元裕).

39 李斗, 『揚州畵舫錄』 11권, 258쪽.

40 徐珂, 『淸稗類鈔』, 77.43. 특히 77-80책에 있는 徐珂의 기록은 중국 공연예술에 대한 정보의 진정한 보고이다.

41 譚正璧, 譚尋 編, 『彈詞叙錄』에 보이는 탄사의 제목과 別題의 통계에 따른 것이다. 피에 반 더 룬(Piet van der loon) 덕분으로 난 이 사실에 주의를 기울이게 되었다.

는 탄사 가운데에는 그림이 구성상 중요 요소로 사용되지 않는 경우가 상당히 많기 때문이다. 제목이 '도'자로 끝나는 탄사의 이야기와 동일한 이야기가 탄사가 아닌 다른 다양한 지방희나 기타 공연예술(곡조(曲調), 고사(鼓詞), 보권, 희극(戲劇)[42])에 쓰일 때에도 그 제목이 '도'자로 끝나는 형태로 동일하게 나타난다. 탄사 작품 이름의 별명 가운데 몇몇은 특히 암시하는 바가 크다. '십미도(十美圖)'는 '증상십미연도영(增像十美緣圖詠)'과 '회도십미연영(繪圖十美緣詠)'이라 불리기도 한다.[43] '합환도(合歡圖)'는 '수상합환도(綉像合歡圖)', '수상구미도전전(綉像九美圖全傳)', '신증소중연도영(新增笑中緣圖咏)' 그리고 '소중연도설(笑中緣圖說)'이라는 제목의 텍스트들과 관계가 있다.[44] 이 제목들 가운데 몇몇은 그림과 서사를 이끌어가는 방식에 모종의 연관성이 있을 것이라고 가정해 보았을 때에만 만족스럽게 이해될 수 있다. 이들 민간 서사와 희곡 장르에서 이렇게 그림을 편애한 이유가 분명히 있을 것이다. 이러한 경향은 평화 구연을 거쳐 변문의 구연 조상까지 거슬러 올라가는 그림 구연의 오랜 전통이 남아 있다는 증거라고 생각해도 무리가 없을 듯하다.

지금도 전해지는 그림 구연 형태 가운데 내가 알고 있는 것으로 문자 기록은 전혀 없는 몽골의 그림책이 있다. 이 그림책은 목련이 어머니를 구하기 위해 지옥으로 내려가는 장면을 보여주고 있다.[45] 이 19세기 후반의 작품은 중국(궁극적으로는 티베트와 인도)에서 이야기서술을 위해 사용되었던 그림 서사 두루마리로부터 전해져 온 것이라고 한다.[46]

여러 해 동안의 조사를 통해, 최근 나는 청대에 그림 이야기 구연자가 존재했다는 사실을 증명하는 데 성공했다.[47] 이들은 '투얼(圖兒)'('도(圖)'의

---

42 예를 들어 다음의 청대 연극을 비교해 보라. '飮酒讀騷圖', '吉慶圖', '百子圖' 외 다수.

43 譚正璧, 譚尋 編, 『彈詞叙錄』, 33-36쪽.

44 같은 책, 160-162쪽.

45 目連은 Molon Toyin과 Labaγ 또는 Labuγ(즉, 羅蔔 : 무)라 불린다.

46 앨리스 사르코지(Alice Sárközi), 「몽골의 목련구모 그림책(A Mongolian Picture-Book of Molon Toyin's Descent into Hell)」 참고.

북경방언)을 파는 사람이라고 불렀다. 그들은 각처에서 희귀한 이야기를 모아서 그것을 근거로 하여 텍스트를 만들곤 했다. 다음으로 그들은 그 이야기에 묘사된 장면들을 보여주는 그림을 인쇄했다. 그들은 손에 그림들을 쥐고서 큰 소리로 사람들에게 외치면서 거리를 거닐곤 했다. 이야기에 매료된 사람들에게 그 그림들 가운데 하나를 사도록 부추겼을 것이다. 이는 독일 최초의 이야기 구연자의 생활방식과 매우 흡사하다(5장 참고).

아울러 19세기와 20세기 전반에 유행했던 것으로, '시양징(西洋景)', '시후징(西湖景)', '라양피엔(拉洋片)', '라따피얼(拉大片兒)', '라따피엔(拉大篇)'[48] 그리고 '라따화(拉大畵)'라 불렸던 요지경이 있었다. 여기서 끌어당긴다는 의미의 '라(拉)'라는 글자가 들어 있는 것은 그림들을 줄에 매달아 놓고 이 요지경을 조작하는 사람이 새로운 그림을 보여주기 위해 잡아당겼음을 의미한다. 이렇게 하면 상자에 붙어있던 조그만 방울에서는 소리가 난다. 1800년에 출판된 어느 미국 저서에서는 '라양피엔'을 다음과 같이 묘사하고 있다. "중국인 연행자가 가는 줄로 엮은 그림들을 유리거울 앞에 놓는데, 그림을 놓으면서 각각의 그림에 맞는 이야기를 구연한다."[49]

47 1983년에 『北京民間風俗百圖』가 영인 출판되면서 믿을 만한 자료를 이용할 수 있게 되었다. 이곳의 그림 36번을 참고(이 책에서는 그림 8).

48 허버트 자일스(Herbert A. Giles), 『漢英詞典*A Chinese-English Dictionary*』, no.6662.

49 조지 헨리 매슨(George Henry Mason), 『중국의 복식, 60점의 판화 삽도*The Costume of China, Illustrated by Sixty Engravings*』, 그림 10 「시양징을 공연하는 남자(A Man with a Raree-Show)」. 손으로 제작한 음영판화는 廣州에 있는 푸콰(Pu Quà)의 작업실에서 만들어져 1799년 5월 4일 밀러(W. Miller)에 의해 출판되었다(런던). 매슨, 위의 책, 그림 38, 「꼭두각시 연형극(A Puppet-Show)」(「시양징을 공연하는 남자」와 출처가 동일한 판화) 참고. 이 연행자는 걸상에 서서 발목까지 온몸을 천으로 감싼다. 연행자는 꼭두각시들을 가린 천으로 만든 스크린을 자기 머리 위에 올려놓고서는 자신은 그 아래에서 그 꼭두각시들을 조종한다. 이러한 형식의 꼭두각시 인형극은 러시아 '스코모로크(skomorokh, 떠돌이 약장수 스타일의 오락)'의 한 형태가 중국으로 전해진 것이 아닌가 생각된다. '자루 안의 꼭두각시 인형극 예인'은 아담 올러리우스(Adam Olearius)가 1630년에 그린 유명한 그림에 나타나 있으며, 이 그림은 『새롭고 광대한 모스크바와 페르시아 기행*Vermehrte newe Beschreibung der Muscowitischen und Persischen Reyse*』에서 볼 수 있다. 러셀 즈구타(Rusell Zguta), 『러시아의 음유시인 : 스코모로키의 역사*Russian Minstrels : A History of the Skomorokhi*』,

이들은 여타의 효과들 역시 만들어냈을 것이다. 關德棟 교수는 '라양피엔'을 다루는 사람은 「백사전(白蛇傳)」을 구연하면서 마치 진짜 폭포가 눈앞에 펼쳐져 있는 것과도 같은 효과를 낼 수 있다고 말해주었다.[50] 시양징을 그린 한 그림에는 상자 위쪽의 무대에 있는 작은 꼭두각시들이 묘사되어 있다.[51] 창문과 렌즈, 그리고 거울을 통해서 꼭두각시의 움직임은 상자 안의 장면들과 결합될 수 있었다. 또 하나의 그림은 돈황에서도 유행했던 맹강녀(孟姜女) 이야기의 한 장면을 묘사하고 있다(그림 9). 이 그림은 시양징 상자의 위쪽에 놓여 있으며, 한 연행자가 작은 막대기로 이 그림을 가리키고 있다. 이 두 가지 예들에서 볼 때, 꼭두각시와 그림은 고객들이 상자 안을 들여다보도록 꾀기 위한 수단으로 작용했을 것으로 보인다. 구경꾼들은 꼭두각시와 그림들을 즐겼을 것이지만, 만약 상자 안의 기계적이고 광학적인 놀라운 장면을 보고 싶다면 돈을 내야 했다. 중요한 것은 시양징이 꼭두각시나 그림 구연보다 기술적으로 진보하였다는 점이다. 그리고 그 기술은 아마 외국에서 들어왔을 것이다. 하지만 연행자는 시양징 때문에 자신의 꼭두각시와 그림을 포기하려 하지 않았을 뿐 아니라, 총명하게도 그것들을 새롭고 좀 더 섬세한 민간 오락의 형식과 조화를 시켜 훌륭하게 사용했던 것이다.*

79쪽 참고. 또 다른 형식의 소형 꼭두각시 인형극은 연행자 앞쪽의 테이블에 무대가 놓이는 형식이다. 윌리엄 알렉산더(William Alexander), 『중국의 의상과 풍습에 대한 그림묘사—50가지의 컬러판화와 설명*Picturesque Representations of the Dress and Manners of the Chinese. Illustrated in Fifty Coloured Engravings with Descriptions*』, 도판 25 '西洋景' 참고. 이것은 1814년 1월 머레이(J. Murray)(런던)가 판각.

50 關德棟의 개인 서신. 1984년 3월 21일.

51 무명의 중국 화가가 그린 이 그림은 고무 수채화법으로 되어 있다. 장 고든 리(Jean Gordon Lee), 『필라델피아와 중국 무역, 1784-1844*Philadelphia and the China Trade, 1784~1844*』, 주석 188.

* 역주 : 지금도 북경에서는 큰 명절, 특히 춘절의 묘회(廟會) 때 라양피엔이 활발하게 공연되고 있다. 공연자는 입으로는 우렁찬 목소리로 노래를 부르고, 한 손으로는 북과 징이 결합된 악기를 부지런히 움직이며, 다른 한 손으로는 줄을 당겨 상자 속 그림들을 재빨리 바꾼다. 조수 2-3명이 라양피엔 상자 주위에서 호객을 하며 관람료를 받는다.

이들 시양징은 대부분 사원의 행사나 중국 북방의 오락 지구에서 행해졌다.[52] 시양징 공연자는 보통 야한 장면들도 들어 있는 여러 장면 가운데 극히 일부만을 살짝 보여주었다.[53] 그러면서 "嗨! 往裏瞧 / 觀!"(자! 안쪽을 보세요!)[54]라고 외치며 관중들을 유혹하곤 했다. 시양징 공연자들은 사설을 늘어놓은 다음, 북을 치면서 노래를 부르거나 또는 상자 안쪽을 막대기로 가리키면서 산문으로 사설을 하기도 했을 것이며, 일부 공연자들은 노래도 하고 산문 사설도 했을 것이다. 중국의 시양징들은 모양과 크기가 대단히 다양하다. 시양징의 모양이나 크기가 여하튼 간에 그 기술이 이란의 샤리파랑(*shahr-i farang*)과 유사하고, 시양징과 샤리파랑의 명칭 자체가 이 두 양식에서 사용하는 그림들의 기원이 외국에 있음을 (그래서 더욱 놀라운) 보여주는 증거가 된다는 점은 너무도 신기할 따름이다.

체코의 중국학 연구자인 야로슬라프 프루셱(Jaroslav Průšek)은 제2차 세계대전 동안 중국의 그림 이야기 구연자에 대해 알게 되었다. 서사로서의 변문과 그림으로서의 변상에 대해 간단한 언급을 한 후, 그는 이러한 질문을 던진다. "아마도 역사이야기의 서술에 있어서도 같은 방법이 사용되지 않았을까? 이야기 구연자는 그가 해설한 그림을 보여주었을까?" 그리고 이렇게 답을 한다.

> 사서(史書)나 기타 서적의 삽도(挿圖)들도 변상과 같은 그림들이 전해지는 방식으로 전해졌을 것이며, 삽도 역시 사라져버리고 난 다음에는 삽도에 대한 기록들이 해당 장면이나 동작의 개요 형식으로 전해졌을 수 있다. '평화'라는 용어는 당시 이야기 구연자가 했던 행위, 즉 그의 그림을 '평가하고 설명한' 행위에 대한 매우 적절한 용어였을 것이다. 고사를 이야기할 때 그림을 사용하는

---

52 시양징의 연행자가 연기를 하는 그림에 대해서는, 『北京民間風俗百圖』, 6번 참고.

53 李家瑞 편, 『北平風俗類徵』, 363쪽에 인용된 '북경 저잣거리의 폐단들(燕市積弊)'에는 북경에 다양한 시양징이 많이 있었으며, 그 중에는 민간의 풍속을 해치는 것들도 있었다는 기록이 있다.

54 李鳳行, 『中國民間藝術』, 54-56쪽.

방법은 지난 전쟁 동안 여전히 중국에 존재하고 있었다.[55]

나는 이 문제와 관련하여 프루섹의 언급이 암시하는 바가 대단히 크다고 생각한다. 1957년 미국의 중국학 연구자인 패트릭 하난(Patrick Hanan)은 북경에 있는 천교(天橋) 오락 지구에서 우연히 그림 이야기 구연자를 보게 되었다.[56] 그 일련의 그림들은 수직으로 된 롤러에 붙어 있었는데 아마도 러일전쟁을 주제로 하고 있었던 듯했다고 한다.

지금은 사라지고 없는 까오타이(高台)라 불리는 복건(福建) 지방의 그림 구연에 대한 간략한 보고들이 있다. 까오타이의 연행자들은 궁벽한 산간 지방에서만 활동하여 사람들에게 알려지기 힘든 상황이었기 때문에 그들에 대하여 알려진 정보는 거의 없다. 까오타이에 대해서 지금 말할 수 있는 것은 이 까오타이의 연행자가 자신의 뒤쪽에 걸어 놓은 대형 그림을 사용했다는 것과 그 그림이 연행하는 이야기의 내용을 그린 것이라는 사실이다. 복건의 공연예술사가들은 까오타이를 이야기 구연 예술의 화석과도 같은 형태라고 부른다. 이 말이 까오타이가 서사 구연 양식의 초기 형태라는 사실을 암시하고 있다는 점을 기억하는 것도 (이 점은 해당 지역의 전설과도 일치한다) 대단히 흥미로울 터이다.[57]

이 주제에 대한 훨씬 최근의 정보를 중국의 지옥 장면을 보여주는 개리 시먼(Gary Seaman)의 1977년 영화들과 이보다 앞서 대만에서 공연된 연극에서 찾을 수 있다.[58] 이들 영화는 불교 구술서사의 공연에서 그림

55 야로슬라프 프루섹(Jaroslav Průšek), 『話本의 기원과 작가*The Origins and Authors of the hua-pen*』, 112-113쪽.

56 패트릭 하난이 필자에게 보낸 편지. 1982년 9월 28일.

57 이 단락의 모든 정보는 1988년 3월 21일과 22일 蘇州의 유명한 평화 이야기 구연자인 金聲伯이 필라델피아에 있던 내게 제공해 준 것이다. 그는 중국으로 돌아가면 이 주제에 대한 또 다른 자료들을 보내주기로 약속하였다.

58 개리 시먼(Gary Seaman), 『死者에 대한 중국인의 제의*The Chinese Cult of the Dead*』(영화시리즈). 정교한 지옥 장면 세트(나는 이것이 언제 만들어졌는지 모르며, 중국 본토에서 왔을 것으로 보인다)는 메인 주 요크에 있는 바우두인 칼리지

을 사용하는 형식이 대만에 남아 있음을 입증해 주는 중요한 자료가 된다. 연극은 장례식과 결합하여 거행되었으며, 이를 위해 특별히 제작된 제단 앞에서 공연되었다. 이 제단에는 연극 내용과 관련된 두루마리 그림이 걸려 있었다. 그림의 테두리에는 이 그림이 어떤 장면을 묘사하는지를 간략하게 설명하는 문장들이 있다. 공연되는 연극의 내용이 걸개 두루마리 그림에 묘사되어 있는 이야기와 동일하다는 것은 주목할 만하다(예를 들면, 당대의 승려 현장이 불경을 구하기 위해 서역으로 순례를 떠난 것과 목련이 어머니를 구하기 위해 지옥을 지나는 것. 여행은 이러한 형식에 특히 잘 어울리는 것으로 보인다). 심지어 그것들을 공연했던 연기자는 그림에서 보여준 모습과 대단히 흡사한 분장을 시도한다. 사람들은 이 소규모 연극을 보면서 연행자들이 그림 앞에서 그 정지되어 있는 그림들을 생동감 있게 재현하려고 노력한다는 것을 확실히 느낄 수 있을 것이다. 라자스탄(Rajasthan)의 '보뽀(bhopo)'와 같은 인도의 그림 이야기 구연자들은 그들의 고사를 송창(誦唱)할 뿐 아니라 공연을 생동감 있게 하기 위해 어느 정도의 음악, 동작 그리고 춤을 활용한다. 당대의 변 공연 역시 그들의 변 두루마리 혹은 변상을 활기 있게 만드는 그러한 기술들을 썼을 것이라고 가정할 수 있다.[59] 더욱이 연기자들은 공연하는 도중에는 불교의 승려나 성자들처럼 옷을 입었지만, 무대에서 벗어나 연기를 하지 않을 때에는 승려나 성자로 자칭하거나 그런 척도 하지 않았다는 점이 대단히 중요하다. 그들은 사람들이 요청하면 종교적인 연극을 공연하는 것을 직업

(Bowdoin College)의 브레킨릿지 공공사무 센터(Breckinridge Public Affairs Center)에서 볼 수 있다. 당대와 송대 지옥 그림의 인기와 교훈적인 쓰임에 대해서는, 볼프람 에버하르트(Wolfram Eberhard), 『전통 중국에서의 형벌과 죄*Guilt and Sin in Traditional China*』, 46쪽 참고.

59 『당 변문』 제6장에서 논했던 詩들 가운데 하나는 연행자가 특별한 복장을 하고 있었다는 점을 보여주고 있다. 안네마리에 폰 가바인(Annemarie von Gabain)의 『高昌 위구르 왕국의 생활방식*Das Leben im uigurischen Königreich von Qočo*』과 시나시 테킨(Şinasi Tekin)이 개인적으로 알려준 바에서 알 수 있듯이, 위구르의 불교 나따까*nāṭaka*(舞劇)는 변과 확실한 유사성을 보여주고 있다.

으로 하는 세속의 사람들인 것이다. 이 점은 현존하는 당대의 변 관련 자료와도 역시 일치한다.

그림 앞에서 행하는 대만의 불교 공연과 기타 아시아 그림 이야기 구연 전통의 또 하나의 유사점은 공연자들이 그들의 그림 두루마리를 말아서 묶음으로 만들어 가지고 이곳저곳을 떠돌아다닌다는 것이다. 지금은 그것을 등에 메지 않고 오토바이 뒤에 싣고서 운반한다는 사실만 제외한다면, 그들의 모습은 내가 떠돌이 변 공연자들로 그려낸 돈황 출신 중앙아시아인 초상의 20세기 버전으로 묘사되어도 좋을 것이다.[60]

이 걸개 두루마리들을 연기자들은 '*sip-tien-chhatla*(십전도(十殿圖), [지옥의] 열 가지 궁전 그림)'로 불렀지만, 보통은 '圖*chhatla*(그림)'라고 간략히 칭했다.[61] 그런데 연기자들이 때때로 이 '圖'를 '*oe angga*(畵公仔, 글자 그대로는 '그림 인형')'를 가리키는 말로 사용하기도 하였으며—피영희의 인물들은 '*angzai*(尪王子, 갓난아기들)'라고 불리기도 하였다—[62] '연속 만화'를 가리키는 말로도 사용하였다는 사실은 상당히 흥미롭다. 이것은 서사그림(판 형식이든 아니면 두루마리 형식이든)과 다양한 형식의 꼭두각시 인형극 사이에 어떠한 명확한 구분이 있지 않음을 알려주는 듯하다. 이것은 이 연구서의 주요 주제 가운데 하나와 일치한다.

8세기 돈황에서 20세기 대만에 이르기까지, 중국의 그림 구연은 긴 시간에 걸쳐 대단히 많은 지역을 떠돌아다녔다. 그러나 우리는 중앙아시아의 문화적 교차로인 돈황에 도착하기 천 년도 전에 저 먼 인도에서 이미 원형이 싹텄던 그 양식을 먼저 거론하여야 할 것이다.

---

60 빅터 메어, 「행자 玄奘의 초상화의 기원(The Origins of an Iconographical Form of the Pilgrim Hsüan-tsang)」 참고.

61 게리 시먼이 1978년 8월 3일의 편지에서 친절하게 알려 줌.

62 福建話 표현과 로마자 표기는 시먼의 같은 책, 그리고 릴리 창(Lily Chang)의 『중국 피영희 연극의 사라진 뿌리 : 중국 배우가 직접 출현하는 연극과의 비교*The Lost Roots of Chinese Shadow Theater : A Comparison with Actors' Theater*』, 13·430쪽 참고.

제1장 고대 인도의 그림 이야기 구연

이끄는 말에서 우리는 변 공연이 그림 이야기 구연의 한 유형이었다는 것, 변 공연의 운문과 산문조합 형식과 존재론적 전제들은 변 공연이 인도에서 기원했음을 증거해주고 있다는 것, 그리고 변 공연이 보통은 승려보다 세속의 예인들에 의해 공연되었다는 것을 확인했다. 이제 우리는 변 공연의 초기 조상이었을 인도의 공연에 대해 살펴봐야 할 것이다.

토마스(F. W. Thomas)는 마우리아 왕조(기원전 325-기원전 184년) 시대의 일상생활을 논하면서 그림 이야기 구연이 당시에 이미 대중적인 오락의 하나였음을 다음과 같이 지적한다. "왕은 임시로 만든 원형 극장에서 연희, 격투, 사람과 동물의 결투 그리고 진귀한 그림 구경거리들을 제공하였다—*개인 공연자들도 지옥 그림 같은 것을 가지고 공연을 하였음이 틀림없다*—, 축제 기간 동안 거리에는 늘 불이 환하게 켜져 있었으며 집 밖으로 휘젓고 다녀도 처벌받지 않았다."[1] 이제 토마스가 정확히 어떤 증거를 가지고 고대 인도에 그림 공연자가 존재하였다고 추론해내었는지 살펴볼 차례이다.

기원전 6세기 혹은 5세기의 유명한 문법학자 빠니니(Pāṇini)는 누군가가 그걸 통해서 생계를 유지하긴 하지만 그걸 팔아서 생계를 유지하는 것은 아닌 그런 물건 혹은 이미지에 대해 이야기한다(그의 『수뜨라*Sūtras*』 V. 3. 99).[2] 빠니니의 이 구절에 대해서는 기원 후 7세기 바마나(Vāmana)의 『까시까*Kāśikā*』를 시작으로 다양한 주석들이 있었다. 일반적으로 이 주석들은 빠니니가 하층 브라만 가운데 하나인 데왈라까(devalaka)에 의해 만들어진 신들의 이미지를 언급하고 있었다는 것에 의견을 같이 한다.[3] 그들은 쉬와 신 혹은 다른 신들의 그림을 가지고 집집마다 다니면서 사람들에게 구걸함으로써 생계를 유지했다. 주석들은 이 그림들이 팔기 위한 것일 때와 이야기 구연에서 보여주기 위해 쓰이는 것일 때 서로 다른 이름을 가지고 있었음을 분명히 지적하고 있다.

고대 인도의 그림을 동원한 이야기 구연에 대한 가장 중요한 언급은 아마 빠딴잘리(Patanjali)가 쓴 『大疏(마하바시야*Mahābhāṣya*)』(역주 : 빠니니의 문법서의 주석서 형태로 쓰여졌으며 빠니니의 문법서의 명성을 찬미하고자 'Mahā(큰/

---

1 토마스(F. W. Thomas), 「마우리아 왕조의 정치 사회 조직(Political and Social Organization of the Maurya Empire)」, 480-481쪽(이탤릭체는 필자가 더함). 니하란잔 라이(Niharranjan Ray)(『마우리아와 숭가의 예술*Maurya and Śuṅga Art*』, 57쪽)는 최근에 바르후뜨(Barhut), 보드가야(Bodhgayā), 산찌(Sāñcī)의 서사 부조물들이 본질적으로는 돌로 만든 그림 두루마리라고 주장했다. 스텔라 크램리쉬(Stella Kramrisch), 『미지의 인도*Unknown India*』, 70쪽을 볼 것. 실제로 산찌 동문의 상인방(上引枋)은 연속된 서사를 보여준다. 예를 들어 아버지의 궁궐을 떠나는 붓다의 모습이 보이는 동안 그의 말이 왼쪽에서 오른쪽 방향으로 몇 번에 걸쳐 등장한다. 기둥에서는 위에서 아래 방향으로 등장한다.

2 자를 차뻰띠에르(Jarl Charpentier), 「邪命外道(아지위까, Ājīvika)」, 671-672쪽과 그곳의 주석.

3 지나치게 간결한 빠니니의 말을 서양 언어로 해설한 것으로는, 루이 레노우(Louis Renou) 역, 『빠니니의 문법*Le grammaire de Pāṇini*』 제2권, 115쪽; 스리샤 찬드라 바수(Śrīśa Chandra Vasu) 편역, 『빠니니의 八章書*The Ashṭādhyāyī of Pāṇini*』 제2권, 975쪽; 그리고 오토 뵈트링크(Otto Böhtlingk) 편역, 『빠니니의 문법*Pāṇini's Grammatik*』, 262쪽을 참고.

위대한)', bhāṣya(주석)란 이름을 붙임)의 기록일 것이다. 역시 문법 저서인 이 저작은 기원전 160-140년 사이에 작성되었다. 그중에서 가장 중요한 단락은 3.1.26에 있다. 빠딴잘리는 여기서 소위 역사적 현재(historical present) 용법에 관해 논하고 있다.[4] "그는 깐사(Kaṃsa)가 살해당하게 한다"(즉, 그는 깐사를 죽이는 이야기를 한다)와 "그는 발리(Bali)가 포박당하도록 한다"(즉, 그는 발리를 포박하는 이야기를 한다) 같은 문장에서는 설사 이들 사건이 먼 옛날에 일어났을지라도 현재 시제를 사용하는 것이 적절하다. 왜냐하면 샤우비까*śaubhika*('마술사들')와 그란티까*granthika*('구연자들')는 이 사건들을 실제로 일어나고 있는 것처럼 관중 앞에서 재현하기 때문이다. 우리가 샤우비까와 관련하여 첫 번째로 주목해야 할 점은 그들이 깐사의 피살을 마치 구경꾼들의 눈앞에서 일어나고 있는 것처럼 재현하고 발리가 묶이는 장면 역시 같은 눈앞에서 벌어지는 것처럼 재현한다는 것이다. 빠딴잘리는 또 이렇게 묻는다. "그럼 그림에서는 어떻게 해야 할까?"

> "[여기서도 현재시제가 쓰인다. 왜냐하면] 사람들은 깐사가 이리저리 끌려다니는 모습과 [다른 누군가가] 팔을 들었다가 강하게 내리치는 모습을 그림 속에서 보기 때문이다."

---

4 키엘호른(F. Kielhorn) 편, 『빠딴잘리의 大疏*The Vyākaraṇa-Mahābhāshya by Patañjali*』 제2권, 36쪽. 한 세기도 훨씬 넘게 빠딴잘리의 이 행에 대해 광범위한 학문적 논의가 있어왔다. 이와 관련한 문제들을 가장 최근에 그리고 가장 총괄적으로 다룬 것은 놀빈 하인(Norvin Hein)의 『마투라의 기적극*The Miracle Plays of Mathurā*』, 240-258쪽이다. 불행히도 나는 이 행에 대한 연구로 몇 달을 보낸 후에야 하인의 저작을 발견했다. 이 유명한 행에 대한 학문적 논쟁을 총괄적으로 다루는 과정에서 하인의 연구범위는 그 자체로 독립적인 연구 테마가 된 느낌이다. 하인은 텍스트의 정교한 분석을 통해 사람이 직접 배우로 등장하는 끄리슈나(Kṛṣṇa) 극이 기원전 2세기에 이미 존재했음을 보여주려고 노력하였다. 초기의 학자들은 몹시도 복잡한 이 문제의 두 가지 측면에 대해 논했으며, 나는 이들 연극에 대한 증거가 여전히 미해결인 채로 남아있다고 생각한다. 샤우비까를 그림 구연자로 파악하는 견해에 대한 하인의 비판들(251・253쪽)은 나름의 설득력을 지니고 있음에 틀림없다.

"그럼 그란티까granthika[글자그대로의 의미는 '묶는 사람']는?"

"사람들은 단지 '묶는다'라는 단어만을 관찰할 뿐이다. 그들[샤우비까와 그란티까]은 처음부터 끝까지 그들(즉 깐사와 바수데와(Vāsudeva))의 운명을 묘사하는 동안 [관중들이] 알고 있는 범위 내에서 사건들을 현재 일어나고 있는 것처럼 보여준다. 내가 '현재 일어나고 있는 것처럼'이라고 말한 것은 그들[관중들]이 넋을 잃고 푹 빠져있기 때문이다. 관중들 가운데 일부는 깐사에게 푹 빠져있고 또 다른 일부는 바수데와에 푹 빠져있다. 그들[관중들]은 서로 다른 얼굴색을 지니고 있다. 일부는 붉은 얼굴을, 다른 자들은 검은 얼굴을 지니고 있다."[5]

atrāpi yuktā | katham | ye tāvad ete śobhanikā nāmaite pratyakṣaṃ ghātayanti pratyakṣaṃ ca Baliṃ bandhayantīti | citreṣu katham | citreṣv apy udgūrṇā nipatitāś ca prahārā dṛśyante Kaṃsakarṣaṇyaś ca | granthikeṣu katham yatra śabdagaḍumātraṃ lakṣyate | te'pi hi teṣām utpattiprabhṛty ā vināśād ṛddhīr vyācakṣāṇāḥ sato buddhiviṣayān prakāśayanti | ātaś ca sato vyāmiśrā hi dṛśyante | kecit Kaṃsabhaktā bhavanti kecid Vāsudevabhaktāḥ | varṇānyatvaṃ khalv api puṣyanti | kecid raktamukhā bhavanti kecit kālamukhāḥ.[6]

하인리히 뤼더스(Heinrich Lüders)는 다음과 같은 주장을 하고 더 나아가 그것을 증명하려 했다. 즉, 『大疏』에서 샤우비까에 관하여 언급하고 있

5 이 단락에 대한 나의 거친 번역은 스텐 코노우(Sten Konow), 『인도 연극*The Indian Drama*』, 70-71쪽; 아난다 쿠마라스와미(Ananda Coomaraswamy), 「그림 공연자(Picture Showman)」, 182쪽; 알브레흐트 베버(Albrecht Weber), 『인도 연구*Indische Studien*』 제13권, 488-489쪽을 근거로 한다. 인도학자 피터 가에프케(Peter Gaeffke)의 도움에도 감사드린다. 하지만 번역에 오류가 발견된다면 그것은 전적으로 나의 책임이다.

6 키이스(Keith), 『산스끄리뜨 연극*The Sanskrit Drama*』, 32쪽 주석 1번. 키이스는 이 단락 가운데 일부를 빼먹고 옮겨 적은 것 같다. 해당 산스끄리뜨어 원문에는 앞의 주석 4번에 해당하는 부분과 내가 여기서 직역하고 있는 부분 사이에 내가 한 구절 한 구절 대역하고 인용한 세 문장 역시 포함되어 있다.

는 부분에는 그림 공연자, 좀 더 구체적으로 말하자면 그림자 연극 공연자에 대한 언급이 포함되었다는 것이다.[7] 뿐만 아니라 그는 이들 공연이 궁극적으로는 인도 연극 자체의 고대 기원과 관련이 있음을 보여주려 했다. 그러나 키이스는 뤼더스의 견해에 격렬하게 반대했다. 키이스는 그리스 연극과 상당히 가까운 것을 제시하고 그것이 인도 연극의 기원이 됨을 입증하고자 하였다.[8] 그러나 문제가 되고 있는 이 단락과 관련된 키이스의 대단히 전문적인 논의는 그 세부사항이 분명치가 않고 결론 역시 설득력이 없다. 더욱이 비록 세부적인 내용에서는 서로 약간의 차이가 있기는 하지만 권위 있는 대다수의 학자들(예를 들어 알브레흐트 베버, 알프레드 힐레브란트(Alfred Hillebrandt), 모리쯔 빈터니츠(Moriz Winternitz), 리차드 피쉘(Richard Pischel), 아난다 쿠마라스와미, 스텐 코노우, 바르마[9])은 뤼더스

7 뤼더스의 유명한 논문 「샤우비까 : 인도 연극사에 대한 논의(Die Śaubhikas : Ein Beitrag zur Geschichte des indischen Dramas)」, 특히 407쪽 이하를 볼 것. *SPAW* 32-33(1911), 698-737쪽에 처음 발표, 『인도 언어문헌 연구*Philological-India*』, 391-428에 재수록.

8 키이스, 『산스끄리뜨 연극』, 32-35 · 53-56 · 272쪽 주석 1번. 키이스의 대단히 격렬한 문장 스타일('[완전히 / 확실히] 어이없는 / 터무니없는', '틀린', '불행한', '사실과 완전히 모순되다', '잘못 이해된', '전혀 성립하지 않는', '불가능한 이론', '~ 헛소리를 하다', '전혀 불가능한', '비참한 결과' 등)은 개인적인 감정으로 논쟁을 했다는 느낌을 준다. 그러므로 그의 주장을 그대로 받아들여선 안 된다. 키이스의 「짜우비까와 인도 연극(The Caubhikas and the Indian Drama)」 역시 참고할 것. 이 논문에서 그는 『大疏』의 단락이 그림 해설과 관련이 있다는 생각을 철저히 부정한다.

9 베버(Weber), 『인도 연구*Indische Studien*』 제13권, 「빠딴잘리의 大疏(Das Mahābhāṣya des Patañjali)」, 293-496쪽 중 488-489쪽. 힐레브란트(Hillebrandt), 「인도 연극사에 대한 논의(Zur Geschichte des indischen Dramas)」, 228쪽. 여기서 그는 독일 그림 이야기 구연자와의 유사성도 지적한다. 빈터니츠(Winternitz), 「黑天劇(Kṛṣṇa-Dramen)」, 120 · 142쪽 주석 3번, 여기서 그는 샤우비까와 관련된 초기 인도 문헌의 여타 기록들을 제시한다. 피쉘(Pischel), 『꼭두각시 인형극의 고향*The Home of the Puppet-Play*』, 밀드레드 타우니(Mildred C. Tawney) 역, 13쪽. 쿠마라스와미, 「그림 공연자」, 182-183쪽 그리고 『인도와 인도네시아 예술사*History of Indian and Indonesian Art*』, 40쪽 주석 3번. 코노우, 『인도 연극』, 70-71쪽. 바르마(Varma), 「샤우비까의 예술적 표현수단과 그 특성(The Art Medium of the Śaubhikas and Its Nature)」. 여기서 바르마는 샤우비까의 직업을 꼭두각시 인형극 공연자로 좁게 제한한다.

가 논증하고 있는 주요 요지를 지지한다.

샤우비까가 그림 공연자였는지 혹은 그림자 연극 공연자였는지를 두고는 굉장히 많은 논쟁이 있어 왔다. 그러나 이 점에 대해서는 논쟁할 필요가 없을 것 같다. 왜냐하면 그들은 아마 둘 다였을 것이기 때문이다. 그림 구연의 기술과 그림자 연극의 기술은 서로 밀접한 관련이 있다. 이 책의 다른 장들, 특히 인도네시아와 현대 인도에 대한 장들(3장과 4장 참고)에서 제시한 수많은 증거들을 통해서도 이 점은 입증된다. 지금도 그렇지만 아시아의 민간 예인들은 단지 한 가지 장르만이 아니라 관련성이 깊은 인근 장르에까지 두루 능통한 것이 보통이었다. 그러므로 논의 중인 『大疏』 단락의 샤우비까라는 단어가 그림자 연극과 관련이 있음을 학문적으로 증명하려는 뤼더스의 노력은 적절한 수정과 단서만 주어진다면 초기 그림 이야기 구연의 존재를 입증하기 위한 자료로도 쓰일 수 있을 것이다. 빠딴잘리가 묘사한 그림 서사의 유형이야말로 다른 것일 수가 없고 틀림없이 그림자 연극만을 가리키는 것이라고 보아야한다고 지나치게 협소하게 강조한 것은 뤼더스의 실수로 보인다. 한편 바르마는 샤우비까가 꼭두각시를 조종하는 사람만을 의미하는 것이었다고 너무 확정적으로 주장한다. 샤우비까가 다른 게 아니라 그림 구연자들을 의미한다는 빈터니츠의 의견은 특히 찌뜨라*citra*('그림')를 언급했다는 점에서 좀 더 설득력이 있다. 일부 샤우비까는 분명히 그들 자신이 그림 공연자였거나 아니면 적어도 그들이 그림 공연자들과 협력하여 공연하였음을 입증해주는 증거들이 지금 이미 충분하다.

우리는 샤우비까*śaubhika*라는 단어의 어원 그리고 여러 언어에 퍼져 있는 샤우비까와 어원을 같이하는 단어들을 조사하는 것으로 논의를 시작하면 좋을 것 같다. 샤우비까의 빨리어 동의어는 '소비야*sobhiya*'로 '마법사 혹은 사기꾼의 일종; 어릿광대'[10]를 의미한다. 샤우비까의 불교 혼합

10 리스 데이비스(T. W. Rhys Davids)와 윌리엄 스테데(William Stede) 편, 『빨리어 문헌학회의 빨리어-영어 사전*The Pali Text Society's Pali-English Dictionary*』, 185쪽

산스끄리뜨어 동의어는 '쇼비까śobhika'이다. 에드거튼(Edgerton)은 이 단어를 '그림자 공연자'(shadow-playman)로 올바르게 정의했다.[11] 모니어 윌리엄스(Monier-Williams)는 『산스끄리뜨어-영어 사전*Sanskrit-English Dictionary*』에서 '저글러'(즉, 마술사)를 의미하는 사우비까*saubhika*를 목록에 포함시키고 이것이 샤우비까*śaubhika*와 관계가 있다고 지적한다. 그리고 이 샤우비까*śaubhika*는 배우의 일종이라고 말한다.[12] 역시 배우의 일종인 쇼바니까*śobhanika*도 이 어군(語群)과 관련 있음이 분명하다. 이들 모두는 '나타나다, 비추다, 휙 스치다, 반짝이다, ~처럼 보이다, 장식하다'를 의미하는 어근 슈브*śubh*로 거슬러 올라간다.[13]

가장 오래된 불교 혼합 산스끄리뜨어 텍스트인 『大事(마하와스뚜*Mahāvastu*)』(그중 일부는 기원전 2세기까지 거슬러 올라가지만 나머지는 기원후 4세기까지 연대가 늦춰지기도 한다)를 보면, 까삘라(Kapilavastu)를 방문한 붓다를 보려고 찾아온 예인들 명단 가운데 사우비까*saubhika* / 쇼비까*śobhika*가 나온다. 존스(J. J. Jones)의 번역에 따르면 그 명단은 이러하다. "모든 음악가들이 그곳에 있었다. 원반 따위를 돌리는 광대들, 궁정 음유시인들, 배우들, 무용수들, 운동선수들, 씨름꾼들, 탬버린 연주자들, 어릿광대들[(?) → 그림 이야기 구연자들, 쇼비까*śobhika*], 재주넘는 곡예사들, 징 연주자들, 광대들, 드위스뜨왈라*dvistvala*(역주 : 구연 / 구연자, 광대), 구연자들, 빤짜와뚜까*pañcavaṭuka*(역주 : 『라마야나』 후편 이야기 전담 구연자. Dañcavaṭi는 그 무대가 되는 유명한 숲

a를 참고.

11 프랭클린 애드거튼(Franklin Edgerton), 『불교 혼합 산스끄리뜨어 문법과 사전 *Buddhist Hybrid Sanskrit Grammar and Dictionary*』(BHS), 533쪽 b.

12 모니어 모니어-윌리암스(Monier Monier-Williams), 『산스끄리뜨-영어 사전*A Sanskrit-English Dictionary*』, 1253쪽 c · 1093쪽.

13 아르메니아어 수르브*surb*와 산스끄리뜨어 소바떼*śobhate*, 슈브라*śubhra* 역시 참고할 것. 이들 단어는 토카라어 *kāwälte*와 흡사한 기능을 한다. 파벨 포우카(Pavel Poucha), 『토카라어 규칙*Institutiones Linguae Tocharicae*』 제1부, 61쪽과 빈더캔스(A. J. van Windekens), 『토카라어 방언 어원 사전*Lexique étymologique des dialectes tokhariens*』, 32쪽을 볼 것.

이름임), 가수들, 희극배우들, 북, 트럼펫, 작은북, 케틀드럼, 심벌즈, 플루트, 기타, 루트 연주자들 모두가 성문에 모였다."[14] 다음의 일람표와 해설은 쇼비까śobhika와 함께 『大事』에 분류된 공연자들의 유형을 정확히 이해하는 데 큰 도움이 될 것이다.

범주 I. 간다르위까gāndharvika(음악가 그리고 다양한 악기 연주자)

1. 차끄리까chakrika(원반이나 바퀴로 재주를 부리는 원반 잡이 혹은 바퀴 곡예사)
2. 바이딸리까vaitālika(동이 틀 무렵에 음악과 노래로 왕, 왕자 혹은 족장을 깨우는 것이 임무인 궁정악사)
3. 나따naṭa(배우 혹은 몸짓으로 말하는 사람)
4. 나릇따까narttaka(무용수)
5. 릴라ṛilla(특별한 악기의 연주자, 혹은 심벌즈 연주자, 상을 놓고 결투를 벌이는 사람들, 잘라jhalla로 읽으면 북 치는 사람)
6. 말라malla(운동선수, 씨름꾼, 체조 같은 동작을 보여주는 자)
7. 빠니-스와리까pāṇi-svarika 또는 빠니-스와니까paṇi-svanika?(손으로 악기를 연주하는 연주자 혹은 박수치는 사람, 박수치는 공연자)
8. 쇼비까śobhika(장식[?]을 입은 광대, 사우비까saubhika로 읽으면 원반 따위를 돌리는 광대라는 뜻[주석자는 이 단어를 '환상을 만드는 사람'이란 뜻으로 사용함])
9. 란기까laṅghika(재주넘기를 하는 사람, 공중제비, 뛰어오르기, 혹은 대나무와 밧줄로 높은 곳으로 오르는 기예를 보여주는 공연자)
10. 꿈바-뚜니까kumbha-tūṇika(단지와 통을 가지고 노는 공연자와 관련 있는 단어?)
11. 벨랑바까velaṁbaka(몸을 축 늘어뜨리기, 거꾸로 매달리기, 두 지점을 왕복하

14 이 모든 용어들에 대한 유용한 해석은 존스(J. J. Jones) 역, 『大事*The Mahāvastu*』, 110-111쪽 주석 5-10번과 1-10번을 참고할 것. 원문은 세나트(E. Sénart) 역, 『大事 *Le Mahâvastu*』, 113쪽에서 찾을 수 있다. [ ]의 내용은 필자가 더했다.

기 등등의 몸동작을 보여주는 사람; 비담바까*viḍambaka*로 읽으면 흉내 내기 공연자의 의미가 됨)

12. 드위스딸라-바나까*dvistala-bhāṇaka*(의미가 불분명함. 아무래도 이 단어는 드위스뜨리까-바나까*dvistrika-bhāṇaka*인 듯함. 이는 동일한 이야기를 두세 가지 발성법으로 들려줌으로써 다른 사람들을 즐겁게 하는 구연자 혹은 낭송인의 일종일 것이다)
13. 빤짜와뚜까*pañcavaṭuka*(모호함; 다섯 명의 젊은 사람들과 함께 공연하는 공연자를 말하는 듯함)
14. 가야나까*gāyanaka*(가수)
15. 반다위까*bhāṇḍavika*(반다*bhāṇḍa*라는 악기를 다루는 공연자, 혹은 저속한 익살을 보여주는 공연자)
16. 베리-상카-므리당가-빠따히까*bherī-śaṁkha-mṛidaṅga-paṭahika*(케틀드럼, 고동 혹은 트럼펫, 작은 북, 전투용 북을 사용하는 악사들)
17. 뚜나와-빠나와-베누-발라끼-에까다시-비나-바다까*tūṇava-paṇava-veṇu-vallakī-ekadaśī-vīṇa-vādaka*[뚜나와(의미는 모호함), 빠나와(작은북 혹은 소고), 베누(플루트 혹은 파이프), 발라끼(류트 혹은 기타 종류), 에까다시(한 줄로 된 악기?), 비나(유명한 인도의 류트)라고 불리는 악기의 연주자들 그리고 다른 많은 바디야까*vādyaka*(악사)들]
18. 구나와르따*guṇavarta*(밧줄을 가지고 재주를 부리는 사람들)
19. 딴다위까*tāṇḍavika*(딴다와*tāṇḍava*, 또는 광적 혹은 폭력적으로 보이는 쉬와 *Śiva* 춤의 공연자들)
20. 체따이이까*chetayika*(의미가 모호함; 말이나 몸짓을 통해 타인의 마음을 움직이는 사람들?)
21. 가니까*gaṇikā*(이들 악사들의 모임에 늘 참여했던 매춘부 혹은 고급 기녀)[15]

15 라다고빈다 바삭(Radhagovinda Basak), 『『대사-비유』 연구*A Study of the Mahāvastu-Avadāna*』, 37-38쪽을 약간 수정하였고, 그의 「불교 저작 『대사-비유』에 보이는 인도인의 삶(Indian Life as Revealed in the Buddhist Work, the *Mahāvastu-avadāna*)」

부처의 전생이야기를 다룬 고대의 자따까(Jātaka) 545번 비두라빤디따자따까*Vidhurapaṇḍitajātaka*에 다음과 같은 단락이 나온다. 이 단락 가운데 예인들을 설명하는 부분에 샤우비까에 해당하는 빨리어 단어가 등장한다.

> "보석으로 만든 북과 작은북, 소라, 탬부어(역주: 북의 일종), 탬버린 그리고 온갖 종류의 심벌즈를 보라."
>
> "심벌즈와 류트, 아름답게 펼쳐지는 춤과 노래, 보석으로 만들어진 악기와 징을 보라."
>
> "높이높이 뛰어오르는 재주꾼과 씨름꾼도 있도다. 아울러 곡예사[좀 더 문자 그대로 풀어보자면 '마술사와 요술쟁이' 마야까라 짜 소비야*māyākārā ca sobhiyā*]와 궁정시인 그리고 이발사의 모습을 보석으로 만들어 놓은 것을 보라."[16]

샤우비까가 마야까라와 호응하는 단어로 사용되었다는 점을 고려한다면 샤우비까가 어떤 종류의 공연자였는지에 대한 논란은 더 이상 의미가 없을 듯하다. 마야까라는 인도의 고전 연극 연출법에서 '무대 마법'이라는 의미로 쓰인다. 예를 들어 바라따무니(Bharatamuni)가 쓴 것으로 추정되는 극예술에 관한 논문 『舞論(나띠야샤스뜨라*Nāṭyaśāstra*)』 23의 209-210

역시 참고. 17번을 제외하고 [ ]의 내용은 모두 필자가 덧붙인 것임. 덧붙여 말하자면 바삭의 원래 주석에는 17번의 괄호가 닫혀있지 않은 채로 남아있다. 비록 이름은 열거되어 있진 않지만 샤우비까*śaubhika* 역시 아주 이른 시대에 이미 남인도에 존재했던 것 같다. 서기 171년 무렵에 지어져 늦어도 5세기경에 내용이 더해졌을 가능성이 있는 따밀어 소설 『발찌*Silappadikāram*』에는 "96가지 유형의 환상술에 능숙한 100명의 마술사들"이라는 구절이 있다. 앨라인 다니에루(Alain Daniélou) 역, 『발찌*Shilappadikaram*』, 166쪽과 Ka. Naa. 수브라마니얌(Subramanyam) 역, 『발찌 이야기*The Anklet Story*』, 156쪽.

16 포스볼(V. Fausboll) 편, 『본생담*The Jātaka*』 제22책, 1199-1201 · 277쪽; 에드워드 코웰(Edward Cowell) 편, 『본생담*The Jātaka*』 제6권(1907), 135쪽에 있는 프랜시스(H. J. Francis)의 번역; [ ]의 내용은 필자가 덧붙임. 이 자따까 안에 "빠사 : …… 마님히 빠사 니밋땀*Passa : …… maṇimhi passa nimittaṃ*"['이 보석 안에 만들어진 것을 보라']라는 상투어가 자주 등장한다는 사실이 흥미롭다. 변문의 "…… 한 곳을 봐 주세요"(且看 …… 處)와 비교할 것.

을 보면 "기술적으로 혹은 기술적이면서도 교묘하게[마야끄리떼나*māyākṛtena*] 무대 위로 발사기를 던지는 척해야 한다"[17]는 구절이 있다.

빨리어 문헌 『法網經(브라흐마-잘라 숫따*Brahma-jāla sutta*)』의 "일상적 도덕을 위한 소소한 계율들"이라는 제목이 붙은 부분에 나오는 다음과 같은 오락 목록에도 샤우비까와 어원이 같은 단어가 보인다.

11. "그는 혹시 이렇게 말할 것이다: '몇몇 사문과 브라만은 충실한 신자들이 주는 음식에 의지해 살면서도 뿌리든 갈라진 곳이든 접붙인 곳이든 새싹에서든 씨앗에서든 하여간 어디서 나왔든지 간에 묘목과 자라고 있는 식물을 상처내기에 여념이 없지만—속세를 떠난 사람 고따마(Gotama)는 묘목이나 자라고 있는 식물에 상처내는 일일랑 하는 법이 없다.'"
12. "그는 혹시 이렇게 말할 것이다: '몇몇 사문과 브라만은 충실한 신자들이 주는 음식에 의지해 살면서도 쌓아둔 물건 즉 음식, 음료, 옷, 일상용구, 침구, 향료, 카레 재료들을 사용하는 데 여념이 없지만—속세를 떠난 사람 고따마는 그런 쌓아둔 물건에 손도 대지 않는다.'"
13. "그는 혹시 이렇게 말할 것이다: '몇몇 사문과 브라만은 충실한 신자들이 주는 음식에 의지해 살면서도 떠돌이 공연 즉,

① 무희의 춤(낙깜*nakkam*).

② 노래 부르기(기땀*gītam*).

③ 연주 음악(바디땀*vāditam*).

④ 시장에서의 공연(뻬캄*pekham*).

⑤ 민요 구연(악카남*akkhānam*).

⑥ 손으로 연주하는 음악(빠니스 사람*pānis saram*).

---

17 만모한 고쉬(Manumohan Ghosh)가 번역한 바라따-무니(Bharata-Muni), 『舞論나띠야샤스뜨라*The Nāṭyaśāstra*』, 439쪽에서 인용. 필자가 약간의 수정을 가함. 산스끄리뜨어본은 시와닷따(Śivadatta)와 빠랍(Parab)이 詩鬘(Kāvyamālā)시리즈 43번으로 편집한 것의 22장 189번, 240쪽을 참고할 것.

⑦ 음유시인의 음창(베딸람*vetālam*).

⑧ 징 연주(꿈바투남*kumbhathūnam*).

⑨ 상상의 장면[그림 이야기 구연](소바나가라깜*sobhanagarakaṃ*).

⑩ 깐달라의 곡예 묘기(깐달라-밤사 도빠남*Kandāla-vamsa dhopanam*).

⑪ 코끼리, 말, 물소, 황소, 염소, 숫양, 수탉, 메추라기 싸움

⑫ 곤봉을 쓰는 결투, 권투, 씨름

⑬-⑯ 모의 전투, 점호, 기동 작전, 열병식에 계속 탐닉하지만―속세를 떠난 사람 고따마는 그런 떠돌이 공연에 눈길 한번 주지 않았다.'"[18]

여기서 우리는 소바나가라깜*sobhanagarakaṃ*이 다양한 운문과 산문 결합 형식의 구연(악카남*akkhānaṃ*, 산스끄리뜨어 아키야나*ākhyāna* 즉 '이야기'를 참고할 것), 노래, 춤, 곡예 및 기타 공연들과 같은 부류에 속함을 알 수 있다. 비록 오래 전인 1913년에 쓴 것이긴 하지만 오토 프랑케(Otto Franke)는 그의 저서에서 소바나가라깜이라는 이 어려운 단어를 도대체 어떻게 해석해야 좋을지에 대해서 유용한 실마리를 제공해주었다.[19] 그는 먼저 이 단어의 변화형들을 목록화한 다음(*sobhaṇakārakaṃ, sobhanakarakaṃ, sobhanagaraṇaṃ, sobhaṇakaṃ, sobhaṇagaṃ, sobhaṇakaraṃ*), 그것이 간다바 성의 상황을 묘사하는 것과 관련이 있을 것이라는 애초의 견해를 거두어들인다. 그는 소바나가라깜을 빠띠바나찟땀*paṭibhānacittaṃ*과 연결시켜 설명하는 빨리어 주석을 인용하는데, 그 주석은 빠띠바나찟땀이란 단어가 구연에 사용되는 천에 그린 그림과 명백한 관련이 있음을 밝히고 있다. 어떤 텍스트의 경

18 리스 데이비스(T. W. Rhys Davids)와 리스 데이비스(C. A. F. Rhys Davids) 역, 『붓다의 대화*Dialogues of the Buddha*』 제1권, 6-9쪽을 약간 바꿈. [ ]의 내용은 필자가 수정. 번역자가 용어들 모두에 유용한 주석을 제공하고 있으므로 초기 인도의 공연 예인이라는 주제에 관심 있는 사람은 모름지기 이 주석을 참고해야만 할 것 같다.

19 오토 프랑케(R. Otto Franke) 편역, 『長部*Dīghanikāya*』, 8-9쪽 주석 13번. 만약 프랑케가 이 단어의 다양한 주격변화형을 제시하여 주었더라면 더 좋았을 뻔했다(*sobhanagarakaṃ*에서 마지막 철자 ṃ은 빼고).

우엔 빠띠바나찟땀이란 단어를 써서 군중을 끌어들일 만한 능력을 소유하고 있다는 의미를 나타내기도 한다고 그는 밝히고 있다. 마지막으로 프랑케는 앞서 설명한 바 있는 자따까 텍스트를 언급하고는, 『法網經』에서 소바나가라깜이라는 단어가 등장하는 방식과 똑 같이 자따까 텍스트에서 소비야라는 단어가 베딸라*vetāla*(산스끄리뜨어와 빨리어에서 '악마[-음유시인]'를 의미)와 관련하여 등장함을 지적한다. 위에 인용한 『法網經』의 문장은 고따마가 그런 활동들과는 거리가 멀다는 것을 밝히고 있을 따름이다. 그 문장의 속뜻은 모든 사람들이 무조건 그런 공연을 피해야 한다는 게 아니라, 신도들의 지원을 받는 종교인이라면 소속되어 있는 사회에서 자신이 감당하여야 할 영적 역할 때문에 응당 그렇게 해야 한다는 것이다.

10세기, 소마데와 수리(Somadeva Sūri)가 『니띠와끼야*Nītivākya*』(55)에서 샤우비까라는 단어에 붙인 주석을 보면 우리가 지금 사실은 인도네시아의 와양 베베르*wayang bèbèr*와 중국의 변 두루마리의 조상을 다루고 있는 것이라는 걸 명백하게 깨닫게 된다.[20] 그 주석을 내가 일단 거칠게 번역해보자면 이러하다. "막대기와 옷감으로 만든 스크린을 사용하여 다양한 유형의 등장인물들을 밤에 보여주는 사람"(*Kṣapāyāṃ kāṇḍa**paṭ**āvaraṇena nānāvidhanāmarūpadarśī*). 이 주석에서 '천[위의 그림]'이라는 본래의 의미를 지닌 '빠뜨*paṭ*'라는 단어가 등장한 것도 기억해 둘 필요가 있다. 뒤의 4장에서 살펴보게 되겠지만 많은 현대 인도어에서 이 단어가 그림 이야기 구연을 가리키는 말로 쓰이기 때문이다. 그리고 우리는 이 장의 뒷부분에서 이 단어가 지옥의 공포에 대한 그림 이야기 구연을 가리키는 산스끄리뜨어 단어의 어소로 쓰인다는 사실을 알게 될 것이다.

중세 부파 계율 경전인 『根本說一切有部律*Mūlasarvāstivādavinaya*』(45)에

20 요한 야콥 메이에르(Johann Jakob Meyer) 역, 『세계와 政事에 관한 고대 인도의 서적 : 까우띨리야의 『政事論』*Das Altindische Buch vom Welt- und Staatsleben : Das Arthacāstra des Kauṭilya*』, 850쪽에서 언급.

는 '포(鋪)'(글자 그대로는 '펼치다' 혹은 '벌리다'라는 의미－변상[transformation tableaux]을 세는 양사 혹은 단위사)가 적어도 이 경우에는 바로 정확히 빠뜨를 의미함을 보여주는 문장이 나온다. 이 문장은 중국어로는 "불상을 한 폭 그려서 저 왕에게 보내도 좋을 것이다"[21](可畵一鋪佛像[22]送與彼王)로 번역된다. 산스끄리뜨어 원문은 "천위에 그린 如來(따타가따(Tathāgata)) 상을 선물로 보내라"(*Tathāgatapratimāṃ paṭe likhāpayitvā prābhṛtam anupreṣaya*)이다.[23] 문장의 전체적인 의미가 글자 그대로 잘 전달되면서도 산스끄리뜨어에서 명사였던 것이 중국어에서 양사가 되었다는 점이 대단히 흥미롭다.

산스끄리뜨어 단어 빠뜨는 원래 비(非)-아리아어 어원을 가졌던 것으로 보인다. 예를 들어 따밀어 뿟땀*puṭṭam*('천')과 뗄루구어 빠치차다무 *pach'chadamu*('특정 종류의 무명 천')를 비교해 보라.[24] 빠뜨*paṭ(a)*를 중국어로 음역할 때는 주로 '鉢吒'(직조한 천 혹은 비단) 두 글자가 사용되었다. 네와르어(Newari, 네팔 카트만두 계곡의 주민 대부분이 사용하는 언어)로 빠뜨*paṭ(a)*의 동의어는 빠우다*paubhā*이다.[25] 티베트 밀종 불교에서 빠뜨*paṭ(a)*의 동의어는 라스 브리스*ras bris* 혹은 라스 리 모*ras ri mo*('무명 천 위의 무늬')이다.[26]

---

21 『大正新修大藏經*Taishō Tripitaka*』(1442) 23. 874a. 이 중국어 구절은 周一良의 「讀〈唐代俗講考〉」, 382쪽에서 처음으로 언급함.

22 돈황 335번 석굴의 "[畵][佛]像一[鋪]"와 380번 석굴의 "造佛[像]一[鋪]" 제기를 참고할 것. 史岩, 『敦煌石室畵像題識』, 80쪽 b · 85쪽 b. 역주 : 그림을 세는 단위로서의 '鋪'는 돈황 변문 사본에도 보인다. "從此一鋪, 便是變初", "漢八年楚滅漢興王陵變一鋪"(이상 「한장왕릉변漢將王陵變」), "上卷立鋪畢, 此入下卷"(「王昭君變文」)이 그 예이다. 이 '鋪'는 돈황 변문 사본과 그림의 연관성을 보여주는 중요한 근거 가운데 하나로 인식된다.

23 코웰(E. B. Cowell), 닐(R. A. Neil) 편, 『天譬喩經*The Divyāvadāna*』, 547쪽의 기록을 따름.

24 맨프레드 메이로퍼(Manfred Mayrhofer), 『고인도어 어원 소사전*Kurzgefasstes etymologisches Wörterbuch des Altindischen*』, 192-193쪽; 헨리 율(Henry Yule), 버넬(A. C. Burnell), 『홉슨-좁슨*Hobson-Jobson*』, 683쪽 a.

25 쁘라따빠디띠야 빨(Pratapaditya Pal), 「프린스 어브 웨일즈(웨일즈 公) 박물관의 네팔 회화(Paintings from Nepal in the Prince of Wales Museum)」, 16쪽.

26 그림 구연에 쓰이는 티베트의 두루마리는 '탕카'(*thanka*, 말려 올라간 것)로도 불린다. 쥐세페 뚜치(Guiseppe Tucci), 『티베트 그림 두루마리*Tibetan Painted Scrolls*』,

위에 예를 든 것들 그리고 다른 언어의 해당 단어들 모두가 "천[의 펼친 면에 그린 종교 이미지로서 가끔은 관련 내용을 문자로 함께 적기도 하는 것]"을 의미한다. 중국어 鋪가 대중 불교와 관련하여 처음 등장하기 시작할 때는 바로 이런 의미를 지니고 있었던 것이다.

鋪 하나에 여러 장면들이 들어갈 수 있다고 하는 점은 더 이상 재론의 여지가 없는 사실이라고 본다.[27] 이 점은 인도 그리고 인도의 영향을 받은 다른 지역들의 종교 관련 그림 이야기 구연의 상황과도 완전히 일치한다. 사리불 그림 두루마리(P4524)의 예는 한 '벌' 혹은 '세트'(즉, 鋪)에 한 장면 이상 들어갈 수 있음을 보여주며, 심지어 현존하는 이 두루마리 조각에는 여섯 장면이 들어가 있다. 우리는 중앙아시아 벽화가 하나의 빠뜨에 최소한 네 장면이 들어갈 수 있다는 주장을 확실히 증명해준다는 것도 알게 될 것이다. 그리고 이끄는 말에서 나는 송대의 그림 이야기 구연이 (역주: 그림 두루마리) 한 벌에 한 장면 이상 들어갈 수 있음을 증명해준다고 이미 밝혔다.

마지막으로 나는 『學處集論(식샤사뭇짜야*Śikṣāsamuccaya*)』에서 샤우비까를 언급하고 있는 단락에 대하여 논의하고자 한다. 『학처집론』은 대략 7세기로 거슬러 올라가는 마하야나(대승) 불교 교리 개론이다. 세실 벤달(Cecil Bendall)과 루스(W. H. D. Rouse)의 번역에 따르면, 중생의 구제를 위해 속세에 남은 보살의 능력과 선행을 다룬 이 단락은 이렇게 씌어 있다.

> 여래[따타가따(Tathāgata)]의 초자연적 힘이 겉으로 드러나는 기적에 의해, 모든 면에서 만물을 능가하는 힘에 의해, 자신의 초자연적 힘에서 나오는 *변화*

267쪽을 볼 것. 그는 여기서 빠뜨*paṭ(a)*에 상응하는 네팔어가 쁘라바*prabhā*라고 말한다. 쁘라바는 네와르어 빠우바*paubhā*의 변형일 것이다.

27 미즈타니 신조(水谷眞成), 「一鋪(한 세트 혹은 한 벌)의 의의(一鋪の意義)」. 역주: 돈황 변문의 경우 한 단락의 산문과 한 단락의 운문이 합쳐져 하나의 장면이 된다. 이에 근거하면 「한장왕릉변」의 '一鋪'에는 총 일곱 장면이, 「왕소군변문」 上卷의 '鋪'에는 총 여섯 장면이 포함되었을 것으로 보인다.

*transformation*에 의해 그들은 만물을 귀의시킨다. 그들은 온갖 수단과 방법으로 세상의 선업을 수행하면서 속세를 떠돌아다니고, 그들은 마치 오염되지 않는 물속의 연꽃처럼 즐겁고 영광스러운 일들을 행하면서 다니며, 그들은 시인이자 시인의 왕이며, 그들은 배우이자 무용수, 악사, 씨름꾼, 탁발승, 도둑[?], 청소부[?(산스끄리뜨어 원문 쇼비까*śobhika*의 오역)], 곡예사[즉, 요술쟁이]이다. 이런 다양한 모습으로 자신을 변화시킴으로써 그들은 마을사람, 안내자, 마부가 되고, 그들은 중개상, 상인, 집주인, 왕, 조정의 신하, 목사, 심부름꾼, 박식한 의사, 경전에 정통한 사람이 되며, 그들은 숲속의 거대한 나무, 약초, 불후의 보석으로 만든 보물, 소원을 들어주는 보석, 소원을 들어주는 나무, 길 잃은 사람들의 안내자가 된다.[28]

이 단락에 해당하는 중국어 텍스트는 완전히 7언 운문으로 쓰인데다 글자 그대로의 번역도 아니지만 그런대로 상당히 충실하게 산스끄리뜨어를 따르고 있다.[29] 여기서 나는 산스끄리뜨어 원문을 제시하고 그 산스끄리뜨어 원문에 해당하는 부분의 티베트어 번역을 보여줌으로써 핵심 단어 쇼비까*śobhika*를 포함하고 있는 이 단락의 특정 행에 초점을 맞추고자 한다.[30] 산스끄리뜨어 원문의 쁘리투*pṛthu*와 루빠*rūpa*는 티베트어와 맞추기 위해 순서를 바꾸었다. 중국어는 축자적인 번역이 아니기 때문에 모든 경우를 다 똑 떨어지게 대응시키는 것은 불가능했다. 단락을 이해하기가 매우 어렵긴 하지만(아래의 양식을 참고), 여기서 쇼비까가 다양한 유형의 공연자, 특히 형상을 창조하는 공연자들과 함께 등장하는 것만은 분명하다.

---

28 세실 벤달(Cecil Bendall), 로우즈(W. H. D. Rouse), 『學處集論 : 불교 교리 요약 *Śikshāsamuccaya : A Compendium of Buddhist Doctrine*』, 294쪽. 이탤릭체는 필자가 더함.

29 『대정신수대장경』(1636) 32. 138a.

30 산스끄리뜨어는 벤달 편, 『學處集論*Çikshāsamuccaya*』, 330쪽[1486], 1.16을 볼 것. 티베트어 번역은 『데르게*Sde-dge*(*Derge*)』 경전판, *bstan · hgyur* 섹션, 3940호(*Śikṣāsamuccaya*), 177쪽 b, 1.6 이하에서 가져옴. 티베트어 행을 찾아주고 설명해준 마사토시 나가토미(雅俊永富)에게 큰 감사를 드린다.

산스끄리뜨어	*utkuṭa*	*śobhika*			*hāraka*	*nṛtyā*
산스끄리뜨어의 영어번역	walking on tiptoes or heels[31]	picture showman or storyteller			bearer; gambler	dancing
티베트어	*bshugs* ·	*mdzes* ·	*rgyan*	*phreṅ*	*thogs* ·	*śiṅ* · *gar* · *byed da*
티베트어의 영어번역	sit(ting)	fair; handsome; beautiful[32]	decorate; ornament, decoration	string; thread;	carrying	and dance-doing an
중국어	旋轉[33]	瓔珞		種種伎藝		舞
중국어의 영어번역	turning; revolving	a necklace of precious stones; things strung together[34]	adornment; ornament	various types of entertainments		dance

산스끄리뜨어	*māyākarāḥ*	*rūpa*	*pṛthu*	*ni*		*darś[an]ī*
산스끄리뜨어의 영어번역	making illusions	form	many; various	all		showing; displaying
티베트어	*sgya* · *ma* · *mkhan* · *po*	*gzugs*	*maṅ*	*kun*	*du*	*ston*
티베트어의 영어번역	illusion master	form; statue; drama	many; various	all; pervading	[accusative marker]	showing
중국어	如幻	色相	諸	皆		顯
중국어의 영어번역	like an illusion	form	many; various	all		displaying, manifesting

31 트렝크너(V. Trenckner) 외 교정, 『필수 빨리어 사전*A Critical Pāli Dictionary*』 제2권, 제7책, 334쪽 ab의 '*ukkuṭika*' 조목과 에드거튼(Edgerton), BHS, '°*ṭuka*'를 참조. 이는 곡예를 하는 고행자 혹은 탁발승 부류를 언급한 것임에 틀림없다.

32 티베트어 번역은 *śobhika*(즉, *śaubhika*)의 어원을 시사한다. 그러나 이는 문맥상 해당 단어에 대한 정확한 번역은 아니다.

33 '旋轉'이 잘못된 번역이라면 그 대신 '旋踵'('발꿈치로 도는')이라는 표현을 생각해 볼 수도 있겠다. 그러나 중국어 번역자가 '*utkuṭa*'는 그냥 생략하고 번역하지 않았고, '旋轉'은 단지 이 행의 뒤쪽에 언급된 춤동작만을 가리킨 것일 수도 있다.

34 이 의미들은 윌리엄 수틸(William E. Soothill)과 루이스 호두스(Lewis Hodous), 『산스끄리뜨 영어 동의어와 산스끄리뜨 빨리어 색인을 넣은 중국어 불교 용어 사전*A Dictionary of Chinese Buddhist Terms with Sanskrit and English Equivalents and a Sanskrit-Pali Index*』, 484쪽 a에서 가져옴.

환상 공연자로서 아인드라잘리까*aindrajālika*('마술사', 뿌루숏따마데와(Puruṣottamadeva)가 편찬한 『하라왈리*Hārāvali*』라는 제목의 12세기경 불교 사전에서는 샤우비까의 동의어로 취급하고 있음)라는 이름으로 알려진 공연자 부류도 있었다.[35] 그들은 떠돌아다니는 꼭두각시 인형극 공연자이자 마술사였으며 곡예도 함께 공연했다. 606년에 왕위에 오른 것으로 추정되는 굽따 왕조의 왕 하르샤(Harṣa)는 자신의 희곡 『瓔珞傳라뜨나왈리*Ratnāvālī*』 제4막에서 아인드라잘리까의 공연에 대해 묘사한 바 있다.[36] 하르샤의 묘사에 따르면 아인드라잘리까는 공작 깃털(삣치까*picchikā*) 한 다발을 자신의 상징으로 가지고 다니는 마술사였다. 그 공작 깃털은 구연하면서 각각의 장면 장면을 가리키는 용도로 썼을 것이다.

비록 지금 이 자리가 내 주장의 근거들을 상세하게 논의할 자리는 아니지만, 나는 빈터니츠, 힐레브란트, 뤼더스, 코노우, 야콥 그리고 특히 피쉘의 연구가 (이 상황에서 이런 표현을 써도 된다면) 의심할 여지없이 고대 인도에 그림자 연극과 꼭두각시 연극이 둘 다 존재했음을 증명했다고 믿는다. 빨리어 『테리가타*Therīgāthā*』(늙은 비구니의 게송)에 룻빠루빠깜*rupparūpakaṃ*에 관한 기록이 있는 것으로 보아 그림자 연극은 기원전 1세기에 이미 존재했던 것 같다.[37] 이 기록은 『마하바라따*Mahābhārata*』 제12편(12.194, II.5-6)의 루뽀빠지와나*rupōpajīvana*에 대한 기록과 비교될 만하다. 17세기 주석가 닐라칸타(Nīlakhaṇṭha)는 이 단어를 다음과 같이 풀이한다. "루뽀빠지와나는 남방에서 잘라만다삐까*jalamaṇḍapikā*로 알려져 있다. 루뽀빠지와나에서는 얇은 천을 펼쳐 놓고서는 국왕, 대신 등의 행적을 가죽으로 만든 등장인물을 통해 [관중] 눈앞에 펼쳐 보여준다."[38]

---

35 발렌티나 스태치-로젠(Valentina Stache-Rosen), 「인도 그림자 연극에 대하여(On the Shadow Theatre in India)」, 278-279쪽.

36 데와다르(C. R. Devadhar)와 수루(N. G. Suru) 편역, 『스리 하르샤의 瓔珞傳*Ratnāvalī of Śri Harṣa*』, 252쪽 이하.

37 리차드 피쉘, 「고대 인도의 그림자 연극(Das altindische Schattemspiel)」, 488쪽에서 인용.

시따벵가(Sītābeṅgā) 동굴(옛 수르구자(Surgujā) 제후국 중부 지방 람가르(Rāmgarh) 언덕에 위치함—북위 22°53′×동경 82°55′)에 있는 기원전 2세기의 비문에 따르면, 이 동굴은 시(詩) 예술 작품을 공연해내기 위하여 만든 것이라고 한다. 이것이 구연, 그림자 연극 혹은 실제 사람이 연기하는 연극 가운데 어느 것에 사용하기 위한 것이었는지는 명확하지 않다. 그러나 이 작은 동굴 극장 가운데 특히 흥미로운 것 하나는 입구 가까이에 구멍 한 쌍이 석조 바닥 안쪽으로 깊이 파여 있다는 것이다. 이 구멍들이 막을 떠받치거나 공연되는 내용을 설명하는 그림을 거는 기둥을 끼워 넣도록 고안된 것인지는 확실히 알 수가 없다.[39] 피쉘은 레나쇼비까*leṇaśobbikā*('집' 혹은 '작은 방' 쇼비까*śobbikā*)라는 용어를 언급하면서, 이 용어에 근거하여 샤우비까가 인공조명을 이용하여 동굴 안에서 공연을 했을 것이라고 주장했다.[40]

쿠마라스와미(Coomaraswamy)는 12세기 인도 남부와 실론에 그림자 연극이 존재했다는 확실한 근거를 제시했다. 이 근거는 『마하왕사*Mahāvaṃsa*』(더 자세하게 말하자면 『마하왕사』의 속편이라 할 『쭐라왕사*Cūlavaṃsa*』에 들어있는 부분*)라는 실론의 불교 연대기 66.133에 있다 : "그(가자바후(Gajabāhu) 2세, 1137-1153년 재위)는 (첩자로 고용된) 많은 따밀인과 그 밖의 사람들 가운데에서 일부를 뽑아 춤과 노래로 훈련시키고는 가죽 인형(*camma-rūpa*) 공연

38 피쉘의 번역을 따름. 같은 글, 485-487쪽.

39 코노우, 『인도 연극』, 5 · 6 · 72쪽.

40 피쉘, 「고대 인도의 그림자 연극」, 483-484쪽. 이 단어에 대한 하인(Hein)의 훌륭한 연구 역시 참고할 것(『기적 극*Miracle Plays*』, 252쪽 이하). 여기서 하인은 로나쇼비까*loṇaśobbikā*가 독립적인 가니까*gaṇikā*('궁정 공연자') 중 하나임을 확실히 증명한다.

* 역주 : 『마하왕사Mahāvaṃsa』는 위대한 연대기라는 의미로 실론(지금의 스리랑카)의 연대기이다. 기원 후 5-6세기 경 승려 마하나마(Mahānāma)가 기록한 것으로 추정되며, 기원전 6세기부터 기원후 4세기까지의 실론의 역사를 주로 불교사와 왕조 교체사 중심으로 다루고 있다. 『쭐라왕사Cūlavaṃsa』는 기원후 4세기부터 기원후 16세기까지의 실론의 역사를 다룬 연대기로 대체로 『마하왕사』의 속편으로 취급된다.

자처럼 보이도록 했다."[41] 이렇게 선발된 공연자들은 고대 인도의 사우비까나 다른 그림 이야기 구연자와 마찬가지로 어디든지 맘대로 떠돌아다닐 수 있었으므로 국왕에게 첩자로 고용될만한 가치가 있었음을 알 수 있다.

비샤카닷따(Viśākhadatta)의 희곡 『指環印(무드라락샤사*Mudrārākṣasa*)』 제1막에는 그림 공연자에 대한 언급이 등장한다. 이 언급은 약 6세기 이후에도 이 직업이 널리 퍼져있었음을 증명할 뿐 아니라 공연전문가들이 그것을 어떻게 조종했는지에 대해 우리에게 많은 것을 알려준다는 점에서 대단히 중요하다.[42] 공연자는 '야마빳따까*yamapaṭṭaka*', 즉 '야마빠따*yamapaṭa*(야마[저승의 신(역주 : 염라대왕)]의 그림[아마 천 두루마리 혹은 족자에 염라국에서 받게 될 상벌에 대해 그렸을 것이다])를 보여주는 사람'이라 불린다. 야마빳따까가 실제로는 짜나끼야(Cāṇakya, 마우리아 왕조의 창립자 찬드라굽따의 대신)의 첩자 니뿌나까(Nipuṇaka)라는 점은 무엇보다 주목할 만하다.[43] 모든 이들을 도살하는 바로 그 야마에 대한 설교로 생계를 유지하는 사람들이 있음을 이야기한 후, 니뿌나까는 짠다나다사(Candanadāsa, 짜나끼야에게 적대적인 대신의 친구)의 집으로 들어갈 수 있게 된다. 그는 배우의 독특한 몸짓으로 사방을 돌아다니며 덩실덩실 춤을 추면서 "나는 야마의

41 아난다 쿠마라스와미, 「실론의 그림자 연극(The Shadow-Play in Ceylon)」, 627쪽의 번역을 가져옴. 스태치-로젠(Stache-Rosen), 「인도 그림자 연극에 대하여」를 참조.

42 이 구절은 쿠마라스와미, 「그림 공연자」, 184-185쪽과 바루아(B. M. Barua), 「마스까리-고샬라의 젊은 시절(Maskari-Gośāla's Early Life)」, 369-370쪽 모두에서 논의되었다. 이에 대한 나의 설명은 두 사람에게 크게 의존하고 있다. 데와스탈리(G. V. Devasthali), 『指環印 연구 서언*Introduction to the Study of Mudrā-rākṣasa*』, 10-14쪽에서는 비샤카닷따의 연대 문제에 대해 신중하게 검토하고 있다. 여기서는 그를 깔리다사(Kālidāsa)보다는 나중이고 9세기보다는 훨씬 이전에 활동한 비교적 초기의 극작가로 파악한다. 그리고 그가 굽따왕조의 짠드라굽따 2세 때, 즉 깔리다사가 활동했던 조대와 같은 시기에 활동했을 것임을 보여주는 증거도 있다. 키이스, 『산스끄리뜨 연극』, 146-147쪽을 볼 것.

43 일본 그리고 다른 곳에서도 그림 연기자가 첩자로 활동한 예가 있다(일본의 경우는 5장을 볼 것).

그림을 보여주며 내 노래를 부를 것이다(*yamapaṭam darśayan gītāni gāyāmi*)" 라고 말한다.[44] 니뿌나까가 부르는 노랫말이 통속적인 쁘라끄리뜨어(역주 : 불경이나 문학 등의 고급 문장에 쓰인 산스끄리뜨어와 달리 민간에서 쓰인 중세 인도어. 초기 불경에 사용된 빨리어 역시 여기에 속함)로 되어 있다는 점은 그의 사회적 위치를 보여준다는 측면에서 의미가 깊다.

Paṇamaha Jamassa calaṇe
kiṃ kajjaṃ devaehi aṇṇehiṃ |
Eso khu aṇṇabhattaṇaṃ
harai jiaṃ caḍapaḍantaṃ ||
야마의 발아래 절하라,

44 반 뷰테넨(J. A. B. van Buitenen)은 『고대 인도의 두 연극*Two Plays of Ancient India*』, 191쪽에서 해당 단락을 아래와 같이 번역했다.

첩자 등장; 그는 죽음의 신 야마의 공적을 그린 화포를 가지고 있다.
첩자 : 절을 올려라, 세상 사람들이여, 야마에게! 무엇 때문에 다른 신에게 기도를 하는가?

그는 갖가지 고통 받는 영혼을 관장하네!
사람은 저마다 자기 신의 명령에 괴로워하며 살아가지만,
그러나 야마는 우리 모두를 관장하네, 다른 어떤 신도 그렇지 않다네!

나는 여기 이 집에 들어가서 야마의 그림을 보여주고 그를 찬미하는 노래를 부를 것이다.
(그가 빙빙 돌며 걷는다)

학생(올려다보며) : 여기 들어오지 말아요, 당신.
첩자 : 오? 여기 누가 사는데?
학생 : 제 주인이시자 고명하신 짜나끼야시지요.
첩자 : 오, 그래. 그럼 우리 한패거리네! 내가 들어가서 네 주인께 야마의 그림을 보여주며 율법을 가르치도록 해 주겠나.

산스끄리뜨어 텍스트와 관련해서는 알프레드 힐레브란트 편, 『비샤카-닷따의 指環印*Mudrārākṣasa of Viçākha-datta*』, 17쪽을 볼 것.

헛되나니, 야마가 아닌 다른 모든 신에게 절하는 것은.
너희들은 알라, 오 야마의 신민들이여,
그는 분명히 죽인다, 무자비한 신,
야마가 아닌 다른 신의 추종자들을.

같은 의미를 한층 더 문어적인 산스끄리뜨어로 옮기면 이렇다.

Paṇamāhi Yamasya caraṇe,
kiṃ kāryaṃ daivatair aṇyaiḥ |
Eṣaḥ khalv anyabhaktānām
harati jīvaṃ parisphuṭantam ||

자신의 임무를 마친 후 첩자는 짜나끼야에게 이렇게 보고한다. "야마두루마리를 펼치면서 저는 제 노래를 읊기 시작했어요(*jamapadaṃ pasāria pāuttohmi gīdāiṃ gāidum*)."

지옥과 관련한 이 그림 이야기 구연 전통은 20세기까지도 계속되어 왔다. 그러나 존 락우드 키플링(John Lockwood Kipling)은 그의 『인도의 야수와 인간*Beast and Man in India*』에서 19세기 후반에 이르러 쇠락기에 접어든 야마빳따까의 상황을 이렇게 언급하고 있다.

시장에서 팔리는 가장 인기 있는 그림 중 하나이자 재판용으로 널리 쓰이기도 했던 다르므라지*Dharmrāji*라는 것이 있다. 다르므라지는 힌두의 저승신인 야마*Yāma*[원문 그대로 인용]의 이름이다. 판관이 추대되고 사형을 집행하는 마귀들은 심판을 받게 하기 위해 죽은 사람들을 데려온다. 죽음의 강이 그림 한쪽으로 흐르고 사람들은 소꼬리를 잡고 무사히 강을 건넌다. 반면 그 외의 사람들은 무시무시한 물고기들에게 갈가리 찢긴다. 야마의 서기, 즉 기록 담당 천사이자 까야쉬뜨*Kayasht*, 서기 계급의 조상으로 여겨지는 찌뜨라굽뜨(Citragupt)

는 힌두 상인의 장부와 꼭 닮은 장부뭉치를 가지고 사무실 같은 곳에 앉아서, 각자 영혼의 기록에 따라 벌이나 상을 준다. 당시 유행하던 그 지역의 속담–"신은 천국의 창문을 통해 바라보면서 장부를 적는다"–처럼, 축복 받은 이들이 바람을 타는 이륜차 속에서 하늘로 날아가는 동안 두뜨*Dut*, 즉 집행관은 죄지은 자들을 고문한다.[45]

그림 공연자로 위장하여 다른 사람의 눈을 속이고 편하게 활동하는 첩자에 관한 언급은 『指環印』보다 훨씬 앞선 시기의 문헌에서도 등장한다. 사실 까우띨리야(Kauṭilya)의 유명한 정치경제학 교본인 『政事論아르타샤스뜨라*Arthaśāstra*』(기원전 약 321-296년)에 이런 수법에 관한 설명이 나온다. 이런 수법을 설명하는 제7편, 제17장(제목은 '강화의 체결과 파기')의 일부를 샤마사스뜨리(Shamasastry)가 번역한 것에 의거하여 옮겨보면 다음과 같다.

> 누구든 힘을 기르면 강화 조약을 파기하고자 할 것이다. 적들 아래에서 (볼모로 잡혀 있는) 왕자를 모시며 일을 하는 목수와 여타의 첩자들이 밤중에 일부러 뚫어놓은 땅굴을 통해 왕자를 데리고 나갈 것이다. 먼저 적중에 파견되었던 무용수, 배우, 가수, 악사, 익살꾼, 궁정시인, 헤엄치는 사람 그리고 사우비까들(śaubhikas(?))은 자신의 일을 계속하면서 간접적으로 왕자의 시중을 들 것이다. 그들에게는 아무런 제약 없이 아무 때나 궁궐 안으로 들어가서 머물다가 나올 수 있는 특권이 있는 게 분명하다. 그래서 왕자는 밤을 틈타 위의 첩자들 중 어떤 한 모습으로 변장하여 밖으로 나올 것이다.[46]

그런데 나는 조한 메이에르(Johann Meyer)의 독일어 번역본에 근거하여

---

45 존 락우드 키플링, 『인도의 야수와 인간』, 123-124쪽. 현대의 야마빳따까에 대해서는 아지뜨 무께르지(Ajit Mookerjee), 『인도의 예술*The Arts of India*』, 32쪽 역시 참고할 것.

46 샤마사스뜨리(R. Shamasastry) 역, 『까우띨리야의 政事論*Kauṭilya's Arthaśāstra*』, 343-344쪽. 'śaubhikas' 뒤 괄호 안의 물음표는 샤마사스뜨리 자신이 넣은 것이다.

'헤엄치는 사람'을 '줄타기 곡예사'로, '샤우비까'를 '마술사', '환상을 만드는 사람' 혹은 '그림 공연자'로 번역하고 싶다.[47] 이 단락 속의 단어들을 하나하나 세세하게 이해하기는 힘들지만, 까우띨리야가 샤우비까를 연예인으로 인식했다는 점 그리고 샤우비까가 스파이로 고용될 수 있었다는 점은 전혀 의문의 여지가 없다.

자이나교도들은 아지위까(Ājīvika, 대략 자이나교·불교와 같은 시기에 발전한 금욕주의 이단 종파) 교주의 아버지 고샬라 망칼리뿌뜨라(Gośāla Maṅkhaliputra, 기원전 493년[?] 사망)[48]가 유랑하는 그림 공연자였다고 믿는다. 자이나교도들의 해석에 따르면, 이 이름은 글자그대로는 "떠돌이 거지와 그림 공연자의 아들로 외양간에서 태어난 사람"을 의미한다. 망까*Maṅka*(때때로 그들은 나카*nakha*라 부르기도 함)는 지옥에서의 고통의 그림을 보여주며 그에 대한 이야기를 말하는 떠돌이 금욕주의자였다. 자이나교 문헌에서 그들은 배우, 무용수, 이야기 구연자 등의 여타 공연 예인들과 함께 언급된다.[49] 예를 들어 『안따가다-다사오*Antagaḍa-dasāo*』(연대 미상)에서는 배우, 무용수, 줄 위를 걷는 사람, 씨름꾼, 겨루기 선수, 어릿광대, 구연자, 폴짝폴짝 뛰어오르는 재주꾼, 민요 가수[*lāsaga*], 이야기 구연자, 장대 재주꾼, 그림 공연자[망카*maṅkha*], 피리 부는 사람, 류트 연주자, 박수 치는 사람을 열거한다.[50] 『아우빠빠띠까 경*Aupapātika-sūtra*』(3-5세기[?])은 무용수, 배우, 줄 위에서 춤추는 사람, 씨름꾼, 폴짝폴짝 뛰어오르는 재주꾼, 무

---

47 메이에르(Meyer), 『政事論*Das Arthaçāstra*』, 482 · 850쪽. 캔글(R. P. Kangle) 교정본, 『까우띨리야의 政事論*The Kauṭilya Arthaśāstra*』, 2.27.25 · 7.17.34 · 11.1.34 그리고 용어목록 78쪽 b 역시 참고.

48 그의 빨리어 이름은 Makkhali Gośāla[putta]이다. 산스크리어로는 Maskarī Gośāliputra이다. 우리는 후자의 이름을 손에 대나무 지팡이(maskara)를 가지고 떠돌아다니는 고행자로 이해해도 된다. 그러나 여기서 자이나교 전설의 정확성에 대해 따지는 것은 내 목적이 아니다.

49 쿠마라스와미, 「그림 공연자」, 184쪽 주석 2번을 참고할 것.

50 바넷(L. D. Barnet) 역, 『十終極支*The Antagaḍa-dasāo*』, 1-2쪽. 이와 흡사한 공연 예인 리스트가 바드라바후(Bhadrabāhu)의 『儀軌經*Kalpasūtra*』에 보인다. 야코비(Jacobi), 『儀軌經*The Kalpasūtra*』 제100절, 57쪽 참고.

언극 배우, 이야기 구연자, 민요 가수 혹은 익살꾼, 점쟁이, 곡예사, 악사, 하인, 음유시인(*māgaha*)과 함께 망카*maṅkha*를 언급한다.[51] 훗날 헤마짠드라(Hemacandra, 1088-1172)는 만카를 마가하*māgaha*로 규정한다. 그러나 『아우빠빠띠까 경』의 목록에 두 가지가 같이 등장하는 것을 보면 이 두 가지가 동일한 존재는 아니었음을 알 수 있다.[52] 설사 그렇다손 치더라도 어쨌든 이런 상황들은 샤우비까가 발견되는 상황과 너무나 흡사하다.

『바가와띠 경*Bhagavatī-sūtra*』에는 자이나교가 고샬라 망칼리뿌뜨라의 이름을 이렇게 해석한 이유가 나와 있다. 이 『바가와띠 경』이 지어진 시기는 기원전 3세기까지로 거슬러 올라갈 수 있으며 늦어도 기원후 5세기 말 이후를 넘어가지는 아니할 것이다.[53] 원판 사본 쪽수에 따르면 해당 단락은 15.1, 1204-1205쪽에 있다.

> 망칼리(Maṃkhali)라는 이름으로도 알려진 망카(maṃkha)는 고샬라(Gosāla)의 아버지였다. …… 한편, 언젠가 망칼리-망카는 축복받아 임신한 그의 아내와 함께 사방팔방으로 돌아다니며 마을에서 마을로 여행을 다녔다. 그는 그림판을 손에 들고 망카의 복장을 한 채로 브라만 고바훌라(Gobahula)의 외양간이 있는 곳으로 향했다. 이 외양간에 도착해서 쉴 자리를 마련하고는 짐을 벗어 그곳 구석에 두었다.[54]

---

51 에른스트 레우만(Ernst Leumann) 편, 『아우빠삐띠까 경*Das Aupapātika Sūtra*』, 22쪽 제2절.

52 오토 보트링크(Otto Böhtlingk), 찰스 리에우(Charles Rieu) 편, 『눈 오는 달빛 아래의 여의보(헤마칸드라의 아비다나킨타마니*Hemak'andra's Abhidânak'intâmaṇi*)』, 795번 게송, 145 · 365쪽. 쁘라끄리뜨어 māgaha에 대응하는 산스끄리뜨어는 māgadha이다.

53 모리쯔 빈터니츠(Moriz Winternitz), 『인도 문학사*A History of Indian Literature*』 제2권, 432-434쪽을 볼 것.

54 바루아(Barua)가 『마스까리-고샬라의 젊은 시절*Maskari-Gośāla's Early Life*』, 356-357쪽에서 인용하고 번역함. 바루아, 『불교 이전의 인도철학사*A History of Pre-Buddhistic Indian Philosophy*』, 298쪽과 비말라 차란 로(Bimala Charan Law)의 『불교 관점에서 본 천국과 지옥*Heaven and Hell in Buddhist Perspective*』에 부록으로 들어간 바루아의 「천국과 지옥의 이야기 책(Books of Stories of Heaven and Hell)」, ix쪽 역시 참

Gosālāssa Maṃkhaliputtassa Maṃkhaliṇāmaṃ pitā hotthā …… Taeṇaṃ se Maṃkhali-Maṃkha-ṇāmaṃ …… bhariyāe guvviṇie saddhiṃ cittaphalaga-hatthagae Maṃkhattaṇeṇaṃ appāṇaṃ bhāvemāṇe puvvâṇupuvviṃ cāramāṇe gāmâṇugāmaṃ duijjāmaṇe ……

망칼리가 이집 저집을 옮겨 다니며 시주를 모으는 상황과 아들이 외양간에서 태어나서 이름을 '외양간 사람'(Gosāla)이라고 지었다고 하는 설명이 계속 이어진다. 『바가와띠 경』(15.1, 1206쪽)[55]은 고샬라의 아버지 망칼리가 직업적인 그림 이야기 구연자였을 뿐 아니라, 고샬라 자신도 어른이 되어 스스로 자기 삶을 결정할 수 있게 되었을 때 같은 직업을 택했다고 말한다. 그러나 망카(maṅkha)를 '자기가 가지고 다니는 신의 그림을 보여주며 시주를 받아내는 탁발승(역주 : '거지'라는 말도 탁발을 구한다는 데서 유래하였음)의 한 부류'로 확실하게 인식하게 되는 것은 아바야 데와(Abhaya Deva, 1050년경)의 『바가와띠 경』 산스끄리뜨어 ṭīkā('주석'(역주 : 1차 주석에 이은 2차 주석, 즉 복주석))에 이르러서였다.[56]

루돌프 호에른르(A. F. Rudolf Hoernle)는 『十居士支우와사가다사오*Uvāsagadasāo*』('자이나교 평신도의 의무에 대한 10개의 장'—연대 미상, 하지만 일부는 늦어도 1세기 무렵에 만들어진 것으로 추정된다)를 번역하면서 망카*maṅkha*의 산스끄리뜨어 주석을 인용한다. 주석에서는 이 단어가 찌뜨라팔라까비야그라까라-

고. 이 부분의 정보는 대부분 이 자료들에서 가져온 것이다. 바샴(A. L. Basham)의 『邪命外道의 역사와 교리*History and Doctrine of the Ājīvikas*』, 35-37쪽 역시 이 문제를 다루고 있다.

55 『마스까리 고샬라의 젊은 시절』, 359쪽과 361쪽에서 바루아가 인용 : *Saeṇaṃ se Gosāle dārae ummukā-valabhāve viṇṇāya-pariṇayamatte jubbaṇagamanuppatte …… maṃkhattaṇeṇam appāṇaṃ bhāvemāṇe viharai.*

56 같은 책 364쪽에서 인용 : *Maṃkhaḥ citraphalaka-vyagrakaro bhikṣukaviśeṣaḥ.* 같은 글에 대한 주석(Bhāṣa, 역주 : 바샤는 주석이란 의미를 지님)과 비교할 것. 이 역시 바루아가 인용함 : *Maṃkha kāṣṭha-citrāma dekhādato phirai ehavo bhikṣuka-viśeṣa(bhikṣ ācāra)*(둘 모두 15.1, 1204쪽에서 가져옴). 이 인용문은 목판에 그려진 그림을 가지고 다녔음을 말해준다.

빅슈-비세샤*citraphalakavyagrakara-bhikṣu-viśeṣa*, 즉 '자기가 가지고 다니는 신의 그림을 보여줌으로써 자비로운 사람들로부터 시주를 받아내려고 하는 거지의 일종'을 의미한다고 주장한다. 계속해서 호에른르는 이렇게 말한다. "오늘날 벵골에서는 그런 거지들이 보통 작은 그림 혹은 천연두의 신 쉬딸라*Shītalā*나 콜레라의 신 올라삐삐*Olābībī* 같은 신들의 화상(畵像)을 가지고 다닌다. 뿌리(Pūri)에서 그들은 자간나트(Jagannāth)의 그림을 가지고 다니며 그 사원으로 향하는 순례자들을 성가시게 한다."[57] 더 나아가 호에른르는 망카가 대단히 낮은 계급의 사람이었다고 주장한다.[58]

웃디요따나-수리(Uddyotana-Suri)가 라자스탄의 자발리뿌라(Jabalipura, Jabor)에서 쁘라끄리뜨어로 운문과 산문이 결합된 스타일로 장편 소설 『꾸왈라야말라*Kuvalayamālā*』를 썼던 779년 바로 그 해에도 자이나교도들 사이에는 그림을 사용하여 종교 담론을 펼치는 경향이 여전히 널리 퍼져있었다. 이 소설 제29장에서 그는 상사라-짜끄라-빠따*Saṃsāra-cakra-paṭa*('윤회에 관한 천[-그림]' 중국어로는 '전륜변일포轉輪變一鋪'로 번역될 수 있을 것이다)라는 이름의 천위에 그린 정교한 두루마리 그림과 그것의 사용방식을 다음과 같이 묘사하였다.

"옷과 데샤-바샤스*deśa-bhāṣās*[방언]로 유명한 나라 라따(Lāṭa)는, 싱하(Siṁha)라는 힘센 국왕이 다스리고 있었고, 나 바누(Bhānu)는 바로 그 국왕 싱하의 장남으로 그림에 흠뻑 빠져 있었다. 하루는 선생님이 내게 그림 두루마리 하나를 보여주었다. 이 두루마리에는 선생님이 말씀하신 소위 상사라 짜끄라(Saṁsāra-

57 루돌프 호에른르 편역, 『十居士支』 부록 I, 1쪽과 108쪽 주석 153번. 위의 주석 58번 참고. 라가반(V. Raghavan), 「그림 공연자 : 망카(Picture-Showmen : Maṅkha)」, 524쪽도 흡사한 정의를 인용하고 있다 : *citra-phalakā-vyagra-hasta-bhikṣāka viśesa*('그림판을 보여주며 곳곳을 돌아다니는 거지 혹은 탁발승').

58 호에른르, 『十居士支』, 121쪽 주석 273번. 라뜨나찬드라지(Ratnachandraji), 『도해본 아르다 마가디 사전*An Illustrated Ardha-Magadhi Dictionary*』 제4권, 65쪽 ab에서는 자이나 문헌의 다른 기록을 제시하면서 망카(maṅkha)를 유리로 틀을 만든 상자 안의 그림을 보여주며 생계를 유지하는 거지 계층으로 간주한다.

cakra(역주 : 윤회의 바퀴))가 표시되어 있고 속세의 모든 것들이 묘사되어 있었다. 선생님은 두루마리 가운데 한곳 한곳을 막대기로 가리키면서 그곳이 각각 지옥, 인간 세상, 천국을 나타낸다고 설명해주었다. 큰 죄를 지으면 지옥에서 고통을 받고, 큰 공덕을 쌓으면 천국에서 즐거움을 누리며, 공덕이 적고 죄가 많으면 축생의 존재로 태어나고, 공덕이 많고 죄가 적으면 사람으로 태어난다. 그러나 어디든 고통은 존재한다. 자신의 믿음에 너무도 큰 죄를 저지른 국왕은 지옥으로 떨어진다. 사냥도구를 가진 왕은 죄만 벌게 된다. 여기 자신의 행위로 인해 몹시 고통을 받는 도둑이 있다. 농부들은 자신들이 책임진 짐승들을 가혹하게 다루고 감각이 온전하지 못한 존재에게 상처를 주었다. 그래서 그들은 그들의 죄 때문에 홀로 고통 받아야 했다. 어떤 자는 뿌니야*puṇya*[공덕]와 빠빠*pāpa*[죄]를 가지고 다니며 죽기 전날 밤 모든 것을 뒤로 남겨두었다. 젊은 이들은 갖가지 재미난 것들을 즐겼으며, 그래서 두루마리에 그려졌다. 마찬가지로, 이것저것 뽐내는 다양한 직업과 신분의 사람들은 자신들의 행동의 결과와 함께 그림으로 묘사되었다. 축생의 세계에서는 갖가지 짐승과 새들이 서로를 죽이고 있었다. 그리고 거기에는 지옥과 천국의 장면들도 그려져 있었다. 마지막으로 영원한 축복으로 묘사된 해탈의 그림이 있었다. …… 그가 이 윤회의 바퀴 장면을 그린 두루마리를 펼쳤을 때 나 바누는 세상 삶이 얼마나 비루한 것인지 깨달을 수 있었다. 그래서 나는 그 선생님에게 마음에 분명한 목적의식을 지니고서 두루마리를 가지고 다니는 신이거나 천국에서 온 분일 것이라고 말씀드렸다. 거기에는 그가 다음과 같이 묘사한 또 다른 세부장면의 그림이 있었다. '여기 짬빠(Campā) 성에서는 마하라타(Mahāratha) 왕이 이곳을 다스렸어요. 다나닷따(Dhanadatta)는 부유한 상인이었어요. 그는 아내 데위(Devī)에게서 두 아들 꿀라미뜨라(Kulamitra)와 다나미뜨라(Dhanamitra)를 얻었답니다. 그들이 태어나고 얼마 지나지 않아 아버지가 죽었어요. 그래서 어머니는 그들에게 사업을 해서 생계를 꾸리도록 재촉했지요. 그들은 여러 가지 직업을 가져보고 다양한 예술과 기술에도 손을 대봤습니다. 그러나 그들은 돈은 하나도 벌지 못한 채 어디서든 실패만 맛보았지요. 그들은 결국 자살을 결심했습니다.

그들이 산꼭대기에서 뛰어내리려는 순간 성스러운 목소리가 그들의 무모함을 막았어요. 그것은 가까이 있는 위대한 성자의 질책이었어요. 성자는 그들이 다시는 가난하게 태어나지 않고 천상의 행복과 해탈을 얻을 수 있도록 출가하기를 진심으로 권했어요. 두 사람은 교단에 입문하고 고행을 실천하여 천국에서 태어났습니다. 이후 한 명은 싱하의 아들 바누, 즉 당신으로 태어나고, 그리고 선생님 혹은 화가인 내가 그 둘째랍니다. 저는 당신에게 이 사실을 알려주려고 여기에 왔습니다.' 이 말을 듣고 나 바누꾸마라는 그대로 기절했다. 그리고 정신이 돌아왔을 때 나는 그 선생님에게서 찬란한 신을 발견했다. 신은 내게 우리의 전생을 상기시켜주며 영원한 축복에 이를 수 있도록 출가를 받아들이라고 재촉했다. 이 말을 듣자마자 나는 머리카락 다섯 움큼을 뽑고 고행자의 용구(*rayaharaṇa, muhapottiya* 그리고 *paḍiggaha*)를 받았다. 그런 다음 엄청난 충격에 빠져 국왕에게 달려가는 내 친구들에게 왕실의 정원을 남겨두고 떠났다." 왕자는 자신에게 알려준 전생의 이야기와 그의 예의바른 동생에게 감사했다. 마헨드라꾸마라(Mahendrakumāra)는 갈수록 굳게 자라나는 사미야끄뜨와(Samyaktva[완전함])를 받아들였다.[59]

이 소설이 씌어졌을 즈음이 되면, 이제 그림을 동원하여 설명하는 방식은 더 이상 낮은 카스트에만 국한되는 공연에 머물지 않게 된다. 하지만 웃디요따나-수리의 소설에서는 그림을 묘사하고 있기는 하지만 그 그림과 관련된 이야기를 언급하지는 않는다. 이처럼 그림만 있고 이야기가 같이 갖춰지지 않을 경우에는 사람들을 즐겁게 해주고서는 그 대가로 구걸을 하기에 적절하지 않았을 것이다.

그러나 시와꼬띠야짜리야(Śivakōṭyacārya)에게 헌정한 10세기 초 깐나다

59 이 번역은 우빠디예드(A. N. Upadhyed)의 교정본 『웃디요따나-수리의 꾸왈라야말라*Uddyotana-Sūri's Kuvalayamālā*』 제2권, 이끄는 말 49-50쪽에서 가져옴. 쁘라끄리뜨어 원문은 185.7-194.33쪽에서 찾을 수 있고, 산스끄리뜨어 偈頌(kathā)은 67.35-69.4쪽에 있다.

(Kannada) 이야기 모음집 『밧다라다네*Vaḍḍārādhane*』에는 그림 이야기 구연이 시장에서 여전히 엄청나게 유행하고 있었다는 결정적 증거가 들어있다. 거기에는 소마샤르마(Somaśarmā)라는 이름의 브라만에 대한 기록이 있다. 그는 딸 나가슈리(Nāgaśrī)가 자이나교 스승에게 했던 맹세를 끊어버리게 하기 위해 그 딸을 데리고 다닌다. 도중에 그들은 화형 기둥으로 끌려가는 한 남자를 보게 되고, 나가슈리는 아버지에게 그 이유를 묻는다. 소마샤르마는 성의 보초에게 물어보고 나서 사형 당하러 가는 그 남자의 이름이 바이나이까(Vainayika)라고 딸에게 말해준다. 그의 죄는 화폭에 세 가지 이야기를 그린 다음 시장 사람들에게 그것을 이야기해주면서 쌀을 훔쳐내려 한 것이었다. 9세기 인도 그림 공연자들이 청중들에게 들려준 이야기가 어떤 유형이었는지 보여주기 위해 나는 소마샤르마가 나가슈리에게 들려준 바이나이까의 이야기 세 가지를 아래에 인용한다.

까우삼비(Kauśambi) 성에 수미뜨라(Sumitra)라는 부유한 상인이 살고 있었다. 어느 날 그의 아들 바수미뜨라(Vasumitra)가 뱀에 물리자 죽었다고 생각하여 묘지로 보냈다. 그러나 뱀을 부리는 사람 가루다나비(Garuḍanābhi)는 다음날 아침까지 바수미뜨라를 살려내겠다고 약속하고 수미뜨라에게는 그때까지 그곳에 보초를 몇 명 세워두도록 했다. 수미뜨라는 보초 네 명에게 그 임무를 맡겼다. 밤중에 보초 가운데 한 명이 양 한 마리를 훔쳐오고, 다른 한 명은 땔감을 가져오고, 세 번째 보초는 불을 가져왔으며, 네 번째 보초는 그동안 바수미뜨라의 시체를 지켰다. 보초 네 명은 양을 구워 먹었다. 아침에 가루다나비는 주문을 외워 바수미뜨라를 살려 놓았다. 수미뜨라는 많은 사람들이 지켜보는 앞에서 보초들에게 각각 1천 디나라*dīnāra*(역주 : 고대 인도에서 사용했던 금화)가 들어있는 상자 네 개를 상으로 주었다. 그런데 그 중 한 명이 자기는 상자를 받은 적이 없다고 하였다. 수미뜨라는 왕에게 찾아가 1천 디나라가 든 상자 하나를 도둑맞았다고 말했다. 왕은 성 근위병에게 도둑을 잡으라는 명령을 내렸다. 근위병은 도둑을 찾지 못한 채 보초 네 명을 거느리고 집으로 와서 깊은 고민에 빠졌다. 아버지의 상황을 보고 있던 그의 영리한 딸 수마띠(Sumati)는 그 이유를 알아차리고 자기가 바로 다음날 범인을 찾아내겠다고 아버지에게 다짐했다. 그날 밤 그녀는 보초 네 명과 함께 남아 이야기 하나를 들려주었다:

빠딸리뿌뜨라(Pāṭalīputra) 성에 수닷따(Sudatta)라는 상인이 있었어요. 그에게는 수다마(Sudāmā)라는 딸이 있었지요. 어느 날 그녀는 간가(Gaṅgā) 강에서 목욕하다가 악어에게 물리자 마침 강가에 있던 그녀의 외삼촌의 아들 다나닷따(Dhanadatta)에게 도움을 호소했어요. 그는 자기가 원하는 것은 뭐든지 다 준다면 구해주겠노라 하며 그녀를 구해주었어요. 그는 그녀가 신부의 옷과 장식으로 차려입은 모습을 한 번 보길 원할 뿐이라고 했어요. 그녀는 약속을 해 주었죠. 이후 결혼식 날 그녀는 약속을 기억하고 옷을 차려 입고 한밤중에 외삼촌의 아들의 가게로 가고 있었어요. 그때 도둑이 그녀를 막아서더니 그녀 몸의 장식품들을 달라고 했어요. 그녀는 몇 가지 급한 집안일을 처리한 다음 바로 주겠다고 약속하고 도둑에게 그곳에서 기다려달라고 했어요. 그녀가 계속 길을 걷고 있을 때 근위병이 그녀가 순결을 잃은 여자가 되었다고 의심하며 길을 막았어요. 그녀는 그에게도 같은 약속을 하고 계속 길을 가다가 이번에는 그녀를 잡아먹으려고 달려드는 악마와 맞닥뜨렸어요. 그녀는 악마에게도 같은 약속을 하고 계속 길을 갔답니다. 도둑, 근위병, 악마는 그녀가 무슨 일을 하려는 것인지 알아보려고 그녀를 따라갔어요. 그녀는 친척이 잠자고 있는 가게로 들어가서는 이전의 약속대로 그의 앞에 나타났어요. 그는 그녀의 정직함을 칭찬하고는 얼른 집으로 돌아가라고 했어요. 세 사람은 밖에서 이 말을 엿듣고 그녀를 기다리기로 한 각자의 장소로 급히 돌아갔어요. 신부는 돌아가면서 첫 번째로 악마에게 그녀 자신을 먹도록 주었어요. 악마는 약속을 지킨 그녀를 칭찬하면서 그녀가 두려워하지 않고 집으로 계속 갈 수 있도록 해주었어요. 근위병과 도둑 역시 같은 반응을 보였답니다. 그래서 신부는 무사히 집에 도착했어요.

"자, 이 네 명 중에 누가 가장 훌륭할까요?" 수마띠가 네 보초에게 물었다. 양을 죽인 보초는 악마가 가장 훌륭하다고 했고, 바수미뜨라의 시체를 지킨 보초는 근위병이 가장 훌륭하다고 했으며, 불을 가져온 보초는 다나닷따가 최고라고 하고, 땔감을 가져온 보초이자 1천 디나라가 든 상자를 훔친 도둑이기도 한 사람은 가장 훌륭한 자로 도둑을 지목했다. 이때 수마띠는 마지막 보초가 범인임을 확신했다. 그리고 얼마 후 모두가 잠들었을 때 그녀는 그를 깨워 은밀히 말했다. 당신을 사랑하니 만약 나를 예쁘게 꾸며줄 만큼 충분한 금을 갖고 있다면 당신과 결혼해서 함께 살겠다고 한 것이다. 기분이 좋아진 그는 그녀를 데리고 나가서 1천 디나라가 든 상자를 그녀에게 주었다. 그녀는 상자를 아버지에게 건네주었고, 그녀의 아버지는 상자를 범인과 함께 왕에게 넘겼다.

오 나가스리, 바이나야까는 그림 이야기들을 말해주면서 그것을 듣는 상인들의 쌀을 훔쳤단다. 내가 이제 그가 해준 또 다른 이야기를 너에게 들려주마:

다르마뿌라(Dharmapura) 성에 나가닷따(Nāgadatta)라는 상인이 있었다. 그에게는 바이나까(Vaināka)라는 하인이 있었다. 어느 날 그는 사탕수수밭을 일구다가 땅속에 숨겨져 있던 보물을 발견하고서는 그것을 자기 것으로 만들고 싶은 마음이 굴뚝같았다. 그는 자신의 아내를 시험해보고 싶은 생각이 들었다. 그래서 그는 일부러 자기가 임신을 했으니 이 사실을 절대로 아무한테도 발설해서는 안 된다고 신신당부하였다. 그러나 그의 아내는 이 해괴한 사실을 발설해 버려 성 안의 여자들이 이 소식을 모두 다 금세 알게 되었다.

소마샤르마는 계속해서 세 번째 이야기를 나가스리에게 해주었다.

하리뿌리(Haripuri)의 노부인 감비라(Gamhbīrā)에게는 하리니(Hariṇi)라는 딸이 있었다. 그녀는 자얀따(Jayanta) 성의 상인 바수닷따(Vasudatta)에게 시집갔다. 하리니는 임신을 해서 단 것이 몹시 먹고 싶었다. 감비라는 단 음식 몇 가지를 준비해서 딸이 사는 성을 향해 떠났다. 도중에 그는 여덟 명의 강도를 만나게 되었다. 그들로부터 탈출하기 위해 그녀는 그중 한 명을 막아 세우고서는 그가 집 떠난 지 12년이 된 자기 아들을 닮았다고 둘러댔다. 그런 다음 호의의 표시로 그들 모두를 딸의 집에 초대해 저녁식사와 밤에 쉴 곳을 제공해주겠다고 했다. 그녀는 딸의 집에 그들을 데리고 가서 목욕을 하도록 챙겨주고서는 뜨거운 죽을 내주었다. 그런 다음 집 꼭대기에서 큰 소리로 외쳤다. "도둑이야! 도둑이야!" 그들은 감비아의 속임수에 깜짝 놀라 모두 달아났다. 한편 그녀는 혼쭐이 난 도둑들이 그날 밤 딸집에 들이닥칠 것이라 확신하고 칼로 무장한 채 경계를 늦추지 않았다. 도둑들이 정말로 찾아와서는 딸네 집 담장에 구멍을 하나 뚫었다. 그리고 그중 한 명이 그 구멍으로 들어오려 했다. 그곳을 지키고 있던 감비라는 칼로 그의 코를 베어버렸다. 그는 들어가기가 너무 힘들다며 밖으로 나와 다른 동료에게 들어가도록 했다. 그의 코 역시 잘려나갔다. 그렇게 그들 모두의 코가 잘려나갔다. 감비라의 딸네 집을 떠난 후 그 도둑들은 마술사의 집을 털고는 그 마술사의 상자를 훔쳐다가 묘지에 갖다놓았다. 그 도둑들은 양을 한 마리 훔쳤고 도둑 가운데 한 명이 다른 도둑들이 옆에서 자고 있는 동안 양을 잡아 요리하기 시작했다. 요리하던 도둑은 훔친 상자를 열어 마술사의 도포와 가면 따위를 찾아내서는 그것들을 쓰고 불가에 섰다. 자고 있던 도둑들이 잠에서 깨어나 그를 보고 악마로 오해하고는 질겁하여 그대로 달아났다. 그 도둑 역시 고기를 들고 재미로 사람들을 따라갔다. 얼마쯤 가서 그 도둑은 도포와 가면을 벗고서 동료들에게 자기가 누구인지 밝히고는 고기를 나눠주었다. 모두들 고기를 먹고 다 같이 앞으로 갔다. 며칠 후 감비라는 아침 일찍 자기 집으로 돌아가고자 출발했다. 얼마쯤 가서 그녀는 도적떼가 두려워 반얀나무로 기어 올라갔다. 이때 바로 그 도적떼들이 도착해서 그중 하나가 멀리 여행자들이 있는지 보기 위해 같은 나무로 기어 올라왔다. 그는 늙은 여자를 보고 누구인지 물었다. 그녀는 그 나무에 사는 신이라고 그에게 말했다. 그는 자기를 배우자로 받아들이겠는지 그녀에게 물었다. 그녀는 혀로 그녀의 입에 고기 한 조각을 넣어주면 그렇게 하겠노라고 대답하였다. 그가 그렇게 하자 그녀는 그의 혀를 힘껏 물었다. 그는 기겁을 하며 땅에 쓰러졌다. 그러자 일당들 모두가 도망가기 시작했다. 이때 감비라는 노획물마다 1/8을 나무의 움푹한 곳에 놓아두지 않으면 모두 잡아먹어버리겠다고 엄포를 놓았다. 강도들은 매일 노획물의 1/8을 그곳에 놓아두었고 감비라는 몰래 와서 그것들을 가져갔다. 이렇게 노부인은 도적떼들을 다스리게 되었다.

이런 이야기들을 화폭에 그림으로 그리고 그것을 사람들에게 설명해주면서 바이냐이까는 시장에서 쌀을 훔쳤다. 또 한 사람 바이까(Vaika)는 상인들이 자기가 들려주는 이야기를 듣는 동안 60발라(baḷḷa)의 쌀을 20발라로 계산했다. 세 번째 비요마까(Vyomaka)는 땅속 빈 곳에 숨어 있으면서 구멍을 통해 쌀을 한데 모았다. 이렇게 하면 측량한 곡물의 양이 적게 보였다. 세 사람은 이런 식으로 시장에서 함께 쌀을 훔쳤다. 하루는 까우살라(Kauśaḷa)의 지도자 자가드그리하(Jagadgṛha)가 짬빠나가라(Campānagara)에 쌀을 팔러 갔다가 그 세 사람의 속임수를 알아내고는 왕에게 보고했다. 왕의 명령에 따라 이 세 사람은 화형 기둥으로 끌려가고 있었다.[60]

다양한 시기, 다양한 지역의 증거 자료들을 종합해볼 때, 그림 이야기 구연이 초라하고 별 볼일 없는 양식이었다고 하는 것은 부인하기 힘들 것 같다. 예를 들어 위에서 인용하고 있는 것과 유사하게 이야기 구연 상황을 묘사하고 있는 당대(唐代)의 기록은 수많은 청중을 사로잡았던 이런 종류의 공연들이 사원의 바깥에서, 민간예인들에 의해 펼쳐졌음을 보여준다.[61]

『앗타살리니*Aṭṭhasālini*』(『法聚*Dhamma-saṅgaṇi*』['다르마(Dharma) 개론']에 대한 주석)에서 저명한 빨리어 문헌 해석자 붓다고사(Buddhaghoṣa, 4세기[?]에 활동)는 찟따*citta*('의식')와 찌뜨라*citra*('여러 색으로 물들인' 즉 '그림')의 관계를 이렇게 논한다.

어떻게 의식(즉, 마음)이 행위의 다종다양한 결과를 이끌어낼 수 있을까? 그림보다 더 다채로운 예술은 세상에 존재하지 않는다. 어떤 화가의 그림에서 걸작(짜라나*caraṇa*)이라할 만한 작품은 그의 나머지 작품들보다 예술성을 훨씬 더 많이 갖추고 있다. 이러저러한 그림은 이러저러한 방식으로 그려야겠다는 예술적 구상이 걸작 화가들에게 번개처럼 떠오른다. 이 예술적 구상을 통해서 마음의 작동(혹은 예술적 작용)이 시작되고 윤곽을 스케치하고 물감을 입히고

60 카다바디(B. K. Khadabadi), 『밧다라다네 : 학습*Vaḍḍhārādhane : A Study*』, 24-28쪽.
61 메어, 『당 변문』 6장을 볼 것.

수정하고 꾸미는 작업을 수행하게 된다. 그런 다음에는 걸작으로 알려진 그림 속에서 어떤 (중심적인) 예술적 형상이 도출된다. 그런 다음 그림의 나머지 부분은 "형상의 위쪽은 이렇게 해놓고, 아래는 이렇게 해놓고, 양쪽에는 이렇게 해놓아야지"라는 식으로 마음속에서 계획된 작업을 통해 완성된다. 그러므로 특별한 것이든 일반적인 것이든 세상 속 모든 종류의 예술은 마음에 의해 완성된다. 그리고 행위의 결과에 있어서 변화 혹은 다양성을 도출해내는 능력이 있기 때문에 이 모든 예술을 이루어내는 마음은 예술 그 자체가 그러하듯 그 자체로 예술적이다.

Kāmañ c'ettha ekam evaṃ cittaṃ na hoti cittānam pana antogadhattā etesu yaṃ kiñci ekaṃ pi cittatāya cittam pi vattuṃ vaṭṭati. Evaṃ tāva cittatāya cittaṃ. Kathaṃ? cittakaraṇatāyā ti. Lokasmiṃ hi cittakammato uttariṃ aññaṃ cittaṃ nāma natthi. Kasmim pi caraṇaṃ nāma cittaṃ aticittam eva hoti? Taṃ karontānaṃ cittakārānaṃ evaṃvidhāni ettha rūpāni kātabbānī ti cittasaññā uppajjati. Cittāya saññya lekhāya gahaṇarañjaṇaujjotanavattanādinipphādikā cittakiriyā uppajjanti tato caraṇasaṅkhāte citte aññataraṃ vicittarūpaṃ nippajjati tato imassa rūpassa upari idaṃ hotu heṭṭhā idaṃ hotu ubhayapasse idan ti cintetvā yathācintitena kamena sesacittarūpanipphādanaṃ hoti. Evaṃ yaṃ kiñci loke vicittaṃ sippajātaṃ sabban taṃ citten'eva kayirati, evam imāya karaṇavicittatāya tassa tassa cittassa nipphādakaṃ cittam pi tach'eva cittaṃ hoti. Yathā cinititassa vā anavasesassa anippajjanato tato pi cittam eva cittataraṃ.[62]

『相應部(상윳따-니까야*Saṃyutta-nikāya*)』(주제별로 가려 모은 부처님 말씀 모음집(Kindred Sayings))에는 붓다고샤가 말한 바로 그 '걸작' 혹은 '우수한 작품'에 대해 논한 붓다의 긴 연설이 들어있다. 더구나 이 단락은 작품과 환

62 영어 번역은 페 마웅 틴(Pe Maung Tin), 『해설자(앗타살리니)*The Expositor(Atthasālini)*』, 85-86쪽에서 가져옴. 빨리어 원문은 에드워드 뮐러(Edward Müller) 편, 『앗타살리니*The Atthasālini*』, 64쪽(203절)에서 가져옴.

상 세계를 만들어내는 화가의 마음이 갖는 능력을 확실히 비교하여 설명해준다는 점에서 매우 흥미롭다. 그러나 나는 여기서 이 연설의 중간 부분만 간략하게 인용할 것이다. 이 부분은 내가 바로 다음에 언급하려고 하는 주석이 포함된 부분이라는 점에서 매우 중요하다.

> "비구들이여, 그들이 '우수한 작품'이라고 부르는 그림을 본 적이 있는가?"
>
> "네, 세존이시여."
>
> "훌륭하다, 비구들이여, 소위 이 우수한 작품은 마음에 의해 구상되는 것이다. 그러므로 비구들이여, 마음은 그 우수한 작품보다 훨씬 더 다양하다."
>
> "그러므로 비구들이여, 누구든 자신의 마음에 몇 번이고 주의를 기울여야 한다 : '오랜 세월에 걸쳐 이 마음은 욕망과 증오와 환상에 의해 더럽혀졌다.' 더럽혀진 마음에 의해, 비구들이여, 존재는 더럽혀진다. 마음의 순수함에 의해 존재는 순수해진다."
>
> *Diṭṭhaṃ vo bhikkhave caraṇaṃ nāma cittanti* ‖ ‖
>
> *Evam bhante* ‖ ‖
>
> *Tam pi kho bhikkhave caranaṃ nāṃa cittaṃ citteneva cintitaṃ* ‖ *tena pi kho bhikkhave caraṇena cittena cittaññeva cittataraṃ* ‖ ‖
>
> *Tasmātiha bhikkhave abhikkhaṇam sakaṃ cittaṃ paccavekkhitabbaṃ* ‖ *Dīgharattam idam cittaṃ sankiliṭṭhaṃ rāgena dosena mohenāti* ‖ ‖ *Cittasaṃkilesā bhikkhave sattā saṃkilissanti cittavodānā sattā visujjhanti* ‖ ‖[63]

붓다고샤는 『사랏타-빠까시니*Sāratthа-pakāṣini*』에서 내가 바로 위에 인용한 단락에 주석을 달아 '걸작' 혹은 '우수한 작품'이 왜 짜라나*caraṇa*(떠

63 빨리어 원문은 레온 피어(Leon Feer) 편, 『相應部*Saṃyutta-Nikaya*』, 151-152쪽(22.100.8[Gaddula]2)에서 가져옴. 우드워드(F. L. Woodward) 역, 리스 데이비스(Mrs. Rhys Davids) 편, 『相應部*The Book of the Kindred Sayings*』, 127-129쪽('The Leash').

돌아다니기)라고 불리는지를 설명한다.

> 흔히 나카(Nakha)라고 불리는 브라만 신도들이 있다. 그들은 손으로 만든(이동이 가능한 혹은 갖고 다닐 수 있는) 그림-상자(이 그림 상자를 펴면 바로 넓은 판이 되어 그림을 걸 수 있었다)를 가지고 이곳저곳을 떠돌아다니며 이 세상에 존재하는 모든 자들이 선하거나 혹은 악한 운명에 따라 행복하거나 혹은 고통스러운 삶을 살아가게 되는 모습을 아주 다양한 형태로 꾸며서 보여주었다. 그들은 다음과 같은 격언을 자신들의 그림-상자에 마치 무슨 표지처럼 새겨두었다. "콩 심은 데 콩 나고 팥 심은 데 팥 나리니, 뿌린 대로 거두리라." 그들은 그림들을 들고서 이곳저곳을 떠돌아다니며 다양한 운명들을 보여주었다.[64]

위 주석은 붓다고샤 시대에 떠돌이 그림 공연자가 있었음을 보여주는 너무도 확실한 증거가 될 만하다.

빨리어 『형제신도들의 찬송*Psalms of the Brethren*』(CCLXII, Tālapuṭa, 1129)에도 난해한 단락이 들어있는데, 위에 설명한 것과 유사한 떠돌이 환상 제작자를 언급한 것으로 보인다.

---

64 붓다고샤(Buddhaghoṣa), 『사랏타-빠까시니*Sārattha-ppakāsinī*』(샴어 판) 제2권, 398쪽. 타이어 음절표에서 'n'(น)과 'm'(ม)음은 모양이 아주 비슷하다. 그래서 여기서는 이 둘을 실수로 잘못 바꿔버린 것 같다(maṇkha 대신 nakha로 씀). 바루아가 「마스까리 고샬라의 젊은 시절」, 366-367쪽에서 인용하고 번역함(구두점은 수정함). 우드워드(F. L. Woodward)가 발표한 판본 『사랏타-빠까시니, 상응부에 대한 붓디고샤의 해설*Sārattha-Ppakāsinī, Buddhaghoṣa's Commentary on the Saṇyutta-nikāya*』에는 다음과 같이 씌어 있다(327쪽, 22[11,] 제8권) : *Caraṇaŋ nāma cittn ti, vicaraṇa-cittaŋ. Sankhyā nāma brāhmaṇa-pāsaṇḍikā honti. Te paṭakoṭṭhakaŋ katvā tattha nāna-ppakārā sugati-duggati-vasena sampatti-vipattiyo lekhāpetvā, 'idaŋ kammaŋ katvā, idaŋ paṭilabbhati. Idaŋ khatvā idan'ti dassentā taŋ cittaŋ gahetvā vicaranti.* 우드워드는 원래 버마어와 신할라어 사본에 근거하여 작업을 하고 있었다. *Sankhyā*에 대해서 우드워드는 그의 사본 중 두 개만 *samaṇa*-를 쓸 때 서로 달랐다고 말했다. 그의 사본 중 어떤 것도 *nakha* 혹은 *maṇkha*라고 쓰지 않았다. s(स)가 m(म) 대신 쓰였을 가능성이 있다. 같은 단락에 대한 쿠마라스와미의 「그림 공연자」 186쪽의 번역과 비교할 것. 나는 위의 마지막 문장을 여기서 가져왔다.

아니 지금, 당신은 나를 늘 똑같은 수법으로 속이려 들어서는 안 되지,
몇 번이고, 다시, 또 다시,
작은 가면[짜라니깡*cāraṇikaŋ*]을 쓰고 얼굴을 가린 사기꾼처럼;
당신은 내게 교활한 속임수를 쓰지,
마치 바보에게 그러는 것처럼.
말해줘, 내 사랑, 내가 잘못한 게 대체 뭐지?[65]

바루아는 초기 그림 이야기 구연자들의 전형적인 특징을 파악하는 데 도움이 될 만한 문헌 자료를 수집하고 분석하여, 그 특성을 다음과 같이 10개 항목으로 요약하였다.

① 그들은 신분상 브라만에 속하며, 나카(Nakha)라는 이름으로 알려졌다.
② 그들은 이동 가능한 혹은 휴대할 수 있는 그림 상자를 가지고 시골을 돌아다니면서 그걸 가지고 그림도 그리고 전시도 하였다.
③ 그들은 이런 그림을 이용하여 이야기를 꾸며서 사람들을 가르치고 즐겁게 해주었다.
④ 그들은 사후 세계, 즉 행복한 극락과 비참한 지옥의 존재를 그림으로 묘사하여 윤회설을 설명하고 환생론을 퍼뜨리고 빠라로까(Paraloka), 즉 내세의 존재를 증명했다.
⑤ 그들은 각각의 그림이 묘사하고 있는 내용을 목록화하여 이를 별도로 꼬리표를 만들어 기입해두었다.
⑥ 그들은 자신들의 교리를 열심히 가르쳐서 사람들의 후원을 얻어내기 위한 수단으로 그림을 사용하였을 뿐이다.
⑦ 그들 혹은 그들과 유사한 일을 하는 사람들은 붓다고샤가 살던 시대에도 존

65 리스 데이비스 역, 『초기 불교도들의 찬송*Psalms of the Early Buddhists*』, 378쪽. 419쪽의 주석들 역시 참고할 것. 여기서 그녀는 짜라니깡*cāraṇikaŋ*을 산스끄리뜨어 짜라나*cāraṇa*(떠돌아다니는 공연자)와 연관시킨다.

재했다.

⑧ 우리는 자이나교의 『바가와띠-수뜨라(Bhagavatī-Sūtra)』와 그 주석에서 언급한 맘카(Maṃkha)[원문 그대로 옮김] 그리고 붓다고사의 『사랏타-빠까시니(Sārattha-Pakāsinī)』에서 언급한 나카-브라마나빠산디까(Nakha-Brāhmaṇapāsaṇḍika)가 동일한 직종의 사람들이었음을 알 수 있다.

⑨ 이를 통하여 우리는 민요 구연, 이와 유사한 서사 예술 그리고 이야기 구연과 더불어 차근차근 발전한 대중 교화의 한 수단으로서의 인도 민간예술 빠따찌뜨라(Paṭacitra)의 기원과 그 긴 역사를 추적할 수 있다. 한편, 구연하는 내용과 주제는 시간 상황이나 설교 목적에 따라 바뀌기도 하였다.

⑩ 그들은 청중들에게 직접 자신이 그 장면을 보고 있는 것과 같은 효과를 주기 위하여 이야기가 구연되는 단계에 맞추어 각 과정마다 빠짐없이 그림들을 등장시켰다.[66]

하르샤(Harṣa) 왕을 읊은 시인 바나(Bāṇa)의 『하르샤짜리따*Harṣacarita*』에는 17세기 인도 그림 이야기 구연에 대하여 생생하게 기록한 두 단락이 들어있다. 첫 번째는 직유(直喩)이다. "지옥[*yamapaṭṭikaḥ*]을 묘사하는 사람들처럼 큰 목소리의 가수들이 허공[*ambara*]의 화폭에 실재하지 않는 것들을 그린다."[67] 두 번째는 생동적인 거리 풍경에 대한 묘사로 가득하다. 아래에 전문을 인용한다.

---

66 바루아, 「마스까리 고샬라의 젊은 시절」, 367-368쪽; 바루아, 『바르후뜨*Barhut*』 제1권, 92쪽 역시 참고할 것. 자이나교 문헌에 보이는 망카*maṇkha* 및 그와 흡사한 공연자에 대한 또 따른 기록은 조띤드라 자인(Jyotindra Jain), 「구자라뜨 가로다 그림 공연자의 그림 두루마리(The Painted scrolls of the Garoda Picture Showmen of Gujarat)」, 3쪽을 참고할 것.

67 케인(P. V. Kane) 편, 『바나밧따의 하르샤짜리따*The Harshacharita Bāṇabhatta*』 제4장 11쪽; 코웰(E. B. Cowell)과 프레드릭 토마스(Frederick Thomas) 역, 『바나의 하르샤-짜리따*The Harṣa-carita of Bāṇa*』, 119쪽. 이 페이지의 역자 주석 7번은 *ambara*가 '에테르(ether), 소리의 전파자'와 '화포'를 의미한다고 말한다.

시장통에 들어오자마자 그[하르샤]는 호기심 가득한 채로 모여 있는 아이들 가운데에서 지옥-연기자[야마빳따까*yamapaṭṭaka*(역주 : 지옥 혹은 염라대왕을 보여주는 사람)] 한 명을 발견하였다. 그의 왼손에는 그림이 그려진 화폭이 있었다. 막대기들을 세워서 펼쳐놓은 화폭에는 사자(死者)의 주인이 무시무시한 물소에 올라 탄 모습이 그려져 있었다. 다른 한 손으로 그는 갈대지팡이[사라깐데나(śarakaṇḍena)]를 휘두르며 내세의 형상들[비야띠까람(vyatikaram)]을 상세히 설명하고 있었다. 그리고 아래와 같은 시를 읊는 소리가 들렸다.

수천의 어머니와 아버지, 수백의 아이들과 아내들

세월이 지나가고 또 지나가버리면 : 그들은 누구의 어머니와 아버지일 것이며, 또 당신은 누구의 아이와 아내일 것인가?

Mātā-pitṛ-ṣahasrāṇi, putra-dārā-śatāni ca |

Yuge yuge vyatītāni, kasya te, kasya vā bhavān?[68]

위 단락에는 진짜 그림 공연자가 등장한다. 이 공연자는 비샤카닷따의 『무드라락샤사*Mudrārākṣasa*』에 나오는 것처럼 공연자로 위장한 첩자와는 다르다. 공연자는 그림이 그려진 화폭을 왼손에 들고 오른손으로는 갈대지팡이를 들고 화폭을 가리키고 있는 듯하다. 그 방식은 오늘날 라자스탄의 람달라*Ramdālā* 그림 이야기 구연 방식과 닮았다(제4장을 참고). 시와라마무르띠(C. Sivaramamurti)는 『하르샤짜리따*Harṣacarita*』의 위 단락을 인용하면서 이렇게 말한다. "남인도의 사원 축제 기간에는 그림 공연자들이 항상 있었다. 그들은 아이들을 즐겁게 하고 그것으로 돈을 벌기 위해 이런저런 형식의 야마빠따*yamapaṭa*를 가지고 다녔다."[69] 바로 이 구절이 누가, 무엇을, 언제, 왜 그리고 어디서 야마빠따와 관련된 일을 했는

68 케인, 『*Harshacharita*』 제5장, 21쪽; 코웰과 토마스, 『*Harṣa-carita*』, 136쪽.

69 시와라마무르띠(C. Sivaramamurti), 『산스끄리뜨 문학과 예술*Sanskrit Literature and Art*』, 96쪽.

지를 어느 정도 설명해주고 있다. 우리가 지금 찾아볼 수 있는 증거들은 이런 상황이 중국의 변 공연과 그렇게 큰 차이가 없었음을 보여준다.

『마하바라따*Mahābhārata*』에 나오는 사건들을 바탕으로 만든 단편 희곡 『두따와끼야*Dūtavākya*』—이 역시 바나가 지은 것으로 알려져 있음—에서 빤다와(Pāṇḍava) 형제의 적수 두리요다나(Duryodhana)는 찌뜨라빠따*citrapaṭa*('그림이 그려진 천')를 자기 앞에 펼쳐 놓으라 한다. 그 찌뜨라빠따에는 한 편의 연속되는 이야기의 각각의 장면이 열 개로 나뉘어 그려져 있다. 이 열 개의 장면은 바로 빤다와(Pāṇḍava)의 아내 드라우빠디(Draupadī)가 두흐샤사나(Duḥśāsana, 드리따라슈뜨라(Dhṛtarāṣṭra)의 아들)에게 학대당하는 것을 묘사한 것이다. 각 장면에는 "이것(*eṣa*)이 ×××[가 발생하는] [장소 / 시간 / 장면]이다" 혹은 "여기서 ×××[가 발생한다]"라는 식의 산문투의 상투어가 들어 있다. 그 다음에는 그 장면 가운데에서 특정 부분을 강조하는 운문이 등장한다. 이어지는 장면에서도 이런 형식은 똑같이 반복된다.[70] 그런데 이와 같은 형식이 변문에도 있다는 것을 간과해서는 안 될 것이다. 변문의 운문 부분 앞에는 다음과 같은 상투어가 등장한다. "×××[가 일어난] 부분을 제가 어떻게 이야기할까요?"[71]

7세기가 끝나갈 무렵에 활동한 바와부띠(Bhavabhūti)의 『웃따라라마짜리따*Uttararāmacarita*』(라마*Rāma*의 후기 행적) 제1막은 제목이 '찌뜨라다르샤나(Citradarśana)[그림 보기]'이다. 슬픔에 잠긴 시따(Sītā)의 마음을 풀어주기 위해 락슈마나(Lakṣmaṇa)는 한 화가(이름이 아마 아르주나(Arjuna)일 것이다)에게 시따의 남편인 라마의 생애를 그리도록 했다.[72] 락슈마나는 시따와

70 수드라산 샤르마(Sudrashan Sharma) 편역, 『두따와끼얌*Dutavakyam*』, 11-16쪽(산스끄리뜨어), 4-5쪽(영어).

71 메어, 『당 변문』, 4장을 볼 것. 역주 : 이에 해당하는 변문 상투어 원문은 '~處, 若爲陳說'이 가장 흔하며 그 변형으로서 '~處, 若爲', '~處, 有爲陳說', '~處, 謹爲陳說' 등이 있다. 그리고 같은 역할을 하는 상투어로 '~時, 有何言語', '~時, 道何言語', '當此之時, 有何言語', '當爾之時, 道何言語', '當爾之時', '當去之時, 道何言語', '當時甚道' 등도 있다.

72 관련 단락의 영어 번역은 쉬리파드 크리슈나 벨발카르(Shripad Khrishna Belvalkar),

함께 화가가 그려온 그림들(비티찌뜨라*vīthicitra*)을 보면서 그녀에게 설명해 준다.[73] (비록 이 사례가 희곡이라는 상황에서 등장함을 감안한다 하더라도) 이를 바로 상류층이 민간의 양식을 받아들인 사례로 보아도 무방할 것이다.

리사바(Ṛṣabha, 첫 번째 띠르타깡까라*tīrthakaṅkara*['행로를 마련해주는 사람'])의 여섯 번째 환생을 다룬 자이나교 성자 전기 『뜨리샤스띠샬라까뿌루샤짜리따*Triṣaṣṭiśalākāpuruṣacarita*』('성자 63명의 생애', 헤마찬드라(Hemacandra)가 1160-1172년 사이에 꾸마르빨라(Kumārpāla) 왕의 명령을 받들어 창작함)[74]에도 마찬가지로 그림을 활용하여 등장인물의 과거 행적(사실 전생이라는 의미일 것임)을 매우 효과적으로 드러내 보여주는 대목이 나온다.

> 어느 날 스리마띠(Śrīmatī)가 놀이 공원으로 가자 그녀의 유모 빤디따(Paṇḍitā)는 적당한 기회를 봐서 그녀에게 은밀히 말했다. "너는 나에게 내 생명과 같고, 나는 너의 어머니나 마찬가지란다. 우리 사이에 서로 믿지 못할 일이 있을 수 없지. 말해주렴, 딸아, 왜 입을 다물어버렸는지. 너의 슬픔을 나와 함께 나누자꾸나. 내가 네 슬픔을 알게 되면 나는 그것을 치유할 방법을 찾을 거야. 병을 알지도 못하면서 치료할 순 없으니까." 이 말을 들은 스리마띠는 마치 훌륭한 스승에게 고백을 하듯 빤디따에게 그녀의 전생에 대해 자세히 말해주었다. 꾀

『라마 후기 행적 혹은 웃따라-라마-차리따*Rama's Later History or Uttara-Rama-Charita*』, 18쪽 이하를 볼 것.

73 핵심 단어인 비티찌뜨라*vīthicitra*의 정확한 의미에 대해서는 해석자들의 의견이 일치하지 않는다. 나는 비라라가와(Vīrarāghava)의 해석(vīthyāṃ citramayaśreṇyām)을 따른다. 이 해석은 vīthi가 śreṇi('연속의' 혹은 '계속적인', 즉 '내러티브')를 의미한다고 본다. 다음의 기록을 참고할 것 : 펠릭스 네베(Félix Nève) 역, 『라마 후기 역사*Le Dénouement de l'Histoire de Rama*』, 141쪽, "une série de tableaux"(한 세트의 그림); 타우니(R. H. Tawney) 역, 『쁘라반다찐따마니 혹은 소원을 들어주는 돌 이야기*The Prabandhacintāmani or Wishing-Stone of Narratives*』, 5쪽, "series of panels"(그림판 시리즈); 바와부티(Bhavabhuti), 『웃따라라마차리따*Uttararāmacharita*』, 바냅(Bhānap) 편, 127쪽, "칸막이 안에서 『*Mahābhārata*』와 『*Rāmāyana*』를 파노라마처럼 그림으로 풀어 보여주는 긴 두루마리. 흔히 치뜨라까티(Chitrakathi)[그림 이야기 구연자]라 불리는 부류의 사람들이 이 두루마리를 가지고 다닌다."

74 쿠마라스와미, 「그림 공연자」, 184쪽.

가 많은 빤디따는 화폭에 스리마띠의 이야기를 그림으로 그린 다음 그것을 사람들에게 보여주려고 급히 밖으로 나갔다. 그날은 바지라세나(Vajrasena) 왕의 생일이라 많은 왕들이 그곳에 와 있었다. 빤디따는 화폭에 선명하게 그림을 그린 후 큰길에서 그걸 펼치고 스리마띠가 그렇게 하라고 시키기라도 한 듯이 서 있었다. 경전을 아는 사람 몇몇은 경전에서 묘사한 모습과 일치하게 천국과 난디스와라(Nandīśvara) 등을 그렸다고 칭찬했다. 다른 속인들은 머리를 끄덕이며 신성한 아라한의 형상을 하나하나 이야기했다. 예술에 조예가 있는 몇몇은 곁눈으로 반복해서 보며 선이 깨끗하다고 연신 칭찬했다. 나머지 사람들은 흑, 백, 황, 청, 홍 등의 색깔에 대해 이야기했다. 이 색깔들로 말미암아 화폭이 마치 황혼 속의 구름처럼 보였다.

바로 그때 두르단따(Durdānta(말 안 듣는))라는 딱 맞는 이름을 가진 두르다르샤나(Durdarśana) 왕의 아들이 그곳에 왔다. 그는 잠시 화폭을 뚫어지게 살펴보더니 일부러 땅에 쓰러진 척했다. 그리고는 의식을 되찾은 사람처럼 다시 일어났다. 그가 일어난 후 사람들이 왜 그런 척을 했느냐고 묻자 그는 거짓으로 이야기를 꾸며 들려주었다. “누군가가 화폭에 내 전생의 일들을 그렸어. 나는 여기 와서 그걸 보자마자 내가 태어날 때가 다시 생각났지. 나는 랄리땅가(Lalitāṅga) 신이고, 스와얌쁘라바(Svayamprabhā) 여신은 바로 내 아내였어. 이 모든 것이 여기 화폭에 그려놓은 것과 완전히 일치해.” 그러자 빤디따가 그에게 물었다. “주인님, 만약 그렇다면 화폭 위에 그려진 것이 무엇인지 말씀해 주십시오. 손가락으로 가리키며 설명을 해주세요.” 그가 말했다. “이건 메루(Meru)산이야. 이건 뿐다르끼니(Puṇḍarīkinī) 성이고.” 무니(muni(역주 : 성자))의 이름에 대해 묻자 그는 이름을 잊어버렸다고 말했다. 다음에는 이렇게 물었다. “재상들에게 둘러싸인 이 왕은 누군가요? 이 여자 수도자는 누군가요?” 그가 답했다. “난 그들의 이름을 몰라.” 거짓말쟁이임이 들통 난 그는 빤디따에게 비웃음 섞인 말을 들었다. “오 젊은이여, 당신의 전생에 관한 이야기가 이것과 완전히 일치하는군요. 주인님, 당신은 랄리땅가이고 스와얌쁘라바는 당신의 아내입니다. 윤회의 결과로 지금 그녀는 절름발이 소녀가 되어 난디그라마

(Nandigrāma)에 살고 있어요. 그녀는 전생을 회상하고서는 그것을 그림으로 그려서 내가 다따끼칸다(Dhātakīkhaṇḍa)에 갔을 때 내게 주었어요. 내가 그녀 앞으로 당신을 데리고 갈게요. 안타깝게도 지금 그녀는 당신과 떨어져 슬픔 속에서 살고 있어요. 어서 전생 때보다 더 살갑게 당신의 아내를 위로해 주세요, 오 젊은이여." 빤디따가 말을 마치고 조용해지자 그 거짓말쟁이는 친구들에게 조롱을 당했다. "네 공덕의 결실로 보석 같은 여인을 얻었구나." "어떻게든 이 절름발이 소녀를 곁에서 부양해 줘야지." 두르단따 왕자는 당혹스러움에 얼굴이 창백해졌다. 그 모습은 마치 팔려고, 팔려고 해도 팔리지 않고 남아서 이리저리 차이는 물건과도 같았다.

그때 바즈라장가(Vajrajaṅgha)가 로하르갈라(Lohārgala) 성에서 돌아왔다. 그는 그림에 그려진 일들을 보고 기절했다. 부채로 부쳐주고 물을 끼얹자 깨어났다. 그는 천국에서 방금 돌아온 사람처럼 자신의 전생을 회상하기 시작했다. 빤디따가 물었다. "오 왕자님, 이 그림을 보고 왜 기절하셨나요?" 바즈라장가가 말했다. "이 그림은 내 아내와 나의 전생의 모습이오. 부인, 나는 이것을 보고 그대로 기절했소. 이건 신성한 천국 이샤나(Īśāna)이고, 이건 슈리쁘라바(Śrīprabha) 궁전이오. 여기서 내 이름은 랄리땅가였고, 이 사람은 내 아내 스와얌쁘바라오. 여기 다타키칸다에서 난디그라마로 내려와 그녀는 니르나미까(Nirnāmikā)라는 이름으로 가난한 집에서 태어났다오. 여기서 그녀는 암바라띠라까(Ambaratilaka) 산으로 올라가 유간다라(Yugandhara) 무니 앞에서 금식을 시작했다오. 여기서 나는 그녀에게 내 자신을 보여주러 갔소. 그녀는 죽어서 내게 몸을 바치고 스와얌쁘라바로 다시 태어났다오. 여기 난디스바라에서 나는 자이나교도들의 형상을 숭배하는 일을 하고 있고, 그리고 이제, 나는 그곳에서 다른 띠르타(tīrtha[순례지])로 가다가 쓰러진 것이라오. 이제 내 아내 역시 쓰러질 것으로 나는 생각하오. 스와얌쁘라바가 홀로 가난하고 가련하게 여기 있소. 내 생각에 그녀는 여기 있소. 그녀는 전생을 기억하며 그것을 그렸소. 사람은 다른 사람이 경험한 바를 알지 못하는 법이라오." 빤디따는 그 말에 동의했다. 그리고 스리마띠에게 가서 모든 것을 이야기해주었다. 그것은 그녀 마음의

상처를 치유해주는 치료제였다.[75]

이 책 앞의 이끄는 말에서 우리는 중국 민간 연극과 소설에서 이와 흡사한 장치가 입양된 아이의 과거를 밝히기 위해 쓰였음을 보았다.(역주 : 이끄는 말에서 인용한 올출과 고인아 이야기를 볼 것)

메루뚠가(Merutuṅga)가 1306년에 완성한 자이나교의 반(半) 역사전기 작품 『쁘라반다찐따마니*Prabandhacintāmaṇi*』(소원을 들어주는 보물 이야기)에는 쁘라띠마다린*pratimādhāriṇ*('그림을 가지고 다니는 사람들')에 대한 언급이 나오기는 하지만,[76] 이 특정 유형의 공연자와 관련된 다른 자료를 찾을 수가 없어 더 이상 자세하게 설명할 수 없다.

고대 서사시 『마하바라따*Mahābhārata*』의 한 단락을 통해 볼 때 고대 인도에서 샤우비까와 꼭두각시 공연자 같은 공연 예인들은 분명 사회적 지위가 매우 낮았을 것이다.

"빠라짜라(Parācara[즉, 빠라샤라(Parāśara)])가 말했다—브라만에게서 부(富)란 그저 예물을 받아서 이루는 것, 끄샤뜨리아에게 부란 전쟁에서 이겨 얻어내는 것, 바이샤에게서 부란 자신의 계층에 맞게 부과된 의무를 수행하여 얻는 것, 수드라에게서 부란 다른 세 계층을 위하여 봉사하며 얻은 것으로 그 양이 아무리 적다하여도 칭찬받기에 족하며, 공덕을 얻기 위해 쓴 부는 막대한 이익으로 되돌아온다. 쭈드라(Cudra[즉 슈드라(Śūdra)])는 다른 세 계급의 영원한 하인이라고들 한다. 만약 브라만이 호구지책으로 끄샤뜨리야 혹은 바이샤의 일을 한다 하더라도 그것이 뭐 정당성에서 벗어난 것은 아니다. 그러나 브라만이 가장 낮은 계층의 일을 한다면 그것은 분명 정당성에서 한참 벗어난 것이다. 수드라

75 헬렌 존슨(Helen Johnson) 역, 『뜨리샤스띠샤라까뿌루샤짜리따*Triṣaṣṭiśalākāpuruṣacarita*』 권1, 60-63쪽. 같은 이야기가 그보다 일찍 지나세나(Jinasena, 778-838년 사이에 활동)의 『아디-뿌라나*Ādi-purāṇa*』에도 보인다.

76 메루뚠가 아짜리야(Merutuñga Ācārya) 편, 『쁘라반다찐따마니*Prabandhacintāmaṇi*』, 258쪽; 타우니 역, 『쁘라반다찐따마니*Prabandhacintāmaṇi*』, 160쪽.

가 다른 세 계층을 위하여 봉사하면서 생계를 유지할 수 없을 때는 장사를 하고 소를 키우고 기술직에 종사하는 것이 그가 합법적으로 할 수 있는 일이 된다. *극장 무대에 등장하여 다양한 모습으로 스스로를 변장하고, 꼭두각시를 보여주고,* 술과 고기를 팔고, 철과 가죽 장사를 하는 것은 세상에서 비난받아 마땅한 짓이라 할 것이다. 이런 직업에 전혀 종사해보지 않았던 사람은 호구지책으로라도 이런 일들을 절대 해서는 안 된다. 만약 이런 직업에 종사하던 사람이 과감히 그만둘 수 있다면 그는 엄청난 공덕을 쌓는 것이리라는 말을 명심할지어다."[77]

이 단락을 잘 기억해 둔다면 뒤에서 오늘날 인도 그림 공연자의 사회적 지위를 논할 때 상당히 유용할 것이다.

77 쁘라따빠 찬드라 로이(Pratāpa Chandra Rōy) 역, 『마하바라따*The Mahābhārata*』 제12편, 제2권, 295절, 540쪽; 이탤릭체는 필자가 고침.

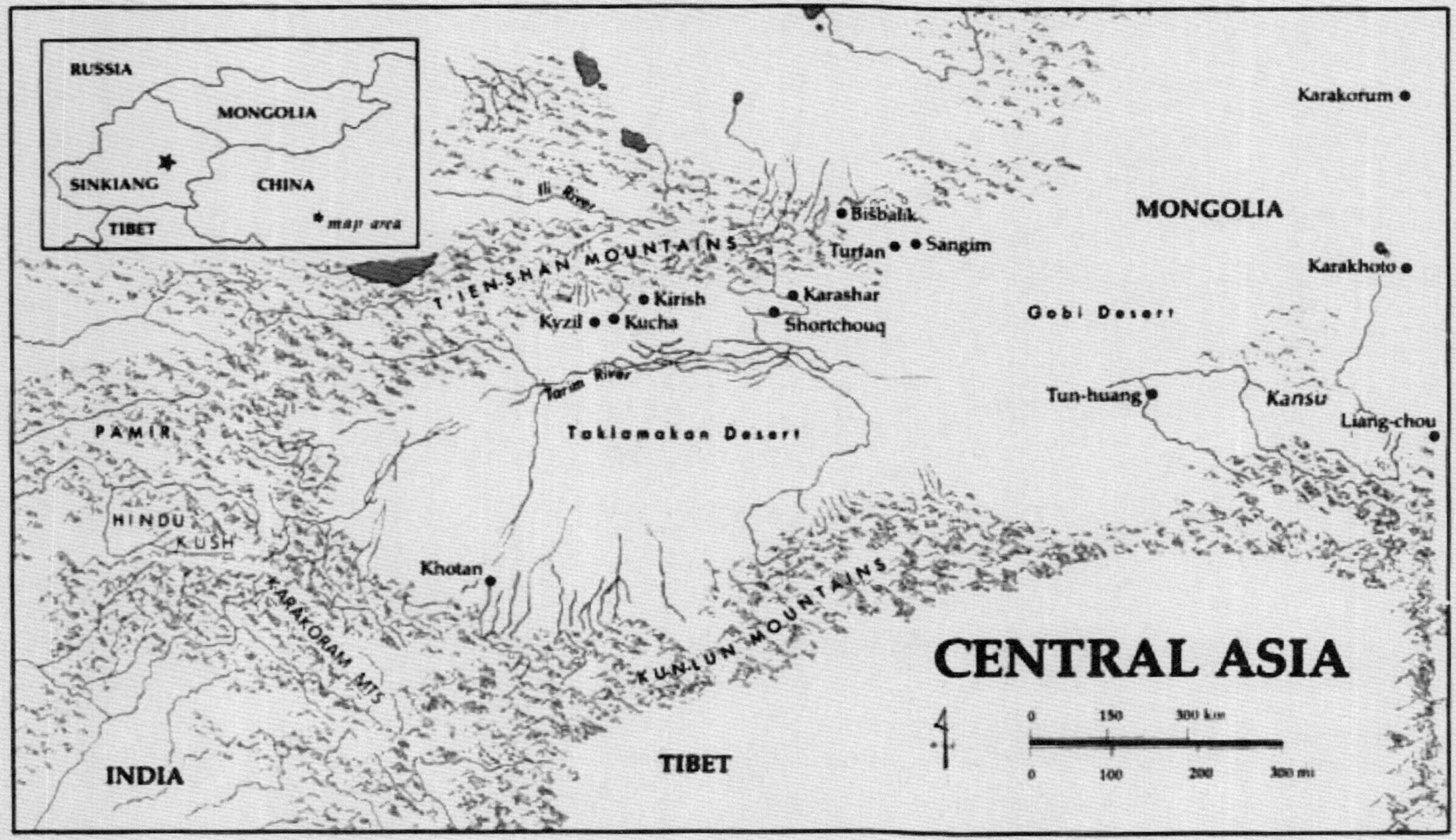
RUSSIA
MONGOLIA
SINKIANG
CHINA
TIBET
* map area
Karakorum
Ili River
T'IEN-SHAN MOUNTAINS
Bisbalik
MONGOLIA
Turfan
Sangim
Karakhoto
Kirish
Karashar
Kyzil
Kucha
Shortchouq
Gobi Desert
Tarim River
Tun-huang
Kansu
Liang-chou
PAMIR
Taklamakan Desert
HINDU KUSH
Khotan
KARAKORAM MTS
KUNLUN MOUNTAINS
CENTRAL ASIA
0
150
300 km
0
100
200
300 mi
INDIA
TIBET

제2장 중앙아시아를 통한 그림 구연의 전파

이제 우리는 인도의 그림 이야기 구연 전통이 어떻게 중국을 향해 나아가게 되었는가 하는 질문에 직면하게 되었다. 이 질문에 불교의 자취를 좇아서 전파되었다는 빤한 대답을 하는 것만으로는 불충분하다. 우리는 그림 이야기 구연이 전파되는 경로와 방식에 관한 명확한 증거를 제시하고자 노력하여야 한다. 더불어 우리는 이번 장과 이어지는 장에서 운문과 산문이 결합된 양식의 그림 이야기 구연을 중국에 전달한 자들은 과연 누구인지 관심을 기울일 필요가 있다. 중앙아시아에서 중국 승려들이 변문 가운데 한 작품의 소재를 발견하는 장면을 소개하는 것으로 이 장의 논의를 시작하고자 한다.

"코탄 사람들은 불교 통속문학에 매우 친숙하였다"라는 기록이 보인다.[1] 중국 사람들이 『舍利佛(降魔)變文』의 가장 핵심적인 내용을 담고 있

1 바일리(H. W. Bailey), 「중국 투르케스탄에서의 고대 코탄 이란왕국의 문화(The Culture of the Iranian Kingdom of Ancient Khotan in Chinese Turkestan)」, 25쪽.

는 『賢愚經』(445년에 漢譯됨[2])을 처음 알게 된 곳도 바로 이 코탄이었다. 다행스럽게도 이 일이 발생한 정확한 상황을 알려주는 거의 동시대의 기록이 전해지고 있다. 僧祐(445-518)는 『出三藏記集』(약 506-512)에서 한 역본의 기원에 대하여 매우 상세하게 묘사하고 있다.

> 河西['황하의 서쪽', 즉 甘肅]의 沙門 釋曇學, 威['成'이라고도 함]德 등 여덟 승려들이 불경을 찾아 멀리 길을 떠나고자 서로 뜻을 함께 하였다. 코탄의 大寺마하위하라*Mahāvihāra*[3]에서 그들은 우연히 5년마다 개최되는 집회 般遮于瑟(빤짜와리사*Pañcavarṣa*[혹은 바리시까*Vārṣika*] 빠리사드*pariṣad*[4])에 참여하게 된다. 이는 중국어로 '일체 대중을 위하여 5년마다 개최되는 대 집회'를 의미한다. 이 집회에서 三藏에 정통한 학승들이 각각 불경을 설명해주었다. 그들은 자신들의 전문분야에 따라 경장을 해설해주기도 하였으며, 율장을 해설해주기도 하였다.[5] 曇學을 비롯한 여덟 승려들은 상황에 따라 각자 흩어져 설법을 들었다. 그들은 인도-이란 발음을 열정적으로 따라해 보면서 그 의미에 해당하는 한자가 무엇인지 분석하고 찾아내었다. 그들은 각자 자신들이 들은 것들을 심사숙고하여 번역하였다. 그들은 高昌에 돌아와 그것들을 모아서 한 部로 만들었다. 그런 다음 그들은 流沙를 건너 그것을 涼州로 가져왔다.[6]

---

2 폴 펠리오(Paul Pelliot), 「도덕경의 범어 번역 문제에 대하여(Autour d'une traduction sanscrite du Tao Tö King)」, 355쪽 각주 4번.

3 펠리오, 「깐주르 목록 노트(Notes à propos d'un catalogue du *Kanjur*)」, 139쪽. 아마 고마띠마하위하라(Gomatīmahāvihāra)로 추정된다.

4 코단어로는 빠미시-비시리(paṃjsi vaṣāri)이다. 바일리, 「이란-인도어 제4권(Irano-Indica IV)」, 930-931쪽 참고.

5 펠리오(Pelliot)와 다카쿠수(Takakusu, 高楠順次郎)의 번역에 근거하였다.(출처는 아래 각주 6번을 참고할 것) 그런데 이 문장은 "業에 의거하여 가르치다"로 번역하여야 할 것 같다. 즉, 방편 우빠야*upāya*('skill-in-means')의 원리에 입각하여 가르치는 것을 말한다.

6 『대정신수대장경*Taishō Tripitaka*』(2145)55.67c. 이 단락은 실바 레비(Sylvain Lévi)에 의하여 자세하게 연구되었다. 「중앙아시아 문헌에 나타나는 현우경(Le Sūtra du Sage et du Fou dans la littérature de l'Asie Centrale)」, 312-313쪽; 펠리오(Pelliot), 「중앙아시아 역사 지리 총람(Neuf notes sur des questions d'Asie Centrale)」, 258-261쪽;

세월이 흘러 9세기 초엽, 이 경(『현우경』)은 서하의 승려 코스-그룹(Č'os-grub法成)에 의하여 티베트 어로 번역된다.[7] 따라서 이 경의 전승 관계는 이렇게 될 것이다 : 인도→코탄→투루판→감숙(중국)→티베트.

윌리 바르흐(Willi Baruch)는 현존하는 예술과 문학 작품을 통하여 확인할 수 있는 것처럼 중앙아시아 일원에 미륵신앙이 널리 퍼져 있음에 주목해야 한다고 하였다.[8] 변, 변문, 변상에 상응할 만한 중앙아시아의 유사 양식들을 연구할 때 가장 중요한 텍스트는 바로 극본 『미륵회견기 *Maitreyasamiti*』의 위구르어 번역본 『미륵회견기*Maitrisimit*』이다. 이 위구르어 번역본은 20세기 초 20년 동안 베를린 학술원 소속으로 이 지역을 탐사한 알버트 폰 르 콕(Albert von le Coq)에 의하여 투루판 가까운 곳인 勝金(Sängim)에서 발견되었다. 이 번역본의 간기(刊記)들 가운데 하나에 따르면, 운문과 산문이 결합된 연극 서사 형식으로 쓰인 카라샤르(Karashar)어(*Toχrï tili*, 즉 'Tocharian'; 이 언어 사용자들은 위구르 인보다 먼저 타림 분지에 거주했었음)로 되어 있는 원본을 고 터키어로 옮긴 것이라고 한다.[9] 폴 드미에

아울러 타카쿠수(J. Takakusu), 「티베트어와 중국어 본 현우경 이야기(Tales of the Wise Man and the Fool in Tibetan and Chinese)」, 458-459쪽을 참고할 것.

7 베르톨드 라우퍼(Berthold Laufer), 「티베트어의 차용어에 관하여(Loan-Words in Tibetan)」, 415쪽 각주 2번; 펠리오(Pelliot), 「총람(Neuf notes)」, 261쪽.

8 윌리 바르흐(Willi Baruch), 「서역 역사 자료에 보이는 미륵(Maitreya d'après les sources de Sérinde)」. 하버드 대학의 진 나티에르-바바로(Jean Nattier-Barbaro)가 현재 이 주제와 관련하여 박사 논문을 준비하고 있다.

9 『미륵회견기』의 刊記는 뮐러(F. W. K. Müller)와 시에그(E. Sieg), 「미륵회견기와 토카라어(Maitrisimit und 'Tocharisch')」, 405쪽과 414쪽에 보인다. 해당 간기에서는 이 텍스트가 본디 *Änätkäk*(Indian)어로 씌어졌던 것인데, 아짜리야(*ācārya*卿, '스승, 가르치는 자'), 즉 毘婆娑(바이바시까*vaibhāṣika*, '불교 실재론 학파의 일부') 아리야짠드라(Āryacandra(역주 : 원서 201쪽의 주석에는 Ārycandra로 되어 있다. 'y'와 'c' 사이에 'a'가 누락되어 있음을 이재숙이 지적해주었기에 해당 도서의 서지사항을 확인하여 바로잡았다))에 의하여 *Toχrï*('Tocharian')어로 옮겨졌다가, 쁘라자락시따(Prajñārakṣita卿)에 의하여 *Toχrï*어에서 "Turkish"(즉, Uighur)어로 옮겨진 것으로 추정하고 있다. 이 두 사람은 모두 인도 학자로 밝혀졌다. 파벨 포우카(Pavel Poucha), 「중앙아시아의 인도 문학(Indian Literature in Central Asia)」, 27-28 · 31쪽 참고. 『미륵회견기』의 각종 중앙아시아 역본과 간기에 관한 논의는 바르흐, 「서

빌(Paul Demiéville)에 따르면 위구르어는 토카라어(Tocharian)와 매우 유사하다고 한다.[10] 한편 코탄어(중세 이란어) 본은 전체가 시가로 되어 있다. 이 본의 간기 가운데 하나를 보면 필사자가 福賢(뿌니야바드라(Puṇyabhadra))이란 이름의 법사의 도움을 받았다고 하는 흥미로운 사실이 발견된다.

실바 레비(Sylvain Lévi)가 이미 지적한 것처럼 '토카라어 A방언(Tocharian A)'으로 쓰인 『미륵회견기-극본*Maitreyasamiti-nāṭaka*』은 독일 원정대에 의하여 카라샤르 지역의 쇼르트초크(Shortchouq)라 불리는 곳에서 발견되었다. 이 독일 원정대에 의하여 발견된 『미륵회견기-극본』은 "그 지역의 다른 텍스트들과 마찬가지로 극본과 같은 성격을 지녔으며 운문과 산문이 교대로 출현한다."[11] 레비가 『미륵회견기*Maitreyasamita*』의 간기를 분석한 바에 따르면, 무용, 연극이라는 의미를 지닌 산스끄리뜨어 단어 나따까 *nāṭaka*가 이 장르의 특징을 가장 잘 표현해주고 있다고 한다. 이 극본 가운데 니빠뜨*nipāt* 혹은 니빤뜨*nipānt*(빠르*paṛ*, 빠뜨*paṭ* 등과 관련이 있을지도?)와 같은 명칭이 달린 부분은 *lcär poñsä*=산스끄리뜨어 *niṣkrāntāḥ sarve*('무대 위에 아무도 남아있지 말 것; 전원퇴장*exeunt omnes*')와 같은 일종의 무대 지시

역 역사 자료에 보이는 미륵」, 79-91쪽을 참고할 것.

역주 : Tocharian : 토카라어 또는 토하라어라고도 한다. 인도 유럽어족에 속하는 언어. 타림분지의 중국령 투르키스탄 북부에서 사용하던 언어로 현재는 사어이다. A와 B 두 가지 방언이 있는데, A방언은 투루판 일대에서 B방언은 쿠차 주변에서 발견되었다. 대체로 6-8세기 것으로 산스끄리뜨 불교 문헌의 번역이 많지만 B방언으로 쓰인 짧은 글에는 여권, 승원회계부, 의서 등도 발견된다. 토카라어는 인도유럽어족 중에서 산스끄리뜨, 이란어 등의 동방어군이 아니고 그리스어, 라틴어 등의 서방어군에 속한다. 『두산세계대백과사전』(재판 2쇄) 권26, 서울 : 두산동아, 1999, 192쪽.

10 폴 드미에빌(Paul Demiéville), 「안네마리에 폰 가바인(Annemarie von Gabain) 편, 『미륵회견기－불교 毘婆娑論(說一切有部) 경전의 고 터키어 역본*Faksimile der alttürkischen Version eines Werkes der buddhistischen Vaibhāśika-Schule*』에 대한 서평」, 435쪽.

11 레비(Lévi), 「중앙 아시아 문헌에 나타나는 현우경(La Sūtra du Sage et du Fou)」, 318쪽; 더불어 에밀 시에그(Emil Sieg)와 시에글링(W. Siegling), 『현존하는 토카라어 자료*Tokharische Sprachreste*』 권1, 51 · 101 · 125-126 · 254-256쪽(각주); 워너 윈터(Werner Winter), 「토카라어 연극의 제 특성(Some Aspects of 'Tocharian' Drama)」, 28쪽.

어로 끝맺음하고 있다. 예를 들어 11장은 이렇게 끝맺음하고 있다: "‖ *lcär pons* ‖ *Maitreyasamiti nāṭ-*[*akaṃ Guru*] *darśaṃ ňomā śäkṣapint nipānt ār-* ‖ 전원 퇴장; 극본 『미륵회견기*Maitreyasamiti*』의 제11장은 [세존의] darśan('전시' 혹은 '보여주기')이란 명칭과 함께 끝맺음한다."[12] *Praveśakkār* (산스끄리뜨어 *praveśakaḥ samāptaḥ* '간주곡 종료')와 같은 공식구도 빠지지 않는다.[13] 더욱 더 눈길을 끄는 것은 『미륵회견기-극본』과 사리불과 六師에 관한 變의 기원이 되는 『현우경』 사이에 그들이 서로 연관되어 있지 않다고는 도저히 상상할 수 없을 정도의 유사성이 있다는 점이다.[14]

안네마리에 폰 가바인(Annemarie von Gabain)은 쇼르트초크지역에서 850-1250년에 걸쳐 존재하였던 高昌 위구르 왕국에 대한 연구에서 『미륵회견기*Maitrisimit*』가 연극적 성격을 지니고 있으며, 공연할 때에는 그림을 이용하였다고 언급하였다.

고 터키어로 된 『미륵회견기』는 극예술의 출발점이 된다. 정월대보름, 신도들은 성스러운 장소를 기리기 위하여 절의 대중 집회에 모여든다. 그들은 참회를 하고, 물질적, 정신적, 상징적인 시주를 하고, 죽은 자를 천도하기 위한 의식을 거행한다. 밤이 되면 그들은 교훈이 담겨져 있는 이야기를 듣기도 하고 펼쳐져 있는 그림을 보거나 재능이 넘치는 무언극 배우들과 불경 해설자들이 서로 다른 각자의 배역을 맡아서 『미륵회견기』와 같은 작품 혹은 법사와 그 제자 사이의 학문적 대화를 공연하는 것을 너무도 즐겁게 감상한다. 이때 공연에 사용되는 종교적인 텍스트는 경전 그대로가 아니다. 그러나 그것들은 論(샤스뜨

12 나의 번역은 포우카, 「중앙아시아의 인도 문학」, 32쪽; 파벨 포우카, 『토카라어 문헌집*Institutiones Linguae Tocharicae*』 제1부, 268쪽; 볼프강 크라우제(Wolfgang Krause)와 베르너 토마스(Werner Thomas), 『토카라어 입문*Tocharisches Elementarbuch*』 권2, 36쪽 제6절에 근거한 것이다.

13 포우카, 「중앙아시아의 인도 문학」, 31쪽에 나오는 시에그와 시에글링, 『현존하는 토카라어 자료』 권1, 288쪽 접은 면 다섯 번째 줄에 대한 언급을 볼 것.

14 레비(Lévi), 「중앙아시아 문헌에 나타나는 현우경(La Sūtra du Sage et du Fou)」, 325-326쪽.

라*śastra*)에 정통한 자들이 온갖 다양하고 장엄한 것을 청중들에게 보여주며 자극을 주고 실생활에서 뽑아낸 사례를 통하여 청중들이 종교적 가르침에 흥미를 느끼게 할 목적으로 만든 것이다.[15]

가바인은 공연 도중에 그림을 활용하였다고 하는 자신의 주장을 뒷받침하고자 근거 문헌을 직접 밝힌 바 있다. 『미륵회견기』의 토카라어 본에는 연극이라는 의미를 지닌 산스끄리뜨 단어 나따까*nāṭaka*가 분명 표제에 포함되어 있기는 하지만, [연극보다는] 서사 구연 쪽을 더 많이 염두에 두고 있는 것처럼 보인다고 하였다. 위구르어 본 간기들 가운데 하나는 이 구연이 정월대보름에 이루어졌을 것이라고 밝히고 있다. 가바인에 따르면 키워드 쾨륀크*körünč*('광경', '장면')는 이 맥락에선 예증 그리고/혹은 이야기 구연에 동반되는 무언극 공연을 의미한다고 한다.

간기에서 *körünč*란 단어를 언급하고 있다면 그것은 그림과 관련된 것을 지칭하는 것이 틀림없다. 예를 들어 『결혼에서의 바드라의 선택*Bhadra's Choice in Marriage*』([Müller] 위구르학(Uigurica) Ⅱ, 22쪽 하단)에서 우리는 이런 구절을 발견할 수 있다. "*öz öz körünčlägülük qalïγlarïnda yïγïldïlar*" "그들은 각자 자신을 세워놓는 받침대 위에서 관중들에게 보이게 된다." 뒤이어 이런 구절이 이어진다. "*brahmadatï iligning körünčlügi qayu ärki*" "그럼 브라흐마닷따(Brahmadatta)의 초상은 과연 어느 것일까?"[16]

15 안네마리에 폰 가바인(Annemarie von Gabain)의 독일어 본, 『高昌 위구르 왕국*Das uigurische Königreich von Chotscho*』, 73-74쪽에서 번역한 것이다.

16 안네마리에 폰 가바인 편, 『미륵회견기』 권1, 19 · 29-30쪽; 직접 인용은 30쪽. 아울러 권2, 19쪽도 볼 것. 세미 테즈칸(Semih Tezcan)이 편집하고 번역한 『위구르어 Insadi-경*Das uigurische Insadi-Sūtra*』에서 언급하고 있는 예인과 음악인 리스트에 등장하는 쾨륀크-뤼크*körünč-lük*('무대, 연단(stage, platform)')를 아울러 참고할 것.

가바인의 분석에 힘입어 드미에빌은 쾨륀크*körünč*가 변상에 해당되는 것이라는 탁월한 관점을 제시하게 된다.[17] 그러나 우리는 이를 뒷받침하는 문헌 증거를 제시하기 전에 먼저 *körünč*라는 단어 자체에 대하여 세밀하게 검토하여야 할 것 같다.

위구르어 *körünč*는 동사에서 파생된 명사로서 '환상, 환영, 광경, 보여주기, 구경거리, 풍경, 장면, 연극, 시각으로 감지되는 어떤 것, 어떤 것의 외양' 등의 의미를 지닌다.[18] 어원 상 이 단어는 '드러남' 혹은 이와 유사한 뜻을 의미하는데, Xākānī(11세기와 그 이후 터키어의 한 갈래)에서 이 단어는 활동적이고 적극적인 힘이란 측면을 더욱 강조하는 것 같다.[19] 이는 바로 어떤 경우에는 이 단어의 의미를 '무언가를 드러나 보이게 하는 것', 혹은 '환상적으로 만들어진 무엇'이라고 해석하여도 좋다는 말이기도 하다. 쾨륀크*Körünč*의 동사 원형은 쾨륀*körün*이며, *kör-*의 재귀형으로, '시각화하다, 드러나게 하다, 누군가가 눈에 띄게 하다' 등의 의미를 갖는다.[20] 이와 연관된 중요한 단어 하나는 '드러내 보여주다, 뭔가를 보여주다'라는 의미를 지닌 명사에서 유래한 동사 쾨륀클*körünčle*이다.[21] 이와 관련된 또 다른 단어로는 '만나다, 회견하다'라는 의미를 가진 쾨뤼뉘

17 드미에빌, 「안네마리에 폰 가바인 편, 『미륵회견기—불교 毘婆娑論(說一切有部) 경전의 고 터키어 역본』에 대한 서평」, 『通報*T'oung Pao*』 46, 436쪽. 예를 들어, "變相"에 해당하는 현대 위구르어 단어는 *özgiriši*("변transformation")인데, 이 단어는 또 키질(Kyzil)의 제17번 동굴의 미륵(Maitreya) 전설 벽화를 지칭하는 데도 사용되었다.

18 나델라예프(B. M. Nadelyaev) 등 편, 『고 위구르어 사전*Drevnetyurksiĭ slovar*』, 319쪽 a란; 카페로글루(A. Caferoğlu), 『위구르어 사전*Eski Uygur Türkcesi Sözlüğü*』, 117쪽.

19 지라르 끌로송(Gerard Clauson), 『13세기 이전 터키어 어원사전*An Etymological Dictionary of Pre-Thirteenth-Century Turkish*』, 746쪽 a란.

20 앞의 책, 그리고 바실리 래드로프(Vasilii Radloff), 『남시베리아 터키어 방언사전 시안*Versuch eines Wörterbuches der Türk-dialekte Südsi-biriens*』, 1254칸.

21 끌로송, 『13세기 이전 터키어 어원사전』, 746쪽 b란. 카페로글루, 『위구르어 사전』의 117쪽에서는 *körünčlä(mäk)*를 표제자로 하여 "드러내다, 전시하다(to expose, exhibit)"라는 의미로 풀고 있다.

스*körünüš*를 들 수 있다.[22] 이와 어원이 같은 위구르어 단어로는 쾨르크 *körk*('시각으로 감지할 수 있는 무엇; 형상; 형식'－대체로 형식이라는 의미를 지닌 산스끄리뜨어 루빠*rūpa*에 해당); 쾨르킨*körkin*('드러내기', 신도들이 보고 싶어 앙망하는 신의 형태나 형상을 가리키는 데 사용됨); 쾨르트퀴뤼*körtkürü*('시각적으로 드러나게 만들기') 그리고 쾨르트귀르*körtgür-*('보여주기') 등이 있다.[23] 더불어 이 단어들은 현대 터키어의 괴뤼뉘스*görünüš*('광경; 외양; 드러냄')와 東터키어 쾨륑*körüng*('영상; 그림')에 비견될 만하다.[24] 쾨르*kör-*('보다')와 쾨-즈*kö : z*('눈')가 아주 오래 전에 동일한 어원에서 파생되었다는 점 역시 대단히 흥미로운 사실이다.[25] 마지막으로 언급하고 싶은 것이 있다. 11세기 후반기에 편찬된 마흐무드 알 카스가리(Maḥmūd al-Kāšgarī)의 터키-아랍어 사전인 『터키어 단어*Dīwān Luġāti 'l-Turk*』에서는 쾨륀크*körünc*(필사본에는 *közünc*로 표기되어 있음)를 알-카위물-나짜라 일라시*al-qawmu'l-naẓẓāra ilāšy*'('무언가를 바라보는 관중들')로 풀이하고 있다.[26] 여기서 '무언가를 바라보는 관중들'

---

22 래드로프, 『남시베리아 터키어 방언사전 시안』, 1255칸. 기타 인용과 해설에 관하여서는 뱅(W. Bang), 가바인(A. von Gabain), 『터키어 투루판 문헌 앞 5책 단어 분석 색인*Analytischer Index*』, 25쪽(483)과 가바인, 『고 터키어 문법*Alttürkische Grammatik*』, 316쪽 a란을 참고할 것.

23 클로송, 『13세기 이전 터키어 어원사전』, 741쪽과 740쪽 a란에서 발췌함.

24 쥴리우스 테오도르 젠커(Julius Theodor Zenker), 『터키어-아랍어-페르시아어 대조책자*Türkisch-Arabisch-Persisches Handwörterbuch*』, 771쪽 a란. 윌마 헤스턴(Wilma Heston)이 1984년 7월 26일, 나에게 편지를 보내서 파슈토어, 소그드어, 야그노비어에서 '보다(to see)'라는 의미를 갖는 $\sqrt{gor\text{-}}$, $\sqrt{\gamma r\text{-}}$, $\sqrt{\gamma or\text{-}}$ 와 같은 어근은 이와 동일한 k- › g- 음변 현상이 있음을 알려주었다. 이들 어근이 명확한 이란어 배경을 지니고 있는지는 의문이다.

25 끌로송, 『13세기 이전 터키어 어원사전』, 736쪽 b란. 그림자 연극을 가리키는 터키어 단어 *kara-göz*(말 그대로 하면, '검은 눈동자(black-eye)')가 무언가를 가시화시킨다는 의미의 이 위구르어 단어군과 모종의 관련성이 있음을 추론하기는 어렵지 않을 것 같다.

26 아탈레이(B. Atalay)의 터키어 번역은 그의 『터키어 단어*Divanü Lûgat-it Türk Tercümesi*』(Ankara, 1940-1943) 권3, 373쪽에 실려 있으며, 끌로송, 『13세기 이전 터키어 어원사전』, 746쪽 a란에 인용되어 있다. 아울러 별도의 쪽수를 매긴 권두언 18쪽도 참고할 것.

로 풀이한 쾨륀크*körünc*가 바로 일종의 환상적인 공연을 가리키는 것은 아닐까? 여하튼 고 터키어의 $\sqrt{kör\text{-}}$ 가 당대 불교에서의 변의 의미 범위 안에 포함된다고 하는 것은 명백하다.

시나시 테킨(Şinasi Tekin)에 따르면 대부분의 위구르어 본생담은 서두 부분이나 혹은 중간 중간 새로운 에피소드가 시작되는 부분에 다음과 같은 공식구가 등장한다고 한다. "다음 사건은 마가다(Magadha) 국, 안다야기리(Andayagiri) 마을에서 일어났던 것입니다."[27] 이 공식구는 『미륵회견기』의 위구르어 본에도 등장한다.

이러한 공식구는 분명 그 나름의 특별한 의미를 지니고 있을 것이다. 만약 이 텍스트가 눈으로 읽을 요량으로 작성된 것이라고 한다면 도입부에 이런 공식구가 포함되어 있다는 게 그다지 설득력이 없어 보인다. 이런 공식구들은 이어지는 본문(즉, 본생담 전체 혹은 그 가운데 한 부분)이 종교 축일 기간에 큰소리로 구연되거나 아니면 공연을 담당하는 승려들에 의하여 공연되었을 것이라고 추정할 때에만 이해가 가능해진다. 이 공연이 이루어지는 동안에는 인물(보살 혹은 다른 불교의 신)들의 초상화가 활용되기도 하고 다양한 장면을 표시해주는 그림들이 사용되기도 하였

27 시나시 테킨(Şinasi Tekin)의 1978년 5월 27일자 편지. 다음 사건 'following event', 혹은 발생사, 사건, 일, 이야기 등에 관하여서는 중국어의 事를 참고할 것. 위구르어 단어 (saw / sav / sab)에 대해서는 뱅(Bang)과 가바인, 『분석색인』, 40쪽(498)을 참고할 것. 그 공식구의 원문은 "*Ämtï bo savïy magat uluš-ta ändayakri atly suzaq-ta bilmiš uqmiš krgäk*"이다. 안네마리에 폰 가바인과 타데우즈 코왈스키(Tadeusz Kowalski) 편, 『터키어 투루판 문헌*Turkische Turfan Texte*』 제10책, 10-12쪽; II. 31-33쪽. 1981년 9월 25일자의 다른 편지에서 시나시 테킨은 이야기를 진행함에 있어 때와 장소와 관련된 중요한 표현을 언급하였다. "시간 / 장소, 언제 / 어디에서 누군가가 이러저러한 일을 하였다"와 같은 표현은 거의 대부분의 고 터키어 본생담에서, 특히 토카라어, 코탄어와 같은 중앙아시아 언어에서 위구르어로 번역된 본생담에서 자주 발견된다. 예증을 들어주고자, 테킨은 그가 편집한 『미륵회견기*Maitrisimit nom bitiq*』와 뮐러(F. W. K. Müller)가 편집한 『위구르학*Uigurica*』 III을 언급하고 있다. 이와 같은 공식구는 그림-이야기 구연에서 연원한 변문에서 시가를 소개하는 공식구와 매우 유사하며(제4장을 볼 것), 장식 화변에 새긴 변상 간기와도 유사하다.

을 것이다. 이러한 추정의 근거는 바로 위구르어 단어 쾨륀크*körünč*(말 그대로 '볼만한 것 혹은 관찰할 만한 것', 혹은 '장관')에 있다. 이 쾨륀크*körünč*라는 단어는 산스끄리뜨어의 나따까*nāṭaka*("무용", "연극", 혹은 "보여주기")와 기능상 유사하며, 나따까는 또 토카라어 본 『미륵회견기』의 표제로도 사용된 바 있다.

『金光明最勝王經*Suvarṇaprabhāsa[uttamarāja]-sūtra*』(6세기에 한역된 바 있으며, 이후에 두 차례 더 한역됨)의 한 구절을 보면 *körünč*의 의미를 좀 더 확실하게 이해할 수 있다.[28] 이 경전의 산스끄리뜨어 텍스트가 존재하긴 하지만 그 산스끄리뜨어 텍스트는 지금 여기서 필자가 거론하고 있는 한역본이나 위구르어 본과는 명백한 차이가 있으니, 이 한역본과 위구르어 본은 이게 아닌 다른 산스끄리뜨어 텍스트를 저본으로 삼아 번역한 것이 틀림없다.[29] 지금 논의의 대상이 되고 있는 『금광명최승왕경』의 해당 구절은 산스끄리뜨어 본의 5장('空論')과 6장('四大天王論')에서 찾을 수 있을 것 같았다. 하지만 불행하게도 해당 구절은 찾을 수 없었으며 따라서 *körünč*와 그 *körünč*에 정확히 대응하는 산스끄리뜨어 단어를 알아내기가 어렵게 되었다. 그러나 위구르어 *körünč*와 이에 대응하는 중국어 幻('환상') 사이의 관계를 비교하며 살펴볼 수 있게 한다는 점에서 『금광명최승왕경』의 한역본과 위구르어 본은 함께 검토할 만한 충분한 가치가 있다고 하겠다. 다음 한 문장이 이 둘 사이의 관계를 잘 예증해주고 있다. "*antaġ yilvi / ning tözin tüpin y(ï)ma atïrdlïg bilir / lär …… birök ol körünč / tä*" 테킨은 이 문장을 이렇게 번역하고 있다. "비록 그들이 그러한 환상의 뿌리와 배경을 정확하게 인식하고 있기는 하나……."[30] 義淨

28 시나시 테킨이 『위구르어 본 金光明經·附囑品*Die Kapitel über die Bewusstseinslehre*』에서 이 경을 편집하고 독일어로 번역하였다. 이 텍스트의 산스끄리뜨어 선행본은 그 제목들이 당황스러울 정도로 다양한데, 그 가운데 몇몇은 우리가 나중에 거론할 것이다.

29 요하네스 노벨(Johannes Nobel) 편, 『金光明最勝王經*Suvarnabhāsottamasūtra*』; 에머릭(R. E. Emmerick) 역, 『금광명경*The Sūtra of Golden Light*』 권두언, 10쪽.

(637-713, 인도에서 20년을 유학한 유명한 승려, 그 20년 가운데 절반은 나란다(Nālandā) 사에서 보냈다)이 번역한 한역본에는 이 해당 구절이 "환상의 뿌리를 이해한다(了於幻本)"로 되어 있다.[31]

그런데 한역본의 '幻'이 문단 전체에 걸쳐 위구르어 본의 쾨륀크*körünč*와 일관되게 일치하지는 않는다는 점에 주목하여야 한다. 결과만을 놓고 말한다면 한역본과 위구르어 본의 번역자들은 그들의 번역 작업에 절대적으로 엄밀한 자세를 취하지는 않았던 듯하다. 그리고 위구르어 본이 대체로 어투가 길고 수사적이라면 한역본은 간결한 편이다. 바로 이런 이유로 말미암아 '幻'과 '쾨륀크*körünč*'는 동의어라기보다는 서로 대응되는 단어 정도로 보는 편이 좋을 것이다. 이 두 판본에서 '幻'과 '쾨륀크*körünč*'가 전반적으로 대응한다는 점을 통하여 우리가 알아낼 수 있는 정말 중요한 사항은 위구르 불교 용어에서 '쾨륀크*körünč*'가 단순히 '광경, 혹은 외양'을 의미하는 것이 아니라 좀 더 정확하게 말하자면 '환상적 광경이나 외양'을 의미한다는 점이다. 산스끄리뜨어 현재 분사(어두나 어미가 아닌 어간) 비꾸르와마나*vikurvamāṇa*(즉, 비꾸르와나*vikurvaṇa*, '변형하는(즉, 현시하는) 환상')가 존재하며 이 비꾸르와마나가 한역본에서 '變幻'으로 번역되었다는 점을 기억한다면, 중국 불교의 맥락에서 '變'의 의미를 좀 더 정밀하게 파악할 수 있을 것이다. 여기서 우리는 '變'과 '幻'이 동일한 표현에서 함께 결합되어 있음을 발견할 수 있다.

『금광명최승왕경*Suvarṇaprabhāsa-sūtra*』 위구르어 본의 또 다른 문단을 통해서 불가에서 $\sqrt{\textit{kör-}}$ 를 어떻게 이해하였는지를 훨씬 더 명확하게 알아볼 수 있을 것이다.[32] 지라르 끌로송(Gerard Clauson)은 그의 『터키어 어

30 테킨, 『[위구르어본 금광명경 가운데] 意識論 부분(9 · 10품)*Die Kapitel über die Bewusstseinslehre*』, 62쪽 12-13행(위구르어 본) · 90쪽(독일어 번역본, 여기에는 영어로 번역하여 실었다).

31 『대정신수대장경*Taishō Tripitaka*』(665) 권16, 426쪽 a란 2행. 중국어의 준-목적어 표지인 '於'자가 불필요하게 사용되었음을 주목할 것.

32 현재 전해지는 위구르어 번역본의 사본 가운데 가장 오래된 것은 18세기의 것이

원사전』에서 이 『금광명최승왕경』 가운데 다음 구절을 인용한 바 있다. "야루끌룩 코르크데슬레린 오룬 오룬 샤유 코두 야흐캅*yaruklug körkdeşlerin orun orun sayu kodu yahkap*."(64.6)[33] 그는 이 구절을 다음과 같이 번역하였다. "부처께서 어느 곳에서든지 자신의 빛나는 化身을 보여주시는도다." 의정의 한역본에서는 이 구절을 이렇게 번역하였다. "다양한 몸으로 현현하나니, 이를 일러 化身(즉, 니마나까야*nimāṇakāya*(現種種身, 是名化身))이라 한다."[34] 한역본 불경에서 니마나까야는 종종 '變化身'으로 번역되기도 한다. 그러므로 우리는 여기서 다시 $\sqrt{\textit{kör-}}$ 의 의미가 불가의 '變'의 의미 범위 안에 포함된다고 결론내릴 수 있겠다.

위구르어 본 『금광명최승왕경*Suvarṇaprabhāsottama-sūtra*』의 슈리-빠리와르따*Śrī-parivarta*(재물을 가져다주는 吉祥天女(슈리*Śrī*)에 관한 16품과 17품)에는 부처, 여기서는 寶花佛(Ratnapuṣpa Buddha)의 형상(*körk*)을 그리고 공양하도록 하는 언급이 나온다.

> "가을걷이가 풍성하기를 바라나이다! 재물이 늘어나기를 바라나이다! 내 창고가 가득 넘치기를 바라나이다!" 날마다 이런 식으로 비는 자가 있다면 그자에게 경건한 마음으로 새 집을 하나 마련하고 바닥에 소똥을 바른 다음 그 안에 내 형상*image*을 꼭 닮게 그리고[應畵我像] 온갖 패물과 치장으로 장식하도록 하라.[산스끄리뜨어로는 *vaiḍūryasuvarṇaratnakusumaprabhāsaśrīgunasāgara*이다. 말 그대로 번역하자면, "유리, 황금, 보석 그리고 꽃과도 같은 광휘로 가득한

지만, 그 번역이 이루어진 시기는 좀 더 이르다. 끌로송, 『어원사전』 권두언 15-16쪽에 따르면 그 번역은 8세기 혹은 그보다 좀 늦은 시기에 이루어졌다고 한다. 나는 그 번역이 9세기 말 혹은 10세기 초, 변문 사본이 기록되던 바로 그 시기에 이루어졌을 것이라고 믿는다.

33 앞의 책, 742쪽 a란. 끌로송은 쾨르크데스*körkdes*를 '똑 같은 모양으로 본떠 만든, 복제품(of the same shape, a replica)'으로 정의한다. 아울러 안네마리에 폰 가바인, 「玄奘傳의 위구르어 번역본(Die Uigurische Übersetzung der Biographie Hüentsangs)」, 173쪽 각주 156번을 참고할 것.

34 『대정신수대장경』(665) 권16, 408쪽 b란.

바다"이다.]

그런 다음 그자에게 향기로운 꽃과 음식으로 나의 형상을 공양하도록 하라(供養我像).[35]

마지막으로 바로 이 『금광명최승왕경』을 그린 변상(혹은 빠따paṭa)이 존재했음을 언급하고 있는 변문 필사본들이 있다는 너무도 흥미로운 사실을 언급하고 싶다. P4690으로 명명된 돈황 필사본은 '金光明最勝王一鋪'로 제목이 붙어 있다. 더욱 주목할 만한 점은 P3425에 '金光明變相一鋪銘'(마지막 글자 '銘'은 나중에 덧붙여진 것임)이란 제목이 붙어있다는 것이다. 이것은 將仕郎이며, 沙州의 軍事判官이자, 監察御史인 張球가 편찬한 것으로 되어있다(將仕郎攝沙州軍事判官守監祭(→察)御史張球撰上). P3425의 명문은 해당 불경의 내용을 새긴 것이 아니라 불상 그림과 그 그림을 공양한 자들을 찬미하는 내용을 새긴 것이다. 아울러 여래가 어떻게 그 모습을 드러내는지(如來現其有相)를 설명한 다음 그 드러난 여래의 모습을 화가가 어떻게 포착하였는지를 설명하고 있다. 애석하게도 P4690과 P3425

35 로저 핀치(Roger Finch), 「싱퀴 샬리가 위구르어로 번역한 義淨本 金光明最勝王經의 大吉祥天女品(16품과 18품(역주 : 참고문헌에는 16품과 17품으로 표시되어 있다. 로저 핀치의 원작과 대조할 필요가 있겠다. 17품의 제목이 大吉祥天女增長財物品인 것을 보면 16품과 17품일 가능성이 더 높은 듯하다))(The *Śrī-parivarta* from Sïngqu Säli's Uighur Translation of I-tsing's Version of the *Suvarṇaprabhāsottama-sūtra*)」, 68 · 81 · 189쪽; 내가 핀치의 번역에 끼워 넣은 중국어 부분(*körk*를 강조하고자 이탤릭체로 표시한 것은 바로 나이다)은 의정본(위구르 역본이 근거하였을 것으로 보이는 원본)에 근거한 것이다. 『대정신수대장경』(665)16.439b10과 16. 핀치의 고유명사 로마자 표기는 규범적이기보다는 편의에 따른 것처럼 보인다. 예를 들어, 519.8에서 그는 *k.wmyn*[*kwyrkwmyn*]로 표기하고 있으며 520.10에서는 *k.wm-k*[*kwyrkwm-k*]로 표기하고 있다. 끌로송, 『어원사전』, 741쪽 a란에서는 *körk*(*g*)를 '뭔가 시각적으로 감지되는 것; 형상; 형태'로 정의하고 있다. 좀 더 구체적으로는 도상이나 조각상을 가리키는 것으로 볼 수 있을 것이다. 아울러 카페로글루(Caferoğlu), 『고 터키어, 위구르어, 터키어, 소즐루구어 사전(Eski Uygur Türkcesi Sözlüğü)』, 116쪽을 참고할 것. 이 단어는 $\sqrt{k\ddot{o}r-}$ 에서 파생되었다. 시나시 테킨은 1980년 7월 27일에 이루어진 대화에서 나에게 넓은 의미로 보면 *körk*는 산스끄리뜨어의 나따까*nāṭaka*('춤, 연극, 재현(dance, drama, representation)')에 해당하는 단어임을 알려주었다.

에서 언급한 '鋪'는 하나도 전해지지 않는다.

가바인은 당나라의 유명한 구도승 玄奘(596-664) 전기의 위구르어 번역본을 연구한 바 있다.[36] 이 번역본은 비스발리그(Bišbalïg) 출신으로 『금광명최승왕경』을 번역한 바 있는 싱쿠 샬리 투퉁(Sïngqu Säli Tutung)이 중국어에서 바로 위구르어로 번역한 것이다.[37] 이 전기의 위구르 번역본은 10세기 중엽으로 거슬러 올라간다.[38] 이 번역본에는 현장 자신이 인도에서 수집하였다고 밝힌 자료 가운데 쾨르클라린*körklärin*이 있는데, 가바인은 이를 빌드니스*Bildnisse*('형상' 혹은 '그림')로 옮겼다.[39] 이에 대응하는 한자어는 바로 像(혹은 相)이다.[40]

현장의 전기에는 인도 승려 智光(Jnānapraahā)과 慧天(Prajnādeva)이 현장에게 보낸 대단히 가치 있는 두 통의 편지가 들어 있다. 이 두 통의 편지는 모두 위구르어 번역본에도 포함되어 있다. 그러므로 우리는 본디 산스끄리뜨어로 쓰였다가 한역되고 그리고 그 한역된 것이 다시 위구르어로 번역된 아주 특이하고 재미있는 경우를 만나게 되는 것이다. 번역자는 한어와 위구르어 불교 용어에 모두 정통했던 것으로 보인다. 우리가 만약 한역본에서 애매한 부분을 만나면 위구르어 본을 참고할 수 있을 것이며 그 반대의 경우도 가능할 것이다.

우리가 지금 살펴보고자 하는 문제에 비추어볼 때 가장 중요한 의미를

36 폰 가바인, 「현장전의 위구르어 번역본」.

37 『대정신수대장경』(2053호) 권50을 참고할 것. 한역본의 해당 부분은 폰 가바인에 의하여 제공되었다. 위구르어 테스트에 관해서는 래드로프(V. V. Radlov')와 말로프(S. E. Malov') 편, 『금광명경*Suvarnaprabhāsa*』, 343쪽 10행과 674쪽 4행 이하를 참고할 것.

38 폰 가바인, 「현장전의 위구르어 번역본」, 152쪽.

39 앞의 책, 158쪽 58행.

40 이와 동일한 용례가 정토종의 창시자인 慧遠(334-416)의 한문본 전기의 위구르 역본에서 발견된다. : "*abit* (*a*) *burxanïg körkdäsi üskintä*(아미타불(Amitābha Buddha)의 불상, 재현, 이미지 앞에서)." *körkdä*는 형용사이나 여기서는 명사로 사용되었다. 카하르 바라트(Kahar Barat)의 미출간 논문 「回紇文兩件(Hui-he-wen liang-chien)」의 8쪽 8-9행을 참고할 것.

지니는 것은 아무래도 두 번째 편지, 즉 혜천의 편지에서 등장하고 있는 변에 대한 언급일 것이다. 관건이 되는 부분은 바로 한어로 이렇게 되어 있다. "我慧天苾芻今造佛大神變讚訟."[41] 이 부분을 李榮熙의 영역본에서는 이렇게 옮기고 있다. "나 비구 慧天(Prajnādeva)은 부처의 신통한 힘을 찬미하는 찬송을 짓노라."[42] 이 부분이 위구르어 본에서는 이렇게 되어 있다. "*mn prtyadiwi toyïn tngrisi burχan-nïng ritiwid körünč qïlu yrlïqamïšïn šlok taγšut yaratïp.*" 가바인은 이 부분을 이렇게 번역하고 있다. "이제 나 비구 慧天(Prajnādeva)은 시를 지어 최고의 신통력을 지니신 부처님의 리그베다에 대한 견해를 보이고자 한다."[43] 가바인이 리티위드 쾨뤈크*ritiwid körünč*를 '리그베다에 대한 견해(Anschauung …… des Ṛgveda)'로 이해한 것은 논란의 여지가 다분하다. 한역본에서는 이를 단지 '大神變, 즉 위대하고 신비한 변화'라고만 표현하고 있다. 神變은 빨리어로는 잇다 *iddha* 혹은 삿파띠하리요 담모*sappāṭihāriyo dhammo*; 산스끄리뜨어로는 쁘라띠하리야*prātihāriya*[44] 혹은 비꾸르위따*vikurvita* 그리고 티베트어로는 르남 파르 스풀 파*rnam par sprul pa*[45]로 번역된다. 이런 표현들은 모두 부처나 보살이 모든 생명체들을 깨우쳐주기 위하여 자신을 다양한 형태로 변화시켜 나타내는 능력과 관련이 있다. 한편, 이런 표현들은 또 '영적 변화의 징표나 표지(마하니밋땀 쁘라띠하리얌*mahānimittaṃ prātihāryaṃ*)'라는 의미를 갖는 神變相과 비교될 만하다. 이런 신통한 힘을 부처에게 돌리는 것은 당

41 『대정신수대장경』(2053호) 권50, 261쪽 b.

42 慧立(Hui-li), 『大慈恩寺三藏法師傳*The Life of Hsuan-tsang*』, 235쪽. 스타니슬라스 줄리엔(Stanislas Julien) 역, 『현장전*Histoire de la vie de Hiouen-thsang*』, 320쪽에서는 핵심이 되는 여섯 글자를 "un écrit consacré à l'éoge du Buddha"로 옮기고 있다.

43 폰 가바인의 독일어본에서 번역한 것이다. 끌로송, 『어원사전』, 746쪽 a란에서는 그녀의 견해를 따르고 있다 : "나, 승려 쁘라즈나데바(Prajñādeva)가 신성한 부처의 *rtived körünč kilu yarlikamişin*에 대한 시를 지어 리그베다의 외양(혹은 현시?)을 드러내고자 하노니 …… ."

44 「기적(Miracle)」, 에드거튼(Edgerton), BHS, s. v. *prātihārya*, 481쪽 b란을 참고할 것.

45 나카무라 하지메(中村元), 『불교어대사전*Bukkyōgo daijiten*』, 795쪽 b란.

연한 노릇이니 이 한역본 표현의 다른 해석을 찾을 필요는 없을 것 같다. 위구르어 리티위드*ritiwid*는 아마도 산스끄리뜨어 릿디*ṛddhi*(초자연적인 능력)에서 유래하였을 것이다. 이 산스끄리뜨어 릿디는 한역본의 해당 단어와 완벽하게 조응한다. 어쨌든 이 구절을 해석하면서 리그베다를 언급할 이유는 없어 보인다. 쾨륀크*körünč*는 분명 신성(이 맥락에서는 부처)의 '현시'를 의미한다. 그러므로 위구르어 본 번역자는 大神變을 현시를 통해 무언가를 눈에 보이게 만들어내는 것을 의미하는 걸로 이해했음이 틀림없다. 이것은 바로 신의 현시이기도 하고 아울러 신의 현시를 예술적으로 표현해낸 것이기도 하다. 그렇다면 이것이 바로 변상을 말하는 것이 아니고 무엇이겠는가?[46] 더욱이 텍스트에서 변상에 대한 '찬송'(산스끄리뜨어로 스또뜨라*stotra* 그리고 까리까*kārikā*)들이 대단히 많이 나타난다고 하는 사실 하나만으로도 나의 추정은 완벽히 논리적이고 수긍할 만하다 할 것이다.[47]

코스-키이오드-제르(C'os-kyi 'Od-zer, 1294-1307 활동)가 편찬한 티베트어 본을 번역한 것으로 알려진 『佛陀十二功德經』은 초기 몽골 불교 문학의 아주 드물고도 소중한 작품이다. 몽골어 본의 번역은 사캬(Saskya)파 승려 세스랍 셴게(Šes-rab Seṅ-ge)에 의해서 이루어졌다. 그는 몽골어는 물론이거니와 티베트어, 위구르어 그리고 중국어도 구사할 줄 알았던 듯하나 산스끄리뜨어는 구사할 줄 몰랐던 것 같다.[48] 이 텍스트의 특성을 통해서 우리는 몽골 불교 문학 전통이 인도 불교 문학 전통과 간접적으로 연결되어 있음을 알 수 있다.

---

46 아울러 같은 전기(『대정신수대장경』[2053] 권50, 272쪽 b)에 기록된 바, 태자에게 믿음을 심어주고자 보여준 수단 혹은 방편 가운데에는, 「報恩經變一部(transformations of the *Sūtra of Recompense for Kindness*)」도 포함되어 있다. 줄리엔 역, 『현장전』, 328쪽을 참고할 것.

47 이와 같은 찬송의 많은 사례들은 빅터 메어, 「변상의 銘文(Records or Transformation Tableaux)」을 참고할 것. 이런 찬송들은 대개 변상을 완성한 것에 대한 축하, 화공과 시주에 대한 찬미, 변상의 내용에 대한 평으로 구성된다.

48 니콜라스 포프(Nicholas Poppe) 역주, 『부처 12공덕경 : 方廣大莊嚴經 몽골어 역본 *The Twelve Deeds of Buddha : A Mongolian Version of the Lalitavistara*』, 11 · 13쪽.

니콜라스 포프(Nicholas Poppe)가 번역한 몽골어 텍스트(51엽의 배미부)에는 이런 구절이 있다. "북방에 莊嚴王이라 불리는 보살이 있으니 신통력을 발휘하여 온 세상 모든 곳의 부처상이 드러나게 하도다."[49] 이 구절에 나오는 부처상의 '상'에 해당하는 몽골어 단어가 바로 쾨뤼그*körüg*이며, 이 쾨뤼그*körüg*는 또 위구르어의 중요한 단어 쾨륀크*körünč*에까지 거슬러 올라간다.[50] 산스끄리뜨어 본 『方廣大莊嚴經(랄리따비스따라*Lalitavistra*)』(석가모니로 세상에 내려오기 전 도솔천 시기 부처의 신비로운 전기)의 해당 단락을 푸코(Faucaux)의 프랑스어 본을 통하여 번역하자면 다음과 같다.

그런 다음 북방의 日轉(Sūryāvarttā)이라는 나라—해와 달의 빛을 가리는 부처땅 Tathāgata Candrasūrya-jihmi-karaṇaprabha에 속하는 세상의 일부—에서 장엄왕(Vyūharāja)이라 불리는 마가(Mahāsattva) 보살[완벽한 보살]이 부처님 땅의 빛에 자극을 받고, 보살의 무량한 환대에 둘러싸이고 이끌려 *菩提* 도량[지혜의 단]*bodhimaṇḍa*과 보살 앞에 나아가 공양하고 *十方世界의 모든 것, 부처님 땅의 묘대(만다라)가 菩提 도량에 나타나게 하도다.* 이때 몇몇 보살이 이렇게 말했다. "무슨 인연으로 이런 묘대가 여기에 나타나는가?"

그리고 이런 모든 묘대의 한 가운데에서부터 *偈頌gāthā*[stanza]이 들려왔다:

—예전 영겁의 세월부터 그의 몸은 복락과 지혜로 정화되었고, 그의 입은 자신의 서원과 금욕과 묘법으로 정화되었으며, 그의 영은 겸손과 비움과 부드러움과 자비로 정화되었도다. 그는 바로 영광받기에 합당한 석가모니, 菩提座에 다가간 바로 그자이로다.[51]

49 앞의 책, 149쪽.

50 앞의 책, 103쪽.

51 산스끄리뜨어 본은 바이디야(P. L. Vaidya) 편, 『방광대장엄경*Lalita-vistara*』, 212쪽과 살로만 레프만(Saloman Lefmann), 『방광대장엄경 : 석가모니불의 생애와 가르침*Lalita Vistara : Leben und Lehre des Cákya-Buddha*』, 292쪽; 이드 푸코(Éd. Foucaux) 역, 『방광대장엄경*Le Lalita Vistara*』, 251쪽. 푸코의 티베트어 번역본(*Rgya tch'er rol pa*, 282쪽)에서는 모든 실질적인 효과라는 측면에서 볼 때 그것이 산스끄리뜨어 본과 동일함을 지적하고 있다. 이탤릭체 부분과 대괄호 [ ] 안은 필자가 추가.

몽골어 본은 너무도 압축되어 있어서 몽골어 본의 단어와 산스끄리뜨어 본의 단어를 정확히 일대일로 대응시켜 보기는 불가능하다. 다만 우리는 산스끄리뜨어 본에는 '상(picture)'을 의미하는 단어가 들어 있지 않고, 莊嚴王(Vyūharāja)을 시각적으로 표현해내는 것이 대공양도량의 일부분으로 간주되어 만다라로 명명되었다고 말할 수 있을 것이다.

디와까라(地婆訶羅(Divākara), 613-687)가 번역한 한역본은 산스끄리뜨어 본을 충실히 따르고 있다. 이 한역본에서는 *körüg*에 대응하는 단어로 '變'을 사용하지는 않았다. 하지만 한역본의 해당 부분에 초자연적인 능력의 현시로 형상이 나타난다고 하는 의미가 깃들여 있다는 점만은 명백하다.[52] 『랄리따비스따라*Lalitavistara*』(문자 그대로는 대 유희라는 뜻)는 대개 『方廣大莊嚴經』(문자 그대로는 넓고[vaipulya] 크게 광채를 내품는[mahāvyūha] 불경)으로 한역되곤 한다. 그런데 이 불경이 『神通遊戲經』(초자연적인 영의 유희에 관한 경)으로도 한역된다고 하는 점은 대단히 흥미롭다. 神通遊戲는 산스끄리뜨어 단어 비끄리디따*vikrīḍita*('놀이를 하다, 유희하다'라는 의미인 $\sqrt{krīḍ}$ 참고)에 해당하는 한어 번역어이다. 불교 혼합 산스끄리뜨어(BHS)에서 이 단어는 '기적, 초자연적인 힘의 발현'과 같은 것을 의미한다.[53] 비끄리디따의 또 다른 한어 번역으로는 神變('신통하고 초자연적인 변신')이 있다.[54] 결론적으로 말하자면 『랄리따비스따라*Lalitavistara*』는 부처와 보살의 유희적이면서도 교훈적인 변신과 현현에 관한 불경이며, 이것이 바로 중국 불교의 변과 위구르 불교의 쾨륀크*körünč*를 이해하는 핵심이라 할 것이다.

우리가 $\sqrt{k\ddot{o}r\text{-}}$의 불교적 의미를 좀 더 확실하게 이해할 수 있게 도와

52 『대정신수대장경』(187호) 권3, 588쪽 bc. 몽골어 본의 "모든 부처 세상의 그림으로 보여주고"라고 되어 있는 부분에 해당되는 부분과 산스끄리뜨어 본을 번역한 텍스트에서 이탤릭체로 되어 있는 부분은 다음과 같다 : 爾時菩薩以神通力. 令十方無邊剎土功德莊嚴之臺, 皆現於此菩提道場.

53 에드거튼, BHS, 482쪽 a란.

54 우기하라 운라이(荻原云來), 스지 나오시로(辻直四郎) 편, 『산스끄리뜨어-일본어 대사전*Sanskrit-Japanese Dictionary*』, 1202쪽 a란.

줄 수 있는 위구르어 본 『묘법연화경*Lotus Sūtra*』의 잔본이 존재한다.[55] 『묘법연화경』의 제25품(역주 : 원문은 24품으로 되어있는데 25품이 맞다. 아마도 원문 출간과정에서 착오가 있었던 듯하다) 관세음보살보문품*Samantamukhaparivarta Avalokieśvara-vikurvāṇanirdeśa*에 들어있는 내용이 바로 그것으로, 관세음보살의 33가지 형태의 현현(三十三身)을 묘사하고 있다. 이 33가지 현현을 묘사하면서 한역본은 매번 現…… 身의 형태를 취하고 있다. 위구르어 본은 이것을 *körkin körtkürü*(무언가의 형상이 눈에 보이도록 하는 것)이라고 표현하고 있는데, 여기서 *körk*(*in*)은 '형상' 혹은 '모습'의 의미를, *körtkür*(*ü*)는 '눈에 보이게 하다'라는 의미를 갖는다. 이 부분을 통하여 우리는 $\sqrt{k\ddot{o}r\text{-}}$ 가 분명 신의 형상의 현현이라는 의미를 내포하고 있음을 확인할 수 있다. 그리고 이 의미는 또 한어의 變과 산스끄리뜨어의 니르마나 *nirmāṇa* 그리고 변형을 통한 현현을 나타내는 일군의 불교 용어의 의미 범주와 잘 맞아떨어진다.

중앙아시아에서 인도의 그림 이야기 구연이 유행하였음을 보여주는 가장 중요하고도 명백한 증거로는 키질(Kyzil)의 마야 제2굴(Māyā-Höhle II)에서 발견된 유명한 벽화를 들 수 있다(도판 IV와 V). 이 벽화는 총명하고 충성스러운 行雨大臣 바르샤까라(Varṣākāra)가 열렬한 불교 옹호자인 아사세(Ajātaśtru)왕에게 부처님 생애의 네 가지 중요한 행적을 묘사한 비단을 보여주는 내용으로 이루어져 있다. ① 부처의 어머니 마야(Māyā)가 룸비니(Lumbinī) 동산에서 부처를 낳음 ② 부처가 보리수나무 아래에서 마귀(Mārā)의 공격을 받음 ③ 베나레스의 鹿野苑에서 처음 설교하면서 법륜을 돌림 ④ 부처가 쿠시나가라(Kuśinagara)의 살*sāl*동산에서 열반에 듦.[56] 이

---

55 뮐러, 「위구르학」 II, 14-20쪽, 잔권 제3, T.IIY. 10. 『대정신수대장경』(264호) 권9, 192쪽 a 참고.

56 에른스트 발트슈미트(Ernst Waldschmidt), 『간다라, 쿠차, 투루판*Gandhara, Kutscha, Turfan*』, 73-75쪽과 도판 42; 알버트 그륀베델(Albert Grünwedel), 『신강고대불교문화유적*Altbuddhistische Kultstätten in Chinesisch-Turkistan*』, 도판 92 · 321 · 383 · 384; 허버트 회르텔(Herbert Härtel), 마리안느 알디즈(Marianne Yaldiz), 『고대 실크로드

처럼 비단 그림을 보여주는 방식을 택한 것은 부처의 죽음을 국왕에게 가능한 한 충격이 가지 않게 전달하고자 함이었다. 벽화에 보면 아사세 왕은 버터가 담긴 욕조 안에서 목욕 중인데 이 역시 왕이 받을 충격을 완화시키는 데 도움이 되었을 것이다.[57]

20세기 초 중앙아시아를 탐험한 독일 탐험가의 기록에 따르면, 이 같은 벽화는 중앙아시아의 불교 유적 가운데에서 매우 흔하게 발견할 수 있는 것이었다고 한다.[58] 그런데 참으로 애석하게도 대부분의 중국문학 연구자들은 이 벽화가 서사문학의 특징을 이해하는 데 너무도 중요하다는 사실을 제대로 인식하지 못하고 있다.[59] 불경에 이 이야기들이 포함

를 따라서*Along the Ancient Silk Routes*』, 87쪽.

57 알버트 폰 르 콕(Albert von le Coq), 『신강에 묻힌 유물*Buried Treasures of Chinese Turkestan*』, 137쪽 참고. (그륀베델(Grünwedel)을 보고 따라 그린) 키질 벽화의 선묘도가 있음. 아울러 알버트 그륀베델, 『고대-쿠차*Alt-Kutscha*』 권2, 103-104쪽을 참고할 것.

58 마쯔모또 에이찌(松本榮一)는 「쿠차 벽화에 보이는 阿闍世王 이야기(Kosha hekiga ni okeru Ajasei-Ō koji)」(『國華』 566호 1기 1938년 1월)에서 중부 인도에서부터 중국 신강까지에 걸쳐 이 주제를 탐색한다. 『국화』의 같은 호 같은 기에 매우 정세한 칼라 목판화가 하나 실렸는데, 키질 부근 Ming-oi에 있는 마야 동굴(Māyā-höhle)의 벽화의 일부이다. 이것은 베를린 민속예술 박물관(the Museum für Völkerkunde, Berlin)에 소장되어 있던 것이다. 아울러 그륀베델, 『고대-쿠차』, 그림 86·87·92·321과 도판 23 그리고 double plate Ⅲ-Ⅳ(42-43쪽, 매우 정세한 칼라 복제판); 알버트 그륀베델, 『공식 보고서*Amtliche Berichte*』, 그림 106·107; 알버트 폰 르 콕, 『중앙아시아 중고시대의 불교*Die Buddhistische Spätantike in Mittelasien*』 권3, 도판 Aa; 디트리히 세켈(Dietrich Seckel), 『불교 예술*Kunst des Buddhism*』, 그림 264; 유끼 소메이(結城素明), 『西域畵聚成*Saiiki ga shūsei*』 권10, 1호 및 2호를 참고할 것. 펠리오의 사본 P3352는 아사세왕(Ajātaśatru) 이야기에 등장하는 중요사건의 리스트를 담고 있다. 이 사본은 카르투슈 길이의 기다란 형태로 대체로 時('~할 때')로 끝맺음하고 있다. 이 형태는 돈황 민간 서사와의 긴밀한 관련성을 보여준다. 메어, 『당 변문』 제4장 참고.

59 시몬 골리에르(Simone Gaulier), 로버트 제라-버가드(Robert Jera-Begard), 모니크 마일라르(Monique Maillard)는 『아프카니스탄과 중앙아시아의 불교*Buddhism in Afghanistan and Central Asia*』, 18쪽의 1번 도판에서 "이 이미지는 도상학적 측면에서 흥미로울 뿐 아니라, 신심이 깊은 자들을 가르치고 성스러운 이미지를 전달하고자하는 목적의 이동 가능한 그림이 존재하였다는 증거라는 측면에서도 중요하다"고 인식하고 있다. 다른 복제품에 관해서는 그림 10을 참고할 것.

되어 있고, 이 이야기들을 벽화로 표현해내는 전통이 있다고 하는 사실은 인도의 그림 이야기 구연과 중국의 변 공연 사이에 상당히 긴밀한 연관성이 있음을 알려준다. 이 이야기를 묘사하고 있는 것으로 알려진 벽화들이 대체로 6, 7세기경에 만들어졌으며, 중국의 그림 이야기 구연은 이보다 약간 늦은 시기에 등장하였다는 점은 매우 시사적이다. 당대 전반기에 혹은 당대 바로 이전 시기에 비단에 그린 그림을 이야기 구연의 보조 도구로 사용하는 방식이 중앙아시아에 널리 퍼져있었다고 하는 점 역시 이 같은 결론을 뒷받침하는 증거라 할 것이다. 이 같은 방식의 공연 장면이 根本說一切有部(Mūlasarvāstivādin)의 論書에 아주 상세하고 정확하게 묘사되어 있는 점 역시 이 같은 방식의 공연은 그 원형이 인도에 있음을 더욱 확고하게 입증한다 할 것이다.

『根本說一切有部毘奈耶雜事*Mūlasarvāstivādavinaykṣudrakavastu*』에서 우리는 부처의 열반을 아사세 왕에게 고하는[60] 이 그림의 주제와 잇닿아 있는 문헌 증거를 찾아볼 수 있다. 이 문헌 증거는 또 변문 형식을 연구하는 데에도 너무도 중요하다.[61] 이 문헌 증거에 따르면 아사세 왕의 부하인 행우대신에겐 부처가 열반에 들기까지의 중요한 행적을 묘사한 그림들이 있었다고 한다. 행우대신은 이 그림들을 이용하여 부처 일생의 중요한 대목을 하나씩 하나씩 순서대로[62] 설명할 요량이었다고 한다(卽依次第而爲陳說).[63] 같은 단락의 약간 뒷부분에서 "행우대신은 부처 일생 가운데 중요한 행적을 하나씩 하나씩 그림에 나와 있는 그대로 왕에게 설명하였다(彼卽次第爲王陳說一如圖畵)"라고 명명백백하게 밝히고 있다.[64] 티베트

---

60 윌리엄 수틸(William E. Soothill), 루이스 호두스(Lewis Hodous), 『중국어 불교 용어 사전-산스끄리뜨어, 영어 대응어 및 산스끄리뜨-빨리어 색인 포함*A Dictionary of Chinese Buddhist Terms with Sanskrit and English Equivalents and a Sanskrit-Pali Index*』, 293쪽.

61 『대정신수대장경』(1451호) 권24, 399쪽 bc.

62 [Anu] Krama는 '조리에 맞게, 정해진 순서에 의거하여in methodical / due order'라는 의미이다.

63 『대정신수대장경』(1451호) 권24, 399쪽 b 25행.

어 본에서는 이 '설명하다'라는 단어를 티베트어의 상용어 *bśad-pa*로 옮기고 있다.[65] 이 티베트어의 상용어 *bśad-pa*로는 而爲陳說('그리고 곧 설명하노니')이 원래 산스끄리뜨어의 어떤 단어를 옮긴 것인지를 추정해내는 데는 별 도움이 되지 않는다. 하지만 산스끄리뜨어 본을 번역한 불교 텍스트에서 *운문이 시작되기 바로 전에 마치 일련의 그림을 설명하는 것과 같은 뉘앙스로 그 운문을 이끌어내는 기능을 하는 변문의 공식구*와 동일한 것이 등장한다는 점은 너무도 중요하므로 주목하지 않을 수 없다.

이야기 구연에 사용되었던 그림들을 다양한 방법을 동원하여 복원하고자 하는 시도들은 중앙아시아의 그림-이야기 구연 전통을 확실하게 밝히는 데 나름 긍정적인 역할을 할 수도 있을 것 같다. 그 가운데에서도 필자의 주의를 끈 것은 바로 돈황에서 발견된 그림(도판 VI) 조각으로 여기에는 그림 내용을 설명하는 위구르어 명문이 아울러 새겨져 있다.[66]

---

64 『대정신수대장경』 권24, 399쪽 c 12행.

65 『戒律部*Ḥdul-ba*』 da권, 6번, 도후꾸東北大學 目錄 (하쿠주 우이(宇井伯壽) 등, 『티베트 대장경 총목록*A Complete Catalogue of the Tibetan Buddhist Canons*』), 290b, I.7. 이 이야기의 티베트어 본 요약으로 (나르탕Snarthang사원 편, 635a. 7-639a. 4), 아누쿨 찬드라 바네르지(Anukul Chandra Banerjee), 『說一切有部文獻*Sarvāstivāda Literature*』, 97쪽에 들어있는 부분을 아래에 옮긴다.

때에 존귀한 大迦攝波(Mahākāśyapa, Hod-srun-chen-po)가 王舍城(Rājagrha, Rgyal-pohi-khab)에 머물고 있다가 부처가 열반에 들었음을 알게 되었다. 그는 아사세왕(Ajātaśatru, Ma-skyes-dgra)이 부처에게 너무도 충심으로 헌신하였음을 잘 알고 있는지라 아사세왕이 갑작스럽게 부처의 열반 소식을 접하고는 자기도 부처를 따라 죽을까 봐 너무도 걱정되었다. 왕의 생명을 지켜주고자 그는 행우대신(the brahmin Varsakāra, Dbyar-byed)에게 부탁하여 부처의 일생의 각 단계를 그림으로 그리게 하였는데 그 마지막으로는 쿠샤나나가라(Kuśanagara, Groṅ-khyer-rtsba-can)에서 부처가 열반에 드는 것을 그리도록 하였다. 이 그림들은 왕에게 순서대로 보여드리게 될 것이며, 마지막으로 부처가 열반에 드는 그림이 왕에게 보여드리게 되고 그 의미가 설명될 것이다. 그럼 왕은 슬픔과 번뇌에서 헤어나지 못하고 그 자리에서 정신을 잃을지니 왕의 몸을 신선한 유지가 담긴 일곱 개 욕조에 차례로 뉘일 것이다. 마침내 왕의 몸은 白檀香이 가득한 여덟 번째 욕조에 뉘일 것이고, 왕은 다시 살아날 것이다. 행우대신(Varsakāra, Dbyar-byed)은 이 가르침대로 하였고, 왕의 목숨은 온전할 수 있었다.

이 명문에 대한 연구가 지금껏 이루어지지 않았으므로 여기서 언급하는 것도 나름 가치가 있을 것이다. 이 명문들 가운데 지금 읽어볼 수 있는 것들을 위에서 아래로, 왼쪽에서 오른쪽으로 번호를 붙여서 읽어보면 다음과 같다: [67]

1.

A. …… [*'w*](*d*)*wzwp nyz*[*β'ny*] ……

B. …… [*tnkry tnkry*] *sy 'ynč'ty*[*p*]

혹은: [*tytsy*]*sy*

[*yrlyg'dy*] ……

C. …… [*twrt*] (*t*)*wqwm* [*pyš ''zwn* ……] ……

A. …… 이르렀도다 …… 번뇌(=*kleśa*) ……

B. …… [신 중의 신 혹은 세존]

…… [황공하옵게도] 말씀하시기를

C. …… [생명체들] …… [넷으로]

존재의 형식들[그리고 삶의 다섯 가지 방식으로]

2. *'y* / ……

66 우메즈 지로(梅津次郎), 「돈황 출토 위구르 불교 斷片(Tonkō shutsudo Kaikotso Bukkyō danpen)」. 天理大學(奈良, 일본) 도서관에 소장되어 있는 이 그림의 연대는 명확하지 않다. 우메즈 지로는 12-13세기로 추정하고 있다. 폰 가바인, 「중앙아시아의 地藏菩薩 문화(Ksitigarbha-Kult in Zentralasien)」. 이 논문에서는 대체로 지하세계를 다루는 위구르의 그림-두루마리의 많은 단편들을 소개하고 있다. 이 단편들 가운데 상당수는 문장의 일부가 남아있기 때문에 더 깊은 연구를 할 만하다. 폰 가바인의 그림 64는 한 남자가 두루마리 하나를 자기 앞에 펼쳐놓고 마치 구경꾼들에게 보여주고 있는 듯한 모양이어서 특히 흥미롭다.

67 나는 이처럼 빠진 부분이 많은 題記를 옮겨 적어주고 번역해준 시나시 테킨에게 깊이 감사한다.

3. …… / *tdy* …… *y(wz)* ……

…… / *p* ……

…… 하다 …… 얼굴 / 일백

…… 하는 중

…… / *q'k'lwrdy* ……

…… / *k p'k* ……

n

,

…… 그(그들)가 가져오다 ……

…… 국왕(왕자)

5. …… / *y'βyz'r* ……

…… 악인들 ……

6. …… *(y)ytyp* ……

…… 사라지고 있는 중 ……

혹은 ['](y)typ ……

공급하고 있는 중 ……

7. …… *kwyrks[wz]* ……

…… / *k*

…… 추악한 것들

8. …… / *yr* / ……

pwlwr …… *twyrkč* ……

twyrlwk kwyrk / ……

typ ywrwk 'wn'r ……

이것은 바로 [이러 이러하니]
터키(어)에서, 그 의미는 바로 어디에서 연유하는고 하니
(즉, 무엇을 의미하는고 하니)
"다양한 종류의 그림들 [그리고]"

9. ⋯⋯ / ('y)*t* ⋯⋯ / *r*

번역문의 마지막 줄을 통해 보자면 명문을 새긴 이 그림들은 다른 불교의 전통과 언어에서 유래한 것 같다. 아무튼 8번 문장에서 등장하는 *körk*(*kwyrk*)라는 단어에 특히 주의할 필요가 있다.[68] 이것이 바로 위구르어 본 변상일 가능성은 충분하다. 만약 이 명문이 빠진 부분이 없이 제대로 전해졌더라면 우리는 이 위구르어 본의 각 단어들이 다른 언어의 어떤 단어들에 해당되는지를 알 수 있게 되었을 것이다.

16세기 말엽 혹은 그보다 훨씬 이전에 그림 구연 기능이 터키어권의 서부 중심부에 전파되었음에 틀림없다. 에브리야 에펜디(Evliyā Efendi, 1611-1660년경)의 전기 가운데 이스탄불 시절의 기록에 '그림 점쟁이(Painter Fortunetellers)'(Fáljián Músavirán)에 대한 매력적인 묘사가 나온다.

그림 점쟁이 가운데 가장 유명한 자는 바로 코자 모하메드(Khoja Mohammed)였다. 그 자는 마흐무드 파샤(Mahmúd Páshá)에 가게를 갖고 있었다. 그는 황제 술레이만(Sultán Súleimán)을 알현하고 그와 대화를 나누는 영광을 누린 노인네

68 나는 *körk*의 번역에 있어서는 구다라 고기(百濟康義)의 견해를 따른다. 그의 논문은 내가 이 책을 출판사에 넘긴 직후에야 활용할 수 있었다. 테킨은 이 *körk*의 번역으로 '형식(form)'(산스끄리뜨어로는 *rūpa*)을 제시하였다. 구다라는 잠정적으로 이 그림의 시기를 몽골 시기(13-14세기)로 추정하였다. 그는 이 그림의 내용이 불교 지옥의 10왕에 대한 위구르 본 僞經에 근거한 것이라고 파악하였다. 그는 아울러 같은 논문에서 동일한 위경과 관련이 있는 다른 그림의 단편에 관하여도 언급하였다. 이 다른 그림의 제기는 다음과 같다. *onunč bäg uu ta* (*o*...) *luin wang bäg* (*-ning*) [*k*]*örki ol*("이것은 제10왕, 五道轉輪王의 그림이다").

였다. 그의 가게는 영웅들과 무사들을 펜으로 그린 싸구려 종이 그림과 인물화로 가득 차있었다. 그는 가게를 찾는 손님들에게 이 그림과 인물화를 차례로 보여주면서 손님들이 원하는 좋은 점을 쳐주었다. 즉, 전쟁이 날지 혹은 평화가 올지, Yúsúf나 Zúleica, Mejnún이나 Leila, Ferhád나 Sherin, Wirka나 Yulsháh가 사랑에 빠질지 점을 쳐주었다. 그는 영웅과 여인들의 그림에 의거하여 이런 점괘들을 뽑아내었으며 자신의 점괘 풀이를 코믹한 운문으로 풀어내어 사람들이 배꼽을 움켜쥐고 웃게 만들었다. 그는 이런 그림들 덕분에 생계를 꾸려나갈 수 있었다. 가끔 그는 이런 그림들을 들고 황제 앞으로 나아가기도 하였으며 공개 행진에서는 자신의 그림들을 들고서 그림 점쟁이의 우두머리로서 앞장서기도 하였다. 이들 그림 점쟁이의 점괘는 너무도 우스꽝스러운 말로 풀이되었는데, 재미난 몸짓이 곁들여지기도 하였다.[69]

위에 인용한 그림 점쟁이(더불어 그림 이야기 구연자)는 이젠 더 이상 떠돌아다니지 아니하며 황제의 후원을 받게 되었다. 그럼에도 불구하고 그는 점치는 역할, 사람들을 웃기는 역할을 포기하지 않는다. 그 역할은 바로 그가 민간 전통에 뿌리를 두고 있음을 알려주는 징표이기도 하다.

키리쉬(Kirish, 쿠차에서 동북쪽으로 25마일 지점에 위치)의 무사굴에서 찾아낸 7세기 벽화는 불교 우화 『대광명비유경*Mahāprabhāsa-avadāna*』에서 뽑아낸 각 장면들을 그린 것이다.[70] 이 벽화의 윗부분에는 토카라어 명문이 한 줄 있다. 슈미츠(K. Schmidt)는 그 명문을 이렇게 해석하였다. "그에게 본생담(Jātaka)을 상세하게 구연하였다. 이 코끼리 덕분에 그(대광명왕(King Mahāprabhāsa))는 속세를 떠나 계시를 받게 되었다." 이는 바로 본생담에 근거한 구연 이야기들과 그 이야기를 표현한 그림들 사이에 긴밀한 관

69 에브리야 에펜디(Evliyā Efendi), 『17세기 유럽, 아시아, 아프리카 여행기*Narrative of Travels in Europe, Asia, and Africa, in the Seventeenth Century*』, 219쪽.

70 이 벽화는 현재 베를린의 인도 예술 박물관에 소장되어 있다. 회르텔(Härtel), 얄디즈(Yaldiz), 『고대 실크로드를 따라서*Along the Ancient Silk Routes*』, 105-106쪽.

계가 있음을 보여준다고 하겠다. 더불어 인도 문화가 중앙아시아를 가로질러 퍼져나가는 데 토카라 사람들이 담지자 혹은 전달자 역할을 담당하였음을 예증하여주는 것이기도 하다. 이 벽화의 아래 부분에도 토카라어로 되어 있는 명문이 또 한 줄 있으나 그것이 언급하고 있는 그림은 너무 심하게 훼손되어 있어 알아보기가 어려울 지경이다.

인도의 소재와 기교가 어떻게 중앙아시아를 통하여 중국에 전해질 수 있었으며 그것이 또 어떻게 손상되지 않고 원형 그대로 보존될 수 있었는지를 이해하기 위해서는 당 그리고 당 이전의 중앙아시아의 문화적 구성을 이해할 필요가 있다. 파벨 포우카(Pavel Poucha)는 다음과 같이 명쾌하게 밝힌 바 있다. "인도 문화는 서역에서 대단히 유행하였다. 기원후 일천 년에 이르는 기간 동안의 중앙아시아의 문학은 기본적으로 불교문학이었다. 또한 불교의 영향은 위구르의 마니교에서도 발견된다. 중앙아시아의 언어들, 특히 토카라어에는 대량의 인도어 단어가 들어 있다."[71] 그러나 르네 그루제(René Grousset)가 지적하였다시피 중앙아시아를 거쳐 돈황에 들어온 불교문화는 단지 인도 문명의 산물만은 아니었다.[72] 거기에는 특히 그리스계 불교와 이란계 불교의 특성이 아울러 섞여 들어가 있었다. 중앙아시아에서 문화 교류를 담당하였던 자들이 어떤 유형의 사람들이었는가를 고려해보면 이 점이 이해 가능할 것이다. 劉茂才가 지적한 바와 같이 "쿠차를 지나다녔던 상인, 선교사, 외교사절, 병사들은 동시에 문화의 운반자이기도 하였다. 그리하여 그곳에선 예술에서의 융합이 아주 두드러졌다."[73]

5세기에서 7세기에 이르는 동안 대실크로드를 통하여 국제 교역이 확대되므로 말미암아 중앙아시아지역은 다른 지역과 특별히 긴밀하게 연

71 포우카, 「중앙아시아의 인도 문학」, 27쪽.

72 르네 그루제(René Grousset), 『중국의 예술과 문화*Chinese Art and Culture*』, 221쪽.

73 劉茂才(Liu Mau-tsai), 『쿠차와 중국의 관계*kutscha und seine Beziehungen zu China*』 권1, 34쪽에 나오는 독일어를 번역한 것임.

결되게 된다. 이 길을 따라 다양한 문화들의 다양한 요소들을 전파한 역할을 담당한 자들 가운데에서도 소그드인들이 가장 두드러진다.[74] 그 결과 소그드어에는 불교와 관련된 정밀한 단어들이 발달하게 되었다.[75] 서사 예술에서 소그드인들은 귀티 아자파이(Guitty Azarpay)가 정의한 용어를 빌려 표현하자면 '연속하는 그림 서사시' 기법을 사용하였다. 그녀는 이 기법을 "세속적이고 흥미진진한 이야기로 구성된 장면들을 활용하는 것으로, 인물들이 각각의 장면들이 묘사하는 이야기나 사건들에 연속적으로 등장하게 하는 기법"으로 정의하였다.[76] 이는 거의 모든 그림 이야기 구연 전통에서 사용되는 기법이라 할 수 있다. 이미 기원 후 1세기 무렵에 소그드에 불교가 깊이 침투하였다.[77] 그런데 8세기 초엽, 아랍의 군

74 알렉산드르 마르코비치 벨레니트스키(Aleksandr Markovich Belenitskii), 『펜지켄트(역주 : 현재 타지키스탄에 속한 지역으로 우즈베키스탄과의 접경지대에 위치함)의 위대한 예술품*Monumental'noe iskusstvo Pendzhikenta*』, 59쪽; 사무엘 난 치앙 루(Samuel Nan Chiang Lieu), 「마니교의 전파와 박해(Diffusion and Persecution of Manichaeism)」, 56쪽 이하.

75 맥켄지(D. N. Mackenzie), 「소그드어 불교 용어 : 단어집(Buddhist Terminology in Sogdian : A Glossary)」. 중고 이란어 전문가인 데이비드 우쯔(David Utz)는 1984년 7월에 서신을 통하여 소그드어 불교용어 가운데 상당수가 중국어에서 연유하였다고 주장하였다. 중앙아시아 불교문화의 다종언어 혼합 현상은 투루판에서 발견된 문헌에서도 감지된다. 이 투루판의 문헌에서는 중국 글자가 다른 언어의 글자 특히 위구르어 글자 속에 섞여 있다. 게르하르트 슈미트(Gerhard Schmitt), 토마스 틸로(Thomas Thilo) 편, 『한문불교문헌잔권목록*Katalog chinesischer buddhistischer Textfragmente*』.

76 귀티 아자파이(Guitty Azarpay), 『소그드 회화*Sogdian Painting*』, 102쪽.

77 벨레니트스키, 마샤크(B. I. Marshak), 앞의 책, 28쪽. 데이비드 우쯔는 1984년 7월의 서신에서 인도와 소그드의 밀접한 관계를 부인하고 있다. 그런데 최근 고고학의 발견은, 특히 사회의 하층(즉, 문헌에서 중심적으로 다루고 있지 않은)과 관련하여서는 벨레니트스키와 마샤크의 견해를 더 확증하여 주고 있는 셈이다. 아흐마드 하산 다니(Ahmad Hasan Dani), 『칠라스(역주 : 파키스탄의 도시로 실크로드에 속하며 카라코람하이웨이로 이슬라마바드에 연결됨) : 낭가 파르밧의 도시*Chilas : The City of Nanga Parvat*』, 헬무트 훔바크(Helmut Humbach), 「소그드 銘文(Die sogdischen Inschriftenfunde)」. 이 두 연구는 소그드인과 다른 중앙아시아인들은 인도인이 자신들에게 불교를 전파해주기를 소극적으로 기다리지 않고 그들 스스로 정기적으로 적어도 카라코람 같은 남부 지역까지 여행하였음을 보여준다. 에밀 벤베니스트(Émile Benveniste), 「라다크의 소그드어 명문(L'Inscription sogdienne de

대가 이 문명을 거의 다 쑥대밭으로 만들어버렸다. 그 결과 이 문명이 담당했던 서아시아와 남아시아 문화를 중앙아시아 지역 그리고 더 넘어 동쪽으로 향하게 하는 전달자로서의 역할은 종언을 고하고 말았다.[78]

중앙아시아 지역에서 이루어진 가장 위대한 문화적 융합체는 아마도 마니교일 것이다. 중국 민간 불교가 그림을 선호하게 되는 데 직접적인 영향을 미친 것이 바로 마니교일 수 있으므로 이 마니교 전통을 상세하게 검토하는 것은 상당히 중요하다 할 것이다.

마니교는 216년에 바빌로니아에서 태어난 파르티아 왕족 마니에 의하여 3세기에 창립되었다. 240년에 그는 스스로를 일러 선지자라고 칭하였다. 이 종교는 서아시아를 근거로 서서히 퍼져나가다가 600년 무렵 실크로드를 따라 교역에 종사하던 소그드인에 의하여 위구르에 전파되었다. 675년에 처음으로 중국에 전파되었으며, 694년에 최초의 선교사가 중국에 도착하게 되었다. 이는 중국이 동투르키스탄을 정복하고 이에 따라 서아시아로의 대상길이 다시 열리게 됨으로써 가능했던 것이다. 731년에는 중국의 황제가 마니교의 大德([A]ftāδān)에게 마니교의 교리 문답서를 집필하도록 명령하였다.[79] 마니교의 대덕은 황제의 명령을 받들

Ladakh)」, 『소그드어 연구*Études sogdiennes*』, 170-173쪽. 이 현상을 보여주는 도판과 서류들이 병첨되어 있음. 니콜라스 심스 윌리암스(Nicholas Sims-Williams)의 「파르티아어와 소그드어에 보이는 인도어 요소(Indian Elements in Parthian and Sogdian)」라는 글에서는 소그드어 문헌에서 발견되는 산스끄리뜨, 간다하리 그리고 나머지 쁘라끄리뜨 단어들을 찾아내어 보여준다. 상세한 상황은 리트빈스키(B. A. Litvinsky), 「중앙아시아 불교사 개요(Outline History of Buddhism in Central Asia)」; 로어 샌더(Lore Sander), 「중앙아시아 불교 문학(Buddhist Literature in Central Asia)」을 참고할 것.

78 알 비루니(al-Bīrūnī, 973-1048)와 다른 아랍과 중국의 역사가들의 언급은 모두 이 해석을 지지한다. 그런데 권력과 문화의 미묘한 변이(즉, 페르시아화)를 지적하는 반대 해석도 있다. 『케임브리지 이란사*The Cambridge History of Iran*』 권III, 제2부, 1217쪽.

79 메어, 『당 변문』, 216쪽 주석 52. 역주 : 원문에는 메어의 『당 변문』, 216쪽이 아니라 317쪽으로 되어 있으나 실제 주석 52번이 나오는 곳은 216쪽이다. 아울러 217쪽 주석 57번에도 관련 내용이 언급되고 있다.

어 마니교 강요를 지어 마니교의 교리, 경전 그리고 계율 등을 밝혔다. 당시 중국 사람들에게 마니교를 널리 전파시키고자 하는 의도를 갖고 있었기 때문에 이 강요서는 순수 마니교에 더하여 도교와 불교가 융합된 형태를 띠고 있었다. 732년에 마니교의 신앙 자유를 인정하는 조서가 발표되고 마니교가 매우 성공적으로 퍼져나가기 시작한 것을 보면, 이런 융합의 시도는 확실히 효과가 있었던 셈이다.

그 다음으로 중국 마니교의 역사에서 중요한 사건은 744년 혹은 745년에 북부 몽골에 大汗國이 건국된 것이다. 이 나라는 서쪽 이리강에서부터 동쪽 황하에까지 걸쳐 있었으며 수도를 카라코룸에 정하였다. 대한국이 건국됨에 따라 위구르인들은 중국의 북부 국경 지대의 주요 지배 세력이 되었다. 이 위구르에게 멸망당한 동 투르크가 중국에게 항시 적대적이고 강력한 상대였다면, 위구르는 당왕조와 동맹 관계를 맺을 정도로 우호적이었으며 한 걸음 더 나아가 安祿山(757년 졸)의 난을 진압하는 데 도움을 주기도 하였다. 762년 牟羽(Bögü) 칸(760-780)이 정식으로 마니교로 개종함에 따라 마니교는 위구르의 국교가 된다. 그러나 840년 위구르 대한국이 키르기즈(Kirghiz) 투르크에 멸망당하자 마니교는 급격히 약화되어 동투르키스탄 몇몇 지역에서만 명맥을 유지하게 되었다. 그리고 13세기 벽두 몽골 칭기즈 칸의 공격은 예전 위구르 대한국의 강토에서 마니교를 완전히 몰아내고 말았다. 중국 경내에서는 위구르 대한국이 멸망한 바로 뒤인 843년부터 이미 마니교가 금지되었다. 그러나 독자적인 종교로서 마니교의 흔적이 14세기에 이르기까지 중국의 각지, 그 가운데에서도 특히 남동 해안의 복건과 그 배후지역에 여전히 남아 있었다.[80] 그리고 마니교의 요소들이 17세기까지 사상적인 힘을 지닌 채

80 여기서 언급한 상황은 주로 한스-요하킴 클림카이트(Hans-Joachim Klimkeit), 『마니교 예술과 서예*Manichaean Art and Calligraphy*』와 『브리태니커 백과사전』에 나오는 안록산에 대한 풀리뱅크의 설명과 마니교에 대한 앙리-샤를르의 설명을 참고한 것이다. 나는 또한 콜린 맥커라스(Colin Mackerras)가 편집하고 번역한 『두당서에 보이는 위구르 제국*The Uighur Empire According to the T'ang Dynastic*

비밀 결사 내부에 살아남아 있었다.[81] 중국의 다수의 외래 종교의 경우와 마찬가지로 마니교를 향한 강렬한 저항이 이루어진 것은 바로 9세기 중엽이었다는 점을 꼭 기억해두어야 할 것이다.

중국 전역에 변이 유행한 시기와 마니교가 유행한 시기가 겹친다고 하는 점은 꼼꼼하게 따져볼 만한 매우 흥미진진한 현상이다. 이것이 단순한 우연만은 아니라면 우리는 아래의 두 가지 요소 가운데 하나에 혹은 둘 다에 초점을 맞추어 변문과 마니교의 관계를 설명해내어야 할 것이다. ① 변문과 마니교 공히 그림을 강조, ② 중국에서 외래문화 요소가 퍼져나가기에 가장 적합하였던 시기.

마니교 예불에선 그림이 빠지지 않아 마니교 신자들을 '그림의 사람들'이라 부르고 싶은 충동이 일어날 정도이다. 마니교 교리서에는 그림이 떡하니 등장하기도 한다. 하로운(G. Haloun)과 헤닝(W. B. Henning)은 731년 7월 16일에 이루어진 마니교 교리문답서 『摩尼光佛教法儀略』을 연구하면서 "大門荷翼圖"[82]가 핵심적이며 중요한 요소임을 발견해내었다.

> '七部經'의 말미에서 이 그림[大門荷翼圖] 한 폭이 마치 이 경전 전체와 맞먹는 중요성을 지니고 있는 듯이 언급된다. "일곱 部와 그림 한 폭(凡七大部, 幷

Histories』 그리고 룩 콴텐(Luc Kwanten), 『유목민족 제국사*Imperial Nomads*』를 아울러 참고하였다.

81 캐링턴 구드리치(L. Carrington Goodrich), 『간추린 중화민족사*Short History of the Chinese People*』, 132쪽.

82 벤베니스트(Benveniste)가 제안하고, 푸에크(Puech)가 보고한 (『마니교*Le Manichéisme*』, 149쪽 각주 262. 하로운(G. Haloun), 헤닝(W. B. Henning), 「摩尼光佛教法義略一卷(The Compendium of the Doctrines and Styles of the Teaching of Mani, the Buddha of Light)」, 210쪽 각주 6을 참고할 것.) 門荷翼(Men-ho-i)은 아마도 파르티아어 bungāh('기본원리(fundament)')에서 파생된 것이고, *mbon-ɣa-yĭeg(門荷翼(men-ho-i)에서 복원된 형식)은 아직 입증되지 않은 형용사 형식 *bungāhīg일 것이다. 「중국 마니교 전통에서의 파르티아어 두 단어(Two Parthian Words in the Chinese Manichaean Tradition)」라는 미출간 논문의 11쪽에서, 데이비드 우쯔는 파르티아어 형용사를 *bunɣāhag('원리적(fundamental)')로 제시하고 있다.

圖一)"이나 "일곱 대 경전 그리고 이 그림 한 폭(七部大經及一圖)" 그리고 그림 제목에서 '經圖儀'라고 표현하는 식이다. 이를 통해 보건대 분명 여기서 말하는 '圖'는 글자로 된 경전을 의미하는 것이 아니라 아마 스케치나 그림 세트를 의미할 것이다. 경전 목록 가운데 이 항목은 콥트어로 된 마니교 저서 가운데에 정확히 일치하는 항목이 나타난다. 이 콥트어 저서에서는 칠부경 바로 뒤이어 아이콘(Eikώv)이 언급된다. 폴로스키는 이 아이콘이 그림책*Bilderbuch*으로 마니의 가르침을 시각적으로 옮겨낸 일종의 액자그림책*Tafelband*[table volume]임을 아주 올바르게 지적해내었다. 한역본 역시 이 견해를 확증시켜준다.[83]

안토니오 포르테(Antonio Forte)는 1120년에 작성된 것으로 추정되는 마니교 문건에 나타나는 圖經("도해본 경전")이란 단어를 설명하면서 위의 해석을 지지한다.

이는 의심할 여지없이 콥트어 저서의 아이콘(Eikώv), 파르티아(Parthia)어의 아르당*Ārdhang*, 페르시아 문헌에서의 에르테느크*Ertenk*에 해당하는 저서의 문제와 결부된다. 한어 필사본 『摩尼光佛教法儀略』의 門荷翼이라는 제목[역주: 음역 혹은 음차]이 731년의 교리문답서에는 大二宗圖(두 원리에 대한 위대한 그림풀이)라는 한어로 뜻풀이되고 있다. 같은 문건에서 門荷翼은 '圖'라는 제목만으로 마니의 저서 목록 가운데 칠부경 뒤에 위치되어 있기도 하다. 여기서 우리는 이것(문하익)이 분명 [마니교] 경전의 일부분으로 간주되고 있음을 알 수 있다. 폴로스키는 이미 아이콘(Eikώv)이 마니의 교리를 그림으로 보여주는 액자그림책*Tafelband*의 일종으로 그림책 시리즈*Bilderbuch*였음에 틀림없다고 지적한 바 있다. 헤닝(Henning)은 하로운(Haloun)이 번역한 교리문답서의 두 번째 부록에서 폴로스키의 견해가 정확하다며 동조한다. 현존하는 이 저서는 이 문제를 너무도 명쾌하게 해결해준다. 圖經은 당연히 문자 그대로 그림이 있는

83 하로운, 헤닝, 「摩尼光佛教法義略一卷」, 209-210쪽.

경전을 가리키며, 정확하게는 폴로스키가 언급한 그림책 시리즈*Bilderbuch*를 가리키기 때문이다.[84]

『우리에게 축복이라*Huwīdagmān*』라는 제목으로 알려진 마니교의 下部讚의 한역본에서 우리는 다음과 같은 두 행을 발견할 수 있다.

모든 살아 있는 생생한 말과 신묘한 말 가운데
바로 그 가운데에서 성자의 변화가 드러난다네.
皆從活語妙言中
聖衆變化緣斯現[85]

파티아어 원본과 고 터키어 본 모두 이 특정 부분이 빠져 있는 것은 너무도 애석한 일이다. 그러나 우리는 한역본에 근거하여 마니교 교리가 빛의 세계(明界 즉, 극락세계)의 성자들이 변화를 통하여 자신들을 드러내는 것으로 파악되고 있음을 알 수 있다. 이와 마찬가지로 전통 중국 민간 불교에서 변 공연자들은 환상적인 그림과 매혹적인 말투로 정령을 불러내고자 무척 애를 쓰곤 하였다.

중국에서 마니교가 가장 활발했던 시기는 바로 당대 開元 연간(713-741)이었다. 우리가 이미 살펴보았듯이 이 시기는 바로 변 전통이 틀을 확정하던 시기와 정확히 일치한다. 한편, 陸游(1125-1210)의 條對狀(조목조목 대답한 글 혹은 문서)에는 복건 지방의 마니교도들의 활동을 제한하도록 하는 조목, 더불어 소위 '明教'와 변문의 후신 사이의 관계를 짐작하게 하는 조목들이 들어 있다. 이러한 조목들에는 "요괴의 형상을 그려내거나 마니교의 허망한 경전을 출판하는" 자들에 대한 처벌 내용도 포

84 안토니오 포르테(Antonio Forte), 「중국 마니교 연구의 두 가지 문제(Deux études sur le Manichéisme chinois)」, 240-241쪽.
85 『대정신수대장경』(2140호) 54권, 1277쪽 c.

함되어 있다.[86] 요상한 그림과 허망한 경전을 연결시키는 것은 중국의 관가에서 마니교를 공격하는 상투적인 수법이었다. 그러므로 나는 변공연의 흥성과 쇠퇴시기를 마니교의 운명과 관련시켜 해석할 필요가 있음을 제안한다.[87] 그러나 이런 나의 제안이 아무리 그럴 법한 것이라 하여도 불교와 마니교가 사상이나 용어를 광범위하게 공유하고 있었음을 입증할 필요성은 여전히 남아있다. 마지막으로 하부찬에서 변(아마도 '변서사 그림'이라는 의미일 것)을 언급한 것 역시 분명 마니교의 맥락에서 이루어진 것이다.[88] 마니교가 원대 말엽에 흥성하기 시작한 유사 불교 비밀 결사인 백련교에 영향을 주었다는 점은 너무도 명백하여 여기서 다시 거론할 필요를 느끼지 못한다. 그러나 중앙아시아와 중국에서 불교가 마니교에 끼친 영향이 훨씬 더 명백하다.

중국 마니교의 불교화 경향은 '신의 형상' 그리고 '신의 이름'을 '佛像(부처님 형상)' 그리고 '佛號(부처님 이름)'로 적어놓은 1120년의 문서에 생생하게 드러나 있다.[89] 아울러 이 문서는 마치 불교 경서나 서적처럼 보이는 「父母經」[90], 「七時偈」, 「妙水佛幀」과 같은 다양한 텍스트들을 언급하고 있다. 마니교 용어가 불교화되는 경향은 중국에서 시작된 것이 아니다. 이 경향의 명백한 선례가 더 이른 시기 중앙아시아에 있었다.[91]

이 마니교와 불교의 결합을 언급할 때 중앙아시아에서 일어난 문화 교류에서 이란어가 담당했던 중심적인 역할을 꼭 기억할 필요가 있다.

---

86 陸游, 『渭南文集』 권5, 4쪽 b.

87 이 제안의 확고한 자료는 메어, 『당 변문』 제6장에 제시되어 있다.

88 앞의 책.

89 여기와 앞으로 이어질 토론과 관련한 사례에 대해서는 포르테, 「두 가지 문제(Deux études)」, 238-241쪽과 244-245쪽을 참고할 것. 유사한 불교화 상황이 마니교 경전의 초기 한역 작업에서 빈번하게 발견된다.

90 *Fubo*(p.1174d) 항목과 *bumo*(p.1183a)[*māta-pitr*] 항목의 전체 내용은 나카무라 하지메(中村元), 『불교어대사전*Bukkyōgo daijiten*』 참고.

91 통거루(A. van Tongerloo), 「마니교 관련 위구르와 중고 이란 문헌에 보이는 인도 불교 용어(Buddhist Indian Terminology in the Manichaean Uyghur and Middle Iranian Texts)」.

적어도 7세기부터 또 다른 이란어 계통인 페르시아어로 대체될 때까지 소그드어는 중앙아시아 서북부의 대부분 지방에서 국제혼성어 역할을 하였다.[92] 중앙아시아의 중요 불교 국가인 코탄의 사람들도 이란어를 사용하였으며 돈황에서 중국과 긴밀하게 접촉하였다. 중앙아시아에서 일어난 문화 융합은 너무도 거대한 것이어서 다양한 원천에서 뻗어져 나오는 예술, 종교, 문학, 언어 및 기타 영향들이 자신의 '순수성'을 잃어버리기 십상이었다. 그리하여 중앙아시아의 불교는 이란의 요소를 흡수하고 중앙아시아의 마니교는 인도의 요소를 받아들였다.[93] 이 같은 점진적인 흡수와 결합은 중국의 불교와 마니교의 발전에 결정적인 영향을 끼치게 된다.

우리는 여기서 그림을 동반하는 운문과 산문이 결합된 이야기 구연은 인도에서 태어나 불교화된 이란의 숙부와 터키의 숙모에게서 양육되어 중국의 부모에게 입양된 것으로 결론지어도 좋을 것이다.

---

92 폴 펠리오, 「중앙아시아와 극동에 끼친 이란 문화의 영향(Les influences iraniennes en Asie Centrale er en Extrême-Orient)」, 105쪽.

93 불교 용어와 불교 개념이 녹아들어간 마니교 문건의 사례는 방(W. Bang), 가바인(A. von Gabain), 「터키어-투루판 문헌 제3책(Türkische Turfan-Texte III)」을 볼 것. 불교-마니교 교류의 또 다른 사례는 龔天民(Kung Tien-min), 『唐朝基督教之硏究 *T'ang-ch'ao chi-tu-chiao chih yen-chiu*』, 그 가운데에서도 특히 제4·5·6장을 볼 것. 아울러 참고문헌에 밝힌 한스-요아킴 클림카이트(Hans-Joachim Klimkeit)의 논저를 참고할 것.

제3장 인도네시아의 유사 형식들

인도네시아의 거의 모든 유형의 연극적 공연들을 총칭하는 단어는 바로 '와양*wayang*'이다. 간단하게 말하자면 와양은 '그림자'를 의미하는 어근에서 유래한 단어라고 할 수 있다.[1] 맨틀 후드(Mantle Hood)는 이 단어를 '형태를 갖춘 그림자'로 해석한다.[2] 와양 공연은 '(그림자로) 모양을 만들어 보여주기(shadowing forth)'로 아주 멋들어지게 번역된 바 있다.[3] 이는 중국 불교의 변 개념이나 종교적 가르침에서 사용된 변형하여 보여주기와 아주 딱 맞아 떨어진다. 몇몇 동남아시아어에서 와양이란 단어는 결

1 존 크로퍼드(John Crawfurd), 『인도 군도 및 그 주변 국가 설명 사전*A Descriptive Dictionary of the Indian Islands and Adjacent Countries*』, 445쪽에서는 와양*wayang*을 대체로 바양*bayang*, 즉 '그림자, 환상(shadow, apparition)'과 동일한 것으로 설명하고 있다.

2 맨틀 후드(Mantle Hood), 「영원한 전통 : 자바와 발리의 음악과 연극(The Enduring Tradition : Music and Theater in Java and Bali)」, 439쪽.

3 벌리 드 조에테(Berly de Zoete), 월터 스피스(Walter Spies), 『발리의 무용과 연극*Dance and Drama in Bali*』, 343쪽.

국 그 원래의 의미인 그림자라는 뜻은 거의 상실해버리고 단지 연극을 의미하는 것으로 변화되어버렸다. 예를 들어 말레이어에서 동사 와장칸(메)*wajangkan*(*me*)은 '무대에서 이야기를 공연하다'라는 의미를 지닌다.[4] 모든 인도네시아 그리고 대부분의 동남아시아 연극은 그 실제 세부 형태가 여하튼지 간에 '그림자'와 아주 친밀하게 연결되어 있다.

따라서 와양이 '그림자'를 의미한다는 언술은 스크린에 그림자를 드리우기 위하여 무대 뒤에서 빛을 비추는 기교보다는 관객들의 눈앞에 펼쳐지는 환상적인 모습들을 의미하는 것으로 파악될 필요가 있다. 그러므로 그림-두루마리, 꼭두각시, 그림자 그리고 무용수 같은 모든 것들을 다 포괄하여 와양이라 부르는 것도 별 무리는 없을 것 같다. 이런 공연들은 밤에 동굴이나 창문이 없는 집 안에서 깜빡거리는 램프나 촛불만을 비추면서 이루어졌기 때문에 환상적인 효과가 더욱 증대되었다. 무대 뒤에서 비추는 조명이 앞에서 비추는 조명보다 더욱 암시적이고 궁금증을 유발하기에 유리하다는 점을 우연히 발견하게 되면서 진정한 그림자연극의 발명이 이루어지게 된다.

이와 동일한 발전 과정(즉, 환상→그림자 연극)이 중국의 송대 초기에 이루어진 바 있다. 중국어에는 그림자와 관련된 다양한 어휘들이 존재한다. 예를 들어 影壁, '그림자 벽'; 影神 '그림자 신'; 影殿 혹은 影堂 '그림자 전당'; 影事 '형체가 없는 일'; 影供 '그림자 공양'; 影現 '그림자처럼 나타남' 影像 '그림자 형상[산스끄리뜨어 쁘라띠빔바*pratibimba*]' 같은 단어들은 기본적으로 시각적 현상이라기보다는 심리적인 현상들을 가리킨다. 한편 이런 어휘들이 대부분 불교 사상과 긴밀한 관계가 있음은 주목할 만하다. 송대의 影戲(문자 그대로는 그림자 연극)라는 어휘는 심리적 현상에서 시각적 현상으로 넘어가는 단계를 표시해주는 듯하다.[5]

---

4 『말레이어 사전*A Malay Dictionary*』, 169쪽.

5 고대 그리스인에겐 환상적으로 보여주는 것과 환각적인 현상을 결합시키는 것이 조금도 낯설지 않았다. 영어의 환상 'fantasy'과 현상 'phenomenon'은 모두 '보여

인도네시아의 와양과 중국의 變 사이에 존재하는 유사성은 와양과 변의 발전에 작용한 어떤 일반적인 인도의 존재론적 전제에서 기인한 것으로 보인다. 인도에서 수입된 것들이 변의 형성에 아주 핵심적 역할을 하였으며, 와양이 인도의 이야기 구연과 연극에 엄청난 빚을 지고 있다는 사실은 더욱 명명백백하다.[6]

그림자 연극이 인도네시아 전역에서 발견되는 것이 아니라 힌두교의 영향이 가장 충만하고 오래 지속된 자바, 발리, 롬복(Lombok)과 같은 섬에서만 발견된다고 하는 점은 상당히 의미심장하다.[7] 더욱이 자바의 전

주다, 알려주다, 전시하다(to bring to light, make known, display)'는 의미를 지닌 동사 *phaínein*에서 갈라져 나왔으며, 이 동사 *phaínein*과 '나타나다, 전시되다(to appear, be brought to light)'를 의미하는 중간수동형 *phaínesthai*는 모두 "light"를 의미하는 명사 phȏs(본래는 pháos)에서 기원하였다. 사실 fantasy, phantasm, phantom(혹은 fantom), phantasmagoria(원래는 마술 램프를 보여주는 것으로 그 안에서 오락을 위한 시각적 환상이 만들어진다), fantastic과 같은 단어들은 "무언가를 눈에 보이게 만든다(to make visible)"라는 의미를 가진 동사 *phantázein*에서 나왔다. 그리고 동사 *phantázein* 자체는 분명 *phaneîn*에 -z-를 부가하여 과정을 표시함으로써 만들어진 동사임을 알 수 있다.(영어에서는 -ize나 ise로 표시한다) 동사 phaneîn에서 파생한 다른 영어 단어들 중에서 appearances, apparitions, illuminations와 관계가 있는 것들로는 : *diaphanous*('투명한, 비치는(transparent, see-through)')－최소한 97%가 여성복장의 형상이나 성질을 표현하는 데 사용된다; *epiphany*('드러남(showing forth), 나타냄(revelation)')－특별히(그리고 대문자로) 동방박사들 앞에 어린 예수가 나타남을 표시한다; *phenocryst*('화성암 가운데 눈에 두드러지는 수정용암(an easily visible crystal in an igneous rock)'); *phenotype*('다른 것과 비슷해 보이나 속에 존재하는 유전적 특성은 전혀 관계가 없음(an individual that looks like another but may be genetically different underneath it all)'); *phosphene*('빛이 나타남(an appearance of light)' 특히 '누군가가 눈을 찔렀을 때 나타나는 고리 모양의 빛(the appearance of rings of light when somebody pokes you in the eye)'); *phase*('달의 상, 표면(phase of the moon)'과 같이 '무언가가 특정 시간에 나타나거나 표현되는 방식(the way something appears at a given time)'); *emphasis*('무언가에 특히 중요한 것이나 두드러지는 것(special significance or prominence given to something)'); *hierophant*(원래는 '엘레우시스 비밀의식의 해설가(an explainer of the Eleusinian mysteries)', 즉 여신 데메테르(Demeter)를 기리어 엘레우시스(Eleusis)에서 봄에 거행된 신성한 의식). 이상은 알렉산더(Alexander), 니콜라스 후메즈(Nicholas Humez), 『알파에서 오메가까지 : 그리스 알파벳의 일생과 시간*Alpha to Omega : The Life and Times of the Greek Alphabet*』, 157-158쪽에서 뽑은 것이다.

6 빅터 메어(Victor H. Mair), 『당 변문*T'ang Transformation Texts*』 제2장.

통 그림자 연극에서는 전적으로 인도에서 유래한 소재를 사용한다(주로 마하바라따*Mahābhārata*에서 유래한 것들이다). 지금까지 언급한 이런 증거들만을 두고 보더라도 와양에 끼친 인도의 영향을 부정하는 것은 너무도 무모한 일이 될 것이다. (금석학, 주제, 연대 등의 방법을 통하여) 와양의 기원이 인도에 있음을 가장 간결하게 설명해낸 이는 바로 역사학자 마줌다르(R. C. Majumdar)이다.[8] 아울러 이루 헤아릴 수 없는 많은 수의 학자들이 와양의 기원이 인도에 있음을 입증해내었다.[9] 더욱이 이 영향은 단순히 연극 분야에만 국한되지 않는다. 맨틀 후드(Mantle Hood)는 일찍이 이렇게 언급한 바 있다. "자바와 발리의 예술에 가장 심원한 자극을 주었으며 그 자바와 발리의 예술이 전수되고 발전되는 데 절대적인 영감을 준 것은 바로 마하바라따*Mahābhārata*나 라마야나*Ramayana*와 같은 힌두 문예였다."[10]

7 크롬(N. J. Krom), 『인도-자바 역사*Hindoe-Javaansche Geschiedenis*』, 47쪽.

8 라메사-찬드라 마줌다르(Ramesa-Chandra Majumdar), 『동남아시아에서의 고대 인도의 식민지 경영*Ancient Indian Colonisation in South-East Asia*』 권2, 제2부, 제3장인 「와양의 기원(The Origin of Wayang)」에 달린 부록을 참고할 것.(57-60쪽)

9 마인하르트(H. Meinhard), 「자바 와양과 그 인도 원형(The Javanese Wayang and its Indian Prototype)」, 109 · 111쪽; 안토이네 카바톤(Antoine Cabaton), 「Communication」; 마조리에 밸첼더(Marjorie Batchelder), 『막대기-꼭두각시 인형극과 사람 연극*Rod-Puppets and the Human Theatre*』, 333쪽에서는 테오드로 네르나드 반 넬리벨드(Theodore Bernard van Lelyveld), 『자바 연극 속의 무용*La danse dans le théâtre javanais*』의 내용을 인용하고 있다; 와양의 기본 용어 가운데 산스끄리뜨어와 오리야어 단어와 동일하거나 혹은 비슷한 의미를 지닌 것들의 리스트를 간결하면서도 설득력 있게 정리하고 있는 것으로는 지완 파니(Jiwan Pani), 『라와나 차야*Ravana Chhaya*』, 7-16쪽을 참고할 것. 자크 부뤼네(Jacques Brunet)는 그의 「그림자 연극의 사적 개요(Attempt at a Historical Outline of the Shadow Theatres)」, 129쪽에서, 인도 문화의 팽창과 발맞추어 그림자 연극이 동남아시에도 널리 퍼졌음을 밝히고 있다. 아울러 프레드리히 셀트만(Friedrich Seltmann)은 그의 「남인도, 말레이시아, 태국, 발리, 자바의 그림자 연극 구성요소 비교(Vergleichende Komponenten der Schattenspielformen von Süd-Indien, Malaysia, Thailand, Kambodscha, Bali und Java)」에서 인도와 동남아시아의 그림자-연극 공연이 기술적, 제의적으로 유사성을 지니고 있음을 강조하고 있다.

10 후드(Hood), 「영원한 전통(The Enduring Tradition)」, 438-439쪽.

아무리 늦춰 잡아도 기원후 1세기부터는 인도네시아 및 동남아시아에 남아시아의 영향이 미치기 시작하였다. 그 후로 얼마 되지 않은 3,4세기 무렵부터 미얀마, 태국, 인도네시아 및 인도차이나 해안 일대에 걸쳐 광범위한 인도화가 진행되기 시작하였으며, 4,5세기에 이르러서는 그 정점에 도달하였다. 조지 코에데스(George Coedès)가 지적한 바대로 "인도 문명이 동쪽으로 전파되어진 그 모든 역사는 아직도 총체적으로 탐구되지 않았기에"[11] 그림을 동반하는 인도의 이야기 구연 전통이 어떻게 인도네시아에 전해졌는지 그 세부적인 사항을 우리가 정확히 알 수는 없다. 그렇다고 하더라도 이 양자 사이에 유기적인 관계가 있음을 입증하는 증거는 너무도 다대하다.

중국의 구법승 義淨은 인도를 향해 여행을 떠났던 671년 그리고 다시 중국에 돌아오던 685년에 남수마트라 슈리위자야(Śrīvijaya) 왕국의 수도에 있는 거대한 불교 센터에 머문다. 첫 번째 방문에서 그는 단지 6개월 동안만 머물면서 산스끄리뜨어를 배웠다. 그러나 두 번째 방문에서는 4년 동안 머물면서 불경을 필사하고 번역하였다. 그는 689년에 광동으로 잠시 돌아왔다가 다시 슈리위자야로 돌아가 695년까지 그곳에서 머물렀다. 슈리위자야에는 천 명이 넘는 승려, 학자, 구도자들이 산스끄리뜨어로 된 불경을 공부하고 번역하는 작업에 종사하고 있었다.[12] 이 정도의 상황이라면 불교가 이 시기의 인도네시아에 광대한 문화적 충격을 주었을 것이라 상상하는 것도 결코 무리는 아닐 것이다. 이때가 바로 중국에서 변 이야기 구연이 널리 퍼져나가기 시작한 때이자 인도네시아에서 와양이 발전하기 시작하는 시기임은 결코 우연으로 보아 넘길 수 없을 것이다.

---

11 코에데스(G. Coedès), 『동남아시아의 인도화된 국가들*The Indianized States of Southeast Asia*』, 14쪽.

12 앞의 책, 81-82쪽에서는 高楠順次郎(J. Takakusu)가 번역한 『불가 문헌*A Record of the Buddhist Religion*』의 xxxiv쪽을 인용하고 있다.

와양에는 다음과 같이 다양한 유형이 존재한다.

1. 와양 베베르*wayang bèbèr*('열어젖힌 / 펼친 그림자') : 대체로 가로형의 긴 두루마리로서 구연되는 이야기와 관련되는 장면이 시리즈 형태로 그려져 있다. 구연자는 청중들에게 두루마리를 펼쳐 보여주면서 청중들에게 말을 하듯이 혹은 읊조리듯이 두루마리에 그려진 그림을 설명하거나 보충하는 내용을 구연한다. 두루마리는 폭이 약 20인치, 길이는 약 2.5에서 3야드 정도이다. 이야기 한 편을 구연하는 데는 여섯 내지 여덟 개의 두루마리가 소용된다. 가끔 책의 한 면 한 면에 그림을 그려[13] 소수의 청중에게 보여주면서 구연하기도 한다. 와양 베베르 대신에 와양 카레베트*wayang karèbèt*('펄럭이는 그림자')란 용어를 사용하기도 한다.[14] 여기서 우리는 한자 變의 다양한 초기 이체자들에 彡 부수('깃털 장식')가 들어 있다는 점을 떠올리게 된다.[15] 와양 베베르에 대한 이해가 변과 평화의 잘 밝혀지지 않은 여러 측면을 밝혀내는 데 의외로 핵심적인 역할을 할 수 있을 것이다.

2. 와양 푸르와*wayang purwa* 혹은 와양 쿨리트*wayang kulit*('가죽 그림자(皮影)') : 인도네시아의 전통적인 그림자 연극으로서 납작한 (짐승가죽) 꼭두각시 인형과 하얀 천으로 된 스크린(켈리르*kelír*)을 이용한다. 대체로 인도네시아 초기 역사를 소재로 다룬다(와양 푸르와를 글자그대로 해석하면 '오래된 그림자'란 뜻이다).

3. 와양 탈*wayang tal* : 야자나무 이파리로 만든 꼭두각시 인형. 1147년 무렵부터 동 자바의 메메낭(Memenang) 왕국에서 공연된 것으로 알려져 있다.[16]

---

13 티보르 보드로기(Tibor Bodrogi), 『인도네시아 예술*Art of Indonesia*』, 그림 118-119, 그리고 기 코바치(Gy Kovács), 「도해본 와양 안내서(An Illustrated Wayang Book)」.

14 린더 세루리어(Lindor Serrurier), 『와장 푸르와에 관하여, 인류학의 한 연구*De Wajang Poerwå, eene Ethnologische Studie*』, 130쪽.

15 메어, 『당 변문』 제2장 끝부분을 참고할 것.

4. 와양 게도그*wayang gedog*는 와양 푸르와와 비슷하면서도 소재의 측면에서 다르다. 와양 게도그는 주로 마자파히트(Majapahit) 왕국(1293-1520)의 역사를 다룬다.

5. 와양 케루킬*wayang keruc[h]il* 혹은 클리틱*klitik*[17]('작은 그림자') : 색을 칠한 납작한 목재 형상을 이용한 일종의 꼭두각시-그림자. 주제는 대체로 케디리(Kediri) 왕국(1042-1222)의 역사와 관련되어 있다. 꼭두각시 인형은 정교하게 조각한 다음에 색칠한다. 이 와양 케루킬 공연에 사용되던 것으로 본디 꼭두각시 인형을 드러내 보여주던 한가운데 작은 사각 구멍이 뚫린 스크린이 아직도 그대로 남아 있는 걸 보면 이 와양 케루킬이 그림자 연극에서 진화된 것으로 추론하는 것도 타당한 듯하다. 나중에 이 스크린은 공연에서 더 이상 사용되지 않고 사라졌지만 꼭두각시 인형들은 여전히 가죽으로 만든 팔뚝을 지니고 있으며, 와양 푸르와와 와양 게도그에 등장하는 가죽 그림자 인물들과 똑같은 외양을 지니고 있었다. 더불어 와양 베베르에 등장하는 그림으로 그려낸 인물들과도 똑같다.

6. 와양 골렉*wayang golek* : 완전한 3차원 꼭두각시 인형으로 너무 진짜 같아서 사람의 미니어처와 흡사하다. 그것들은 나무를 깎아 만들었으며 천으로 만든 옷을 입혔다. 키는 대략 1.5피트 정도이다.[18]

7. 와양 토펭*wayang topeng*('가면 그림자') : 가면을 쓴 무희들이 공연하는 일종의 무용-무언극이다. 사실 가면이 무대에서 연기하는 배우를 꼭두각시로 만들어주는 역할을 한다. 배우들은 자신들이 서로 대화를 나누기도 하지만 구연자(*dalang*)가 어떤 장면이 펼쳐지고 있는지를 설명하는 동안에는 말없이 연기만

16 베티 에르다(Betty Erda), 『아시아의 그림자 이미지*Shadow Images of Asia*』, 35쪽.
17 아울러 케로에트질*keroetjil* 혹은 켈리틱*kelitik*으로 번역되기도 한다.
18 보드로기, 『인도네시아 예술』, 그림 113-114 · 116 · 117 · 도판 11.

한다는 점을 꼭 기억할 필요가 있다. (발리에서는 반-가면을 쓰는 하인만이 말을 할 뿐 귀족은 연극 전체에서 말을 하지 않는다.) 와양 토펑에 구연자가 등장한다고 하는 사실은 중국 연극이 구연 서사체에서 발전되었다는 명제를 확증하는 데 매우 훌륭한 방증이 된다.

8. 와양 옹*wayang wong*(자바어) 혹은 와양 오랑*wayang orang*(인도네시아어)('사람 그림자') : 무희들이 가면을 쓰지 않고 등장할 수 있다. 하지만 그들은 그들이 마치 꼭두각시 인형인 것처럼 연기하도록 요구받는다. 더욱이 무희로 등장하는 배우들은 전체 공연을 통하여 마치 가면과도 같은 표현을 한다. 그들은 의도적으로 꼭두각시 인형과 같은 포즈를 취하고 그림자 인물처럼 2차원적 동작을 흉내내기도 한다.[19] 와양 토펑과 마찬가지로 구연자는 대화를 제외한 모든 형태로 구연하고 읊조린다. 레파토리는 주로 마하바라따(Mahābhārata)나 라마야나(Rāmāyana)에서 따온다. 와양 오랑에 관한 최초의 언급은 겨우 150년밖에 되지 않았다.[20] '사람 그림자'는 '펼친 그림자'나 '가죽 그림자'보다 늦게 나타났음이 명백하다.

9. 와양 감바르 히둡*wayang gambar hīdup*("움직이는 그림' 그림자') 혹은 와양 겔랍*wayang gelap*('검은 그림자') : 이것들은 영화이다.[21]

이상은 이 책의 연구 주제에 입각하여 다양한 형식의 와양들을 대체로 그 발전 순서대로 정리한 것이다.[22] 와양 토펑, 와양 옹 그리고 와양

19 소에리프노(R. M. Soeripno), 「자바의 고전 무용(Javanese Classical Dances)」.

20 게오르그 야콥(Georg Jacob), 「가죽 인형 그림자 연극의 진화(Die Entwickelung des Schattentheaters)」, 14쪽.

21 아울러 와양 마디야*wayang madya*, 와양 우에사나*wayang woesana*, 와양 도벨*wayang dobel*, 와양 릴린공*wayang lilingong* 등등과 같은 기타 세부 유형의 와양*wayang*이 다양하게 존재한다. 이들 유형은 모두 '그림자(shadows)'에서 파생되었다. 이외의 와양의 목록과 설명은 포엔센(C. Poensen), 「와장에 관하여(De Wajang)」, 234-242쪽을 참고할 것.

감바르 히둡을 제외한 모든 유형의 와양에서 달랑(dalang)이 구연자 역할을 맡는다. 위에 언급한 바와 같이 와양 토펑과 와양 옹에서는 달랑이 무대 상황을 해설하기는 하지만 대화와 동작은 등장인물들에게 맡겨둔다. 와양 감바르 히둡에서는 달랑이 감독 역할과 소위 사운드 트랙을 담당한다.

한 차례 설명을 마무리하고 보니 영화라고 하는 것이 본질적으로 전기로 움직이는 와양 베베르, 즉 '전기로 움직이는 그림자 두루마리'라고 하는 것을 알게 되었다. 영화를 의미하는 중국어 '띠엔잉(電影)'이 말해주듯, 영화는 곧 '전기로 움직이는 (일련의) 그림자'이다.[23] 해롤드 포스터(Harold Forster)는 중앙 자바에 있는 수라카르타(Surakarta, Solo) 박물관을 방문하여 시리즈로 되어 있는 이야기 삽화들을 보면서 이것들이 바로 영화로 발전할 잠재력을 가지고 있음을 언급한 바 있다. "나를 가장 감동시킨 전시품은 바로 와양 베베르였다. 영웅을 그린 시리즈로 되어 있는 장면들이 원시 영화처럼 감겨지지 않은 긴 두루마리를 이루고 있었다."[24] 중국 연극사에서도 이 와양 베베르에 상응하는 단계를 쉽게 찾아볼 수 있다. 당대의 변 두루마리, 송대의 그림자 '연극(影戲)', 괴뢰('꼭두각시 놀이'), 肉傀儡('육체 / 사람[?] 꼭두각시') 그리고 송대 말엽 이래로 그림자

22 와양 베베르가 다른 양식보다 훨씬 더 오래되고 고전적이라는 점에 대해서는 『네덜란드 통치하의 인도 백과전서*Encyclopaedie van Nederlandsch-Indië*』, 335쪽, 1에 나오는 로파에르(G. P. Rouffaer), 「예술(Kunst)」 항목; 세루리에르(Serrurier), 『와장 푸르와에 대하여*De Wajang Poerwå*』, 72 · 130-131 · 237쪽 이하; 한스 보하타(Hanns Bohatta), 「자바 연극(Das Javanische Drama)」, 282쪽; 아난다 쿠마라스와미(Ananda Coomaraswamy), 『인도와 인도네시아 예술사*History of Indian and Indonesian Art*』, 211쪽; 타이라 드 클린(Tyra de Kleen), 『와양*Wayang*』, 10쪽; 구스타프 슐레겔(Gustave Schlegel), 「드그루트의 『중국의 종교 체계』에 대한 서평(Review of J. J. M. deGroot, *The Religious System of China*)」, 43쪽을 참고할 것.

23 유럽에서 17세기에 시작된 마술 램프에서 연기 뿜어내기, 얇은 비단 위에 비추기, 마침내 움직이는 그림으로까지의 진화에 대해서는 에릭 바르노우(Erik Barnouw), 『마술사와 영화*The Magician and the Cinema*』를 참고할 것.

24 해롤드 포스터(Harold Forster), 『만개한 연꽃 : 자바 일람*Flowering Lotus : A View of Java*』, 209쪽.

연극과 꼭두각시 연극의 흔적을 간직하면서 실제 사람이 등장하는 연극 등이 바로 그것이다.

앞에서 와양의 유형을 정리한 목록에 포함시키지 않은 것으로 와양 텐굴*wayang tengul*이 있다. 나는 와양 텐굴의 최초 발생 시기를 확신할 수 없기에 언급하지 않았다. 자바어에서 텐굴*tengul*은 '헝겊조각 인형'을 의미한다. 그러나 와양 텐굴은 아마도 이야기 구연에 사용하는 이젤 같은 틀에 올려놓는 이야기-그림을 의미하는 것으로 보인다.[25] 와양의 발전 단계에 비추어볼 때 이 와양 텐굴은 가장 이른 시기의 유형 가운데 하나일 것이 틀림없다.

인도네시아에 존재하였던 와양의 몇몇 형식의 기원은 상당히 이른 시기까지 거슬러 올라간다. 기원 후 840년, 자하(Jaha)에서 마하라자 스리 로카팔라(Mahārāja Śrī Lokapāla)가 쿠티(Kuti)를 온전히 소유하게 된 것을 기념하여 동판을 발행한 바 있다. 이 동판에는 고 자바어로 된 증서가 새겨져 있고, 그 증서에는 아타푸칸*atapukan*, 아링기트*aringgit* 그리고 아바놀*abaňol* 이렇게 세 종류의 공연자들이 '참파(Champa), 칼링가(Kalinga), 아리야(Aryya), 실론(Ceylon), 콜라(Cola), 말라바(Malabar) 그리고 까르나따까(Karnataka) 출신인 후궁의 하인들'과 함께 언급되어 있다.[26] 인도의 궁전 이름들이 언급된다는 점 말고도 이 문장에서 중요한 것은 바로 아링기트라는 단어가 등장한다는 점이다. 클레어 홀트(Claire Holt)가 주석을 통해서 설명한 것처럼 "링기트(Ringgit)는 11세기 고 자바어 시 『아르쥬나 위와하*Ardjuna Wiwaha*』에서 가죽으로 새긴 그림자 꼭두각시 인형을 가리키는 용어로 사용되었으며 이 의미는 현대 고급 자바어(*kromo*)에 아직까지 보존되어 있다. 자바인 주택의 전면 베란다는 파링기탄*paringgitan*이라

25 에리노르 클락 호르네(Elinor Clark Horne), 『자바어-영어 사전*Javanese-English Dictionary*』, 609쪽 b란.

26 클레어 홀트(Claire Holt), 『인도네시아의 예술*Art in Indonesia*』, 131쪽 및 281쪽에서 인용.

불린다. 주로 이 베란다에서 현관문에 이르는 통로에 와양을 공연할 때 사용되는 스크린이 걸렸으니, 여기가 바로 그림자 연극 공연이 이루어지는 곳이 되는 셈이다." 따라서 우리는 현대의 문아한 입말에서 링기트가 와양을 가리키는 말로 여전히 사용되고 있음을 알 수 있다. 어원을 따져 보면 이 링기트는 사람의 머리, 꼭두각시 인형의 머리 혹은 어느 경우에는 동전에 새겨진 사람 머리 등을 가리킨다.[27]

그 다음으로 가장 이른 와양의 증거는 발리퉁(Balitung) 국왕(898-910 재위)이 자바 중부에 세운 돌 명문으로 날짜가 907년 5월 4일로 표기되어 있다. 그 명문에서는 수도원이 자신의 이익을 온전히 소유하도록 인가를 받았을 경우에는 몇몇 종류의 와양을 공연하였다고 언급하고 있다(*mawayang*). 그 이야기의 제목은 빔마야 쿠마라*Bimmaya Kumara*이었으며 그것은 마하바라따*Mahābhārata*의 비마(Bhīma)와 흡사하였다.[28] 이 공연이 tyan('일반적인, 혹은 평범한', 아마도 '평민'이란 의미의 tyan tani의 축약형일 것임)을 위한 것이었다고 하는 걸 보면 초기의 와양은 엘리트 집단을 위한 오락은 아니었을 것이다.

고대 자바 시인 깐바(Kanva, 11세기 전반기)는 그의 『아르쥬나-비와하*Arjuna-vivāha*』('아르쥬나의 결혼', 5.9.1-2)에서 나이가 지긋한 리시(ṛṣi, '수도자')—실은 인드라 신—의 입을 빌어 이렇게 읊조리고 있다. "와양(링기트)*wayang(ringgit)*을 보고서 울거나 침통해하는 자들, 그런 자들은 얼마나 바보스러운가. 그들도 이미 알고 있다시피 그것은 단지 말하고 움직이

27 드 클린(De Kleen), 『와양*Wayang*』, 9쪽.

28 엔싱크(J. Ensink), 「레카카르마, 인도네시아 그림자-연극에 관하여(Rekhacarmma, On the Indonesian Shadow-Play)」, 415-416쪽; 홀트, 『인도네시아의 예술』, 128쪽; 마줌다르, 『동남아시아에서의 고대 인도의 식민지 경영』 권2, 2부, 57쪽; 로리 조 시어즈(Laurie Jo Sears), 「인도에서 자바로의 서사시 전파(The Transmission of the Epics from India to Java)」, 18쪽; 소에위토 산토소(Soewito Santoso), 「고 자바어 라마야나, 그 작곡가와 작곡(The Old Javanese Rāmāyana, Its Composer and Composition)」, 23-24쪽. 같은 단락에서 라마야나(Rāmāyana)는 또 다른 서사 구연(mamirus) 양식의 주제로 분명히 언급되고 있다.

는 조각한 가죽에 불과한 것을(*valulang inukir molah angucap*)."[29]

와양에 대한 이른 시기의 언급 하나가 1500년경에 만들어진 것으로 추정되지만 그보다 더 오래된 이야기들을 다수 포함하고 있는 『탄투 팡겔라란*Tantu Panggĕlaran*』에 나온다. 여신 우마(Umā)가 대왕 구루(Guru)의 화를 돋우자 격분한 구루는 자신을 저주하여 마침내 온세상을 집어삼키고자 하는 마귀 락샤사(rākṣasa)로 변신한다. 대파국을 막고자 이슈와라(Īśvara), 브라흐마(Brahmā) 그리고 비슈누(Viṣṇu)가 이 땅에 강림하여 와양(avayang)을 공연한다. "그들은 공연상자(panggung)와 스크린 그리고 조각한 가죽으로 그들의 와양을 공연한다(*mapanggung makĕlir sira, valulang inukir makavayang nira*)."[30]

와양에 대한 언급은 11세기부터 15세기에 걸쳐 존속하였던 동 자바 여러 왕국의 문아한 궁정 문예에서 여러 차례 등장하고 있다. 제임스 브랜든(James Brandon)은 이렇게 언급한 바 있다. "와양 쿨리트는 동 자바 왕자들의 궁전에서 1천 년 전부터 행해진 잘 다듬어진 연극 형식이었다. 그림자 연극은 틀림없이 이보다 수백 년 앞서 자바에 소개되었을 것이다."[31]

---

29 이 시구는 엔싱크, 「레카카르마」, 416쪽 및 밷첼더(Batchelder), 『막대 꼭두각시 인형*Rod-Puppets*』, 9쪽에 인용되어 있다. 『칼랑완 : 고 자바 문학 개론*Kalangwan : A Survey of Old Javanese Literature*』, 209-210쪽에 조에트멀더(P. J. Zoetmulder)의 번역이 실려 있으니 참고할 것. : "꼭두각시 인형 연극(ringgit)의 관객으로서 그들은 그들의 이해 여부와는 상관없이 (그들이 사랑하는 주인공, 여주인공에게 강림한 것으로 말미암아 넋을 잃은 채) 울고, 슬픔에 잠긴다. 물론 그 관객들 역시 그것이 단지 가죽으로 만든 인형이 움직이고 말하는 것임을 잘 안다. 그것은 바로 관객들이 자신의 염원을 투사시킨 감각 대상물의 이미지이기에 관객들은 눈에 보이는 것이 그저 아무런 실체가 없는 마술의 표현이거나 환상일 뿐이라고 받아들이기를 거부한다."

30 후이카아스(J. Hooykaas), 「소치는 젊은이와 소녀의 신화(The Myth of the Young Cowherd and the Little Girl)」, 275쪽. 아울러 엔싱크, 「레카카르마」, 416쪽을 참고할 것.

31 제임스 브랜든(James R. Brandon), 『황금보좌*On Thrones of Gold*』, 2쪽, 하제우(G. A. J. Hazeu), 「자바 연극 관련 지식과 정보(Bijdrage tot de kennis van het javaansche

어떤 단계의 연극이 다른 단계의 연극으로 발전되었다는 것이 바로 이전 단계 연극의 소멸을 의미하는 것은 아님을 명심하여야 할 것이다. 이와는 정반대로 어떤 연극이든 한번 발생하게 되면 지속적으로 살아남고 번성하다가 서서히 쇠퇴하여 간다. 또한 그 발전 과정에서의 단계와 단계 사이는 절대 단선적이거나 급작스럽지가 않다. 어떤 단계와 단계 사이의 관계가 다른 영향들이 더불어 작동했을 가능성을 배제하지 않는다. 예를 들자면, 인형, 장례식용 도상, 춤, 이야기 구연, 문자 문학, 서정시 등등의 모든 요소들이 꼭두각시 인형 연극의 형성에 각각의 역할을 담당하였을 것이다. 그러나 지금까지 우리가 인도네시아의 경우에서 살펴본 바로는 이 꼭두각시 인형 연극의 가장 직접적인 조상은 무엇보다도 그림자 연극이라고 해야 할 것이다.

인도네시아의 경우 꼭두각시 인형 연극이 그림자 연극으로부터 발전한 것이라는 점은 의심할 여지가 없는 것 같다. 우리가 알고 있다시피 와양 푸르와나 와양 게도그 같은 공연은 밤부터 시작하였다가 아침에 이르면[32] 가끔 스크린을 치워버려 청중들이 그림자가 아니라 화려하게 색칠한 꼭두각시 인형을 직접 볼 수 있기도 하였다. 더욱이 이 두 종류의 연극은 같은 레퍼토리를 공유하고 있기도 하였다. 꼭두각시 인형들은 인형에는 그다지 필요 없어 보이는 장신구들을 하고 있다. 이는 바로 이 꼭두각시 인형들이 본디 그림자로 스크린 뒤에서 공연되었던 이전의 공연 형식에서 진화되어온 것임을 알려주는 것이라 하겠다. 이런 정황은 꼭두각시 인형 연극이 가끔씩 천 스크린을 붙인 틀을 사용하여 공연된다는 점에서도 짐작 가능하다. 이때 꼭두각시 인형들은 바로 스크린에 네모나게 뚫어 놓은 구멍을 통해서 관객에게 노출된다. 가끔씩 틀 그

---

tooneel)」, 10-11쪽에 근거하고 있다.

32 낮에 공연되는 와양은 와양 레마*wayang lĕmah*라 하고, 밤에 공연되는 와양은 와양 페텡*wayang pĕtĕng*이라 한다. 셀트만(Seltmann), 「남인도, 말레이시아, 태국, 발리, 자바의 그림자 연극 구성요소 비교」, 36쪽을 참고할 것.

자체만 보존되기도 한다. 그림자를 비치게 하는 이차원의 평면을 활용하는 방식과 삼차원의 꼭두각시 인형을 결합시키는 공연은 차야*chāya*(산스끄리뜨 어로 그림자라는 의미)가 그림자 형상과 꼭두각시 인형 둘 다를 가리킬 수 있다고 한 인도 학자의 언급과 잘 맞아떨어진다.[33] 이 두 양식(그림자 연극과 꼭두각시 인형 연극) 사이의 주요한 차이점은 꼭두각시 인형 조종자(그리고 그림 보여주는 자, 그림 이야기 구연자)는 필요하다면 낮에도 공연할 수 있지만 그림자 연극 공연자는 그럴 수 없다는 것이다.

진화의 측면에서 논하자면 와양 쿨리트(와양 푸르와와 와양 게도그의 총칭)는 서사체에 등장하는 다양한 인물들의 형상들을 모아 만든 베베르 *bèbèr* 두루마리에서 분리되어 나온 것이라 할 수 있을 것이다. 이 분리는 사실 쉽게 이해될 수 있다. 고정되어 움직이지 못하는 와양 베베르의 형상들이 어느 정도 자유롭게 움직일 수 있게 되었다는 것은 분명 발전에 해당되는 것이기 때문이다. 그림자 연극을 구경하던 관중들 가운데 일부가 스크린 뒤편에 앉게 되고 그들이 그림자 대신에 납작한 꼭두각시 인형을 바라보게 되면서 그림자 연극이 꼭두각시 인형 연극으로 점차 변화하게 되는 계기가 마련된다. 낮에도 공연을 하고자 하는 욕망은 그림자 대신에 꼭두각시 인형을 관객들에게 직접 보여주게 만든다. 이로 말미암아 등장인물의 형상을 좀 더 정교하게 색칠하고 깊이감과 입체감을 부여하고자 하는 필요성이 대두하게 되는 것도 당연하다 할 것이다. 여기서 한 걸음 더 나아가 배우가 무대에 직접 등장하여 꼭두각시 인형을 흉내내게 되는 것도 진짜와 흡사하게 재현하고자 하는 혁신의 과정에서 보자면 이해하기 어렵지 않다. 그러나 이어지는 이러한 기술상의 조정과 변화를 거치면서도 와양 베베르의 인물들이 지니고 있던 모양이나 의상은 그대로 유지되고 있었다는 점은 분명히 지적되어야 할 것이다.

인도와 태국의 민중 예술 공연에서 사용된 서로 다른 유형의 다종다

33 카말라데비 차토파디(Kamaladevi Chattopadhy), 『인도 수공예의 영광*The Glory of Indian Handicrafts*』, 184쪽.

양한 그림 자료들의 기원에 관한 어느 관찰자의 주해는 와양의 모든 유형들이 그 발전 과정에서 서로 연관되어 있다고 하는 주장을 뒷받침해 주기에 충분하다.

> 찌뜨라까티스(Citrakathīs) 쇼가 도려낸 그림들을 보여주는 것이든, 아니면 종이나 다른 물체 위에 그린 그림들을 보여주는 것이든, 그리고 그 내용이 극적인 대화이든, 아니면 서사시적인 읊조림이든 이것들은 분명 같은 뿌리에서 파생되어 나온 것이다. 태국의 그림자 연극인 낭*Nang*에서는 장면들을 완전하게 묘사해내는 움직이지 않는 가죽 그림들이 사용되며 여기에 서사시의 서술이 곁들여진다. 우리는 두 가지 가능성 사이에서 예술적 다양성을 확보할 수 있게 된다.[34]

이와 동일한 유형의 소설과 연극의 전이 형태는 인도에도 존재하였으며 더불어 중국에서도 발전되었다.[35]

위의 언급을 통하여 우리는 인도의 영향이 지리적으로 결코 인도네시아 일원에만 국한되지 않는다는 사실을 깨달을 수 있다. 프린스(Prince) 다니 니밧(Dhani Nivat)은 태국의 연극 예술과 음악을 거론하면서 이렇게 말한 바 있다. "다른 동남아시아 문화와 마찬가지로 태국의 연극 예술과 음악은 분명 인도에 기원을 두고 있다."[36] 백 년도 전에 작성한 글에서

34 마인하르트, 「자바 와양」, 111쪽. 가끔 와양 쿨리트에서 사용되는 혼성적 성격의 사례로는, Folkwang 박물관 편, 『와양 쿨리트*Wayang Kulit*』에 나오는 그림 83의 바리산(barīsan, "군대(army)")을 참고할 것. 아울러 주네 스코트-켐볼(Jeune Scott-Kemball), 『자바 그림자 꼭두각시 인형*Javanese Shadow Puppets*』, 그림 24도 참고할 것. 20명의 관객이 묘사되어 있는 와양 페르쥬안간(wayang perdjuangan, 일종의 와양 쿨리트) 막대 하나에 대해서는 올리트 드자자소에브라타(Alit Djajasoebrata), 『자바 와장 푸르와 그림자 연극과 세계관*Java Wajang Purwå Schaduwtoneel en Wereldbeeld*』, 도판 17a를 참고할 것.

35 빅터 메어, 「중국 민간 문학에 미친 변문의 공헌(The Contributions of Transformation Texts (pien-wen) to Later Chinese Popular Literature)」.

36 다니니와트(Dhaniniwat), 「가면-연극의 기원으로서의 그림자-연극(The Shadow-Play

존 크로퍼드(John Crawfurd) 역시 동일한 결론을 제시한 바 있다. "태국의 연극은 거의 모든 측면에서 자바의 연극과 흡사하게 닮았다. 이는 태국과 자바의 연극이 동일한 기원을 지니고 있다고 가정하지 않고서는 도저히 설명할 수 없다."[37]

몇몇 사례에서 드러나듯이 인도 그림자 연극과 그림-이야기 구연은 인도네시아를 경유하여 동남아시아의 여러 다른 나라들에 전파된 것으로 보인다. 예를 들어 태국의 낭*nang*[38]은 비록 그 기원은 인도에 있지만 슈리위자야(Śrīvijaya)를 경유하여 태국에 전파된 것이다. 낭은 인도, 인도네시아 그리고 중국의 그림자 연극과 너무도 재미난 유사점을 많이 지니고 있기에 좀 더 상세하게 논의할 가치가 충분하다 하겠다.

태국의 그림자 연극에 관한 최초의 언급은 보로마트레일로카나쓰(Boromatrailokanath)왕의 1458년 왕령(Palatine Law)[39]에서 보이는데, 이는 인도네시아에서 그림자 연극에 대한 언급이 나타나는 시기보다 뒤진 것이다. 낭에 등장하는 인형들은 무엇보다도 그 광대한 사이즈가 먼저 강렬한 인상을 준다.[40] 이 같은 거대한 그림자 인형들을(이 인형 가운데 일부는

---

as a Possible Origin of the Masked-Play)」, 26쪽.

37 존 크로퍼드(John Crawfurd), 『인도 군도의 역사*History of the Indian Archipelago*』 권1, 130쪽 각주.

38 이 단어는 영화를 포함하여 무릇 '막을 사용하는' 것들에 두루 사용된다. 태국 그림자 연극에 관한 대부분의 정보는 다니니와트, 『그림자 연극, 낭*Shadow Play, the Naŋ*』 및 「가면극의 기원으로서의 그림자 연극(The Shadow-Play as a Possible Origin of the Masked Play)」에서 얻은 것이다. 아울러 제임스 로우(James Low), 「태국 문학에 관하여(On Siamese Literature)」, 389쪽을 참고할 것.

39 르네 니콜라스(Rene Nicolas), 「태국의 가죽 그림자 연극(Le Théâtre d'ombres au Siam)」, 39쪽. 여기서 설명하고 있는 태국의 낭-야이(Nang-yai)의 특징을 보여주는 사진들은 메틴 앤드(Metin And), 『세계와 우리(Dünyada ve Bizde)』, 도판 1 · 12-13을 볼 것.

40 인도 안드라(Andhra)주의 그림자 연극(똘루봄말라따(tōlubommalāta))은 대체로 태국의 낭과 유사하다. 그러나 와양 쿨리트와도 많은 특징을 공유하고 있다. 똘루봄말라따에는 낄레기티리가두(Killegithirigadu)와 방가락까(Bangarakka)라 불리는 삐에로 인물이 있으며, 와양 쿨리트에서 꼭두각시 인형을 보관하는 상자와 비슷한 상자에 꼭두각시 인형을 보관한다. 조셉 밀러(Joseph C. Miller), 「『인도 구비

두 등장인물 이상을 겸하거나 등장인물과 일정한 배경을 겸하여 담당하는 등 복합적이기도 하다) 조종하는 자들은 이 인형들을 잡아 세워 조종하기 위하여 두 개의 큰 막대기나 장대를 사용한다. 이러한 실물 크기 혹은 어느 경우에는 실물보다 큰 그림자 인형들은 매우 정교하게 조각되고 화려하게 색칠되었다. 이 인형들은 스크린의 뒤쪽이나 앞쪽에서 관객에게 제시되었는데(앞쪽에 제시되는 경우는 *khōn*이라 불렸다), 인공조명이 있는 경우도 있고 없는 경우도 있었다. 낭은 대개 해가 지기 전에 시작되어 밤을 지나며 공연이 이어졌으므로 상상할 수 있는 네 가지 경우의 수(역주: 스크린 앞 혹은 뒤, 인공조명 유 혹은 무)가 모두 다 가능하다 할 것이다. 여기서 한 걸음 더 나아가 낭의 인형 조종자들은 자신들이 들고 조종하는 가죽 인형들이 나타내는 인물이나 배경을 보충할 수 있는 포즈를 취하기도 하였다. 예를 들어 가죽 인형 조종자들이 수크리프(Sukrīp)라는 원숭이 인물을 조종할 때에는 원숭이 동작을 흉내내었다. 가죽 인형 조종자들이 악마 대왕을 조종할 때에는 자신의 다리를 넓게 벌려 악마와도 같은 자세를 취하였다. 한편, 라마(Rāma)를 조종할 때는 남성적인 자세를 취하고, 시다(Sīdā)를 조종할 때에는 여성스런 동작을 취한다. 여기서 우리는 연극의 심상치 않은 전이 형태를 만나게 된다. 동일 시간 안에 그림 이야기 구연, 그림자 연극, 꼭두각시 인형극 그리고 무용이 동시에 이루어지는 것이다. 말하자면 낭은 바로 서사와 연극 예술이 결합된 살아 있는 증거이다.

낭은 크메르(Khmer) 제국에서도 발견된다. 낭은 크메르 제국의 앙코르(Angkor) 시기(802-1432)의 일정 기간 동안에 존재했던 것으로 알려져 있는데,[41] 이 시기는 바로 태국, 인도네시아 그리고 중국의 그림자 연극으로

문학: 서사 구연에 사용된 그림 매체 전시회』에 대한 노트(Note for an exhibition entitled *Oral Literature in India: An Exhibition of Pictorial Media Used in Narrative Recitations*)」, 51쪽. 안드라주와 마이소르(Mysore)의 그림자 연극에 사용되는 각종 화려한 가죽 제품에 대한 그림은 베리어 엘윈(Verrier Elwin), 『인도의 민속-회화 *Folk-Paintings of India*』, 49쪽을 참고할 것.

발전하여가는 동일한 시간 구조 안의 한 시기에 해당된다. 낭의 가장 이른 형식은 낭 세벡*nang sebek* 혹은 세벡 톰*sebek thom*('거대한 가죽 인물 형상')으로 불렸다. 무용수들이 교대로 스크린 뒤에서 그리고 스크린 앞에서 공연하였다. 후자, 즉 스크린 앞에서 공연하는 경우 무용수들은 거대한 가죽 그림자 형상과 아주 잘 어울렸다. 이는 바로 그림자와 꼭두각시 인형으로부터 실제 사람이 등장하는 연극으로 진화 발전하는 흥미로운 사례라 할 것이다. 전체 낭 세벡 공연이 바푸온(Baphuon, 11세기)과 앙코르 와트(Angkor Wat, 13세기)의 조각상들에게 '생명을 불어넣기' 위한 시도였다는 것은 더더욱 흥미로운 점이다. 자크 부뤼네(Jacques Brunet)가 적절하게 지적한 바 있듯이 낭 세벡은 '생명을 부여받은, 이야기를 전달하는 부조들'이다.[42]

다른 그림자 연극들과 비교하여 볼 때, 비록 이해가 불가능할 정도로 어려운 것은 아니지만 낭의 대사와 해설에는 고어투가 납득하기 힘들 정도로 많다는 점을 기억할 필요가 있다. 한편 와양 베베르나 와양 쿨리트처럼 낭의 등장인물 즉, 그림자 형상들은 각 '막'에 맞추어 분류되고 정리되었으므로 공연 시작 전에 전체 이야기를 공연하는 데 필요한 장비 일체가 미리 다 갖추어지는 셈이었다.

라마(Rāma) 서사시를 소재로 하는 태국 그림자 연극에 사용되는 축원 기도(에든버러(Edinburgh) 대학 도서관에 소장되어 있는 PL42 사본에 기록되어 있음)를 통하여 그림자 연극의 구연자-조종자의 이미지를 어느 정도 이해할 수 있을 것이다. 그런데 이 사본은 라따나꼬신(Ratanakosin) 왕조(1782-1850)의 자체와 정자법 스타일로 작성되었다.

dhoe phlaeṅ au sai qk ria rāy

41 다토 하지 무빈 쉐파드(Dato Haji Mubin Sheppard), 「크메르 그림자 연극과 고대 인도와의 관련성(The Khmer Shadow Play and Its Links with Ancient India)」, 119쪽 참고.

42 자크 부뤼네(Jacques Brunet), 「캄보디아의 그림자 연극(The Shadow Theatres of Cambodia)」, 53-55쪽.

patcai dau phlaeṅ hai lam tāy

ābed klap klāy

ká klāy pen bal khon dau daiy

그가 마법의 힘을 빌어 세상의 용사들을 흩어놓았도다.

그가 마법으로 용사들이 갑자기 떨어져 죽게 하였도다.

그리하여 마법에 들린 자들은 변신을 일으키게 되더니,

마침내 위대한 신의 신민이 되도다.[43]

이 부분에서 가장 중요한 단어는 바로 *phlaeṅ*으로 '실제로 그 일을 행하지 않으면서도 무언가를 하는 듯한 환상을 만들어내다; 마술적 환상; 마술로 어떤 효과를 자아내다' 등등의 의미를 갖는다. 이것과 잘 부합되는 것이 바로 중국 불교의 변임은 명백하다. 더불어 중국어 표현 "現(化出)[神]變"과 정확하게 맞아떨어지는 태국어 표현 *phlaeṅ ṛddhī*('마술적 힘을 드러내다')와도 비교 가능하다. 중국 대중 불교에서 변이란 신의 변화와 현시를 가리키며 더불어 예술가, 조각가 혹은 이야기 구연자들이 그 신의 변화와 현시를 재현해내는 것도 가리킨다는 것을 꼭 기억할 필요가 있다.

연극 공연을 하는 동안 마술로 무언가를 드러내는 현상과 관련이 있는 단어군들은 태국어나 중국어 말고도 다른 언어들에서도 찾아 볼 수 있다. 태국어 *phlaeṅ*과 관련하여 가장 주목할 만한 것이라면 바로 이 *phlaeṅ*이라는 단어가 분명 중국어 變('변화, 변신')과 어원이 같다는 점이다.[44] 폴 베네딕트(Paul Benedict)는 중국어의 변이 *plian*에서 유래하였음을 주목하였고, 더불어 태국어 **plian*은 이보다 더 앞선 **pliyan*에서 유래하

43 인용된 타이어와 그 번역 그리고 그에 따른 정보의 대부분은 시몬즈(E. H. S. Simmonds), 「태국 그림자-연극 기도문의 새로운 증거(New Evidence in Thai Shadow-Play Invocations)」, 553-555쪽에서 얻었다.

44 로버트 샤퍼(Robert Shafer), 『중국-티베트어 입문*Introduction to Sino-Tibetan*』, 69 · 499-500쪽 :

였음을 인증하였다(아울러 인도네시아어 *liyan을 참고할 것).[45] 아울러 캄보디

	變	平
Siamese	*plīyen'*	*bīyeŋ*
Laotian	*pin*	*phieṅ*
Ahom		*piŋ*
Shan	*pin*	*peṅ*
Black Tai	*pien*	*pieṅ*
White Tai	*pin*	*peṅ*
Tho	*pien*	*pieṅ*
Nung	*pien*	*piṅ*
Dioi	*pien*	*pien*
Jai	*pīn*	
Cantonese	*pin*	*byɒn*

아울러 버나드 칼그렌(Bernhard Karlgren), 『중국어와 중국-일본어 분석 사전*Analytic Dictionary of Chinese and Sino-Japanese*』, 190쪽, 變, 광동어 pīn, 그리고 227쪽, 平(評), 광동어 p'ing 혹은 p'eng, 고대 중국어 b'iwɒng을 참고할 것. 나는 이 다양한 언어들의 平 발음도 함께 포함시켰다. 왜냐하면 이 평과 변의 발음이 혼동되었을 수도 있다는 증거들이 꽤 있기 때문이다. 나는 이 단서가 어떻게 해서 變-[文]이 平-[話]가 되었는지를 설명할 수 있는 가설적인 제안을 가능하게 만들어준다고 생각한다. 평화가 실제 성행하였을 당시 이 두 글자('변'과 '평')의 발음을 고려해 본다면 이 가설적 제안은 상당히 그럴 듯하다고 할만하다. 휴지 스팀슨(Hugh M. Stimson), 『中原音韻*The Jongyuan In Yunn*』에 따르면, 平(no.4993)과 評(no.4995)은 모두 중고음이 p̂hiən²이며, 상고음은 모두 phiiṇ²이다. 變(no.4743)은 중고음이 pjɛn⁵이고 상고음은 pian⁵이다. 李方桂(Li Fang-kuei), 『台語(閩南語)比較手冊*A Handbook of Comparative Tai*』, 85, 281쪽에서는 태국어 *plian*과 Lungchow, Po-ai의 *piin*를 같이 언급하고 있다. 포리스트(R. A. D. Forrest), 『중국어*The Chinese Language*』, 99쪽에서 묘족어와 중국의 소수 민족어에서 '變(change)'에 해당하는 단어를 제시하고 있다 : Khasi어의 pli, Bahnar어의 pli : h, Stieng어와 Biat어의 pleh, 川苗語(Ch'uan Miao)의 plei, 인도-유럽어 $\sqrt{bha}$ ('to shine')를 참고할 것. 더불어 앞의 3장, 주석 5를 참고할 것.

45 폴 베네딕트(Paul Benedict), 『漢藏語*Sino-Tibetan*』, 176쪽과 같은 쪽의 각주 469를 참고할 것. 베네딕트의 잠정적인 결론, "이것은 아마도 중국어의 오래된 차용어일 것이다"는 이 단어가 전체 한장어계에서 분명 일부를 차지하고 있기 때문에 아직도 토론의 여지가 있다. 그러나 이 단어가 갑골문에서 발견되지 않는다는 사실은 베네딕트의 잠정적 결론을 뒷받침하는 것이기도 하다. 버나드 칼그렌(Bernhard Karlgren)은 「중국어의 단어 어족(Word Families in Chinese)」, 59쪽에서 앙리 메스페로(Henri Maspero), 「당대장안방언(Le dialecte de Tch'ang-ngan sous les T'ang)」, 25쪽을 좇아서 중국어의 *pien*과 태국어 *p̱lien*(즉, Shafer의 *plīyen'*)을 같은 단어로 받아들이고 있다.

아어 *phlêng*('~인 것처럼 꾸며진, 변형된')[46]도 동일한 어원에서 유래한 것으로 드러났다. 더불어 같이 고려되어야 할 게 바로 베트남어 *bóng*('그림자, 영상, 반영, 무당[의 공연]')[47]으로 한자에서 유래한 베트남어라는 확실한 증거가 있는 것은 아니지만 나는 여기서 이 단어가 바로 중국어 變과 관련이 있을 것이라고 제안하고 싶다.[48] 어쨌든 이 *bóng*이 말레이시아어 *bayang*('그림자, 환상, 반영') 그리고 와양('그림자'라는 단어에서 유래하였다는 의미를 간직하고 있는 '연극')과 관련이 있다는 것만은 확실한 것 같다.[49]

와양의 진화는 아직 멈추지 않았다. 와양 관련 물품을 수집하고 있는 해리슨 파커(Harrison Parker)가 요즘 들어 크레아시 바루(kreasi baru, 새롭게 만들어진 와양 작품)를 나에게 보여준 적이 있다. 이것들은 대부분 다양한 와양 형식을 활용하여 혼자서 읽고 감상하기에 적당하게 만들어진 것이다. 그 가운데 하나는 라마야나의 일부 이야기를 다루고 있는데, 14개의 길고 가느다란 대나무 막대로 이루어져 있다(대략 17인치×1 3/8인치). 각각의 대나무 막대 하나하나는 두 장면으로 나뉘어져 있으므로 전부 합하여 28장면이 공연되는 셈인데, 24장면으로 구성되는 일반적인 와양 베베르보다 장면이 약간 많은 편이다. 이 대나무 막대에는 고대 인도의 경전 잎사귀나 종이처럼 두 개의 구멍을 뚫어 두 개의 끈으로 묶을 수 있었다. 각 장면을 설명하는 문장은 그 장면이 그려져 있는 막대기의 바로

46 요셉 구에스동(Joseph Guesdon), 『캄보디아-프랑스어 사전*Dictionnaire cambodgien-francais*』 권2, 1178쪽 a란. 로버트 헤드리(Robert K. Headley) 등 편, 『캄보디아-영어 사전 *Cambodian English Dictionary*』 권1, 604쪽.

47 능엔-반-콘(Nguyễn-Văn-Khôn), 『베트남어-영어, 영어-베트남어 사전*Việt-Anh Anh-Việt từ Diên*』, 87쪽 b란. 나 역시 다른 많은 베트남어 사전을 찾아보았다. 빅터 메어, 『중국 민간 문학에 끼친 인도 영향 연구를 위한 간략 서지 목록*A Partial Bibliography for the Study of Indian Influence on Chinese Popular Literature*』, 78·82·102·110쪽을 참고할 것.

48 나는 나를 대신하여 베트남어 어원사전을 확인해준 찰스 베노이트(Charles Benoit)에 감사한다.

49 林煥文(Lin Huan-wen) 편, 『말레이시아어-중국어 사전*Kamus Mĕlayu-Tionghoa*』, 49쪽 b란 및 658쪽 a란.

뒤쪽에다 적어 놓되 그림과는 위아래가 반대로 적어 놓아 그림 보여주기와 설명하기 사이사이에 막대기를 뒤집기 편하게 하였다. 이 막대기들을 제작한 사람은 이다 바구스 수가따(Ida Bagus Sugata)라고 서명되어 있으며, 이 텍스트의 작자는 이다 바구스 라이 부다(Ida Bagus Rai Buda)로 서명되어 있다. 날짜는 1976년 9월 5일로 표시되어 있다. 형식이 어떠하든지 간에 모든 크레아시 바루는 와양 베베르에서 발견되는 고대의 특징을 그대로 간직하고 있다.

와양의 초기 형태에서 공통적으로 발견되는 특징은 바로 와양이 강렬한 종교적인 분위기에서 공연되었다는 점이다. 와양의 초기 형태가 갖고 있던 이런 종교적 분위기는 오늘날에도 분명히 감지된다. 클레어 홀트(Claire Holt)에 따르면 비종교적인 내용을 다루는 그림자 연극에서도,

> 달랑은 공연을 시작하기 전에 언제고 빠짐없이 큰 술잔에 물을 담은 다음 쌀 몇 줌과 꽃을 띄워 바치고는 향(incense)을 피워놓고 짧게 빌곤 한다. 달랑은 또 가끔 꼭두각시 인형을 들어 올려 피어오르는 향기를 쐬기도 하고 더불어 주문을 외워 자신이 표현할 인물들이 소유한 광대한 마력을 달래기도 한다 : 신성 혹은 반신성의 존재를 명목상으로 그리고 이미지상으로 땅에 불러 내리는 것은 위험요소가 전혀 없는 것이 아니다. 사제 역할을 담당하는 달랑과 관객 모두 그림자 연극이 지니고 있는 신성한 속성과 마술적 효능을 강력하게 감지하고 있었다.[50]

따라서 모든 유형의 '그림자' 연극(와양 베베르와 변을 포함하여)을 제대로 이해하기 위해서는 그것들의 기원이 대체로 종교적이었다는 점을 충분히 기억할 필요가 있다. 이러한 그림자 연극의 원형들이 어떻게 공연되었는지를 상상하고자 할 때 우리가 결코 빠뜨려서는 안 될 사실은 바로 공연

50 홀트(Holt), 『인도네시아의 예술*Art in Indonesia*』, 125쪽.

자나 관객 모두 밤에 신들이 자신의 모습을 드러낸다고 굳게 믿었다는 점이다. 두루마리 그림, 매다는 도구, 꼭두각시 인형을 만들고 색칠하는 장인들도 사람들이 갈망해마지 않는 신의 현시를 위하여 자신들의 역할을 다하였으므로 달랑이나 변 공연자와 마찬가지의 대접을 받았다. 진정 성공적인 공연은 신이 임재하여, 두루마리 그림과 가죽과 그림물감에 생명을 불어넣는 기쁨을 기대하게 하는 것이다. 이런 이유 때문에 그림자 연극은 바로 본격적이고 정교한 종교 예식에 앞서 공연되었던 것이다. 이처럼 신을 불러들이는 기능을 하였던 내용들이 서곡, 서언 그리고 군데군데 삽입되는 시가로 비종교적 문학작품 가운데에도 잔존하게 되었다.

종교적 동기는 그림자 연극이 성공적으로 이루어지고 마무리되게 만드는 원동력이기도 하였지만, 어느 경우에는 공연자들을 초청하여 공연을 하게 하는 근본 이유이기도 하였다. 이러하기에 와양은 다양한 통과의례의 하나로 공연되기도 하였다. “와양은 아이의 돌, 여자아이의 성년, 새 이 돋아나기, 결혼, 화장, 사원의 기념일과 같은 발리 사람들의 인생의 중요 단계에 맞추어 공연하도록 정해져 있다.”[51] 와양의 다양한 유형들, 특히 늦은 시기의 와양들이 오락적 기능을 강하게 지니고 있다고 공인되고 있음에도 불구하고 어쨌든 와양은 마귀 쫓아내기, 회개 그리고 풍요 기원하기와 깊게 연관되어 있다.[52] 이들 공연이 중요한 의식을 거행하기 위하여 사람들이 모여드는 시간을 택하여 이루어지는 것도 당연하다 할 것이다.

다양한 와양에 사용되는 도구들도 역시 신성하게 받아들여졌다. 예를 들어 와양 베베르에서 그림 두루마리를 보관하는 상자나 와양 쿨리트에서 그림자 인형들을 넣어두는 궤(코탁*koṭak*으로 불리며, 동시에 그림자 인형 세트의 이름이기도 하다)는 모두 경배의 대상이 되었다.[53] 이와 같은 것들에

51 미구엘 코바루비아스(Miguel Covarrubias), 『발리 섬*Island of Bali*』, 237쪽.

52 홀트, 『인도네시아의 예술』, 125쪽.

53 벨첼러, 『막대 꼭두각시 인형*Rod Puppets*』, 11쪽에서 달랑이 공연하는 동안 어떻

는 치유하고 정화하는 능력이 있다고 생각하였던 것이다. 인도의 그림-이야기 구연자들 역시 그들이 그림을 보관하는 상자가 그런 능력을 지니고 있다고 똑같이 생각하고 있었다. 그러므로 와양의 인물 형상이나 그림 두루마리를 제작하는 것 역시 신성한 일이었다:

> 발리인의 달란*dalań*의식에서 와양들은 빈번히 신성한 꼭두각시 인형(*Divine Puppets sań hyań Rińgit*)으로 불렸으며, 이것들과 야자수 잎으로 만든 경(貝葉經)*Dharmma Pavayańan*(와양 교의)은 툼펙 바얀(Tumpěk Vayań)의 날에 경배의 대상이 되었다. 이 신성한 꼭두각시 인형들은 와양 연극을 하는 동안 실제로 신성한 기능을 수행하는 것으로 간주되었다. 달랑들은 공연을 시작하기 전에 몇 가지 의식을 거행하고, 신성한 꼭두각시 인형들을 꺼내기 전에 먼저 자신의 와양들을 넣어둔 커다란 나무상자를 두드려 그것들을 깨우곤 하였다.[54]

이야기가 끝나면 와양 공연을 마감하기 위한 정교한 종교적 의식을 거행하고선 그림자 인형들을 상자 안에 다시 집어넣었다.[55]

이런 면에서 인도 꼭두각시 인형의 신성성에 관한 잉게 오르(Inge Orr)의 설명은 거의 모든 아시아 그림, 그림자 그리고 꼭두각시 인형 공연자들이 자신들의 도구들에 어떤 태도를 지니고 있었는지에 대한 분명한

게 꼭두각시 인형 상자를 운용하는지 설명하고 있다. "달랑이 왼편에 지니고 있는 나무로 만든 상자는 이동할 때는 꼭두각시 인형을 담아두고, 공연을 하는 동안에는 '음향 효과'를 내는 역할을 담당한다. 그는 자신의 오른발 발가락 사이에 나무 손잡이 모양의 방울을 달아 그걸로 상자를 치거나 그 상자에 달려있는 나무나 금속으로 만든 판을 두드린다. 이 도구와 장치는 악단에게 신호를 보내고, 인물의 대사를 강조하고, 전쟁과 같은 상황의 음향 효과를 주기도 한다."

54 엔싱크, 「레카카르마」, 423쪽. '툼펙 바얀(Tumpěk Vayan)'에 대한 엔싱크의 주석은 다음과 같다: "210을 주기로 하는 발리 달력에서 27주째의 바얀(Vayań) 토요일은 신성한 날이다. 이 날은 와양의 탄생일 'birthday'(odalan)로 축하를 받는다."(423쪽, 각주 1) 셀트만, 「남인도, 말레이시아, 태국, 발리, 자바의 그림자 연극 구성요소 비교」, 28쪽을 참고할 것.

55 엔싱크, 「레카카르마」, 434-435쪽.

시사점을 제공해준다.

> 오늘날에 이르기까지 인도의 북부에서 라자스탄(Rajasthani)의 꼭두각시 인형 조종자들은 자신들이 조상 대대로 고귀한 신분을 계속 지녀왔다고 주장할 뿐 아니라 그들의 꼭두각시 인형은 피안에 속해 있는 무엇, 즉 신성한 무엇이라고 믿어왔다. 꼭두각시 인형이 부서지거나 수리할 수 없을 지경이 되면 그들은 그것을 그냥 내버리는 법이 없다. 그들은 그것들을 인도의 신성한 강에다 띄워서 원래 그것들이 속해있던 천상으로 돌려보냈다.

> 전통적으로 라자스탄의 꼭두각시 인형들은 인간의 목소리로 연기하지 않는다. 그것들은 초자연적인 기원을 나타내는 일종의 휘파람 소리와 비슷한 소리로 연기되었다. 더불어 그 인형들의 얼굴은 과장되고 정형화된 방식을 갖고 있었다. 눈이 대단히 크게 강조되어 그려졌으며 얼굴 또한 강렬하게 색칠되어져 이 세상이 아닌 피안의 그 무엇임을 드러내 보이려 하였다.[56]

적어도 11세기부터 중국에서 꼭두각시 인형을 조종하는 자들은 날카로운 고음과 비음으로 목소리 연기를 하였다.[57]

와양의 종교적 근원을 보여주는 또 다른 표지는 바로 공연의 내용이 결정적인 대목에 이르렀을 때 나오는 신비적이고 상징적인 등장인물이다. 와양 쿨리트에서 가장 중요한 꼭두각시 인형은 바로 [케]카욘 [*ke*]*kayon*('나무'라는 뜻으로 자바에서 종종 나무를 이렇게 부르기도 한다) 혹은 구

---

56 잉게 오르, 「아시아의 꼭두각시 인형극(Puppet Theatre in Asia)」, 73・79쪽. 꼭두각시 인형을 물에 띄우는 것에 대해서는 모랍(S. G. Morab), 『킬렉키야타*The Killekyatha*』, 25쪽을 참고할 것.

57 자크 제르네(Jacques Gernet), 『몽골 침공 전야 중국의 일상생활*Daily life in China on the Eve of the Mongol Invasion*』, 223쪽에서 로버트 반 굴릭(Robert H. van Gulik)이 번역한 『棠陰比事』, 82쪽을 인용하고 있다. 『棠陰比事』에서는 특별한 법정 사례를 싣고 있는데, 그 사례에서는 꼭두각시 인형극의 귀곡성 비음의 특질에 대한 설명으로 沈括(1030-1094)의 『夢溪筆談』 제13권을 인용하고 있다.

눈간*gunungan*('산'이란 뜻으로 자바, 발리 그리고 인도네시아의 기타 지역에서 종종 산을 이렇게 부르기도 한다)이다.[58] 이 [케]카욘 혹은 구눈간은 실제로는 산 높은 곳에 심어져 있는 나무를 표현하는 것으로 와양에서 가장 심원한 상징적 의미를 지닌다. 여기서 나무는 생명의 나무요, 산은 신령한 산을 의미한다. 달랑은 공연을 시작할 때 그리고 끝낼 때 그리고 막과 막 사이에 이것을 스크린 뒤에다 갖다놓는다. 와양 베베르에서는 카욘을 공연 내용에 맞아 떨어지는 '시간' 혹은 '장소'를 헤아려 두루마리의 해당 부분에다 그려놓는다.

그리스 문학에서 나무(대개 참나무)와 바위 모티프가 자주 등장하는데, 아마도 가장 잘 알려진 것은 바로 헤시오도스(Hesiod)의 『신통기*Theogony*』 35일 것이다.

> ἀλλά ὑη μοι ταύτα περί δρύν ή περί πέίρηγ.[59]
> 지금 여기서 말하는 게 나하고 무슨 상관이람, 온통 나무와 바위 이야기뿐이네.

여기에 등장하는 상징들은 대체로 언어와 관련되어 있을 것이라고 해

---

58 발리에서 구눈간*gunungan*은 카카욘*kakayon*이나 바바트*babat*로도 불린다; 엔싱크, 「레카카르마」, 415쪽의 각주 및 423쪽을 참고할 것. 카욘이나 구눈간 ('우주 질서의 상징(Symbol of Cosmic Order)')의 화려한 칼라 사진은 스코트-켐볼(Scott-Kemball), 『자바 그림자 꼭두각시 인형*Javanese Shadow Puppets*』의 속표지 그림과 피기오드(Th. G. Th. Pigeaud), 『자바 문학*Literature of Java*』 권3, 책 제목이 적힌 페이지를 면하고 있는 도판 14를 볼 것.

59 웨스트(M. L. West) 편, 『헤시오도스 : 신통기*Hesiod : Theogony*』, 112쪽. 나는 웨스트 덕에 이 잠언을 이해할 수 있었다. 그리고 나는 또한 167-169쪽에 나오는 그의 폭 넓은 설명(우가릿어(Ugaritic) 그리고 라틴어(Latin) 텍스트를 포함하여)에 빚진 바 크다. 이 고전 모티프에 주의를 기울이도록 해준 실비아 브라운(Sylvia Brown)에게 특별히 감사한다. 나는 아울러 별도로 다음과 같은 텍스트에 나오는 잠언을 탐색해보았다. 호머(Homer), 『오디세이아*Odyssey*』, xix. 163(Loed Classical Library, 권2, 240-241쪽, 특히 각주 1); 『일리아드*Iliad*』, xxii. 126 (LCL, 권2, 462-463쪽, 특히 각주 1), 그리고 플라톤(Plato), 『공화국*Republic*』, 544D(LCL, 권12, 240-241쪽, 특히 각주c).

석하는 게 일반적이다. 위에 인용한 부분이 말하고자 하는 핵심은 아마도 이렇게 될 것이다. "이제 변죽을 울리는 건 그만하고 주제로 들어가 볼까요." 그렇다면 이 부분은 바로 이야기의 부분과 부분을 구분해주는 표지 기능을 한다고 보아야 할 것이다. 그림-이야기 구연 두루마리의 에피소드와 에피소드의 경계에 등장하는 나무와 바위로 그려진 경계표지가 갖는 시각적 이미지와 와양 카욘*wayang kayon* 사이의 유사점은 우리에게 뭔가를 살며시 암시해주고 있는 듯하다.

커비(E. T. Kirby)는 카욘과 관련하여 샤먼의 영감을 정확하게 언급한 바 있다. "'신비한 산'에 오르는 것은 나무에 오르는 것과 마찬가지로 시베리아 샤머니즘의 한 요소이다. 이 두 가지, 신비한 산과 나무는 모두 '세계의 중심축'을 상징하며, 접신 여행에서 신령은 이 축을 따라 움직이게 된다."[60] 나무-산이 한 가운데에서 천천히 부드럽게 움직이기 시작한다. 스크린에 바짝 붙어 선명하게 보였다가, 스크린에서 멀리 떨어져 흐릿하게 보이며 마침내 스크린 전체에 깜빡거리는 불빛 사이를 펄럭이며 왔다 갔다 하고 춤추듯 움직이며 점점 그 속도를 낸다. 관객은 이 모습을 지켜보다가 완전히 빨려 들어가 카욘의 역동적인 상징에 푹 빠져들게 된다. 관객은 이제 달랑(샤먼)의 영적 세계에 몰입해 들어가게 된다. 무엇보다도 카욘의 등장으로 말미암아 신성한 공간이 만들어지고, 카욘이 활발하게 움직임에 따라 관객들로 하여금 신성한 시간의 흐름 속으로 들어가게 해준다. 내가 관람한 와양 쿨리트 공연 가운데 하나에서는 달랑이 각 장면을 연출하면서 나무 같은 두 개의 물체를 스크린의 양쪽

60 커비(E. T. Kirby), 『원시연극 : 연극의 기원*Ur-Drama : The Origins of the Theatre*』, 45쪽. 전세계에 걸친 신성수 상징에 대한 문서 자료는 로저 쿡(Roger Cook), 『생명의 나무 : 우주의 이미지*The Tree of Life : Image of the Cosmos*』를 참고할 것. 인도와 범인도권의 우주적 나무 상징에 대해서는, 보쉬(F. D. K. Bosch), 『황금 싹 : 인도 상징주의 소개*The Golden Germ : An Introduction to Indian Symbolism*』를 참고할 것. 데이비드 바이넘(David Bynum)은 그의 『숲속의 정령*The Daemon in the Wood*』에서 세계의 이야기 구연에서 나무 모티프를 폭 넓게 다루고 있다.

에 설치해두었다.

폴 휘틀리(Paul Wheatley)는 고대 종교의 '신성성(Sacrality, 실체성으로서의 신성성)'에 관한 사상을 논하면서 중심적, 창조적 힘의 중요성을 밝힌 바 있다.

> 강토에 생명체가 거주할 수 있기 위해서는 먼저 신성화, 즉 우주화가 이루어져야 한다. 그 강토의 신성화는 그 강토의 '실체성'을 인정하고서 그 강토 안에 거주하는 것을 신성하게 여기게 됨을 의미하는 것이다. 그러나 그 강토가 천계의 원형을 본뜬 것으로 확실하게 자리 잡으려면 타락한 이 세상 가운데의 신성한 강토로 경계와 방향을 명확하게 정해야 한다. 이는 시골 마을, 도시 혹은 특정 집단의 강토와 같은 특정 장소와 관련되었을 때만 마침내 실현될 수 있다. 이제 신성한 거주성이 필연적으로 탄생하게 되고(신성화되지 않은, 즉[,] '비실체적'인 강토는 거주성을 지니지 못한다), 이 거주성이 사방으로 확대되기 시작한다. 따라서 이 중심, 이 창조력의 초점은 완전무결하게 신성하며, 그런 장소는 우주 평면들의 사이, 즉 하늘과 땅 혹은 땅과 지하 사이에서 교통이 가장 신속하게 진행되는 곳이다. 그리고 이 존재론적 전환점을 경유하여 대체로 기둥(우주의 기둥), 나무, 포도 넝쿨 혹은 기타 식물(셈족과 마야족의 밀교식 해석으로는 지식의 나무; 神木, 이그드라실(Yggdrasil)[역주 : 북유럽 노르웨이 신화에 등장하는 큰 나무로 세상의 모든 것들에게 거처를 제공하며, 밑동에는 지혜의 샘, 운명의 샘, 수원의 샘이 자리 잡고 있다 한다. 世界樹라고 불리기도 한다]; 샤먼의 묘목) 혹은 거의 대부분은 산(인도 신화의 須彌山)으로 상징되는 세상의 중심축을 통과한다.[61]

위에 인용한 휘틀리의 논점은 고대 도시들이 어떤 식으로 자리 잡게 되는 가에 있지만, 그의 논점을 그림자 연극 공연의 시공간의 문제에 직

61 폴 휘틀리(Paul Wheatley), 『전 지구의 중심축*The Pivot of the Four Quarters*』, 417쪽.

접 연결시켜도 큰 무리는 없어 보인다. 카욘은 이야기를 표현해내는 데 필요한 존재론적 기초를 상징적으로 창조해낸다.

터키의 그림자 연극에서도 카욘과 유사한 역할을 하는 형상인 괴스테르메*gösterme*를 공연이 시작되기 전에 스크린의 중앙에 놓아둔다. 영어로 '전시품(showpiece)'이라고 옮기기도 하는 괴스테르메는 그림자 연극 공연을 위한 우주론적인 틀을 만들어주는 역할을 한다. 괴스테르메는 보통 나무 이미지가 잘 버무려진 매우 다양한 환상적인 모습으로 꾸며진다. 미얀마의 연극 공연에서는 꼭두각시 인형이나 실제 배우가 둥그런 무대 공간의 한가운데에서 나뭇가지나 바나나 잎사귀를 들고 있다.[62] 와양의 경우와 마찬가지로 터키와 미얀마의 경우에서도 이것은 연극에 세계 중심축을 확립해주는 상징적 의미를 지닌다고 볼 수 있다.

다양한 와양의 종교적 중요성이 이처럼 심대하게 부각되는지라 우리는 와양의 등장인물들과 배경 형상을 우리에게 보여주는 공연자들이 사제와도 같은 특성을 지니고 있을 것이라는 기대를 하지 않을 수 없다. 특히 달랑의 경우가 우리의 이런 기대에 너무도 잘 부합된다. 달랑은 대체로 샤먼으로 인식되었다. 달랑의 정확한 말뜻을 확실하게 말해줄 수 있는 사람은 없는 듯하다. 혹자는 달랑이 '창조성'이라는 뜻을 지니고 있다고 주장하고 있는데, 만약 그 말이 사실이라면 그림자 연극의 공연자의 특징을 참으로 적절하게 표현해낸 것이라 할 것이다.[63] 혹자는 또 달랑이 '떠돌이공연자'라는 의미를 지니고 있다고 한다.[64] 이들이 추정한 달랑의 의미는 인도 전통의 영향을 받은 모든 지역의 그림-이야기 구연자의 공연 양상에 대하여 지금까지 우리가 검토하여 얻은 이해와 정확하게 들어맞는다. 그런데 이 달랑이란 단어가 단순히 '샤먼'을 의미한다는 것이 바로 일반적인 해석이며 실제로 사람들은 자주 두쿤*dukun*(역주:

62 라저스(W. H. Rassers), 『판지, 문화영웅*Pañji, the Culture Hero*』, 172쪽.
63 커른(R. A. Kern), 「달랑이란 단어의 의미(De Beteenkenis van het Woord Dalang)」.
64 하제우(Hazeu), 「자바 연극 관련 지식과 정보」, 23쪽.

치료사, 주술사를 의미)이라는 이름으로 달랑을 호칭하곤 하였다.[65]

말레이시아 공연자에 대한 아민 스위니(Amin Sweeney)의 연구는 달랑의 사회적, 경제적 지위에 관한 가장 완벽한 연구라 할 것이다. 그는 자신이 발견한 결과를 다음과 같이 간결하게 논술하였다.

> 와양 공연에서 얻어지는 수입으로만 생활하는 달랑은 거의 없다. 만약 그렇게 하려고 하는 달랑들이 있다면 그들은 와양 시즌에 벌어놓은 몇 푼 되지도 않는 돈으로 우기를 근근이 버텨야 할 것이다. 거의 대부분의 달랑과 모든 악사들은 부업을 갖고 있으며, 와양 공연이 성공을 거두지 못하는 경우에는 주업과 부업이 뒤바뀌기도 한다. 그들의 부업은 대체로 마술-종교적인 부업과 '세속적' 부업의 두 개 범주로 나뉜다. 세속적 부업이란 거의 대부분 그들의 작은 땅뙈기를 경작하는 일이다. 또 다른 유형의 부업은 마술-종교적인 업무와 관련이 있는 세속적 직업들이라 할 수 있다. 따라서 켈라탄(Kelantan) 지역 달랑의 거의 절반에 이르는 수가, 비록 젊은 세대들보다는 그래도 낮은 수치이기는 하지만, 그들의 여가 시간에 *bomoh*(민간 개업의)로 활동하는 것이다. 서구적 견지에서 보자면 와양은 그저 단순한 오락에 그치는 것이 아니며, 달랑은 사회에서 오락 예능인과 심령의 중개자라는 두 가지 역할을 수행하게 된다. 이 역할 가운데 전자, 즉 오락 예능인으로서의 역할이 더 우선한다. 달랑은 1년에 200 내지 300번의 쇼를 진행하게 되는데, 그 가운데 한두 번 정도나 오락이 아닌 다른 목적을 위하여 공연하는 것 같다.[66]

그러므로 달랑은 오락 예능인이며, 퇴마사이다. 그리고 대부분의 경우에는 이 두 역할이 한 사람에게 합일되어 있다. 달랑들은 자신들이 신성

---

65 옹호캄(Onghokham), 「말랑 지역의 와양 토펑 세계(The Wayang Topeng World of Malang)」, 114-121쪽.

66 아민 스위니(Amin Sweeney), 「공연에서의 말레이시아 라마야나(The Malaysian Rāmāyana in Performance)」, 140쪽.

하고 신비한 일을 맡고 있다고 자임한다. 후이카아스(C. Hooykaas)가 번역한 달랑 소개서에서 우리는 다음과 같은 설명을 읽어볼 수 있다. "빈랑한 입을 물고서 다음과 같은 상투어를 내뱉는다 : 믿을지어다. 나는 눈에 보이지 않게 공연하는 위대한 신이요 창조주로다." 완전한 환상의 문제를 다루는 산스끄리뜨어 주문이 있다 : "움움만 쁘라요자남 릴라 숫다 야 나마흐*UM UM MAN prayojanam līlā śuddha ya namaḥ*" 달랑은 그 자신이 거대한 능력을 지니고 있다고 믿었기에 이렇게 이야기하였다. "나는 비셰샤 삭띠(Viśeṣa Śakti), 모든 슬픔과 고뇌, 모든 고통과 장애, 모든 불결함과 불행을 제거하고 몰아내고 파괴하고 쫓아내며 아울러 사악한 언어와 사악한 꿈을 몰아내어 존재의 완벽한 상태가 회복되도록 한다." 그리고 뒤이어 절름발이, 사팔뜨기, 사각형 몸뚱이, 귀머거리, 망가진 성기, 코끼리 가죽 같은 피부 등등의 치료하여야 할 병명을 적은 긴 목록이 등장한다.[67] 달랑은 영매이기도 하며, 의사이기도 하다. 달랑은 접신의 상태에 들어갔을 때 최고의 능력을 발휘한다.[68] 와양 베베르를 공연할 때면 달랑은 아주 특별한 옷을 입고서 공연장에 입장한다. 그러나 공연할 첫 번째 그림을 펼치고서는 상반신을 벗어젖힌다. 공연이 계속되는 동안 그는 관객들의 시야에서 사라지며 공연의 마지막에서야 재킷을 입고서 다시 나타난다.[69] 와양 베베르에서 두 벌의 두루마리 걸이대가 필요한 이유가 바로 여기에 있다. 한 벌의 두루마리를 다 공연하고 나면 그 뒤를 이어 두 번째의 두루마리를 공연하게 된다. 그런데 달랑은 집전을 맡은 사제나 샤먼과도 같은 역할을 수행하게 되므로 그의 얼굴을 청중들 앞

67 크리스찬 후이카아스(Christian Hooykaas), 『카마와 칼라*Kama and Kala*』, 33 · 32 · 85쪽.

68 너무도 신비할 정도로 주술적이어서 그것이 한때 가졌을 서사로서의 특징을 거의 상실한 것처럼 보이는 인도의 그림 이야기 구연의 실황(라트바(Rathva)라고 하는 중앙 구자라뜨(Gujarat)주 부족 출신 바드보*badvo*['전례를 집전하는 자']에 의해서 공연된다)에 대한 상세한 설명은 조띤드라 자인(Jyotindra Jain)의 『그림으로 표현된 창조 신화*Painted Myths of Creation*』를 참고할 것.

69 커른, 「파트지탄의 와장 베베르(De Wajang Beber van Patjitan)」, 342쪽.

에 드러낸다고 하는 것은 달랑이 의도적으로 만들어내고자 하였던 마술적 환상 경험을 깨뜨리는 우를 범하게 되는 것이다.[70]

타이라 드 클린(Tyra de Kleen)은 달랑이 공연을 시작하기 전에 필수적으로 수행하게 되는 과정을 설명하면서 달랑의 샤먼으로서의 특성을 명확히 밝혀낸 바 있다.

> 옛날에 라콘(Lakon)[이야기(Story)]이 시작되기 전에 달랑은 특별히 만들어진 작은 공간에 근신하고 있어야 했다. 그곳에서 달랑은 데와(Dewa) 즉, 신이 현신하면 같이 이야기를 나눌 것이었다. 달랑은 그곳에서 향을 피우고 그 연기를 빨아들여 마침내 취하여 황홀경에 빠져들면 정령들을 자신의 몸안으로 받아들였으니 그 정령들은 또 달랑을 자신들의 매개자로 삼는 것이었다.[71]

클레어 홀트(Claire Holt)는 문학 장르의 발전과 관련하여서 어떤 결론을 이끌어내고자 하지는 않고 대신 다음과 같은 사실을 우리에게 알려주고 있을 뿐이다. "달랑에게 요구되는 자질은 인도 고전 연극의 무대연출자, 감독, 제작자들에게 요구되는 자질이나 오늘날 중앙 보르네오의 다약(Dayak) 부족 사회에서 활동하는 샤먼들에게 요구되는 자질과 정말로 놀랄 만한 유사성이 있다."[72]

맨틀 후드는 달랑의 기교와 능력을 논하면서 '공연의 초자연적 감동을 증대시키는' 데에 사용되는 방법들을 이렇게 설명하였다.

---

70 성직자로서의, 샤먼으로서의 달랑의 기능에 대하여서는 셀트만, 「남인도, 말레이시아, 태국, 발리, 자바의 그림자 연극 구성요소 비교」, 31쪽 그 이하를 참고할 것.

71 드 클린, 『와양』, 11쪽.

72 홀트, 『인도네시아의 예술*Art in Indonesia*』, 132쪽. 고대 인도의 수뜨라다라(sūtradhāra)의 직무와 역할은 달랑에게 요구되는 직무와 역할과 매우 유사하였다. 지니 오보여(Jeannine Auboyer), 「인도 고전 연극(Le Théâtre classique de l'Inde)」, 16쪽 참고.

> 달랑은 모든 등급의 자바어를 알아야 했다. 고대 詩語인 카위(Kawi), 고전 자바어, 두 등급으로 된 하층 자바어, 세 등급으로 된 상층 자바어 그리고 왕궁과 신을 위하여 특별히 전해지는 단어들을 알아야 했다. 달랑은 또 다양한 등장인물의 특성을 적절하게 표현해내기 위하여 목소리의 변화폭이 커야만 했다. 달랑은 또 복잡한 플롯과 형식을 다 소화해내기 위해서라도 엄청난 기억력을 소유하고 있어야 했다. 달랑은 또 때로는 가볍게, 때로는 노골적으로 그러나 늘 재미있게 시사적인 농담을 자신의 이야기 속에 적절하게 짜 넣는 기술을 갖추고 있어야 했다. 왜냐하면 와양 쿨리트를 가장 인기 있고, 가장 생동감 넘치는 예술로 만들어주는 것은 바로 시대의 감각을 건드려 주는 데 있기 때문이었다.[73]

그러나 달랑이 갖추어야 할 기교와 능력은 여기서 그치지 않는다. 달랑은 램프가 적절한 밝기를 유지할 수 있도록 조정할 줄 알아야 하며, 오케스트라를 지휘하고, 상자를 두드려서 박자를 맞추고, 화살에 불을 붙여 스크린을 가로질러 날아가게 하고, 수많은 등장인물들을 조종할 줄도 알아야 한다. 나는 와양 쿨리트 공연을 보면서 한 사람이 이런 모든 일들을 맡아서 처리할 수 있으며 이처럼 다양한 재능을 지닐 수 있다는 것을 도저히 믿을 수가 없었다. 그러나 무대 뒤를 살펴보고자 살짝 들여다보고서는 나는 그가 실제로 슈퍼맨과도 같은 능력의 소유자임을 알 수 있게 되었다. 게다가 전막 공연은 저녁 8시 경에 시작하여 중간에 끊어지지 않고 다음날 아침 6시까지 이어졌다.

커른(R. A. Kern)에 따르면 그가 참관한 와양 베베르의 공연에서 청중들이 알아들을 수 없는 고 자바어 단어가 많이 사용되었다고 한다.[74] 와양 쿨리트에서는 일곱이나 되는 서로 다른 등급의 언어가 사용되었다. 서로 다른 등급의 언어는 서로 다른 등급의 존경심을 표현하는 것으로 최상 등급의 언어는 가장 고귀한 존재와 신을 위한 것이었다. 달랑은 산

73 후드(Hood), 「영원한 전통(The Enduring Tradition)」, 440-441쪽.

74 커른(Kern), 「파트지탄의 와장 베베르(De Wajang Beber van Patjitan)」, 342쪽.

스끄리뜨, 고 자바어(*kawi*), 궁정에서 사용되는 특별한 양식의 연설투, 일상의 회화투를 섞어서 대화도 엮어내고 노래하고 읊조리기도 하였다. 그러나 특히 고급 자바어(*krama*)와 하급 자바어(*ngoko*)를 가장 많이 사용하였다.[75] 이처럼 다양한 계층의 언어를 사용하는 공연을 영어 사용자들에게 번역하여 정말 그 효과를 그대로 보여주려면 다양한 사투리와 은어 그리고 라틴어, 앵글로-색슨, '정통영어', 표준 중서부 '미국 영어'를 다 사용해야만 가능할 것이다. 도날드 케이스(Donald Case)와 로버트 모란(Robert Moran)이 하버드 대학에서 그림자 꼭두각시 연극을 제공해준 1977년 4월 24일, 바로 그날 밤에 나는 와양이 본래 의도하는 효과가 아주 놀라울 정도로 거의 그대로 구현되는 것을 경험할 수 있었다. 꼭두각시 인형 조종자의 목소리가 전자효과를 통해서 변화되고, 변조되어 어떤 때는 충분히 잘 알아들을 수 있었으나, 어떤 때는 겨우 조금 알아들을 수 있을 정도였고, 또 어떤 때는 그 소리가 그대로 어느 정도 익숙한 소리처럼 들렸음에도 하나도 알아들을 수 없을 정도였다. 어떤 때는 높은 음조로 딱딱 끊어서 발음하기도 하였고, 또 어떤 때는 낮은 음조로 쭉 늘여서 발음하기도 하였다. 내가 알아들을 수 없는 부분에 내가 별다른 저항감을 느끼지 못하였다는 점은 너무도 신기하다. 아마도 그 부분이 환상적인 분위기를 만들어내는 데 일조하여 나를 푹 빠져들게 하였기 때문이 아닌가 싶다. 폴 씨엠(Paul Thieme)은 와양에서 서로 다른 방언들과 다양한 층위의 입말을 사용하는 또 다른 이유를 설명함과 동시에 산스끄리뜨어 연극에서 다양한 방언들과 다양한 층위의 입말이 사용되는 양상을 설명하였다.

문학 표현 매체로서 쁘라끄리뜨어(속어)는 산스끄리뜨 문학, 특히 연극에서 발견된다. 여기서는 서로 다른 사람들이 서로 다른 방언을 사용하며 이러한 방

75 브랜든(Brandon), 『황금보좌*On Thrones of Gold*』, 31-32쪽.

> 언의 차이는—실제 있는 그대로를 반영하는 것은 아니지만—바로 사회적 지위의 차이를 나타내는 것으로 간주된다. 이런 자못 기이한 관습은 산스끄리뜨어 연극의 기원이 그림자 연극임을 시사하며, 이 그림자 연극은 남부 인도의 일부에서 여전히 발견되며 자바에선 여전히 흥성하고 있다. 물론 그림자 연극에서도 실제로는 줄을 잡고 있는 사람이란 의미인 수뜨라다라*sūtradhara* 한 사람이 목소리 연기를 하기에 등장인물들의 대사를 명확히 구분할 방식이 필요할 수밖에 없었다. 산스끄리뜨 어에서는 지금도 수뜨라다라가 연극 공연자라는 의미로 사용된다.[76]

전통적인 방식의 와양 공연에서는 고귀한 등장인물이 고상한 언어로 표현하는 내용을 추종자나 하인과 같은 등장인물이 좀 더 단순하고 쉬운 언어로 반복하여 다시 들려줌으로써 청중들이 이해하기 쉽게 만들어 준다. 한편, 신성한 언어를 둘러싸고 있는 의도적인 신비한 분위기 같은 것도 있다. 이 신성한 언어는 민간 그리고 대중 문학에 잘 알아들을 수 없는 단락을 만들어주는 역할을 하는 바, 어느 경우에는 이처럼 잘 알아들을 수 없는 단락을 포함하고 있는 것이 바람직한 것으로 간주되기도 한다.

인류학자인 탐비아(S. J. Tambiah)가 명확하게 지적하였다시피, 어떤 단어들이 종교적인 효과를 거두기 위해서 꼭 그 의미가 명확하게 이해되어야 할 필요는 없다. 그는 특별히 태국의 북서쪽 마을들에 관하여 이렇게 언급하고 있다.

> 불교 예식의 의사소통 체계에는 눈에 띄는 역설들이 존재한다. 이 주장은 다음과 같은 이유에서 매우 설득력이 있다. 빨리어 불경은 큰소리로 낭송되어야 하며, 회중들은 그 불경 낭송을 경청함으로써 공덕과 복락과 가피를 얻게 된다.

76 폴 씨엠, 「고전 문학(Classical Literature)」, 노만 브라운(W. Norman Brown) 편, 『인도, 파키스탄, 실론*India, Pakistan, Ceylon*』, 9쪽.

하지만 이런 신성한 빨리어는 이해하기가 결코 쉽지 않다. 그렇다고 빨리어 불경 낭송이 난센스라는 의미는 결코 아니다. 불경 낭송을 통하여 불교의 교리와 해탈의 고귀한 진리와 삶의 극복 그리고 부처 생애 가운데의 자랑스러운 에피소드들을 설명한다. 이것들이 마을의 일상생활과는 직접적인 관련성이 없는데도 말이다.[77]

다른 글에서 탐비아는 청중들의 행동을 통해서 살펴보면 청중들이 불교 포교 기간 동안에 전심으로 듣지 않는 것 같다고 언급한 바 있다.[78] 마을의 승려들은 청중들의 직접적인 반응에는 별로 관심을 기울이지 않고 불경 낭송 행위 자체를 더욱 중요하게 생각하며, 청중들은 낭송하는 사람보다는 그 낭송하는 사건을 더 중요하게 생각한다. 이와 동일한 상황이 전에 로마 카톨릭 교회에서 있었다. 로마 카톨릭 교회에선 라틴어를 거의 하나도 하지 못하는 사람들조차도 미사에서 라틴어를 기꺼이 듣고자 하였다. 스위니(Sweeney)도 보고한 것처럼 서부 태국 그림자 연극의 박자를 맞춘 산문(*bilangan* 혹은 *uchap*라 불린다)의 몇몇 단락들은 달랑 자신도 이해하지 못한다고 한다.[79] 달랑들 역시 가끔 의미 없는 음절이나 단어, 단락들을 내뱉기도 하는데, 그러면서 달랑들은 생각할 시간을 갖는다고 한다.

이성적으로 이해가 되든 말든 달랑이 사용하는 단어들은 너무도 중요하다. 홀트는 구연되는 이야기의 노래 부분이 분위기를 만들어내는 능력이 있음을 언급한 바 있다.

---

77 탐비아(S. J. Tambiah), 「단어의 마술적 힘(The Magical Power of Words)」, 180쪽. 브로니슬로 말리노우스키(Bronislaw Malinowski), 『서태평양의 영웅, 모험가들*Argonauts of the Western Pacific*』 제18장, 428-463쪽, 「마술에서 단어의 힘-몇몇 언어 자료(The Power of Words in Magic－Some Linguistic Data)」.

78 탐비아, 『태국 북동 지역의 불교 및 영적 제의*Buddihism and the Spirit Cults in North-East Thailand*』, 209쪽.

79 아민 스위니(P. L. Amin Sweeney), 『라마야나와 말레이 그림자-연극*The Ramayana and the Malay Shadow-play*』, 64-65쪽.

> 달랑의 읊조림(찬뜨chant)이나 가창(술룩suluk)은 특히 달랑이 좋은 목청을 지니고 있을 경우 청중에게 최고 수준의 미학적 쾌감을 제공해준다. 이 읊조림과 가창은 일종의 제의적인 주문으로서 최상의 예술 경지에 올랐다고 하겠다. 이 읊조림과 가창은 와양 연극을 둘러싸고 있는 전체 분위기를 만들어낼 뿐만 아니라 와양 연극 주위를 그 어떤 것도 끼어들거나 흐트러뜨릴 수 없는 신성한 단어들과 소리로 가득 채웠다. 이 읊조림과 가창은 따뜻하거나 혹은 차가운 분위기를 만들어낼 수도 있으며, 주인공의 '내면의 목소리'를 투영해낼 수도 있으며, 재앙이 구름처럼 몰려오는 것을 미리 암시하여주기도 하며, 사랑에 빠진 마음의 갈망을 전달해주기도 하며, 사별과 상심의 고통을 전달해주기도 한다. 갈등과 위험의 씨앗을 내포하고 있는 상황이면 어김없이 가창이 등장한다. 특정 주인공이 등장하거나 사라질 때 그리고 한 장면에서 다른 장면으로 변환될 때도 달랑은 가창을 한다.[80]

티얀 토에 시엠(Tjan Tjoe Siem)에 따르면, 일부 가창 특히 바라따 윳다(Bharata Yuddha, 바라따의 위대한 전쟁)에서 유래한 가창은 마술적 능력*sekti*으로 충만하여 그런 마술적 능력을 부여받은 사람(즉, 성직자나 신과 같은 사람)만이 그것들을 공연할 수 있다고 한다.[81] 이는 바로 달랑이 능히 이 소임을 감당할 수 있음을 의미한다. 天神(Lord Iśvara)이 바로 첫 번째 달랑으로 간주되고 있다는 사실을 꼭 언급하여야 할 것 같다.

상기한 모든 사항들은 인도네시아와 다른 지역의 연극의 기원과 발전 문제에 대단히 중요한 함의를 지니고 있다. 커비(E. T. Kirby)는 『원시연극 : 연극의 기원*Ur-Drama : The Origins of the Theatre*』이란 대단히 흥미진진한 저서에서 연극이 풍요 신화에서 기원하였다는 제임스 프레이져(James Frazer)의 관점뿐만 아니라 이와는 대조적으로 연극이 죽은 자를 숭배하

80 홀트, 『인도네시아의 예술』, 139쪽.

81 티얀 토에 시엠(Tjan Tjoe Siem), 『코에로에빠띠는 어떻게 그의 여인을 얻었는가 *Hoe Koeroepati zich zijn Vrouw Verwerft*』, 249쪽.

는 데에서 기원하였다는 윌리엄 리지웨이(William Ridgeway)의 가설에도 반대하였다.[82] 대신 커비는 샤먼의 공연이야말로 연극의 궁극적인 기원이라고 주장하였다. "가장 엄밀한 의미에서의 샤머니즘이야말로 현재 확립된 다양한 연극 형식들의 움직일 수 없는 조상이라 할 것이다."[83] 샤머니즘의 기초가 바로 초자연적인 존재를 현시해내는 것에 있다는 사실이 바로 샤머니즘이 연극으로 진화, 발전할 수 있는 근거가 된다고 커비는 주장한다. "샤머니즘은 그 상징주의에 기대기보다는 초자연적인 존재를 청중들에게 즉각적이고 직접적으로 현시해준다는 측면에서 통과의례나 기념의례라 불릴 만한 성질의 것들과는 구분된다."[84] 영적 존재를 현시해내고자 하는 시도는 그 영적 존재를 예술적으로나 연극적으로 재현해내고자 하는 노력으로 자연스럽게 귀결된다. 연극의 궁극적 기원에 관한 이 이론은 王國維와 홉킨스(L. C. Hopkins)의 商代 무당춤(마술사 춤)에 대한 연구와 아주 잘 맞아떨어진다.

커비는 샤먼의 공연에는 이외에도 많은 연극적 요소들이 있음을 밝히고 있다.[85] 샤먼은 희미하게 불빛이 밝혀진 작고 어둔 공간에서 작업하기를 원한다. 깜빡거리는 불빛은 영적 존재가 정말로 불려와 임재하였다는 분위기를 만들어내는 데 대단히 큰 역할을 담당한다. 샤먼은 자신의 청중들에게 환각과 환영을 만들어 제공하는 것을 목표로 삼는다. 따라서 샤먼은 마술적인 환상을 만들어 내거나 환각적인 분위기를 만들어내는 데 도움이 될 수 있을 만한 것들을 사용하기를 주저하지 않는다. 샤먼 공연에서 모든 종류의 음향효과가 아주 솜씨 좋게 활용되고 있음을 수많은 관찰자들이 보고한 바 있다. 천막이나 방의 벽을 흔들거나 긁

82 제임스 프레이저(James Frazer), 『황금가지 : 마술과 종교 연구*The Golden Bough : A Study in Magic and Religion*』; 윌리엄 리지웨이(William Ridgeway), 『비-유럽 종족의 연극과 연극적 무용*Dramas and Dramatic Dances of Non-European Races*』.

83 커비(Kirby), 『원시 연극*Ur-Drama*』, 2쪽.

84 앞의 책.

85 앞의 책, 3 · 8쪽.

기도 한다. 날카로운 비명소리와 거친 콧소리가 공중에 가득하니 바야흐로 돌멩이와 나무토막이 떼굴떼굴 구르는 것 같다. 그리고 내가 네팔에서 직접 목격한 것처럼 샤먼은 동시에 둘 혹은 그 이상의 인물 역할을 맡아 서로 다른 목소리를 동원하여 대화를 나누기도 하였다.

그림자 연극과 이야기 구연이 관례상 늘 밤에 이루어지는 것은 결코 우연이 아니다. 기름 램프의 흔들리는 불빛과 춤 동작의 그림자를 제외한 다른 것들은 모두 어둠에 감춰지는 상황은 공연자가 구연하는 이야기에 생기를 불어넣어주는 마술적 환상을 자아내는 데 너무도 큰 기여를 한다. 만약 동굴 안이라면 이건 바로 밤이 영원히 지속되는 환경임을 기억할 필요가 있다. 불교에서 동굴 벽화가 대단히 유행한 것 역시 위에서 언급한 이유와 상당히 관계가 깊을 것이다.

루실 호에르 찰스(Lucile Hoerr Charles)는 샤먼 공연의 연극적 특성에 관하여 대단히 많은 증거와 자료를 제공해주었다. 그녀가 언급한 바에 따르면 치유 집회를 열기 전에는 널리 선전하여 치료를 바라는 청중들이 모여들 수 있게 한다고 한다. 이 집회를 열기 위해 마련된 무대 배경은 매우 인상적이며, 조명 역시 그러하다. 샤먼은 정식 복장을 갖추어 입고, 화장도 한다. 샤먼들은 또 무대 '조수'의 도움을 필요로 한다. "무대 장치나 도구들은 시종일관 집회의 분위기를 고양시키고 샤먼의 정신 치료 기능을 강력하게 돕는다."[86] 공연이 끝날 무렵 기진맥진하여 졸도하는 샤먼도 있다. 그럼에도 불구하고 샤먼의 노력 덕분에 청중들이 즐거움을 얻고, 깨달음을 얻고, 안락을 얻고, 신앙심이 강건해지게 된다. 병자는 자신에게 어떤 고통이 닥쳐와도 그것과 싸워 이길 수 있다는 희망과 자신감을 새롭게 얻게 된다.

존 비티에(John Beattie)와 존 미들턴(John Middleton)이 강조한 바처럼 "영적 매개의 정도란 측면에서 [샤먼의 공연은] 연극 그 이상도 그 이하도 아

86 루실 호에르 찰스, 「샤먼의 마귀 쫓아내기 의식에서의 연극적 요소(Drama in Shaman Exorcism)」, 96쪽.

닐 것이다. 다만 연기자가 그 연극에 몰입(혹은 분리)하는 정도만이 다를 뿐이다. [샤먼의 공연은] 근본적으로 따져볼 때 연극 공연이라 할 것이다."[87]

소토 오지브와(Salteaux Ojibwa) 원주민 집회(降神會)에서 "각 파와간 *pawágan*[꿈속의 방문자, 즉 '귀신, 영적 존재']들은 텐트 안에 들어가면서 대개 노래를 부르고 가끔은 자신의 이름을 밝히기도 한다. 예를 들어 사슴의 두령이면 그 정령은 이렇게 읊조린다. '모제지니카쥐안*mozèzīnikázwīān*'(나는 사슴이라 불리는 자로다)."[88] 배우가 무대 위에 등장하면서 자신의 이름을 밝히는 방식은 중국의 그림자 연극에서부터 원잡극에 이르기까지 아주 널리 알려진 방식이다. 소토 샤머니즘에는 두 가지 또 다른 측면이 있다. 먼저, '해가 진 다음에 마술을 부린다는 것' 그리고 소토어로 '마술 부리다'라는 단어는 코사반다모윈*kosábandamowin*인데, 이 단어에는 보여주기라는 의미가 담겨져 있다는 점이다.[89] 위니펙(Winnipeg)호와 슈퍼리어(Superior)호 사이에 사는 오지브와의 미데웨윈(Midéwewin, '위대한 명상회')도 18세기 후반부터 이야기 식 그림-두루마리를 사용하였다는 점은 지극히 주목할 만하다. 셀윈 듀드니(Selwyn Dewdney)가 밝힌 바대로 이 그림-두루마리들은 치유를 강조하는 '도제식 샤머니즘'에서 사용되었다.[90]

프란시스 헉슬리(Francis Huxley)가 샤머니즘을 다룬 관점은 와양과 변 공연에도 직접 적용될 수 있을 것 같다.

> [샤머니즘의] 예술은 바로 환상으로서의 예술이다. 모든 샤먼들은 자신의 경

87 존 비티에(John Beattie), 존 미들턴(John Middleton) 편, 『영적 중개와 아프리카 사회*Spirit Mediumship and Society in Africa*』, xxviii쪽.

88 어빙 할로웰(Irving A. Hallowell), 『소토 사회에서의 마법의 작용*The Role of Conjuring in Salteaux Society*』, 10쪽. 소토 사람들은 캐나다 마니토바의 베렌즈(Berens) 강을 따라 살고 있다.

89 앞의 책, 35, 9-10쪽.

90 셀윈 두드니(Selwyn Dewdney), 『남부 오지브웨이의 신성한 경전 두루마리*The Sacred Scrolls of the Southern Ojibway*』.

험을 통해 확보한 자신만의 능력을 구비하고 있다. 그들은 뛰어난 복화술사이며, 새와 짐승의 소리를 흉내낼 수 있다. 그들은 그들이 하늘로 올라가는 것이나 질병과 복락을 맡고 있는 정령을 찾는 것들을 동작으로 표현해낼 수 있다. 그들은 매우 숙련된 마술사로서 강신회가 열리는 초막이 눈에 보이지 않는 무언가에 의하여 흔들린다든가 벽 주변에 발자국 소리를 만들어내는 식의 강력한 무대 효과를 만들어낼 줄 안다. 이러한 것들을 통하여 그들은 청중들을 유혹하고 청중들로 하여금 의심의 눈초리를 기꺼이 거두고 샤먼과 환상 경험을 공유하고자 하는 마음이 들게 만든다.

샤먼들은 가끔씩 가면이나 꼭두각시 인형을 사용하기도 하며, 나무 기둥을 세우고 그 사이에 밧줄을 묶어놓은 나무들을 사용하기도 한다. 이 나무와 밧줄은 세계의 중심축과 하늘을 상징한다. 심지어는 회전식 무대를 사용하기도 하는데, 신참 샤먼들은 그 회전무대에 앉았다가 어지럼증으로 말미암아 영혼의 희생물이 되기도 한다. 신참자나 얼치기들이 이런 장치에 기대는 측면이 있기도 하지만, 어쨌든 이런 장치나 도구는 *변신 장면을 표현하는 무대*에서는 필수불가결한 기본 장치이며, 이 장면을 표현하는 순간에는 안과 밖의 무대들이 모두 하나의 무대로 합일되어진다. *샤먼은 어쨌든 변신을 일으키는 자이다*……. 우리는 그런 변신을 통하여 어떤 실체를 경험하였는지 묘사할 위치에 있지 아니하다. 우리가 말할 수 있는 것은 다만 그런 변신은 일종의 신비일 수 있으며, 그 신비는 눈앞에 펼쳐질 수 있을 뿐이지 설명될 수 있는 것이 아니라는 것이다. [샤머니즘] 연극에서는 아무리 신비롭더라도 자연스러운 것으로 받아들여졌으며, 이런 연극에서는 당연하게도 신화가 공연되었다.[91]

변신에 대하여 언급하면서 헉슬리는 샤먼 공연자가 엄청난 초자연적인 지각 능력을 갖추고 있음을 강조한다.

루실 호에르 찰스는 '샤먼'과 동일하거나 아니면 유사한 단어들의 목

91 프란시스 헉슬리, 『신성의 길*The Way of the Sacred*』, 263쪽. 이탤릭체는 필자가 표시한 것임.

록을 만든 바 있다. 그 목록 가운데에는 의료 담당자(medicine man), 치료자(healer), 시술자(practitioner), 의사(doctor), 마술사(theurgist), 의사(leech), 약초상(herbalist), 내과의-약초상(physician-herbalist), 마법사(magician), 착한 마법사(white magician), 요술쟁이(conjurer), 마술사(sorcerer), 마법 의사(witch doctor), 마법사(witch), 마술사(wizard), 사제(priest), 영적 스승(lama), 점쟁이(diviner), 예언자(seer), 영매(medium), 현인(wiseman), 요술쟁이(juggler) 등이 포함되어 있다.[92] 위에 언급한 '직업' 가운데 상당수가 예능과 관계가 깊다는 점은 명백하다. 이 목록에 우리는 당연히 달랑을 추가할 수 있을 것이며, 더불어 변 공연자와 샤우비까도 추가할 수 있을 것이다.

초기 중국 연극의 제의적 특성을 언급하면서 판 데어 룬(van der Loon)은 초기 중국 연극의 샤먼적 기원을 지적한 바 있다. "초혼과 축혼의 연극 형식은 상호 보완 관계에 있으며, 중국 샤머니즘의 기저라고 부르기에 합당한 종교전통에서 유래하였다고 할 수 있을 것이다."[93] 조상신과 다른 선한 영혼을 불러 들여 충고와 도움을 요청하는 제의와 사악한 영혼을 내쫓거나 떠도는 유혼과 만족하지 못한 망자의 혼령을 위로하는 의식은 중국 사회의 역사 기록이 시작된 최초 시기부터 종교 활동의 아

92 찰스(Charles), 「샤먼의 마귀 쫓아내기 의식에서의 연극적 요소(Drama in Shaman Exorcism)」, 95쪽 각주 2번에서, 로퍼(B. Laufer)의 중요한 논문 「샤먼이란 단어의 기원(Origin of the Word Shaman)」, *American Anthropologist*(뉴 시리즈) 19권, 3기(1914)을 언급하고 있다. 가장 엄정한 의미에서 (러시아어 Shaman에서 파생된 독일어*Schamane*에서 유래한) '*shaman*'은 황홀한 상태에서 영적 세계를 여행한다고 생각한 북아시아의 종교 집행자와 관련이 있다. 이 단어는 결국 퉁구스 단어 *šaman*('priest, medicine man')에까지 거슬러 올라갈 수 있을 것이다. 아울러 토카라어 *samāne*, 빠라끄리뜨어 *samaṇa*, 산스끄리뜨어 *śramaṇa*(수행자)에서 파생되었을 것이라고 생각할 수도 있겠다. 'Shaman'이란 단어는 인류학자와 종교 연구자들에 의하여 아주 오랜 동안 의술을 알고 있는 사람 혹은 의료 방법을 가리키는 말로 매우 다양하게 사용되어왔다.

93 삐에트 판 데어 룬(Piet van der Loon), 「중국연극의식의 기원(Les origines rituelles du théâtre chinois)」, 영어 요약, 168쪽. 같은 논문의 158-162쪽에서 판 데어 룬은 목련 공연의 씻김 의식의 측면을 설명하고 있다. 목련(Mu-lien, 즉 Maudgalyāyana)은 변 공연과 변 텍스트에서 매우 인기 있는 주제였다.

주 중요한 형식들이 되어 왔다. 이 중심에는 사회 공동체를 활기 넘치게 하고 정화하고자 마법과 연극을 실행하는 자가 자리 잡고 있다. 중국에서 연극과 사원이 항상 밀접한 관계를 맺어왔던 것도 우연이 아닐 것이다.

대부분의 공동체에서 샤먼과 그 관계자들은 민간 사제 역할을 담당하였다는 점, 그림자 연극과 그림-두루마리 공연자들은 기본적으로 소속 공동체를 위하여 봉사하던 샤먼이었다는 점을 고려한다면 대중 종교 의식에서 거행되던 이 같은 초기 연극 공연 형식들의 기원이 명백해진다.[94]

인도 연극이론의 중요한 전문용어들은 산스끄리뜨(즉, 고전적인)어가 아니라 쁘라끄리뜨(즉, 대중적인)어에서 유래하였다는 사실을 통해서 볼 때에도 연극의 기원이 민간에 있음을 알 수 있다. 이는 또한 연극이 엘리트 집단보다는 일반 대중에 뿌리를 두고 있음을 보여주는 것이다.[95] 더욱이 모든 연극적 공연 방식을 통틀어서 그림 이야기 구연이 가장 단순하고, 이동하기 편하며 그리고 대중에게 가까운–간단히 말하자면–"원시적"이라 할 것이다. 내가 조사한 그림 이야기 구연 전통 가운데에서 변 혹은 변과 유사한 공연 형태의 공연자들이 본격적인 훈련을 받은 사제이거나 승려라는 증거를 찾을 수 없었다. 이와는 정반대로 이들 공연자들은 그냥 평신도들이거나 그저 파트타임 사제나 승려였으며, 유럽의 공연자들을 제외하고는 모두가 샤먼의 특성을 보여주고 있다. 이러한 한결같은 증거들은 변의 초기 구연자가 아울러 샤먼의 경향을 띠고 있을 것이라고 하는 자연스러운 결론에 다다르게 만든다.

인도네시아의 다양한 연극 공연물 가운데 우리의 연구 목적상 가장 중요한 것은 내가 위에서 이미 언급한 바와 같이 와양 베베르라 할 것이다. 바로 이 와양 베베르의 역사와 등장인물 등은 당대와 그 이후의 중국 그림 이야기 구연의 구조를 파악하는 데 결정적인 단서를 제공해준

94 비록 부를 축적하고 상당히 존경받을 만한 지위에 오른 달랑도 있기는 하였지만, 달랑은 대체로 사회의 가장 낮은 계층 출신이었다.

95 스텐 코노우(Sten Konow), 『인도 연극*The Indian Drama*』, 59 · 67쪽.

다. 중국에서 변이 그림자 연극과 꼭두각시 인형 연극 발전의 시발점이 된 것과 마찬가지로, 와양 베베르 역시 인도네시아에서 그런 역할을 하였다. 제임스 브랜든(James Brandon)에 따르면, 와양 베베르는 동자바 왕국 마타람-케디리(Mataram-Kediri, 929-1222)와 그 뒤를 이은 신고사리(Singosari, 1222-1292), 마자파히트(Majapahit, 1293-약 1520)의 궁정에서 널리 유행하였다고 한다.[96] 그러나 그림자 연극 공연이 발명(혹은 도입)되고, 정교해지고, 세련되어짐에 따라 와양 베베르의 인기는 시들어가기 시작한다. 15세기에 이르러 와양 베베르는 주로 어린이를 위한 오락물이 되어버렸으며, 이 와양 베베르를 둘러싸고 있는 제식으로서의 아우라는 사라져버리고 말았다. 더불어 이 와양 베베르의 공연과 관련한 많은 법식들은 잊혀져 버렸다.[97] 1630년에 중부 자바 마타람의 왕이 와양 베베르로는 마법적 성향이 강한 '칼라(Kala)의 탄생'이라는 공연을 더 이상 하지 못하게 하는 칙령을 반포한 후로 와양 베베르가 지니고 있던 독점적 권위는 와양 쿨리트 달랑에게로 넘어가게 되었다.[98]

서구의 학자들이 인도네시아에 도착하였을 무렵 와양 베베르는 이미 매우 희귀한 양식이 되어버렸다. 바로 이런 이유로 말미암아 20세기 초엽에 하제우(G. A. J. Hazeu)와 커른(R. A. Kern)이 와양 베베르 공연을 뭔가

96 브랜든, 『황금 보좌』, 5쪽.

97 드 클린(De Kleen), 『와양*Wayang*』, 10쪽. 와양 베베르에 대한 나의 논의는 같은 주제를 다룬 베네딕트 앤더슨(Benedict Anderson)의 「마지막 그림 공연 : 와양 베베르(The Last Picture Show : Wayang Beber)」란 논문을 보기 7년 전에 이미 작성되었다. 와양 베베르의 역사와 사회적 지위에 대한 그의 견해는 나의 그것과 상당히 다르다. 그는 이 장르의 궁정, 엘리트적 특징을 상당히 강조하며 이에 따라 그것이 민간 오락의 한 형식이었다는 점을 거의 부정하기에 이른다. 앤더슨의 논문을 읽고 나서 나는 내 논문을 다시 읽게 되었지만 나는 그의 연구결과로 인하여 여기 그리고 이 책의 다른 부분에서 제시한 와양 베베르에 대한 나의 기본 견해를 굳이 바꿀 필요가 없음을 깨닫게 되었다.

98 브랜든, 『황금 보좌』, 5쪽; 제임스 브랜든, 『동아시아의 연극*Theatre in Southeast Asia*』, 45쪽; 앤더슨(Anderson), 「마지막 그림 공연(The Last Picture Show)」에서 자바 이슬람 통치자의 유사한 금령 시기를 1517년 무렵으로 추정하고 있다.

특이하고 괴이한 무엇으로 묘사하였을 것이다.[99] 클레어 홀트(Claire Holt)에 따르면 20세기가 채 절반도 가기 전에 와양 베베르는 거의 사라져버렸다고 한다.

> 1937년에 남 자바 파트지탄(Patjitan) 구역의 게돔폴(Gedompol) 마을에서 아마도 마지막 와양 베베르 달랑이라고 할 만한 사람을 만났다. 그는 오래된 종이 두루마리와 소규모 악단과 함께 있었다. 그는 여섯 개의 종이 두루마리를 가지고 있었는데, 그 각 두루마리는 나무껍질 천처럼 보이는 종이 위에 그린 네 개의 장면으로 구성되어 있었으며, 각 모서리가 다 헤어지고 누렇게 다 색이 바랬다. 그 종이 두루마리들은 아마도 100년 이상 된 것 같았다. 내가 아는 한 와양 베베르 종이 두루마리를 만들 수 있는 사람은 더 이상 존재하지 않는다.[100]

쿠숨브로토(K. R. T. Kusumbroto)여사가 중앙 자바 남부 파치탄(Pacitan, 즉, 파트지탄(Patjitan)) 근처에서 1962년에 아주 희귀한 와양 베베르 공연을 관람하고서 보고한 적이 있다.[101] 비록 당시 생존해 있던 소수의 달랑들

99 하제우(G. A. J. Hazeu), 「족 자카르타 와장 베베르에 대한 한 견해(Eine 'Wajang Beber' Vorstellung in Jogjakarta)」와 커른(Kern), 「파트지탄의 와장 베베르」를 참고할 것. 「자바 연극 관련 지식과 정보」, 72쪽에서 하제우는 와장 베베르(wajang bèbèr)는 시장에서 아이들을 모아놓고 공연하는 민간 오락의 일종이라고 보고하고 있다.

100 홀트, 『인도네시아의 예술』, 127쪽. 같은 쪽의 각주에서 홀트는 코넬(Cornell) 대학의 베네딕트 앤더슨(Benedict Anderson)이 인도네시아에서 2년간의 현지 조사를 마치고 1964년에 돌아와 보고했던 보고서를 언급한다. 그 보고서는 홀트가 본 적이 있는 바로 그 두루마리가 존재하기는 하지만 공연은 거의 이루어지지 않았으며 설사 공연이 이루어진다 하더라도 그것은 오락을 위해서가 아니라 죄를 정화하는 의식과 관련하여 활용되었다고 적었다. 그 두루마리의 소유자는 자기 집안에서 12대에 걸쳐 그걸 보존하여 왔다고 주장하였다. 앤더슨은 「마지막 그림 공연(The Last Picture Show)」에서 와양 베베르 공연의 변용 사례로 약속이나 맹서를 완성하는 결혼식이나 의식을 열거하고 있다. 조안 라두차(Joan Raducha), 「마투라 예술의 서사 전통(The Narrative Tradition in Mathurā Art)」, 조안 라두차는 서사 영역에 스며든 그리고 어떤 경우에는 서사 영역을 지배한다고 할 수 있는 신성하고 경건한 특성에 주목한다.

이 여전히 종이 두루마리를 소지하고 있기는 하였지만 공연되는 이야기와 잘 맞아떨어지게 종이 두루마리의 각 장면을 적절하게 사용하지는 못하였다.

정부에서는 이 양식을 부활시키고자 매우 적극적인 노력을 경주하여 왔다. 이 양식의 사승관계가 더 이상 복원이 불가능할 정도로 이미 끊어져버려 진정 옛 모습 그대로라고 말할 수는 없겠지만 그래도 고등교육기관, 박물관, 예술원 및 학술원에서 와양 베베르 공연에 사용되는 종이 두루마리를 그릴 줄 아는 자나 이 종이 두루마리를 활용하여 공연을 할 줄 아는 자를 훈련해내고자 애를 쓰고 있다. 심지어는 정부 정책을 사람들에게 홍보하는 수단으로 와양 베베르를 활용해보기도 하였다. 그러나 이런 방식으로 훈련받은 공연 예술가들은 진정한 의미의 샤먼 역할을 수행하지는 않는다는 측면에서 그 어느 누구도 진짜 달랑으로 인정받지 못하고 있는 것 같다.

파치탄의 북쪽 게돔볼(Gedombol) 마을 출신인 바팍 사르넨(Bapak Sarnèn)은 현재 살아 있는 나이 든 '샤먼'(즉, 와양 베베르 달랑) 가운데 한 명이다.[102] 그는 자기 직업의 사승관계를 10세대나 거슬러 올라 기억해낼 수 있다. 지금처럼 학술원 같은 조직에서 가르치는 것이 아닌 스승에게서 제자에게로 직접 전수되어온 와양 베베르는 이제 파치탄 지역에만 남아 있다. 그러나 그 지역에서도 와양 베베르가 여전히 살아 숨 쉬며 생동감 넘치는 그런 전통은 아니다.

초기 와양 베베르 달랑은 떠돌이였다. 라자스탄의 그림 이야기 구연자들이 지금도 그러하듯이 그들은 자신의 종이 두루마리를 등에 지고서 이 마을에서 저 마을로 떠돌아다녔다. 와양 베베르 공연에 사용하는 일반적인 도구는 바로 기다란 종이로 그 위엔 공연 레퍼토리의 이야기 한

---

101 브랜든, 『동남아시아의 연극』, 45 · 340쪽 각주 8에 기록되어 있다.

102 다이엔 보든(Diane Borden)과 빌 크로퍼드(Bill Crawford)가 1977년 여름 동안 바팍 사르넨(Bapak Sarnèn)을 그 마을로 찾아가 인터뷰하였다.

부분의 내용을 묘사한 그림이 그려져 있었다. 대체로 작품 한 편에는 여섯 개의 두루마리가 필요했으며, 두루마리 하나에는 네 컷(*adegan*, 장면)의 기다란 그림이 그려져 있어, 작품에는 모두 24컷의 그림이 필요한 셈이다. 종이 두루마리는 양쪽 끝을 가느다란 나무 막대(*seligi*)에 매었다. 나무 막대는 종이 두루마리의 위와 아래 양쪽으로 삐져나온 모양새이다. 공연을 하지 않을 때 이 종이 두루마리는 한쪽 나무 막대 방향으로 감겨져 있다. 이런 종이 두루마리들은 좁고 긴 나무 상자(대체로 세로가 4피트, 가로가 6인치, 높이가 1피트 정도)에 보관되었으며, 이 나무 상자 자체가 공연에 활용되기도 하였다. 이 상자의 긴 면 가운데 한 면(이 면에는 달랑의 수호신인 칼라*Kāla*의 머리의 윤곽선을 조각하였다)이 청중들을 향하게 되어 있다. 이 상자 윗면에는 2.5피트 간격의 구멍이 두 개씩 두 세트 뚫어져 있어 달랑은 일단 한 세트의 구멍에다 종이 두루마리를 묶은 나무 막대를 세워놓는다. 이 같은 방식으로 달랑은 자신이 공연을 하면서 종이 두루마리를 한쪽에서 다른 한쪽으로 감을 수 있었다(책의 권두에 실린 사진을 참고할 것).[103] 그런데 나무 상자 윗면에 뚫어 놓은 종이 두루마리 고정용 구멍이 두 세트였으므로, 종이 두루마리를 교체할 때에도 달랑의 모습이 청중들에게 드러나는 일은 결코 없었다. 지금 현재 공연하고 있는 종이 두루마리를 다 마치기 전에 그 다음번 종이 두루마리를 뒷줄의 받침대에다 미리 준비해둘 수 있기 때문이었다. 그런 다음 그는 앞줄의 구멍에 꽂아둔 종이 두루마리를 걷어내고 뒷줄의 종이 두루마리를 앞줄로 옮긴 다음 뒷줄의 구멍은 비워 두어 다음 종이 두루마리를 꽂을 수 있게 하였

103 와양 베베르의 사진은 크롬(N. J. Krom), 「자바와 네덜란드 박물관 소장 자바 예술(L'Art javanais dans les musées de Hollande et de Java)」, 도판 59(아래의 라저스의 경우와 같음); 쿤스트(J. Kunst), 「자바 와장에 관하여(Een en Ander over de Javaansche Wajang)」, 그림 9와 10; 홀트, 『인도네시아의 예술』, 도판 105(127쪽), 이것은 남 자바 Pacitan의 오래되고 닳아빠진 와양 베베르 두루마리이다; 라이덴 국립 민족학 박물관(Leiden National Museum of Ethnology)(시리즈 360, 5254-5259호)에 포함되어 있는 라저스(W. H. Rassers), 『판지, 문화 영웅*Pañji, the Culture Hero*』, 171쪽을 참고할 것.

다. 이렇게 종이 두루마리의 그림이 청중들에게 보이게 되면 그걸 일러 켈리*kelir*라 불렀다는 점은 꼭 기억할 필요가 있다. 그런데 이 단어 켈리는 그림자 연극의 스크린을 가리키는 단어로도 사용된다. 따라서 우리는 이야기 구연에 사용되는 그림 두루마리와 그림자 연극이 근본적으로 그리고 기원상 상호 긴밀하게 연관되어 있다고 하는 상당히 설득력 있는 증거를 갖는 셈이다.

와양 베베르와 관련된 모든 도구가 다 신성하게 취급되었다. 이 도구들은 천으로 꼼꼼하게 싸서 특별히 보관되었다. 이 도구들에는 신성한 힘이 깃들여 있다고 생각하였기 때문에 달랑은 공연을 준비하는 데 특별하고 세심한 주의를 기울였다. 달랑은 공연을 시작하면서 제물을 바치고 기도를 올렸으며, 새로운 그림을 꼽을 때마다 보레흐*boreh*(크림, 화장 연고)를 그림 두루마리의 나무 막대에 발랐다. 이런 모든 도구들은 달랑 가문에서 대대로 전해져온 것이며, 오직 달랑만이 이것들을 사용할 권리를 갖고 있었다. 이 도구들은 바로 푸사카*pusaka*('가보')이자 퍼둔덴 *pĕpuṇḍen*('숭배의 대상')이었다. 이 도구들은 상자에 담아 달랑의 집 가운데 특별한 장소에 두었으며 일주일에 한번 밤에 상자 근처에서 향을 살랐다. 도구 상자 바닥에 쌓인 먼지는 의식을 갖추어 그때그때 강물에 떠내려 보내곤 하였다.[104]

와양 베베르 공연에는 대체로 레밥*rĕbab*(즉, 중세의 3현 악기)이라는 악기가 단독으로 사용되곤 하였다.[105] 그런데 20세기 초에 있었던 한 와양 베베르 공연에서 달랑이 네 종류의 악기(*rĕbab, kĕndang, gong, kĕṭoek / kĕnong*)로 이루어진 가멜란*gamelan*('오케스트라') 연주를 활용하기도 하였다.[106] 이

104 와양 베베르 달랑에 대한 정보는 주로 라저스, 『판지, 문화 영웅』, 164-165쪽; 하제우, 「와장 베베르에 대한 한 견해」; 커른, 「파트지탄의 와장 베베르」에서 얻었다.

105 포엔센(Poensen), 「와장에 대하여」, 242쪽.

106 커른, 「파트지탄의 와장 베베르」, 342쪽. 커른의 이 논문의 기초는 아마도 피기오드(Pigeaud)가 『자바의 문학*Literature of Java*』 권2, 840쪽(KITLV, Or 354, B-31.141)에서 목록을 제시한 수고본 자료에서 찾을 수 있을 것이다. 여기에는 판지 로맨

같은 악기 반주 기법은 알려진 다른 어떤 그림 이야기 구연보다도 더 정교한데, 이는 와양 베베르 달랑의 문화적 지위가 인도, 중국, 일본 그리고 그 다른 어느 곳에 비하여 상대적으로 더 높았음을 반영하는 것이다.

와양 베베르 공연에서 이야기 내용을 표현한 장면이 반드시 그림-종이 두루마리 형식만은 아니었다고 한다. 이 점은 토마스 스탬포드 래플스 경(Sir Thomas Stamford Raffles)이 1816년 이전에 목격한 공연에 대한 설명에서도 드러난다. "이러한 특성을 드러내 보여주는 또 다른 사례는 메낙 징가*Ménak Jing'ga*와 다마르 울란*Dámar Wúlan*의 모험이다. 드문 경우이긴 하지만 이 공연에선 딱딱한 종이를 접어 그 위에 그린 그림을 보여주면서 달랑이 이야기를 반복하고, 등장인물들의 대화를 연기해내었다."[107] 이 점은 우리가 제5장에서 살펴볼 일본의 에토키('그림 설명')가 이야기 내용을 시각화하여 보여주기 위하여 매우 다양한 형식들을 사용하였던 것과도 일치한다.

이 그림-이야기 구연 양식인 와양 베베르를 검토하고 나면 우리는 이 형식이 중국의 변 공연 구조와 사실상 동일하다고 하는 결론을 기꺼이 받아들이게 된다. 그럼 우린 이제 이 두 형식 사이의 유사점을 더욱 자세하게 토론하여야 할 것이다.

이 두 형식을 보다 명확하게 비교하기 위한 가장 좋은 출발점은 아마도 베베르*bèbèr*란 단어 자체를 좀 더 꼼꼼하게 검토하는 것이 될 것이다. 인도네시아어에서 베베르란 단어는 '접은 것을 펼치다, 감은 것을 풀다'라는 의미를 갖는다.[108] 자바어에서 베베르는 '펼치다, 열다'라는 의미를 갖는다.[109] 이는 바로 중국어 단어 鋪('펼치다')를 떠올리게 한다. 이 鋪는

스를 다룬, 파치탄 지역 와양 베베르의 서로 다른 두 개의 자바어 설명과 커른의 네덜란드어 주석 두 개가 있다.

107 토마스 스탬포드 래플스 경(Sir Thomas Stamford Raffles), 『자바 역사*The History of Java*』 권1, 379쪽.

108 존 에콜스(John M. Echols), 하산 사딜리(Hassan Shadily), 『인도네시아-영어 사전 *An Indonesian-English Dictionary*』, 42쪽 a란.

변과 관련하여 너무도 자주 사용되어 왔으며 나는 앞의 제1장에서 불교 그림(이야기 구연)의 맥락에서 보자면 이 鋪가 산스끄리뜨어 빠뜨*paṭ*와 동일한 기능을 하는 단어임을 밝혔다. 그러므로 우리는 베베르는 그 명칭에서 이미 인도의 그림-이야기 구연 전통과 연관되어 있다고 자신 있게 이야기할 수 있을 것이다. 변의 변신하는 그림자 세계를 감안한다면 와양 베베르는 *變鋪 그리고 *니르마나-빠뜨*nirmāṇa-paṭ* 등과 같은 것을 의미한다고 보아도 무방할 것이다. 사실 그림자 이야기 구연을 가리키는 현대 인도어는 바로 와양 베베르와 정확히 일치한다. 그것은 바로 차야빳띠*chāyāpaṭṭi*로 말 그대로 보자면 '그림자 천'을 의미한다.[110]

아울러 우리는 앞에서 보통의 와양 베베르 공연이 24컷의 그림 혹은 장면으로 이루어짐을 살펴보았다. 이 같은 상황은 우리가 사리불(Śāriputra)과 목련(Maudgalyāyana) 변 공연에 사용되었을 것으로 예상하는 이야기 설명 그림들과 거의 흡사하다.[111] 변과 마찬가지로 와양 역시 운문과 산문이 결합된 양식이다. 와양에서는 설명 부분(*kanda* 혹은 *kotjap ing pagedongan* [말 그대로 하면 집안에서 설명하다라는 의미임])과 술룩*suluk*('가창, 시적인 낭송')이 교차된다. 고 자바어로 된 술룩은 구연 전통에서 너무도 자주 변형되어 사용되는 단어들의 의미를 이해하기 힘들 정도가 되었다. 홀트가 묘사한 바처럼 술룩은 "현실을 망각하게 하고 특별한 분위기를 만들어내는 매혹적인 멜로디를 가졌으며, 청중들이 한 장면에서 다음 장면으로 넘어갈 수 있게 해주는 마술 양탄자 같은 것이다."[112] 우리는 이제 매우 심각하게 변 공연에서 운문 부분이 와양 공연에서 술룩과 같은 것이 아닌가 생각할 때가 되었다. 그런데 술룩의 몇몇 측면은 변의 운문 부분,

---

109 호에른느(Horne), 『자바-영어 사전*Javanese-English Dictionary*』, 62쪽 b란.

110 샤암 파르마(Shyam Parmar), 『인도의 전통 민간 매체*Traditional Folk Media in India*』, 40-41쪽.

111 이 두 편의 문헌에 대한 전문 번역은 빅터 메어, 『돈황 민간 서사*Tunhuang Popular Narratives*』, 31-84 · 87-121쪽을 참고할 것.

112 홀트, 『인도네시아의 예술』, 138쪽.

더 넓게는 그들의 인도 조상들과 유기적 관계가 있는 것으로 생각하게 만드는 포인트가 된다.[113] 술룩은 ① 구연되는 와양 텍스트 가운데 가장 정확하게 표준화된 부분이며; ② 가장 오래된 부분이며; ③ 대부분의 경우 달랑 자신도 제대로 이해하지 못하는 부분이다.[114]

나에게 정보를 제공해준 사람들에게서나 역사적 학술적 기록에서나 나는 와양 베베르의 실제 공연과 관련하여 일종의 텍스트가 사용되었다는 것을 들어본 적이 없다.[115] 와양 베베르에 사용되는 몇몇 그림 중에서 그

---

113 메어, 『당 변문』 제4장 후반부를 참고할 것.

114 앤더슨, 「마지막 그림 공연(The Last Picture Show)」, 43 · 53쪽 각주 55.

115 내가 알기로 특별히 와양 베베르와 관련하여 사용하고자 하는 의도로 만들어진 텍스트가 현존하는 유일한 사례는 피기오드, 『자바의 문학』 권2, 55쪽(라이덴 대학 동양학부(Leiden University Library, Oriental Department) 1979-B-31.081)에서 거론하고 있다. 이 텍스트는 나무껍질 종이 사본으로 166조목의 간단한 산문 개요로 이루어져있다. 이 가운데 111번째 항목은 세마르 바랑 와양 베베르*sěmar barang wayang bèbèr*로 되어있다. 아울러 피기오드, 권2, 671쪽(LOr 10.832-B-31.082)을 참고할 것. 수라카르타(Surakarta)의 달랑, 라구타마(Lagutama)가 공연한 네 개의 와양 푸르와 라콘*wayang purwa lakon* 가운데 세 번째 것은 달랑 왕컹*dalang wangkěng* (즉, 세마르(Sěmar)가 와양 베베르 공연자인 달랑으로 등장함)에 관한 것이다. 이런 종류의 구연되는 민담은 와양 베베르가 와양 푸르와보다 오래 되었음을 알려주는 증거가 될 수 있을 것 같다. 와양 푸르와 속에 와양 베베르의 흔적이 깊이 간직되어 있기 때문이다. 족자카르타의 웨디(Wědi)나 와나사리(Wanasari)의 와양 베베르가 피기오드, 권2, 700쪽(LOr 10.973-S-43.120, 수록 항목 가운데 여섯 번째 항목)에 열거되어 있다. 이것은 1832-1902년 사이의 것으로 추정되며, 라콘 판잘린 키넨창*Lakon Pañjalin kiněñcang*이라는 제목을 가지고 있으며 족자카르타 문자로 쓰였다. 같은 문헌 7번 항목에 모엔스(J. L Moens)씨가 찍은 파치탄 와양 베베르 사진이 실려 있다. 이 분야에 관심을 가진 사람들을 위한 두 개의 완전한 (공연)텍스트가 최근 출간되었다. 첫 번째는 판지 자카 켐방 쿠닝*Pañji Jaka Kěmbang Kuning*을 소재로 한 와양 베베르로 1918년 망구 나가라(Mangu Nagara) 7세의 명령으로 기록한 것이다.(피기오드, 권2, 965쪽[LOr 10.934-B-31.141]) 두 번째는 첫 번째와 같은 소재를 다룬 이야기로서, 술룩(suluk, 가창)과 대화를 포함하고 있는 남중앙 자바 게돔폴(Gěḍompol)의 와양 베베르 두루마리로 1931년 피기오드 박사를 위하여 로마자로 표기된 것이다(피기오드, 권2, 671쪽[LOr 10.834-B-31.142]). 개인소장가 해리슨 파커(Harrison Parker)가 그림자-연극의 공연 전에 공연자가 기억을 되살리기 위하여 사용하였다는 론타르(lontar, 종이나 야자잎에 쓴 요약 대본)의 존재를 언급한 적이 있으나 나는 와양 베베르에 그러한 것이 사용되는 것을 본 적이 없다.

아래쪽에 그 그림이 어떤 내용을 묘사하고 있는지를 설명한 짤막한 글이 새겨져 있기도 하다. 그런 글은 문자 전통에서 유래하는 것으로 공연을 맡고 있는 달랑이 실제 공연에서 내레이션한 내용과는 사실 정확하게 일치하지는 않는다. 이런 짤막한 새김글은 P4524의 뒷면에 새긴 운문과 동일한 성격에 속하는 것으로 간주될 수 있을 것이며, 이야기의 내용을 그려 보여주는 돈황의 벽화에 새긴 간단한 題詞와도 같은 것이라 할 것이다. 여러 다양한 서사의 대강만이 따로 존재하기도 하였는데, 이를 라콘 *lakon*(격식을 갖춘 자바어로는 람파한*lampahan*)이라 불렀다. 라콘은 '(사건이나 행동의) 경과, 과정'이란 뜻을 지니며, 일련의 연속되는 장면(제제*djedjer*)을 목록화한 것이고, 그 장면들을 '열거한 것'이고, '나열한 것'(아데간*adegan*)이다.[116] 이런 이야기의 얼개는 그것이 기록되었는지 아닌지를 따지지 않고 모두 라콘이라고 불렀다. 모든 형식의 와양에 다 라콘이 존재하고 있었으며 단지 와양 베베르에만 존재했던 것은 아니다. 이런 모든 사항들은 남송 항주 지역의 오락을 묘사한 기록들을 이해하는 데 도움을 준다. 이 기록에는 그림자 연극 공연자와 강사 설화인의 話本(말 그대로 하면, 이야기의 뿌리)이 실제로는 같은 것이라 적혀있다.[117] 몇몇 달랑은 파켐(pakem)이라 불리는 소책자를 소지하고 있었다. 이 소책자는 간단한 스토리 라인의 줄거리 요약본 같은 것이다. 어떤 형태이든지 간에 와양의 텍스트는 거의 사용되지 않았으며 라콘 역시 최근 들어서야 기록되기 시작하였다.[118]

제임스 브랜든(James Brandon)은 인도네시아 와양의 구연되는 이야기와 기록된 텍스트 사이의 관계를 연구한 적이 있다. 그의 연구에서 중국 민간 전통을 이해하는 데 도움이 될 만한 유사성을 도출해낼 수 있다.

라콘은 표준화된 장면에 맞추어 조직화되었기 때문에 달랑은 수많은 라콘을

116 홀트, 『인도네시아의 예술』, 136쪽.

117 TCWSC, 97-98 · 311쪽.

118 엔싱크, 「레카카르마」, 422쪽; 클린, 『와양』, 14쪽.

외울 수 있었다.[119] 세계의 모든 구어 문학이 그러하듯이 라콘에는 축적된 수많은 표현과 공식처럼 굳어진 표현들이 있어, 한번 익히기만 하면 수없이 반복하여 활용할 수 있었다. 와장 쿨리트의 공식구에 대한 전반적인 검토가 선행되지 않은 상황이긴 하지만 그것이 상당한 양에 달하는 것은 분명한 것 같다. 등장인물과 왕국에 대한 묘사는 표준화된 표현이 반복적으로 사용되고, 맨 처음 등장하는 잔투란(djanturan)[주요 장면을 소개하는 낭송; 톤이 높고 부드러운 배경음악에 맞추어 낭송함]의 상당히 긴 분량의 오프닝은 늘 정해진 틀 그대로 반복된다……. 청중에게 장면을 소개하는 인사말, 장수가 적과 싸우기 전에 적장의 기세를 꺾기 위하여 내뱉는 말투 등등은 다 패턴이 정해져 있었다.

마침내 유명한 라콘들이 각 장면들을 중심으로 파켐*pakem*, 즉 '공연 가이드북' 형태로 기록된다. 최초의 파켐은 겨우 몇 백 년 전으로 거슬러 올라가며, 최근에 들어서야 많은 수가 출간되었다. 따라서 와양 연극의 기록된 형식은 서구의 연극 대본처럼 본디 무대 공연을 위한 것이 아니었음을 알 수 있다. 차라리 그것은 수십 년 혹은 수백 년 동안 이미 공연되어온 라콘의 모든 과정의 속기라고 할 수 있을 것이다. 가장 간략한 형식의 파켐은 파켐 발룬간*pakem balungan*, 즉 '골격만을 적은 가이드 북'으로서 가장 간략한 아웃라인만을 담고 있다. 아홉 시간 정도 소요되는 연극도 한 두 페이지 분량의 파켐 발룬간으로 요약되었는데, 두세 줄의 문장으로 각 장면들을 묘사하였다. '글로 설명한 가이드 북'이란 의미의 파켐 깐짜란*pakem gantjaran*은 열 내지는 열다섯 페이지 분량으로 연극의 줄거리 가운데 중요한 부분을 담고 있다. 그리고 파켐*pakem*의

---

119 클리포드 기어츠(Clifford Geertz), 『자바의 종교*The Religion of Java*』, 264쪽 참고: "달랑이 배우는 라콘은 단지 반 묶음 혹은 한 묶음(6-12정도) 되는 각 장면에서 벌어지는 사건들의 개요 정도에 불과하다. 와장에서는 동일한 유형이 반복되고 또 반복된다. 먼저 사람들이 서로 만나 얼굴을 마주대하고 그런 다음 이야기를 나누고 그런 다음 헤어졌다가 다시 이야기를 나누고 그리고는 싸움을 한다." 공연자는 공식화 된 언어로 자신이 공연하는 이야기를 장식한다. 공연자가 풀어내는 이야기의 모습을 갖추는 데 도움이 될 만한 아주 공식처럼 굳어진 구조적 요소들이 존재한다. 기록된 라콘의 좀 더 완전한 사례를 보려면 티얀 토에 시엠, 『코에로에빠띠는 어떻게 그의 여인을 얻었는가』를 참고할 것.

세 번째 유형으로는 '달랑을 위한 가이드북'이란 의미를 지니고 있으며 상당한 꼴을 갖추고 있는 파켐 파달랑간*pakem padalangan*이 있다. 파켐 파달랑간에는 대부분의 내레이션과 등장인물 사이의 대화 일부가 적혀 있고, 동작, 음악, 노래, 음향 효과가 표시되어 있다. 달랑이 이 파켐 파달랑간을 읽어볼 수도 있을 것이나 그것을 꼭 공연에 활용하고자 하는 것은 아니다. 왜냐하면 파켐 파달랑간은 대체로 [공연자가 아니라] 일반 대중을 위하여 만들어진 것이기 때문이다.
달랑이 공연을 할 때는 대체로 짧은 파켐을 활용하여 작업한다. 이 파켐은 출판되기도 하지만 대개는 손으로 직접 써서 아버지에게서 아들로 전수되며, 스승(구루(guru))의 노트를 베끼기도 한다. 숙련된 달랑이라면 간략하게 정리된 파켐만을 보고서도 아주 짧은 시간에 해당 장면의 공식구를 구사하는 데 필요한 자신의 기억을 더듬어낸다…….[120]

그림-이야기 구연의 텍스트(변과 와양을 포함하여)는 구술 문학이 어느 정도의 단계에 이른 시기에 나타나는 것임을 다시 언급할 필요가 있을 것 같다. 변의 내용을 설명하는 그림 두루마리(P4524)나 와양 베베르 그림 두루마리는 예술적인 측면에서 서로 동일하지는 않다. 이 양자를 감싸고 있는 문화적 컨텍스트가 서로 상이함을 고려한다면 양자가 서로 동일할 것이라고 기대하는 것은 너무도 순진한 발상일 것이다. 이 양자 사이의 가장 두드러진 차이점은 바로 와양 베베르 그림 두루마리에 나타나는 인도네시아인의 생김새로서, 그들의 생김새는 인도인의 특성(긴 팔을 '미남'으로 여기고, 광대가 둥글둥글하고 통통한 거 같은)과 상당히 유사하다는 것이다. 또한 P4524의 배경이 거의 여백으로 남아 있는 반면 와양 베베르 그림 두루마리의 배경은 이야기의 내용을 반영하는 풍경으로 빽빽하게 채우고 있다는 점이다. 이런 점에서 보자면 지금 우리가 논의하고 있는 인도네시아의 사례들은 인도 원형과 좀 더 밀접하게 연관되어

120 브랜든, 『황금 보좌』, 34-35쪽.

있음을 알 수 있다(적어도 인도네시아 사례 가운데 20세기까지 전해지는 것들을 통해서 살펴보더라도 그러하다). 이처럼 두드러지는 유사성은 인도 문화의 인도네시아로의 유입이 바닷길을 통해 보다 더 직접적으로 이루어졌기 때문일 것이다. 중국의 경우에는 길고도 먼 육로의 여정을 통하여 유입되면서 변용의 기회와 가능성이 상당히 많았을 것이다. 한편, 중국의 이야기 그림-두루마리는 말 그대로 중앙아시아의 대사막을 이 오아시스에서 저 오아시스로 건너며 수많은 역참을 지나 중국에 전달되었다. 양자 사이의 이런 차이에도 불구하고, 이야기 구연에 사용되었으며 현재에도 남아 전하는 중국과 인도네시아의 그림-두루마리들 사이에는 상당할 정도의 유사성이 있을 것이라고 예상하는 것이 조금도 이상하지 않고 어쩌면 당연할 것이다.

P4524와 와양 베베르의 두루마리는 공히 주인공과 적대자가 서로 마주보는 두 진영에 나뉘어져 있으며, 정의의 세력은 오른쪽에, 어둠의 세력은 왼쪽에 그려져 있다. 와양 전통에서 오른쪽은 텐겐*tengen*('긍정'), 왼쪽은 키워*kiwo*('부정')으로 불린다.[121]

돈황 벽화의 維摩詰(Vimalakīrti, 대승불교(Mahāyāna Buddhist)의 지혜와 덕행을 겸비한 거사의 전형) 역시 다른 자들과 대화를 나눌 때 항상 오른쪽에 위치한다. 특히, P4524와 와양 베베르의 두루마리에 주요 '인물'의 다양한 지지자와 추종자들이 함께 그려진다고 하는 점도 주목할 필요가 있다. 왕은 심판관의 모습으로 그려지고, 그 시합을 목격하는 다수의 인물들도 아울러 그려진다. 이런 정황은 고대 그리스의 서사 예술에서 '관객'에게 보여주는 수단과 방식에 대하여 한프만(G. M. A. Hanfmann)이 했던 언급들을 떠올리게 한다. "그들은 주요 액션에 실제로 참여하지는 않으면서도

121 마찬가지로 마니교 경전과 그림에서 악행을 저지르는 자는 일률적으로 왼쪽에 배치되어 있다. 코에넨(L. Koenen)의 강연, 「이란, 이집트, 유태 그리고 기독교 사상의 교착점에서의 마니교 계시사상(Manichaean Apocalypticism at the Crossroads of Iranian, Egyptian, Jewish, and Christian Thought)」.

이야기 전개에 복선을 깔아주는 구성이나 설명을 담당하는 인물들로서 그리스 연극의 합창 방식에서 유래한 것이다. 그들은 주요 인물들의 육체적 노력을 돋보이게도 하고 인위적인 배경을 만들어내기도 한다."[122] 와양 베베르와 P4524에서 공히 각각의 장면들이 흐름이 끊어지지 않고 이어지도록 하는 독특한 기교가 사용되었다는 점은 대단히 흥미롭다. 내가 말하고자 하는 것은 와양 베베르와 P4524에서 청중들이 대체로 지금 눈앞에서 이야기되고 있는 해당 장면의 주요 행동에 관심을 가지고 자신들도 그 장면의 일부가 되는 동안, 다음 장면 혹은 이미 지나간 장면에 관심을 가지고 눈길을 주는 청중도 하나 둘 정도는 있다는 점이다. 이는 서사의 연속성을 만들어내는 아주 교묘하고 효과적인 방식으로 영화와 유사하다 할 것이다. 이것은 또한 두 형식 사이의 관련성을 보여주는 증거이기도 하다. 와양 베베르에서 구연되는 이야기의 각각의 부분을 구분시켜주는 역할을 하는 나무-숲(카욘-구눙간*kayon-gunungan*) 그림은 변과 와양 베베르가 동일한 혈통임을 보여주는 움직일 수 없는 표징이라 할 것이다. P4524(컬러도판 1을 볼 것)에서도 역시 나무와 숲, 혹은 나무나 숲으로 이전의 장면과 앞으로 나올 장면을 구분한다. 나는 일본의 에토키에도 이와 유사한 장면 구분법이 사용되는지를 조사한 적이 있다.[123] 나무와

---

122 「고대예술에서의 해설(Narration in Ancient Art)」에 관한 심포지움에서 발표한 그리스의 그림이나 삽화를 이용한 서사에 관한 한프만(Hanfmann)의 논문을 참고할 것. 74쪽.

123 가장 오래된 것으로 알려진 일본의 도해 불경은 『*Kako genzai inga kyō* [*Atīta-pratyutpanna hetuphala sūtra*(?)] 過去現在因果經』이다. 이 불경은 석가모니(Śākyamuni)의 일생을 서술하고 있으며 그의 전생의 인연을 서술하고 있다. 일본 나라시기, 8세기 중엽 직후에 나타나기 시작한 이 도해 불경에는 다양한 판본이 존재한다. 이 그림 두루마리에는 중국 원형이 있을 것으로 추정되나 그 원형이 발견되지는 않았다. 이 두루마리의 위쪽 절반은 쭉 이어지는 일련의 이야기 장면들로 구성되어 있으며 그 장면과 장면 사이는 단지 나무와 숲으로 구분될 뿐이다. 이러한 장면 구획법은 사리불(Śāriputra) 그림 두루마리, 와양 베베르와 놀랄 정도로 유사하다. 아래쪽 절반은 본문으로 구성되어 있는데, 그 각 부분은 "그때에(At that time) …… "(爾時)라는 말로 시작되며, 그 본문은 해당되는 위쪽의 도해와 대응된다. 동경예술학원이 1918년 영인한 것을 보려면 일본학습원과 角川書店 편집부에

숲이라는 장치를 사용하여 장면을 구분하는 이런 독특한 방식이 이처럼 서로 멀리 떨어진 지역에서 각각 발전할 수 있었다는 점은 정말로 믿기 힘들다. 더군다나 우리가 인도의 서사 구연에 사용되는 그림에서 이와 똑같은 방식이 사용된다는 점을 감안한다면 전파라는 개념을 언급하지 않을 수 없다. 사실 이런 방식은 너무도 보편적이어서 칼라 사본의 한 면에 단 하나의 장면만을 그릴 때에도 나무와 숲을 그려 넣을 정도였다.[124] 사실 이 경우에는 서사의 흐름상 때('moment(時)')와 장소('loci(處)')[125]를 구분지어 줄 필요가 없다. 와양 베베르와 변의 그림-두루마리 사이의 이런 동일한 특성은 결코 우연이 아니며 이 양자가 모두 인도 기원을 갖고 있다는 점을 고려할 때만 비로소 제대로 설명될 수 있다.

와양 베베르와 그림으로 그린 변 두루마리 사이의 예술적, 기능적 동일성은 우리에게 다음 세 가지 가능성을 상정하게 만든다. ①이 형식은 중국에서 만들어져 인도네시아로 전해졌다. ②이 형식은 인도네시아에서 만들어져 중국으로 전해졌다. ③이 형식은 중국도 인도네시아도 아닌 제3국에서 만들어져 인도네시아와 중국으로 각각 전해졌다. 서사 그림-두루마리가 인도네시아와 중국에서 다 자생적인 것이 아니라는 우리의 지식에 의하여 첫 번째와 두 번째 가능성은 자연스럽게 기각된다. 그러므로 세 번째 가능성만 자연스럽게 남게 되고, 이와 관련된 제3국이 인도라는 점 역시 명백해진다.[126]

서 편찬한 『繪因果經*É Ingo-kyō*』을 참고할 것.

124 싯단타 바사히(Siddhānta Vasahī)(Mudibri, South Kanara, Mysore State) 컬렉션에 포함된, 1113-1120년 사이에 그려진 자야다왈라(Jayadhavalā)의 貝葉사본을 볼 것. 모티 찬드라(Moti Chandra), 『초기 인도 회화 연구*Studies in Early Indian Painting*』, 그림 27·28에 포함되어 있음.

125 메어, 『당 변문』 제4장에서 이들 용어에 대한 전체적인 설명을 하고 있다.

126 이런 유형의 이야기 구연이 기원전 수세기 전부터 이미 인도에서 존재하고 있었기 때문에 나는 다른 지역에서 좀 더 이른 원천을 찾으려는 시도를 할 필요는 그다지 느끼지 못하는 편이다. 오늘날 만족할 만한 문헌 자료를 찾을 가능성은 매우 적다. 그러면서도 동시에 나는 이집트 혹은 메소포타미아의 영향, 그리고 더욱 더 이른 시기의 모헨조-다로, 하랍파까지도 배제하지는 않는다.

제4장 근현대 인도의 그림 이야기 구연

1장에서 우리는 기원전 한참 이른 시기부터 그림을 활용한 이야기 구연이 인도에서 유행하고 있었음을 살펴보았다. 4장에서는 이 그림을 활용한 이야기 구연 전통이 오늘날까지도 여전히 지속되고 있음을 확인하게 될 것이다. 19세기 후반기 그리고 20세기 초기 25년 동안에 걸쳐 인도의 그림 공연자에 대한 민족학적, 종족학적 연구가 양적으로 질적으로 상당하게 진척되어왔다. 이런 연구 자료들은 그 자체로도 이미 매우 값지고 쉽사리 접할 수 없는 것일 뿐더러, 중국 唐代 그림 공연자에 대한 부족한 지식을 비교를 통하여 보충하고자 하는 우리의 의도에 아주 잘 부합되는 것이기에 우리가 살피고자 하는 주제와 직접 관련이 있는 단락들은 폭넓게 인용하고자 한다.

관련 자료나 문서가 상당히 많이 남아 있는 마이소르(Mysore)주의 공연자 집단으로는 바로 낄레끼야따(Killekyāta, Killikiater · Killiketar · Kiliket · Katabu · Katbu 등등 매우 다양한 별칭이 있음)를 꼽을 수 있을 것이다.[1] 아난타끄리슈나 아이예르(L. K. Ananthakrishna Iyer)의 다음 설명을 살펴보기로 하자.

깔레끼야따들은 마이소르 주 전역에 흩어져 있는 떠돌이 그림 공연자들이다. 일부 지역에서는 쉴레끼야따(Shillekyata), 즉 봄베 아따다와루*Bombe Ātadavaru* 그림 공연자(역주 : 봄베(Bombe)는 그림, 영상, 이미지를 의미하며, 아따다와루(Ātadavaru)는 공연하는 사람, 혹은 보여주는 사람을 의미함)로 불리기도 하였다. 낄레끼야따들 가운데 일부 강에서 물고기를 잡는 자들은 부루데 베스타 *Burude Besta*, 즉 말린 조롱박을 이용하여 강을 헤엄쳐 물고기를 잡는 어부로 알려져 있다. 낄레끼야따라는 단어 자체는 장난꾸러기 꼬마 도깨비라는 뜻이다. 낄레*kille*는 장난스럽다는 뜻을 갖고 있으며, 끼야따*kyāta*는 도깨비 혹은 장난꾸러기 녀석이라는 뜻을 갖고 있다. 낄레끼야따들은 가나빠띠(Ganapati)와 사라스와띠(Sarasvati)에게 예배를 드리고 난 다음 공연을 펼치는데 그때마다 그들은 매우 기괴한 모습을 지닌 인형, 즉 칠흑 같은 검은색 피부에 매부리코, 헝클어진 머리칼, 바람에 날리는 듯한 수염, 불거져 나온 입술, 항아리처럼 볼록 솟아난 배, 휘어져 굽은 팔과 다리 모양을 한 인형 하나를 등장시켰다. 이 낄레끼야따라고 하는 인형과 함께 등장하는 인형이 바로 이 인형의 마누라 인형인 방가락까(Bangarakka)인데 그 남편 인형 못지않게 끔직한 모습이었다. 이들 두 인형은 공연에서 어릿광대 역할을 맡았으며 관중들은 그들이 쏟아내는 걸쭉한 입담과 야한 농담에 푹 빠져들었다. 이 전 공연이 낄레끼야따의 이름을 따서 낄레끼야따 쇼라고 불리는 형국이 되었으며, 낄레끼야따라는 이름은 바로 이 계급을 지칭하는 명사가 되기에 이르렀다. 이런 직업적 배경으로 말미암아 그들은 뗄루구(Telulgu)어로는 봄말라따왈루*Bommalātavallu*, 깐나다(Kannada)어로는 또갈루봄베야와루*Togalubombeyavāru*로 알려졌는데, 모두 꼭두각시 무용수라는 의미를 지닌다. 다른 지역들은 모두 일찌감치 이 직업(그러니까 그림자 공연 혹은 낄레끼야따 쇼)을 포기하고 고기잡이에 전념하였으므로 이들은 바로

1 나는 이 장에서 이 이름을 낄레끼야따(Killekyāta)로 통일하여 쓰고자 한다.

부루데 베스타(Burude Besta), 즉 조롱박 어부라 할 것이다. 그들은 자신들을 스스로 다띠예루(Dātyēru)라고 특징지어 불렀다고 하는데, 그 어원이 어떻게 되는지는 추적할 방법이 없다. 뭄바이(Bombay) 관할지 인근 지역에서 그들은 까뜨부(Katbu)라는 이름으로 알려져 있다.

이 직업 계층의 특징은 꼭두각시 공연과 고기잡이로 요약될 수 있을 것이다. 그들은 라마야나*Rāmāyaṇa*와 마하바라따*Mahābhārata*의 각각의 장면들을 공연하곤 하였는데, 특히 라마야나를 더 자주 공연하였다. 공연에 사용되는 인형들은 염소 가죽 조각들로 만들어졌으며, 번쩍거리게 색칠이 되어 있었다. 이 인형들은 몇 개의 조각들로 나눠져 있었고 그것들을 철사줄로 서로 연결해놓고서는 무대 뒤에서 가는 대나무 막대로 정교하게 조종하여 다양한 동작과 자세를 만들어내었다. 등장인물들의 동작은 공연자들이 산문이나 아주 서툰 시로 읊어대는 이야기의 줄거리와 맞아 떨어졌다. 공연자들 가운데 하급의 공연자들은 자신의 무대를 깜블리(Kambli)나 세탁부들에게서 빌린 하얀 천으로 꾸몄다. 공연자 혼자서 그 무대 안에 들어가서 양손을 다 사용해서 인형들을 조종하였다. 여인 하나가 무대 바깥쪽에 앉아서 청동 주발을 뒤집어 그 윗면에 피리를 올려놓고 불어서 낮고 째진 소리를 연주해내었다. 공연에 사용되는 언어는 매우 거칠어서 가끔은 하층의 청중들에게나 어울릴 법하기도 하였다. 한편, 돗다 봄베 아따다와루*Dodda Bombe A'tadavaru*의 무대는 평지보다 높은 단 위에 만들었으며 바나나와 망고 잎사귀로 장식하였다. 이 무대는 막 뒤에 깽깽이, 북, 심벌즈 같은 악기의 연주자들을 포함하는 모든 단원들을 배치해놓을 수 있을 정도로 충분한 공간을 확보하였다. 공연의 텍스트는 유명한 서사시에서 따왔으며, 남녀 단원들은 모두 글을 읽고 쓸 줄 알았다. 남성 공연자가 막 저쪽에서 그림을 보여주는 동안 여성 공연자들이 노래를 불렀다. 공연은 밤 10시 쯤 시작되어 밤새 계속되었다. 막과 막 사이에서는 기이한 복장을 한 낄레끼야따와 그의 아내가 등장하여 아슬아슬하고 외설적인 내용으로 공연에 활기를 불어넣어주기도 한다. 공연이 끝나면 모든 단원들은 마을 사람들이 한꺼번에 걷어서 주었던 사례 말고도 선물을 더 받아내고자 가가호호 방문하여 이런저런 사례

품을 챙겼다. 게다가 공연을 하기로 약조한 기간 동안에도 단원들은 청중들에게 옷이나 다른 물건들을 요구하여 받아 챙기기도 하였다. 수확기를 앞두고 이런 공연을 하는 것은 비나 풍작을 기원하는 상서로운 일로 간주되었으며, 일년 동안 자신들을 위해 봉사해준 낄레끼야따들에게 사례를 챙겨주어야 하는 것 아닌가 하고 생각하는 지역들도 있었다.

이들 어촌 부락 가운데에서도 규모가 좀 되는 부락에서는 라마야나와 마하바라따의 표준 번역본에서 차용한 좀 더 나은 연극들이 공연되었으며, 각 조각들로 나눠 제작한 다음 연결한 꼭두각시 인형을 사용하여 각 동작들을 더욱 효과적으로 전달할 수 있었다. 아울러 장비가 잘 갖추어진 무대는 모든 등장인물과 음악 담당자들을 다 수용할 수 있을 정도로 충분히 넓었다. 하지만 별도의 공연 그룹이라 할 보조 공연자들은 조악한 장비들을 사용하였으며, 이런 보조 공연자와 공연의 음악을 담당하는 여성들은 공연 부스 바깥쪽에 앉아야 했다. 음악을 담당하는 여성들은 청동 접시 같은 판을 뒤집어 놓고 그 위에 촛대랑 피리를 같이 올려놓고서는 그 판을 양손으로 두드려 가늘고 높은 톤의 단조로운 소리를 만들어내었다. 여기에 북도 같이 곁들여졌다. 이런 부류의 공연자들이 하는 공연들은 대체로 스타일이 매우 초라하였으며, 구사하는 언어와 분위기도 매우 거칠었다.

낄레끼야따들은 떠돌이 부족으로 부락에서 외따로 떨어져서 대나무로 기둥을 세우고 가마니 같은 거로 지붕을 인 우리에서 살았다. 비록 그들 스스로가 낄레끼야따라고 자칭하였으나 그들의 사회적 지위는 형편없이 낮았다. 그러나 일부 봄베(Bombē(즉, 소부족 · 소계급))들은 교육을 받은 덕택에 존경 받는 지위를 누리고 있기도 하였고 브라만들의 집에 초대받기도 하였다. 공연자들은 특정 지역을 떠돌아다녔으며, 몇몇 지역에서는 그들의 숙련된 기술을 높이 사서 이남*inam*[2]을 주기도 하였다. 공연자들은 가나차리(Gaṇāchari)[3]의 승인을 받아 벌금을 납부하고서 자신들보다 높은 계급에서 신참자를 모집할 수 있었다.

2 '은사(지존자로부터 받은)' 혹은 '선물'이라는 뜻을 지닌 아랍어 *in'ām*에서 유래하였다. 인도에선 이 단어가 왕왕 세를 받지 않고 땅을 선물로 주는 것을 가리킨다.

3 인도-포르투갈어 단어로 '촌장'이라는 의미를 지닌다.

공연자들이 마을의 편의 시설을 이용하는 데 제한은 없었다. 이발사들은 그들에게 면도를 해주기는 하였지만 손톱을 깎아주지는 않았다. 그런데 [이 직업 계층에 속하는 자들이 꼭두각시 공연이 아니라]([ ] 안은 역자 추가) 고기잡이를 할 때는 대체로 전용 세탁부를 둘 수도 있었다…….[4]

아이예르(Iyer)가 제공해주는 정보 가운데 가장 중요한 것은 바로 낄레끼야따들이 때로 인형이나 꼭두각시를 그림과 함께 사용한다는 점이다. 이 점은 중국과 인도네시아의 초기 연극이 그림-이야기 구연과 밀접한 관련이 있는 것과도 일치한다.

『뭄바이 관구 지명사전*Gazetteer of the Bombay Presidency*』의 비자뿌르(Bijapur) 권 제3장('인구')의 '떠돌이' 항목에는 낄리께뜨(Killiket) 혹은 까뜨부(Katbu) 그룹이 들어 있는데, 이 책이 출판되던 1884년 당시의 낄리께뜨 인구는 374명으로 등재되어 있다. 그들은 비록 자신들이 상위 계급인 끄샤뜨리야의 후예라고 주장하지만 그들은 마을에서 외따로 떨어진 곳의 "조리 그릇 몇 개와 맷돌, 옷가지 몇 개, 그림 공연 상자가 살림살이의 전부인"[5] 작은 초가에서 살았다. 그들이 먹고살려고 공연할 때 사용하였을 이 그림 상자는 분명 악귀를 쫓는 권능이 있는 것으로 간주되었을 것이다. "낄리께뜨들은 자신들이 귀신들리면 3,4일 연이어 그림 상자 옆에서 잠을 잤는데, 이러면 이 공연 상자가 귀신을 놀래켜 쫓아낸다고 생각하였다."[6] 『지명사전』에서는 이렇게 묘사하고 있다. "그들의 직업은 상당히 독특하였다. 남자들은 그물로 고기를 잡고 밤에는 화려한 색깔을 칠한 그

4 난준다이야(H. V. Nanjundayya), 라오 바하두르(Rao Bahadur), 아난타끄리슈나 아이예르(L. K. Ananthakrishna Iyer), 『마이소르의 부족과 카스트*The Mysore Tribes and Castes*』, 516-517 · 532-533 · 534 · 535쪽. 이보다 더 최신의 그러나 우리의 연구에는 그다지 도움을 주지 못하는 것으로는 모랍(S. G. Morab), 『낄레끼야따*The Killekyatha*』가 있다.

5 『뭄바이 관구 지명사전』 권23, 198쪽.

6 위의 책, 199쪽.

림들을 불빛 앞에서 비춰주는 공연을 하였는데, 락슈만(Lakshman), 람찬드라(Rāmchandra), 시따바이(Sitābāi), 하누만(Hanumant), 라완(Rávan)을 비롯한 많은 영웅과 신들을 보여주었다. 이 공연의 성격은 북부 지역인 꽁깐(Konkan)과 데칸(Deccan)의 그림 공연이나 치뜨라까티(Chitrakathi)*와 아주 흡사하였다.[7] 낄리께뜨가 그림 공연자로 간주되긴 하지만 그들이 아무런 幕도 설치하지 않고 불빛 앞에서 그림으로 그려진 등장인물들을 그대로 보여주었다는 점은 너무도 중요하므로 꼭 기억해둘 필요가 있다. 이는 바로 발생적 측면에서 꼭두각시 인형극, 그림자 연극, 그림 이야기 연극(두루마리나 걸개그림 혹은 다른 유형의 배경 그림과 등장인물 그림을 활용하는) 사이에 확연한 구분이 있는 것이 아님을 보여준다고 하겠다. 아울러 인공조명을 사용한다는 점도 꼭 기억해두어야 할 것이다. 이는 바로 공연의 발전 과정상 그림자 연극의 등장인물은 이야기를 그림으로 그려 보여주는 종이에서 도려내고 따내서 만들어낸 것이라는 걸 암시해준다. 그림자 연극의 초기 단계에서 그림자를 만들어주는 역할을 하던 인형들은 비록 자신들이 그려져 있었을 배경화면에서 떨어져 나오긴 하였지만 아직 각 관절들을 자유롭게 움직이지는 못하였다.

낄리끼아따르(Killikiatar)들은 다르와르(Dharwar)에서도 거주하고 있었다. 『뭄바이 관구 지명사전』의 다르와르 권 제3장 '장인' 항목에 낄리끼아따르에 대한 언급이 나온다.[8] 해당 권을 출판하였던 1884년 당시 낄리끼아따르 인구는 445명으로 등재되어 있다. 『지명사전』에 나오는 그들의 공연에 대한 설명을 통해서 우리는 그들이 '인형'을 막 뒤에서 조종하

---

* 역주 : 고아 지역의 전통 그림자 꼭두각시 인형극. 타까르(Thakar) 공동체집단(community)에 의해서 공연되었다. 이야기는 주로 인도의 신화와 전설에서 따왔고 시와 그림을 보조 자료로 사용하였다. 치뜨라까티는 주로 비나이야까 차뚜르티(Vinayaka Chaturthi) 동안에 공연되었다. 공연은 가네쉬 신(Lord Ganesh) 그림을 보여주는 것부터 시작하였다.

7 위의 책, 198-199쪽.

8 위의 책, 권22, 152-153쪽.

면서 빛을 비추었으며 공연에는 한 명 이상의 공연자들이 참여했음을 알 수 있다.

> 그들의 주 직업은 가죽으로 만든 인형을 가지고 공연하는 것이었다. 그 가죽 인형들은 모두 발가벗고 있는 야한 모습이었다. 이런 인형들은 커튼 뒤의 불빛 가까운 곳에다 놓아두었다. 한 사람이 가까이 앉아 그 동작들을 설명하고 북을 두드렸다. 동작뿐만이 아니라 그 동작에 대한 설명까지 합쳐져서 관중들 사이에 더욱 큰 웃음을 유발하였다. 그러나 너무 야해서 정부가 공공장소에서 공연을 금지할 정도였다. 공연이 금지되자 공연자들 가운데 일부는 들판으로 날일을 하러 나가기도 하였다.[9]

동일한 시기, 동일한 직업군에 속하는 사람들이 다르와르에서는 야한 성격의 공연을 한다 하여 정부에 의하여 제재를 받고, 잠시 후 우리가 살펴볼 벨가움(Belgaum)에서는 종교적 탁발자로 이해되었다는 것은 매우 이상한 일이다. 이들 공연자들은 상황에 따라 변하는 관중들의 요구를 응대할 수 있을 정도로 다양한 레파토리를 갖고 있었다. 『지명사전』의 벨가움 해당 권의 제3장의 '거지' 항목에 포함되어 있는 낄리께따르(Killiketar) 혹은 까뜨부(Katbu)들은 1884년경에 108명이 등재되어 있으며, '가축을 돌보며 그림을 공연하는 자들'[10]이라고 설명되어 있다. 『지명사전』의 설명은 다음과 같이 이어진다.

> 빤다브(Pándav), 까우라브(Kaurav) 그리고 다른 영웅들의 그림을 보여주며 공연하는 게 그들의 주 직업이다. 공연에 사용되는 그림들은 사슴 가죽에다 그린 것이며, 가격은 3d에서 6d정도(2-4as. [순은 약 17troy 온스에 해당됨])였다. 그들은 늘 밤에 공연을 하였다. 공연단 가운데 한 명이 막 뒤에 앉아 횃불 아래에

9 위의 책, 153쪽.
10 위의 책, 권21, 185-187쪽; 위의 책, 185쪽.

서 백 내지 2백여 그림을 보여주었다. 다른 단원 하나는 바깥쪽에 앉아 해당 그림을 설명하였다. 여인들은 북을 두드렸다. 공연은 밤 9시나 10시에 시작되어 예닐곱 시간 계속되었다. 마을 사람들은 공연자들에게 4s(2루피Rs [정확히은 한 troy 온스에 해당됨])를 건넸는데, 반은 현찰로 반은 곡식이나 기름으로 건넸다. 추수철이 되면 공연자들은 마을과 마을을 떠돌아다니며 농군들이 보시하는 곡식들을 모았다.[11]

이 설명은 아주 상세하면서도 정보로서 나름의 정합성을 지니고 있어서 단락 전체에 강조를 위하여 밑줄을 그어놓을 만하다. 적어도 두 명의 남자와 두 명의 여자가 공연에 참여하였으며, 그림을 보여주는 것이라 하더라도 나름의 무대와 조명이 공연에 필수적인 요소로 자리 잡았다는 점은 특히 주목하여야 할 것이다. 아울러 그들이 공연의 대가를 받는 방식과 일하는 방식도 주목할 필요가 있다. 그들은 다르와르 지역 낄리끼아따르와는 대조적으로 "신앙을 가지고 있는 자들이었으며, 매일 그들의 그림 상자를 향하여 예배를 드렸다."[12]

아이예르와 『지명사전』의 설명을 보완해줄 또 다른 설명을 제시하고자 한다:

이 계급에는 두 부류의 중요한 직업군이 있다. 미나히디위(Mīnahiḍiyu) 혹은 부루데 베스타(Burude Besta)라고 하는 강가의 어부와 곰베이야디수(Gombeyāḍisu) 혹은 봄베이야따다바루(Bombeyātadavaru)라고 하는 그림 공연자들이 바로 그것이다. 봄베(Bombe) 그리고 곰베*gombe*는 깐나다어(Kanarese)로 '이미지', '모양', '꼭두각시 인형'을 의미한다. 마이소르에서는 짝깔라*cakkaḷa* 즉 '가죽'이라는 말을 따서 그림자 연극을 짝깔라다곰베*cakkaḷadagombe*라 부르기도 하며, 나무로 만든 꼭두각시 인형을 가지고 공연하는 것은 수뜨라*sūtra* 즉 '줄'이라는 말을 따

11 위의 책, 186쪽.
12 위의 책, 186쪽.

서 수뜨라다곰베*sūtradagombe*라고 부른다.

스피스(Spies) 박사는 다음과 같이 언급하였다. [자신의 계급의 이름을 따서 낄레끼야따라고 불리는 그림자 연극 인형은] 거대한 음경을 갖고 있다. 시작하면서 가나빠띠(Ganapati)와 사라스와띠(Sarasvatī)에게 예배를 드리고 나서 낄레끼야따는 자신과 똑같이 괴상하게 생긴 아내 방가락까(Bangarakka)와 함께 불빛이 비치는 막 뒤에 나타나 아주 야한 농담으로 청중들을 즐겁게 하였다.

낄레끼야따들의 직업군은 두 부류로 나뉜다. 그 가운데 하나가 그림 보여주기인데, 이 그림 보여주기는 또 다시 두 부류로 나뉜다. 이 두 부류란 바로 주공연자인 돗다 봄베이야따다와루(Doḍḍa Bombeyāṭadavaru)와 보조공연자인 찍까 봄베이야따다와루(Cikka Bombeyāṭadavaru)를 가리킨다. 보조공연자 집단은 아무래도 약간 거친 종류의 공연에 장기가 있었던 모양이다.

낄레끼야따에 대한 설명 가운데 몇몇 사항은 인도연극과 자바연극을 비교할라치면 언급하지 않을 수 없는 매우 핵심적인 사항이다. 이 계급에는 조상숭배가 널리 퍼져있다는 점이 강조되고 있다. 8-9월의 가네샤(Ganesha) 축제 기간 동안 낄레끼야따는 가죽으로 만든 등장인물 인형에 예배드린다. 다른 기록에 따르면 낄레끼야따는 그림상자에 날마다 예배를 드린다고 한다. 사악한 귀신에 들린 사람이 인형 상자 곁에서 사나흘 자고나면 그 사악한 기운이 겁을 내서 사라져버린다고 믿었던 걸 보면 가죽으로 만든 등장인물 인형이 마귀를 쫓는 특별한 권능이 있다고 하는 믿음이 있었던 모양이다. 추수철에 공연을 하면 강우와 작물에 상서로운 징조가 된다고 믿기도 하였다. 몇몇 지역에서는 낄레끼야따들에게 1년 단위로 사례를 지급하기도 하였다. 다양한 농기구들은 괴물 까레반따(Karebhanta)나 낄레끼야따의 지체라고 믿었으며, 농작물이 있는 들판의 곳곳에 까레반따나 낄레끼야따를 목탄으로 거칠게 그려놓았다. 이 괴물의 동생인 조꾸마라(Jokumara)는 해마다 죽어서 雨神에게로 가 사람들이 기근에 빠지지 않게 해준다고 믿었다.

이 대목에서 자바 와양의 음경을 상징하는 어릿광대 세마르(Semar)의 지위와 의미를 다시 한 번 생각해볼 필요가 있다. 세마르는 자바 본유의 혹은 힌두 이전의 신화 유물로서 식물 괴물로 간주되어 왔다. 고 자바어와 연결되어 있는 세마르라는 이름의 어원은 수마르*sumār*=산스끄리뜨어 스푸따*sphuṭa*로서, '폭발하다', '열다', '확장하다', '터지다'라는 의미를 갖고 있어 역시 같은 결론에 도달한다고 하겠다. 그러나 이 어원이 비록 맞는다 할지라도 세마르를 자바의 토종 어릿광대라고 애써 주장할 필요까지는 없을 것이다. 이 세마르 어릿광대는 다른 와양과 마찬가지로 인도에서 들어온 것으로 고인도 그림자 연극에서의 어릿광대 원형이나 음경 낄레끼야따가 자바의 것으로 변화된 것이라고 보는 게 더욱 그럴 법할 것 같다.[13]

낄레끼야따는 지금은 마하라슈뜨라(Maharashtra)에 있는 꼴라뿌르(Kolhapur) 출신이다. 그들은 떠돌이 후손으로 열네 씨족이 있으며, 그 가운데 절반이 예인 그 중에서도 특히 그림자 공연자이다. 이 일곱 씨족들이 인도의 아대륙에 걸쳐 퍼져 있으며, 오늘날에도 400여 가족에 달하는 이들이 이 기예를 전승하고 있다. 고대 인도의 많은 다른 그림 공연자들이 그랬던 것처럼 낄레끼야따도 가끔씩 첩자 역할을 맡기도 하였다. 그들은 이 마을 저 마을을 떠돌아다니며 공연을 하면서 동시에 첩보를 수집하였다. 바로 이 두 가지 이유로 말미암아 그들은 점점 널리 퍼지게 되었다. 하지만 그들이 어디를 가든지 그들끼리는 그들의 모어인 마라티(Marathi)어로 대화를 나누었다. 아울러 세계의 이런 공연 전통이 대체로 그러하듯이 이들 낄레끼야따들은 자신이 공연자의 신분일 때에는 때때로 귀족 심지어는 왕족의 후원을 받기도 하였다. 마지막으로 그들의 공연이 고전(『신화집*Purāṇa*』, 『라마야나*Rāmāyaṇa*』, 『마하바라따*Mahābhārata*』)에서 소재를 취하는 경우도 왕왕 있었지만 그들의 텍스트는 결코 기록 상태로 전수되지는 아니하였다. 대신 그들의 텍스트는 그들의 가족 내에서 구두로 전승되었다.[14]

13 마인하르트(H. Meinhard), 「자바의 와양과 그 인도 원형(The Javanese Wayang and Its Indian Prototype)」, 109-110쪽.

『뭄바이 관구 지명사전』에는 치뜨라까티*chitrakāthi*[즉, 찌뜨라까티*citrakathi*][15]라 불리는 또 다른 그림 공연자에 관한 재미있는 정보가 각권에 등장한다. 뿌나(Poona, 지금은 뿌네(Pune)라 불린다)권의 제3장 '거지' 항목에서 치뜨라까띠에 관한 정보를 발견할 수 있다. 그들의 인구수는 148명이라고 하며, 그냥 줄여서 '그림 공연자'라고 부른다.

> 그들이 영웅이나 신들의 그림을 보여주고 『신화집』의 이야기를 들려주면서 관중들을 즐겁게 해주었다. 그들의 이름은 그림이란 의미를 가진 치뜨라*chitra*와 이야기란 의미를 가진 까타*katha*[즉, 까타*kathā*]에서 따왔다.
>
> 그들은 진흙 벽과 초가지붕으로 된 가난한 자들이 사는 그런 집에서 살았다. 담요, 퀼트, 낫, 상자 그리고 금속이나 오지로 만든 그릇들이 바로 그들의 살림살이의 전부였다.
>
> 남녀를 막론하고 그들은 축제일에 입을 만한 특별한 복장을 갖고 있지 못하였다. 치뜨라까티들은 대체로 지저분하지만 절약할 줄 알았으며 남들에게 잘 대해주었다. 신과 영웅들의 그림을 보여주거나, 신과 영웅들에 관한 노래나 이야기를 들려주면서 구걸하는 것이 그들의 주된 일거리였다. 그들은 또 나무로 만든 꼭두각시 인형을 조종하여 춤을 추게 하고 영웅과 악마의 전투를 상징하는 동작을 보여주기도 하였다. 그러나 이런 꼭두각시 인형극이 더 이상 유행하지 않게 됨에 따라 그들은 다른 공연보다는 그저 그림 보여주기 공연으로 한 달에 8s에서 10s정도의 수입을 올릴 수 있을 뿐이다. (4-5루피, [순은 약 2~2.5

---

14 이 단락의 정보는 주로 까르나따까 치뜨라깔라 빠리샤트(Karnataka Chitrakala Parishath(역주 : 인도 까르나따까주 치뜨라깔라 협회), 「까르나따까의 가죽 꼭두각시 인형 : 가죽 꼭두각시 인형의 예술과 공연(Leather Puppets of Karnataka : The Art and Performance of Leather Puppets)」에서 취하였다.

15 이 이름에는 서로 다른 표기 방법이 적어도 반 타스는 될 것이다. 이 장에서 나는 찌뜨라까티(citrakathī)로 통일하여 사용하였다.

트로이 온스]) 소년들은 열두 살이면 공연을 배우기 시작하여 2년에 걸쳐 마스터하였다. 10s에서 12s정도 나가는 람(Rám) 그림 40장(5-6루피 [순은 약 2.5에서 3트로이온스]), 8s에서 10s정도 나가는 다섯 빤다브(Pándav) 가운데 하나인 아르준(Arjun)의 아들 바브루와한(Babhruváhan) 그림 35장(4-5루피), 10s에서 12s정도 나가는 아르준의 또 다른 아들 아비만유(Abhimanyu)의 그림 35장(5-6루피), 10s에서 12s정도 나가는 시따(Sita)와 라완(Rávan)의 그림 40장(5-6루피), 10s에서 12s정도 나가는 오우드(Oudh)의 하리슈찬드라(Harishchandra)왕의 그림 40장과 빤다브(Pándav)형제들의 그림 40장(5-6루피) 등이 바로 치뜨라까티(Chitrakathi)의 공연 자산 목록이었다. 그들은 이런 그림을 직접 만들어 팔았으며 매 가족마다 이런 그림들을 한 세트 완성해내어야 했다. 만약 임무를 완수하지 못하면 벌금을 내어야 하는 직업 규정이 있었다. 여인들은 집안일에만 신경을 쓰고 남정네들의 그림 공연을 돕지 않았다. 여인네들은 땔나무를 하고 구걸을 하고 요리를 하였다. 남정네들이 공연보수를 곡물로 받아왔으므로 달마다 들어가는 식비는 그다지 높지 않았다.

계층의 차원에서 보자면 치뜨라까티들은 상당히 가난하고 또 갈수록 가난해져가고 있었다.[16]

『지명사전』의 타나(Thānā, 타네(Thāṇe)라고도 함, 뭄바이의 바로 북쪽)권에서 그 지역의 치뜨라까티[즉, 찌뜨라까티(Citrakathī)]의 인구를 약 32명으로 등재하고 있다:

그들은 마라티어를 쓰는 사람들로 그들이 믿는 신들의 칼라화를 돌돌 말아 등에 지고 다닌다. 각 공연자들은 자신들의 조수를 데리고 다니는데, 그 조수는 북을 들고 다니다가 마을이 나타나면 북을 둥둥 치면서 람(Rám) 그리고 비

16 『뭄바이 관구 지명사전*Gazetteer of the Bombay Presidency*』 권18.1, 448-450쪽. 아울러 엔쏘벤(R. E. Enthoven), 「치뜨라까티(Chitrakathi)」, 특히 289쪽을 볼 것.

슈누(Vishnu)신의 다른 현신들의 공훈을 이야기하기 시작한다. 사람들이 반응을 보이기 시작하면, 공연자는 자신의 책을 펴서 사람들에게 그림을 보여주고 노래를 부르면서 그림을 설명하기 시작한다. 그들의 복장이나 습속은 마라타(Maráthá)의 복장이나 습속과 다르지 않았다.[17]

위의 설명에서 특히 주목할 만한 점은 바로 찌뜨라까티*Citrakathi*들이 자신들의 그림 두루마리(혹은 책)를 등에다 지고 다닌다는 사실이다. 바로 이 점은 돈황에서 활동하였던 중앙아시아의 떠돌이 이야기 구연자를 묘사한 모습이나 인도네시아의 달랑*dalang*에 대한 설명을 떠올리게 한다.[18]

『지명사전』의 꼴라바(Kolāba)와 잔지라(Janjira) 해당 권에서는 찌뜨라까티를 겨우 세 명 기록하고 있으며, 그들을 거지로 분류하고 있다: "치뜨라까띠 혹은 그림 공연자들은 본디 데칸 태생이며, 가가호호 방문하며 걸식을 하고 비슈누의 10현신의 2,30장의 그림을 보여준다."[19]

사따라(Sātāra)권의 제3장에서는 찌뜨라까티의 인구를 98명으로 적고 있으며 그들을 거지로 분류하고 있다. "그들은 영웅과 신들의 그림을 보여주면서 『신화집』의 이야기를 반복해서 들려주며 아울러 노래도 하고 걸식도 한다."[20] 아흐마드나가르(Ahmadnagar)의 『지명사전』에서도 그들을 거지로 분류하고 있으며, 찌뜨라까티의 인구를 387명으로 적고 있다. "그들은 신과 영웅들의 그림을 보여주면서 그와 관련된 이야기를 들려주고 노래를 하면서 구걸을 한다. 여인네들은 집안일을 하고 아울러 노래를 부르면서 구걸을 한다."[21]

---

17 『뭄바이 관구 지명사전』 권13.1, 196-197쪽.

18 돈황 초상화에 대해서는 빅터 메어(Victor H. Mair), 「행자 현장의 초상화의 기원(The Origins of an Iconographical Form of the Pilgrim Hsüan-tsang)」을 볼 것. 인도네시아의 달랑(dalang)에 대한 설명은 본서 제3장에 들어 있다.

19 『뭄바이 관구 지명사전』 권11, 73쪽.

20 위의 책, 117쪽.

21 위의 책, 178쪽.

「치뜨라까티, 하르다(Chitrakathi, Harda)」 논문에는 이런 그림 공연자들에 관한 비교 연구에 도움이 될 만한 정보가 담겨있다:

탁발승이자 그림 공연자인 낮은 카스트가 마라타(Marātha) 지구에 [거주하고 있음이 발견된다]. 1901년에 그들은 중앙성에 200명, 베라르(Berār)에 1,500명이 거주하고 있었지만 주로는 암라오띠(Amraoti)지구에 거주하고 있다. 엔토벤(Enthoven)씨의 설명에 따르면,[22] 그 이름은 그림을 의미하는 치뜨라*chitra*, 이야기를 의미하는 까타*katha*에서 유래하였으며, 이 계급의 주업은 영웅과 신들의 그림을 보여주고 그들에 관한 이야기를 들려주며 떠돌아다니는 것이다. 정결하지 못한 것은 아니지만 이 계급의 사회적 지위는 낮으며 기혼 여성들을 매춘에 종사시키기도 하고 미혼여성들의 혼전 관계에 대해서도 관대한 편이라고 한다. 키츠(Kitts)씨[23]는 그들을 이렇게 묘사하고 있다. "떠돌이 탁발승으로 까이까리(Kaikāri)들과 공모하여 범죄를 저지른다고 의심받기도 하지만 그러나 그들은 정말 해악을 끼치지 않는 사람들이다. 그들은 떠돌아다니면서 왓다르(Waddar)인들이 거주하는 것과 같은 작은 초가에서 살면서 남자들은 물소와 우유를 팔고 여인네들은 탈리*thāli*[접시, 대접]를 두드리면서 그 소리에 맞추어 노래를 하고 걸식을 하였다. 나이 지긋한 남자들도 손에는 깃발을 들고 그들의 신의 이름인 하리 비탈(Hari Vithal, 그들의 이름 하르다(Hardā)는 바로 여기서 유래함)을 소리쳐 외치면서 걸식을 하였다. 그들은 귀신을 숭앙하였고, 술을 마셨다 하면 함부로 행동하여 골칫거리가 되기도 하였다." 사르타다*sarthāda*라고 불리기도 하는 넓은 접시인 탈리는 여인네들이 반주용 악기로 사용하기도 하는데, 한가운데를 초로 코팅한 작은 황동접시이다. 이 접시를 허벅지 위에다

---

22 『뭄바이 민족지 개관*Bombay Ethnographic Survey*』 가운데 「치뜨라까티(Chitrakathi)」 부분의 초고.[원주는 러셀(R. V. Russell), 라이 바하두르 히라 랄(Rai Bahadur Hira Lal), 「치뜨라까티, 하르다(Chitrakathi, Harda)」에 인용되어 있는 것임]

23 『베라르 인구센서스 보고서*Berār Census Report*』(1881), 206단. 재판에는 이 단락이 약간 수정되고 축약되었다.[원주는 러셀, 라이 바하두르 히라 랄, 「치뜨라까티, 하르다」에 인용되어 있는 것임]

올려놓고서 스틱을 원모양을 그리며 두드려 윙윙거리는 소리를 내었다. 남자들은 공연에 필요한 그림을 직접 그리기도 하였다. 그리고 뭄바이에서는 모든 치뜨라까티들은 자신의 집안에 신과 영웅을 그린 그림들을 보관하여야 한다는 계급의 규율이 있었다. 그 그림이란 바로 라마의 인생을 묘사한 그림 40장, 아르준의 아들들을 표현한 그림 35장, 빤다와(Pāndava)를 묘사한 그림 40장, 시따(Sīta)와 라완(Rāwan)을 묘사한 그림 40장, 그리고 하리슈찬드라(Harishchandra)를 묘사한 그림 40장을 말한다. 그들은 또한 위에서 열거한 영웅과 신들의 형상을 한 꼭두각시 인형을 가지고서 펀치와 쥬디 쇼(Punch and Judy show)처럼 공연을 하였는데, 때론 복화술 수법을 활용하기도 하였다.[24]

위 단락을 읽다보면 우리는 즉시 에드워드 무어(Edward Moor)가 1791년에 다르와르의 군영지 수행원을 묘사한 것을 떠올리게 된다.[25] 우리는 부처가 살아 있을 때 이미 찌뜨라까티로 명성을 누렸던 위대한 꾸마라 까사빠(Kumāra Kassapa)가 바로 이 19세기 후반 그림 공연자들의 선구자가 아니었나 생각해볼 수도 있겠다.[26]

이름이나 직업상 이들과 밀접하게 연관되어 있는 그룹은 바로 찌뜨라까티*citrakathī* 혹은 찌뜨라까르*citrakār*로서, 20세기 50년대까지 벵갈(Bengal)에서 활동하였다. 나는 여기서 찌뜨라까티*citrakathī*를 폭넓게 연구한 바 있는 비슈와나트 바네르지(Biswanath Banerji)의 「찌뜨라까르(citrakār)에 관한 노트」의 한 대목을 인용하고자 한다.

---

24 러셀, 라이 바하두르 히라 랄, 「치뜨라까티, 하르다」, 『인도 중부 제성의 종족과 카스트*The Tribes and Castes of the Central Provinces of India*』, 438-440쪽.

25 이 장의 마지막에 인용한 에드워드 무어(Edward Moor), 『리틀 대위 부대의 전투 이야기*A Narrative of the Operations of Captain Little's Detachment*』를 볼 것.

26 바루아(B. M. Barua), 「천국과 지옥의 이야기 책(Books of stories of Heaven and Hell)」, xii쪽.(비말라 차란 로(Bimala Charan Law), 『불교의 관점에서 본 천국과 지옥*Heaven and Hell in Buddhist Perspective*』의 부록)

그들의 주업은 두루마리 그림을 보여주면서 공연하는 것이다. 그들은 두루마리 그림을 천천히 펴서 보여주면서 그 그림에 그려진 대목을 설명하는 운문을 노래로 읊조렸다. 이 두루마리 그림은 마치 필름 롤처럼 말려 있으며 대개 24피트에서 50피트(7.31미터에서 15.24미터)정도 했다. 그들은 이 두루마리 그림을 무슨 기념화처럼 파는 것이 아니라 이 두루마리 그림들을 보여주며 반주에 맞춰 노래를 함으로써 돈을 벌었다. 그들은 이 두루마리 그림을 자신의 재산목록 1호로 애지중지하였다. 그들은 두루마리 하나를 마련하는 데 대개 6루피 정도 들였다. 그들은 마을에서 한 차례 공연을 하고서 쌀과 채소를 얻었다(반 뽀아(poa)에서 한 뽀아 반 정도의 쌀 즉, 4에서 12온스). 드물게 그들은 도시에서는 두띠(Dhuti)[즉, 도띠(dhoty), 힌디어 도띠(dhotī), '허리에다 헐렁하게 매고 무릎까지 내려온 옷']나 사리(Sari)를 얻기도 하였으며, 도시를 벗어난 교외지역[즉, 모푸실(moffusil), 우르두(Urdu)어로는 무파살(mufaṣṣal), '성 바깥의, 교외의']에서는 공연의 대가로 몇 아나(역주 : 1루피의 16분의 1)를 받기도 하였다.

두루마리 그림은 남자들이 만들었다. 두루마리 그림을 만들기 위하여 그들은 수제 종이를 사용하였고 색깔을 내기 위해서는 그 고장의 천연 안료를 사용하였는데, 예를 들어 검정색은 숯, 하얀색은 백묵, 붉은색은 "빠뜨 아따(pat atta)" 혹은 잘 익은 '뗼라꾸차(telakucha)'(향토 과일)의 과즙으로 그 색깔을 내었다. 그러나 지금은 일반 종이를 사용하여 두루마리 종이를 만들고 외국에서 들여온 안료를 사용하여 그 위에 색칠을 한다[서부 벵갈의 종족과 계급-서부 벵갈 1951년 센서스를 참고할 것].

남자들은 각각의 뿌자(puja)[제식, 의례, 희생의식] 기간 동안 크기와 모양에 따라 3루피에서 35루피 정도에 달하는 신과 여신들의 두루마리 그림이나 모형을 제작하였다. 이 두루마리 그림이나 모형을 제작하는 동안 찌뜨라까르의 아들들 혹은 딸들 혹은 아내가 그들을 도왔다. 그리고 찌뜨라까르들끼리 서로 돕기도 하였다. 조수들은 결코 금전으로 보수를 받는 적이 없었으며 그저 끼니나 해결받는 정도였다.

그들은 공연을 하기 위하여 반경 4마일 정도를 마을과 마을로 떠돌아다녔다.

경작과 추수가 끝나는 무렵, 대개 1월말에서 3월에 이르는 시기에 그들은 두루마리 그림을 매고 마을에서 마을로 떠돌아다녔다. 나에게 자료를 제공해주는 모든 이들은 방꾸라(Bankura)와 비르붐(Birbhum) 그리고 미드나뽀르(Midnapore)의 여러 마을을 순방하였다. 몇몇은 발레스와르(Baleswar)와 잠셰드뿌르(Jamshedpur) 등지를 찾아가곤 하였다.

마을에 도착하면 그들은 아침 7시부터 오후 2시까지 두루마리 그림 공연과 걸식을 하였다고 한다.

두루마리 그림 공연의 주제와 소재는 다음과 같은 것에서 취하였다:

1. 라마야나에서 시따 하라나(Sita Harana)(역주: 여주인공인 시따의 납치장면), 라완바다(Ravanbadha)(역주: 악마의 왕인 라완을 죽이는 장면), 락슈만 사끄띠셸라(Lakshman Saktishela)(역주: 라마 동생 락슈만이 신으로부터 받은 무기를 가지고 싸우는 장면) 등등.
2. 바그바따(Bhagbata)(역주: 신화집 가운데 비슈누 신 계열에 속하는 신화집)에서 끄리슈나릴라(Krishnalila)(역주: 악동 끄리슈나의 어린 시절 장난 장면), 자간나트(Jagannath)(역주: 비슈누 신이 '세상의 주인'이란 뜻의 자간나트로 불리게 사연) 등등.
3. 마하바라따에서 나라메드 야갸(Naramedh Yagna)(역주: 나라메다 제사장면), 사비뜨라 사띠야반(Sabitra Satyaban)(역주: 사비뜨라와 사띠야반의 애끓는 사랑), 다따 까르나(Data Karna)(역주: 꾼띠 왕비가 처녀 적에 태양신으로부터 은총으로 받은 아들인 까르나 이야기) 등등.
4. 마나사 망갈라(Manasa Mangala)(역주: 마나사 여신을 칭송하는 신화 장면)
5. 찬디 망갈라(Chandi Mangala) 그리고 다른 망갈라(Mangala) 시가들. 이 두루마리 그림들은 이야기의 주인공이 되는 신의 초상이 크게 그려진 그림부터 시작하여 그 신이 인류에게 준 복과 벌을 그린 그림이 바로 이어져 그려져 있었다. 이 같은 두루마리 그림 이야기 공연의 결론은 인류의 구원을 담은 희극 장면이었다. 그들은 자신이 외우고 있는 재미있는 장면을 신중하게 선

택하여 그림으로 그려내었다.

여인들은 형틀이 없이 맨손으로 점토를 빚어 신의 모형을 만들거나 테라코타 형틀에다 점토를 넣어 빚어서 신의 모형을 만들기도 하였다. 이런 모형들은 햇볕에 말리는 게 일반적인데 때론 불에 굽기도 하였다. 그녀들은 다양한 신과 여신들의 인형들 그리고 '알라디(alladi)'인형들 그리고 다양한 새와 짐승의 형상을 만들었다. 이런 형상들의 색깔은 상당히 다양하였다. 오늘날에는 이런 형상들에 색칠을 할 때 외국의 안료나 페인트를 사용한다. 이런 형상들은 일주일 단위로 열리는 시장에서는 팔지 않고 뽀우스 차이뜨라 상끄란띠(Pous Chaitra Sankranti) 같은 기간에 장터에서 팔았다. 가격은 2파이스(pice)에서 4아나(anna)까지 다양하였다.[27] 남정네들이 시장에서 이 형상들을 판매하였다.

찌뜨라까르들은 이거 말고 다른 직업을 따로 갖진 않았다. 그러나 그들의 벌이로는 최소한의 생계유지도 힘들었다. 그들은 사실 마을주민들의 자선에 기대야했다. 오늘날 이 땅뙈기 하나 없는 예인 그룹은 경제적으로 비참한 생활을 꾸리고 있다[28]

스텔라 크램리쉬(Stella Kramrisch)는 이 예인들이 다양한 방식으로 연습하고 있음을 강조한다. 그들은 자기들의 집 담벼락에다 그림을 그리곤 다시 지우는 식으로 매일 연습하였다.[29]

찌뜨라까티처럼 찌뜨라까르 역시 신화로 덮인 고대에서부터 연유하였을 것이다. 『브라흐마바이와르타 신화집*Brahmavaivarta purāṇa*』('브라흐마(Brahmā)[끄리슈나(Kṛṣṇa)와 동격]의 여러 변형태의 전설들, 신성한 신체들, 그들이 인간 행동과 다른 범사에 미치는 영향을 다룸')은 카스트의 기원과 이론을 언

27 인도의 구 화폐 제도에 따르면, 4파이스(pice)는 1아나(anna)이며, 16아나는 1루삐(rupee)이다.

28 비슈와나트 바네르지(Biswanath Banerji), 「치뜨라까르(Chitrakar)에 관한 메모」, 92-93쪽.

29 스텔라 크램리쉬(Stella Kramrisch), 『미지의 인도*Unknown India*』, 71쪽.

급하면서 전문화가 혹은 전문 예인이었다가 추방당한 자들의 명단에 이들을 열거하고 있다.

> 바이샤(Vaiśya) 아버지와 슈드라(S'ûdra) 어머니 사이에 태어난 아이를 까라나(Karaṇa)라고 불렀다. 브라만(Brâhmaṇa) 아버지와 바이샤 어머니 사이에 태어난 아이를 암와스타(Amvaṣṭha)라고 불렀다. 그 후에 비스와까르마(Viśwakarmâ)는 수드라 여인과의 사이에 아들 아홉을 낳았다. 그들의 이름은 다음과 같다: 말라까라(Malâkâra), 까르마까라(Karmakâra), 샹카까라(S'ankhakâra), 꾸윈다까(Kuvindaka), 꿈바까라(Kumbhakâra), 깐사-까라(Kaṃsa-Kara), 수뜨라다라(Sutradhara), 치뜨라까라(Chitrakâra) 그리고 스와르나까라(Swarṇakara)이다. 이들은 모두 서출이며, 건축의 능수들인데, 그 가운데에서도 앞의 여섯이 특히 건축의 능수이다. 나머지 셋은 브라만(Brâhmaṇa)의 저주를 받아 신성성을 상실하고 샤스뜨라(S'âstra)에 의하여 제물을 바칠 자격이 없는 자들로 낙인찍혔다. 제물을 바치는 일을 주관하게 하고자 이들을 불러 일을 맡기는 자는 누구를 막론하고 천민이 될 것이다; 그는 더렵혀진 것이다.[30]

몇 페이지 뒤에 찌뜨라까르의 조상에게 부과된 특정 의무를 설명하는 대목이 나온다.

> 비스와까르마의 아들 가운데 스와르나까라는 브라만(Brâhmiṇ)의 황금을 훔친 죄로 저주를 받아 추방을 당하고 신성성을 상실 당하였다. 수뜨라다라 역시 브라만의 명령을 받들어 헌제에 사용할 땔감을 모으는 것을 게을리 하여 저주

30 라젠드라 나트 센(Rajendra Nath Sen) 역, 『브라흐마-바이와르따 뿌라남*The Brahma-vaivarta Puranam*』, 해당 장의 이름은 『브라흐마-칸다(Brahma-khaṇḍa)』, 30쪽(산스끄리뜨 텍스트로는 27쪽), 5. 74. 현존하는 판본은 아마도 5세기 혹은 이보다 더 늦은 시기에 나온 것일 것이다. 그러나 이 텍스트에서 다루는 사건들은 2천년도 더 전인 베다 시기의 사건들이다. 찌뜨라까르가 그의 형제인 수뜨라다라('끈을 잡고 있는 자' 즉 '[꼭두각시] 연극 연출자')와 함께 출현한다는 점에 주목할 것.

를 받고 강등되었다. 치트라까라는 건축 설계도의 결함으로 말미암아 브라만의 명령을 거스르게 되고 결국 다른 아들들과 같은 운명에 빠져든다.[31]

바라하미히라(Varāhamihira, 587년 사망?)의 『브리하뜨상히따*Bṛhatsaṃhitā*』(점성술의 입장에서 본 신성 존재들의 의미와 신성 존재들이 인간행동에 미치는 영향에 관한 『개요』)(5.74)에는 공연 예인(찌뜨라까라)들이 악공이나 무희와 같이 분류되어있다.[32]

한편, 인도 그림 이야기 구연 가운데 지금까지 전해지는 것으로는 또 빠뜨*paṭ* 혹은 빠따*paṭa*(빠따찌뜨라*paṭacitra*라고도 불린다)가 있다. 이 빠뜨는 벵갈, 안드라 쁘라데쉬(Andhra Pradesh), 구자라뜨(Gujarat), 라자스탄(Rajasthan) 등지에서 발견된다. 빠뜨는 판매용으로 만든 작고 네모진 그림을 가리키기도 하며, 자라노-빠뜨(jaṛāno-paṭ, 천위에 그려서 말아놓은 그림이란 뜻이다)라고 불리기도 한다. 이 빠뜨의 소재는 주로 널리 알려진 신화에서 따왔으며 사회의 불의에 초점을 맞추기도 하였다. 사회의 불의에 초점을 맞추는 경우에는 악행을 저지른 자가 받은 업보와 지옥을 묘사하는 것으로 끝맺기도 하였다.[33] 한편 빠뜨는 성자의 이야기나 창녀 그리고 노래하는 여인의 이야기를 다루기도 하였다.

벵갈의 빠뜨 두루마리가 세로로 위에서 아래로 매달아 놓는 방식인 것을 제외하고는 보통 빠뜨는 대체로 가로로 각 장면이 넘어가는 형식으로 제작되었다. 빠뜨 두루마리는 와양 베베르*wayang bèbèr*나 변의 두루마리와 같은 기능을 하였다. 이 두루마리의 길이는 10피트에서 50피트(3.04미터에서 15.24미터)까지 다양하였고, 폭은 1피트나 2피트(30센티미터나 60센티미터) 정도 하였다. '승려'-화가들이 그 두루마리를 펼치면서 청중

31 위의 책, 34쪽(산스끄리뜨 텍스트로는 31쪽).

32 샤스뜨리(P. V. Sastri), 라마크리슈나 바뜨(V. M Ramakrishna Bhat) 역주, 『바라하미하라의 브리하뜨 상히따*Varahamihara's Brihat Samhita*』, 67쪽.

33 베리어 엘윈(Verrier Elwin) 편, 『인도의 민화*Folk Paintings of India*』, 8쪽.

들에게 이야기를 들려주었다.[34] 두트(G. S. Dutt)는 이런 두루마리 그림들이 바로 "외래 요소가 극히 적으며 불교 이전 시기의 예술 전통을 반영하고 있다"[35]고 지적하였다. 다만 이러한 두루마리 그림 가운데 현존하는 가장 오래된 것은 17세기보다 더 앞서지는 못한다.[36] 이 두루마리 그림들은 사용하다가 낡게 되면 바로 의식을 밟아 버리는 것이 관례였으므로 17세기의 것처럼 오래된 것이 남아 있다는 사실은 매우 특기할 만하다. 18세기 말 이전의 빠뜨가 거의 전해지지 않기는 하지만, 무꾼다라마(Mukunddarāma)의 짠디 망갈라*Caṇḍī Maṅgala*(여신 짠디*Caṇḍī*에게 바치는 신성한 노래)[37] 그리고 18세기 시인인 비슈누빨라(Viṣṇupāla)의 마나사 망갈*Manasā-maṅgal*에서 1600년경으로 추정되는 벵갈 빠뜨 텍스트에 관하여 특별히 언급하고 있다. 빨라암(Palaam)에서 1540년이라 밝히고 있는 도해본 자이나교(Jain) 『대신화집*Mahāpurāṇa*』의 그림 한 장에는 자기 키만큼이나 큰 빠뜨를 든 여인이 등장한다.[38] 이 빠뜨는 세로로 세운 장대에 매

34 아소끄 미뜨라(Asok Mitra) 편, 『서 벵갈의 종족과 카스트*Tribes and Castes of West Bengal*』, 311-312쪽에 실려 있는 수단수 꾸마르 라이(Sudhansu Kumar Ray)의 언급을 참고할 것. 그런데 상까르 센 굽따(Sankar Sen Gupta)는 『빠따와 빠뚜아*The Patas and the Patuas*』, 50쪽에서 빠뜨를 그린 것으로 추정되는 빠뚜아와 빠뜨를 노래하는 빳띠까르(paṭṭikār)를 구분하고 있다. 대부분의 권위자들은 빠뚜아가 직접 노래도 하는 것으로 주장하고 있다.

35 구루 사다이 두트(Guru Saday Dutt), 『벵갈의 토속 화가*The Indigenous Painters of Bengal*』, 19쪽.

36 위의 책, 21쪽. 아수또쉬 인도 예술 박물관(Asutosh Museum of Indian Art), 캘커타 박물관(Calcutta Museum) 그리고 두트(G. S. Dutt)의 소장품 가운데 오래된 빠뜨라 해도 거의 115년 이상을 넘기지는 못한다. 가장 오래된 자라노-빠뜨(jaṛāno-paṭ)들 역시 대체로 180년을 넘지는 않는다. 고쉬(D. P. Ghosh), 「벵갈의 뚤시다와 빠뜨의 도해본 라마야나(An Illustrated Rāmāyaṇa Manuscript of Tulsīdās and Paṭs from Bengal)」, 133쪽을 볼 것.

37 1978년 2월 14일부터 4월 9일까지 펜실베이니아 대학 반 펠트 도서관(Van Pelt Library)에서 『인도의 구비문학*Oral Literature of India*』이란 제목으로 열린 전시회에 대한 조셉 밀러(Joseph C. Miler)의 메모 가운데 제4쪽을 볼 것. 아울러 레베카 타이거(Rebecca Tiger), 「서부 벵갈의 민속 이야기 빠뜨(Narrative Folk Paṭ-s of West Bengal)」, 8쪽을 볼 것.

38 사리유 도쉬(Saryu Doshi), 「자이나교 회화에서 도상과 서사(Iconic and Narrative in

Jain Painting)」, 32쪽을 볼 것. 이 도해본 원고는 자이뿌르(Jaipur)의 쉬리 디감바라 자이나교 아띠샤야 끄셰뜨라(스리 마하위르지)(Shri Digambara Jain Atishaya Kshetra(Shri Mahavirji)) 컬렉션에 소장되어 있다. 내 동료 피터 가에프케(Peter Gaeffke)가 아주 친절하게 이 도해의 문헌 근거가 뿌슈빠단따(Puṣpadanta)가 지은 『대신화집*Mahāpurāṇa*』의 칸토(canto) 22.21의 10행 이하임을 확인해주었다. 피터 가에프케는 해당 부분을 다음과 같이 번역하였다:

그리고 그녀는 그 위에다 불한당과도 같은 짓이 얼마나 위험하며 사랑놀이가 얼마나 내밀한 것인지를 그려내었다;
그녀가 사는 곳 그리고 그녀가 사랑을 나누는 곳-
"이건 나이고 그리고 저건 너."
이렇게까지 말하였나니 그녀는 아무 것도 숨기지 않았네,
순다시(Sundasi)는 그녀가 아는 모든 걸 말했다네.
"오, 지혜로운 자여, 나에게 내 사랑을 가져다주오, 더불어 내 사랑의 고통을 잠재워주오;
하늘에 반짝이는 별처럼 빛나는 나 같은 여인은 이 세상 어디에도 없다오."
And she painted on it the deep danger of knavery and the
secret play of lovemaking; 10
Where she lived, and where she made love—
"This is me and that is you." 11
Having said this, she did not hide anything,
Sundasi said all that she knew. 12
"Oh, learned one, bring me my beloved and quench
the burning pain of my love;
There is no other woman like me who shines
as the stars in the sky." final couplet

인도에서 감동적인 마음을 전달하기 위하여 이처럼 그림으로 몰래 설명하는 방식은 1세기까지 거슬러 올라간다. 『가타삽따샤띠*Gāthāsaptaśatī*』라 이름 붙인 할라 사따와하나(Hāla Satavahana)와 더불어 쁘라끄리뜨(Prākrit) 시가집에서 현숙한 부인이 뜻하지 않게 시동생의 관심의 대상이 되었을 때 그 부인은 그 집의 담장에 그려진 『라마야나*Rāmāyaṇa*』의 한 장면을 가리키며 락슈만(Lakṣmaṇa)이 그의 형 라마(Rāma)에게 얼마나 충직하였는지를 설파한다:

1.35 이 가정의 젊은 여인은 하루 온종일 마음에 마귀가 들어차버린 시동생을 교육하고 있다. 그 수미뜨라의 아들(라크스마나)은 라마에게 너무도 헌신적이었으니 그 사적이 그들 집의 담장에 그림으로 기록되어 있다네.
The young lady of the family is lecturing the whole day to her brother-in-law (her husband's younger brother), whose mind is corrupt, on the deeds of Sumitrā's son

달았는데 사람 두 명, 나무 두 그루 그리고 잘 알아 볼 수 없는 사물 네 개가 그려져 있었다. 빠뜨를 들고 있는 여인의 왼편에는 청중 같기도 하고, 춤을 추고 있는 모양으로 봐서는 빠뜨를 들고 있는 여인의 파트너 같아 보이기도 하는 또 다른 여인이 그려져 있다.

끊임없이 돌려가며 공연하느라 두루마리가 빨리도 헤졌던 사정을 감안한다면 오래된 두루마리들이 거의 남아 있지 않는 게 그다지 이상할 것도 없을 것이다. 두루마리가 닳아지기 시작하면 공연자들은 다시 새로운 것을 제작하였다. 긴 시간이 경과함에 따라 이 전통 역시 조금씩 변화하긴 하였지만 공연자들은 새로운 이야기를 만들어 내거나 기존의 이야기를 새로운 방식으로 공연할 필요성을 그다지 절박하게 느끼지는 않았다. 공연자들은 전통적인 방식과 주제를 그대로 보존하고자 하는 의도를 더욱 강하게 지니고 있었다. 더욱이 공연자들은 공무원이 사용하다 버린 종이나 가게에서 사용하다 버린 종이나 신문지 같은 것을 모아서 그림을 그리고 두루마리로 만들었기 때문에 그 그림이 애당초 오래 가기가 불가능하였다(돈황의 민간문학작품도 대체로 공문서, 공식서한, 종교서적 같은 것의 이면지를 사용하여 필사되었다). 이런 식으로 그린 그림 낱장을 서로 풀로 붙이기도 하고, 실로 꿰매어 두루마리로 제작하였는데 두 폭에서 열네 폭까지 다양하였다. 옥양목 조각이나 닳아빠진 셔츠의 조각으로 종이 두루마리의 양 끝에 덧대어 두루마리를 보호하기도 하였다. 그리고 이렇게 두루마리 양 끝에 덧댄 천조각을 두루마리 걸이용 장대에 걸고서는 감아 돌렸다.

빠뜨, 빠뚜아*paṭuā* 혹은 빠띠다르*paṭidār*를 공연하는 전문 예인들은 매우 가난하였고 계급도 아주 낮았다. 그들의 계급은 도공, 이발사, 대장

(Lakṣmaṇa), who was so devoted to Rāma, that were recorded in paintings on the walls of (their) house.

[라다고빈다 바삭(Radhagovinda Basak) 편역, 『쁘라끄리뜨 가타삽따샤띠*The Prākrit Gāthāsaptaśati*』, 6쪽, 부분 수정.]

장이, 사탕과자 장인 정도와 비슷하였다. 이야기 구연자이자 화가였던 이들의 사회적 계급은 마술에 좀 더 장기를 가진 자두빠뚜아*jādupaṭuā*나 '문간에서 기다리는' 두아리빠뚜아*duārīpaṭuā*와 같은 부류로 분류될 수도 있을 것이다.[39] 일반적으로 공연자들이 공연을 다니는 지역은 대개 반경 7,8마일 정도인데, 유명한 공연자들은 이보다 좀 더 멀리 다니기도 하였다. 공연자들은 보통 두루마리 그림 상자와 대나무 기름통 정도만을 들고 가볍게 돌아다녔다. 그들은 공연하는 마을에서 숙박하였다.

빠뜨는 대체로 일인 빠뚜아에 의하여 교차로나 마을 한 가운데에서 공연되었다. 혹은 빠뚜아가 자신의 빠뜨를 보여주면서 가가호호 방문하기도 하였다. 혹시 누군가가 거리 공연에서 관심을 좀 보일라치면 특별히 두루마리 그림 가운데 한 컷을 더 보여주면서 내용을 설명해주기도 하였다.[40] 빠뚜아들은 대나무 틀을 세운 다음 그 위에다 두루마리 그림을 매달았다(물론 소형 두루마리 그림을 사용할 때에는 이렇게 할 필요가 없었다). 그런 다음 공연자는 자신의 수호신을 찬양하고서 이야기를 시작하였다. 공연자는 이야기를 구연하면서 두루마리 그림의 여러 곳을 가리켰다. 그러나 공연자가 구연하는 이야기 자체가 공연자 자신에게나 청중들에게나 워낙 널리 잘 알려진 것이기 때문에 공연자가 가리키는 그림의 각 부분과 이야기 전개가 한 치의 오차도 없이 정확하게 일치될 필요까지는 없었다.

빠따*paṭa* 공연의 주요 소재는 벵갈 민가, 서사시 『라마야나』, 끄리슈나(Kṛṣṇa)의 일생과 관련된 여러 일화들이었다. 가장 인기 있는 민가는 쉬와(Śiva)의 맞수이며, 뱀의 수호신인 여신 마나사(Manasā)에 관한 것과 쉬와의 아내이자 마나사의 적수인 여신 짠디(Caṇḍī)에 관한 것이었다. 물론 빠뚜아가 자신의 청중

39 엘윈(Elwin), 『인도의 민화*Folk Paintings of India*』, 23쪽 및 크램리쉬(Kramrisch), 『미지의 인도*Unknown India*』, 70쪽.

40 센 굽따(Sen Gupta), 『빠따와 빠뚜아*The Patas and the Patuas*』, 74쪽.

들의 반응을 더욱 잘 이끌어내어 더 많은 수입을 올릴 수 있을 것 같으면 새로운 소재들을 끌어들이기도 하였다. 유명한 강도나 살인자 같은 통속적인 소재가 공연에 사용되기도 하였다. 종교적 소재와 마찬가지로 이런 통속적 소재 역시 선한 일을 한 자는 복을 받고, 악한 일을 한 자는 벌을 받는다는 도덕의식을 바닥에 깔고 있었다. 공연에 등장하는 노래, 구연 방식 그리고 그림 같은 것은 모두 아버지에게서 아들로 대대손손 전해졌다. 그들은 문학작품을 통하여 그리고 다른 빠뚜아나 친구들을 통하여 새로운 소재를 얻었다. 몇몇 빠뚜아들은 그들 스스로 이야기를 만들어내기도 하였다.[41]

빠뚜아는 공연을 하면서 문자로 된 책이나 무슨 대본 같은 것을 사용하지는 않았다. 그들의 공연은 말 그대로 구연과 시각적 보여주기로만 이루어졌다. 그러나 "궁정이나 귀족 후원자들을 위하여 제작한 구연용 그림에는 글자로 기록한 텍스트나 참고글 같은 것이 같이 딸리기도 하였다."[42]

대부분의 빠뚜아들은 비속한 벵갈어나 사투리를 썼다. 그들의 공연을 보는 사람들조차 그들을 무시하였지만 그래도 그들이 지니고 있는 환상을 만들어내는 능력만큼은 존경을 받았다. 몇몇 빠뚜아들은 자신들의 지위가 조금이라도 높아 보이게 하려는 의도로 자신들을 스스로 찌뜨라까르*citrakār*(화가)라고 부르기도 하였다.

서부 벵갈 지역 빠뚜아의 공연 방식과 지위 등에 관하여 가장 잘 설명하고 있는 것은 아마도 다음의 인용문일 것이다.

한쪽으로는 오릿사(Orissa)에 맞닿아 있고 다른 한쪽으로는 비하르(Bihar)에 맞닿아 있는 서부 벵갈 지역에 빠뚜아, 즉 두루마리 그림 화가로 알려진 집단이 거주하고 있다. 그들은 매우 낮은 사회 계급 출신으로 힌두 공동체에서 인

41 밀러(Miller), 『인도의 구비문학*Oral Literature of India*』의 주석, 3쪽.
42 타이거(Tiger), 「민담서사 빠뜨Narrative Folk Paṭ-s」, 7쪽 및 66쪽 각주 20.

정받고 있지도 못하다. 그들은 비록 힌두교보다는 이슬람교를 더욱 잘 믿는 경향이 있었지만 그래도 자신들의 사회조직을 만들고자 하였다. 그들은 『라마야나』, 『바가와따*Bhāgavata*』 그리고 자신들이 사는 동네의 전설을 그림으로 그려 사람들의 오락거리로 제공함으로써 생계를 꾸렸다. 그들은 자신들이 직접 노래를 부르며 이야기를 구연하며 그림들을 보여주었다. 그들은 너비 2피트(0.6미터), 길이 약 40피트(12.19미터) 정도 되는 두루마리에다 그림을 한 컷 한 컷 그린 다음 말아서 보관하다가 이곳저곳으로 이동하며 가지고 다녔다. 그러면서 그들은 사람들에게 노래를 불러주며 자신들이 하고자 하는 이야기의 내용을 설명하면서 두루마리 그림을 펼쳐 보여주었다. 두루마리 그림 화가들은 대체로 일자무식이었으나 그들은 그림 그리는 재주를 조상들에게서 물려받았으며, 그들이 그림으로 그려내는 소재에 관한 지식도 물려받았다. 그들의 노래는 대개 조상에게서 물려받은 것이나, 상황에 따라 필요한 경우에나 두루마리 그림 화가가 노래를 만들 능력이 있는 경우에는 새로운 노래가 만들어지기도 하였다. 그들의 공연은 철저하게 입으로만 이루어지는 것이었으며 원저자 발미끼(Vālmīki)나 벵갈어 번역자인 끄릿띠와사(Krittivāsa)의 텍스트와는 아무런 관계가 없었다. 이러한 민가는 벵갈의 두루마리 화가의 노래로 알려져 있다.

이 두루마리 그림과 노래는 『라마야나』를 다룬 것이 가장 많았다. 두루마리 화가들은 발미끼의 원작이나 끄릿띠와사의 번역본에는 거의 신경을 쓰지 않고 오직 자신들만의 독특한 방식을 개발하여 라마야나의 이야기를 구연하였다. 이런 이유로 말미암아 그들의 구연에 등장하는 『라마야나』 인물들은 벵갈의 환경이나 실생활과 더욱 잘 조화를 이루게 되었다.

두루마리 화가들은 다샤라타(Daśaratha)왕이 장님 수도자 부부의 어린 아들 신두(Sindhu)를 죽인 사건 같은 것을 『라마야나』에서 따로 떼어내어 민화 수법으로 캔버스에 그려내었다. 마을의 가가호호를 방문하여 공연하면서 두루마리 화가들은 자신들의 두루마리 그림을 한 장면 한 장면씩 아주 천천히 펴보이면서 이야기체 노래를 불러가며 그 장면들을 설명해주었다.[43]

위에 인용한 벵갈의 빠뚜아에 대한 설명은 그들이 단지 한 가지 정해진 형식이나 단순한 설명의 형식만을 고집하지는 않았음을 보여주는 증거가 되기에 족하다. 생계를 꾸려나가기 위하여 빠뚜아들은 나무 인형이나 도기 인형을 만들어 색을 입히기도 하였다.[44] 다재다능한 예인이자 음유시인으로 자리매김한 빠뚜아들은 나무 인형이나 도기 인형 이야기로 또 마을 사람들을 즐겁게 만들어주기도 하였다. 독일이나 일본의 예인들이 그랬던 것처럼 인도의 빠뚜아들은 자신들의 이야기 공연의 등장인물이 되는 인형들을 복제하여 저렴하게 판매하기도 하였다.

깔라가뜨(Kalighat)의 빠뚜아들은 특히 18세기와 19세기 무렵에 칼리 사원에 몰려들었던 순례자들에게 대량으로 판매하고자 종교화를 만들기도 하였다.[45] 빠뜨는 위대한 순례지 뿌리(Puri)에서 사가지고 가기에 딱 어울리는 기념품이었다. 뿌리는 우주의 대왕인 자간나트(Jagannāth)가 거주하였던 곳이기도 하며 11세기에 창건된 그의 사원이 현존하는 곳이기도 하다.[46] 이 종교화들은 대대로 찌뜨라까라 직을 맡았던 마하라나(Mahārānā)들이 그려서 공급하였다. 이 마하라나들은 사원 관할지에서 살았었고 일부는 지금도 거기에서 살고 있다.[47]

상까르 센 굽따(Sankar Sen Gupta)의 편저 『벵갈의 빠따와 빠뚜아*The Patas and Patuas of Bengal*』에 실린 논문들에서 나는 벵갈의 빠뜨와 빠뚜아에 관한 추가적인 정보를 더 얻을 수 있었다.[48] 먼저 인도의 학자들은 대체로 벵갈의 빠뜨와 빠뚜아의 기원은 아리안 이전 시기까지 거슬러 올라가며 모헨조다로와 하랍파에 그것들이 존재하였다고 하는 증거가 있다고 주

43 아수또쉬 바따차리야(Asutosh Bhattacharya), 「벵갈 지역 라마야나의 구연 전통(Oral Tradition of the Rāmāyaṇa in Bengal)」, 604-605쪽, 문체상 약간의 변화가 있음.

44 아처(W. G. Archer), 『캘커타의 상점화*Bazaar Paintings of Calcutta*』, 10쪽.

45 엘윈, 『인도의 민화』, 11쪽.

46 다스(J. P. Das), 「오릿사의 빠따치뜨라(Patachitra of Orissa)」, 77쪽.

47 87쪽 윗부분을 참고할 것. 엘윈, 『인도의 민화』, 14쪽을 볼 것; 도해는 15-17쪽을 볼 것.

48 관련 부분의 서지사항은 37-38쪽을 볼 것. 서구의 연구 성과는 10쪽을 볼 것.

장한다.[49] 어쨌든 기원후에 접어드는 시기에 그것들의 선행형태가 있었음을 보여주는 문헌 기록이 나타나기 시작한다.[50] 이들 문헌 기록들은 이 공연자들이 너무도 가난하며 카스트 제도 안에서 사회적 지위도 매우 낮음을 강조하고 있다.[51] 빠뚜아는 대개가 토지를 소유하지 못하였다. 그들이 빠뜨를 공연하며 얻는 수입은 너무도 적어서 다른 사람들에게 귀나 코를 피어싱해주거나 뱀쇼를 하거나 대장장이 노릇 같은 일을 하여서 모자라는 수입을 보충하였다.[52] 빠뚜아의 기술은 아버지에게서 아들로 전수되었다. 아들은 아버지의 공연에 같이 참가하여 아버지의 기술을 관찰하고 아버지의 작업을 따라하며 빠뜨 그리는 것을 배웠다. 정식 교육 과정을 통하여 배우지 못한 마을 사람들에 의해서 만들어진다는 측면에서 보자면 빠뜨는 일종의 민간예술이라고 보아야 할 것이다.[53] 빠뚜아들이 수행하는 기능 가운데는 물론 교육 기능, 매스컴 기능, 오락 기능 같은 것이 있기도 하다.[54] 칸두 찌뜨라까르(Khandu Chitrakar, 이 성씨를 주목할 것)라는 이름의 빠뚜아와 가진 인터뷰에서 사람들이 어떤 종류의 빠뜨를 가장 좋아하느냐는 질문에 그는 살인, 강도 그리고 망나니 짓 등의 빠뜨를 가장 즐겨 찾는다고 대답한 바 있다.[55] 이 점은 자연스럽게 독일의 거리의 센세이셔널한 뉴스 전달자인 밴클쟁어*Bänkelsänger*(벤치 가수)를 떠올리게 한다. 빠뜨의 제작 방식은 매우 다양하지만 그러나 그 주제

---

49 센 굽따, 『빠따와 빠뚜아』, 39-40 · 54 · 90-92쪽.

50 위의 책, 39-40 · 47 · 54 · 89쪽 그리고 94쪽 주석 7-8. 빠따(paṭa)의 어원에 대해서는 30-31쪽을 볼 것.

51 위의 책, 108 · 87쪽.

52 40년대에 그들은 공연을 한 번 하고서 2아나(anna, 1루피의 1 / 16의 가치에 해당됨)나 쌀 한 빠이따(paita, 부피 단위)를 받았다. 밀드레드 아처(Mildred Archer), 『인도 공공 도서관에 보이는 민속화*Indian Popular Painting in the Indian Office Library*』, 15쪽 이하 및 41쪽을 볼 것. 빠뚜아에 관한 이런 저런 소중한 정보를 나는 바로 여기서 얻었다.

53 센 굽따, 『빠따와 빠뚜아』, 39쪽.

54 위의 책, 41쪽.

55 위의 책, 115쪽.

와 공연 방식은 일정하게 정해져 있다는 점을 주목할 필요가 있다.[56] 이 점은 인도네시아, 일본 그리고 다른 지역에서도 역시 그러하다.

이러한 형식의 그림 이야기 구연은 벵갈에서부터 이웃하는 오릿사에 이르기까지 널리 퍼져있다. 오릿사 지역의 그림 이야기 구연의 공연 특성에 대한 꾼자베하리 다스(Kunjabehari Das)의 언급을 보면 그것이 와양 베베르의 공연 특성과 놀라울 정도로 유사함을 알 수 있다.

> 오리아어를 사용하는 빠뚜아들은 라마야나(Ŕamayan[sic]), 마하바라따(Mahabharat), 신화집(Purana) 그리고 현대 소설들에서 소재를 취하여 동네의 시인들이 작곡한 노래를 부른다. 노래의 의미는 매우 단순하고, 언어 표현 역시 매우 단순하여 글을 모르는 대중들도 쉽게 이해할 수 있다. 이 노래의 명칭은 '빠다-반디아(Padā-bandiā)'이며, 대중들에게 그 노래의 의미를 설명할 필요는 없었다. 다른 유형의 노래의 명칭은 '아르타-반디(Artha-bandi)'이며, 언어유희 같은 것으로 그 깊은 의미를 덮어 감추고 있었다. 따라서 유식하고 웅변술의 능력을 구비한 가약-가수(Gāyak-singer)가 이 '아르타-반디(Artha-bandi)'의 의미를 해설해줄 필요가 있었다. '빠다-반디아'에는 북연주가 따랐으며, '아르타-반디'에는 빠라왈라스(Palawallas)를 개량한 무르단가(Murdanga) 연주가 따랐다.
>
> 빠뚜아-자뜨라(Patua-Jatra)에는 가약(Gāyak)과 바약(Bāyak)을 포함하여 예닐곱 명의 구성원이 있었다. 그 구성원 가운데에는 부잣집 여인에게서 빌려온 장신구와 여성 복장으로 치장한 남성도 끼어있었다. 그 남성 구성원은 중간중간에 춤을 추면서 자뜨라의 따분한 분위기를 바꿔주었다.
>
> 빠뚜아-자뜨라[Paṭuā-jātra]는 바이삭-삼끄란띠(Baisak-Samkranti)[산스끄리뜨어로는, '바사카-상끄란띠(Vaśākha-saṃkrānti)'로서 춘분점을 의미한다] 7일 전에 시작하여 15번째 바이삭까지 계속된다.[57]

---

56 위의 책, 48-49 · 124쪽.

57 꾼자베하리 다스(Kunjabehari Das), 『오릿사 민담 연구*A study of Orissan Folk-lore*』, 81-82쪽.

송대의 목련잡희(Maudgalyāyana)처럼 위에 언급한 오릿사 지역의 그림 이야기 구연 공연은 추수기에 시작하여 긴 기간(빠뚜아-자뜨라는 21일 동안, 목련잡희는 9일 동안) 지속되다가 보름날에 이르러 마친다.[58] 송대 목련잡희의 조상을 당대에서 찾자면 바로 동일한 주제로 이루어진 변 공연을 들어야 할 것이다.

필립 로슨(Philip Rawson)이 빠뜨를 설명한 대목을 살펴보면 벵갈의 빠뜨와 인도네시아의 와양 베베르가 놀라울 정도로 유사함을 어렵지 않게 알게 될 것이다.

> 벵갈에는 지금도 전문적인 이야기 구연을 직업으로 삼는 소작인들이 살고 있다. 그들은 마을과 마을을 떠돌아다니며 신과 영웅의 이야기를 대중들에게 공연해주면서 생계를 꾸려간다. 그들은 둘둘 말은 긴 두루마리 그림을 들고 다니면서 자신들이 구연하는 이야기에 해당하는 장면을 펼쳐 보여주었다. 이 두루마리 그림들은 바로 그들의 가족 소유였으며 가족들이 그린 것이다. 이 직업의 연원은 매우 오래되었으며, 영광스러운 기원을 가지고 있다. 기원전 2세기의 산스끄리뜨어 문법학자 빠딴잘리(Patañjali)는 도덕적이고 종교적인 설교를 하다가 칼라 두루마리 그림으로 그 내용을 뒷받침해 보여주던 떠돌이 예인들을 언급하고 있다.[59]

수단수 꾸마르 라이(Sudhansu Kumar Ray)는 일찍이 빠뚜아 두루마리와 영화 사이의 유사성을 지적한 바 있다. "성직자 화가들이 그린 두루마리 그림의 한 컷 한 컷이 순서대로 배열되어 있는 모습은 초기 영화의 모습을 떠올리기에 족하다."[60] 우리는 아울러 인도네시아 서사 구연 전통 가

58 빅터 메어, 「동아시아 목련 전설 소고(Notes on the Maudgalyāyana Legend in East Asia)」, 주 21을 볼 것 : "축제 기간 동안에 음악연주자들은 [7월] 7일부터 다양한 공연을 시작하여 보름까지 계속한다 …… ."

59 필립 로슨(Philip S. Rawson), 『인도 회화*Indian Painting*』, 153-154쪽.

60 수단수 꾸마르 라이(Sudhansu Kumar Ray), 『벵갈 브라따의 의례 예술*The Ritual*

운데 와양 베베르에서 와양 감바르 히듭에 이르는 발전과정을 언급한 기록을 떠올릴 수도 있을 것이다.

인도의 전통적인 그림 이야기 구연 가운데 또 다른 갈래 하나는 데칸의 중심부 안드라 쁘라데쉬의 북서부 지역 뗄랑가나(Telangana)에서 생겨났다. 이 뗄랑가나의 그림 이야기 구연을 조사해보면—내구성이 좋은 수제 면직물에다 그린 경우에는—같은 두루마리 그림을 300년이 넘게 사용한 것도 있다. 하이데라바드(Hyderabad)시의 밋딸(Mittal) 인도 예술 박물관에는 광대한 크기의 칼라 두루마리 그림이 소장되어 있다(소장번호 76.469). 이 그림은 베 짜는 집단인 살리(Sali)에 속하는 카스트인 빠드마살리(Padmasali)의 전설상의 원조라고 하는 현자 바와나(Bhavana)의 일생에서 따온 에피소드를 묘사한 것이다. 이 두루마리 그림의 맨 아래쪽에는 1644년 11월 13일 뗄랑가나의 마흐부브나가르(Mahbubnagar) 구역에서 양도되었음을 보여주는 글자가 적혀있다. 아마도 그 그림을 그린 화가의 이름과 완성한 날짜를 보여주었을 또 다른 글자들은 모두 지워져버렸다.

이 두루마리 그림은 꾸네뿔라루(Kunepullalu) 카스트의 떠돌이 음유시인 가족이 소유하고 있었다. 그들은 빠드마살리 공동체들에게 운문과 산문을 섞어서 일곱 날 동안 공연을 해주었으며, 그 공연은 그들의 생계수단이 되었다.

> 이야기 구연자들은 무슨 일을 시작할 때마다 늘 불러내곤 하는 코끼리 머리를 한 힌두 여신 가네샤에게 기도하는 것으로 공연을 시작한다. 이 두루마리 그림의 첫 번째 장면은 가네샤의 거대한 모습을 담고 있다. 그런 다음 구연자는 뗄레구의 일상회화어를 사용하여 이야기 구연을 시작한다. 이야기 구연자 가족 가운데 서너 명은 악기를 연주하고 때로는 노래에 참여하기도 한다. 일단 이야기 구연을 시작하면 두루마리 그림을 양쪽 기둥에 걸거나 벽에 붙여놓고

Art of the Bratas of Bengal』, 51-52쪽.

천천히 펼쳐가며 사건 순서대로 보여주었다.[61]

뗄랑가나 두루마리 그림은 너무 정교하여 '민간예술'이라는 말을 붙이기가 미안할 정도이다. 그 스타일과 빼어난 기교를 감안한다면 힘깨나 쓰는 힌두 지주의 의뢰를 받아 일을 하였던 화가 그룹이 이 그림을 그리지 않았을까 추정된다.

인도의 그림 이야기 구연 분야 가운데 연구가 가장 깊이 있게 이루어진 분야는 아마도 빠르*paṛ* 혹은 빠라*paṛa* 관련 분야일 것이다.[62] 이 빠르와 빠라 분야는 지금도 공연이 이루어지고 있어 명확한 지식과 정보를 얻을 수 있으므로, 이 분야의 확실한 지식과 정보를 통하여 이제는 사라져버려 단편적인 정보만 남아있으며 자료의 조사와 수집이 덜 이루어진 다른 그림 구연 장르를 추론하고 검토할 수 있을 것이다.

빠르는 인도 북서부 지역 라자스탄주의 반사막지역에 널리 퍼져있다. 아울러 구자라뜨, 하리야나(Haryana) 그리고 마디야 쁘라데쉬에서도 발견된다. 빠르라고 하는 이 용어 자체와 이 빠르와 관련된 기술적 용어들은

61 여기서 언급하고 있는 꾸네뺄라루 두루마리에 관련된 정보와 마찬가지로 이 인용부분 역시 스튜어트 웰치(Stuart Welch), 『인도 : 예술과 문화*India : Art and Culture*』에 들어 있는 자그디쉬 밋딸(Jagdish Mittal)의 설명에서 따온 것이다. 51-52쪽(직접 인용한 부분은 51쪽에 있음).

62 에벨트제 하르트캄프-존크시스(Ebeltje Hartkamp-Jonxis) 등, 「빠부지 빠르 : 인도의 천-그림의 구연 전통에서의 기능(Pābūjī's Par : Essays on an indian Cloth-Painting and Its Function in an Oral Tradition)」을 볼 것. 이 부분에 관한 내 연구는 존 스미스(John D. Smith)와 조셉 밀러 주니어(Joseph C. Miller, Jr.)와 주고받은 개인적인 서신에서 주로 힘을 얻었다. 아울러 좀 더 폭 넓은 정보는 샤암 빠르마르(Shyam Parmar), 『인도의 전통 민속 매체*Traditional Folk Media in India*』, 78-79쪽 그리고 옴 쁘라까쉬 조쉬(Om Prakash Joshi), 『인도의 그림으로 그린 민담 그리고 민담 화가*Painted Folklore and Folklore Painters of India*』를 볼 것. 빠르의 사진은 안네 펠롭스키(Anne Pellowski), 『스토리텔링의 세계*The World of Storytelling*』, 도판 27 및 『아디티*Aditi*』의 화려한 속표지를 볼 것(아울러 232쪽도 함께). 이 방면 연구의 권위자들 사이엔 빠르와 다른 주요 용어에 대한 발음 표기법이 서로 다르다(따라서 우리는 빠라*paṛa*, 빠르반짜나*paṛbāncanā* 등등을 발견할 수 있다).

모두 마르와리(Marwāṛī, 즉, 마와리(Māvāṛī))어에서 전사된 것이다. 빠르란 말 자체는 긴 천(산스끄리뜨어로는 빠따*paṭa*, 벵갈어로는 빠뜨*paṭ*라고 한다. 빠르의 소유자를 빠따위 보뽀*pāṭavi bhopo*라고 부르는 점을 주목할 것)을 의미하며, 그 천위에 신과 관련된 이야기를 묘사한다. 빠르 공연은 빠르 바짜노*paṛ vācaṇo*(빠르 그림을 보고 구연한다는 의미) 혹은 바가따*bhagata*라고 부르는데, 이 용어들은 모두 주로 노래와 낭송을 통하여 그림을 보여주면서 그 내용을 설명한다는 의미를 함축하고 있다.[63] 바가라와뜨(Bagaṛāvat)의 24형제들, 데브나라얀(Devnārāyaṇ) 신, 빠부지 라타우르(Pābūjī Raṭhaur), 람데브(Rāmdev, 신화화된 지방영웅) 등을 기리는 빠르들이 있는데, 이들은 모두 마이너 그룹의 신들로서 상층 카스트들에 의하여 기림을 받는 그런 신들은 아니었다. 빠르 공연자들은 돈을 내고 자신들의 공연을 볼만한 자들을 찾아 마을에서 마을로 돌아다니는 떠돌이 직업인들이었다. 빠르를 공연하면서 노래를 부르는 자들을 보뽀라 불렀는데, 이 말은 대체로 '민간신을 위한 사제' 혹은 '샤먼'을 의미한다.[64] 이런 면에서 보뽀는 이에 해당하는 인도네시아의 직업인 달랑과 완전하게 일치한다. 보뽀는 몽환 상태에서 치료와 점치기를 하는 민간 사제의 역할을 겸하였다. 보뽀는 대개 조그만 사당(사원이 아니라)을 책임지고 자신의 신을 섬겼다. 사실 빠르 자체가 일종의 움직이는 사당이라고 할 만 했다.[65] 빠르 공연은 본디 종교 행사 가운데 하나로 간주될 만한 것이었지만 그 공연자들은 대체로 낮은 계층 그리고 가끔은 중간 계층의 사람들로 충원되었다. 높은 계층, 즉 브라만은 빠르 그림 제작과 공연을 자신들이 해야 할 일로 생각하지 않았다.

시골 마을이나 시장에서 빠르를 공연하는 것으로만 생계를 꾸리는 보

63 조쉬(Joshi), 『인도의 그림으로 된 민담과 민담 화가』, 3쪽; 밀러(Miller), 『인도 구비문학*Oral Literature of India*』의 주석, 8쪽.

64 위의 책, 29쪽.

65 조셉 밀러(Joseph C. Miller), 「빠부지의 빠르 공연(The Performance of Pābūji's paṛ)」, 7쪽; 존 스미스(John D. smith), 「서부 인도의 운율과 텍스트(Metre and Text in Western India)」, 349쪽.

뽀는 없었다. 아민 스위니(Amin Sweeny)가 말레이의 이야기 구연자를 설명한 것과 비교해보기로 하자.

> 말레이의 전통 연희에서 공연을 통해서 얻어 들이는 수입으로 자신들의 모든 생계를 해결하고자 하는 공연자들은 거의 없었다. 가장 인기 있는 달랑조차도 부업을 가지고 있었다. 이들은 대체로 소규모 농사일을 부업으로 하였는데, 이런 전통 구연이나 연극 공연의 종사자들은 대개 시골 출신에다가 글자도 잘 몰랐기 때문이었다. 이야기 구연을 담당하는 자들은 다른 분야에 비해서도 특히 더 무식하였다.[66]

한 명의 보뽀는 하룻밤의 공연을 통해서 대개 5~10달러에 해당하는 돈을 번다.[67] 그들은 이 공연 수입에다가 낮 동안 농사일에 품을 팔아서 버는 돈이나 작은 땅뙈기나 가축들을 봐주고 버는 돈을 더하여 생계를 꾸려나갔다. 내가 직접 만나본 대만, 네팔, 인도 등지에서 활동하는 마이너 그룹의 종교 지도자들 가운데 하루 종일 종교 직무만을 담당하는 자들은 없었다. 그들은 짐꾼, 소작농, 장인과 같은 생업을 가지고 있었다. 따라서 그들의 종교 활동은 마치 부업과도 같은 것이었다. 그러나 그들은 정신세계를 추구하는 자들로서 자신만의 깊은 정신적 경향을 분명 보여주었다.

그동안 진행된 광범위한 인류학적 연구 덕택에 보뽀의 사회배경에 관하여 우리는 상당히 정확하게 알고 있다. 이 보뽀에는 다음과 같은 하부 카스트가 있다. 구자르(Gujār, 목동과 소작농), 꿈바르(Kumbhār, 옹기장이), 발

---

66 아민 스위니(Amin Sweeney), 「직업적인 말레이 이야기-구연(Professional Malay Story-Telling)」, 56쪽.

67 밀러, 「빠부지의 빠르 공연」, 43쪽 주석40에서 1972년의 공연에서 5달러를 벌었다는 언급을 하고 있다; 「라자스탄 빠르 그림 구연 현재 조사(Current Investigations in the Genre of Rajasthani Paṛ Painting Recitations)」란 다른 글의 12쪽에서 밀러는 1977년의 공연에서 12달러 50센트를 벌었음을 언급하고 있다.

라이(Balai, 베 짜는 사람), 나약(Nāyak) 혹은 토리에(Thorie, 토착민)가 바로 그것이다. 이 가운데 구자르, 꿈바르, 발라이는 데브나라얀(Devnārāyaṇ) 신 이야기만을 집중적으로 구연하고, 나머지들은 데브나라얀 신 이야기와 더불어 빠부지와 람데브(Rāmdev) 이야기를 같이 구연한다. 그들은 모두 사회의 중간층 혹은 하층 계급 태생이다. 그들은 결코 통치자, 장군, 사제, 지식인 혹은 상인과 같은 계층은 아니었다. 비록 일자무식이긴 하였으나 그들은 전통 민가나 민담에 정통하였다.[68] 예를 들어 데브나라얀 끼 빠르*Devnārāyaṇ kī par* 전편은 335곡 이상의 노래가 들어가는데 보뽀는 그것들을 완전히 외우고 있었다.[69]

화가이자, 가수이며, 시인의 역할까지 하였던 벵갈의 빠뚜아와는 달리 라자스탄의 보뽀는 자신들의 공연에 사용하는 그림을 직접 그리는 경우가 거의 없었다. 라자스탄 보뽀가 공연할 때 사용하는 빠르는 대체로 전문적인 화가가 그렸다. 화가에게 빠르를 주문한 보뽀와 실제 그걸 그리는 화가는 빠르를 제작하는 동안 서로 의견을 교환하기도 하였다.

빠르 보뽀는 가수 역할을 담당하는 빠따위*pāṭavi* 보뽀와 조수인 디얄루 / 디왈라*diyālu / divālā* 혹은 디쁘띠요*dīptyo*('등을 들고 있는 사람')보뽀 이렇게 2인 1조로 움직였다. 그들은 또 가약*gāyak[ā]*이라 불리는 소리꾼을 따로 데리고 다니기도 하였는데, 때때로 소리꾼이 타악기를 함께 연주하기도 하였다. 빠따위 보뽀는 라즈뿌뜨(Rājpūt) 왕자처럼 치장을 하였다.[70] 디와라 보뽀(여성의 경우에는 보삐)는 막대에 등불을 매달아 빠르를 비춰주었다.

빠부지(역주 : 라자스탄 민중신의 하나) 신의 이야기는 대개 보뽀라 불리는 남편과 보삐라 불리는 아내가 서로 짝을 이루어 공연하였다. 데브나라얀은 두 명 혹은 그 이상의 남자가 공연을 맡았다. 빠부지든 데브나라얀

68 조쉬, 『인도의 그림으로 된 민담과 민담 화가』, 9쪽.

69 위의 책, 29쪽.

70 위의 책, 31쪽. 티베트의 게사르(Gesar) 이야기 구연자가 자신의 복장 위에 등장 인물의 상징물을 부착하는 것과 비교할 것.

이든 모두 노래(가브*gāv*)와 낭독(아르타브*arthāv* : 아르타*arthā*가 의미 혹은 내용이라는 뜻을 가지고 있으므로 바로 노래의 의미를 설명한다는 뜻일 것이다)을 번갈아 사용하여 공연하였다. 이 낭독은 산문으로 되어있는 것은 아니고 운율에 맞아떨어지는 노래를 약간 변형시킨 것에 가까웠다. 아르타브 가운데 몇 줄을 가브에 그대로 따오기도 하였다. 아르타브 부분의 마지막 단어 혹은 끝 부분의 몇 단어들을 낭송하는 것은 대체로 조수의 몫이었다. 그 과정에서 조수는 보뽀가 불러주는 대로 그대로 따라할 수도 있었고, 그것을 약간 변형시킬 수도 있었고, 자신이 직접 지어낼 수도 있었다. 장편 빠르 공연이 주로 노래 부분을 통하여 이야기를 전개하고 확장시키는 전략을 취하였다면 단편 빠르 공연은 주로 낭독 부분을 통하여 이야기를 전개하였다. 데브나라얀 서사시에서 가브의 각 행들은 시조창을 하듯이 단순하고 반복적으로 노래하도록 짜여졌으나, 빠부지 서사시에서 가브의 각 행들은 많은 단어를 사용하여 화려하게 확장하여 대규모 합창곡 같은 화려한 곡에도 잘 어울릴 정도로 짜여졌다.[71] 첨언하자면 이 기법은 중국의 공연예술에서 장편시가나 서정시가의 구법에 맞추기 위하여 한 행의 글자 수를 5언, 7언 혹은 10언으로 늘이는 기법과 동일하다고 하겠다. 이 기법은 또한 중앙아시아의 전설이나 모험담을 구연하는 공연자들이 이야기를 구연하면서 평소의 일상적인 어투에서 벗어나 시 부분이나 리드미컬한 산문 부분을 박진감 넘치게 전달하는 것과도 상당히 유사하다.[72]

보뽀는 아르타브를 '강설하면서'(실은 간단한 음률로 낭송하는 것) 청중들에게 천 그림을 가리키며 보여준다. 보뽀 가운데 일부는 그림을 대단히 많이 사용하여 구연하는 이야기의 모든 세세한 부분까지를 그림으로 보여주기도 한다. 한편 자신들 뒤에 그림이 걸려있다고 하는 것을 신경조

71 스미스, 「서부 인도의 운율과 텍스트」, 350쪽.

72 차드윅(N. K. Chadwick), 빅터 지르문스키(Victor Zhirmunsky), 『중앙아시아의 구연서사시*Oral Epics of Central Asia*』, 213쪽.

차 쓰지 않는 것처럼 보이는 보뽀들도 있다. 보뽀들이 그림을 활용하는 방식을 보자면 구연하는 이야기에 해당하는 장면을 보여주는 것은 리드 싱어 역할을 맡는 자가 담당하고, 보조공연자는 등불로 그 그림 장면을 비추는 역할을 담당한다. 공연이 밤에 이루어진다는 것을 생각하면 이런 역할 분담은 상당히 중요하다. 이 공연들은 실제로 자가란*jāgaraṇ*('철야')의 일종으로 간주되었다. 따라서 비록 전면에서부터 청중 쪽으로 비추는 것이긴 하여도 인공조명은 매우 중요하다. 등불의 넘실대는 불빛은 등장인물이 실제로 관중들의 눈앞에 나타나는 것과 같은 환상을 심어주기에 족하였다. 우리가 변 공연이 어떠하였을지 상상하여보고자 한다면, 빠르 공연에서 천 그림을 가리키면서 사용하는 딱 정해진 공식구 같은 것은 없다는 점을 더불어 같이 염두에 두어야 할 것이다. 보뽀들은 아르타브를 강설하면서 시작과 끝 부분에서 가끔씩 공식구를 사용하기도 하나, 이것도 꼭 정해진 것은 없으며 보뽀들에 따라 서로 다르다. 아르타브 부분의 개시를 알리는 공식구는 상당히 기계적이며 소략하다. 보조공연자는 늘 시작과 동시에 라즈 발라*rāj[a] bhalā*("나리, 너무도 훌륭하십니다!")라고 외친다. 이 외침은 바로 가브가 이제 끝났으며, 이제 이 가브를 설명하는 아르타브가 시작된다는 신호이다. 그러면 보뽀는 대개 "데브나라얀 신의 이름이여 오묘하도다!"라고 외친다. 때론 데브나라얀 신의 이름 대신 다른 영웅들의 이름을 집어넣어 외치기도 한다. 아울러 보뽀는 뒤에 이어질 아르타브를 소개하는 몇 마디 말을 덧붙이기도 한다. 지금까지의 가브 부분을 갈무리하고 아르타브를 시작하는 공식구는 바로 "수나이 릴라 꼬 아사와라*suṇai līlā ko asavāra*"이며, 마지막 단어는 조수가 발음한다. '릴라 코 아사와라'의 뜻은 확연하게 밝혀지지는 않았다. 다만 그 의미가 아마도 데브나라얀 신의 말인 릴라[가리]를 타는 기수가 아닐까 생각하며, 보뽀는 기수의 대표자로 받아들이는 것 같다. '수나이'의 의미에 대해서는 이론의 여지가 없는 것 같다. '수나이'는 청중들에게 '들으시오'라고 말하는 것이다. 가브를 갈무리하고 아르타브를 시작하는

데 사용되는 공식구는 이제까지의 노래를 마치고 낭독부분으로 들어간다는 것을 알려주는 신호 기능을 한다. 이와 가장 가까운 기능을 하는 것을 변문에서 찾자면, 운문을 마치고 이어지는 산문의 시작부분에서 다음과 같은 표현들이 하나 혹은 그 이상 등장하는 것을 들 수 있을 것이다.

1. 완료를 나타내는 분사나 동사(旣, 已, 訖, 了, 畢);
2. 말하고 듣고 외치는 것을 나타내는 동사(曰, 言, 聞, 表, 報);
3. 시간의 경과를 나타내는 단어나 구(須臾, 昨夜, 一陣, 良久);
4. 공간의 이동을 나타내는 단어나 구(行, 至, 向前, 迴, 入).

음악 패턴과 시 운율 패턴에 변화가 일어나는 것을 통해 가브가 끝나는 것을 알아챌 수 있다. 이 같은 음악 패턴과 시 운율 패턴의 변화를 변문의 시가 부분이 끝날 때 나타나는 변화와 비교하는 것은 사실상 불가능하다. 변 공연의 음악은 이미 오래 전에 사라져버렸고 변문 시가의 형식도 7언시 형태로 표준화되어 버렸기 때문이다. 그런데 변문의 시가를 소개하는 공식구와 가브나 빠르 공연의 노래 부분의 소개를 담당하는 아르타브의 결말 부분 사이에는 놀랄 정도의 유사성이 발견된다. 우리는 이제 이들 공식구 사이의 형식상, 기능상의 유사성을 상세하게 검토하고자 한다.

변문에서 시가 부분을 소개하는 공식구의 완전한 형태는 바로 이러하다. "어디 한번 보시라!" 혹은 "이러이러한 일이 생겨난 것을 어디 한번 살펴보시라! 그 일이 어떻게 되었는고 하니"(且看 ××× 處若爲陳說) 등등이 바로 그것들이다. 이 공식구들은 다양한 변형태가 존재하는데, 대개는 몇 개의 글자가 빠진 다양한 축약형이다. 빠르 공연에서 아르타브를 결말짓고 시가 부분을 소개하는 공식구는 다음과 같은 변문 공식구의 완전 형태의 세 가지 기본요소를 오롯이 포함하고 있다. 첫째, 보기를 권하는 언급, 둘째, 이야기가 일어나는 장소에 대한 명시적이거나 암시적인 언급, 셋째, 이어지는 시가 부분에서 노래로 구연될 에피소드를 소개하는 역할을 하는 의도적인 질문이 바로 그것이다. 나는 여기서 「바가라와뜨 24형제와 데브나라얀 신의 이야기(The Epic of the Twenty-Four Bagaṛāvat Brothers and Lord Devnārāyaṇ[a])」의 사례를 들어보고자 한다.

1.21-22 그럼 우리 이제 엄마소(Mother Cow)가 바바 루쁘나트(Baba Rupnath)의 성스러운 불의 장소로 갔는지 살펴보기로 하자. 이 이야기는 어떻게 될까? 무슨 일이 생겨났는지 볼까나, 어디 한번 살펴볼까나.

2.14 그럼 엄마소는 무엇을 들었을까? 우리 명상의 처소에서 어디 한번 살펴볼까나.

3.15 한편, 이런 말들이 들려오는데, 대왕의 언어를 신탁받은 엄마소는 무슨 말을 하는가? 바바 루쁘나트는 무슨 말을 듣는가? 우리 명상의 처소에서 어디 한번 살펴볼까나.

4.14 엄마소는 무엇을 설명하는가? 바바 루쁘나트는 무엇을 듣는가? 우리 명상의 처소에서 어디 한번 살펴볼까나.

5.32 바바 루쁘나트가 무슨 말을 하는가? 보즈 마라즈(Bhoj Maraj)는 무엇을 듣는가? 어디 한번 살펴보자. 빠르와띠(Parvati)가 우유를 데우는 걸 한번 살펴보자. 어디 한번 살펴보자.

8.12-13 이번엔 그가 재와 곡물의 껍질들을 잘 묶었을까? 어디 한번 살펴보자. 그리고 이야기는 어떻게 흘러갈까? 우리 한번 보즈의 사람들 가운데에서 살펴보자.

9.26-27 보즈 마라즈가 어떻게 소 우리로 걸어 들어갔는지 보자. 그리고 이야기는 어떻게 흘러갈까? 그가 소떼 가운데 어린 소들을 (보살핌을 받으러) 가게 했을까? 그리고 (그들 사이를) 돌면서 그는 (어린 소들에게) 엄마소를 짝지어 주었는가?

10.14 그런 다음 (그의) 엄마는 무어라 말하였는가? 그리고 보즈 마라즈는 무엇

을 들었는가? 우리 한번 살펴보자. (보즈의) 사람들 사이에서 이야기는 어떻게 흘러갈까? 우리 한번 살펴보자.

11.10-11 이러한 사항들을 설명하는 동안 보즈 마라즈는 무어라 말하는가? 그리고 이야기는 어떻게 흘러갈까? (보즈의) 사람들 사이에서 우리 한번 살펴보자. 그대의 엄마 까테라(Mother Kathera)는 무엇을 듣는가? 우리 한번 살펴보자.

21.39 그런 다음 바바 루쁘나트는 무어라 말하는가? 보즈 마라즈는 명상의 처소에서, 성스러운 불의 장소에서 무엇을 듣는가? 우리 한번 살펴보자.

24.12-13 그래, 그럼 보즈 마라즈는 (무어라) 말하는가? 그 예복을 가져가는 것에 대해서는 무어라 말하는가? 명상의 장소에서 우리 한번 살펴보자. 바바 루쁘나트는 무엇을 듣는가? 우리 한번 살펴보자.[73]

이들 공식구 가운데 기능을 담당하는 단어들을(조수가 목소리를 담당하는 주요한 부분) 옮겨 적어본다면 : 데까*dekā*, 중국어 且看(고음은 *ts'ia-k'ān*이며,[74] "어디 한번 살펴보자"라는 의미)과 정확하게 맞아떨어지는 단어; "까이 바르따 짤루 호 자와이*kāī vārtā calū ho jāvai*"("이야기가 어떻게 흘러갈까?")는 중국어 若爲陳說("그 일이 어떻게 되었는고 하니")과 기능이 같다; "데까 까이 바르따 짤루 호 자와이*dekā', 'kāī vārtā calū ho jāvai*"보다 더 자주 등장하지는 않지만 "까이 바따 바나 자와이*kāī bātā baña jāvai?*"("무슨 일이 일어났는가?")가 있다; 빠르*par[a]*(장소를 표시하며 영어의 'at'에 해당하는 후치사), 메*mē*(장소를 표시하며 영어의 'in'에 해당하는 후치사), 혹은 중국어 處('장소')에 해당하는

73 보주 람 구자르(Bhoju Ram Gujar), 나투 나트(Nathu Nath) 그리고 존 스미스(John D. Smith)의 협조를 얻어 조셉 밀러(Joseph C. Miller)가 옮겨 쓰고 번역한 미출간 원고. 현존하는 변문의 시가 도입부 공식구에 대해서는 메어(Mair), 『돈황 민간 서사*Tun-huang Popular Narratives*』의 부록을 볼 것. 조셉 밀러 주니어(Joseph C. Miller, Jr.)는 1981년 봄과 1985년 상반기에 추가적인 정보를 더 제공해주었다.

74 당대의 발음은 그저 참고 차원에서 제공된 것이다. 음운학적 정확성을 장담할 수는 없다.

장소를 나타내는 다른 지시어들을 들 수 있다.

이들 시가 소개 부분의 문장들과 변문 시가 도입부분의 공식구는 놀라울 정도로 유사하다. 양자는 모두 강한 시각화 경향을 보인다. 보뽀 그리고 많은 경우에는 보뽀의 보조자는 구연하는 이야기 속에서 누가 무얼 듣고 있는지를 물어보는 상황에서조차도 "우리 한번 살펴보자"(데까*dekā*)라는 식으로 말한다. 변문에서 시가를 소개하는 도입부분에 등장하는 공식구와 빠르 공연에서 시가를 소개하는 도입부분에 등장하는 공식구는 너무도 놀라울 정도로 유사하여 이것을 단지 우연이라고만 치부하고 넘어갈 수는 없을 정도이다. 이 유사성은 당연히 기능상의 작용이 동일하였음을 확신하게 만든다. 중국과 인도의 그림 이야기 구연 사이에 역사적 상관관계가 존재하였음을 증명하는 부인할 수 없는 증거들을 고려해본다면, 이 유사성은 아울러 중국과 인도의 그림 이야기 구연의 발전과정이 상호 긴밀한 관련성이 있음을 보여주는 것이라고 할 것이다. 중국과 인도의 그림 이야기 구연 전통은 공동의 조상을 갖지 않았다고는 도저히 생각할 수 없을 정도로 서로 거울을 마주보듯이 닮아있다.

동시에 우리는 중국과 인도의 두 구연 전통의 공식구들 사이에 보이는 차이점을 무시해서는 안 될 것이다. 변문의 시가 도입부분의 공식구는 빠르 공연의 가브 도입 부분의 언어보다 훨씬 더 정형화되어 있으며 필수적 요소로 간주되었다. 변문이 비록 공연 전통에서 기원하였음에도 불구하고 이미 구연 전통에서 빠져나와 일찍이 기록화 된 문학이 되었다는 것이 바로 그 이유가 아닐까 한다. 이와는 반대로 위에 번역하여 인용한 서사시 데브나라얀 신의 단락은 빠르 공연에서 취한 것이다. 빠르 공연에서는 기록된 텍스트를 사용하지 않는다. 따라서 위에 인용한 빠르 공연의 공식구가 비록 변문의 시가 도입부분의 공식구와 비슷한 성격을 보여주면서도 변문의 공식구에 비하여 더 융통성이 있고 더 변화가능성이 크다. 특히 데까의 경우, 보뽀와 보조공연자가 공식구 가운데 일부를 빼버리거나 같은 표현을 몇 번 계속 반복하기도 한다. 공식구가 기록화 되고 대중문학의 한 형식 요소가 되었을 때 비로소 고정화된 규칙성을 획득하는 것이며, 민간문학의 영역으로 들어가게 되는 것이다. 비록 보뽀들은 자신이 스승에게서 배운 형식에 맞추어 공연을 하는 것이긴 하지만 그러함에도 불구하고 공식구가 고정화된 규칙성을 획득하기 이전까지는 공연자에 따라서 혹은 동일한 공연자라도 각각의 공연에 따라, 혹은 동일 공연 안에서조차도 변화가 일어나기도 하는 것이다. 그러나 이제 그 자신이 분명 전통의 일부가 된 빠르 바짜노 보뽀*paṛ vā̃caṇo bhopo*들은 모두 자신들이 가브 도입 부분에서 공식구와 자신들의 기교 가운데 핵심적인 요소를 운용하는 나름의 공인된 기본틀을 가지고 있다.

다른 아시아 지역의 그림 이야기 구연 공연자들과는 달리 보뽀라는 직업은 엄격한 세습제는 아니었다. 모든 보뽀의 아들이 보뽀라는 직업에 필수적인 춤과 노래 능력을 다 갖추고 태어날 수는 없는 노릇이었기 때문일 것이다. 보뽀는 또 풍부한 유머 감각과 자신의 공연에 활력을 불어넣을 수 있는 흉내내기 능력을 갖추어야 했다. 따라서 보뽀들은 무조건 자신의 아들을 후계자로 지정하는 대신에 시카다르*sikhādār*('이수자, 제자')라고 불리는 대역(쩰라*celā*)을 두고 있었다. 그들 가운데 타고난 재능을 보여주는 자가 보뽀의 제자로 선택받게 된다. 이렇게 선택받는 자들은 원래 이 공연자 집단에 속해있는 자였거나 이 공연자 집단의 '부름을 받은' 자들이 많았다. 보뽀는 공연의 보조자를 필요로 하였지만 늘 괜찮은 대역을 구하는 것은 쉬운 일이 아니었다. 시카다르의 훈련 기간은 놀랄 정도로 짧았다. 시카다르는 훈련 기간을 마친 후에 보뽀를 따라서 실제 공연을 다니면서 점점 노래를 배워나갔다. 보뽀는 아울러 산문체의 내레이션을 통하여 영웅서사시의 전설을 자신의 제자에게 가르쳐주었다. 영웅서사시의 전설은 공연을 순서에 맞게 진행하는 데 있어서나 노래를 배우는 데에나 모두 중요하였다. 제자가 배우는 마치 강의투와도 같은 산문체의 이야기는 공연의 순서를 기억하는 데 많은 도움이 되었다. 그러나 보뽀는 무슨 정식 수업 방식을 통하여 제자를 훈련시킨 것은 아니었다. 제자는 오히려 빠르 공연 현장에서 자신에게 필요한 것을 습득하였다. 수련 과정에 있는 보뽀는 수련 기간 동안 공연에 필요한 다음 요소들에 신경을 써야 했다. 그것은 바로 나쯔*nāc*(춤), 바노*vāṇo*(공연에 맞추어 그림 가리키기), 가브(노래 부분), 아르타(낭독 부분), 무스까리*muskarī*(우스갯소리)이다.[75] 보뻬는 공연에서 자신이 해야 할 역할을 남성 파트너에게서 배우며, 관중들은 또 공연이 이루어지는 동안 친구들이나 어른들을 보면서 자신들이 공연을 볼 때 어떻게 행동하고 반응하여야 하는지를 알아차린다. 관중의 참여는 공연에 생기를 불어넣는 필수불가결한 요소이다. 심지어는 관중석에 미리 후까로*hūkāro*('맞장구치는 사람')를 심어놓기도 하는데, 그는 보뽀가 운문과 산문이 엇섞인 형태의 구연인 아르타브를 갈무리할 때 적절하게 맞장구를 쳐서 구연을 계속하여 나가는 것을 돕는다. 빠르를 보유하고 있는 보뽀가 가까이에서 살고 있는 관객이 아니라면 빠르 공연을 1년에 한 차례 넘게 관람하기는 힘들었다.[76]

빠르 공연이 대형 걸개그림이나 두루마리 그림, 인공조명, 악기연주, 춤, 노래, 낭독, 대화, 수수께끼, 우스갯소리, 몸짓, 의상, 많은 도구와 소품 등등과 같은 다양한 '장면전환 매체'를 사용한다는 측면에서 빠르 공연을 연극 공연이라고 부르기에 전혀 무리가 없을 것 같다.[77] 보뽀가 사용하는 다양한 소품 가운데 중요한 것으로는 다음과 같은 것들이 있다. 고둥, 등불, 비나*vīṇa* 혹은 잔따르*jantar*라고 부르는 깽깽이 악기, 라와나핫또*rāvaṇahātto*라고 부르는 스틱 지터, 손으로 들고 소리를 내는 금속 딱딱이(찜빠따*cimpaṭā*), 나무나 금속으로 만들어 손으로 연주하는 땡땡이(까르딸라*kartāla*), 빠르를 가리키는 데 사용하는 공작새 깃털로 만든 지시봉

75 조쉬(Joshi), 『인도의 그림으로 된 민담과 민담 화가』, 31-32 · 101쪽.

76 조셉 밀러(Joseph C. Miller), 「바가라와트 24형제와 데브나라얀 신 이야기를 공연하는 세 가지 주요 방식(The Three Principal Ways the Epic of the Twenty-four Bagaravat Brothers and Lord Devanarayan Is Performed)」, 1쪽.

77 조쉬, 『인도의 그림으로 된 민담과 민담 화가』, 3쪽; 밀러, 「빠부지의 빠르 공연」, 17쪽.

(짯띠caṭṭī) 등이 바로 중요한 소품들이다. 빠르 공연, 특히 빠부지에서는 보뽀가 매번 공연할 때마다 새롭게 즉흥공연을 하며 변화를 주므로 결코 같은 공연이 반복되지 않는다. 관중들도 역시 어떤 에피소드를 포함시킬 것인지, 그 에피소드가 공연에서 어떤 순서로 전개되게 할 것인지를 결정하는 데 동참하기도 한다. 그러나 공연에서 이야기의 뼈대는 공연에 활용되는 그림에 그려져 있는 내용 안에 들어있는 것이므로 이런 즉흥성이나 변화가능성은 분명 제한이 있을 수밖에 없다. 또한 보뽀에게 빠르가 공연의 필수 도구인 것도 아니다. 보뽀는 라디오 스튜디오에서 몇 시간씩 앉아서 빠르 없이 몇 시간 동안 노래도 부르고 자신의 공연을 하기도 한다. 이런 공연은 바라따 발라노vār[a]tā balaṇo('이야기를 입으로 말함) 혹은 바라따 수나노vāratā sunāṇo('이야기를 강설함)라고 부른다. 이런 공연이 훨씬 더 간단하여 더욱 자주 공연된다. 빠르를 이용하여 공연하는 경우에도 보뽀는 그려진 각 장면들을 빠짐없이 다 활용하여 공연하여야 한다는 부담감을 느끼지는 않는 듯하다. 보뽀는 필요하다고 생각되는 경우에는 이야기를 융통성 있게 조정하기도 하였다. 보뽀는 공연을 하면서 몇 장면들을 통째로 빼버리는 경우도 드물지 않았다. 반대로 공연을 하면서 빠르의 동일 장면을 두 번, 세 번 혹은 그 이상 계속 가리키며 언급하는 경우도 있었다. 관중들의 반응이나 수없이 공연되면서 형성된 공연 자체의 전통과 유산에 비추어 보뽀는 자신에게 부여된 융통성을 더 적극적으로 발휘하기도 하고 반대로 자제하기도 한다. 빠르 서사의 총길이(즉, 모든 에피소드들을 총망라한 작품)는 너무도 길지만 보뽀에게는 자신이 엄청난 분량을 외워야 하는 부담에서 벗어날 수 있는 다양한 서사 장치와 도구들이 마련되어 있다. 예를 들어 서사시들은 마치 건물을 짓는 데 사용하는 벽돌과 같이 빠르와로parvāṛo라고 부르는 에피소드 또는 각각 분리 가능한 이야기 단위들로 구성되어 있다. 아울러 까리kaṛī라 불리는 臺詞들을 암기해두었다가 필요할 경우 삽입해 넣기도 하였다. 이야기를 화려하게 장식하는 경우가 빈번하였고 보뽀는 즉석에

서 문장을 만들어 집어넣는 데 매우 익숙하였다.

빠르 공연은 결코 보뽀 혼자서 진행할 수 있는 성질의 것이 아니었다. 이 공연은 사회적 협조체제 안에서 이루어질 수 있는 것이었다. 그림을 보여주며 공연을 이끄는 보뽀, 신에게 기도하고자 하는 소망에 돈을 기부하여 공연을 후원하는 후원자, 마을의 유사로서 공연을 돕는 어르신들, 공연을 보면서 즉석에서 보뽀에게 질문을 던져 보뽀가 대답하느라 공연을 잠시 멈추게 만드는 청중(그들 가운데 일부는 정말 열심당원이었다)들이 서로 어우러져 공연을 만들어내었다. 신출내기나 경험이 부족한 공연자는 청중들의 비판적인 관심을 감내하여야 했다. 마을 사람들은 공연단이 자기 마을에 머무는 동안 등불을 밝힐 기름도 가져다주고 보뽀에게 먹을 것도 가져다주며 보살펴주었다. 빠르 서사시 전체를 공연하려면 2,3일 밤이 걸렸기 때문에 공연단들은 한 숙소에 며칠씩 머물기도 하였다. 자신들을 보호해주시는 신들이 잠이 드는 기간이라고 여겼던 우기에는 보뽀는 공연을 하러 마을과 마을을 떠돌아다니지 않았다.[78] 하지만 비로 말미암아 공연하지 못함으로 인하여 생겨나는 불이익 또한 현실적으로 고려하지 않을 수 없었을 것이다. 이런 이유로 비바람 같은 자연 환경의 영향을 덜 받는 다른 유형의 서사 공연을 굳이 마다할 이유도 없었다. 그리하여 빠부지 음유시인은 낙타를 돌보는 라바리(Rābāri)에게 빠르 말고 다른 유형의 공연을 임시로 해주기도 하였다.[79]

보뽀가 공연도구를 들고서 마을에 나타나면 사람들이 모여들어 흥분하고 들뜨기 시작하였다.[80] 공연을 해도 좋겠다는, 즉 공연에 따른 적당한 대가를 받을 거 같다는 생각이 들면 보뽀는 바닥을 정리하고 거리에 빠르를 세우기 시작하였다. 해가 저물어 가면 빠르를 깃대에 매단다. 공연에 돈을 대는 자의 대문간 바로 앞이나 바깥쪽에, 마을 공용의 돌로

78 위의 책, 9·22쪽.
79 밀러, 『인도 구비문학』의 주석, 12쪽.
80 조쉬, 『인도의 그림으로 된 민담과 민담 화가』, ix쪽.

만든 앉는 자리에, 아니면 약간이라도 관련이 있는 사원이나 신전 근처에 빠르를 세웠다. 개인적으로 혹은 마을 공동으로 빠르 공연을 후원하였으며 그 빠르 공연은 단독으로 이루어지거나 아니면 축제 가운데 한 프로그램으로 이루어지기도 하였다. 빠르 공연은 크기도 크며 복잡한 그림을 사용한다는 측면에서 그렇지 않은 다른 구연보다는 훨씬 더 많은 후원을 필요로 하였고 준비 작업 역시 품이 많이 들었다. 빠르의 사이즈는 정말로 컸다. 빠부지에 사용되는 것은 가로 5피트, 세로 15피트였고, 데브나라얀에 사용되는 것은 5피트, 35피트였다.[81]

빠르가 세워지고 다른 필요한 준비가 다 갖추어지기만 하면 공연이 시작될 수 있었다. 본격 공연은 저녁밥을 먹고 난 다음에 시작되었으며, 빠르 앞에서 이루어지는 노래와 춤은 밤새 계속되었다. 공연의 첫 번째 순서는 보뽀가 데브나라얀 혹은 빠부지 신에게 한 해 동안 번영과 기쁨을 내려달라고 기원하는 것이다.[82] 보뽀는 사건 순서를 밟아 이야기를 구연하고, 그 보뽀의 조수는 구연되는 대목에 해당되는 빠르의 부분을 깜박이는 등불로 비추어줌으로써 빠르의 이국적인 색깔로 하여금 환상적인 생명력을 발산하게 만든다. 향을 사르고 공연자의 발목에 매단 작은 종(궁그루*ghungru* 혹은 구가라*ghūgharā*)을 울려 환각 효과를 더욱 배가시킨다. 빠르 보뽀는 공연을 하면서 노래도 같이 하므로 때론 그의 조수와 함께 일종의 노래 경연대회에 참가하기도 한다. 한편 여러 다양한 기교를 활용하여 공연에 재미를 더하기도 하였다.

> 공연자는 빠르 앞에서 왔다 갔다 하면서 빙빙 돌기도 하고 어떤 때는 조수를 쫓기도 하는데 이런 동작을 통하여 맨 앞줄에 앉아 무대에서 벌어지는 모든 걸 보고 들을 수 있는 어린아이들을 즐겁게 한다. …… 노래 사이사이에는 아르타브라고 하는 시낭송과도 유사한 것이 들어간다. 그러다가 공연자가 몸을 돌려

---

81 위의 책, 23쪽.

82 위의 책, ix · 34쪽.

그가 지금 구연하고 있는 이야기를 시각적으로 보여주는 특정 장면을 가리킨다. 또 어떤 때는 노래와 구연을 동시에 멈추기도 한다. 바로 그때 구경하던 사람들은 신에게 돈을 바친다. 이때 공연자나 조수가 고둥을 불며 돈을 바치는 자의 명의로 데브나라얀이나 빠부지의 복을 빌어준다. 이 공연은 밤새 이어진다. 그 다음날 동이 터 오르기 직전에야 그들은 공연을 멈춘다.[83]

전형적인 데브나라얀 빠르 공연은 다음과 같은 요소로 구성된다. 서두의 정화의식; 빠르 펼치기; 보뽀의 무대의상 입기; 빠르에게 봉헌하는 세와*sevā* 의식(이 의식은 찬미가, 향 사르기, 점등 같은 것들이 포함되기도 함); 일련의 기도와 간구; 이야기와 관련된 운문산문 결합체; 여러 차례에 걸친 중간 휴지부에 봉헌물 모으기; 아라띠*āratī*('등불 의식') 노래를 관련 등장인물과 신들에게 봉헌하기; 빠르를 위한 마무리 세와 의식.[84] 이는 다른 곳의 그림 이야기 구연의 순서와 그다지 다르지 않다(예를 들어, 인도네시아나 일본 같은 곳).

라자스탄 빠르 전통은 대략 300년 정도로 거슬러 올라갈 수 있으며(전설에 따르면 이 300년에서 또 300년을 더 거슬러 올라갈 수 있다고 한다), 최초의 빠르 그림은 데브나라얀 신도였던 초추 바뜨(Chochū Bhāṭ)의 발원으로 만들어졌다고 한다.[85] 그러나 빠르 그림의 초기 역사를 확립하는 데에는 난관이 너무도 많다. 그림의 색채가 바래거나 캔버스가 갈라지면 정성껏 신성한 의식을 행하며 그것을 뿌슈까라(Pushkar)라고 하는 신성한 연못이나 다른 물속에 던져버렸기 때문이다.[86] 빠르는 신성한 것이었으므로 그

83 위의 책, 8쪽. 여기에서 제시된 보뽀 그림은 북경도서관에 소장된 돈황 문서 6110호의 뒷면을 떠올리게 한다(나는 나의 논문 「행자 현장의 초상화의 기원(The Origins of an Iconographical Form of the Pilgrim Hsüan-tsang)」에서 이를 언급한 바 있다).

84 밀러, 「바가라와뜨 24형제와 데브나라얀 신 이야기를 공연하는 세 가지 주요 방식」, 3쪽.

85 조쉬, 『인도의 그림으로 된 민담과 민담 화가』, x · 7 · 9쪽.

86 위의 책, 35쪽.

것을 사용할 수 있는 한 응당 지녀야 할 존경심을 다하여 정해진 예식대로 보존하여야 했다. 이러한 공연들이 전문적이고 직업화된 종교적 특성을 지니고 있었다는 점은 이들 공연의 주목적이 수호신을 불러 청중들의 안녕을 기원하는 데에 있다는 사실에 비추어 보아도 명백하다.[87] (세속화되기 이전의 변도 역시 이와 같은 목적, 즉 신성한 존재의 모습['변'이 '변화시켜 드러내 보임'이란 의미를 지니고 있음을 참고할 것]이 드러나도록 하거나 표현해내고자 하는 목적을 지니고 있었다.) 빠르 공연은 오락을 제공해주는 동시에 종교사상을 전달하는 역할도 하였다. 사회적 관점에서 보자면 빠르 공연은 공동신을 믿는 사회집단의 결속력을 강화시키는 역할을 하였다고 말할 수 있을 것이다. 전형적인 빠르 공연은 종교적 헌신의무를 다하게 하고 가르침을 주고 오락을 제공하는 삼중의 목적을 지니고 있었다.[88]

데브나라얀 보뽀들은 함께 모여서 전람회 같은 것(칸퍼런스!)을 열어 그들의 공연 테크닉에 관하여 토론하고 자신들의 수호신에게 경의를 표하곤 한다. 그러나 각각의 보뽀들에게는 서로 인정하고 존중해주는 각자의 방식이 있었으므로 이 전람회에서 보뽀들 사이에 경쟁이 심하게 생겨나진 않았다.[89]

빠르 그리고 빠르와 관련된 장르에서 상업화와 세속화의 흐름이 감지되기 시작한다.[90] 구비문학에 이런 상업화와 세속화 흐름이 발생하게 되면 그 구비문학을 지탱해주고 있었던 핵심 민담의 토대가 상실되는 결과를 가져온다. 그 결과 마침내 구비문학은 점점 손상되어 가고 그 존재 자체가 문제가 된다. 이와 동일한 흐름이 아시아의 다른 그림 이야기 구연 장르에서 감지된다. 도시의 기업가나 학술계의 엘리트가 자신의 목적에 따라 민간예술을 소유하게 될 때 생동감 넘치는 민간예술의 생명

87 위의 책, 36쪽.

88 밀러, 「바가라와뜨 24형제와 데브나라얀 신 이야기를 공연하는 세 가지 주요 방식」, 1쪽.

89 위의 책, 102쪽.

90 조쉬, 『인도의 그림으로 된 민담과 민담 화가』, 11-12 · 18-19쪽.

은 종언을 고하고 만다.[91] 그런데 빠르 공연을 두고 이야기하자면 이 상업화와 세속화의 흐름이 데브나라얀에서는 잘 나타나지 않았으며 데와나라얀은 지금도 여전히 생기 넘치게 번성하고 있다.

라자스탄에는 위에 언급한 것 말고도 그림을 통해서 이야기를 구연하는 다른 양식들이 더 존재한다. 그 가운데 하나가 람달라(Rāmdalā)로서 빠르보다 꽤나 작은 천[그림]을 사용한다. 보빠는 그 천[그림]의 한쪽을 한 손으로 잡고, 다른 쪽 끝은 겨드랑이에 끼운다. 보빠는 그림을 잡고 있지 않은 한 손으로 지시봉을 들고서 천위에 그려진 다양한 장면들에 주의를 집중시킨다.[92] 라자스탄과 마디야 쁘라데쉬(Madhya Pradesh)에서 그림 이야기 구연의 또 다른 형식을 들자면 바로 까와르*kāvaṛ*를 들 수 있을 것이다. 까와르는 작은 사원 모양의 목재 상자로 수많은 문이 달려 있다. 그 안에는 힌두의 신을 묘사하고 널리 알려진 이야기를 그린 그림 패널들이 들어 있다. 까와리야 바뜨*kāvaṛiyā bhāṭ*라 불리는 공연자는 한 번에 하나씩 그 그림 패널을 열어 보여주며 그림이 묘사하고 있는 에피소드를 노래와 구연의 방식으로 공연한다.[93] 이런 공연방식은 독일 그림 이야기 구연의 선구적 형태와 무척이나 유사하다.

또 다른 양식으로는 안드라 쁘라데쉬와 마드라스에서 유래한 깔람까리*kalāmkārī*(천위에 그린 그림)와 끄리슈나릴라*Kṛṣṇalīlā** 그리고 아흐메다바

91 메어(Mair), 『당 변문*T'ang Transformation Texts*』 제5장 및 빅터 메어(Victor H Mair), 「중국 민간문학에 미친 변문의 공헌(The Contributions of Transformation Texts to Later Chinese Popular Literature)」을 참고할 것.

92 밀러, 『인도 구비문학』의 주석, 25-26쪽.

93 위의 책, 27쪽; 아울러 이 같은 유형의 그리고 다른 유형의 현대 서사 그림에 대하여 알고자 한다면, 발렌티나 스타치-로젠(Valentina Stache-Rosen), 「현대 인도에 남아 있는 고대 시청각 교육 형식(Survival of Some Ancient Forms of Audio-Visual Education in Present-Day India)」, 도판 10, 및 하인즈 모데(Heinz Mode), 수보드 찬드라(Subodh Chandra), 『인도 민간 예술*Indian Folk Art*』, 263쪽 이하 및 도판 388-396을 볼 것.

* 역주 : 끄리슈나(Kṛṣṇa)의 유희 혹은 유흥, 장난꾸러기 소년 끄리슈나의 장난, 놀이 등을 목격한 사람들은 그 순진무구함, 자유로움, 활력으로 인해 기쁨, 즐거움을

드 사원 그림이 있다.[94] 깔람까리의 각각의 그림 위쪽에는 따밀 혹은 뗄루구어로 각 그림이 묘사하고 있는 장면을 설명하는 글들이 적혀있다. 이야기의 구연은 운문과 산문이 결합된 형식이며, 구연자는 자신이 구연하는 내용에 해당하는 장면을 가리켰다. 이들 천 그림 가운데에는 상당히 광대한 것도 있었다. 안드라 쁘라데쉬의 칼라 깔람까리는 여덟 줄, 가로세로 30×10피트, 60개의 장면으로 라마야나 전편을 그려내었다. 아흐메다바드의 비위드하-띠르타-바스뜨라-빠따*Vivdha-tīrtha-vastra-paṭa*(1641)는 대략 가로 세로 10×4피트이다. 마드라스 박물관에 소장되어 있는 남부인도에서 수집한 오래된 깔람까리 조각은 사리불 두루마리 그림(P4524)이나 인도네시아 와양 베베르와 여러 면에서 비슷하여 그 비슷한 부분을 언급하지 않고 지나칠 수 없다. 깔람까리 조각, 사리불 두루마리 그림, 와양 베베르 모두 가로 구도 형태를 취하고 있으며 나무들을 그려서 본래 쭉 이어져 있는 본원고사를 각각의 에피소드로 나누는 경계 역할을 하도록 한다. 여기에서도 마찬가지로 악의 세력은 왼쪽에, 선의 세력은 오른쪽에 배치된다.[95] 서부 벵갈의 세습 파우즈다르*faujdār*(우르두어로 '군인'

느낌. 힌두교도들은 이를 통하여 사람들의 흐뭇해진 마음이 곧 비슈누신의 화신인 끄리슈나의 신이 인간에게 베푸는 은혜라고 굳게 믿는다고 한다.

94 펠롭스키(Pellowski), 『이야기 구연의 세계*The World of Storytelling*』, 도판 26. 릴라(Līlā)는 '연극, 유희, 놀이, 여가(play, amusement, sport, pastime)' 등의 의미를 갖고 있다. 그러나 동시에 이 릴라는 '오로지 겉모양, 외양, 현상(mere appearance, sham, semblance)' 등의 의미도 가지고 있다. 이 단어 릴라의 어원은 명확하게 밝혀지지 않았다. 모니에르-윌리암스(Monier-Williams), 『산스끄리뜨-영어 사전*Sanskrit-English Dictionary*』, 903bc쪽을 볼 것. 서부 벵갈 미드나뿌르(Midnapur)의 20세기 끄리슈나-릴라*Kṛṣṇa-līlā* 두루마리에 대해서는 엘윈(Elwin), 『인도의 민화*Folk Paintings of India*』, 삽화 13을 볼 것. 아울러 캘커타의 아수또쉬(Asutosh) 박물관에 소장되어 있는 종이 위에 그린 19세기 끄리슈나-릴라(Kṛṣṇa-līlā) 두루마리-그림에 대해서는, 아지뜨 무께르지(Ajit Mookerjee), 『인도의 예술*Art of India*』, 도판 94를 볼 것.

95 쉬리드하르 안다레(Shridhar Andhare), 「천위에 그린 표상들 : 아흐메다바드의 비위다-띠르타-빠따(Painted Banners on Cloth : Vividha-tirtha-paṭa of Ahmedabad)」, 40쪽과 뿌뿔 자이야까르(Pupul Jayakar), 「화려한 색채와 문양 : 그리거나 프린트한 천들(Gaiety in Colour and Form : Painted and Printed Cloths)」, 31쪽, 그림 11을 볼 것.

혹은 '장수'라는 의미)의 비슈누뿌르(Vishnupur, 즉, 비슈누뿌르Biṣnūpūr) 화가가 그린 '아와따르(Avatār)' 두루마리 그림은 1,200년 이상의 역사를 지녔다고 한다.[96] 구자라뜨의 마따 니 빠체디*mātā nī pachedī*('母神의 사원-두루마리')는 화가 길드에서 그린 것으로 목동(바르와르bharwar)이 母神 꿀라고따르(Kulagotar)의 이야기를 구연(레디*reddi*)하는 데 사용되었다.[97]

마하라슈뜨라 아우란가바드(Maharashtra Aurangabad) 지구의 작은 도시 빠이탄(Paiṭhān)의 그림들도 이야기 구연에 이용되었다. 이 그림들은 마하바라따와 라마야나 이야기, 신화집에서 나오는 신화 그리고 지역의 영웅 이야기 등등에서 취하여 시리즈로 그려낸 것이다.[98] 이 그림 이야기 구연 전통에 속한 구연자들은 찌뜨라까티라고 불렸는데, 우리가 이미 짐작할 수 있는 바와 같이 '그림을 그리고 그 그림이 묘사하고 있는 이야기를 구연하는 자'라는 의미를 지니고 있다. 거의 모든 그림 이야기 구연자들이 그러하듯이 빠이탄의 찌뜨라까티들은 낮은 계층 태생의 떠돌이 예인들이었다; "이들 이야기 구연자들은 마하라슈뜨라(Maharashtra)의 마을과 마을을 떠돌아다니며 자신들의 후원자들을 위하여 지역어 마라티어로 노래와 운문으로 이야기를 공연하였다. 자신들의 후원자들이 사는 마을의 바깥쪽에서 이동식 천막을 꾸려 사는 그들의 생활 방식도 실은 그들이 낮은 계층 태생이며 가난하다는 것을 반영하는 것이다."[99]

빠이탄 그림은 본디 세트들(뽀티*pothi*라고 부르며 한 장씩 마음대로 뺏다 끼웠다 할 수 있는 2절 크기)로 제작된 것이다. 찌뜨라까티들은 그 그림 세트

96 엘윈, 『인도의 민화』, 12쪽.

97 조안 에릭슨(Joan Erikson), 『마따 니 빠체디 : 母神 사원의 천에 관하여(Mātā nī Pachedī : A Book on the Temple Cloth of the Mother Goddess)』, 15쪽. 이와는 다른 유형의 이야기 그림 천에 관해서는 로버트 버스바거(Robert F. Bussbarger), 베티 로빈스(Betty D. Robins), 『인도의 일상 예술*The Everyday Art of India*』, 191-193쪽을 볼 것.

98 빠이탄 그림에 대한 참고문헌은 에바 라이(Eva Ray), 「빠이탄 그림 관련 문헌(Documentation for Paiṭhān Paintings)」, 240쪽 각주 4를 볼 것.

99 밀러, 『인도 구비문학』의 주석, 49쪽.

들 가운데 해당 세트 하나를 가지고서 해당하는 이야기를 구연하였다. 한 세트에 포함되는 장면의 수는 30개에서부터 약 70개까지 다양하였다. 이 작은 크기의 손으로 들고서 보여주는 그림 두루마리 방식은 공연을 하면서 장면들을 재배치하거나 또 어떤 한 장면을 중간에 빼내기에 편하다는 명백한 장점이 있었다. 이 그림들은 대략 높이가 12인치, 너비가 15~17인치였다. 이 정도 사이즈는 10명에서 30명을 넘지 않는 관중에 딱 알맞은 것이었다. 사리불 변을 공연하는 데 사용되는 그림의 사이즈가 딱 이와 비슷하였다는 점에서 우리는 변 공연을 관람하였던 청중들의 평균적인 규모를 미루어 짐작할 수 있겠다. 빠이탄 그림은 비교적 작은 사이즈였음에도 불구하고 벽화와도 같은 속성이 있는 것으로 간주되었다. 빠이탄 그림 가운데에는 기둥이나 나무 같은 것을 그려서 면을 둘로 수직 분할한 것도 왕왕 있었다. 이어지는 빠이탄 그림 두 장을 뒷면끼리 서로 붙이는데, 그 사이에 여분의 두꺼운 종이를 끼워 넣어 더 빳빳하고 강하게 만들기도 하였다. 빠이탄 그림 한 세트가 따로따로 나뉘어져 여러 소장가에게 건네지기도 하였으며 너무 손을 많이 타서 너덜너덜해지기도 하였다. 공연하는 동안 걸어놓기 위하여 구멍을 뚫었던 상부 정중앙 부분은 풀칠하고 때우곤 하였다. 빠이탄 그림은 그 스타일이 까르나따까(Karnataka, 마이소르), 안드라 쁘라데쉬 그리고 께랄라(Kerala)의 가죽 그림자 꼭두각시 인형과 상당히 많이 닮았다.[100]

그림 이야기 공연이 영화에 비하여 급격히 쇠락하고 있기는 하지만 인도의 시골에서는 여전히 많은 공연들이 이루어지고 있다. 그러나 공연자들에 대한 정보를 얻기가 너무도 힘든 상황이다. 최근에 마하라슈뜨라(Maharashtra)의 남 라뜨나기리(Ratnagiri)지구 삥굴리(Pinguli)시 구디 와디(Gudi Wadi)마을의 타까르(Thakar)주민들이 그런 집단인 것으로 밝혀졌다.[101]이들 주민이 예인으로 활동한 역사는 대략 500년 전까지 거슬러

100 이 단락의 정보는 거의 다 라이, 「빠이탄 그림 관련 문헌」, 240-244쪽에서 얻었다.

101 발렌티나 스태치-로젠(Valentina Stache-Rosen), 「인도의 그림자 연극에 관하여(On

올라간다. 그들이 비교적 주목할 만한 공연집단으로 활동하였던 초기 시절 그들은 구 사완뜨와디(Sawantwadi)주 족장에게서 지지와 경제적 후원(작은 땅을 하사받는 형식으로)을 받기도 하였다. 이 대가로 그들은 9월과 10월 사이, 아스윈(Asvin)달의 첫 번째 밤에 시작되는 열흘 동안의 힌두 축제인 다셰헤라(Daśahrā, 혹은 둣세헤라(Dussehra), 두르가 뿌자(Durgā Pūjā), 두르고뜨사와(Durgotsava) 등)에 앞서 나와라뜨리(Navarātri, '9일 밤, 9일 낮') 희생제 공연과 같은 정해진 의무를 수행하여야 했다. 타까르 주민들은 사완뜨와디주의 77개 마을 가운데 29개 마을에서 여전히 공연을 하였다. 이 공연을 위하여 타까르 주민들은 시골의 몇몇 사원에서 연례적으로 수입을 얻었다. 타까르 주민들의 공연목록에는 빵굴*pangul*(훈련시킨 수소 보여주기), 찌뜨라까티(그림을 이용하여 신화 구연하기), 참마디야치야 바훌리야*chamadyachya bahulya*(가죽 그림자 꼭두각시 인형을 이용하여 신화와 귀신이야기 구연하기), 깔라수뜨리 바훌리야*kalasutri bahulya*(줄에 매단 꼭두각시 인형을 이용하여 신화와 통속적인 이야기를 공연하기) 등이 있었다. 그런데 타까르 주민 개개인들은 이들 공연 가운데 하나나 혹은 다른 하나에 특화되어 있었다. 타까르의 공연 커뮤니티를 총괄해서 살펴보자면 연극과 서사 사이에 두드러지고 분명한 경계선은 존재하지 않음을 확인할 수 있다. 이 사실을 통해서 우리는 인도의 영향을 받은 중국의 연극과 서사는 하나의 통일체이지 확연히 분리될 수 있는 두 개의 문학 영역이 아닐 것이라는 가설을 더욱 확신할 수 있겠다.

왕왕 타까르 사람들은 전문적으로 가죽 다루는 기술을 배운 자들의 도움을 받을 수 없을 경우 자신들이 직접 꼭두각시 인형을 손질하여야

---

the Shadow Theatre in India)」, 283쪽과 그림 11, '그림자 공연과 그림 보여주기 공연(Schattenspiele und Bildervorführungen)', 특히 그림 6. 라이는 「빠이탄 그림 관련 문헌」, 240쪽에서 가치 있는 자료들을 더욱 더 많이 제공해주고 있다. 쁘라모드 까레(Pramod Kale)는 「삥굴리의 민속 예술(Folk Arts of Pinguli)」이라는 이름의 뛰어난 필름을 제작한 바 있다. 까레씨는 또 친절하게도 나에게 자세한 설명을 담은 장문의 편지를 보내준 바 있다.(1981년 4월 6일)

했기 때문에 불가촉천민 가운데 하나인 갖바치로 분류되기도 하였다. 그러나 사실 카스트 제도라는 측면에서 볼 때 떠돌이 공연자 집단인 이들은 카스트 제도에서 취급되지도 않는다는 점에서 불가촉천민보다 더 낮은 계층으로 간주되었다고 볼 수도 있겠다. 이들은 사제도 아니고, 수도자도 아니고, 고행자도 아니었지만 그들의 공연은 종교 주제를 다루었다. 이들은 자신들의 갈등을 조정하는 자치 조직(자뜨 빤차야뜨*Jāt panchāyat*)을 가지고 있었다. 그들은 또한 자신들만의 변말(일종의 도둑집단의 라틴어)을 지니고서 낯선 자들이 있을 때엔 자기들끼리 그 변말을 사용하였다. 이들 가운데 젊은이들 다수는 전통적인 공연관련 직업을 버리고 뭄바이 같은 대도시로 나가서 돈 되는 직업을 찾고 있다. 구디 와디(Gudi Wadi)에 살고 있는 70가족은 대부분 농부나 어부지만 그들은 또 동시에 민속 연예의 한 양식 혹은 다른 양식에 종사하고 있다.

우리의 연구 목적에 비추어볼 때 뻥굴리시에서 가장 재미있는 유형의 공연자는 바로 뽀티를 보여주는 자들이다. 뽀티는 가로 세로 1피트 1.5피트에 달하는 갈색 종이 대략 30장에다가 고전의 내용을 그린 것이다. 이 그림들은 계속 사용하여서 너덜너덜하게 보일 정도이다. 도해본 사리불 그림 두루마리와 와양 베베르에서와 마찬가지로 뽀티에서도 오른쪽에 있는 선한 세력과 왼쪽에 있는 악한 세력 사이는 매우 뚜렷하게 구분되어 있다. 뻥굴리시의 뽀티 구연자들은 그들이 공연에 사용하는 그림들은 아주 먼 자신들의 조상이 그린 것이라고 믿었기에 그 그림들을 보물처럼 다루었다. 라뜨나기리(Ratnagiri) 구역의 북부 지역에는 자기 자신들을 스스로 찌뜨라까티라고 부르는 집단이 있지만 뻥굴리시 사람들은 그들이야말로 자신들의 정통성을 주장할 근거가 되는 뽀티도 없는 사기꾼이라고 주장한다.

구디 와디의 찌뜨라까티는 두 명이 바닥에 양반다리를 하고 앉아서 공연을 하는데, 한 명은 두드리는 면이 두 개인 작은 북을 연주하고 노래와 동작을 맡는 다른 한 명은 땀부르*tambūr*라고 하는 3현 악기와 작은 손가락 심벌즈를 연주한다. 땀부르 연주자는 나무판을 자기 무릎에 올려놓았다. 그림보다 약간 더 큰 그 나무판 위에 그림을 올려놓을 수 있었다. 검정 천을 바닥에 깔고 그걸 다시 나무판과 묶어놓아 그림들이 미끄러떨어지는 것을 예방하였다. 이야기 하나가 끝이 나면 그 이야기에 해당하는 그림을 내리고 노래를 하는 공연자 옆에 쌓아둔 그림 더미에서 새로운 그림 하나를 꺼내어 그걸로 대체하였다. 구디 와디의 찌뜨라까티 가운데 일부는 구연하는 이야기의 배경 그림을 들어 올려서 청중들에게 잘 보이게 하였다고 한다. 다른 공연자들은 공연하고 있는 대목과 연관되는 가죽 꼭두각시 인형과 나무 인형을 보여주었다. 우리가 이미 접촉한 초기의 그림 공연자들과 마찬가지로 보조공연자들 가운데 일부는 막대기로 동판 가운데를 원모양으로 긁어서 윙윙거리는 소리를 내었다.

요즘 들어 처음으로 연구되기 시작하였고 이런 이유로 모호하고 명확하지 않은 구석이 있는 공연으로 구자라뜨와 라자스탄의 가로다(Garoda) 그림 공연자들의 공연이 있다. 이 공연은 과거에는 상당히 유행하였다고 하나 요즘은 거의 사라질 위기에 처해있다고 한다. 가로다는 민간 사제 카스트라고 하며 가끔은 타락한 브라만으로 묘사되기도 한다. 그들은 다른 하층 카스트들, 특히 여러 다양한 유형의 장인들에게 사제역할을 해준다. 그림 두루마리를 구연하는 것 말고도 그들은 기도회에서의 찬양을 이끌기도 하였고, 손금이나 별점을 봐주기도 하였다. 그들이 사용하는 그림 두루마리는 띠빠누*tipanu*나 띱빤*tippan*('해설서', '기록', '진술')으로 불렸다. 한편, 이 두루마리를 활용한 구연은 밤발*bhambhal*('시끌벅적한 이야기')로 불릴 수 있을 것이다. 이 두루마리들은 헝겊에다가 그리곤 하였지만 지금은 거의 모두다 종이에다 그린다. 이 두루마리들은 폭이 14인치가 약간 못되었으며, 길이는 약 13.75피트 정도였다. 두루마리 한 롤당 대체로 5개에서 7개 정도의 바늘땀이 있었다. 이 두루마리들은 심하게 닳았으며 찢겨나간 부분을 지나간 신문지나 달력 종이를 뒤에 대고 붙여서 수선하였다. 두루마리 그림 가운데 일부는 아마추어 화가들이 그린 아주 유치한 수준이었지만, 다른 것들은 숙련되고 전문적인 화가들이 그린 작품들이었다. 이 두루마리 그림들은 각자 서로 다른 개성적인 스타일을 지니고 있었지만 동일한 장면들을 동일한 순서로 보여주고 있었다. 두루마리 그림 한 롤은 각자 19개의 그림 패널을 세로로 배열하였다. 이 19개의 그림 패널들은 각기 다른 이야기들을 묘사하였지만, 이야기 전개 편의상 그림 패널 하나에 한 편의 이야기 속의 여러 장면들을 여럿 집어넣기도 하였다. 신화집, 지역의 서사시, 『라마야나』, 『마하바라따』 등이 주제로 등장하였는데, 그 가운데에서도 지역적 색채를 띤 요소들이 자주 등장하였다.[102]

가로다들은 떠돌이 공연단이었지만 그들은 작은 집들을 꾸려서 가끔씩 그 집에 머물기도 하였다. 이들이 오탈자가 많은 민간 이야기집을 지니고 있었던 점으로 미루어 보아 공연단 가운데 일부는 최소한 조금이나마 글을 읽고 쓸 줄 알았던 듯하다. 다음은 가로다 그림 공연자들의 공연실황을 묘사한 것이다.

> 가로다는 어깨에 가방을 메고서 낮은 목소리로 구자라띠(Gujarati) 운율을 노래하면서 이집 저집을 순례하였다. "신성한 이야기들을 듣고서 공덕을 쌓으시라. 이런 기회가 자주 오는 게 아니라네. 덕을 쌓는 길을 알려주는 떠돌이 가로다 사제에게 은혜를 베풀 줄 알아야 할지니." 그는 손에 두루마리를 들고 있다가 사람들에게 이야기를 들려주겠노라고 제안하면서 그 두루마리를 반쯤 펴는데 반응이 신통치 않으면 그걸 다시 말아버렸다. 가끔 사람들은 그에게 이야기를 들려달라고 하지 않고 그냥 동전이나 곡식을 그가 어깨에 메고 있는 자루에 집어넣어주기도 하였다. 그가 아직 마을을 떠나지 않고 머물러 있을 때 몇몇

102 이 단락의 모든 정보는 조띤드라 자인(Jyotindra Jain), 「구자라뜨 가로다 그림-공연자의 그림 두루마리(The Painted Scrolls of the Garoda Picture-Showmen of Gujarat)」에서 취하였다.

여인네들이 마음을 바꿔 그를 다시 불렀다. 그는 손과 얼굴을 씻고 물을 마시고서는 노천정원에 놓여 있는 끈으로 엮어 만든 평상 같은 곳에 앉았다. 잠시 후 마을 사람들이 그 주변에 몰려들었다. 그는 첫 번째 그림의 의미와 그것이 지니고 있는 윤리적 내용을 운문과 산문을 섞어서 설명하는 것으로 구연을 시작하였다. 청중들의 흥미와 반응이 점차 고조되면 그는 펼친 그림 두루마리를 손에 들고 자리에서 일어나 청중들에게 다가가서는 동전과 지폐를 그림 두루마리에다 직접 받았다. 공연이 끝나고 나면 그는 밀가루와 곡식을 받았는데 그것들을 그가 별도로 준비한 자루에 각각 나누어 담았다.[103]

이 공연이 인도의 다른 그림-이야기 구연양식이나 중국의 변 공연과 유사성을 지니고 있음은 명백하다.

그림을 사용하는 인도의 이야기 구연 가운데 더욱 널리 퍼져있는 것으로서 여기서 꼭 빠뜨리지 않고 언급해야 할 것으로는 바로 나라끄 찌뜨라*narak citra*('지옥도')가 있다.

인도의 서부지역에 있는 자이나교와 바이슈나와(Vaiṣṇava) 집단 거주지의 장례식에는 사제를 초청하여 『가루다 신화집*Garuḍa Purāṇa*』을 낭송하거나 구연하게 하는 필수적인 절차가 있다. 『가루다 신화집』은 해탈에 대한 다양한 의식과 방법을 묘사하고 있을 뿐 아니라 지옥(*야말로까Yamaloka*)에 떨어져서 받는 죄악과 처벌에 대하여서도 설명하고 있다. 『가루다 신화집』 구연은 장례 기간 동안 사나흘 밤 동안 계속된다. 어느 날 밤에는 지옥의 왕인 야마(Yama)가 고통을 주는 것에 대하여 설명한다. 이러한 설명을 하면서 사제는 엄혹한 형구로 고통을 주는 지옥의 공포를 묘사한 작은 종이 그림을 보여준다.[104]

이 나라끄 찌뜨라들은 고대 인도의 야마빠따*yamapaṭa*뿐만 아니라 지옥

103 위의 책, 5-6쪽.

104 밀러, 『인도의 구비문학』의 주석, 28쪽.

의 다양한 모습과 고통을 두루 묘사한 돈황의 두루마리 그림들을 연상케 한다.[105] 이런 그림들은 20세기 중반까지 전중국에 걸쳐 광대하게 유행하였다.

마지막으로 19세기에 대단히 유행하였던 떼룩꿋뚜*terukkūttu*('길거리 연극')라 불리는 따밀의 토착 민속극을 언급하여야 할 순서이다.[106] 요즘 들어 떼룩꿋뚜가 영화에 밀리는 추세이긴 하지만 그래도 여전히 그 생명이 유지되고 있다. 이 떼룩꿋뚜는 그림자 이야기 구연의 형태를 띠고 있진 않지만 그래도 아시아의 다른 공연예술과 상당히 재미있는 유사점을 지니고 있어 간단하게나마 언급하지 않을 수 없다. 등장인물들은 무대에 등장하기 전에 막 뒤에서 먼저 각자 자기가 자기를 소개한다. 이 떼룩꿋뚜는 주로 노래로 이루어진다. 산문은 노래와 노래 사이의 틈을 매워주는 역할을 맡을 뿐 스토리 라인을 만들어가는 역할을 맡지는 않는다. 게다가 청중들은 이 스토리 라인을 익히 다 잘 알고 있으므로 공연에서 노래를 얼마나 반복하고 얼마나 잘 부르고 얼마나 새롭게 해석하여 부르는지를 신경 쓸 뿐 구성이 얼마나 기이한가에는 거의 신경을 쓰

105 중국 중고시대 종교 전문가인 스티픈 타이저(Stephen Teiser)가 현재 지옥과 그 지옥의 고통을 다룬 중고시대 중국의 이야기 그림에 대하여 광범위한 연구를 진행하고 있다.

106 이 주제와 관련된 내 정보는 주로 빌 크로포드(Bill Crawford)의 미간행 원고 「따밀의 영화 그리고 따밀 나뚜 나따까 나띠까르 짠깜 연극(The Tamil Cinema and the Plays of Tamil Nāṭu Nāṭaka Nāṭikar Cānkam)」 및 리차드 프라스카(Richard A. Frasca)의 강연 「따밀 인도의 의례 연극(Ritual Theater of Tamil India)」에서 얻었다. 내가 여기서 떼룩꿋뚜*terukkūttu*에 관하여 이야기한다는 의미는 아마도 키얄*khyāl*, 스왕*svāng*, 나우땅끼*nautāṅkī*, 뚜라깔란기*turrākalaṅgī* 등과 같은 다양한 인도 민간 연극 양식을 더불어 이야기한다는 의미가 될 수도 있을 것이다. 밀러, 「바가라와뜨 24형제와 데브나라얀 신 이야기를 공연하는 세 가지 주요 방식」, 10쪽의 설명에 따르면 카이얄은 "구연 설명과 기록된 (가끔은 즉석대본과도 같은) 노래 텍스트의 아주 흥미로운 결합 사례이다." 배우와 아주 가까운 거리에 붙어 서서 대본을 챙겨주는 자는 그가 손에 들고 있는 싸구려 이야기 대본을 끊임없이 일깨워줌으로써 배우들이 공연하는 내용이 확정된 대본의 주된 흐름에서 벗어나지 않도록 애썼다.

지 않는다. 이야기의 구성은 대체로 삽입곡 성격을 지닌 노래를 통하여 이루어지며 서로 연관되어 있지 않은 것처럼 보이는 장면들 역시 이 노래들을 통하여 극적으로 연결된 장면으로 변하게 된다. 연극의 공연이 최고조에 달하면 일부 배우가 마치 신들린 것 같은 상태로 들어갈 뿐 아니라 일부의 관객들도 황홀경에 빠져들고 만다. 떼룩꿋뚜 연극은 많은 사람들에게 사랑받고 많은 사람들에게 널리 알려져서 식자들도 이 연극에 익숙해지고 그로 말미암아 이 연극을 본 따서 실험적인 모방작을 만들어내고 그 기록본이 나올 정도였다. 인쇄기계의 도입으로 말미암아 이런 모방작의 인쇄본은 많은 사람들이 구입할 수 있을 정도로 저렴해졌다. 그러나 민간의 공연예술이 기록화되는 과정이 거의 예외 없이 그러하듯이 대본 없이 공연하던 때보다 대본이 생기면서부터는 공연의 틀이 눈에 확 띠게 정형화된다. 영화가 떼룩꿋뚜의 자리를 점점 대신하게 되는 것은 기술적으로 화려한 양식이 단순한 양식을 대신하게 되는 것이 자연적인 발전과정임을 고려한다면 어쩌면 당연한 것인지도 모른다.

이 장과 다른 장에서 우리는 주로 그림 이야기 구연 그 자체에 관심을 집중할 수밖에 없었지만 사실 이 그림 이야기 구연이라는 장르를 구연 예술이나 다른 일군의 공연 예술과 분리해낸다는 것이 얼마나 어려운 일인가를 수없이 확인할 수 있었다. 일군의 공연자들이 동일한 이야기를 서로 연관되어 있는 다양한 양식으로 능숙하게 공연해낼 수 있었다는 점 역시 이 점을 잘 대변해준다 하겠다. 인도의 그림자 꼭두각시 인형 공연에 관한 최근의 논문은 이 그림자 꼭두각시 인형 공연과 그림 이야기 구연 사이에 긴밀한 연관성이 있음을 너무도 상세하게 설파하고 있다.

인도 민간예술 가운데 가장 오래된 보물을 하나 꼽으라 하면 아마도 가죽으로 만든 꼭두각시 인형을 꼽아야 할 것이다. 『뿌라나(신화집)』와 『자따까』 같은 고대 경서에서 이미 그 존재에 관한 증거들을 찾을 수 있는 바, 꼭두각시 인형은 인도 문명 그 자체와 나이를 같이할 정도이다. 그림자 연극은 실제 사람이 등장하는 연극보다 훨씬 전에 존재하였으며, 그림을 이용한 최초의 공연에서 유래하였다. 그림을 이용한 최초의 공연으로는 뼁굴리, 마하라슈뜨라의 치뜨라 까티, 라자스탄의 빠드스(Pads), 남부의 치뜨라 까타*Chitra Katha* 그리고 비하르(Bihar)의 야마빳따*Yamapatta* 등을 들 수 있다. 문학이나 역사 기록을 통해 보면 그림자 연극은 11세기에 이르러 상당한 수준에 도달하게 됨을 알 수 있다.

그림자 연극은 그림으로 그려서 공연하던 단계에서 인물의 형상을 오려내어 공연하는 단계로 점점 발전한다. 이렇게 오려낸 인물 형상을 긴 천에 이야기 순서에 맞춰 핀으로 꼽은 다음 랜턴으로 뒤에서 불빛을 비추고는 공연자가 이야기를 구연하면서 그걸 조종하였다. 얼마 지나지 않아 이런 오려낸 인물 형상은 흰 스크린에다 조명을 비추고, 연주를 하고, 노래 부분과 산문 부분이 교차하는 구연을 통하여 그리고 심지어는 박자에 맞추어 춤을 추는 식으로 동작성이 부여되고 생동감이 넘쳐나게 되었다.

이 공연의 주제는 대체로 라마야나와 마하바라따 서사시에서 따왔다. 이런 공연은 그 주제가 종교 사상과 관련되어 있을 뿐 아니라 사회 규범, 철학 사상 그리고 더 나아가 선은 항상 악을 이긴다고 하는 기본적인 신념과 깊이 관계되어 있어서 수십 년 전엔 유일한 시청각 교육 수단으로 기능하기도 하였다.

인도에서는 여섯 지역에서 여섯 스타일의 서로 특징이 약간씩 다른 가죽 그림자 꼭두각시 연극이 발전되어 왔다. 어떤 것은 약간 칙칙한 스타일이기도 하고, 어떤 것은 작고 칼라를 입히기도 하고, 어떤 것은 중간 정도의 크기이기도 하고, 어떤 것은 이 세상에 존재하는 그림자 꼭두각시 인형 가운데 가장 큰 것이기도 하다. 아무튼 이런 꼭두각시 인형들은 전부가 다 평면의 그리고 오려낸 상징화된 스타일의 등장인물이므로 인간의 실제 신체 비율에 딱 맞기를 기대하기는 난망이었다.

신과 천계의 존재를 표현하는 꼭두각시 인형들은 존경의 대상이 되었고 성스럽게 취급되었다. 이런 꼭두각시 인형들은 별도로 특별하게 취급되었고 마귀나 하찮은 인물들을 표현하는 꼭두각시 인형들과는 함께 취급되지 않았다. 마귀나 하찮은 인물들은 때론 굉장히 기이하게 혹은 과장되게 만들어 그것들이 지니고 있는 마성을 보여주기도 하였다. 꼭두각시 인형들이 무대에 등장하는 방식도 하나의 전통으로 굳어졌을 정도인데, 신성을 표현하는 꼭두각시 인형은 공연 스크린의 오른쪽을 통하여 등장하였고, 왼쪽은 악마들의 통로였다.

이러한 공연 방식은 인도 전 지역의 그림자 연극에 그대로 적용되었고 인도에 기원을 두고 있는 인도네시아, 자바, 말레이 그림자 연극에도 그대로 수용되었다.[107]

107 메헤르 콘트랙터(Meher Contractor), 『인도의 그림자 꼭두각시 연극(The shadow Puppets of India)』, 「이끄는 말(Introduction)」(페이지 표시가 없음). 콘트랙터는 인도의 여섯 지역의 그림자 꼭두각시 연극의 이름과 정보를 다음과 같이 제시하고 있다 : 똘루봄말라따*tōlubommalāṭa*('가죽 인형 연극(the play of leather dolls)') 안드라 쁘라데쉬주에서 발생, 기원전 200년부터 존재; 챰디야차 바훌리야*chamdyacha bahulya*(이 명칭의 정확한 의미는 알 길이 없음) 마하라슈뜨라 서부 주에서 발생; 라바나 차야Rābaṇa *chāyā*('라와나의 그림자(shadow of Rāvaṇa)') 오릿사의 동부 주에서 발생; 따밀 나두의 남부 주에서 발생한 똘루봄말라따*tōlubommalāṭa*; 또갈루곰베 앗따*tōgalugombe aṭṭa*('가죽 인형 연극(the play of leather dolls[?])') 까르나따까의 남서부 주에서 발생; 톨루빠와 꾸뚜*thōlupāva kootu*('가죽 인형 연극(the play of leather dolls)') 께랄라(Kerala)의 남부 주에서 발생. 콘트랙터가 위에서 각각의 유형에 관하여 언급한 내용은 상당히 흥미롭다. 그 중에서도 다양한 그림자 연극 가운데 마지막 유형에 대하여 언급한 내용은 특히나 우리의 연구 목적에 잘 맞아 떨어진다.

등장인물들은 직사각형, 타원형, 원형 혹은 정사각형 모양으로 만들어지며, 그 배경[대개는 나무 한 그루이다]이 되는 것 역시 각기 의미를 지니고 있다. 꼭두각시 인형들은 조종하기에 그다지 편해 보이지 않고 그저 한 팔과 한 손 정도가 움직일 수 있으며 상하좌우의 비율이 잘 맞지 않고 특정 부분이 과장되어 있다. 막대기 하나로는 그 꼭두각시 인형들의 가운데를 지탱하고 다른 막대기 하나로는 인형의 손이나 팔에 붙였다 떼었다 할 수 있었다. 그런데 그 꼭두각시 인형들에는 커다란 구멍이 뚫려 있다. 공연을 할 때는 가끔씩 그 꼭두각시 인형들은 스크린에서 멀찍이 떨어뜨려 놓아 환상 효과를 내게 하였다.
이 꼭두각시 인형들은 조종한다고 해봐야 겨우 상하좌우로 움직이게 할 수 있을 뿐이며, 만약 가능하다면 꼭두각시의 팔을 가지고 동작을 표현하는 정도이다. 그러나 전쟁이나 사냥 씬은 찬다*chanda*[말라얄람 첸다Malayalam *chenḍa*]북, 발목 방울, 징과 커다란 심벌즈 한 짝 등을 이용한 반주를 통하여 매우 역동적으로 묘사해내었다. 한편 여분의 활과 화살을 준비해두었다가 꼭두각시 인형조종자들이 그걸 쏘아 대어 마치 꼭두각시 인형들이 그걸 발사하는 듯이 보이게 했다.

콘트랙터의 이 설명의 핵심은 바로 꾸뚜 빠바*kootu paba*들이 그림들과 조종이 가

나는 이제 18세기 말엽에 인도 그림 이야기 공연자와 춤꾼 집단을 직접 목격하고서 상세하게 묘사한 기록을 소개하는 것으로 이 장을 마치고자 한다. 아래는 바로 에드워드 무어(Edward Moor)가 1791년에 다르와르 지역에서 목격하고 기록한 것에서 일부를 취한 것이다.

> 이 군대에 속한 여인들의 숫자는 아주 정확하게 계산한다면 아마 믿기지가 않을 것이다. 우리가 조사한 바에 따르면 그 숫자는 아마도 이방인들에게는 그들의 상상의 한계를 아주 훌쩍 넘어서는 바람에 그 숫자를 제공하기가 겁이 날 정도이다. 다섯 명, 여섯 명 혹은 일곱 명이 한 조로 이루어진 춤추고 노래 부르는 여인들, 줄을 타고 점프를 하고 텀블링을 하고 다양한 재주를 부리는 여인들, 열 혹은 열다섯 정도가 늘 우리 부대를 방문하곤 하였다. 노래하는 여인들은 늘 북과 그림 꾸러미를 들고 다니는 노인네와 함께 다녔다. 그 그림들은 주로 그들이 믿는 신들이 벌인 전쟁이나 정복을 묘사한 것들이었다. 노인네는 그림들을 차례차례 보여주면서 설명을 하곤 하였으며 젊은 여인들이 합창을 할 때면 설명을 그만하고 쉬곤 했다. 여인들이 노래를 부를 때면 아주 기이한 음악들이 연주된다. 황동으로 만든 얇은 프라이팬 같은 것은 직경이 약 1피트에 깊이가 약 2인치였으며 그 바닥에는 좁고 길게 자른 대나무 조각을 왁스 같은 것을 이용하여 떨어지지 않게 붙여 놓았다. 연주를 맡은 여인 가운데 하나가 양손의 엄지손가락과 나머지 손가락으로 번갈아 눌러가며 단조로우면서도

능한 그림자 꼭두각시 인형 사이의 다리 역할을 한다는 것이다. 이 꾸뚜 빠바들이란 이야기를 시각적 그림으로 보여주는, 평면적이고 움직이지 않는 상태에서 움직임이 가능한 그림자 꼭두각시 인형으로 변하는 초기 단계에 해당하는 것이라고 하는 것이 더욱 정확할 것 같다. 안드라 쁘라데쉬 그림자 연극의 초기 상황에 대한 정보는 나가부샤나 사르마(M. Nagabhushana Sarma), 『똘루 봄말라따*Tolu Bommalata*』, 14-17쪽을 볼 것. 인도 그림자 연극에 대한 학술적 가치가 가장 뛰어난 두 논문으로는 프레드리히 셀트만(Friedrich Seltmann)이 최근 2년에 걸쳐 발표한 『남-마하라슈뜨라의 그림자 연극과 꼭두각시 인형극*Schatten-und Marionetten-spiel in Sâvantvâdi(Süd-Mahârâṣṭra)*』과 『께랄라의 그림자 연극*Schattenspiel in Kerala*』을 꼽아야 할 것이다.

깊은 울림이 있는 소리를 만들어내어 노래의 베이스 연주를 담당하였다. 사실 이 프라이팬은 조리 기구로서 음식을 장만할 때 쌀을 씻는 데 사용하였으며 밥을 먹을 때는 식탁위에다 올려놓기도 하였다. 그런데 그것이 악기로 사용될 때는 그걸 바닥에 놓고는 연주자가 발로 그걸 움직이지 않게 누르고 연주자와 단원들이 모두 땅바닥 혹은 청중들이 제공해 주는 카펫 위에 쭈그리고 앉았다. 그들 노래의 주제는 거의 아무런 제한이 없었다. 노래를 부르는 여인들은 굉장히 다양한 내용의 노래를 알고 있었으며 외설적인 노래도 전혀 꺼려하지 않았다. 그네들 군대와 영웅들과 관련된 것들이 제일 많이 다루어지는 주제였으며 아마도 우리 부대와 관련된 이야기도 다루어지지 않았을 리가 없을 것이다. 그들의 노래를 통하여 영웅으로 묘사되는 인물들은 그다지 개성적으로 표현되지는 못하였는데, 이는 아마도 새롭게 만들어진 노래보다는 옛날에 만들어진 노래들이 그대로 사용되기 때문일 것이다. 이들 떠돌이 공연단들은 노래 부르는 것만으로는 생계를 꾸려나가기가 굉장히 어려웠을 것이다. 이 직종에서는 음악적 재능보다는 외모가 빼어난 자들을 더욱 많이 찾았고 외모가 빼어난 여인들이 훨씬 더 우대받았음을 부인할 수 없다. 무희처럼 직업적으로 쾌락을 제공해 주는 자가 되었던 그들은 하층 계급 출신이었으며 순결이란 것이 그들의 명성이나 인격에 그다지 중요한 필수 덕목은 아니었던 것이다.[108]

무어(Moor)는 이 공연자 집단의 사회적 지위나 연극 공연 능력에 관하여 우리가 굳이 상상의 나래를 펴지 않아도 좋을 정도로 상세하게 설명하고 있다. 우리가 알고 있는 다른 지역의 그림 이야기 공연에 대한 지식에 비추어보건대 그의 설명은 믿을만하다고 하겠다.

108 무어(Moor), 『리틀 대위 부대의 전투 이야기*A Narrative of the Operations of Captain Little's Detachment*』, 29-30쪽; 셀트만은 「마이소르와 안드라 쁘라데쉬의 그림자 연극(Schattenspiel in Mysore und Ândhra Pradeś)」의 453쪽에서 지금 내가 인용한 무어의 기록을 일부 인용하고 있다.

제5장 세계의 그림 구연

지금까지의 조사를 통해 우리는 그림-이야기 구연이 인도, 중앙아시아, 인도네시아 그리고 중국에도 있었음을 알게 되었다. 그러나 이 구연되는 민간문학 형식은 결코 이들 지역에만 한정된 것이 아니었다. 아시아의 안팎을 막론한 대단히 많은 나라에서 이 형식이 번창했음을 보여주는 자료가 충분히 남아 있다. 이 마지막 장의 목적은 일본, 티베트, 이란, 근동(近東) 그리고 유럽에 존재했던(어떤 경우에는 지금도 존재하는) 그림 이야기 구연의 이용 가능한 자료들을 조사하는 것이다. 지금까지 그래 왔듯이 나는 홀로 남겨진 채 우리를 당혹케 하는 돈황의 변 두루마리, 즉 불제자 사리불이 이교도 적들과 벌이는 마법의 싸움을 묘사한 P4524의 공연의 측면을 이해하기에 도움이 되는 정보들을 캐내려고 노력할 것이다.

변 이야기 구연에 대응하는 일본의 공연 형식은 에토키(繪解き, 그림에 대한 해석 혹은 그림을 이용한 해석)이다. 에토키는 적어도 헤이안 시대(794-1185)

까지는 거슬러 올라가며, 제한된 방식이긴 하지만 지금도 생생히 남아 있는 전통이다. 그림 이야기 구연이 어떻게 일본에 전승되었는지 그 과정을 밝히려면 한국인들을 언급해야할 필요가 있을 것이다. 한국의 승려들이 돈황을 방문했을 뿐 아니라, 그곳에서 집단적으로 살았고 심지어 사원까지 지었을 것이라는 증거가 기록으로 남아 있다. 어떤 사본(P3935)에서는 이 사원을 '한사(韓寺, 한국 절)'라고 불렀다.[1] 이 한국의 승려들이 변을 일본에 전파한 장본인일 것이다. 우리가 이미 알고 있듯이, 유명한 구법승 엔닌(圓仁)과 중국에 온 일본의 다른 여행자들은 중국의 여러 지역에 사찰과 사원을 지은 한국인들과 광범위하게 접촉하였다. 한국의 무역상과 장사꾼들 역시 중국에서 활동했다.

에토키와 관련된 최초의 확실한 자료는 931년의 『다이고지 자끼(醍醐寺雜記)』에서 찾을 수 있다.[2] 에토키는 12세기에 일본의 사원에서 공연되고 있었음이 틀림없다. 후지와라 노 요리나가(藤原頼長, 1120-1156)의 1143년 10월 22일 일기를 보면, 한 '승려'(설회승(說繪僧))가 오사카의 시텐노지(四天王寺)에서 "막대기를 쥐고 그림을 가리키며 이야기(持楚指畫說之)" 하였다고 하는데, 이것이 바로 쇼토쿠(聖德) 태자의 삶과 관련된 그림을 이야기로 푸는 장면에 대한 묘사인 것이다.[3] 이 기록은 인도, 티베트, 독일의 유사 장르를 설명하는 데에도 충분히 그대로 쓰일 수 있을 정도이다.

---

1 나바 토시사다(那波利貞), 「당대의 돈황지역에 조선인들이 흘러들어와 살게 된 것에 대하여(唐代の燉煌地に於ける朝鮮人の流寓に就きて)」, 51-52쪽의 결론 참고. 역주 : P3935는 일종의 '토지 청구 문건'이다. 원문을 보면, 청구하는 땅의 여러 경계를 표시하고 있으며 여기에 "韓寺地北至大戶地" 땅이 포함되어 있다.

2 하야시 마사히코(林雅彦), 『일본의 에토키-자료와 연구(日本の繪解き－資料と研究)』, 105 · 115쪽.

3 藤原頼長, 『다이키(台記)』, 3.102b. 이와 같은 그림으로 이야기하기에 대한 언급이 이 일기와 그 밖의 유사한 일기들에서 자주 보인다. 바바라 루흐(Barbara Ruch)는 「중세 음유시인과 국민문학의 형성(Medieval Jongleurs and the Making of National Literature)」, 296쪽에서, 607년에 세워진 나라 호류지(法隆寺) 안쪽 벽의 그림들 역시 에토키를 위한 것이었다고 주장한다. 이 그림들은 쇼토쿠 태자의 인생사들을 묘사한 것이다.

「중세 음유시인과 국민문학의 형성」이라는 대단히 중요한 논문에서 바바라 루흐(Barbara Ruch)는 '그림 해설자'가 누구이고, 그들이 어떻게 활동했는지를 상세하게 밝힌 바 있다. 더불어 루흐는 에토키 공연 장면을 담고 있는 오래된 그림 몇 점을 복제하였다. 그 가운데 하나는 1299년까지 거슬러 올라간다. 이 그림들은 특히 무로마치 시대(1392-1573)에 유행한 그림을 보여주고 설명하는 다양한 기술들을 이해하는 데 너무도 소중한 자료이다. 연대가 1469년에서 1487년 사이로 추정되는 루흐의 도판 1번에는 낮은 계급의 사무라이처럼 옷을 입은 남자가 보인다.[4] 그는 보자기(후쿠사(袱紗))를 앞에 깔고 그 위에 여행 가방에서 꺼낸 그림(타타미에(疊繪))을 펼쳤다(인도네시아의 '베베르*bèbèr*'를 참고). 그림에 끈이 달려있는 걸로 보아 필요에 따라 그것을 말아 올렸음이 분명하다. 그는 자신의 비파 반주에 맞춰 중간 중간 멈춰가며 막대기에 붙인 꿩의 깃으로 각각의 장면들을 가리킨다. 이처럼 독특한 지시봉을 사용한 이유는 그림의 안료를 보호하기 위해서이다.

루흐 논문의 5번 도판(17세기 중엽)은 그저 이름만 비구니인 여성 에토키 공연자를 보여준다.[5] 그녀의 맵시 있는 머리모양과 한쪽 팔 아래에 세련되게 끼운 작은 책자나 두루마리를 담는 상자는 그녀가 완전한 세속의 공연자임을 말해준다. '노래하는 비구니'(우타 비구니[歌比丘尼])로 불리는 이런 여성 에토키 공연자들은 일본에서 이 비구니라는 오래된 업종과 그림 해설이라는 새로운 업종을 결합시킨 것으로 알려져 있으며, 이 그림 해설은 그들이 자유롭게 떠돌아다니기 위한 구실로 사용되기도 했다.[6]

그러나 특히 아미타 신앙에는 좀 더 종교적인 성향을 띠는 에토키가

4 루흐, 앞의 논문. 도쿄의 사카이(Mr. U. Sakai) 소장품 가운데 「三十二番職人畵歌合」라는 그림 두루마리에서 가져옴.

5 앞의 논문. 世界救世教(World Messianity), 아타미 아트 뮤지엄(Atami Art Museum)의 제공으로 복제한 걸개 두루마리.

6 무라타 노보루(村田昇), 『일본문학의 불교적 연구(日本文學の佛教的論究)』, 105쪽.

있었다. 그들은 전도를 위해 혹은 자기가 몸담고 있는 사원의 기금을 마련하기 위해 종종 거리에 나서곤 했다. 루흐의 도판 3(17 혹은 18세기)에는 깎은 머리를 천으로 감싼 채 비구니 복장을 하고 있는 여인이 보인다. 그녀는 많은 행인들이 꼭 지나가게 마련인 길 한쪽에 앉아 자신의 그림들에 대해 이야기하고 있다.[7] 그녀는 공연 장소에서 걸개 두루마리(掛軸) 형태로 이 그림들을 선보인다. 그녀가 막대기로 가리키는 그림 가운데 하나에는 천국과 지옥을 묘사하는 만다라의 기본 원형 모양이 그려져 있다.[8] 이것은 이 공연을 인도의 야마빠따*yamapaṭa*와 티베트의 마니파 *ma-ṇi-pa*(아래를 참고) 전통에 곧바로 연결시켜 준다. 그녀는 '心'자에 대해 한창 논하고 있었던 것 같다. 그녀의 뒤에는 큰 상자가 있다. 운반하기 무척 힘들었을 것 같은 이 상자는 그녀의 두루마리 그림들을 담는 용도로 쓰였다. 그녀의 젊은 조수는 시주를 받기 위해 잔을 건네고 있다. 악기가 사용된 흔적이 발견되지는 않는다. 루흐의 도판 4(1804년)에는 전혀 다른 배경이 묘사되어 있다.[9] 이 그림에는 궁전 혹은 저택으로 보이는 곳에서 두 귀부인을 위해 에토키 공연을 하는 '비구니'가 등장한다. 그녀는 마루에 펼쳐놓은 두루마리를 귀부인들이 보는 동안 손짓과 함께 이야기를 한다. 조그만 소녀 하나는 울고 있는 듯 손수건으로 얼굴을 가리고 있다. 두루마리를 담거나 옮기는 데 사용하는 상자가 공연자 가까이에 놓여 있다. 이 상자는 루흐의 5번 도판에서 '노래하는 비구니'가 휴대

7 루흐, 앞의 논문. 프리어 갤러리(Freer Gallery), 「스미요시 신사에서의 축제(A Festival at the Sumiyoshi Shrine)」 휘장 한 쌍의 세부묘사.

8 비구니의 그림은 특히 '觀心十界圖' 혹은 '관심십계 만다라'라 불리는 양식을 띠고 있다. 십계 혹은 법계는 지옥, 아귀, 축생, 아수라, 인간, 천상, 聲聞, 緣覺, 보살, 부처이다. 에토키에 쓰이는 행각승 만다라에 관해서는, 빅터 호그(Victor Hauge)와 다카코 호그(Takako Hauge)의 『일본 예술의 민간 전통*Folk Traditions in Japanese Arts*』, 17쪽을 참고할 것. 고리가 달려서 걸 수 있는 접이식 나치(那智) 행각승 만다라에 관해서는 같은 책의 38쪽 주석 3과 226쪽을 참고할 것.

9 루흐, 앞의 논문. 산토 교덴(山東京傳)이 에도에서 출판한 목판본 『近世奇蹟劇考』 제2권에서 가져옴.

하는 상자와 흡사하다. 악기는 전혀 찾아볼 수 없다. 어느 기록에 따르면, 20세기 초에도 일본의 거지들은 이와 유사한 ('엔마[10]에쯔[閻魔繪圖]'라 불리는)지옥의 그림들을 보여주고 그와 관련된 이야기들을 노래했다고 한다.[11]

매우 폭 넓고 다양한 공연 방식들과 도구들이 사용되었다는 점에서 에토키는 그림 이야기 구연의 또 다른 전통을 이해하는 데 도움을 준다. 여러 장면으로 잘게 나누어 그린 걸개 두루마리, 이야기를 꾸려가면서 공연 장소나 평평한 바닥에 펼쳤던 가로형 두루마리, 펼치거나 공중에 걸었던 그림들, 그리고 어떤 경우에는 공연자가 이 집 저 집을 다니며 사용했던 책자의 삽화 세트 등등이 바로 이런 도구들에 포함되는 것들이다. 심지어 에토키 공연자가 길가에서 보여주곤 했던 인형 혹은 작은 조각상들도 있었다. 에토키 공연자들은 수시로 바뀌는 배경 그림에 따라 다양한 방법으로 인형을 조작하면서 그와 관련된 이야기를 풀어내곤 했다. 다시 말해 이 인형 혹은 조각상들이 결국 움직이는 에토키인 셈이다. 혹자는 이처럼 인형을 이용한 이야기 구연을 초기 단계의 꼭두각시 인형극으로 간주할 지도 모르겠다.

에도 세이세이(江戶醒醒, 1816년 사망)의 『골동집(骨董集)』에는 간에이 시대(1624-1643)의 것이라 전해지는 오래된 선묘화가 하나 들어 있다.[12] 「간진비구니에토키(勸進比丘尼繪解)」라는 제목의 이 선묘화는 각자 그림 두루마리를 손에 든 채 마주 보고 있는 두 명의 '비구니'를 그리고 있다. 그녀들은 리듬에 맞춰 몸동작을 취하고 있다. 이 두 명의 비구니들 앞에는 '구바코(牛王箱)'라는 것이 있다. 이 구바코에는 아마 그들이 사용하는 도구가 담겨 있을 것이다.[13] 이 비구니들이 불교와 신도(神道)의 성지인 쿠

---

10 일본대사전간행회 편, 『日本國語大辭典』 제3권, 296쪽 ab.

11 모리쯔 빈터니츠(Moriz Winternitz), 『인도문학사*Geschichte der indische Litteratur*』 제3권, 212쪽 주석1(타카쿠수(Takakusu)가 제공한 정보에 기초함).

12 이와세 교덴(岩瀨京傳), (에도 세이세이), 『骨董集』, 415-416쪽의 설명과 417쪽의 그림.

마노(熊野) 출신이라고 일컬어진 점은 주목할 만하다. 실제로 그림을 전문적으로 보여주는 여자들은 흔히 쿠마노 비구니라고 불리곤 했으며, 남자들은 에토키 호시(繪解法師)로 불렸다.

이들 '법사'와 '비구니'의 사회적, 종교적 지위에 대한 루흐의 의견은 시사하는 바가 크다. 이런 사람들은 사실 대단히 낮은 사회계층 출신으로 신사와 사원을 위한 종교적, 반(半)종교적 의식을 수행했다고 한다. 엔기(緣起, 사원의 건립과 그곳에서 모시는 신들에 대한 전설) 에토키와 에덴(繪傳, 중요한 종교적 인물의 그림 전기) 에토키 공연은 천한 일로 취급되지는 않았지만, 이 공연들이 정식 비구니와 승려에 의해서 행해지지는 않았다. "일반적으로 …… 이처럼 고도로 전문화된 공연 예술은 사회 하층 출신들의 영역이었던 것 같다. 그들은 사원과 어느 정도 관련이 있는 자들이었지만, 그렇다고 완전히 종교적 일만을 전담하는 자들도 아니었다."[14] 이는 우리가 알고 있는 인도, 중앙아시아, 티베트, 몽골, 한국, 인도네시아, 중국의 유사한 민간 공연자들과 거의 일치하는 점이다. 이치로 호리는 쿠마노 비구니가 불교의 정식 비구니가 결코 아니었음을 다음과 같이 언급했다.

> 중세, 특히 아시카가 시대(1338-1573) 동안, 쿠마노 산의 산 속 고행자들(야마부시(山伏) 혹은 슈겐자(修驗者))은 때때로 여자 무당과 결혼해서 일본 곳곳의 마을들을 돌아다니곤 했다. 쿠마노 슈겐자가 천태와 진언(眞言) 밀교의 관리 아래 있었으므로, 슈겐자의 아내는 흔히 비구니로 불렸다. 그들은 마을과 마을을 오가며, 마치 에토키처럼 정토(Jōdo)와 지옥이 그려진 그림판을 가리키면서 아미타불 정토에 왕생하는 방법과 인과응보의 도덕적 이론을 선전했다. 그들은 마을 사람들의 시주에 의지해 생활했다.[15]

13 나카무라 하지메(中村元), 『佛教語大辭典』, 378쪽 c 참고.

14 루흐, 앞의 논문, 296-297쪽.

15 이치로 호리(Ichiro Hori), 『일본의 민간 종교*Folk Religion in Japan*』, 214-215쪽. 중

일본에서는 신사나 사원 내부 혹은 그 주변에서 일하는 에토키 호시와 길가나 시장에 머물며 일하는 에토키 호시의 구분이 있었다.

이런 부류의 직업인들이 대체로 그러하듯이, 에토키 공연자들의 모습이 늘 시종일관 한결 같았던 것은 아니었다. 아마 1686년에 씌어진 것으로 추정되는 「슈메 호간 모리히사(主馬判官盛久)」라는 치카마쯔 몬자에몬(近松門左衛門, 1653-1725)의 희곡 중 한 장면은 야마빳따까*yamapaṭṭaka*(지옥에 관한 그림을 그리고 구연하는 사람)로 변장한 첩자들에 관한 인도의 문헌 기록을 떠올리게 한다.[16] 관문의 통관을 허락받기 위해 몇몇 여자들이 쿠마노 비구니처럼 보이려고 애를 쓴다. 무엇보다 흥미로운 점은 심지어 그들은 쿠마노 비구니가 늘 휴대하는 그림 두루마리들조차 가지고 있지 않다는 것이다. 대신 그들은 대개 여행자들이 호신용으로 지니고 다니는 휴대용 불단(佛壇) 안쪽에 들어 있는 천당과 지옥을 묘사한 작은 두루마리 그림을 이용하여 즉흥 공연을 시도한다. 일본에서 여자들이 쿠마노 비구니를 흉내내는 계책으로 관문의 경계병을 속일 수 있기를 바랐다는 것이나 인도에서 첩자 하나가 야마빳따까 차림으로 변장하여 중요한 관리의 집으로 들어갈 수 있었다는 것과 같은 사례들은 17세기 일본과 8세기 인도에서 그림 이야기 구연이 대단히 인기가 많았음을 보여주

세 일본 에토키의 다양한 형식들과 그것이 당대의 변 공연과 흡사한 점에 대해서는 나바 토시사바(那波利貞)의 「속강과 변문(俗講と變文)」, 432-433쪽을 참고. 14세기 에토키에 대한 간략한 언급은 야끼야마 데루가즈(秋山光和), 「카마쿠라 시대 새로운 불교 종파와 에마키모노(New Buddhist Sects and Emakimono(handscroll painting) in the Kamakura Period)」, 66쪽 참고. 에토키 및 그 관련 예술 형태에 대한 일본어 총론으로는 오카미 마사오(岡見正雄)의 『에토키와 그림 두루마리, 그림 책자(繪解と繪卷, 繪冊子)』를 손꼽을 수 있다. 에토키에 대한 최근의 큰 관심은 많은 학문적 성과를 이끌어내었다. 이와 관련해서는 하야시 마사히코(林雅彦), 『일본의 에토키－자료와 연구(日本の繪解き－資料と硏究)』와 가와구치 히사오(川口久雄), 『에토키의 세계－돈황으로부터의 영향(繪解きの世界－敦煌からの影－)』 그리고 『국문학 : 해석과 감상(國文學 : 解釋與鑑賞)』 47.11(1982년 10월) 에토키 특별호를 참고.

16 후지이 오투(藤井乙南) 편, 『近松全集』 제2권, 523-594쪽.

는 확실한 증거이다. 남의 시선을 끄는 생소한 모습보다는 널리 퍼져있는 그림 이야기 구연자로 위장하는 편이 다른 사람의 의심을 훨씬 덜 받을 수 있었을 것이다. 나중에 등장한 어린이 대상의 카미시바이*kamishibai*('그림 카드 쇼' 紙芝居, 글자 그대로는 '종이 극장') 연기자와 벵골의 빠뚜아*paṭuā* 처럼 그들은—그림을 보며 이야기를 듣는 것에 흥미를 느끼는 사람들을 제외한—다른 사람들의 관심을 거의 끌지 않는 평범한 사람들이었음에 틀림없다.

공연에서 문자 텍스트를 사용하였는지에 대한 루흐의 의견은 이렇다. "거의 모든 증거는 에토키 공연자들이 자신의 이야기를 외웠거나 즉석에서 창작했음을 보여준다. 하지만 그들은 장면들을 가리키기 위해 가까이 다가가면서 두루마리 그림 위에 적혀져 있는 일부 글자나 대화를 읽을 수는 있었다."[17] 이는 다양한 유형의 인도, 인도네시아 그림 이야기 구연과 기본적으로 일치하는 점이다. 특히 이는 사리불 두루마리(P4524)의 뒷면에 왜 운문이 쓰여 있는지를 이해하는 데 너무도 중요한 점이기도 하다. 아무리 문화적으로 낮은 계층이라도 대단히 제한된 수의 간단한 기록 정도는 충분히 읽을 수 있었을 것이며, 공연자는 오랜 훈련과 연습을 통해 이들 기록에 이미 익숙해졌을 것이다. 반복된 공연을 통해 이야기 구연자들은 금방 그것들을 외웠을 것이기 때문에, 문자로 기록된 부분을 자신들이 공연하면서 사용할 만한 그런 텍스트로 삼지는 않았을 것이다. 문자로 기록된 부분은 오히려 이야기를 구연할 때 함부로 고쳐서는 안 되는 부분(십중팔구는 운문)을 일깨워주기 위한 것이었음에 틀림없다. 이것들은 서사의 뼈대를 세우는 기능을 했으며, 그래서 함부로 바꿔서는 안 되는 것이었다. 그러나 문자 텍스트 자체가 어떤 형태로든 전혀 사용되지 않는 경우도 있었다.[18]

지금도 일본에는 에토키를 정기적으로 공연하는 사원이 거의 50군데

17 루흐, 앞의 논문, 298쪽.
18 같은 글, 301쪽.

나 있다. 가장 최근의 에토키는 2-8개가 한 세트인 걸개 두루마리를 사용한다.[19] 그들은 P4524의 형식과 매우 흡사하게 가로로 된 수권(手卷, handscroll)을 종종 사용하곤 한다. 그중에는 종교적 내용의 대단히 흥미로운 걸개 두루마리 하나가 있다. 여러 장면을 담고 있는 이 두루마리는 일본해 교토 북서쪽 에치젠(越前) 지방 요시자키(吉崎) 산의 겐케이지(願慶寺)에서 출간한『연여상인어유덕회전(蓮如上人御遺德繪傳)』이다. 다른 아시아 지역의 그림 이야기 구연에서 자주 보았던 것과 마찬가지로, 이 에토키에서도 나무들이 각 장면을 나누는 표시로 사용되고 있다.

카미시바이―'그림 카드 쇼'―는 1950년까지도 여전히 일본의 시골지역에서 대단한 인기를 끌었던 이야기 구연의 한 형식이다. 어림잡아 25,000명에 달하는 공연자들이 당시에도 활동하고 있었다고 한다. 비록 증빙자료는 빈약하지만(사실 이 증빙자료 부족의 문제는 최근까지도 일본과 기타 지역의 거의 모든 민간 예술 형식에 그대로 적용되는 상황이다), 사회에 끼친 그들의 영향은 엄청난 것이었다. 사토시 카코는 카미시바이를 초기 텔레비전의 한 유형이라 부른다.[20] 그러나 현대적인 전자 장비의 출현으로 인해 이 원시적 선구자는 놀라운 속도로 거리에서 사라지고 말았다. 현재 카미시바이는 본래의 모습을 잃어버린 채 대부분 초등학교 교실에서 수업의 한 형태로만 찾아볼 수 있다. 내가 접촉해 본 40대 이하의 일본인 중에 거리 공연 형식으로서의 카미시바이에 대해 들어본 사람은 극소수였다.

'카미시바이 아저씨'는 대체로 이야기 한 편에 각각 3세트로 이루어진 이야기 구연용 그림을 가지고 다녔다. 한 세트는 약 10개의 두꺼운 종이판 혹은 얇은 그림판으로 구성되었다. 종이판은 고정된 큰 틀에 틈이 있

19 이 단락에 대한 정보는 주로 1978년 11월 20일 하버드대학에서 바바라 루흐와의 대화를 통해 얻은 것들이다.

20 사토시 카코(Satoshi Kako),「카미시바이―일본의 독특한 문화적 자산(KAMISHIBAI―the Unique Cultural Property of Japan)」, 6쪽.

는 상자 속으로 한 장씩 한 장씩 넣어졌을 것이다. 종이판 뒷면에는 그 해당 장면에 어울리는 가장 중요한 말이 쓰여 있었을 것이다.[21] 20세기에 이 상자가 가장 자주 붙어있었던 곳은 자전거 뒤쪽이었다. 카미시바이 공연자는 아이들의 주의를 끌기 위해 나무 박판(拍板)을 치거나 작은 북을 두드리면서 자전거를 타고 이곳저곳으로 돌아다녔다. 관중이 모이면 카미시바이 공연자는 사탕 혹은 드물게는 책, 메달, 자질구레한 장난감 따위를 팔곤 했다. 이 물건들은 아주 가난한 아이도 충분히 살 만한 것들이었다.[22] 카미시바이 공연자한테 물건을 산 아이들은 공연을 좀 더 잘 보고 들을 수 있는 앞쪽 자리에 앉을 수 있었다. 이것이 바로 카미시바이 공연자가 생계를 이어가는 방식이었다. 혹자는 오래 전 미국 변경 지방의 민간 떠돌이 의사가 생각날지도 모르겠다. 그가 가진 상품들, 즉 처방전, 물약, 기계 혹은 과장 섞인 말솜씨와 쇼맨십 가운데 어느 것이 더 중요했는지는 말하기 힘들다. 두 경우 모두에서 중요한 사실은 바로 이러한 유치한 오락 '이벤트'가 열림으로써 참가자들이 일상의 지루함을 잊을 수 있었다는 것이다.

카미시바이의 기원이 무엇인지는 불분명하다. 그러나 아마도 이른바 '카게에(影繪, 그림자 그림)'라는 것으로까지 거슬러 올라갈 수 있을 것이다.[23] 이 카게에가 19세기에 독일로부터 유입되었을 것이라는 주장이 이미 있었다. 만화경 혹은 요지경은 메이지 시대(1866-1912)에 외국에서 일본으로 들어와 노조키 카라쿠리(覗からくり, 들여다보는 장치) 혹은 카라쿠리-메가네(からくり眼鏡, 들여다보는 안경)로 알려졌다(꼭두각시와 마리오네트가

---

21 호로 세이시(堀尾青史)와 이나니와 게이코(稲庭桂子), 『카미시바이 · 창조와 교육성(紙芝居 · 創造と教育性)』의 제목 표지 뒤쪽 사진을 참고.

22 가타 코지(加太こうじ), 『거리의 자서전(街の自敍傳)』, 13쪽; 안네 펠롭스키(Anne Pellowski), 『스토리텔링의 세계*The World of Storytelling*』, 56-57 · 144-145쪽; 허드리코바(V. Hrdličková), 「일본 어린이들의 전통 놀이(Traditional Games of Japanese Children)」.

23 사토시 카코(Satoshi Kako), 앞의 글.

카라쿠리-닌교(からくり人形, 들여다보는 인형)로도 불린다는 것에 주목할 것). 그러나 카미시바이 기술은 여러 영향들(에토키, 카게에, 중동과 유럽의 그림 상자 등)이 어우러져 이루어진 것으로 보인다. 물론 그렇다 해도 카미시바이가 아시아 그림 이야기 구연의 일반적 발전과정 안에 속함은 분명한 사실이다.

최근까지 티베트에서 와양 베베르 달랑(역주 : 인도네시아의 그림 이야기 구연자)이나 변 공연자에 해당하는 기능을 해 온 사람들은 마니파*ma-ṇi-pa*였다.[24] 각지를 떠돌아다니는 이야기 구연자인 이들은 가지고 다니는 그림의 에피소드들을 보여주며 교훈적인 이야기를 읊어준다. 그들은 그림을 설명하는 동안 몸동작도 어느 정도 곁들인다.[25] 쥐세뻬 뚜치(Guiseppe Tucci)가 이 활동에 대해 상세히 묘사했다.

> 이 풍습은 티베트에 아직 남아있다. 주요 도시의 정기 시장, 순례지, 잡화 시장에서 사람들은 이곳저곳을 돌아다니는 라마 또는 세속의 사람들을 자주 만나게 된다. 그들은 경건함에 푹 빠져든 청중들에게 파드마삼바바(Padmasambhava, 蓮花生)와 아미타 천국에 대한 놀라운 이야기들을 노래해준다. 그들은 노래를 하면서 자기가 이야기하는 사건이나 기적들을 그림으로 표현한 커다란 탕카를 펼쳐서 보여준다. 그들은 '*gsol ạdebs*'라 불리는 聖典, 혹은 찬미가나 기도문에서 뽑아낸 이야기들을 단조로운 가락으로 구연하다가 운문으로 반복하곤 한다. 각 운문은 성자의 삶에 있었던 특별한 에피소드들, 성자가 보았던 환영, 성자가 이루어낸 기적 등을 간략히 언급하면서 성자의 가호를 빈다. 어떤 탕카들은 바

24 마니파가 사용했을 수 있는 그림의 종류에 대해서는 와델(L. A. Waddell), 『티베트 불교 : 또는 신비로운 제의, 상징, 신화의 라마이즘 그리고 인도 불교와의 관계*The Buddhism of Tibet : Or Lamaism with Its Mystic Cults, Symbolism and Mythology, and in Its Relation to Indian Buddhism*』, 542쪽과 표지 그림을 참고. 이 독특한 그림에는 부처가 전생에 자비 태자 비슈반따라였을 때의 에피소드 49가지가 그려져 있다. 이 이야기는 경전에 기초하고 있으며 연극으로도 공연된다.

25 롤프 스타인(Rolf A. Stein), 『티베트 문명*Tibetan Civilization*』, 174쪽과 『티베트 음유시인과 사시(史詩)에 관한 연구*Recherches sur l'épopée et le barde au Tibet*』, 330쪽.

로 그림으로 된 *gsol ạdebs*(聖典)라 할 것이다.[26]

롤프 스타인은 『티베트 음유시인과 사시史詩에 관한 연구』에서 축제 기간 동안 굼(Ghoom, 다르질링 근처)의 한 사원에 있던 마니파를 보여주었다.[27] 그는 자신의 탕카(티베트어 *thaṅka*, 일반적으로 면직물 위에 그리는 종교적 그림)를 벽에 걸어놓고 그 왼쪽에 앉아 있다. 그는 시주를 바라는 용도임이 분명한 접시 하나를 탕카 앞에 놓았다.

스벤 헤딘(Sven Hedin)은 자신이 직접 경험한 마니파 공연에 대해 이렇게 말했다. "신앙심 깊은 방문자들 역시 나의 안마당을 자주 찾는다. 예를 들어, 여자 수도승 둘은 경전에서 곡절이 넘치는 일화를 뽑아 그림으로 그린 큰 탕카를 가지고 온다. 그중 한 명이 노래로 설명하면, 다른 한 명은 막대기로 그림 가운데 해당하는 부분을 가리킨다. 그녀의 노래는 너무도 감미롭고 감정이 풍부하여 그녀의 노래를 듣는 것은 또 하나의 즐거움이었다."[28] 소위 이 '여자 수도승들'의 사진은 도판 X을 참고하기 바란다.

1936-1937년 사이에 티베트 서부를 여행했던 프레드릭 스펜서-챕맨(Frederick Spencer-Chapman)은 성인 남성 마니파 낭송자 두 명과 그들의 젊은 남자 조수 두 명의 사진을 찍었다. 낭송자 중 한 명은 경전 돌리개(prayer-wheel)를 갖고 있고, 둘 모두 자신들의 그림 두루마리를 운반하기 위해 등짐을 지고 있다. 각지를 떠돌아다니는 이 공연자들은 자신들의 탕카를 길가에 걸고 그 탕카가 묘사하고 있는 이야기들을 노래하곤 했다.[29]

---

26 쥐세뻬 뚜치(Guiseppe Tucci), 『티베트 그림 두루마리 *Tibetan Painted Scrolls*』 제1권, 271쪽.

27 롤프 스타인(Rolf A. Stein), 『티베트 음유시인과 사시에 관한 연구』, 도판 1.

28 스벤 헤딘, 『히말라야를 넘어 *Trans-Himalaya*』 제1권, 383쪽.

29 마이클 호프만(Michael Hoffman) 편, 『성역(聖域) 티베트 : 사진 1880-1950 *Tibet the Sacred Realm : Photographs 1880-1950*』, 134쪽.

다른 지역의 유사 직책을 담당하는 사람들과 마찬가지로, 마니파 역시 명백한 샤머니즘적 특성을 보여준다. 그들의 이름 자체가, 관세음보살이 '법력*dbang*'을 전수하여 '연화蓮花'의 진언—옴 마니 파드메 훔*Om maṇi padme huṃ*(오, 연꽃 속의 보석[*mani*])—을 노래할 수 있도록 해준 숙련자가 바로 자기들이라는 점을 드러내고 있기 때문이다. 그들은 그림 이야기 구연 외에도 남다른 법력을 보여주는 다양한 의식을 행했다.[30]

마니파에 대해 마지막으로 주목할 핵심적 내용은 바로 그들이 이야기하는 주제가 티베트 연극에서 공연하는 것들과 대부분 같다는 사실이다.[31] 이는 '와양' 전통과의 명백한 유사점이자, 아시아의 이야기 구연과 연극이 동일한 내용의 서사를 공유하고 있음을 확신하게 해주는 증거이다.

링(Ling)의 게사르(Gesar), 또는 Kesar(Caesar에서 나옴) 서사시는 티베트와 몽골에서 엄청나게 유행했다. 이 서사시를 구연하며 돌아다닌 사람들은 많은 점에서 다른 아시아 지역의 그림 이야기 구연자들과 닮았다. 이것은 20세기 상반기까지도 실제로 살아있던 전통이므로 이에 관해서는 티베트 연구자 조지 로리치(George Roerich)의 관찰 기록을 그대로 옮기는 것이 나을 듯하다.

> 게사르 서사시의 음유시인들 중에는 특별한 복장을 입고 떠돌아다니는 전문 음유시인도 보이고 보통의 세속인들도 보이며, 남자도 있고 여자도 있다. 서사시를 낭송하다 보면 어떤 것이든 사흘에서 열흘 정도가 걸린다. 서사시는 노래로 부르거나 때로는 느릿느릿 읽기도 한다. 전문적인 음유시인은 서사시를 읊을 때 흔히 중간 중간 몇몇 단락을 즉흥으로 만들어내곤 한다. 나는 서사시를 받아 적기 위해 초대했던 한 게사르 서사시 음유시인과의 경험을 아직까지 생생히 기억한다. 이 음유시인은 단락들을 즉흥으로 계속 만들어냈고, 그가 노래한 단락을 반복해 달라고 내가 부탁할 때마다 항상 약간 다른 버전으로 그것을

30 롤프 스타인, 『티베트 문명』, 174쪽.
31 앞의 책, 278쪽.

노래했다. 전문적인 음유시인은 음송을 하는 동안 원고를 거의 사용하지 않는다. 그들은 외워서 그것을 알며 일종의 무아지경 상태에서 그것을 노래하곤 한다. 이에 반해 일반 세속인들은 원고를 따라 읽으며 몇 단락을 제외하고는 능수능란하게 외우는 경우가 거의 없다. 각지를 떠돌아다니는 음유시인들은 확 드러나는 특별한 복장을 하였다. 이 음유시인들(*druŋ-pa*로 발음되는 *sgruṅ-pa*, 혹은 *sgruṅ-bšad*)은 '음유시인의 모자', 즉 '*sgruṅ-žwa*'라고 불리는 높고 특이한 모자를 머리에 쓴다. 모자는 흰색이며 해와 달의 이미지로 꾸며져 있다. 측면에 세 개의 삼각형이 있는 뾰족한 모자로 테두리는 붉은 색이다. 음유시인은 몸에 흰색의 티베트 코트, 즉 '*chu-pa*'를 입는다. 모자와 코트가 흰색인 것에 주목할 필요가 있다. 흰색은 본포(Bon-po) 교의 승려와 퇴마사가 입는 예복의 색깔이다. 게사르 서사시를 공연하는 떠돌이 음유시인들은 게사르 왕의 인생사를 그린 그림 이미지, 즉 탕카, 그리고 다양한 색(파랑, 초록, 노랑, 빨강)의 의식용 스카프, 즉 '*kha-btags*'로 장식한 화살을 항상 가지고 다닌다. 이 화살, 즉 'dā-tar'(*mda'-dar*)로 음유시인은 게사르 서사시의 각각의 일화들이 그림의 어느 부분에 해당되는지 가리킨다. 좀 더 유명한 음유시인들은 서사시의 창과 음송 예술을 배우는 일단의 제자들과 함께 떠돌아다닌다. 티베트 북동쪽의 암도(Amdo) 지방에서는 게사르 서사시의 음유시인들이 흔히 고대의 본(Bon) 교를 믿는다. 게사르 서사시의 음유시인은 퇴마사로도 잘 알려진 경우가 대단히 많다. 티베트 북동쪽의 골록(Golok)과 호파(Hor-pa) 지역에는 장례식 동안 서사시를 음송하는 풍속이 있다. 음송이 시작되기 전에 먼저 평평한 대(臺)를 준비하고, 바닥에는 '*rtsam-pa*', 즉 보릿가루를 뿌린다. 청중들은 대 주변에 앉고 음유시인은 대를 마주보고 앉는다. 음송은 며칠 동안 계속된다. 말굽자국이 대에 자주 나타난다고들 하는데, 사람들은 이 자국을 음유시인이 게사르 왕의 건장한 준마의 말굽자국을 불러온 것이라고 믿는다. 정착해서 결혼하는 음유시인들도 있다. 이런 경우 흔히 아들들이 아버지의 대를 이어 음유시인이 된다. 티베트 서부 라다크(Ladak)에서 게사르 서사시는 마을의 악사, 즉 베다(beda)에 의해 구연된다. 프랑케(A. H. Francke) 박사가 기록한 서사시의 버전 중 하나(그의 '첫 번째 사본')는 열여섯 살 정도 먹은 소녀가 음송한 것이었다(『인도 골동 연구가*Indian Antiquary*』 제30권, 1901, 330쪽). 티베트의 일부 지역에서는 게사르 서사시와 그 가수들이 라마교 신도들의 박해를 받았으며, 이는 서사시가 그만큼 인기가 있었음을 역설적으로 입증하는 것이다(대중들은 게사르 왕을 흔히 yi-dam Icam-srin의 철천지원수로 믿었다).[32]

위 묘사를 통해 다음의 사실이 분명해졌다. 즉, 로리치의 '게사르 서사시 음유시인'은 샤머니즘적 특성이 뚜렷했고, 일반적으로 각지를 떠돌아다녔으며, 이야기를 설명하기 위해 그림을 이용했으며, 사실 더 정확하게는 그 이야기라는 것이 바로 게사르의 이야기를 회화적으로 재현한 것[33]을 설명하는 것에 해당하며, 그림의 다양한 장면을 가리키기 위해 지

32 조지 로리치(George N. Roerich), 「링의 게사르 왕 서사시(The Epic of King Kesar of Ling)」, 285-286쪽. 나는 로리치의 글에서 티베트 문자를 생략하고 로만체를 이탤릭체로 바꿨다.

33 이 재현의 특성과 기원에 대해 로리치는 다음과 같이 말했다. 티베트와 몽골 전역에 걸쳐 보이는 게사르 왕의 그림과 동상 이미지는 두 가지 부류로 간략히 나눌 수 있다. (a) 현존 서사시 사본과 상당히 근접해 있는 게사르의 경이로운 삶에 대한 이미지. (b) 만주족의 무성(武聖)이자 만주족 왕조의 수호신인 관제(關帝)로서의 게사르 왕의 이미지. 두 번째 부류의 수가 월등히 많으며, 이 그룹에 속하는 이미지의 대부분은 18-19세기로 거슬러 올라간다. 첫 번째 그룹에는 왕의 경이로운 삶을 묘사한 소위 게사르 탕카, 즉 게사르 왕의 그림 깃발이 포함된다. 이 탕카들은 대부분 떠돌이 서사시 음유시인들의 소유물에서 찾을 수 있으며, 티베트 세속인의 집에서는 거의 볼 수 없다. 게사르 왕의 삶을 재현한 깃발 중 일부는 티베트 불교의 rÑiṅ-ma-pas, 즉 '오랜-신자들' 파의 것들이다. 이들은 처음으로 서사시를 받아들여 필요에 따라 그것을 개작한 사람들이다. 이런 경우에는 그림의 맨 위쪽에 Kun-tu bzaṅ 혹은 보현보살의 이미지가 보이거나, 가운데 형상이 불교의 신을 표시하게 된다. 예를 들어, 라모(Lha-mo) 여신의 수행자인 mThiṅ-gi Žal-bzaṅ-ma 여신이 그렇다. 이 여신은 노새를 탄 채 화살(*mdà*)과 거울(*me-loṅ*)을 들고 있다(파리 기몽 박물관(Musée Guiment) 티베트 컬렉션의 게사르 탕카를 볼 것). 일부 게사르 서사시의 이미지 형상은 본포 파에 속하고 본포의 상징에 의해 구분된다. 때때로 그림 깃발의 가운데 형상은 깃털로 덮인 페르시아 두건 모양의 모자를 쓰고 흰색 복장을 한 게사르 왕 자신의 모습을 재현하기도 한다. 가운데 형상의 주위로는 일반적으로 게사르 왕의 기적적 삶에 대한 에피소드들이 모여 있다. 검은 야크, 검은 말, 검은 암염소의 형상으로 나타나는 악

시봉을 사용했고, 제자들이 있는 경우가 흔했고, 때때로 종교조직과 불화를 겪었다는 것이다. 이 모든 것들은 우리가 알고 있는 아시아의 다른 그림 이야기 구연의 전통과 일치한다. 더군다나 서사시에 잠깐 몸을 담근 '아마추어'들이 글로 쓴 문건을 꼭 가지고 있었던 반면, 게사르 서사시의 전문 이야기 구연자들은 텍스트에 의존하지 않았다는 사실은 대단히 중요하다(여기서 말하는 '아마추어'란 공연자로서 충분히 전문적으로 훈련되지 못한 사람을 가리킨다. 정식 승려가 아니라는 의미에서는 아마추어 이야기 구연자든 전문 이야기 구연자든 모두 세속인이었다). 이는 남아시아와 동남아시아뿐 아니라 돈황의 상황에 대한 우리의 인식을 확인시켜준다. 돈황에서 발견된 글로 옮겨진 변문은 전문적인 변 이야기 구연자를 위한 것도 아니고 그에 의한 것도 아니었다. 그것들은 그것들을 초사해서 자기들끼리 주고받았던 바로 그 개인들이 보관하던 것들이다. '자본주의의 맹아'와 인쇄술의 발달로 서적의 출간과 유통이 현실화 되는 송대 이전까지 이런 통속문학 텍스트의 초사본들이 상업적으로 팔렸는지에 대한 확실한 증거는 없다.

인도의 샤우비까, 야마빳따까 그리고 여타의 그림 공연자와 흡사한 이란의 공연자는 '수라트 콴*ṣūrat khwān*'이다. 스타인그라스(F. Steinglass)는 『페르시아어 영어 대사전』에서 이 용어를 "부활의 날의 보상 및 처벌과 관련하여 천사와 사람의 상태를 그려 보여주고 이것으로 구경꾼들로부터 보수를 받는 사람"을 가리키는 말로 정의한다.[34] 스타인그라스의 이

마와 늑대 인간과의 싸움, 불길한 새 까마귀 세 마리를 없애는 모습, 'Brug-mo와 게사르의 결혼, 북방의 강력한 마왕(rDud-rgyal)과의 전투, Hor의 세 왕과 전쟁을 벌이는 게사르 등이 여기에 속한다. 이런 깃발들의 구성은 불교적 영향의 흔적을 확실히 보여주며, 구성에 있어서 불교의 유명 사승(師僧)과 현인들의 삶을 묘사한 불교 탕카와 대단히 흡사하다. 이런 게사르 탕카는 떠돌이 음유시인들이 서사시를 음송하는 동안 걸어 놓게 되며, 이는 역시 교훈적 내용의 불교 연극－예를 들어 Vessantara 왕자 이야기 혹은 Dri-med Kun-ldan rnam-thar－을 공연하는 유명한 불교적 전통을 차용한 것으로 보인다. 게사르 서사시의 유명한 에피소드들은 종종 부유한 티베트인 사저의 벽 프레스코화의 주제가 되기도 한다.

34 스타인그라스(F. Steinglass), 『페르시아어 영어 대사전*A Comprehensive Persian-English Dictionary*』, 795쪽.

정의는 1760년에 편찬된 페르시아어 사전 『바하르-이아잠*Bahār-i'ajam*』(페르시아의 봄)에 근거하고 있음은 의심의 여지가 없다. 이 사전에서는 '수레트-찬(ṣūret-ch(w)ån)'을 '장터에 앉아서 신과 사람의 형상 및 부활의 날에 벌어지는—보상과 처벌 모두를 포함한—그들의 응보를 사람들에게 보여주고 설교하며, 그들로부터 약간의 뭔가(돈)를 받는 자'라고 정의한다.[35] 아난다 쿠마라스와미(Ananda Coomaraswamy)는 수라트 콴의 기원에 대해 아래와 같이 대단히 귀중한 의견을 제시하고 있다.

> 이는 분명 인도의 야마빠띠까*Yamapaṭika*에 상당하는 것이다. '수라트*Ṣūrat*'는 꼭두각시를 의미하기도 하며, 페르시아의 민간 연극에서는 꼭두각시를 위해 낭송하거나 노래하는 사람을 '콴*khwān*' 또는 '콘*khon*'이라 부른다. 일반적으로 그들은 '라크-이-힌디*rāk-i-hindī*'라 불리는 종교시를 음송하는 것으로 자신들의 공연을 시작한다. 이 정보를 나에게 준 마르티노비치(Martinovitch)는 이것을 '인도의 길'이라 번역한다. 그러나 라크*rāk*=라그*rāg*일 가능성이 더 큰 듯하고, 따라서 그 의미는 '인도의 노래 혹은 곡조'가 되어야 할 것이다. 어떤 경우든 여기에는 페르시아 꼭두각시 공연이 인도에서 기원했다는 혹은 최소한 인도가 그 공연방법에 영향을 주었다는 확실한 증거가 어느 정도 존재하며, 그리고 이것은 수라트 콴이 인도에서 기원했다는 관점을 뒷받침한다.[36]

쿠마라스와미의 의견은 그림 이야기 구연과 꼭두각시 인형극의 진화론적 통일성을 시사하고 있다는 점에서도 역시 중요하다. 그리고 이것은 본 연구의 주된 주제 가운데 하나이다.

이란에는 '파르다-잔*parda-zan*'이라 불리는 또 다른 유형의 그림 공연

---

35 요한 뷸러스(Johann A. Vullers), 『페르시아어-라틴어 어원사전*Lexicon Persico-Latinum Etymologicum*』 제2권, 520쪽에서 인용. 게오르그 야콥(Georg Jacob), 『밴클장의 역사*Zur Geschichte des Bänkelsangs*』, 5-6쪽 참고.

36 아난다 쿠마라스와미(Ananda K. Coomaraswamy), 「그림 공연자들(Picture Showmen)」, 187쪽.

자가 있다. 이 '파르다-잔'은 '샤흐리 파랑*shahr-i farang*'이라고 불리기도 하였으며, '샤흐리 파랑'이 '외국의 도시', 즉 '프랑크 인들의 도시'라는 의미를 지니고 있다는 점을 감안해보면, 이 '파르다-잔'이란 연희 형식의 기원이 이란 밖에 있을지도 모른다고 유추하는 것도 자연스러울 게다. 이 '파르다-잔'은 구술되는 이야기의 주인공인 순교한 시아파 성자를 따라 하즈라트 이 압바스(Hazrat-i 'Abbās)로 칭해지기도 한다. 1927년에 테헤란에서 '파르다-잔'을 연구한 소련의 민족지학자 갈루노프(R. A. Galunov)는 그들의 공연을 '떠돌이 그림 연극'이라 불렀다.[37] '파르다-잔'은 "사람 죽은 거 좀 보세요! 순교자를 보세요!"[38]라고 관중들을 불러 모으는데, 이 방식은 변의 공식구 "且看 ~處"(~곳을 봐주세요)를 곧바로 연상시킨다. 갈루노프의 도판 20에는 그림들을 담은 정교한 상자 하나를 군중들이 둘러싸고 있는 모습이 보인다. 그러나 페르시아어 '파르다*parda*'(확신할 수는 없지만 나는 이 '파르다*parda*'가 산스끄리뜨어 '빠뜨*paṭ*'와 어원이 같다고 생각한다)는 기본적으로 얇은 판 혹은 커튼을 의미한다.[39] 그림과 함께 하는 이란 이야기 구연의 원형은 '파르다-다리*parda-dārī*'(파르다*parda*를 가진 혹은 소유한)라 불리고, 그것을 공연하는 사람은 '파르다-다르'였다. 이는 빠르*paṛ*, 에토키, 독일 그림 이야기 구연 등에 사용되는 걸개그림판과 매우 흡사하다.[40] 예를 들어, 라자스탄 빠르 공연자의 리드싱어가 '빠라다리

37 갈루노프(R. A. Galunov), 「나로드니이 이란 연극(Narodn'iĭ Teatr Irana)」. 레즈바니(M. Rezvani), 『이란의 연극과 무용*Le théâtra et la danse en Iran*』, 121-122쪽 역시 참고. 레즈바니는 chéhré-frengi[sic]가 세속적이고, 국부적이고, 심지어 경우에 따라서는 외설스럽다고 말한다.

38 갈루노프의 같은 글 68쪽의 기록을 따름.

39 스타인그라스는 『페르시아어 영어 대사전』, 241쪽 a에서 '베일', '커튼', '벽걸이 융단, 태피스트리' 등으로 풀이했다.

40 나의 동료 윌리엄 하나웨이(William Hanaway)는 1982년 4월 2일 시카고에서 열린 아시아 학회 연차 발표회에서 이 그림-이야기 구연의 유형에 대해 논했다. 해석에 오류가 있다면 모두 내 탓이겠지만, '파르다-다르'와 관련된 정보의 대부분은 그가 한 말에서 가져온 것이다. (1982년 2월 9일의) 개인 서신에서 그는 '파르다-잔(parda-zan)'의 '잔(zan)'이 '두드리는 사람'을 의미한다고 내게 말해주었다.

보뽀*paradārī bhopo*'로 불린다는 것을 순전히 우연으로만 볼 순 없다.

내가 본 '파르다-다르'의 사진들(컬러도판 7과 8)을 통해 가늠해보면, 그림들의 크기는 약 세로 4.5피트에 가로 13피트 정도이다. 그림들은 밝고 두드러진 색깔들로 그려졌으며, 크고 작은 형상들로 빽빽하게 채워져 있다. 모든 형상들의 윤곽과 형태는 선명하게 그려져 있다. 한가운데 사람은 거의 항상 근사한 말을 타고 손에 칼을 든 영웅적 순교자 호세인(Hosein)이다. 많은 피와 핏덩이가 사실적으로 묘사되어 있다. 색채, 밀도, 영웅적 자태 그리고 '파르다'의 보편적 주제들 모두가 그림들을 유달리 매력적이고 힘 있게 만들어준다. '파르다'는 공연자가 어렵지 않게 군중들을 모을 것 같은 번화한 거리(시장 같은 곳)를 낀 건물의 바깥쪽 벽에 걸린다. 공연자(혹은 공연자들—때때로 그들은 짝을 지어 일한다)는 '파르다' 앞에 서서 노래를 부르고 낭송을 하며 그 내용을 설명한다. 얼굴 가득한 수염, 터키 모자 그리고 대개 자줏빛 긴 옷을 입어 공연자 자신이 강렬한 인상을 지니게 만든다. 공연자는 공연하는 동안 인쇄된 자료를 참고하지 않으며, 내가 아는 한, 본질적으로 구술로 진행되는 이 이야기들에는 기록된 문자 텍스트가 전혀 존재하지 않는다. 나는 이런 유형의 이야기 구연에 악기가 반주로 사용되는지에 대해서는 알지 못한다. 적당한 순간에 그는 자신의 이야기를 설명하기 위해 '파르다'의 다양한 장면들을 지팡이로 가리킨다. 듣고 보기 위해 모인 구경꾼들은 보통 그에게 약간의 동전을 준다. 경찰이 와서 간섭하려고 하면, 그는 즉시 행정장관을 찬양하는 노래를 부를 것이다. 바로 이 목적을 위해 그는 오른쪽 구석 위에 행정장관을 그려놓았다. 이 미약해 보이는 자기방어 수단은 필수적인 것으로 보인다. 왜냐하면 '파르다-다르'는 오랜 기간 당국의 박해를 받아왔기 때문이다. 당국은 이들 공연이 조잡하고 속된 문화를 보여준다며 멸시할 뿐만 아니라 때때로 사람들을 자극해 반항을 일으킬 수 있다며 두려워한다. '파르다' 공연 전체를 관통하는 가장 중요한 요소라면 아마도 넘쳐나는 흐느낌이라 할 것이다.

우리는 '파르다-다르'를 민간 성직자의 일종으로 생각할 수 있다. 하지만 '파르다-다르'는 종교조직으로부터 전혀 승인을 받지 못한 존재이며, 이맘(imam)도, 물라(mullah)도, 아야톨라(ayatollah)도 아니다.* 페르시아 사람들은 (조금이라도) 정식으로 종교적 훈련을 받은 몰라-아콘드-아야톨라(mollā-ākhond-ayatollāh) 집단과 배우들을 명확히 구분한다. '파르다-다르'는 법률상으로 종교적 임무를 전혀 수행하지 않으며, 모스크에서 의식을 집행하지도 않는다. 그들은 종교 당국으로부터 인정을 받지 못한다. 왜냐하면 그들은 이슬람의 성전과 율법을 대표하는 것이 아니라, 항상 종교 당국이 장려하려는 것과 긴장 관계에 있는 민간의 속된 신앙 체계를 대표하기 때문이다.[41] 그들의 공연에 대해 정부가 수백 년에 걸쳐 간섭을 해왔기에 현재 '파르다-다르'를 찾기란 매우 힘들어졌으며, 그들은 먼 지방 도시와 시골 마을에서나 자신들의 전통을 이어가고 있을 따름이다. 이 상황은 중국 송대의 변 공연 그리고 중화인민공화국에서 보권이 처한 운명과 대단히 흡사하다.

이란의 또 다른 그림 이야기 구연 전통으로는 '샤마엘-가르단*shamāyel-gardān*'(글자 그대로는 '그림 / 초상화를 가지고 돌아다니는 사람')들이 하는 구연이 있다. 공연자는 대체로 그들의 종교 주제 그림을 가지고 2인 1조로 움직인다. 한 사람은 그림을 운반하며 그림에 묘사된 이야기들을 설명하고, 다른 한 사람은 가끔씩 리듬에 맞춰 자신의 상자를 치며 적절한 순간에 노래를 한다.[42] '샤마엘-가르단'은 '파르다-다르'와 본질상 같은 것이며, 오늘날 두 용어는 서로 호환되어 쓰인다.

지리 세지펙(Jiří Cejpek)은 그림을 곁들이는 이란의 종교 이야기 구연과 민간 연극 발전의 초기 단계 사이의 관련성을 '파르다-잔'의 공연과 관

* 역주 : 이맘은 이슬람 사회의 지도자, 물라는 이슬람의 율법학자, 종교지도자, 신학교 교수 등을 보편적으로 가리키며, 아야톨라는 이란 시아파 지도자를 칭하는 말이다.

41 앞의 세 문장은 윌리엄 하나웨이가 내게 보낸 편지에서 인용한 것이다.

42 레즈바니(Rezvani), 『이란의 연극과 무용』, 121쪽.

련시켜 파악하였다. "이것은 성자에 대한 서사에 수반되는 부속물로서의 간단한 그림을 언급하는 것으로부터 살아 움직이는 사람들에 의해 이야기가 실제 극화되는 것으로 가는 작은 단계에 불과하다."[43] 실제의 역사적 과정에 대한 이 관찰 결과는 극동 아시아 지역 민간 통속 문학의 발전에 대해 내가 논의했던 내용과 완전히 일치한다.

시리아, 레바논, 팔레스타인에는 '파르다-잔'과 흡사한 '*ṣandūk al-'ajāyib*'(신기한['변'에 신변(神變)의 의미가 있음을 참고] 상자)라는 연희의 한 유형이 있다. 이야기 구연자는 이 상자를 등에 지고 다니면서 경적으로 자기가 왔음을 알린다. 청중을 찾으면 그는 상자를 자리에 놓고, 공연을 보고 싶어 하는 아이들과 때에 따라서는 어른들 하나하나로부터 약간의 동전을 받는다. 상자에는 확대경을 끼운 여섯 개의 구멍이 있다. 상자 안의 촛불이 조명 역할을 한다. 동시대 인물 또는 사건들에 대한 이야기를 다루거나, 고대 전설과 서사시를 다루기도 한다. 인도와 일본의 그림 이야기 구연과 마찬가지로, 천당과 지옥에 대한 묘사가 가장 인기 있는 주제이다. '*Shūf iṭ-ṭalla' ya'-yūnī*'(보세요 / 주의를 기울이세요, 친애하는 여러분[글자 그대로는 '눈들'])라는 말로 유혹하면, 청중들은 자신의 눈앞에서 감기는 각각의 새로운 장면들에 이끌린다. 구연자는 산문과 운문이 조합된 이야기를 기억하여 사람들에게 들려준다. 운문은 다양한 민간 문학 형식에서 오랜 전통을 이어 온 대중적 음악의 운율을 사용한다. 한 회의 공연이 끝날 때, 이야기 구연자는 장막을 청중들의 눈앞에 떨어뜨리고 마지막 운문을 음송한다.

> 당신들 차례는 끝났군요, 친애하는 여러분.
> 시리아 프랑크[시리아 동전 5개]를 지불한 당신 말이에요.
> Khalaṣ dawrak ya-'yūnī,

43 지리 세지펙, 「이란 민속 문학(Iranian Folk Literature)」, 680쪽.

Yā abūl frank es-sūrī.[44]

게오르그 야콥은 11세기 시아파 이집트의 타마틸*tamāthīl*이 그림을 동원한 이야기 구연의 한 형식임을 확인했다.[45] 타마틸의 기본적 의미는 '사례 인용'→'예시'→'묘사'→'그리기' 또는 '삽화' 그래서 '[극적] 재현'이다.[46] 현대의 아랍 세계에도 타마틸은 여전히 존재하며, 가장 인기 있는 이야기는 영웅 설화이다. 이야기를 묘사하는 그림은 긴 화포 두루마리에 밝은 색채로 그려진다. 이야기가 진행되는 순서에 따라 이 두루마리는 나무로 만든 틀 한 쪽에서 다른 한 쪽으로 감긴다.[47]

아라비아어를 사용하는 세계 전체에 걸쳐 있고, 적어도 14세기까지 거슬러 올라가는 '힐랄 자제들의 전설*Sīrat Banī Hilāl*'은 이슬람의 종교문학과 대비되는 세속문학의 하나로 너무도 유명하다. 힐랄 자제들의 전설은 아라비아 반도로부터 북아프리카를 가로질러 수단까지 내려가는 힐랄리(Hilali) 족의 방랑을 다룬 민간 서사시이다. 이 서사시에서 이야기하는 사건들은 8-9세기 사이에 일어났다고 한다. 이 서사시는 추방당한 문맹의 전문 음유시인들에 의해 구어로 구연되었다. 고전적인 코란 전통과 달리 이 서사시는 항상 방언으로 음송되었다. 이 서사시의 싸구려

44 나는 1982년 1월 29일의 대화에서 'ṣandūk al-'ajāyib'에 대한 위 단락의 모든 정보를 제공해준 애드난 해이다르(Adnan Haydar)에게 큰 빚을 졌다. 나는 아라비아의 'ṣandūk al-'ajāyib'와 이란의 'shahr-i farang' 둘 다 유럽 요지경 공연의 기술적 영향(렌즈, 블라인드, 램프 또는 촛불 등의 사용)을 받았다고 생각한다. 이들은 17세기 이래로 민간 연희의 한 형식이 되어 왔다. 다른 많은 그림 이야기 구연자와 마찬가지로 떠돌이 공연자는 등에 자신의 장비를 지고 이동했다. 『미국 백과사전*Encyclopedia Americana*』 제21권(1981), 468쪽 b와 『브리태니커 백과사전*Encyclopedia Britannica*』 제15판(축약본) 제7권, 832 · c-833쪽 a를 참고.

45 게오르그 야콥(Georg Jacob), 『밴클장의 역사』, 9쪽.

46 한스 위어(Hans Wehr), 『현대 아라비아 문어 사전*A Dictionary of Modern Written Arabic*』, 892쪽 b 참고. '타마틸(Tamāthīl)'은 흔히 '조상(彫像)'의 의미로도 쓰인다.

47 나는 이 정보에 대해 피터 모란(Peter Molan)에게 빚을 지고 있다(1984년 8월 16일의 편지).

기록 책자들이 실제로 존재하긴 하지만 이는 글줄정도나 깨친 지방의 하급 문사들이 공연을 받아 적은 것들이다. 세속적이고 비정통적인 특성으로 말미암아 이 서사시는 정부 전복의 의도를 지니고 있다고 치부되기가 십상이었다. 지금 우리의 논의에 특히 흥미로운 점은, 이 서사시가 때때로 여러 유명한 장면들을 사실적으로 묘사한 그림들을 유리로 덮고서 그걸 보여주면서 구연되었다는 것이다. 구연이 끝나면 시인은 몇몇 그림을 팔아버리기도 했다. 18세기 튀니지에도 위에서 설명한 것과 같은 그림을 활용한 이야기 구연에 관한 기록이 남아있긴 하지만 나는 그 조상이 이보다 훨씬 더 앞선다고 생각한다. 그런데 이 서사시 혹은 그림을 활용한 서사시 공연 장르의 예술적 모티프 가운데 일부는 분명히 이란에서 온 것으로 보아야 한다. 사실 여기서 개괄한 서사시 공연의 모든 측면들은—서사시에 담겨져 있는 특별한 내용이나 특성 가운데 일부를 제외하고—우리가 이 연구에서 이미 살펴 본 아시아 전 지역의 다른 이야기 구연 전통들과 일치한다.[48]

이제 북쪽으로 방향을 틀어 유럽으로 가보자. 우리는 그곳에도 그림 이야기 구연이 널리 퍼져 있었음을 발견하게 된다. 중세 남이탈리아에서는 'exultet rolls(기쁨의 두루마리)'라는 칼라 두루마리 그림으로부터 '프레코니움 파스칼레*praeconium paschale*부활찬송'을 낭송하는 활동이 발전했다. 두루마리에 이런 이름이 붙게 된 이유는, 그것들을 사용했던 부활절 철야기도 의식이 '엑술테트*exultet*기뻐하세요!'라는 권유의 말과 함께 시작되기 때문이다. 대부분의 두루마리들은 10-12세기의 것들이다.[49] 두루마리는 벵골의 '빠따*paṭa*'처럼 세로 형식이다. 부사제(副祭, deacon)가 교단에

48 이 단락의 모든 정보는 수잔 슬리오모비치(Susan Slyomovics)의 『예술 상인 : 이집트의 공연하는 구술 서사시인*The Merchant of Art : An Egyptian Oral Epic Poet in Performance*』에서 가져왔다.

49 최초의 것으로 알려진 두루마리는 981-984년 사이에 생산된 Rome Vatican MS. Latin 9820이다. 마이틸라 애버리(Myrtilla Avery), 『남이탈리아의 기쁨의 두루마리*Exultet Rolls of South Italy*』, 191-20쪽 참고.

서서 집게손가락으로 해당 그림을 가리키며 [자신의 앞쪽에 있는] 교탁 너머로 그림 두루마리를 펼쳤으므로 그림은 부사제 앞의 교탁을 넘어서 신도들 눈앞에 펼쳐지곤 했다[역주 : 부사제는 교탁 안쪽에서 그림 두루마리의 뒷면을 보는 셈이다].[50] 그림 두루마리의 각 장면을 설명하는 문자 텍스트와 해당 장면이 번갈아 나오고 또 그 문자 텍스트는 거꾸로 적혀져 있었으므로 부사제는 [역주 : 해당 장면을 넘겨 신도들에게 보여주어도 아직 신도쪽으로 넘어가지 않고 자기 쪽에 보이는 문자 텍스트를 고개를 앞으로 빼지 않아도] 직접 읽을 수가 있었다. 그러나 최초의 것으로 알려진 두루마리들에는 거꾸로 적힌 문자 텍스트가 없었다.[51] 어떤 경우에는 문자 텍스트가 못쓰게 되거나, 잘려나가거나, 지워지거나, 다시 쓰이거나, 거꾸로 적힌 문자 텍스트가 다시 뒤집혀 배치되기도 했다.[52] 이런 이유로 그림이 주가 되고 문자 텍스트는 부수적인 것처럼 보이기도 한다. 하지만 9세기 이전의 정통 로마 예배의식(liturgica)이 현재 남아있지 않으므로 현재의 로마 예배의식만 가지고 기쁨의 두루마리가 형성되는 데 정통 로마 예배의식이 아무런 영향도 미치지 않았을 것이라 간주하는 것은 지나치게 성급한 판단이 될 것이다.[53] 기쁨의 두루마리의 두 가지 흥미로운 특징은 부사제가 문자 텍스트를 제대로 노래할 수 있도록 해주는 네움즈(neums, 역주 : 성가의 기보법에 쓰인 고대 음표)가 문자 텍스트 안에 포함되었다는 것과, 만다라라고 해도 좋을 만한 그림 속에 그리스도가 그려져 있는 사례가

50 이는 실제로 많은 기쁨의 두루마리 자체에 묘사되어 있는 장면이다. 애버리, 『남이탈리아의 기쁨의 두루마리』 제2권, 도판 183(Troia, no.33, Cereus …… consecratus-두루마리가 풀릴 때 밑에서 두루마리를 잡는 사람, 그리고 부활절 촛불을 잡고 있는 조수 두 명에 주목할 것) · 36(Gaeta 2) · 38 · 41 · 42(Gaeta 3) · 72(Fondi) · 121 · 124(Casanatense) · 133(Vat. Lat. 3784) · 151(Barberini).

51 애버리, 『남이탈리아의 기쁨의 두루마리』, 13쪽과 반니스터(H. M. Bannister), 「기쁨의 두루마리의 라틴어 성경 텍스트The *Vetus Itala* Text of the *Exultet*」, 45쪽.

52 반니스터, 「기쁨의 두루마리의 라틴어 성경 텍스트」, 53쪽; 애버리, 『남이탈리아의 기쁨의 두루마리』, 191쪽.

53 반니스터, 「기쁨의 두루마리의 라틴어 성경 텍스트」, 52쪽 주석 2.

있으며 그것은 바로 Vatican MS. Latin 9820이라는 것이다.

살레르노(Salerno)의 대성당 박물관(Museo del Duomo)에는 필름처럼 사용되었던 파랑, 빨강, 금색의 성경 이야기 그림들이 있다. 이들 그림은 12세기나 13세기로 거슬러 올라가며, 세로 약 24인치, 가로 약 18인치의 얇은 판 7장으로 구성되어 있다.[54]

현대 이탈리아 그림 이야기 구연의 가장 이른 조상으로는 16세기 상반기 '칸탐반코*cantambanco*벤치 가수'(이형은 *cantimpanca, cantainbanca, cantambanca, cantambanchessa, cantambanchina*)를 꼽아야 할 것 같다. 이 벤치 가수를 가리키는 별명 가운데 일부가 여성 명사를 포함하고 있는 것으로 보아 초기 이탈리아 그림 이야기 구연에 여자들이 참여했음이 틀림없다. 17세기와 18세기 그림들을 통해 우리는 '벤치 가수'가 때로는 혼자서, 때로는 짝을 지어 활동했음을 알 수 있다(그림 10-12). 짝을 지어 활동할 때는 가수가 기타로 직접 반주를 하고 그의 파트너가 해당 장면을 지시봉으로 가리키곤 했다. 다양한 매체(나무에 새긴 세 폭짜리 그림, 걸개 깃발 등)가 설명을 위한 도구로 사용되었다. 그들은 노래와 이야기의 인쇄본 그리고 값싼 그림들을 팔아서 수입을 충당했다. 17세기에 이들 벤치 가수는 마술, 사기, 야바위, 협잡꾼, 돌팔이, 꼭두각시 인형극 그리고 심지어 곡예 같은 것들과 자연스럽게 연결되는 실정이었다.[55] 최초의 '벤치 가수' 가운데 일부는 실제로 눈이 멀었거나 눈먼 척하는 사람들이었다. 벤치 가수들의 공연은 코미디, 호러, 신성 조롱 같은 내용이 다양하게 조합된 것이었다. 벤치 가수들은 17세기에는 '치우르마도레*ciurmadore*'와 '체레따노*cerretano*'로 불리기도 했고, 20세기에는 '칸타스토리에*cantastorie*'로 불렸다.

---

54 1981년 2월 20일에 내게 전달된 스콧 모튼(W. Scott Morton)의 1980년 5월 1일 여행일기에 근거함.

55 에또레 리 고띠(Ettore Li Gotti), 『꼭두각시 연극*Il teatro dei pupi*』과 쥐세뻬 코치아라(Giuseppe Cocchiara), 「꼭두각시 연극의 포스터(Il cartellone dell'opera dei pupi)」 참고. 로베르토 레이디(Roberto Leydi), 「칸타스토리에(Cantastorie)」, 288쪽 뒤와 369쪽 앞쪽의 사진들 역시 참고.

그들은 보통 여러 상황이나 장면들을 그림으로 묘사한 화보를 사용하였다(내가 보고 읽은 것들은 7-35개의 장면들이었다). 1790년에 쥐세뻬 떼스티(Giuseppe Testi)가 그림 이야기 구연자 루이지 페르골라(Luigi Pergola)를 새긴 판화는 중판(中版) 크기의 그림책을 가지고 많은 군중들 앞에서 이야기할 수도 있었음을 보여준다(그림 13). 세계 각지에 있는 여타의 이야기 구연자들과 마찬가지로, 이탈리아의 이야기 구연자 역시 각지를 떠돌아다녔으며, 그들은 공연을 듣는 청중들과 마찬가지로 사회의 가장 낮은 계층 출신이었다(그림 15를 볼 것, 아울러 그림 74와 비교할 것).[56] 오늘날에도 시칠리아에서는 '칸타스토리에'가 여전히 전설 속 영웅들과 당대의 범죄에 관한 이야기를 노래한다. 그들은 보통 기타로 스스로 반주하면서, 크고 화려하게 그려진 화포 깃발을 펼친다. 깃발은 그들이 말하는 이야기의 갖가지 에피소드들을 묘사한 부분들로 나뉜다.[57] '칸타스토리에'는 이 깃발들을 가지고 이곳저곳을 돌아다니며(그들 중 일부는 지금은 차를 이용함), 모든 관객들이 볼 수 있도록 깃발들을 장대에 설치한다.

이탈리아의 꼭두각시 인형극 광고 포스터를 보면 이 꼭두각시 인형극이 '칸타스토리에'가 구연하는 내용을 그림으로 그린 그림과 긴밀한 연관성이 있음을 알려준다.[58] 꼭두각시 인형 역시 이야기 구연자의 그림 속 형상들과 닮게 보이도록 만들어지며, 꼭두각시 인형극이나 '칸타스토리에'의 구연에서나 사용하는 플롯은 동일하다.[59] 이는 인도, 인도네시아, 그리고 중국의 연극 서사 전통을 연상시킨다.

독일에서는 아시아 그림 이야기 구연자와 흡사한 이들을 '밴클쟁어

56 윌리 허드트(Willi Hirdt), 『이탈리아 밴클장*Italienischer Bänkelsang*』, Vorwort(머리말).
57 로베르토 레이디, 「칸타스토리에(Cantastorie)」에서 「시칠리아의 이야기 구연자 칸타스토리에(I Cantastorie Siciliani)」, 353-389쪽.
58 쥐세뻬 코치아라, 『꼭두각시 연극의 포스터』.
59 '칸타스토리에' 자신들의 연기력과, '칸타스토리에'와 꼭두각시 사이의 긴밀한 관계에 대해서는 리 고띠(Li Gotti)가 『꼭두각시 연극』, 45쪽 이후와 87쪽 이후에서 논했다. 그림 24 역시 참고할 것.

Bänkelsänger'(벤치-가수)[60]; '마크쟁어*Marktsänger*'(시장-가수); '스트라슨쟁어 *Strassensänger*'(거리-가수); '자이퉁쌩어*Zeitungssänger*'(뉴스-가수); '스탠들리쟁어 *Ständlisänger*'(서 있는 가수); '쉴더쟁어*Schildersänger*'(그림-가수)로 불렸다. 때때로 이들은 '모리타트*Moritat*'라 불리기도 했다. 이 단어의 정확한 의미는 분명치 않다.[61] 옥센푸르트(Ochsenfurt) 마을의 1536년 회계장부 안에는 독일 그림 이야기 구연자에 대한 최초의 언급이 들어 있다. 여기서는 이들을 싸잡아서 '스필만(Spilman)'(Spielmann, '거리의 연주자' 혹은 '음유시인')이라 부르고 있다.[62] 1485년경의 것으로 추정되는 독일 그림 이야기 구연에 대한 첫 번째 그림 증거가 발트부르크-볼페그 왕자의 북하우스(Hausbuch der Fürsten Waldburg-Wolfegg)의 그림에서 발견되었다(그림 28). 스카이블(J. Scheible)의 『떠돌이 종이 뭉치*Die Fliegenden Blätter*』에서는 17세기 초기 25년에 걸친 많은 '밴클장*Bänkelsang*' 텍스트들과 16세기의 몇몇 텍스트들을 복각했으며 여기에는 1520년의 것도 아울러 들어가 있다. 최소한 14 혹은 15세기로 거슬러 올라가는 독일 '밴클장'의 기원을 판단하기 위한 여타의 증거들이 존재한다.[63]

대부분의 '벤치 가수'는 각지를 떠돌아다녔다. 그들의 공연은 대단히 직설적이었다. 먼저 선전 혹은 광고가 나오고 시작을 알리는 말이 그 뒤를 이었다. 그런 다음 일련의 운문 노래와 산문 설명이 번갈아 나왔다. 몇몇 운문 부분을 시작할 때는 변문에서 운문을 소개하는 공식구와 대단히 흡사한 "이 그림을 보세요…… 비트라크테트 디스 빌드 히어 *Betrachtet dies Bild hier*……"라는 표현이 나왔다.[64]

---

60 이 명칭은 확실히 이탈리아어 'montambanco' 혹은 'montimbanco(돌팔이)'를 생각나게 한다. '벤치 가수(Bänkelsänger)'가 노래를 하고 이야기를 구술할 때 항상 그림을 펼친 것은 아님에 주의할 것.

61 '모리타트(Moritat)'는 살인과 죽음에 대한 노래들과 관계가 있는 것으로 보인다('mordtat'를 참고).

62 월터 세먼(Walter Salmen), 『유럽 중세의 떠돌이 악사들*Der fahrende Musiker in europäischer Mittelalter*』, 138쪽 주석 503.

63 오또 괴르너(Otto Görner), 「밴클장(Der Bänkelsang)」, 157쪽.

이 떠돌이 그림 이야기 구연자의 초기 역사를 가장 훌륭하게 설명하고 있는 것으로는 롤프 브레드니히(Rolf Brednich)의 논문 「밴클장의 초기 역사(Zur Vorgeschichte des Bänkelsangs)」를 들 수 있을 것이다.[65] 브레드니히는 '벤치 가수'들을 17세기 초까지 끌고 올라가면서 여기서 한 걸음 더 나아가 1536년의 참고자료 하나를 제시한다.[66] '밴클장'의 선조가 기쁨의 두루마리 그리고 방랑하는 '*juglares*(음유시인들)'와 함께 이탈리아로부터 흘러들어왔다고 추측할 수도 있을 것이다. 그러나 가장 오래된 것으로 알려진 '벤치 가수'의 많은 그림 기록들은 그들이 상자처럼 생긴 세 폭 혹은 두 폭의 접이식 그림판을 가지고 공연했음을 보여주기 때문에, 그들이 어떤 형식으로 그리고 어디로부터 독일로 들어왔는지 정확하게 말하는 것은 사실상 불가능하다. 나는 다만 내가 봤던 인도의 상자들(예를 들어, 라자스탄의 까와르(Kāvaṛ))만 언급하고자 한다. 이 상자들에는 경첩이 달려 있었다. 이는 이야기 구연자가 그들의 이야기를 풀어나갈 때 쓰는 일련의 그림들을 열어서 보여주기 위한 것이었다. 일본의 에토키 역시 때때로 17세기 이탈리아의 '칸탐반코'가 썼던 것과 흡사한 장치를 쓰곤 했다.

초기 '밴클장' 공연의 특질을 제대로 이해하기 위해 나는 브레드니히 논문의 도판들 가운데 세 개를 인용하면서 설명하고자 한다. 첫 번째 도판(이 책에는 그림 34로 실려 있음)은 작자 불명의 1721년 동판화를 복제한 것이다.[67] 여기서 우리는 벤치 무대(일종의 원시적 무대, 그래서 '벤치 가수'라

64 칼 라이델(Karl V. Riedel), 『밴클장 : 대중예술의 본질과 기능*Der Bänkelsang : Wesen und Funktion einer volkstümlichen Kunst*』, 76-77쪽.

65 롤프 브레드니히, 「밴클장의 초기 역사」. 이 유형이 19세기 후반에 어떻게 변이되었는지에 대해서는, 엘스베쓰 얀다(Elsbeth Janda)와 프리쯔 뇌트졸트(Fritz Nötzoldt), 『밴클장의 노래들 : 거리의 노래들*Die Moritat vom Bänkelsang : Oder das Lied der Strasse*』를 참고.

66 브레드니히, 「밴클장의 초기 역사」, 81쪽.

67 베를린 예술도서관(Kunstbibliothek Berlin), 프러시아 문화 재단 표지(Stiftung Preussischer Kulturbesitz Sign). 930.35; 폴만(K. H. Paulmann)이 촬영.

부름) 위에 서 있는 남자 한 명과 여자 한 명을 볼 수 있다. 이 벤치는 누군가의 집 문밖에 놓여 있다. 벤치 아래로는 상자 같은 물건이 하나 있다. 이 상자에는 막대기 두 개가 돌출되어 있고, 긴 헝겊 조각 같은 것이 이 막대기들을 연결해서 지탱해주는 것으로 보인다. 크기와 모양을 보고 판단하건대, 이것은 발라드(민요) 가수들이 쓰는 것처럼 그림과 다른 공연 장비를 운반하기 위한 짐 상자였을 것이다. 그들 뒤로는 큰 화포 두 개(각각 약 5×3피트)가 걸려 있다. 그 가운데 왼편의 화포는 두꺼운 세로방향 지지대를 세워 벤치에 밧줄로 묶어 놓았다. 비록 판화에서 분명히 확인되지는 않지만 두 개의 화포는 가로 방향 지지대 하나에 같이 걸려 있는 것 같다. 한편, 두 개의 화포는 각각 나름의 무게가 나가는 막대기를 끼워 흔들리지 않고 버틸 수 있게 하였다. 원근법에 비추어 도판을 관찰해보면 두 화포 중 어느 것도 집의 담장에 바짝 붙여서 걸려 있었을 리는 없다. 남자 가수 뒤쪽 첫 번째 화포에서는 남자가 다리를 들어 올리고 손에 칼을 쥐고 있는 모습만을 볼 수 있을 따름이다. 나는 이것이 전 유럽의 관심을 끈 공개재판이 끝나고 1721년 11월 27일에 처형된 산적 두목 루이 도미니크 카투슈(Louis Dominique Cartouche)*를 그린 것이 아닐까 생각해본다.[68] 첫 번째 화포의 맨 아래쪽에는 큰 도토리가 하나 그려져 있다. 아마 이것은 공연자의 사인으로 쓰였던 것 같다. 두 번째 화포는 카투슈에 관한 것임에 틀림없다. 그림은 절단된 몸이 교수대에 걸리고 바퀴 위에서 돌려지고 말뚝에 꿰뚫리는(?) 장면을 섬뜩하게 묘사하고 있다. 교수대의 횃대에 걸린 해골 하나가 이 그림의 중심이 되고 있다. 화포의 맨 꼭대기에는 "라 봉 드 카투슈(La Bande de Cartouche, 역주 : 카투슈를 그린 그림 두루말이라는 의미)"라는 네 단어가 쓰여 있다. 이것은 화

* 역주 : 루이 도미니크 카투슈(1693-1721), 프랑스의 전설적인 민중영웅. 대담한 강도행각을 벌인 것으로 유명한 그의 행적은 연극, 노래, 소설의 소재가 되기도 함. 마차 바퀴에 으깨어 죽임을 당하면서도 겁내지 않은 그의 행위가 사람들의 감탄을 자아냈다고 함.

68 브레드니히, 「밴클장의 초기 역사」, 83쪽.

포의 라벨로 쓰인 글자이다. 남성 공연자는 두 번째 화포의 특정 부분을 끝이 점점 뾰족해지는 길고 가는 막대기로 흥미로운 듯 소름끼치게 가리키고 있다. 그의 오른손에는 대본이 들려 있다. 그 순간에는 그가 대본을 참고하지 않고 있었다. 대본이 아니라면 사형에 대한 소식지의 판매용 복사본이자 남자가 허리에 찔러 넣은 것의 여분일 수도 있다. 벤치의 다른 한쪽 그러니까 남성 공연자의 오른쪽에는 여가수가 서 있다. 이 여가수는 한창 뭔가를 연기하고 있는 모양이다. 이 여가수는 왼손은 엉덩이 위에 올려놓고 오른손으로는 대본을 들고 있는데, 아마 그렇게 들고 있는 게 참고하기 편했을 것이다.

남자와 여자 모두 숙련된 전문가임이 느껴진다. 그들이 인쇄된 텍스트를 사용한 것처럼 보이는데, 가장 주된 이유는 그들이 뉴스-가수(아래를 참고)로서의 역할을 담당했으므로 그들이 부르는 노래와 구연하는 내용을 자주 바꿔야 했기 때문일 것이다. 판화 아래에 프랑스어와 독일어로 각각 이 두 사람을 "시장과 뉴스 가수[69]로 인가받은 존 블로우백(John Blowbag)과 음악적 재능을 가진 그의 아내"라고 적고 있다. 존이 이야기의 대부분을 맡고 그의 아내가 노래의 대부분을 맡았음에 틀림없다. 관중은 여자 한 명과 아이 한 명이다. 비록 뒷모습밖에 보이지 않지만, 여자의 기이한 몸동작과 뭔가를 가리키는 왼쪽 집게손가락 그리고 남자아이가 손을 올려서 편 모습을 통해 그들이 넋을 잃고 푹 빠진 채 놀라고 있음을 알 수 있다. 판화의 맨 아래에는 프랑스어와 독일어로 쓴 짧은 시가 한 수 있다. 아마 이것은 남자가 낭독했을 것이다. 이 시에 대한 나의 거친 번역은 아래와 같다.

들어보시죠. 카투슈와 그의 일당들에게 무슨 일이 일어났는지를,
그들이 어떻게 처형되었는지를, 언제나 그렇듯, 바퀴 위에서 그리고 밧줄로,

69 프랑스어 설명은 '코메디 가수(Chantre des Vaudevilles)'로 되어 있다.

당신이 이 화판(*Taffel, tableau*)[70]을 본체만체하지 않는다면 당신이 알게 될 것을,
그리고 내 노래가 당신에게 어떤 것을 더 얘기해줄 지를.
오! 그러므로 모든 도적들은 이렇게 죽어야 하느니,
그리고 교수형의 집행인은 그것으로 재산을 모을 것이니.[71]

다니엘 초도위키(Daniel Chodowiecki)의 『도덕 개혁*Reformation of Moral*』(1787, 그림 41 참고)과 프리드리히 니콜라이(Friedrich Nicolai)가 편집하고 초도위키가 삽화를 맡은 연감에서 이 남녀 공연자들을 일종의 발라드 가수로 풍자적으로 묘사하고 있는 것은 하등 이상할 것이 없다 하겠다.

Eyn feymer, kleyner Almanach Vol schönerr liblicherr Volckslieder, lustigerr Reyen unndt kleglicher Morrgeschichte, gesungen von Gabriel Wunderlich, weyl. Benkelsengerrn zu Dessaw …….

데사우(Dessau)의 발라드 가수였던 가브리엘 분데르리히(Gabriel Wunderlich [Wonderful])가 부르는 아름답고 멋진 발라드와 즐겁고도 슬픈 살인자 이야기가 넘치는 작고 귀여운 연감…….[72]

브레드니히의 두 번째 도판(그림 32)은 마치 삼면경처럼 경첩으로 연결

70 인도의 '빠따*paṭa*'와 '빠르*par*', 중국의 '鋪', 인도네시아의 '베베르*bèbèr*', 이란의 '파르다*parda*' 등을 참고할 것.

71 브레드니히는 자신의 논문 「밴클장의 초기 역사」, 83쪽에 독일어를 옮겨 적어 놓았다.

72 마리아 그뢰핀 란크코론스카(Maria Gräfin Lanckorońska), 아더 루만(Arthur Rumann), 『독일 포켓본 도서의 역사*Geschichte der deutschen Taschenbücher*』, 203쪽. 번역은 데이비드 쿤즐(David Kunzle), 『초기의 코믹 만화*The Early Comic Strip*』, 456쪽을 볼 것. 번역 과정에서의 약간의 변화가 감지된다. 『도덕 개혁*Reformation of Morals*』에 관한 논의는 쿤즐, 401쪽을 참고할 것.

된 세 폭짜리 조각판을 청중들에게 두루 잘 보이도록 탁자 위에 높이 올려놓고는 입을 크게 벌리고 서있는 공연자를 그리고 있다.[73] 이 세 폭짜리 조각판에 각각 세 개씩 들어 있는 장면, 즉 아홉 개의 장면은 부조로 새겨져 있다. 이 조각판 앞에 여섯 명의 착한 아이들이 넋을 잃고 서있다.

브레드니히의 세 번째 도판(그림 78)은 양쪽으로 열었다 닫았다 할 수 있는 두 폭짜리 조각판이 청중보다 한참 높은 곳에 걸려 있는 게 보인다.[74] 두 번째 도판에서와 마찬가지로 이 도판의 가수도 입을 한껏 벌리고는 청중보다 한참 높은 곳, 아마도 두 쪽짜리 조각판을 올려놓은 그 벤치 위에 올라서있다. 이 가수는 자신의 모자를 벗어서 이 두 쪽짜리 조각판의 한 짝 위에 아무렇게나 걸어놓았다. 왼손으로는 가늘고 긴 지시봉을 잡고서 두 쪽짜리 조각판의 왼쪽 맨 윗칸의 가운데 장면을 가리키고 있다. 이 장면은 바로 십자가에 매달린 그리스도를 묘사하고 있다. 오른손에 들고 있는 종이뭉치는 아마도 팔려는 걸 거다. 이 시장 공연장면 그림에 등장하는 지나가는 행인 여인네들은 아마도 할 일이 있는 모양이고(무거운 물통을 주목할 것), 여인네들의 치마를 잡아끄는 아이들은 호기심이 가득한 남정네들보다는 분명 관심이 적은 모양이다.

이들 벤치 가수들은 자신들이 부르는 노래의 가사집이나 『새 신문 *Neue Zeitung*』이라 불리는 구연하는 이야기를 옮겨 적은 대형 전단지 같은 것을 팔아 생계에 보태곤 했다는 점을 기억할 필요가 있다. 그러므로 벤치 가수들의 공연은 이런 인쇄물을 팔기 위한 일종의 선전수단이었던 셈이다. 벤치 가수들은 지역 장터나 오락장 혹은 다른 장소에서 엉터리 만병통치약 혹은 다른 물품들을 팔기도 했다.[75] 이 점은 구경나온 어린

---

73 이것은 네덜란드인 야콥 골(Jacob Gole, 약 1660-1737)이 메조틴트 기법으로 만든 작품이다; 독일 민가 문헌 프라이부르크(Deutsches Volksliederarchiv Frieburg i. Br.), Inv.-Nr. 362.

74 파리의 코샹(C. N. Cochin)의 스케치를 바탕으로 만든 동판 조각은 1778년에 만들어진 것이다.

75 브레드니히, 「밴클장의 초기 역사」, 84쪽; 라이델(Riedel), 『밴클장*Der Bänkelsang*』,

이들에게 캔디를 팔아서 명맥을 유지하였던 일본의 카미시바이*kamishibai* 나 순례자들에게 그림을 팔던 벵갈의 떠돌이 장사꾼 빠뚜아*paṭuā*를 연상하게 한다. 벤치 가수들의 공연이 꼭두각시 인형과 같은 오락 도구를 활용하여 이루어졌음을 짐작하게 하는 확실한 증거들이 있다(그림 48과 51 참고).[76] 벤치 가수는 개인의 파티에도 초대되어 공연하였을 것이며(그림 49 참고), 대규모 행렬에 참여하기도 하였을 것이다(그림 71 참고).

필자는 『새 신문』을 파는 행상이 새겨진 1588년 판 동판화의 카피 하나를 아주 우연히 발견하였다(그림 29 참고).[77] '새 신문과 같이 있는 크라머*Der Kramer mit der Neue Zeitung*'이란 제목이 붙어 있는 이 작품은 조스트 암만(Jost Amman)의 밑그림에 기초하여 제작되었으며, 카피를 찍은 사람은 야콥 켐프너(Jacob Kempner)이다. 이 행상의 모자에 꽂은 작은 카드에는 "프랑스의 새 소식, 기즈 공작의 끔찍한 암살 사건"이라고 독일어로 적혀있다. 이 사건은 같은 해인 1588년에 블루아(Blois)에서 실제로 일어난 사건이다. 행상의 오른손에는 오를레앙(Orléans)의 지도가 들려있다. 행상의 왼손에는 역시 1588년에 발생한 아마다(Armada) 전투를 묘사한 그림이 접혀져 들려있다. 행상이 직접 지어 흥얼거리는 것으로 보이는 구절은, 이 책에 수록한 그림에는 드러나지는 않지만, 그가 영국과 프랑스에서 새 소식을 가져왔으며 자기는 "여러분을 속이고 돈이나 얻어먹으려고 하는"(여기서 여러분은 바로 이 행상이 청중들을 두고 하는 말임) 자들과는 "차원이 다르다"는 내용이다.

『새 신문』 행상을 묘사한 그림 그리고 이와 동일한 성격의 프랑스 행상

14쪽.

76 린데르 페트졸트(Leander Petzoldt), 『밴클장*Bänkelsang*』, 30쪽. 발터 뢰홀러(Walter Röhler)는 『소극장에 대한 무한 사랑*Grosse liebe zu kleinen Theatern*』에서 연극, 인형극 그리고 연극 관련 내용을 적어 독일의 도시 거리에서 팔았던 인쇄물들 사이에 긴밀한 연관관계가 있음을 보여주었다.

77 원본 판화는 프린트 룸(Cabinet des Estampes)에 보관되어 있다. 장 미스틀리(Jean Mistler), 프랑스와 블로디(Francois Blaudez), 앙드레 쟈크망(André Jacquemin), 『에피날과 일상 이미지*Épinal et l'imagerie populaire*』, 45쪽에 리프린트되어 있다.

인을 묘사한 그림이 더 존재한다(그림 31과 76참고). 우리가 이런 행상들이 16,7세기 독일 그리고 유럽의 다른 지역에서 상당히 유행하였다고 추정하여도 그리 무리는 없을 것 같다. 그러나 모든 청중들이 자신들이 듣는 이야기의 인쇄본을 구입하고 싶어 할 정도로 그렇게 문자 해독률이 높았다고 추정하기는 힘들다. 1619년에 있었던 그림 이야기 구연에 대한 삽화는 『새 신문』을 파는 행상과 소작인이 만난 상황을 보여준다(그림 30b 참고). 이 삽화에 딸린 설명에서는 이 소작인은 도대체 글자를 알아먹을 수가 없으므로 행상의 대형전단지를 사고 싶지 않아 한다고 밝히고 있다.[78]

안네 펠롭스키(Anne Pellowski)는 벤치 가수라는 직업을 정확하게 파악하는 데 도움이 될 만한 많은 귀중한 자료들을 모아주었다.[79] 우리가 알고 있는 바와 같이, 벤치 가수는 16세기 후반부터 20세기 초엽까지 유럽의 독일어권에서 활동하였다. 유럽의 다른 언어권에도 이와 유사한 공연자들이 있었지만 이들에 대한 연구는 거의 이루어지지 않았다. 이러한 거리의 가수들이 사회의 최하층 계급으로 무시당하여 왔음을 기억하여야 한다.[80] 스위스의 바젤에서는 고상한 취향을 지닌 사람들이 모리타텐 *Moritbaten*이 혐오스럽다고 경찰에 고발하여 공연을 중지하게 하는 경우가 왕왕 있었다.[81] 그럼에도 불구하고 대중들은 이런 공연에 열광하였다.

---

78 스카이블(J. Scheible) 편, 『16세기와 17세기의 떠돌이 종이 뭉치 *Der fliegenden Blätter des XVI. und XVII. Jahrhunderts*』, 222쪽.

79 펠롭스키(Pellowski), 『스토리텔링의 세계 *The World of Storytelling*』, 59-62・137-149・195・201・238쪽의 각주 66-70・239쪽의 각주 24-26. 펠롭스키의 견해를 차용하면서 필자는 다른 정보도 취하여 그녀의 견해를 보충하였다.

80 벤치 가수의 사회적 지위에 대해서는 페트졸트, 『밴클장』, 4쪽 이하를 볼 것. 군나르 뮐러-발덱(Gunnar Müller-Waldeck)은 『쓰라린 고통의 기억 아래에서 *Unter Reu' und bitterm Schmerz*』, 269쪽에서 벤치 가수는 동시에 마술사이기도 하고, 돌팔이 의사이기도 하였다고 한다. 19세기 초엽에 나온 독일어 사전에서는 이 단어에 해당하는 영어 단어로 '거리-가수(street-singer)', '거친-음유시인(negro-minstrel)', 및 '비천한 삼류시인(wretched rhymester)'를 들고 있다(『무렛-샌더스 : 백과사전 타입의 독일어-영어사전 *Muret-Sanders : Enzyklopädisches deutsch-englisches Wörterbuch*』). 그러나 이것이 지식인 작가가 그들로부터 영향을 받지 않았다는 것을 의미하는 것은 아니다. 라이델, 『밴클장』, 20쪽 이하를 볼 것.

청중들은 대개 쁘띠 부르주아, 일꾼, 가내 잡부 같은 사람들이었다.[82] 벤치 가수들은 자신들의 공연에 관심을 보이는 자들을 찾아서 이곳저곳을 떠돌아다녔다. 벤치 가수들은 장이 서는 곳에다 공연용 스탠드를 세우고 그 스탠드에다 공연에 사용하는 대형 그림을 떡하니 걸었다.[83] 그런 다음 그 스탠드 앞에다 벤치를 갖다 놓고는 그 벤치 위에 올라서서 청중들을 내려 보면서 공연하였다. 펠롭스키의 도판 12와 13은(역주 : 여기에서 언급하고 있는 도판은 이 책에 수록되어 있는 도판이 아니라 『스토리텔링의 세계』에 수록되어 있는 도판을 말함) 공연하고 있는 벤치 가수를 너무도 생동감 넘치게 묘사하고 있다. 1740년에 제작된 것으로 보이는 도판 12는 시골 마을을 배경으로 하고 있다. 19세기 중반 무렵에 제작된 것으로 추정되는 도판 13은 성읍이나 도시의 북적대는 시장을 배경으로 하고 있다. 벤치 가수는 한손으로는 오르간을 잡고 다른 한손으로는 지시봉을 들고 있다.

벤치 가수는 그림을 걸어놓고 그 그림 가운데 일부를 가리키면서 그 가리키는 부분에 해당되는 내용을 노래와 재담으로 들려주는 형식으로 공연을 진행하였다. 벤치 가수가 구연하는 내용은 대체로 충격적인 것들이었는데, 예를 들자면 대화재, 강도, 살인과 같은 것들이었다. 벤치 가수는 공연하면서 청중들에게 돈을 좀 내라고 요청하기도 하였고 더불어 자신이 공연하는 내용을 인쇄한 것을 팔아서 생계에 보태기도 하였다. 이 인쇄물은 플리겐덴 블래터*Fliegenden Blätter*(플루그블래터*Flugblätter*로 부르기도 함. 모두 '떠돌이 종이 뭉치'라는 의미) 그리고 플룩스크리프텐*Flugschriften*(역주 : '떠돌이 종이, 떠돌이 뉴스' 영어로는 팸플릿이라고 표기함)으로 불렸다. 플리겐덴 블

81 아더 로사(Arthur Rossat), 『서부 스위스의 유행가요*La chanson populaire dans la Suisse romande*』, 36쪽 각주 1.

82 한스 아돌프 노인지히(Hans Adolf Neunzig)는 그의 『도해본 모리타트 독본*Das illustrirte Moritaten-Lesebuch*』, 273쪽에서 벤치 가수가 인기를 끈 주요한 이유는 바로 관중들이 글자를 읽고 쓸 줄 몰랐기 때문이라고 하였다. 그림 구연자의 구연을 듣는 것은 글자를 모르는 사람들이 싼 값으로 문학을 향유할 수 있는 방법이었다.

83 스킬더(Schilder)라 불렀다. 지금은 남아 있는 게 거의 없다.

래터는 그림 하나에 간단한 설명이 들어가는 단면 인쇄의 형태로 제작되었다.[84] 다른 행상인들도 플리겐덴 블래터를 팔기도 하였지만 그들 역시 이걸 벤치 가수에게서 구입하는 것이었다. 플룩스크리프텐은 그 분량이 상당히 많아 어떤 것은 50쪽에 달하기도 하였으며, 글자에 비하여 그림은 상대적으로 적었다. 인쇄 상태는 상당히 조악하였으며 사용되는 종이의 재질도 매우 거칠었다. 스키비부스(Schwiebus)에서 활동하였던 에른스트 라이히(Ernst Reiche)는 19세기 후반기에 밴클장 텍스트를 엄청나게 찍어낸 것으로 유명한 인쇄업자이다. 에른스트 라이히는 자기 집에 초등학교 교사인 제른드트(Zerndt)를 필자로 고용하고서는 밴클장을 전문적으로 지어내게 하였다. 아울러 벤치 가수는 삼류시인이자 어릿광대이며, 그들의 스승들이 벤치 가수를 위하여 노래를 짓는다고 알려져 있다. 담(Damm) 가문의 경우처럼 벤치 가수들은 자신들이 직접 텍스트를 제작하기도 하였는데, 특히 그림을 설명하는 산문부분을 직접 제작하곤 하였다.[85]

장터나 시장의 터줏대감이었던 벤치 가수는 "자, 자 이걸 보시라! 여기 와서 들어보시라!"라는 말로 청중들을 불러 모으느라고 공연을 자주 멈추곤 하였다. 한스 스타인호프(Hans Steinhoff)가 감독한 1933년 영화 『*Hitlerjunge Quex*』에는 살인이야기를 공연하는 반나치주의자가 등장하는 시골의 축제 장면이 들어있다. 이 대목은 분명 영화 『서푼짜리 오페라*Dreigroschenoper*』를 모델로 하여 만들어졌을 것이다.[86]

---

84 유럽의 그림 구연자들 가운데에는 이야기 삽화를 파는 자들이 있었다. "Kauffen Sie mir doch von meinen Bildern ab(내 그림들을 사지 않으시려오?)"라고 새겨진 구절은 그들이 이런 것을 팔았다고 하는 증거이다. 이 에칭으로 새겨진 구절은 본래 『베를린의 소리 : 베를린의 유명한 열두 소리꾼들*Les cris de Berlin : Zwölf merkwürdige Ausrufer von Berlin mit ihrem Geschrey*』(Berlin : Johann Morino, Königl. Acad. Kunsthänd., 1890년경)에 포함되어 있었다. 그림 구연자는 거리에 서서 두 어린아이와 한 여인네에게 둘러싸여 있는 가난한 사람에게 자신의 물건들을 팔았다. 카렌 비올(Karen P. Beall), 『호객 소리와 행상*Kaufrufe und Strassenhändler*』, 55쪽에 재 영인되어 있음. 유럽과 아메리카의 그림 판매자의 다양한 사례는 앞의 책 96-97 · 99 · 168 · 170 · 351 · 405 · 447 · 459쪽 및 다른 여러 쪽을 참고할 것.

85 라이델, 『밴클장』, 12쪽.

베르톨트 브레히트(Bertolt Brecht)의 『서푼짜리 오페라』는 기본적으로 벤치 가수의 공연을 극화한 것이라 할 수 있다. 브레히트가 존 게이(John Gay, 1685-1732)의 『거지의 오페라*Beggar's Opera*』의 구성을 빌려온 것이 사실이긴 하지만 그것을 연극으로 만들어 보여주는 방식은 전적으로 브레히트 자신의 창작이었다. 브레히트는 거리 가수가 일련의 발라드를 부르면서 전체 연극을 이끌어가도록 의도하였다. 이것은 어떤 의미로 'Moritat von Mackie Messer(칼잡이 마크의 노래)'의 패러디이자 세련되게 변형시킨 버전이라고 할 수 있을 것이다.[87] 막이 오르면 출연자들은 배경을 그림으로 그려놓은 막 뒤에서 걸어 나와 노래를 부르고 자기들이 누구인지를 스스로 설명한다. 연극의 주요 대목(변 공연의 時나 處와 비교해 볼 것)에서는 간판이나 표지가 위에서부터 내려오거나 조명을 비춰서 연극의 특정 부분을 구분하고 강조하게 된다(變相圖의 제목이나 설명글을 참고하고 비교하여 볼 것). 예를 들어 1막의 시작 부분에서 피첨(Peachum) 씨네 거지 가게가 나올 때에는 간판에 "받는 것보다는 주는 것이 더욱 축복받을 일이로다"라는 글자가 나온다.[88] 마지막 장에는 이런 글귀가 올라온다. "제3, 피날레 : 입산한 전령이 도착하다."[89] 그러므로 이것은 결국 브레히트가 변상의 그림이나 벤치 가수의 그림을 연극 무대 위에서 창조적으로 해석하여 활용한 것이라고 볼 수 있을 것이다.

이보다 훨씬 더 일찍 유럽 문학의 주요 흐름과 그림 구연 사이의 긴밀한 결합이 존재했었다. 예를 들어 중국 변문에 나오는 "한번 보시라*且看*"라든가, 인도 빠르에 나오는 "우리 어디 한번 봅시다 데까*Dekā*" 같은

86 데이비드 스튜어트 훌(David Stewart Hull), 『제3제국 시대의 영화*Film in the Third Reich*』, 34쪽.

87 칼 리하(Karl Riha), 『모리타트, 노래, 밴클장*Moritat, song, Bänkelsang*』, 115쪽 이하. 새미 맥키언(Sammy McKean)이 『밴클장과 베르톨트 브레히트의 작품*The Bänkelsang and the Work of Bertolt Brecht*』이란 제목으로 발표한 좀 더 체계적이고 종합적인 논문이 있다.

88 베르톨트 브레히트(Bertolt Brecht), 『서푼짜리 오페라*The Threepenny Opera*』, 114쪽.

89 위의 책, 192쪽.

것에 해당되는 아주 정교하게 개발된 공식구인 "*As / ais vos / vus* 혹은 *As les vus*"(지금 당장 보시라! 보시라!)가 중세 프랑스의 『롤랑의 노래*Song of Roland*』에 등장하고 있다.[90] 제라르 브라울트(Gerard J. Brault)는 이 같은 서사 기법이 스토리를 끌어가는 현장에서 임기응변식으로 편리하게 이용될 수 있는 도구 역할도 하며 동시에 누군가 걸어오거나 뭔가를 타고 나타나는 것을 상상하도록 청중들의 주의를 집중시키는 역할을 하기도 한다고 설명하였다.[91] 아마도 브라울트가 추측한 것 이상으로 많은 공식구가 존재하였을 것이다. 武勳詩(Chanson de geste)의 기원에 대한 연구는 한 세기가 넘게 이어져 왔지만 아직도 속 시원하게 결판이 나지 않은 것 같다. 공연자가 "지금 당장 보시라", "보시라" 같은 공식구를 상당히 자주 사용하는 걸로 보아서는 이 공연자의 공연이 그림과 깊은 관련을 맺고 있을 것 같다. 『롤랑의 노래』에 나오는 사건은 778년 8월 15일 발생하였고, 옥스퍼드 필사본은 1095년에서 1100년 사이의 어느 시점에 만들어졌다. 이 시기는 바로 전세계적으로 그림-이야기 구연이 퍼져나갔던 시기와 일치한다. 무훈시의 서사가 지니고 있는 극적인 요소 그리고 공연을 담당하였던 자들이 읽고 쓸 줄 몰랐다는 점도 역시 이 무훈시와 그림-이야기 구연의 유사성을 떠올리게 만든다.[92]

90 263 · 413 · 889 · 1187 · 1889 · 1989 · 2009 그리고 3403행에 등장한다. 필자는 제라르 브라울트(Gerard J. Brault), 『롤랑의 노래 : 독해본*The Song of Roland : An Analytical Edition*』을 사용하였다. 브라울트는 이 공식구들을 글자 그대로 번역하지는 않았다. 이 공식구에 관심을 갖도록 이끌어준 바바라 루흐(Barbara Ruch)에게 감사한다.

91 위의 책, 113쪽.

92 브라울트, 『롤랑의 노래』 권1, 112-113쪽; 조셉 더간(Joseph J. Duggan), 『롤랑의 노래 : 공식구의 형식과 시적 기교*The Song of Roland : Formulaic Style and Poetic Craft*』, 39쪽. 더간은 알버트 로드(Albert B. Lord), 『이야기 가수*The Singer of Tales*』, Harvard Studies in Comparative Literature, 24(Cambridge : Harvard University Press, 1960), 20쪽을 인용하여 서사시 구연자와 구비시인은 거의가 다 문맹이었다고 밝히고 있다. 브라울트는 또 앞의 책 제1권 383쪽의 각주와 602쪽에서 중세 유럽의 기예와 연극에서 오른쪽은 선을, 왼쪽은 악을 나타낸다고 주장한다(이 책의 제3장, 210쪽 중간부분 설명과 각주 121번을 참고할 것).

성가곡 가수*Le chantuer de cantique,* 시장 가수*le chanteur en foire,* 군소리 전달자*marchand de crimes / complaintes,* 신문 읽어주는 자*crieur de journeaux* 등등이 바로 프랑스의 그림 구연자를 가리키는 말이다. 에피날의 이미지*Image d'Épinal*(17세기 중엽 이후)와 다른 통속화들이 이야기 구연에 사용되었던 것으로 보인다.[93] 소위 군소리 전달자들은 자신들이 공연하는 내용을 담은 그림을 판매하기도 하였다.[94] 파리의 그림-이야기 구연자들은 1900년대에도 여전히 활동하고 있었다.[95]

스페인에서는 적어도 17세기부터 행상들이 아우께스*auques* 또는 [삐에고 데*pliego de*] 알레루야스*aleluyas*라고 불리는 접은 그림을 팔았다. 아울러 방랑시인들이 그림에 묘사된 장면들을 말로 설명하는 전통이 있었다.[96] 필자가 이 책에서 줄곧 강조하여왔던 구비문학이나 공연예술 분야에서는 장르들 사이의 구분이 명확하지 않다는 사실이 이 스페인 방랑시인의 역사에서도 여실히 입증된다. 스페인의 꼭두각시에 대한 문헌상의 최초 언급은 히란트 데 깔란소(Girant de Calansó)의 시에서 찾아볼 수 있는데, 1211년까지 거슬러 올라간다. 데 깔란소(de Calansó)에 따르면 *juglar*(방랑시인)는 꼭두각시 인형(*bavastel*)을 다룰 줄 알아야 하며, 마술(*e fey los*

---

93 미스틀리, 블로디, 자크망, 『에피날과 일상 이미지』를 참고할 것. 모젤(Moselle) 북부에 위치하고 있는 보쥬(Vosges)라는 도시에 있는 박물관에 이러한 인쇄물들, 그것도 매우 빼어난 인쇄물들이 소장되어 있다.

94 E. F.의 석판화 「소리를 지르며 신문을 파는 행상들(Le marchand de crimes ou crieurs de journeaux)」(1845)과 작가 미상의 '군소리 전달자(Le marchand de complaintes)'(1850년경)의 석판화를 참고할 것. 이 두 석판화의 인쇄본은 울라이크 아이쉴러, 『독일의 그림 이야기 구연 밴클장과 모리타트』, 84쪽에 실려있다.

95 헤르만(G. Herrmann)이 관찰한 것으로 괴너(Göner), 「밴클장(Der Bänkelsang)」, 157쪽에 그 관찰한 리포트가 실려 있다. 17세기말 18세기 초 프랑스의 그림 구연자에 대한 모습은 그림 74를 볼 것.

96 후안 수비아스 갈떼르(Juan Subias Galter), 『스페인의 대중예술*El Arte Popular en España*』, 143쪽; 비올란트 시모라(R. Violant Simorra), 『스페인의 대중예술*El Arte Popular Español*』, 131쪽 이하; 바레이(J. E. Varey), 「꼭두각시 인형 연극 그리고 다양한 대중예술(Titeres, Marionetas y otras Diversiones Populaires de 1758 a 1859)」, 도판 5(1830 작품)를 각각 참고할 것.

castells assalhir)을 부릴 줄 알아야 했다.[97] 스페인의 깐또로 데 페리아*cantor de feria*(시장 가수)는 위에서 설명한 벤치 가수*Bänkelsänger*와 매우 흡사하다.

그림 구연에 해당하는 또 다른 스페인어인 '레따블로 데 라스 마라비야스*retablo de las maravillas*'(경이의 그림)가 중국어 *變相*을 번역한 것 아닐까 하는 생각이 들만큼 똑 닮은 뜻이라는 점은 매우 특기할 만하다. 세르반테스(Cervantes, 1547-1616)조차도 『경이의 그림*retablo de las maravillas*』이라는 이름의 짧은 연극 하나를 지은 적이 있는데, 그 연극은 그림-이야기 구연 부분을 중심으로 구성되어 있었다.[98] 그 연극은 때론 환상이 실재보다 훨씬 더 사실적일 수 있다는 메시지를 담고 있었다. 경이의 그림은 그런 메시지를 전달하는 데 더할 나위 없이 좋은 수단이었고, 이런 종류의 공연에서는 세르반테스가 요술이나 속임수에 대하여 언급하는 것을 거리낄 필요가 없었다. 세르반테스의 막간극 편집자들 가운데 두 명은 주석에서 경이의 그림과 꼭두각시 인형극이 상당히 긴밀한 관계가 있었음을 언급하고 있다.[99] 이 두 명 가운데 하나는 경이의 그림이 이탈리아

---

97 쉐르골드(N. D. Shergold), 『중세부터 17세기말까지 스페인 무대 예술사*A History of the Spanish Stage from Medieval Times until the End of the Seventeenth Century*』, 176쪽 각주 2; 바레이, 『스페인 꼭두각시 인형극의 역사*Historia de los titers en España*』, 9쪽. Fey los castells("make castles")의 의미는 명확하지 않다. 그러나 뭔가 환상적인 장면을 가리키는 것은 분명하다. 유명한 스페인어 표현 "castillos en el aire"을 참고할 것. 바레이의 중요한 논문 「스페인의 비주류 연극 형식, 특히 꼭두각시와 관련하여(Minor Dramatic Forms in Spain with Special Reference to Puppets)」는 이 책의 많은 주장에 논거를 제공해주고 있다. 바레이는 그 논문의 9쪽에서 'juglare'는 10세기에서 12세기에 걸쳐 두드러지게 활동하였던 다양한 종류의 떠돌이 공연자들로 이탈리아에서 왔다고 밝히고 있다.(81쪽 이하 참고) 그들이 공연하였던 장르 가운데 retaòlo(특히 주목할 필요 있음)가 있는데, 각 장면을 담은 그림을 상자에 넣고 다녔으며 가끔은 자동장치가 되어 있기도 하였다. 스페인의 꼭두각시 공연은 마술, 춤 그리고 기예와 깊은 관계를 보여준다.(87쪽 이하 참고) 이런 모든 것들은 인도의 샤우비까, 인도네시아의 와양 그리고 중국의 변을 떠올리게 한다.

98 그리스올드 몰리(S. Griswold Morley) 역, 『세르반테스의 막간극*The Interludes of Cervantes*』, 141-163쪽.

99 미구엘 가르시아(Miguel H. Garcia), 『세르반테스 : 막간극*Cervantes : Entremeses*』,

에서 넘어왔다고 설명하고 있다.[100] 이는 공연문화의 전파 과정에서 예상할 수 있는 경로와 일치한다.

스페인의 그림 구연이 4세기 넘게 활발하게 이루어져왔음을 보여주기 위해서는 프레데리코 가르시아 로르까(Frederico Garcia Lorca, 1899-1936)의 「구두장이의 헤픈 아내(La Zapatera Prodigosa)」(1930)라는 연극 한 편을 보여주기만 해도 충분할 것이다.[101] 세르반테스처럼 로르까 역시 극중에서 그림 이야기 구연 방식을 동원하여 자신의 관중들에게 환상과 실재 사이에는 긴밀한 연관성이 있는 것이라는 점과 환상 속에 존재하는 기본적인 실체성을 효율적으로 전달하였다. 이는 전세계 그림 이야기 구연자의 보편적인 현상이라고 하겠다. 로르까가 극중의 그림 이야기 구연을 매우 상세하게 묘사하고 있으므로 우리가 여기서 그 특징을 언급할 만한 가치는 충분할 것이다.

로르까의 극중에 등장하여 그림 이야기 구연 장면을 보는 인물들은 그 공연을 띠떼레*titere*라 부르고 있으며, 그 공연자를 "세뇨르 띠뚜이떼로*seňor tituitero*"라 부르고 있다. 이들은 각각 영어로 '꼭두각시 인형(puppet)', '꼭두각시 인형조종자(Mr. Puppeteer)'로 번역되곤 하는데, 딱 들어맞는 번역이라고 보긴 힘든 경우가 왕왕 있다. 로르까의 연극에 등장하는 공연자는 인형조종자라기보다는 그림 구연자이다. 그 공연자는 트럼펫과 두루마리 그림(*rollo, telón* 혹은 *catelón*)을 가지고 다니는데 두루마리 그림을 둘둘 말아서 등 뒤에 매었다. 공연자는 주로 거리에서 공연을 열었지만 개인 집으로 공연 초대를 받기도 하였다. 공연을 시작하기 전에

157쪽 각주 2; 에우제니오 아센시오(Eugenio Asensio) 역, 『막간극*Entremeses*』, 169쪽 각주 1.

100 아센시오, 『막간극』.

101 그림-이야기 구연 장면은 프레데리코 가르시아 로르까 원작, 아르투로 델 호요(Arturo del Hoyo) 편집, 주석, 『전집*Obras Completas*』, 861-870쪽; 제임스 그라함-루잔, 리차드 오코넬(James Graham-Lujan, Richard O'Connell) 역, 『五劇*Five Plays*』, 88-95쪽을 참고할 것. 나는 세르반테스와 로르카를 참고하도록 안내해준 알렉스 하다리(Alex Hadary)에게 감사한다.

먼저 구연하고자 하는 대목이 그려진 두루마리 그림을 펴서 걸었다. 그 그림은 여러 개의 작은 사각형으로 구분되어 있었고, 적황색 그리고 자극적인 색으로 칠해져 있었다.[102] 관중들은 이야기 전개에 쏙 빠져들어 갔으며, 그 이야기를 전개시키는 데 동원되는 다양한 장치에 매혹되어 무서워하거나 떨기도 하였다. 다른 그림 이야기 구연자들과 마찬가지로 세뇨르 띠뚜리뻬로 역시 떠돌이 마술사 혹은 광대였다. 로르까는 "그대가 마을을 떠돌아다니며 부르고 구연하는 발라드와 노래*todos esos romances y chupaletrinas que canta y cuenta por ios pueblos*"라고 적고 있다.[103] 구연자가 부르는 시가는 또 '알렐루야스*aleluyas*'(2행으로 이루어진 짧은 시의 연작 형태(couplet))라고도 불리는데[104], 이 명칭은 필자가 위에서 언급한 17세기 행상들이 접은 종이 그림을 팔던 것과의 관련성을 암시해주고 있다. 공연자는 그림에서 자신이 구연하고 있는 대목과 일치하는 부분을 짚어주기 위하여 막대를 사용하기도 하였다. 스페인의 공연자 역시 다른 곳의 공연자들과 마찬가지로 그림 이야기 공연자들이 사용하는 것과 같은 공식구를 사용하였다.

> "저 짐승 같은 여인을 보라……
> (Miren ustedes la fiera……)."

> "그녀가 어떻게 유혹당했는지 이제 한 번 보시라……
> (Ved cómo la cortejaban……)."

> "그녀가 어떻게 남자를 유혹하는지 주목하시라……
> (Miradla hablando con uno……)."

102 로르까, 『전집』, 865쪽; 그라함-루잔, 오코넬, 『五劇』, 91쪽.
103 로르까, 『전집』, 863쪽; 그라함-루잔, 오코넬, 『五劇』, 90쪽.
104 로르까, 『전집』, 864쪽; 그라함-루잔, 오코넬, 『五劇』, 91쪽.

이야기 구연자는 전체 이야기를 구연하면서 3인칭 서술과 극적 대화를 번갈아가며 사용한다. 다른 지역의 그림 이야기 구연과 마찬가지로 여기에서도 구연자와 청중 사이의 교감과 반응은 수시로 이루어진다.

러시아의 그림 이야기 구연은 18세기 후반부터 알려져 왔으며, 신화, 성자전기(종종 외경에서 모티프를 따오기도 함), 영웅 서사시 등등 매우 다양한 주제를 다루어왔다. 러시아의 그림 공연자는 종종 빌느니이*b'ilnn'ii*라고 하는 러시아 통속 서사시의 내용을 가지고 공연하였다. 독일의 벤치 가수와 마찬가지로 러시아의 떠돌이 이야기 구연자는 값싼 그림들(루보크니이 카르틴키*lubochnye kartinki*로 불렸다)을 팔기도 하였다.[105]

구 몰다비아(Moldavia)에서는 모든 교회들이 화려한 프레스코로 안과 밖이 모두 뒤덮여있었다. 보로레쯔(Voronet)에 있는 15세기 수도원 교회의 프레스코는 루마니아 민담과 성경 이야기를 묘사한 그림들이다.[106] 이 그림들은 그림 이야기 구연을 들으러 오는 자들 가운데 문맹들에게 그림 이야기의 내용을 이용하는 데 도움을 주고자 하는 의도로 제작된 것이다.

필자는 또 우연히 네덜란드와 영국의 그림-이야기 구연에 대한 리포트를 발견하였지만(그림 80-83 참고) 만족스러울 정도로 충분하게 자료 조사를 할 수는 없었다.[107] 아무튼 적어도 16세기부터 전유럽 대륙에 걸쳐

105 피에르-루이스 두챠르트레(Pierre-Louis Duchartre), 『러시아 민속 관련 그림 자료집 1629-1885*L'Imagerie populaire russe et livrets gravés 1629-1885*』, 23쪽 이하, 러셀 즈구타(Russell Zguta), 『러시아 음유시인*Russian Minstrels*』.

106 메를 서버리(Merle Severy), 「비잔틴 제국(The Byzantine Empire)」, 730-731쪽.

107 네덜란드와 영국의 그림 구연의 증거는 윌리암 호가스(William Hogarth, 1697-1764)가 그린 사우스워크(Southwark) 시장 그림; 로버트 토마스 스토타드(Robert Thomas Stothard, 1775-1834)의 그림 '노래를 파는 사람(The Ballad Seller)'(1795); 프란시스 휘틀리(Francis Wheatley, 1747-1801)의 그림 '일원 오십 전짜리 신 애정가(A New Love Song Only Ha'penny a Piece)'(1796); 잔 판 무어스(Jan van Meurs, 1760-1824 무렵)의 그림 '그림 공연자De Schilderij Vertooner'(1791, Deutsches Volksliederarchiv, Freiburg / Brs에 수록) 등을 볼 것. 아이쉴러, 『독일의 그림 이야기 구연 밴클장과 모리타트』, 94쪽에 인용되어 있다. 18세기 말 프랑스 예술가 필리페 쟈크 드 루

그림 이야기 구연이 널리퍼져 있었다는 점만은 분명한 것 같다. 스웨덴에서는 그림 구연자를 *marknadsängere*라 불렀고, 스위스에서는 *Ständlisänger*, *Stüelisänger* 혹은 *Schildersänger*라 불렀고, 불어권에서는 *le chanteur*라 불렀으며, 체코에서는 *krámarský zpevák*로, 플랑드르에서는 *liedjeszanger*로 불렀다. 애석하게도 이들 그림 이야기 구연자들은 대부분 사회적 하층민에 속하였기 때문에 이들에 대한 기록이 역사책에 거의 나타나지 않는다. 이런 이유로 말미암아 이들에 대한 신뢰할 만한 정보를 얻기는 매우 어려운 실정이다.

필자가 조사한 바에 따르면 상당히 많은 지역의 그림 이야기 구연이 종교적 색채를 띠고 있기는 하지만 전적으로 그 종교적 색채만을 강조하지는 않는다. 그림 이야기 구연의 또 다른 특징 하나는 이 방면의 종사자들이 대개 낮은 계층의 떠돌이였으며 공연만으로는 생계를 유지하기 어려워 다른 일을 병행하였다는 점이다. 공연자들은 대개 문맹이었지만 장편의 이야기를 공연하는 데에 전혀 어려움을 느끼지 않았다. 우리가 쭉 살펴온 바와 같이 그들의 사회적 지위는 매우 낮았지만 지위가 높고 돈이 많은 자들이 그들의 공연을 즐겼으며, 이로 말미암아 일부 공연자들은 비록 부자는 아니더라도 어느 정도 사회적 지위와 명성을 얻을 수 있었다.

그림 구연의 기원과 확산 과정을 추적하는 우리의 시도는 이제 여기에 이르러 마침표를 찍어야할 것 같다. 필자는 미국의 그림 구연에 대해서는 언급하지 않았는데, 미국의 그림 구연은 어차피 신세계의 신현상이기 때문이다. 필자는 그림을 이용하여 이야기를 구연하는 전통적인 방식을 밝혀내는 데 역량을 집중하고자 하였다. 우리는 주일 학교의 플란넬 보드 강좌나 낡고 작은 상자의 나무못에 걸어놓은 그림 두루마리

테르부르그(Philippe Jacques de Loutherbourg, 1740-1812, 1771년 이후는 영국에서 거주)의 판화에서는 약, 원숭이, 인쇄물, 그림을 그려놓은 현수막 등을 지니고 있는 약장수를 그리고 있다. 산드로 피안타니다(Sandro Piantanida), 「치아를라타니(Ciarlatani)」, 249쪽 참고.

를 활용하는 초등학교 프로젝트에 아주 친숙하다. 게티즈버그(펜실베이니아)를 방문했던 사람들은 폴 필리포토(Paul Philippoteaux)가 그린 남북전쟁 후의 스펙터클한 원형 파노라마 그림을 기억할 것이다. 더욱 흥미로운 것은 그 움직이는 파노라마가 높이가 6에서 10피트에다가 길이가 수백 피트에 달한다는 점이다. 거대한 와양 베베르, 에토키 혹은 변 두루마리처럼 이 원형 파노라마 그림들은 두 개의 방추에 매달려 있었고 크랭크를 이용하여 한 그림에서 다른 그림으로 바꾸었다. 극장 무대의 앞부분에 전시되어 있는 이 움직이는 그림들에는 음악과 설명이 곁들여졌다. 다른 그림 이야기 구연의 공연자들처럼 우리가 이 연구를 진행하는 동안 만난 이 파노라마 그림의 소유자 역시 떠돌이 공연자였다.[108] 그렇다면 미국 역시 전세계에 걸친 그림 이야기 구연의 발전 과정을 그대로 따르고 있는 셈이다.

이 장 그리고 이 책을 마무리하기에 앞서 필자는 독자들에게 이 책의 날개 표지에 제시한 지도를 참고하기를 권한다. 인도에서 뻗어져 나오는 수많은 화살표들은 마치 전파론에만 사로잡힌 자의 주장만을 반영한 것처럼 보이기도 한다. 그러나 분명 우리는 남아시아 그림 이야기 구연과 다른 지역의 그림 이야기 구연 사이의 연관성을 보여주는 재론의 여지가 없는 증거들을 수없이 보아왔다. 물론 이 문제 말고도 많은 의문부호가 필자가 제시한 지도위에 그려질 수 있을 것이다. 이렇게 긴 시간동안, 이렇게 다양한 곳에서 넘치는 생명력을 자랑해왔던 민간 문학 장르를 지도 위에 몇 개의 줄 화살표로 간단하게 단순화할 수 있을까? 게다가 이 지도위에 제시된 것은 이 장르가 이런 식으로 세상에 퍼져나갔을 것이라는 가능성만을 제시한 것에 불과하지 않은가.

필자가 이 책에 자료를 모아놓은 이유는 전세계의 그림 이야기 구연이 인도라는 단일 기원을 갖는다는 것을 주장하기 위함은 아니었다. 필

108 클레웰린 헤지베쓰(Llewellyn Hedgbeth), 「현존 미국 파노라마들(Extant American Panoramas)」.

자의 유일한 그리고 본래의 목적은 바로 수수께끼와도 같은 돈황의 그림 두루마리, 사리불과 육사외도의 겨룸을 묘사하고 있는 P4524의 기능과 의미를 명확히 하는 것이었다. 당초 예상했던 것을 훨씬 초과하는 나날들과 여정을 바치고선 필자는 놀라운 사실 하나, 즉 인도가 분명 그림 이야기 구연의 마르지 않는 원천이라는 것을 발견하였다. 따라서 인도 기원이라는 부제는 앞으로 더욱 증명되어야 할 가설로 받아들여질 필요가 있다. 10년이 넘는 시간을 바쳐 필자가 연구를 진행한 결과 얻은 가장 강렬한 인상 하나를 들자면 그림 이야기 구연이 전세계에 걸쳐 너무도 넓게 너무도 다양하게 퍼져 있다는 그 사실 자체이며, 그것이 바로 결론이라고 할 수 있다.

1장에서 필자는 고대 인도에 그림-이야기 구연이 존재했음을 보여주는 많은 문헌 증거들을 제시하였다. 근자에 중국 문학사 관련 시각 자료 권위자인 일본학자 나가노 미요꼬(中野美代子)가 기원전 2세기 인도에서 그림-이야기 구연이 행해졌음을 보여주는 증거가 될 만한 예술품을 발견하였다. 그 증거란 바로 바르후뜨(Bhārhut)의 유명한 사리탑에서 발견한 원형 석조부조이다. 그 부조에는 두 명의 공연자가 그림 두루마리를 펼쳐놓고서 뭔가를 보여주는 모습이 묘사되어있다. 그 그림 두루마리에는 여섯 줄의 비스듬한 선이 보인다. 발판 의자의 오른쪽에 앉아 있는 자, 펼쳐진 두루마리 그림 앞에 있는 자들은 팔을 들고서, 손을 펼쳐 전면을 향하고 있다. 나가노 미요꼬, 『변화막측한 경치의 도상학(奇景の図像學)』(東京 : 角川春樹事務所, 1996), 106-107쪽을 참고할 것.(역주 : 이 마지막 단락은 저자 빅터 메어가 1996년에 Paperback edition을 출간하면서 부가한 것이다) 그 원형 석조부조에서 묘사하고 있는 것은 마하까삐-자따까(Mahākapi-Jātaka)에 나오는 이야기이다. 그 이야기는 전편이 구연되었고, 대부분 석조부조에서 묘사하고 있는 세부 내용과 연관되었다. 베니마드하브 바루아(Benimadhab Barua), *Barhut,* Book Ⅱ : Jātaka-Scenes(Panta : Indological Book Corporation, 1979), 129-132쪽을 참고할 것. 바루아에 따르면 석조부조에서 그림 두루마리처럼 보이는 것은 사실 그물이거나 막이라고 한다. 자신의 몸을 변화시켜 다리를 만들어 위험에 빠진 부하 원숭이들을 도망시키고자 하였던 용감한 원숭이 왕(실은 부처의 생전 화신)을 잡기 위하여 그물을 친 것이라고 한다. 원근법이나 두 사람이 그물이 치고 있는 각도를 고려해보면 그것은 전면으로 펼쳐진 그림 두루마리 같다. 석조부조의 상단에는 브라흐미(Brāhmī) 필사본 가운데 한 구절이 "*Samanāyā bhikhuniyā Chudaṭhīlikāyā dānaṃ*"라고 새겨져있다. 하인리히 뤼더스(Heinrich Lüders)(「바르후뜨에서 발굴한 브라흐미 비문(Brāhmī Inscriptions from Bhārhut)」, 『인도 고고학 개관*Corpus Inscriptionum Indicarum*』 1963, II.2, 18쪽, A12[720] 및 도판 III)는 이 구절을 "비구니 Samanā(*Śramaṇā*), Chudaṭhīlikā(Chudaṭhīla의 주민)의 재능"이라고 해석하였다. 이 부조에 새겨진 구절을 옮겨 적고 해석하는 데 도움을 준 리차드 살로몬(Richard Salomon)과 월터 마우러(Walter Maurer)에게 고마운 마음을 전달하고 싶다.

인도

그림 1 벵갈 그림-이야기 구연자를 묘사한 20세기 그림. 『도해본 주간 인도 *Illustrated Weekly of India*』(1952.6.15), 10쪽. 이 책 237쪽 이하를 볼 것.

그림 2 랍달라 보뽀 공연. 라자스탄 빌와라 구(Bhīlwāṛa distict, Rajasthan). 이 책 261쪽을 볼 것.

그림 3 빠르 공연 장면. 구자라뜨 아흐메다바드(Ahmedabad, Gujarat), 이 책 244쪽 이하를 볼 것.

그림 4 고둥을 불며 빠부지 신 이야기를 공연하는 보뽀에게 후원자가 기부하고 있다. 구자라뜨 아흐메다바드. 이 책 255쪽을 볼 것.

그림 5 빠부지 보뽀가 빠르의 한 장면을 가리키고 있다. 보삐(bhopī)가 옆에서 불을 비춰주고 있다. 구자라뜨 아흐메다바드 교외. 이 책 247쪽을 볼 것.

그림 6 빠르 공연을 보고 있는 관중들. 라자스탄 우다이뿌르 구(Udaipur district, Rajasthan).

그림 7 빠부지 보뽀가 자신의 빠르 앞에서 노래하며 라왕아핫또(*rāvaṇahātto*)를 연주하고 있다. 보뻬가 그 옆에 서있다. 라자스탄 빌와라 구

그림 8 청대의 떠돌이 그림 이야기 구연자. 『北京民間風俗百圖』, 도판 36, 이 책의 68쪽을 볼 것.

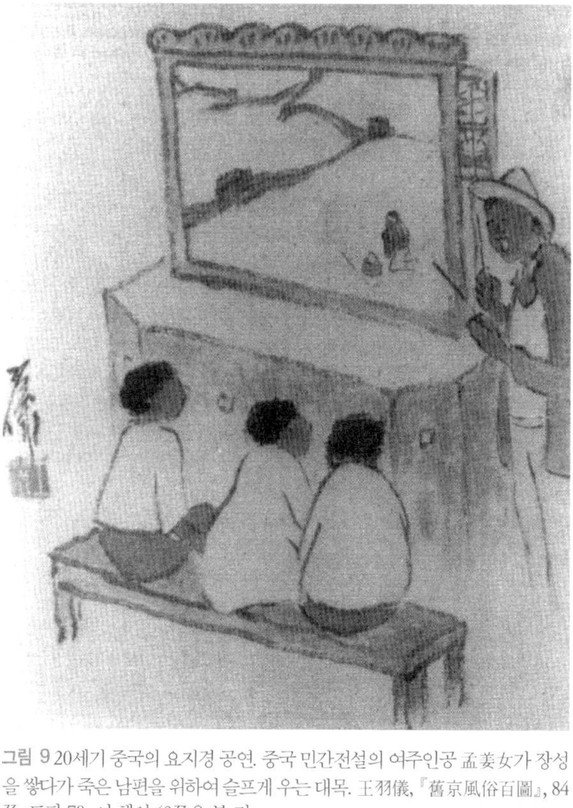

그림 9 20세기 중국의 요지경 공연. 중국 민간전설의 여주인공 孟姜女가 장성을 쌓다가 죽은 남편을 위하여 슬프게 우는 대목. 王羽儀, 『舊京風俗百圖』, 84쪽, 도판 70, 이 책의 69쪽을 볼 것.

이탈리아

그림 10 상상 풍경화에 보이는 그림 이야기 구연자와 그의 조수 기타 연주자. 이탤리에서 활동하였던 네덜란드 화가 까를 드 야든(Karel Du Jardin, 1622-1678)의 그림에 근거함. 페트졸트(Petzoldt), 『기쁨 잃은 뮤즈*Die freudlose Muse*』, 10쪽.

그림 11a 거울장처럼 접이식 도어와 그림 걸이를 갖춘 휴대용 제단의 성모상 칸타스토리에. 알렉산드로 만야스꼬((Alessandro Magnasco), 1667-1749)의 유화. 가띠-까사차(Gatti-Casazza) 컬렉션, 베니스. 제이제르(Geiger), 『만야스꼬*Magnasco*』, 도판 163에서 인용.

그림 11b 같은 그림의 다른 버전. 짐머만(Zimmermann), 『폭군 기질을 위한 그림*Lechzend nach Tyrannenblut*』, 40쪽.

그림 11c 동일한 칸타스토리에가 삽화 없이 공연하고 있다. 알렉산드로 만야스꼬의 유화. 바르샤바 박물관. 제이제르, 『만야스꼬』, 도판 165에서 인용.

그림 12 만돌린을 연주하는 보조자, 걸개그림, 삼면경처럼 생긴 조각판과 함께 있는 칸타스토리에. 알렉산드로 만야스꼬, 베니스, 개인소장. 브레드니히(Brednich), 「밴클장의 초기 역사(Zur Vorgeschichite des Bänkelsangs)」, 도판 4에서 인용.

그림 13 루이지 페르골라(Luigi Pergola), 만병통치약을 파는 약장수, 쥬세피 떼스티(Giuseppe Testi)의 동판화, 1790년경. 피안타니다(Piantanida), 「치아를라타니(Ciarlatani)」, 243쪽에서 인용. 이 책 300-301쪽을 볼 것.

그림 14 플로렌스에서 뉴스 인쇄물 판매행상, 그림 이야기 구연자 같은 여러 부류의 거리 예인들에 대하여 노래로 읊고 있는 칸타스토리에. 까를로 라시뇨(Carlo Lasinio)가 그리고 새김. 플로렌스 깔코그라피카(Calcografica) 협회, 1800년경. 아에리고니(Aerigoni)와 베르타렐리(Bertarelli), 「통속 판화(Le stampe popolari)」, 그림 2에서 인용.

그림 15 「까르미나 마돈나의 칸타스토리에(La Cantastoria della Madna del Carmine)」, 작가 미상. 석판에 칼라 분필. 뮌헨 시립 박물관의 꼭두각시 인형극 컬렉션. 나폴리에서 온 이 석판화는 그림 이야기의 몇 가지 특징적 요소를 명확히 보여준다는 면에서 매우 흥미롭다. 덕지덕지 기운 옷을 입고 있는 공연자와 청중들의 모습을 통해 이들의 낮은 신분을 능히 짐작할 수 있다. 지금 이 칸타스토리에는 성모 마리아가 불행에 빠진 자들을 구원해주신다는 주제로 공연하고 있다. 오른손으로 긴 막대를 들어 그림의 맨 윗칸을 가리키고 있는 여인은 왼손으로는 가사집을 팔려고 들고 있다. 아이쉴러(Eichler), 『독일의 그림이야기 구연 밴클장과 모리타트*Bänkelsang und Moritat*』, 90쪽에서 인용. 이 책 301쪽을 볼 것.

그림 16 이탈리아 약장수. 이 약장수는 광장의 한가운데 원통 위에 올라서서 트럼펫을 불면서 청중들을 모으고 있다. 이 약장수 뒤에 걸려 있는 큰 현수막에 주목할 것. 19세기 중엽의 석판화. 피안타니다, 「치아를라타니」, 237쪽에서 인용.

그림 17 기타를 들고 있는 칸타스토리에, 바이올린을 연주하는 보조자, 삽화를 파는 여인. 그림의 배열 방식 그리고 현수막 한가운데의 그림이 그림15와 동일함을 주목할 것. 프란체스코 드 보우카르드(F. de Bourcard), 『나폴리의 전통과 관습 그리고 윤곽화와 회화*Usi e Costumi di Napoli e Contorni Descritti e Dipinti*』(나폴리, 1858) 페트 졸트, 『기쁨 잃은 뮤즈』, 19쪽에서 인용.

그림 18 까타니아(Catania) 출신의 칸타스토리에, 오라지오 스트라노 디 리포스토(Orazio Strano di Riposto)가 자동차 위에다 의자를 놓고 올라앉아 이야기를 공연하고 있다. 롤러에 말려 있는 그림들을 주목할 것. 칸타스토리에가 이 그림들을 펼쳐가며 매우 긴 이야기를 공연한다. 로베르토 레이디(Roberto Leydi), 「칸타스토리에(Cantastorie)」, 368쪽에 이어지는 뒷면에서 인용.

그림 19 시칠리아 까타니아 출신의 칸타스토리에, 치치오 린지오 디 파테르노(Ciccio Rinzio di Paternò). 1959년 사진. 로베르토 레이디, 「칸타스토리에」, 369쪽의 앞면에서 인용.

그림 20 북부 이탈리아 칸타스토리에, 마리노 피아자(Marino Piazza)와 빈센쪼 마니피코(Vincenzo Magnifico)가 1966년에 공연하고 있다. 쉔따(Schenda), 「현대 이탈리아 밴클장(Der itlienische Bänkelsang heute)」, 도판 1에서 인용.

그림 21 시칠리아 칸타스토리에, 뚜리 디 프리마(Turi di Prima). 쉔따, 「현대 이탈리아 밴클장」, 도판 2에서 인용.

그림 22 이탈리아 그림 이야기 구연자 루이기노 디 빠라비따(Luigino di Parabita)와 그의 조수 역할을 하고 있는 동생 레오나르도(Leonardo). 쉔따, 「현대 이탈리아 밴클장」, 도판 3에서 인용.

그림 23 교황 요한 23세의 삶을 다룬 이탈리아 그림 이야기 구연에 사용되는 그림. 쉔따, 「현대 이탈리아 밴클장」, 도판 4에서 인용.

그림 24 마리오네떼(Marionette, 역주 : 꼭두각시 인형) 극장 문 옆에 걸려있는 그림, 칸타스토리에는 공연이 있는 날 이 그림을 걸고 공연하였다. 에또레 리 고띠(Ettore Li Gotti), 『꼭두각시 인형극*Il teatro dei pupi*』, 도판 15. 이 책 301쪽을 볼 것.

스페인

그림 25 가스빠르 이 로이즈(Gaspar y Roiz)가 1868년에 그린 세르반테스의 「기적의 제단(El retablo de las Maravillas)」의 삽화. 아센시오(Asensio)편, 『막간극*Entremeses*』, 169쪽의 앞면에서 인용.

그림 26 세르반테스의 「기적의 제단」에 나오는 라몬 데 깜파니(Ramon de Capmany)의 판화. 아센시오편, 『막간극』, 169쪽의 앞면에서 인용.

그림 27 기적극을 공연하는 스페인의 그림 이야기 구연자. 1965. 아이쉴러, 『독일의 그림 이야기 구연 밴클장과 모리타트』, 48쪽에서 인용.

그림 28 허풍선이 약장수와 어깨에 원숭이를 올리고 트럼펫을 부는 조수. 테이블 위의 약들과 뒤에 걸린 그림에 주목할 것. 발트부르크-볼페그 왕자의 북하우스(Hausbuch der Fürsten Waldburg-Wolfegg)(1480-1490)의 그림. 짐머만, 『폭군 기질을 위한 그림』, 15쪽에서 인용.

그림 29 16세기 독일의 뉴스-가수. 조스트 아만(Jost Amman)의 그림(1588)으로 기즈 공작(Duke of Guise)의 살해와 무적함대(Armada)의 패배, 오를레앙의 풍광이 드러나고 있다. 짐머만, 『폭군 기질을 위한 그림』, 19쪽에서 인용.

그림 30 a와 b 독일의 그림 이야기 구연자가 사용한 장폭의 그림과 그 가운데 세밀화 하나(새소식4(Actus IV)). 이 세밀화는 초기 도해본 신문(illustrated newspapers)의 기사를 노래하고 팔기도 하는 가수이자 판매원을 보여주고 있다. 스카이블(Scheible), 『떠돌이 종이뭉치*Die fliegenden Blätter*』에서 인용.

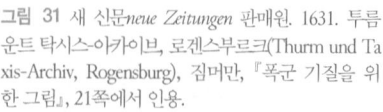

그림 31 새 신문*neue Zeitungen* 판매원. 1631. 투름 운트 탁시스-아카이브, 로겐스부르크(Thurm und Taxis-Archiv, Rogensburg), 짐머만, 『폭군 기질을 위한 그림』, 21쪽에서 인용.

그림 32 삼면접이그림판과 가수. 야콥 콜(Jacob Cole)의 메조틴트 기법 판화. 프라이부르크(Freiburg), 독일민요대전(Deutsches Volksliederarchiv). Inv. Nr. 362. 브레드니히(Brednich), 「밴클장의 초기 역사(Zur Vorgeschichte des Bänkelsangs)」, 도판 2에서 인용.

그림 33 a와 b 「시장-가수 커플」, 무명씨의 동판 에칭, 17세기 전반기. 뉘른베르그 독일 국립 박물관. 짐머만(Zimmermann), 『폭군 기질을 위한 그림*Lechzend nach Tyrannenblut*』, 29쪽에서 인용.

그림 34 「한스 품작, 특별 허가를 받은 시장 뉴스 가수와 그의 아내(Hans Pumsack, Privilegierter Mackt-und Zeitung Sänger, mit seinem Musicalischen Weibe)」, 1721년경. 무명씨의 동판화. 프러시아 문화유산 국립박물관 예술도서관(Kunstbibliothek der Staatlichen Museen Preussischer Kulturbesitz), 베를린. 브레드니히, 「밴클장의 초기 역사」 1쪽에서 인용. 자세한 내용은 이 책의 303-305쪽에서 다루어지고 있다.

그림 35 약장수와 짝을 맺어 시장에서 공연하는 그림 이야기 구연자. 칼라 석판화. 연대 미상(18세기 전반으로 추정). 페트졸트, 『기쁨 잃은 뮤즈』, 21쪽에서 인용.

그림 36 요한 빌헬름 마일(Johann Wilhelm Meil, 1733-1805), 「벤치 가수(Der Bänkelsänger)」, 1765. 공연자가 왼팔에 끼고 있는 넓은 종이 뭉치에 주목할 것. 페스테 코부르크(Veste Coburg) 컬렉션 소장 그림. 아이쉴러, 『독일의 그림 이야기 구연 밴클장과 모리타트』, 92쪽에서 인용.

그림 37 1768년 작품으로 생각되는 커피 주전자에 그려진 삽화. 페트졸트, 『기쁨 잃은 뮤즈』, 18쪽에서 인용.

그림 38 돌팔이 의사 겸 벤치 가수가 환자를 보고 있다(테이블 위의 약품에 주목할 것). 동판. 1769. 뮌헨, 인쇄와 그림(Kupferstichkabinett). 짐머만, 『폭군 기질을 위한 그림』, 18쪽에서 인용.

그림 39 대형 배경 그림 앞, 높은 연단 위에 올라서 있는 남녀 그림-이야기 구연자. 『독일의 민요 *Romanzen der Deutschen*』에 나오는 동판화. 라이프찌히. 1774. 브뤼그만(Brüggemann), 『괴테 이전의 밴클장과 음악극 싱스피엘*Bänkelgesang und Singspiel vor Goethe*』에서 인용.

그림 40 벤치 가수와 그의 아내. 그림 이야기 구연에 사용되는 이야기 그림에 대한 세밀화. 뉘른베르그, 1980년대 후반. 페트졸트, 『기쁨 잃은 뮤즈』, 16쪽에서 인용.

그림 41 다니엘 초도위키(Daniel Chodowiecki), 「도덕 개혁*Reformation of Morals*」(1787)에 나오는 벤치 가수와 그의 외다리 조수에 대한 풍자적 탐구. 쿤즐(Kunzle), 『초기의 코믹 만화*The Early Comic Strip*』, 459쪽에서 인용.

그림 42 남녀 조수랑 같이 있는 벤치 가수. 판매용 이야기 대본과 발밑에 놓여 있는 배낭을 주목할 것. 미샤일 메텐라이트너(Michael Mettenleitner, 1765-1833) 그림. 로렌쯔 베스텐리데르(Lorenz Westenrieder)가 만든 1790년의 대사기 달력의 삽화로 사용되었다. 페트졸트, 『기쁨 잃은 뮤즈』, 22쪽에서 인용.

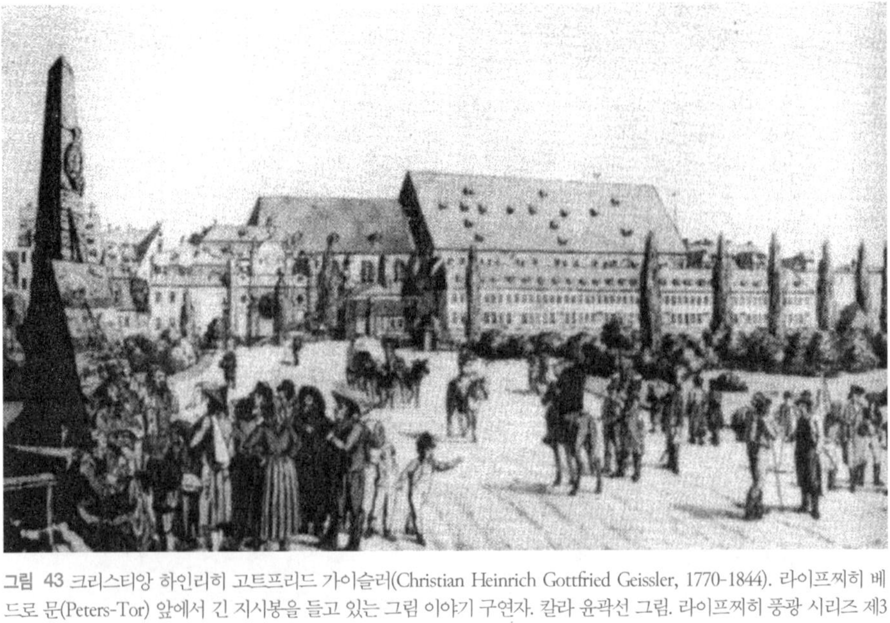

그림 43 크리스티앙 하인리히 고트프리드 가이슬러(Christian Heinrich Gottfried Geissler, 1770-1844). 라이프찌히 베드로 문(Peters-Tor) 앞에서 긴 지시봉을 들고 있는 그림 이야기 구연자. 칼라 윤곽선 그림. 라이프찌히 풍광 시리즈 제3번. 코부르크 요새(Veste Coburg, Coburg Fortress) 콜렉션. 아이쉴러, 『독일의 그림 이야기 구연 밴클장과 모리타트』, 96쪽에서 인용.

Der Bänkelsänger.
Heran! heran, ihr Herr'n und Frau'n.

그림 44 벤치 가수가 나폴레옹이 모스크바에서 퇴각하는 장면을 공연하고 있다. 목판, 1813. 짐머만, 『폭군 기질을 위한 그림』, 41쪽에서 인용.

그림 45 칸스타터(Cannstatter) 포크 페스티벌에 참여한 거리 가수. 1835. 거리 가수의 조수는 핸드 오르간을 연주하면서 가사집을 팔려고 손에 들고 있다. 짐머만, 『폭군 기질을 위한 그림』, 50쪽에서 인용.

그림 46 「크뢰힌클의 축제(Der Jahrmarkt zu Krähwinkel)」 1800-1875년경. 블루 페이퍼에 석판 인쇄 무명씨. 독일 민속박물관(Museum für Deutsche Volkskunde), 베를린. 아이쉴러, 『독일의 그림 이야기 구연 밴클장과 모리타트』, 104쪽에서 인용.

그림 47 「화 잘 내는 니클이나 참을성 많은 비스필까지 모든 어린아이들을 위한 쇼더하프트 모리타트(Schauderhafte Morithat, ausgeführt vom jähzornigen Nickel, als abschreckendes Beispiel für alle zornigen Kinder)」, 무명씨, 1849년경. 아이쉴러, 『독일의 그림 이야기 구연 밴클장과 모리타트』, 56쪽에서 인용.

그림 48 19세기 중반 함부르크 엔터테인먼트 센터에서 벤치 가수가 꼭두각시 연극, 민속극 바로 가까이서 공연하고 있다. 브루커(H. de Bruycker) 그림. 짐머만, 『폭군 기질을 위한 그림』, 49쪽에서 인용.

그림 49 떠들썩한 코스튬 파티의 배경에 나오는 지시봉을 흔드는 그림 이야기 공연자, 19세기 중엽. 페트졸트, 『기쁨 잃은 뮤즈』, 27쪽에서 인용.

그림 50 「시장(Der Jahrmarkt)」, 1852. 카스파르 브라운(Kaspar Braun, 1807-1877) 그림. 뮌헨의 거리 풍경. 슈투트가르트 울리크 아이쉴러 콜렉션. 아이쉴러, 『독일의 그림 이야기 구연 밴클장과 모리타트』, 163쪽에서 인용.

그림 51 벤치 가수(Bänkelsänger)가 베를린의 어부들의 행진(Stralauer Fischzug)에서 곡예사들 가까이서 공연하고 있다. 1860년 8월 24일. 베를린 독일 민속박물관. 짐머만, 『폭군 기질을 위한 그림』, 53쪽에서 인용.

그림 52 프레드리히 니콜라이(Friedrich Nicolai)의 『젊은 베르테르의 무시무시한 살인 사건 이야기*Die entsetzliche Mordgeschichte von dem jungen Werther*』 삽화. 「독일 뮤즈 여신의 음악 소리(Musenklänge aus Deutschlands Leierkasten)」 라이프찌히, 1869년 11월 本. 노인지히(Neunzig), 『도해본 모리타트-독본*Das illustrirte Moritaten-Lesebuch*』, 221쪽에서 인용.

그림 53 필리프 뮐러(Philipp Müller, 1869-1918). 알자스 마을 시장에 나타난 그림 이야기 구연자와 그 일행, 목판화. 1880. 분명 신문 삽화일 것이다. 시립 박물관 꼭두각시 인형극 컬렉션, 뮌헨(Puppet theater collection of the Stadtmuseum, Munich). 페트졸트, 『기쁨 잃은 뮤즈』, 25쪽에서 인용.

그림 54 1898년 노엔(Nauen)시의 많은 청중 앞에서 거리 가수가 공연하고 있다. 창고 벽면에 걸려 있는 여섯 장의 대형 그림은 홀스타인 노이스타트(Neustadt / Holst)의 아돌프 홀블링(Adolph Hölbling) 작품이다. 짐머만, 『폭군 기질을 위한 그림』, 59쪽에서 인용.

그림 55 1899년 시골시장 풍경을 담은 독일의 그림엽서. 배경 그림의 오싹한 장면들 그리고 삽화로 들어간 판매용 가사집에 주목할 것. 페트졸트, 『기쁨 잃은 뮤즈』, 34쪽에서 인용.

그림 56 골리츠 니콜라이투름(Görlitz Nicolaiturm)에서 공연하는 유명한 거리 가수 로즈만 여사(Frau Rosemann) 여사(카흐네르트(Kahnert) 가문). 걸려있는 여섯 장의 삽화는 홀스타인 노이스타트의 아돌프 홀블링 작품이다. 짐머만, 『폭군 기질을 위한 그림』, 60쪽에서 인용.

그림 57 라인홀트 니글르(Reinhold Nägele, 1884-1972), 「슈투트가르트 비어 페스티발」 1909. 종이에 구아슈 수채화법으로 그림. 슈투트가르트 주립 갤러리(Staatsgalerie Stuttgart). 이 그림의 좌측 하단에 두 명의 그림 이야기 구연자가 서로 붙어서 공연하고 있다. 아이쉴러, 『독일의 그림 이야기 구연 밴클장과 모리타트』, 101쪽에서 인용.

그림 58 상이군인이 벤치 가수로 생계를 꾸리고 있다. 20세기 초반의 테라코타. 짐머만, 『폭군 기질을 위한 그림』, 33쪽에서 인용.

그림 59 독일 그림 이야기 구연 모음집의 커버. 연대 미상(1920년대로 추정).

그림 60 20세기 초반 그림 이야기 구연자가 거리 장터에서 공연 준비하는 모습을 찍은 사진. 페트졸트, 『기쁨 잃은 뮤즈』, 35쪽에서 인용.

그림 61 1930년 프랑크푸르트 시장에서 에드가 쉐퍼(Edgar Schaeffer)와 그의 가족. 이 벤치 가수들은 다양한 악기와 장비들을 가지고 다녔다. 짐머만, 『폭군 기질을 위한 그림』, 61쪽에서 인용.

그림 62 1935년경 뮌헨 시월 축제의 카를 제틀(Karl Zettl). 하이델베르그 뇌트졸트(Nötzoldt) 컬렉션. 코터만(Kottermann) 삽화. 아이쉴러, 『독일의 그림 이야기 구연 밴클장과 모리타트』, 108쪽에서 인용.

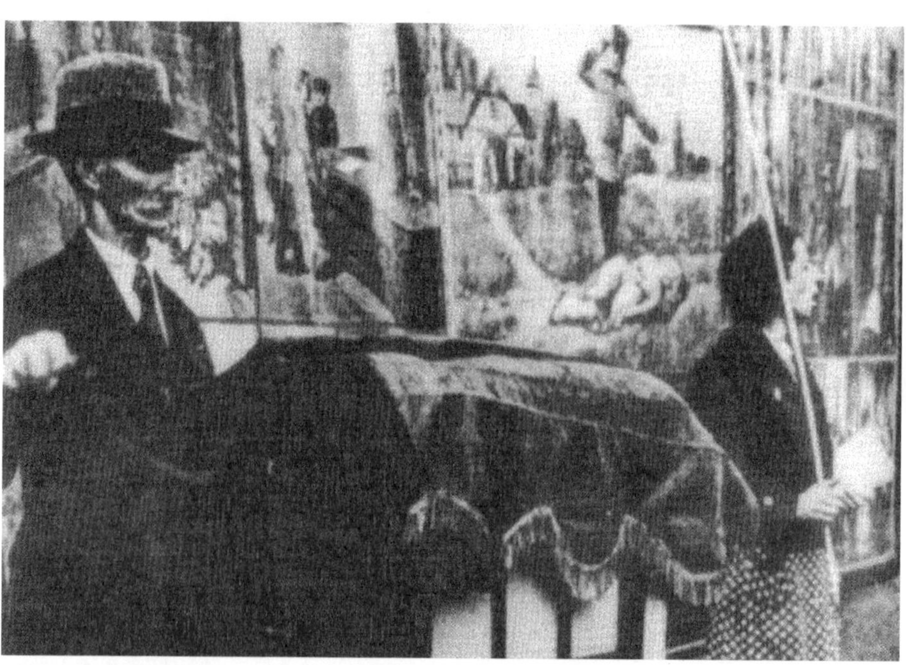

그림 63 1936년 독일의 유명한 그림 이야기 구연자 폴 담(Paul Damm, 1949년 졸, 76세)과 그의 딸이 트렙트와(Treptower) 카니발 장소에서 공연하고 있다. 그의 딸은 폴 담이 휴대용 풍금을 연주하고 있는 동안 긴 지시봉과 판매용 가사집을 들고 있다. 베를린 독일 민속박물관. 페트졸트, 『기쁨 잃은 뮤즈』, 36쪽에서 인용.

그림 64 모리타트 가수와 그의 조수 모델 조각상. 브레스가우(Bresgau)의 프라이부르크(Freiburg)의 독일 민요 자료집(Deutschen Volksliederachiv). 노인지히, 『일러스트레이트본 모리타트』, 279쪽에서 인용.

그림 65 2차 세계대전 후 메인주 프랑크푸르트의 뢰머베르크(Römerberg)에서 에르네스트 베커(Ernest Becker). 왼손에 들고 있는 긴 지시봉에 주목할 것. 짐머만, 『폭군 기질을 위한 그림』, 71쪽에서 인용.

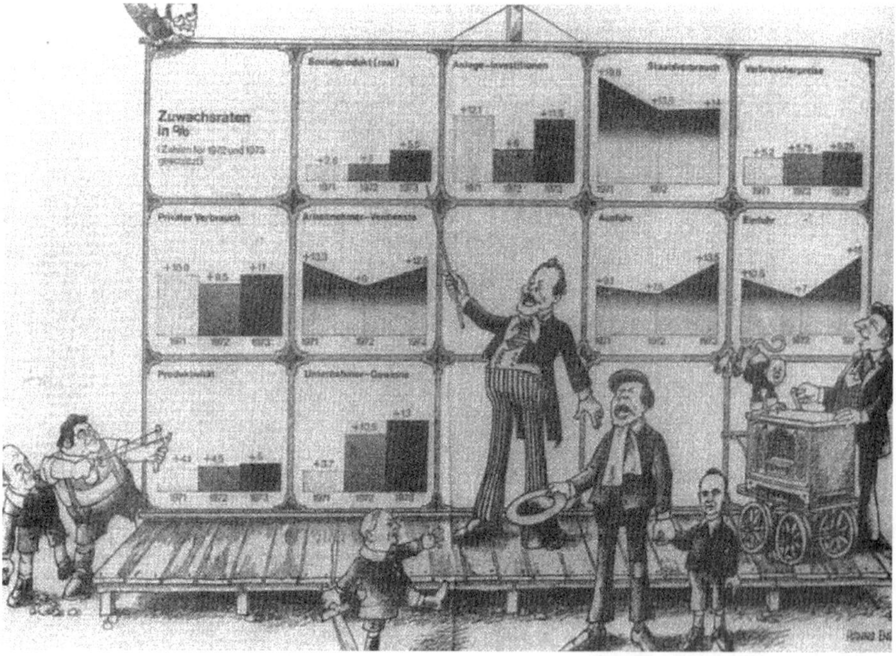

그림 66 주간 『디 자이트*Die Zeit*』(1972.12.29)에 실린 캐리커처에는 빌리 브란트, 칼 실러, 헬무트 슈미트 그리고 다른 이들이 등장한다. 페트졸트, 『기쁨 잃은 뮤즈』, 33쪽에서 인용.

그림 67 사우스 티롤(South Tyrol) 출신의 그림 이야기 구연자 듀엣의 패러디. 남자가 바이올린을 연주하는 동안 여인은 자신이 구연하는 대목에 해당하는 그림 부분을 가리키고 있다. 1718년 안톤 나이퍼(Anton Neipper)와 마리아 카트리나 랑(Maria Catharina Lang)의 결혼 선물로 보내진 과녁에 그려진 그림. 페트졸트, 『기쁨 잃은 뮤즈』, 37쪽에서 인용.

그림 68 비엔나의 그림 이야기 구연자. 클라이너(S. Kleiner) 그림, 휴만(G. D. Huemann) 새김. 오스트리아 국립 컬렉션(Austrian National Collection). 구기쯔(Gugitz), 『거리의 노래*Leider der Strasse*』, 48쪽 뒷면에서 인용.

그림 69 비엔나의 그림과 노래 판매자. 오피쯔(G. Opitz) 그림, 폰 폰하이머(von Ponheimer) 새김. 오스트리아 국립 컬렉션. 구기쯔, 『거리의 노래』, 80쪽 뒷면에서 인용.

스위스

그림 70a 거리 가수가 자신의 공연단과 함께 1830년에 일어난 바젤의 지진과 홀스타인의 홍수 같은 재난을 구연하고 있다. 거리 가수의 아내는 아이를 안고 판매용 가사집을 팔에 들고 있다. 히로니무스 헤스(Hieronymus Hess, 1799-1850) 그림. 짐머만, 『폭군 기질을 위한 그림』, 43쪽에서 인용.

그림 70b 그림 70a와 동일 주제. 동일 작가의 테라코타 그림. 바젤 스위스 민요 박물관(Schweizerishes Museum für Volks-kunde, Basel). 짐머만, 『폭군 기질을 위한 그림』, 47쪽에서 인용.

그림 71 축제 행진대 속의 벤치 가수. 조수가 벤치 가수 옆에서 판매용 가사집을 들고 있다. 쮜리히, 1891. 바젤 스위스 민요 박물관. 짐머만, 『폭군 기질을 위한 그림』, 48쪽에서 인용.

그림 72 다양한 오락 공연자들 곁에서 그림 이야기 구연자와 그의 아내가 공연을 하고 있다. 쮜리히 축제, 1902. 페트졸트, 『밴클장』, 10쪽 앞면에서 인용.

프랑스

그림 73 판매용 텍스트와 바이올린을 연주하는 보조자랑 같이 있는 거리 가수. 끌로드 기요(Claude Gillot, 1673-1722). 코부르크 요새(Veste Coburg, Coburg Fortress) 컬렉션에 소장되어 있는 에칭, 무제. 페트졸트, 『기쁨 잃은 뮤즈』, 17쪽에서 인용.

그림 74 「시장 가수(Le chanteur en foire)」, 1766. 앙뜨와 루이 라마네(Antoine Louis Ramanet, 1742-1810 이후 졸) 새김, 요한 콘라드 지이카쯔(Johann Conrad Seekatz, 1719-1768) 그림. 가수와 그의 가족의 가난에 찌든 모습이 너무도 선명하다. 등에 아이를 들쳐 업은 가수의 아내는 역시 가사집을 팔고 있다. 이 식구들의 살림살이들이 오른쪽 하단의 등짐에 들어 있다. 아이쉴러, 『독일의 그림 이야기 구연 밴클장과 모리타트』, 8쪽에서 인용.

그림 75 「매직 랜턴(La lanterne magique)」, 1765-1770년경. 장 오브리(Jean Ouvrier, 1725-1784) 동판 새김, 조안 엘리자 쇼뉴(Johann Eleazar Schenau, 1737-1806) 그림. 코부르크 요새 컬렉션. 그림에 불을 비추는 자가 손풍금 반주에 맞추어 이야기를 구연하고 있다. 이런 면은 유럽 다른 지역의 이야기 구연자와 유사하다. 슈투트가르트 주립 갤러리에 소장되어 있는 리차드 브래컨부르그(Richard Brakenburg)가 그리고 노엘 르 미아(Noel Le Mire, 1724-1801)가 동판에 새긴 「호기심(La curiosite)」, 1660과 비교할 것. 아이쉴러, 『독일의 그림 이야기 구연 밴클장과 모리타트』, 85쪽에서 인용.

그림 76 프랑스의 1769년 10월 28일자 뉴스 가수, 쟝 라이르(Jean Raillard)의 에칭. 피안타니다, 「치아를라타니」, 213쪽에서 인용. 그림 31에 등장하는 거의 1세기 반 전에 묘사된 독일의 새 신문*neue Zeitungen* 판매원과 비교해 볼 것.

그림 77 1772년 프랑스 박람회에서 그림 이야기를 공연하는 공연자 그림, 장 미셸 모후 르 젠(Jean Michel Moreau le Jeune, 1741-1814). 코부르크 요새 컬렉션. 이 공연자는 직접 바이올린을 가지고 다니며 바이올린 활을 지시봉으로 활용한다. 이 공연자는 여성들이 대부분인 청중들에게 이야기의 대본을 판매하고 있다. 아이쉴러, 『독일의 그림 이야기 구연 밴클장과 모리타트』, 95쪽에서 인용.

LE CHANTEUR DE CANTIQUES
Au Sermon du Chanteur, quoi qu'on ait l'ame émue,
Chacun y va toujours son train,
Le Soldat y fait sa recrue,
Et le filou son coup de main.

그림 78 샤를-니꼴라 꾸상 리 피스(Charles-Nicolas Cochin le fils, 1715-1790)가 그리고 마들레느 꾸상(Madeleine Cochin, 1686-1767)이 동판에 새긴 「거리 가수」, 1778, 베를린. 주립 프러시아 문화 유산 박물관(Stattliche Museum Preussischer Kulturbesitz, Berlin, Kupferstich-kabinett), 인쇄와 그림. 구연자는 길모퉁이에서 많은 청중들을 모아놓고 종교담을 구연하고 있다. 구연자가 사용하는 배경 장치는 고난받는 자의 형상을 새긴 안쪽 면과 예수의 수난 장면을 묘사한 문짝 면으로 구성된 양면접이 장식장 모양을 한 이동식 성물함이다. 아이쉴러, 『독일의 그림 이야기 구연 밴클장과 모리타트』, 89쪽에서 인용. 아울러 브레드니히, 「밴클장의 초기 역사」, 3번 도판을 참고할 것.

그림 79 빅토 방셍 아다므(Victor Vincent Adam, 1801-1866), 「오락(Passe-Tems)」. 석판에 분필화. 이 떠돌이 공연자들은 주로 동정녀 마리아의 헌신담을 공연하였다. 여닫을 수 있는 도어가 달린 이동식 성물함 안쪽에 동정녀 마리아를 상징하는 인형이 들어있다. 아이쉴러, 『독일의 그림 이야기 구연 밴클장과 모리타트』, 88쪽에서 인용.

네덜란드

그림 80 순례지에서의 그림 이야기 구연자, 1620-1630년경. 네덜란드 혹은 북독일의 무명 작가. 오스트리아 민속 박물관, 비엔나. 순례자 복장을 갖춰 입은 한 쌍의 가수들이 동정녀 마리아(그림 정중앙)의 기적을 그린 부분을 지시봉으로 가리키며 노래하고 있다. 아이쉴러, 『독일의 그림 이야기 구연 밴클장과 모리타트』, 87쪽에서 인용.

그림 81 크리스티안 빌헬름 디트리히(Christian Wilhelm Dietrich(Dietricy), 1712 -1774), 「벤치 가수」, 1740. 기이하게 생긴 시골 그림 이야기 구연자와 그의 조수를 묘사하고 있다. 구연자가 걸어놓은 그림 하단에 가득한 문자 텍스트에 주목할 것. 아이쉴러, 『독일의 그림 이야기 구연 밴클장과 모리타트』, 93쪽에서 인용.

그림 82 요한 콘라드 지이카쯔(1719-1768), 시골의 여성 그림 이야기 구연자, 유화. 도르트문트시립 예술 문화사 박물관, 카펜베르크 성(Schloss Cappenberg). 아이쉴러, 『독일의 그림 이야기 구연 밴클장과 모리타트』, 90쪽에서 인용.

영국

그림 83 「긴-노래 장수(가수)」가 「경찰관」이란 이야기를 구연하고 있다. 그가 펼쳐 보이고 있는 그림의 맨 윗부분에 주목할 것. 브레스가우 프라이부르크의 독일 민요 대전. 노인지히(Neunzig), 『도해본 모리타트-독본*Das illustrirte Moritaten-Lesebuch*』, 271쪽에서 인용.

러시아

그림 84 베를린 산 방물을 파는 장수와 함께 있는 러시아의 그림 장수, 『의상, 러시아의 매너와 관습*Costumes, Moeurs et Coutumes des Russes*』에 나오는 도판 39. 이 책은 팔라스(M. de Pallas) 소속 제도사 가이슬러(Ch. G. H. Geissler)가 그리고, 그루버(M. le Dr. J. G. Gruber)가 설명문을 작성하고, 엘(M. de L)이 번역한 성 페테스부르크 관련 서적이다. 초판, 다섯 개의 채색 도판 포함. 라이프찌히 꼼트와 드 인더스트리에 출판사(Leipzig au Comptoir d'Industrie)[1804]. 비올(Beall), 『호객소리와 행상*Kaufrufe und Strassenhändler*』, 493쪽에서 인용. 그림장수가 팔고 있는 그림은 그 속성상 분명 이야기 그림일 것이다.

Ⅰ. 변상도권 P4524의 일부. 국립 도서관(Bibliothèque Nationale), 파리. 이 책(역주: 『그림과 공연』, 이하 동일) 46쪽을 볼 것.

II. 영락궁 벽화 세밀화. 『영락궁(永樂宮)』, 도판 191. 이 책 55-56쪽을 볼 것.

III. 청명상하도 일부 세밀화. 뉴욕 메트로폴리탄 미술 박물관(Metropolitan Museum of Art) 제공. 이 책 57-58쪽을 볼 것.

Ⅳ. 마야 2호 동굴(Māyā-Höhle Ⅱ) 벽화의 세밀화, 키질(Kyzil, 중국령 중앙아시아). 이 책 139-140쪽을 볼 것.

V. 키질의 당대 벽화 잔편. 우에하라 요시다로(上原芳太郎), 『新西域記』 전2권 중 제1권, 316쪽. 이 책 139-140쪽을 볼 것.

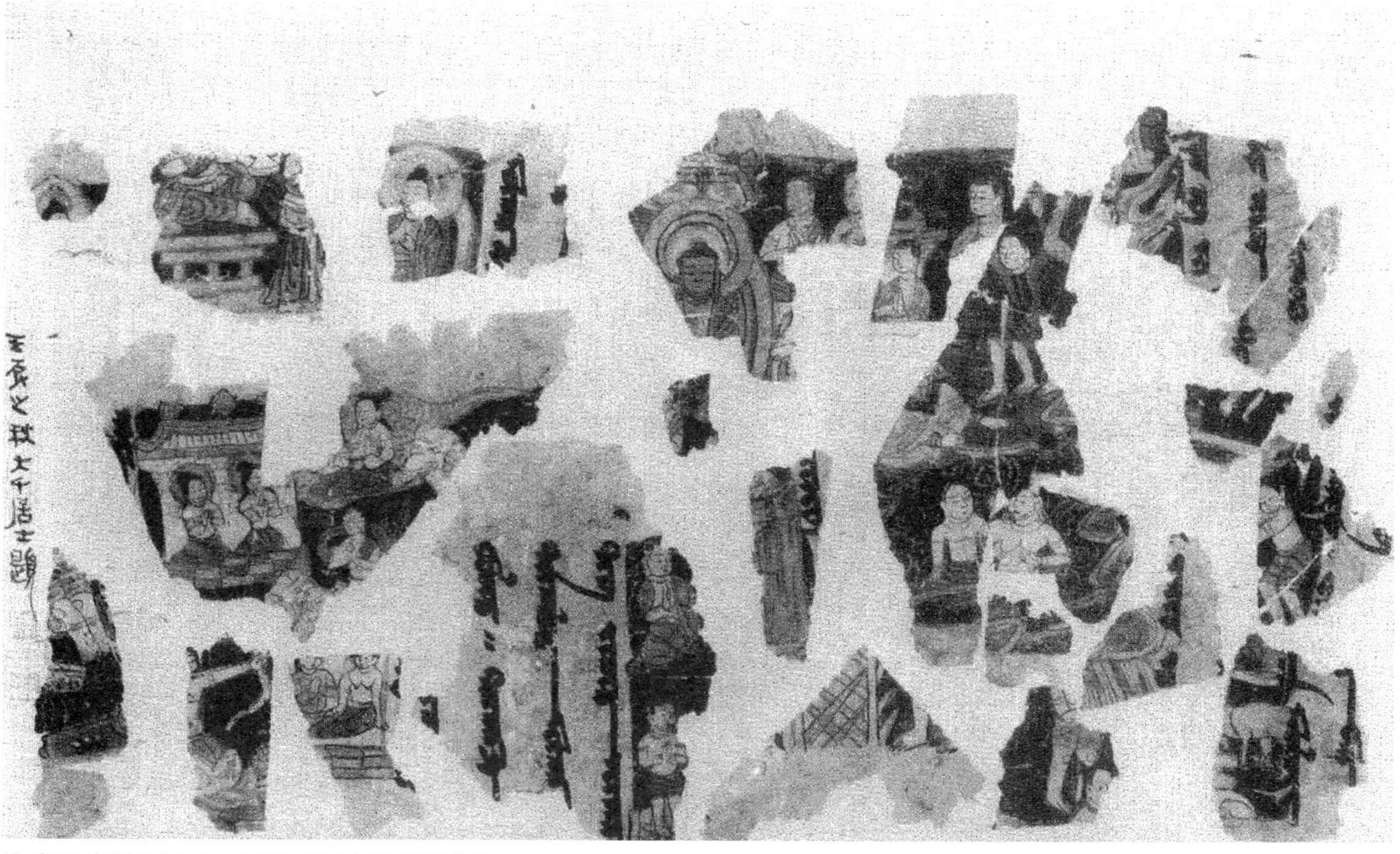

VI. 위구르 이야기 구연 그림-두루마리. 이 책의 142쪽 이하를 볼 것.

VII. 와양 베베르를 준비하는 장면. 국제 민족지학 문서 보관소(Archives Internationales d'Ethnographie) 16(1903). Taf. 17.1.

Ⅷ. 와양 베베르 두루마리. 국제 민족지학 문서 보관소(Archives Internationales d'Ethnographie) 16(1903). Taf. 18.1.

IX. 와양 베베르 두루마리. 국제 민족지학 문서 보관소(Archives Internationales d'Ethnographie) 16(1903). Taf. 18.1.

X. 티베트의 마니파가 길모퉁이에서 공연하고 있다. 스벤 헤딘, 『히말라야를 넘어*Trans-Himalaya*』, 394쪽 맞은 면, 이 책 287쪽을 볼 것.

이 책이 다루고 있는 범위가 너무도 광대하여, 이 책에서 언급하고 있는 지역의 관련 참고문헌 목록을 만족할 수준으로 제공하는 것은 거의 불가능하다. 그렇지만 이 책의 참고문헌 목록을 읽어보는 관련분야의 전문가들에게 전세계 그림 이야기 구연 관련 중요 학술 자료를 일별할 수 있게 할 필요는 있을 것이다. 변문 텍스트를 더욱 심도 있게 살펴보고자 하는 자들은 필자의 다른 저서들, 그 가운데에서도 특히 이 방면의 중요한 연구 업적이 거의 망라되어 있는 『당 변문*T'ang Transformation Texts*』을 참고하면 좋을 것이다. 아울러 독자들은 215쪽에 달하는 나의 『인도가 중국문학에 미친 영향 연구를 위한 참고서지*A partial Bibliography for the Study of the Influence of India on Chinese Popular Literature*』를 참고하여도 좋을 것 같다. 이 자료는* *Sino-Platonic Papers*에 올려놓았다. 중국어, 일본어 그리고 한국어 자료 제목은 영어로 번역함과 아울러 원래의 발음을 로마나이즈화한 것 그리고 원래의 표기까지를 같이 실었다. 대괄호 안에 들어 있는 번역은 필자가 직접 한 것이다. 괄호 안에 들어 있는 것은 이미 널리 통용되고 있는 것들이거나 저자나 편집자가 제시한 것이다. 가끔 나는 저자나 편집자가 번역한 제목을 손보기도 하였는데, 이는 표준 영문법이나 용법에 일치하게 하고자 함이었다. 번역본의 경우 원작의 언어를 기준으로 분류하였다는 점을 밝혀두어야 할 것 같다. 예를 들어, J. V. G. Mills가 영어로 번역한 『瀛涯勝覽』은 영어 참고문헌 목록이 아니라 중국어 참고문헌 목록에 집어넣었다.

한역 그리고 티베트어 불경(약어표에 나오는 *Taishō Tripitaka*를 볼 것)은 참고문헌 목록에 열거하지 않았다. 참고한 불경에 관한 자세한 사항은 해당 각주에서만 밝혔다. 중국 왕조의 정사와 돈황 사본의 참고문헌과 각주 처리도 불경의 경우와 마찬가지로 하였다. 돈황 사본 가운데 내가 특별히 출처를 밝히지 않는 것들은 런던, 파리, 레닌그라드, 북경 등지에 소장되어 있는 원본이거나, 필자 개인, 하버드 옌칭 도서관(Harvard-Yenching Library), 펜실베이니아대학 반 펠트 도서관(Van Pelt Library), 코넬대학의 올린 도서관(Olin Library) 등등이 소장하고 있는 마이크로필름, 사진, 복사본이다. 티베트 불경에 관한 정보는 케네스 천(Kenneth K. S. Ch'en)이 자신의 하버드대학 박사논문을 전재한 「산스끄리뜨, 빨리, 티베트, 한역본 天業譬喩(디위야와다나)에 보이는 스와가따

* http://www.sino-platonic.org. 1986년에 창립된 중국학 관련 에세이, 논문 등의 다양한 논저를 제공해주는 사이트. 이 분야의 연구자들이 자유롭게 자신의 작업 결과를 게재할 수 있다. 이 책의 저자 빅터 메어가 책임편집을 맡고 있음. 2012년 3월 현재 총 217개의 아티클이 올라있다. 170번째까지의 아티클은 하드카피 형태로 제공되며 171번 이후는 웹상에서 무료로 PDF파일을 다운로드 받을 수 있다.

이야기 연구(A Study of the Svāgata Story in the Divyāvadāna in Its Sanskrit, Pāli, Tibetan, and Chinese Versions)」 *HJAS9*, 3-4(February 1947) : 207-314에서 얻었으며 그 내용은 아래와 같다 :

a. 북경 목판본, 1700, 하버드-옌칭 도서관;
b. 라싸 목판본, 13대 달라이 라마 1933[?], 하버드-옌칭 도서관;
c. 데르게(Derge) 목판본, 1733, 하버드-옌칭 도서관.

하버드-옌칭 도서관에 소장되어 있는 나르탕(Snarthang) 목판본은 1730-1732에 판각된 것이다.
참고문헌 목록은 아래와 같은 항목으로 분류되어 있다 :

1. 약어표
2. 유럽어 자료(아시아, 근동, 중동 원전을 유럽어로 번역한 것은 제외)
3. 중국어 논문, 문헌, 번역본, 사전
4. 일본어, 한국어 논문, 문헌, 번역본, 사전
5. 남아시아, 동남아시아 및 불교권 중앙아시아 문헌, 번역본, 사전(인도, 티베트, 위구르, 인도네시아 및 기타)
6. 근동, 중동의 문헌, 번역본, 사전
7. 영화, 공연, 강의, 미출간 원고, 개인 서신
8. 미확인 논문, 저서

1. 약어표(Abbreviations)

ADAWB Abhandlungen der Deutschen Akademie der Wissenschaften zu Berlin.
AKPAW Abhandlungen der Königlich Preussischen Akademie der Wissenschaften.
AM Asia Major.
APAW Abhandlungen der Preussischen Akademie der Wissenschaften.
ArchOr Archiv Orientální.
BEFEO Bulletin de l'École Française d'Extrême-Orient.
BMFEA Bulletin of the Museum of Far Eastern Antiquities
BSOAS Bulletin of the School of Oriental and African Studies.
BSOS Bulletin of the School of Oriental Studies.
CYYY Chung-yang yen-chiu-yüan li-shih yü-yen yen-chiu-so chi-k'an (Bulletin of the Institute of History and Philology, Academia Sinica) 中央研究院歷史語言研究所

集刊.
EB Encyclopaedia Britannica, 15th ed. Chicago : Encyclopaedia Britannica, 1978.
HJAS Harvard Journal of Asiatic Studies.
IAE Internationales Archiv für Ethnographie.
IHQ Indian Historical Quarterly
JA Journal Asiatique.
JAOS Journal of the American Oriental Society.
JRAS Journal of the Royal Asiatic Society of Great Britain and Ireland.
JSS Journal of the Siam Society.
KITLV Koninklijk Instituut voor Taal-, Land-en Volkenkunde.
KKK Kokubungaku : Kaishaku to Kanshō [일본문학 : 해석과 감상*Japanese Literature : Interpretation and Appreciation*] 國文學解釋と鑑賞, 47.11 (1982년 10월). 에토키 특집호 "Etoki : Ima kokubungaku no chikei o terasu [에토키 : 지금 일본문학의 지형에 빛을 비춘다Painting Recitation : Now Shedding Light on the Horizons of Japanese Literature]" 繪解き一いま 國文學の地形を照らす.
MBV Mitteldeutsche Blätter für Volkskunde.
NT Naba Toshisada那波利貞. *Tōdai shakai bunka shi kenkyū* (*Historical Studies on the Society and Culture of T'ang China*) 唐代社會文化史研究. Tōyōgaku sōsho (Oriental Studies Library) 東洋學叢書, 8. Tokyo : 創文社Sōbunsha, 1974.
SPAW Sitzungsberichte der Preussischen Akademie der Wissenschaften.
SPPY Ssu-pu pei-yao [*Essential Works of the Four Categories of Literature*] 四部備要. 상해 중화서국에서 宋板 스타일로 출판, 1927-1937; 臺北에서 1966년 재출간.

Taishō Tripitaka
Takakusu Junjirō 高楠順次郞, Watanabe kaigyoku 渡邊海旭 편. *Taishō shinshū Daizōkyō* (漢譯三藏 *The Tripitaka in Chinese*) 大正新修大藏經, 100권. Tokyo : The Taisho Issai-kyo Kanko Kwai大正一切經刊行會, 1922-1934. 참고문헌에서는 각각의 불경이 대정신수대장경에서 몇 번째의 불경인지 따로 밝히지 않았다. 각주에서는 대정신수대장경이라 먼저 표시하고, 괄호 속에 해당 불경이 대정신수대장경에 수록된 불경들 가운데 몇 번째의 불경인지 그 번호를 표시하고, 그런 다음 그 해당 불경이 대정신수대장경의 몇 번째 권에 해당하는지 그 권수를 표시하고, 마지막으로 인용되거나 언급되는 대목의 면수와 그 해당 대목이 그 면에서 어떤 위치에 있는지를 표시하였다. 예를 들면 이런 식이다. *Taishō Tripitaka* (9)4.433c.
TCWSC Tung-ching meng-hua lu (*wai ssu chung*) [동경-꿈처럼 화려했던 그 시절의 기록(그

외 네 종류의 기록 포함)*Record of Dreams of the Splendors of the Eastern Capital (plus Four Related Texts)*] 東京夢華錄 (外四種). Shanghai : 上海古典文學出版社, Shanghai ku-tien wen-hsüeh ch'u-pan-she, 1956.

TP T'oung Pao.

TsSCC Ts'ung-shu chi-ch'eng ch'u-pien [*Compilation of Collectanea, First Series*] 叢書集成初編. Wang Yün-wu 王雲五 주편, 상해상무인서관, 1935-1940. 3464책에 달하는 조판본과 영인본, 미완성.

ZDMG Zeitschrift der Deutschen Morgenländischen Gesellschaft.

2. 유럽어 논문, 문헌(아시아, 근동, 중동 원전을 유럽어로 번역한 것은 제외)

Aditi : The Living Arts of India(아디띠 : 인도의 생활예술). 워싱턴의 스미소니언 재단 국립자연사박물관의 Thomas M. Evans Gallery에서 인도 축제의 일환으로 1985년에서 1986에 걸쳐 이루어진 전시회 *Aditi-The Celebration of Life*를 기념하여 출판됨. Smithsonian Institution Press, 1985.

Aerigoni, Paolo · Achille Bertarelli. "Le stampe popolari conservate nella 'Civicaraccolta di stampe e disegni' di Milano(밀라노 시립 회화 콜렉션 소장 풍속화)." *Il folklore italiano* 5, 1-2 (1930) : 43-56, 13개의 도판 포함.

Akiyama Terukazu. "New Buddhist Sects and Emakimono (handscroll painting) in the Kamakura Period(鎌倉시대(1185-1333) 신불교종파와 두루마리 그림)." *Acta Asiatica* 20 (1971) : 58-76.

Alexander, William. *Picturesque Representations of the Dress and Manners of the Chinese. Illustrated in Fifty Coloured Engravings with Descriptions*(중국인의 의복과 생활 도해 개관-50장의 칼라 판화와 설명 포함). London : John Murray를 위해 W. Blumer and Co.에서 1814년에 출판.

Altamura, Antonio. *I cantastorie e la poesie popolare italiana*(이탈리아의 민간 시가와 이야기 구연). Naples : Fausto Fiorentino, 1965.

Ames, Michael M. "Buddha and the Dancing Goblins : A Theory of Magic and Religion(부처와 춤추는 요정 : 미술과 종교에 대한 이론)." *American Anthropologist* (뉴 시리즈, 역주 : 학회지는 1888년부터 1898년까지 A1부터 A11까지를 발행하였으며, 1899년부터 다시 1권부터 새롭게 번호를 매겨서 2010년 현재 112권까지 발행하고 있다. 1년 4회 발행, 계간) 66, 1 (1964년 2월) : 75-82.

Anand, Mulk Raj 등, *Homage to kalamkari*(인도의 직물공예 깔람까리에 바치는 헌사). Bombay : Marg Publications, 1979.

And, Metin. *A History of Theatre and Popular Entertainment in Turkey*(터키 영화와 대중

연회의 역사). Ankara : Forum Yayinlari, 1963-1964.

______. *Karagöz : Turkish shadow Theatre*(카라괴즈 : 터키 그림자 연극). Ankara : Dost Yayinlarli, 1975.

Anderson, Benedict. "The Last Picture Show : Wayang Beber(마지막 그림 공연 : 와양 베베르)." Jean Taylor 등 편, 1974년 매디슨의 위스콘신대학에서 열린 인도네시아 현대 문학 학술대회 발표문*Proceedings, Conference on Modern Indonesian Literature at Madison, Wisconsin*. Madison : Center for Southeast Asian Studies, University of Wisconsin, 1976. 33-81.

Andhare, Shridhar. "Painted Banners on Cloth : Vividha-tirtha-pata of Ahmedabad(천 위에 그린 표상 : 아흐메다바드의 비위다-띠르타-빠따)." *Marg* 31, 4 (1977) : 40-44.

Angeleri, Carlo. *Bibliografia delle stampe popolari a carattere profano*(세속 풍속화 관련 참고문헌 목록). Florence : Sansoni Antiquariato, 1953.

Araki, James T. *The Ballad-Drama of Medieval Japan*(중세 일본의 민가-연극). Berkeley and Los Angeles : University of California Press, 1964; Rutland, Vermont, Tokyo : Charles E. Tuttle, 1978.

Archer, Mildred. *Indian Popular Painting in the India Office Library*(인도 공립 도서관 소장 인도 통속화). London : Her Majesty's Stationery Office, 1977; 1979 재판.

Archer, W. G. *Bazaar Paintings of Calcutta*(캘커타의 시장 그림). London : Her Majesty's Stationery Office for the Victoria and Albert Museum, 1953.

Armbruster, Gisela. *Das Shigisan Engi Emaki : Ein Japanisches Rollbild aus dem 12. Jahrhundert*(시기산 유래 두루마리 그림(信貴山緣起絵卷) : 12세기 이래 일본 두루마리 그림). Hamburg : Gesellschaft für Natur-und Völkerkunde Ostasiens, 1959.

Asensio, Eugenio 편. *Entremeses [de Cervantes]*([세르반테스의] 막간극). Madrid : Clasicos Castalia, 1970.

Association of Southeast Asian Institutions of Higher Learning. *Report of a Seminar on Fine Arts of Southeast Asia*(동남아시아 예술품 세미나 보고서). Bangkok : The Secretariat, ASAIHC, Chulalongkorn University, 1964.

Auboyer, Jeannine. "Le théâtre classique de l'Inde(인도의 고전극)." Jean Jacquot 편, *Les théâtres d'Asie*(아시아의 연극). Paris : Editions du Centre Nationale de la Recherche Scientifique, 1961.

Avery, Myrtilla. "Exultet Rolls of South Italy(남부 이탈리아의 기쁨의 두루마리)." Harvard University 박사학위논문, 1927.

______. *The Exultet Rolls of South Italy*(남부 이탈리아의 기쁨의 두루마리), 전 2권 (도판 포함). Princeton and London : Princeton and Oxford University Presses, 1936

[Martinus Nijhoff가 The Hague에서 출간].

Azarpay, Guitty. *Sogdian Painting : The Pictorial Epic in Oriental Art*(소그드 회화 : 그림으로 보는 오리엔트 예술). A. M. Belenitskii, B. I. Marshak, Mark J. Dresden 기고. Berkeley : University of California Press, 1981

Bailey, H. W. "The Culture of the Iranian Kingdom of Ancient Khotan in Chinese Turkestan(중국 투르케스탄에서의 고대 코탄 이란 왕국의 문화)." 부제-"The Expansion of Early Indian Influence into Northern Asia(북아시아에 미친 초기 인도의 영향)." 東洋文庫 研究部 記念號 *Memoirs of the Research Department of the Toyo Bunko(The Oriental Library)* 29(1971) : 17-29.

______. "Irano-Indica(이란-인도학) IV." *BSOAS* 13, 4 (1951) : 920-938.

______. "Story-telling in Buddhist Central Asia(불교권 중앙아시아의 이야기 구연)." *Acta Asiatica* (Bulletin of the Institute of Eastern Culture) 23 (1972.9) : 63-77.

Bailey, Jane Terry. "Some Burmese Paintings of the Seventeenth Century and Later(17세기와 그 이후 버마 회화), Part I : A Seventeenth-Century Painting Style Near Sagaing (제1부 : 버마 사가잉 인근 지역의 17세기 회화)." *Artibus Asiae* 38, 4 (1976) : 267-286.

Banerjee, Anukul Chandra. *Sarvāstivāda Literature*(說一切有部文献). Calcutta : D. Banerjee, 1957.

Banerji, Biswanath. "Notes on Chitrakars(치뜨라까르에 대한 주석)." K. P. Chattopadhyay 편, *Study of Changes in Traditional Culture*(전통문화의 변화 연구), 91-93. Calcutta : University of Calcutta Press, 1957.

Der Bänkelsänger : Urkomische Schauerballaden, Moritaten und ähnliche, die tollste Heiterkeit hervorrufende Vorträge(거리 가수 : 홍겨운 고전민요, 발라드, 재미를 불러일으키는 이야기 구연들). Mühlhausen i. Thür. : G. Danner, 출판일 불명.

Banner, H. S. "Java's Shadow Shows and the Kawi Epics(자바의 그림자 공연과 카위어 서사시)." *London Mercury* 16 (1927.8) : 389-399.

Bannister, H. M. "The Vetus Itala Text of the Exultet(기쁨의 송가의 고대라틴어 텍스트)." *The Journal of Theological Studies* 11, 41 (1909.10) : 43-54.

Barnouw, Erik. *The Magician and the Cinema*(마술사와 영화). New York : Oxford University Press, 1981.

Barua, Benimadhab. *Barhut. Book 1, Stone as a Story-Teller, Book 2, Jātaka-Scenes*(바르후뜨 제1책, 이야기꾼 돌, 제2책, 자따까-장면). Indian Research Institute Publications, Fine Arts Series-No. 1, 2. Calcutta : Satis Chandra Seal, 1934.

______. *A History of Pre-Buddhistic Indian Philosophy*(부처 이전의 인도철학자). Calcutta : University of Calcutta, 1921; Varanasi : Motilal Banarsidass 재판, 1970.

Barua, B. M. "Maskari-Gośāla's Early Life(마스까리-고샬라의 젊은 시절)." *Calcutta Review* 23, 3(1927.6) : 355-375.

Baruch, Willi. "Maitreya d'après les sources de Sérinde(新疆의 자료를 통해 살펴보는 미륵보살)." *Annales du Musée Guimet*(기메 박물관 연보), Revue de l'histoire des Religions 132, 1-3(1946.7-12) : 67-92.

Basak, Radhagovinda. "Indian Life as Revealed in the Buddhist Work, the *Mahāvastuavadāna*(大事비유에 드러나는 인도인의 삶)." *J[itendra] N[ath] Banerjee Volume : A Collection of Articles by His Friends and Pupils Presented on His Retirement from Carmicheal Professorship of Ancient Indian History and Culture*(지뗀드라 나트 바네르지 권 : 카마이클 고대 인도 역사문화 특별교수 은퇴기념 동료와 제자들의 논문집), 1-70. Calcutta : University of Calcutta, 1960.

______. *A Study of the Mahāvastu-Avadāna*(大事비유 연구). Calcutta : The Alumni Association, Department of Ancient Indian History and Culture, University of Calcutta, 1963.

Basham, A. L. *History and Doctrine of the Ājīvikas, a Vanished Indian Religion*(사라진 인도 종교 邪命外道아지위까의 역사와 교리). London : Luzac, 1951.

Bastian, Adolf. *Reisen in Siam im Jahre 1863*(1863년의 태국여행). Die voelker des oestlichen Asien; studien und reisen, 3. Jena : Hermann Costenoble, 1867.

Batchelder, Marjorie Hope. *Rod-Puppets and the Human Theatre*(막대기-꼭두각시 인형극과 사람연극). Contributions in Fine Arts, 3. Columbus : Ohio State University Press, 1947.

Beall, Karen F. *Kaufrufe und Strassenhändler, Cries and Itinerant Trades : Eine Bibliographie, A Bibliography*('사세요', 거리의 상인, 호객소리 그리고 떠돌이 상인 : 참고서지). Sabine Solf가 독일어로 번역. Hamburg : Ernst Hauswedell, 1975.

______. *Kaufrufe und Strassenhändler : Enzelblätter und Graphikfolgen des 16. bis 19. Jahrhunderts*('사세요' 거리의 상인 : 16-19세기의 그림판과 그림두루마리). Exhibition catalog. Hamburg : Ernst Hauswedell, 1976.

Beattie, John · John Middleton 편. *Spirit Mediumship and Society in Africa*(영적 중개와 아프리카 사회). New York : Africana, 1969.

Belenitskiĭ, Aleksandr Markovich. *Monumental'noe iskusstvo Pendzhikenta; zhivopis', skul'ptura*(판지켄트의 기념비적 예술)(Alexander Markovitch Belenitsky가 번역한 영역본 제목은 *Monumental Art of Pjanžikent*임). Moscow : Iskusstvo, 1973.

Beolo, Jane 편. *Traditional Balinese Culture*(발리의 전통문화). New York : Columbia University Press, 1970.

Ben-Amos, Dan 편. *Folklore Genres*(민담 갈래). Austin : University of Texas Press, 1976.
Ben-Amos, Dan · Kenneth S. Goldstein 편. *Folklore : Performance and Communication*(민담 : 공연과 전수). The Hague : Mouton, 1975.
Benedict, Paul K. *Sino-Tibetan : A Conspectus*(한-장어 : 개관). James A. Matisoff 편, Cambridge : Cambridge University Press, 1972.
Benveniste, Émile. *Études sogdiennes*(소그드어 연구). Beiträge zur Iranistik, 9. Wiesbaden : Ludwig Reichert, 1979.
Bertaux, Émile. *L'art dans l'Italie méridionale*(남부 이탈리아 예술). Paris : Fontemoing, 1904.
Bezemer, T. J. "Over Oorsprong en Beteekenis van de Wayang(와양의 기원과 의의)." *Koloniaal Tijdschrift*(식민 잡지) 17(1928) : 353-371.
Bhattacharya, Asutosh. "Oral Tradition of the Rāmāyana in Bengal(뱅갈의 라마야나 구연전통)." V. Raghavan 편, *The Ramayana Tradition in Asia*(아시아의 라마야나 전통), 593-616. New Delhi : Sahitya Akademi, 1980.
Birt, Theodor. *Die Buchrolle in der Kunst*(예술에서의 그림두루마리). Leipzig : B. G. Teubner, 1907.
Bloch, Stella, A. K. Coomaraswamy. "Javanese Theater(자바 연극)." *Asia* 29(1929.7) : 536-539.
Blümner, Hugo. "Fahrendes Volk in Altertum(고대의 추방된 사람들)." *Sitzungsberichte der Königlich Bayrischen Akademie der Wissenschaften*(바이에른 왕립 과학회 발표 논문집), Philosophisch-philologische und his torische Klasse, 6.9.2(1918).
Bodrogi, Tibor. *Art of Indonesia*(인도네시아의 예술). 헝가리어 본을 Éva Rácz가 번역함. Academy Editions. Greenwich, Connecticut : New York Graphic Society, 1973.
Bohatta, Hanns. "Das Javanische Drama(*wajang*)(자바의 연극(와장))." *Mitteilungen der Anthropologischen Gesellschaft in Wien*(비엔나 인류학회 통신문) 35(1905) : 278-307.
Boisselier, Jean. *Thai Painting*(태국 회화). Janet Seligman 역, Tokyo : Kodansha, 東京 : 講談社, 1976.
Bolte, Johannes. "Fahrende Leute in der Literatur des 15. und 16. Jahrhunderts(15,16세기 추방자들의 문학)." *SPAW*(Philosophisch-historische Klasse) 31(1928) : 625-655.
Bombaci, Alessio. "On Ancient Turkish Dramatic Performances(고대 터키 연극 공연)." Denis Sinor 편, *Aspects of Altaic Civilization*(알타이 문명의 제측면), 87-117. Permanent International Altaistic Conference 5차 미팅에 제출된 발표문. Bloomington : Indiana University, 1963.

Bosch, Frederik David Kan. *The Golden Germ : An Introduction to Indian Symbolism*(황금 싹 : 인도 상징주의 소개). Indo-Iranian Monographs 2.´s-Gravenhage : Mouton, 1960.

______. "The Oldjavanese Bathing-Place in Jalatunda(잘라툰다의 고대 자바인 목욕 성소)." *Selected Studies in Indonesian Archaeology*(인도네시아 고고학 논문선), 47-107쪽. KITLV, Translation Series 5. The Hague : Martinus Nijhoff, 1961.

Brandon, James R. *Theatre in Southeast Asia*(동남아시아의 연극). Cambridge, Massachusetts : Harvard University Press, 1967.

Brault, Gerard J. 편역. *The Song of Roland : An Analytical Edition*(롤랑의 노래 : 해석판). 권1, *Introduction and Commentary*(해제와 주석). 권2, *Oxford Text and English Translation*. University Park : Pennsylvania State University Press, 1978.

Brecht, Bertolt. *The Threepenny Opera*(서푼짜리 오페라), Eric Bentley, Desmond Vesey 영역. Eric Bentley 편, *The Modern Theatre*, 권1, Garden City, New York : Doubleday Anchor Books, 1955.

Brednich, Rolf Wilh. "Zur Vorgeschichte des Bänkelsangs(밴클장의 초기 역사)." *Jahrbuch des Österreichischen Volksliederwerkes* 21(Vienna, 1972) : 78-92, 도판 네 장 포함.

Brilliant, Richard. *Visual Narratives : Storytelling in Etruscan and Roman Art*(시각을 활용한 서사 : 에뚜리아와 로마 예술 가운데의 이야기 구연). Ithaca : Cornell University Press, 1984.

Brown, W. Norman. *The Vasanta Vilāsa : A Poem of the Spring Festival in Old Gujarātī Accompanied by Sanskrit and Prakrit Stanzas and Illustrated with Miniature Paintings*(바산타 윌라사 : 고대 구자라띠의 산스끄리뜨어와 소형 그림으로 된 봄의 향연시). American Oriental Society Series, 46. New Haven : American Oriental Society, 1962.

Brown, Percy. *Indian Painting*(인도 회화). Calcutta : Y. M. C. A. Publishing House, 1953.

Brüggemann, Fritz. *Bänkelgesang und Singspiel vor Goethe*(괴테 이전의 밴클장과 음악극 싱스피엘). Deutsche Literatur in Entwicklungsreihen, Reihe Aufklärung, 10. Leipzig : Philipp Reclam jun., 1937.

Brunet, Jacques. "Attempt at a Historical Outline of the Shadow Theatres(그림자 연극의 사적 개요)." Mohd. Taib Osman 편, *Traditional Drama and Music of Southeast Asia*(동남아시아의 전통연극과 음악), 127-129. Kuala Lumpur : Dewan Bahasa dan Pustaka, 1974.

______. *Nang Sbek : Getanztes Schattentheater aus Kambodscha*(낭세벡 : 캄보디아의 춤추는 그림자 연극). Veröffentlichung des Internationalen Instituts für Vergleichende

Musikstudien und Dokumentation. Berlin, 1969.
______. "The Shadow Theatres of Cambodia : Nang Sbek and Ayang(캄보디아의 그림자 연극 : 낭세벡과 아양)." Mohd. Taib Osman 편, *Traditional Drama and Music of Southeast Asia*(동남아시아의 전통연극과 음악), 52-57. Kuala Lumpur : Dewan Bahasa dan Pustaka, 1974.
Bussagli, Mario. *Painting of Central Asia*(중앙아시아의 회화). Lothian Small이 이탈리아어를 번역함. Treasures of Asia. Geneva : Skira, 1963.
Bussbarger, Robert F., Betty Dashew Robins. *The Everyday Art of India*(인도의 생활예술). New York : Dover, 1968.
Buttitta, Antonino. "Cantastorie in Sicilia : Premessa e testi(시칠리아의 이야기 구연자 : 배경과 텍스트)." *Annali del Museo Pitre*(삐뜨레 박물관 연보) 8-10(1957-1959) : 149-236. Palermo : Banco di Sicilia, 1960.
Bynum, David E. *The Daemon in the Wood : A study of Oral Narrative Patterns*(숲속의 정령 : 서사 구연 양식 고찰). Cambridge, Massachusetts : Harvard University Center for Study of Oral Literature, 1978.
Cabaton, Antoine. "Communication(통신문)." *L'Ethnographie*(민족 기술학)(뉴 시리즈) 17-18 (1928.4.15 · 12.15) : 113.
The Cambridge History of Iran(케임브리지 이란사). 권III, *The Seleucid, Parthian, Sasanian Periods*(셀레우코스, 파르티아, 사산왕조), Ehsan Yarshater 편, Cambridge : Cambridge University Press, 1983.
Cejpek, Jiří. "Iranian Folk Literature(이란의 민간문학)." Jan Rypka 등, *History of Iranian Literature*, 607-709. Prague : Nakladatelstvi Československé akademie věd, 1956.
Center for Intercultural Studies in Folklore and Ethnomusicology, University of Texas at Austin. *World Traditions of Puppetry and Performing Objects*(세계의 꼭두각시와 공연 도구 전통). 1980년 6월 13-14일에 걸쳐 워싱턴의 Carmichael Auditorium of the National Museum of History and Technology에서 열린 국제 학제간 학술회의.
Chadwick, Hector Munro, Nora Kershaw Chadwick. *The Growth of Literature*(문학의 성장). 전 3권. Cambridge : The University Press, 1932-1940; 1968 재판.
Chadwick, N. K., Victor Zhirmunsky. *Oral Epics of Central Asia*(중앙아시아의 구연 서사시). Cambridge : Cambridge University Press, 1969.
Chandra, Moti. *Studies in Early Indian Painting*(초기 인도 회화 연구). Bombay : Asia Publishing House, 1974.
Chang, Lily. "The Lost Roots of Chinese Shadow Theater : A Comparison with Actors' Theater of China(중국 피영희 연극의 사라진 뿌리 : 중국의 배우가 직접 출연하는 연

극과의 비교)." University of California at Los Angeles 박사학위논문, 1982.
Charles, Lucile Hoerr. "Drama in Shaman Exorcism(샤먼의 마귀 쫓아내기 의식에서의 연극적 요소)." *Journal of American Folklore* 66(1953) : 95-122.
Charpentier, Jarl. "Ājīvika(아지위까(邪命外道))," *JRAS*(1913) : 669-674.
Chattopadhy, Kamaladevi. *The Glory of Indian Handicrafts*(인도 수공예의 영광). New Delhi : Indian Book Company, 1976.
Chi Hsien-lin. "Indian Literature in China(중국의 인도문학)." *Chinese Literature* 4 (1958.7-8) : 123-130.
Chiang Fu-tsung. "A City of Cathay(중국의 도시, 개봉)(Ch'ing-ming shang-ho t'u 淸明上河圖)." *Monumenta Serica* 29(1970-1971) : 338-345.
Chinmulgund, P. J. "Paithan Painting(파이탄 사리의 그림)." *Times of India Annual*(1962) : 67-72.
Cocchiara, Giuseppe. "Il cartellone dell'opera dei pupi(꼭두각시 연극의 포스터)." *Sicilia* 5 (Palermo, 1954) : 18-23.
Coedès, George. *Les états hindouisés d'Indochine et d'Indonésie*(인도지나와 인도네시아의 인도화된 국가들). 개정판. Paris : Boccard, 1964. Susan Brown Cowing이 『동남아시아의 인도화된 국가들*The Indianized States of Southeast Asia*』이란 제목으로 영역, Walter F. Vella 편, Honolulu : East-West Center Press, 1967.
______. "Origine et évolution des diverses formes du théâtre tranditionnel en Thailande(태국 전통 연극의 기원과 발전)." *Bulletin de la Société des Études Indochinoises* (뉴 시리즈) 38, 3-4 (1963) : 489-506, 도판 다섯 장 포함.
______. "Le substrat autochtone et la superstructure indienne au Cambodge et a Java(캄보디아와 자바에 보이는 인도 토속전통의 특질)." *Cahiers d'Histoire Mondiale / Journal of World History* 1, 2 (1953.10) : 368-377.
Combaz, Gisbert. *L'Inde et l'Orient classique*(인도와 오리엔트의 고전). Paris : P. Geuthner, 1937.
The Committee for Popular Literature. *Darah Bharata : Collection of Headfigures out of Wayang Poerwa*(다라 바라따 : 와양 푸르와의 얼굴형상 모음). Weltevreden, Batavia, 1919.
Contractor, Meher. *The Shadow Puppets of India*(인도의 그림자 꼭두각시). Darpana Monograph Series 2. Ahmedabad : Darpana Academy of the Performing Arts, 1984.
Cook, Roger. *The Tree of Life : Image for the Cosmos*(생명의 나무 : 우주의 이미지). New York : Avon, 1974.

Coomaraswamy, Ananda K. *History of Indian and Indonesian Art*(인도와 인도네시아 예술의 역사). London : E. Goldston, 1927; New york : Dover, 1965 재판.

______. "Notes on the Javanese Theatre(자바 연극 노트)." *Rūpam* 7 (July 1921) : 5-11.

______. "Picture Showmen(그림 공연자)." *IHQ* 5, 2 (1929년 6월) : 182-187.

______. "The Shadow-Play in Ceylon(실론의 그림자 연극)." *JRAS* 3 (1930년 7월) : 627.

Coupe, William A. *The German Illustrated Broadsheet in the Seventeenth Century*(17세기 독일의 그림이 그려진 광고 삐라). Bibliotheca Bibliographica Aureliana, 17. Baden-Baden : Heitz, 1966-1967.

Cousins, J. H. "Dance-Drama and Shadow-Play(춤-연극 그리고 그림자-연극)." Stella Kramrisch, J. H. Cousins, Vasudeva Poduval. *The Arts and Crafts of Travancore*, 161-178. London : Royal India Society and the Government of Travancore, 1948.

Covarrubias, Miguel. *Island of Bali*(발리섬), Rose Covarrubias의 사진 포함. New York : Alfred A. Knopf, 1938.

Crawfurd, John. *A Descriptive Dictionary of the Indian Islands and Adjacent Countries*(인도 군도 및 주변 국가 설명 사전). Kuala Lampur : Oxford University Press, 1971; 본래 London에서 1856년에 출판됨.

______. *History of the Indian Archipelago, Containing an Account of the Manners, Arts, Languages, Religions, Institutions, and Commerce of Its Inhabitants*(인도 군도의 역사 : 생활관습, 예술, 언어, 종교, 제도 및 거주민의 경제활동). 전 3권. London : Frank Cass, 1967; 1820 초판.

Cuisinier, Jeanne. "The Sacred Books of India and the Malay and Siamese Theatres in Kelantan(켈라탄 주의 인도, 말레이, 태국 연극관련 聖典)." *Indian Art and Letters* (뉴 시리즈) 8, 1 (1934) : 43-50.

______. *Le théâtre d'ombres à Kelantan*(켈라탄 주의 그림자 연극). Jean Filliozat 서문. Paris : Gallimard, 1957.

Dallapiccola, Anna Libera. *Die "Paithan"-Malerei : Studie zu ihrer stilistischen Entwick-lung und Ikonographie*(파이탄 회화 : 그 양식의 전변과 도상학 연구). Heidelberg Universität Südasien-Institut Schriftenreihe, 28. Wiesbaden : Franz Steiner, 1980.

Dani, Ahmad Hasan. *Chilas : The City of Nanga Parvat (Dyamar)*(칠라스 : 낭가 파르밧의 도시). Islamabad, 1983.

Das, J. P. "Patachitra of Orissa(오릿사의 빠따치뜨라)." *Marg* 31, 4(1977) : 77.

Das, Kunjabehari. *A Study of Orissan Folk-lore*(오릿사 민담연구). Santiniketan : Visvabharati, 1953.

de Kleen, Tyra. *Wayang(Javanese Theatre)*(와양(자바 연극)). The Ethnographical Museum of Sweden, Stockholm (Statens Etnografiska Museum), 뉴 시리즈 3. Stockholm : Aktiebolaget Thule, 1937. 이 책은 *Ethnos* 1,3(1936.5), 49-59쪽에 실린 "Vayang"이란 논문과 *Ethnos* 1,5(1936.9), 119-127쪽에 실린 "Serimpies"란 논문을 전폭적으로 수정하고 증보한 것이다.

Demiéville, Paul. Annemarie von Gabain이 편한 *Faksimile der alttürkischen Version eines Werkes der buddhistischen Vaibhāśika-Schule*(불교 바이바쉬까-학파 저작의 고대 터키어 버전-영인본)에 대한 논평. *TP* 46 (1958) : 433-440.

Devasthali, G. V. *Introduction to the Study of Mudrā-rākṣasa*(무드라-락샤사 연구 길잡이). Bombay : Keshav Bhikaji Dhavale, 1948.

Dewdney, Selwyn. *The Sacred Scrolls of the Southern Ojibway*(남부 오지브웨이의 신성한 경전 두루마리). Toronto : University of Toronto Press for the Glenbow-Alberta Institute, 1957.

de Zoete, Beryl, Walter Spies. *Dance and Drama in Bali*(발리의 춤과 연극). Arthur Waley 서문. London : Faber and Faber, 1938.

Dhaniniwat [Dhani Nivat], Prince. "The Dalang(달랑)." *JSS* 43, 2 (1956) : 113-135.

______. "Hide Figures of the Rāmakien at the Ledermuseum in Offenbach, Germany(독일 오펜바흐 레더 박물관에 소장되어 있는 라마키엔의 숨겨진 면모)." *JSS* 53, 1 (January 1965) : 61-66, 도판 11장 포함.

______. *The Nang*(낭). Thailand Culture Series, 12. Bangkok : National Culture Institute, 1955.

______. "The Shadow-Play as a Possible Origin of the Masked-Play(가면극의 기원으로서의 그림자 연극)." *JSS* 37, 1 (1948.10) : 26-32, 도판 한 장 포함.

______. *Shadow Play, the Naŋ*(그림자 연극, 낭). 제4판. Thai Culture (뉴 시리즈) 3. Bangkok : Fine Arts Department, 1968.

Djajasoebrata, Alit, M. R. *Java Wajang Purwå Schaduwtoneel en Wereldbeeld*(자바 와장 푸르와 그림자극과 세계관). Rotterdam : Museum voor Land-en Volkenkunde, 1967-1968.

Doshi, Saryu. "The Iconic and the Narrative in Jain Painting : A Monograph(자이나교 회화의 도상과 서사)." *Marg* 36, 3 출판일 불명. *Masterpieces of Jain Painting*이란 제목으로도 출간. Bombay : Marg, 1985.

______. "Spring Festival : The Vasanta Vilasa(three vignettes)(봄의 향연 : 바산타 윌라사)." *Marg* 31, 4 (1977) : 37-38.

Duchartre, Pierre-Louis. *L'Imagerie populaire russe et les livrets gravés 1629-1885*(러시아 민속관련 그림 자료집 1629-1885). Paris : Gründ, 1961.

Duggan, Joseph J. *The Song of Roland : Formulaic Style and Poetic Craft*(롤랑의 노래 : 공식구와 시적 기교). Berkeley and Los Angeles : University of California Press, 1973.

Dutt, Guru Saday. "The Indigenous Painters of Bengal(벵갈의 토속 화가)." *Journal of the Indian Society of Oriental Art* 1, 1 (1933.6) : 18-25.

Eberhard, Wolfram 편. "Chinese Folk Literature in Chinese Folk Temples(중국 민간 사원에서 찾은 중국의 민간문학)." *Studies in Chinese Folklore and Related Essays*, 183-189쪽에 수정, 번역되어 실림. 원래는 "Chinesische Volksliteratur in chinesischen Volkstempeln"이란 제목이었음. 1964년 9월 그리스 아테네에서 열린 국제 민속서사연구 학회 학술대회에서 발표된 논문. 아울러 Georgios Megas가 편한 제4회 국제 민속서사연구 학회 학술대회, 강좌와 보고*IV. International Congress for Folk-Narrative Research, Lectures and Reports*, 100-105쪽에도 실림. Athens, 1965.

______. *Guilt and Sin in Traditional China*. Berkeley : University of California Press, 1967.

Eichler, Ulrike. *Bänkelsang und Moritat*(밴클장과 모리타트). Ausstellung der Staatsgalerie Stuttgart, Graphische Sammlung(슈투트가르트 주립 박물관 전시, 회화와 드로잉전). 1975.6.14-8.24. Stuttgart : Staatsgalerie, 1975.

Elwin, Verrier. "The Comic Strips of Rural India(인도 시골의 코믹만화)." 제 I 부, "The Krishna-Lila(크리슈나-릴라)." 제 II 부, "The Santal Legends(산탈 부족의 전설)." 제 III부, "The Punishments of Hell(지옥의 처벌)." *The Illustrated Weekly of India* 73 (1952.6.15) : 9-11; (1952.6.22) : 36-37; (1952.6.29) : 29.

______ 편. *Folk Paintings of India*(인도의 민화). New Delhi : Inter-National Cultural Centre, 1961; 제2판, 1967.

Ensink, J. "Rekhacarmma; On the Indonesian Shadow-Play with Special Reference to the Island of Bali(레카카르마 : 발리섬에 대한 특별한 언급을 곁들인 인도네시아 그림자 연극연구)." [Brahmavidyā] *Adyar Library Bulletin*, Dr. V. Raghavan Felicitation Volume, 31-32 (1967-1968) : 412-441.

Enthoven, R. E. "Chitrakathi(치뜨라까티)." *The Tribes and Castes of Bombay*(뭄바이의 부족과 카스트) 권1. 287-289. Bombay : Government Central Press, 1920.

Erda, Betty. *Shadow Images of Asia : A Selection of Shadow Puppets from the American Museum of Natural History*(아시아의 그림자 이미지 : 미국 자연사 박물관에서 선정한 그림자 꼭두각시). The Katonah Gallery, 1979.5.18-5.27.

Erickson, Joan. *Mātā nī Pachedī : A Book on the Temple Cloth of the Mother Goddess*(마따 니 빠체디 : 母神 사원의 천에 관하여). Ahmedabad, India : National Institute of Design, 1968.

Esin, Emel. *Antecedents and Development of Buddhist and Manichean Turkish Art in Eastern Turkestan and Kansu*(동터키와 감숙지방의 불교와 마니교 예술의 기원과 발전). Z. V. Togan 등이 편찬한 *The Handbook of Turkish Culture*(터키문화 안내서)의 제Ⅱ권 예술사 부분의 보론. Istanbul : Millî Eğitim Basimevi, 1967.

Fabri, C. L. "Mesopotamian and Early Indian Art : Comparisons(메소포타미아와 초기 인도 예술 : 비교론)." *Études d'Orientalisme Publiées par le Musée Guimet à la mémoire de Raymonde Linossier*(Mélanges Linossier)(레이몬드 리노시에 기념 기메 박물관 동양학 연구서), 권1, 203-253. Paris, 1932.

Forrest, R. A. D. *The Chinese Language*(중국어). 제3판. London : Faber and Faber, 1973.

Forster, Harold. *Flowering Lotus : A View of Java*(만개한 연꽃 : 자바 일람). London : Longmans, 1959; 초판 1958.

Forte, Antonio. "Deux études sur le Manichéisme chinois(중국 마니교에 대한 두 가지 연구)." *TP* 59, 1-5 (1973) : 220-253.

Frazer, James. *The Golden Bough : A Study in Magic and Religion*(황금가지 : 마술과 종교 연구). 전12권. London : Macmillan, 1919-1922; 제3판 개정판.

Friedrich, Wolfgang. "Moritaten in Flandern(플랑드르 지역의 그림 이야기 구연)" *MBV* 5 (1930) : 119-122.

Galter, Juan Subias, *El Arte Popular en España*(스페인의 민간 예술). Barcelona : Editorial Seix Barral, 1948.

Galunov, R. A. "Narodn'iĭ Teatr Irana(인도의 연극)." *Sovetskaya Etnografiya* 4-5(1936) : 55-83.

Garcia Lorca, Frederico. Lorca, Frederico Garcia를 볼 것.

Garcia, Miguel Herrero. *Cervantes : Entremeses*(세르반테스 : 막간극). Madrid : Espasa-Calpe, 1945.

Gargi, Balwant. "Folk Theatre in India(인도의 민간 연극)." H. H. Anniah Gowda 편, *Indian Drama*(인도 연극), 103-107. Mysore : Prasaranga, University of Mysore, 1974.

Gaulier, Simone, Robert Jera-Begard, Monique Maillard. *Buddhism in Afghanistan and Central Asia*(아프카니스탄과 중앙아시아의 불교). 전2부. Iconography of Religions, XIII, 14. Institute of Religious Iconography, State University, Groningen. Leiden : E. J. Brill, 1976.

Gay, John(1685-1732). *The Beggar's Opera*(거지의 오페라). London : Martin Secker, 1920; 초판 1728.

Gazetteer of the Bombay Presidency(뭄바이 관구 지명 사전). Bombay : Government Central Press.

권11, Kolába와 Janjira. 1883.
권13.1, Thána. 1882.
권17, Ahmadnagar. 1884.
권18.1, Poona. 1885.
권19, Sátára. 1885.
권21, Belgaum. 1884.
권22, Dhárwár. 1884.
권23. Bijápur. 1884.

Gee, Tom. *Stories of Chinese Opera*(중국 오페라 이야기). Taipei : The Liberal Arts Press, 1978.

Geertz, Clifford. *The Religion of Java*(자바의 종교). Glencoe, Illinois : The Free Press, 1960.

Geiger, Benno. *Magnasco*(마그나스코). Bergamo : Istituto Italiano d'Arte Grafiche, 1949.

Gernet, Jacques. *Daily Life in China on the Eve of the Mongol Invasion*(몽골 침공 전야 중국의 일상생활), *1250-1276*. H. M. Wright 영역. Stanford : Stanford University Press, 1970.

Ghosh, D. P. "An Illustrated Rāmāyana Manuscript of Tulsīdās and Pats from Bengal(벵갈의 뚤시다와 빠뜨의 도해본 라마야나)." *Journal of the Indian Society of Oriental Art*(인도 동양예술 학회지) 13 (1945) : 130-138, 도판 다섯 장 포함.

Gilson, J. P. "Introduction(서언)"(Add. Ms. 30337을 복제한 *An Exultet Roll Illuminated in the XIth Century at the Abbey of Monte Cassino*(11세기 몽테 카시노 대수도원에 장식된 기쁨의 두루마리)의 서언), London : British Museum, 1929.

Gombrich, E. H. *Art and Illusion : A Study in the Psychology of Pictorial Representation*(예술과 환상 : 그림을 통한 재현의 심리학 연구). The A. W. Mellon Lectures in the Fine Arts, 1956, National Gallery of Art, Washington, D. C.(1956년 워싱턴 국립 예술 박물관 A. W. 멜론 미술 강좌) Bollingen Series 35.5. Princeton : Princeton University Press, 1960, 1969.

Goodrich, L. Carrington. *A Short History of the Chinese People*(간추린 중국인의 역사). 제4판. New York : Harper and Row, 1969.

Görner, Otto. "Der Bänkelsang(밴클장)." *MBV* 7 (1932) : 113-128, 156-172.

______. "Volkskunde und Tageszeitung(민담과 일간신문)." *MBV* 8 (1993) : 73-84.

Goslings, B. M. "Het Ontstaan van de Javaansche Wajang(자바 와양의 기원)." *De Indische Gids*(인도 안내서) (Amsterdam) 48, 3 (1926.3.1) : 217-231, 48, 4 (1926.4.1) : 304-318.

______. *De Wajang op Java en op Bali in het berleden en het heden*(자바와 발리의 와양의

과거와 현재). Beschouwingen in vergand met het vraagstuk van het outstaan der Javaansche Wayang(자바 와양의 기원문제에 대한 논단). Amsterdam : J. M. Meulenhoff, 1938.

Graham-Lujan, James와 Richard L. O'Connell 역. *Five Plays : Comedies and Tragicomedies [of Lorca]*(五劇 : 로르카의 희극과 희비극). New York : New Directions, 1963; Charles Scribner의 아들들에 의하여 1941년 초판.

Groeneveldt, Willem Pieter. *Historical Notes on Indonesia and Malaya : Compiled from Chinese Sources*(중국 자료에서 수집한 인도네시아와 말레이에 대한 역사적 기록). Djakarta : C. V. Bhratara, 1960. *Verhandelingen van het (Koninkljik) Bataviaasch Genootschap van Kunsten en Weten-schappen*(왕립 바타비아(자카르타) 예술, 과학회 원고) 39 (1880)에 수록된 것을 재출간.

______. *Notes on the Malay Archipelago and Malaca, Compiled from Chinese Sources*(중국 자료에서 수집한 말레이제도와 말라카 관련 기록). Batavia : Bruining, 1876.

Groneman, Isaac. *The Tyandi-Barabudur in Central Java*(중앙 자바의 티안디-바라부두르). 제2판. A. Dolk. Semarang-Soerabaia : G. C. T. van Dorp. 1906 네덜란드어 본 번역.

Grousset, René. *Chinese Art and Culture*(중국의 예술과 문화)(Haakon Chevalier 영역). New York : Orion, 1959. 불어본은 *La Chine et son art*란 제목으로 출간(Paris : Plon, 1951).

Grünwedel, Albert. *Altbuddhistische Kultstätten in Chinesisch-Turkistan*(중국-투르키스탄의 고대 불교사원). Bericht über archäologische Arbeiten von 1906 bis 1907 bei Kuča, Qarašahr und in der Oase Turfan(1906년부터 1907년까지 걸쳐 이루어진 쿠챠, 투루판, 카슈카르 지역 고고학 답사 결과 보고서). Königlich Preussische Turfan-Expeditionen. Berlin : Georg Reimer, 1912.

______. *Alt-Kutscha*(고대-쿠차). 전 2권. Berlin : Otto Elsner, 1920.

______. *Amtliche Berichte aus den Königlichen Kunstsammlungen*(왕립 예술 컬렉션 공식 보고서) 30, 7에 실린 보고서 (1909.4) : 171-176.

Gugitz, Gustav. *Lieder der Strasse : Die Bänkelsänger im josephinischen Wien*(거리의 노래 : 죠세핀 비엔나의 거리 가수). Vienna : Brüder Hollinek, 1954.

Gupta, Chandra Bhan. *The Indian Theatre*(인도 연극). Benares : Motilal Banarsidass, 1954.

Gupta, R. D. Norvin Hein의 *The Miracle Plays of Mathura*(마투라의 기적극)에 대한 논평. *BSOAS* 36, 2 (1973) : 476-478.

Hallowell, A. Irving. *The Role of Conjuring in Saulteaux Society*(소토 부족에서의 마술의 역할). Publications of the Philadelphia Anthropological Society, 2. Philadelphia : University of Pennsylvania Press, 1942.

Haloun, G., W. B. Henning. "The Compendium of the Doctrines and Styles of the Teaching of Mani, the Buddha of Light(빛의 부처, 마니의 교리와 가르침의 스타일 제요)." *AM* (뉴 시리즈) 3, 2 (1952) : 184-212.

Hanan, Patrick. "Sung and Yüan Vernacular Fiction : A Critique of Modern Methods of Dating(송원 백화소설 : 근대적 계년법 비판)." *HJAS* 30 (1970) : 159-184.

Harding, Stap. "The Ramayana Shadow-Play in India(인도의 라마야나 그림자-연극)." *Asia* 35, 4 (1935.4) : 234-235.

Härtel, Herbert · Marianne Yaldiz. *Along the Ancient Silk Routes : Central Asian Art from the West Berlin State Museums*(고대 실크로드를 따라서 : 서베를린 주 박물관에서 온 중앙아시아 예술). New York : The Metropolitan Museum of Art, 1982.

Hartkamp-Jonxis, E. "Some Explorations in the Visual Organization of Scenes on Rājasthānī Cloth Paintings in the Honour of Pābūjī(빠부지를 기리는 라자스탄 천 그림에서 장면의 시각화에 대한 탐색)." J. E. van Lohuizen-de Leeuw 편, *South Asian Archaeology*, 1975, 175-187, 도판 91-94. Leiden : E. J. Brill, 1979.

Hasé, Akihisa. *Emaki : Die Kunst der klassischen japanischen Bilderrollen*(에마키 : 일본의 전통 그림두루마리 예술), Dietrich Seckel의 서문. Zürich : Max Niehans, 1959.

Hauge, Victor · Takako Hauge. *Folk Traditions in Japanese Art*(일본예술의 민간 전통). New York : John Weatherhill for the International Exhibitions Foundation and the Japan Foundation, 1978-1979.

Hazeu, Godard Arend Johannes. "Bijdrage tot de Kennis van het javaansche tooneel(자바연극관련 지식과 정보)." Thesis, Leiden, 1897.

______. "Eine 'Wajang Beber' Vorstellung in Jogjakarta(족자카르타 와장 베베르에 대한 한 견해)." *IAE* 16 (1904 [1903]) : 128-135, 도판 17-18 포함.

Hedin, Sven. *Trans-Himalaya*(히말라야를 넘어). 전 2권. London : Macmillan, 1909.

Hedgbeth, Llewellyn Hubbard. "Extant American Panoramas : Moving Entertainments of the Nineteenth Century(현존 미국 파노라마들 : 19세기의 이동식 오락)." New York University, 1977, 박사학위논문.

Heilfurth, Gerhard. "Bänkelsang. Geschichten 'aus dem Bergmannsleben' auf fliegenden Blättern(밴클장, 전단에 그려진 광부의 삶 이야기)." *Völksüberlieferung*, Festschrift Kurt Ranke. Göttingen : Otto Schwartz, 1968.

Hein, Norvin. *The Miracle Plays of Mathurā*(마투라의 기적극). New Haven : Yale University Press, 1972.

Hernried, Robert. "Musik bei Ausrufern und Steineklopfern(외치는 자, 구르는 자들의 음악)." *Neue Zeitschrift für Musik* 80 (1913) : 5-7, 10.

Hillebrandt, Alfred. "Zur Geschichte des indischen Dramas(인도 연극의 역사)." *ZDMG* 72, 1-2 (1918) : 227-232.

Hinzler, H. I. R. *Bima Swarga in Balinese Wayang*(발리 와양에서의 비마 스와르가). Verhandelingen van het Koninklijk Instituut voor Taal-, Land-en Volkenkunde (왕립 동남아시아 카라비안 학회 발표문), 90. The Hague : Martinus Nijhoff, 1981.

Hirdt, Willi. *Italienischer Bänkelsang*(이탈리아의 밴클장). Frankfurt : Vittorio Klostermann, 1979.

Hoffman, Michael E. 편. Tenzin Gyatsho (Dalai Lama)의 서문 Lobsang P. Lhalungpa의 연대기, *Tibet the Sacred Realm. : Photographs 1880-1950*(성역(聖域), 티베트 : 사진 1880-1950). Millerton, New York : Aperture and Philadelphia Museum of Art, 1983.

Hogben, Lancelot. *From Cave Painting to Comic Strip : A Kaleidoscope of Human Communication*(동굴벽화에서 코믹만화까지 : 인류 커뮤니케이션 만화경). New York : Chanticleer, 1949.

Holt, Claire. *Art in Indonesia : Continuities and Change*(인도네시아의 예술 : 영속과 변화). Ithaca : Cornell University Press, 1976.

______. "The Dance in Java(자바의 무용)." *Asia* 37 (December 1937) : 843-846, plus two plates.

"Homage to Kalamkari(칼마카리에 바치는 경의)." *Marg* 31,4 특별호 (1977). Anand, Mulk Raj 등, *Homage to Kalalamkari*라는 같은 제목의 단행본 형태로 출간 Bombay : Marg Publications 1979.

Hood, Mantle. "The Enduring Tradition : Music and Theater in Java and Bali(영속하는 전통 : 자바와 발리의 음악과 연극)." Ruth T. McVey 편, *Indonesia*, 438-471. *Survey of World Cultures*, Human Relations Area Files. New Haven : Southeast Asian Studies, Yale University, 1963.

Hooykaas, Christiaan. "The Function of the Dalang(달랑의 기능)" Herbert Franke 편, *Akten 24. internat. Orientalisten-Kongress* (Munich, 1957), 683-686. Wiesbaden : Deutsche Morgenländische Gesellschaft, 1959.

______. *Kama and Kala : Materials for the Study of Shadow Theatre in Bali*(카마와 칼라 : 발리의 그림자 연극 연구 자료). Amsterdam and London : North Holland Publishing Co., 1973.

Hooykaas (-van Leeuwen Boomkamp), Jacoba H. "The Myth of the Young Cowherd and the Little Girl(젊은 소몰이꾼과 어린 소녀의 신화)," *Bijdragen tot de Taal-, Land-en Volkenkunde van Nederlandsch-Indië*(네덜란드령 인도의 언어 · 지역 · 민

족학에 대한 기고)117 (1961) : 267-278.

Höpfner, Gerd. *Südostasiatische Schattenspiele : Masken und Figuren aus Java und Thailand im Museum Für Völkerkunde Berlin*(동남아시아 그림자 연극 : 베를린 민속 박물관 소장 자바 태국의 가면과 인형들). Berlin : Gebr. Mann. 1967.

Hopkins, Albert Allis 편. *Magic : Stage Illusions and Scientific Diversions, including Trick Photography*(마술 : 무대 환상 그리고 과학적 분산, 트릭사진 포함). New York : Munn, 1911.

Hopkins, L. C. "The Shaman or Chinese Wu : His Inspired dancing and versatile character (샤먼 혹은 중국의 巫 : 접신의 춤과 다양한 캐릭터)." *JRAS* 1-2 (1945) : 3-16.

Hori, Ichiro. *Folk Religion in Japan*(일본의 민간 종교). Joseph M. Kitagawa · Alan L. Miller 편, Chicago : University of Chicago Press, 1968.

Hrdličková, Věra. "Traditional Games of Japanese Children(일본 아동의 민속놀이)." *New Orient* 2, 6(1961.12) : 183-186.

Hu Shih. "The Indianization of China : A Case Study in Cultural Borrowing(중국의 인도화 : 문화적 차용 사례연구)." *Independence, Convergence, and Borrowing in Institutions, Thought, and Art,* 219-247. Harvard Tercentenary Publications. Cambridge, Massachusetts : Harvard University Press, 1937.

Hull, David Stewart. *Film in the Third Reich : A Study of the German Cinema, 1933-1945*(제3 제국시대의 영화 : 독일 영화 연구 1933-1945). Berkeley : University of California Press, 1969.

Humbach, Helmut. "Die sogdischen Inschriftenfunde vom oberen Indus(Pakistan)(인도 북부(파키스탄)에서 발견된 소그드 銘文)." Deutsches Archäologisches Institut, Bonn, *Allgemeine und Vergleichende Archäologie : Beiträge*(총설 그리고 비교 인류학 : 기고문들) 2 (1980), 201-228. Munich : C. H. Beck, 1981.

Humez, Alexander, Nicholas Humez. *Alpha to Omega : The Life and Times of the Greek Alphabet*(알파에서 오메가까지 : 그리스 문자의 생애와 시간). Boston : David R. Godine, 1981.

Huxley, Francis. *The Way of the Sacred*(신성의 길). Garden City, New York : Doubleday, 1974.

Jacob, Georg. "Die Entwickelung des Schattentheaters(가죽 인형 그림자 연극의 진화)." *Mitteilungen der Wissenschaftlichen Gesellschaft für Literatur und Theater*(문학과 연극 연구학회 통신문) 7, 1 (Kiel, 1929) : 3-16.

______. "Zur Geschichte des Bänkelsangs(거리 가수 밴클쟁어의 역사)." *Litterae Orientales* 41 (1930.1) : 3-15.

Jain, Jyotendra. *Painted Myths of Creation : Art and Ritual of an Indian Tribe*(그림으로 표현된 창조신화 : 인도 부족의 예술과 의례). Loka Kala Series. New Delhi : Lalit Kala Adademi, 1984.

______. "The Painted Scrolls of the Garoda Picture-Showmen of Gujarat(구자라뜨 가로다 그림-공연자의 그림 두루마리)." *Quarterly Journal of the National Centre for the Performing Arts* 9, 3 (1980.9) : 3-23.

Janda, Elsbeth, Fritz Nötzoldt. *Die Moritat vom Bänkelsang : Oder das Lied der Strasse*(밴클장의 노래 : 거리의 노래). Munich : Ehrenwirth, 1959.

Jayakar, Pupul, "Gaiety in Colour and Form : Painted and Printed Cloths(화려한 색채와 문양 : 그리거나 프린트한 천들)." *Marg* 31, 4 (1977) : 23-34.

Joshi, Om Prakash. *Painted Folklore and Folklore Painters of India*[A Study with Reference to Rajasthan(인도의 그림으로 그린 민담 그리고 민담 화가(라자스탄 관련자료 연구)]. Delhi : Concept Publishing Company, 1976.

Juynboll, H. H. "Wajang Kĕlitik oder Kĕrutjil(와장 켈리틱 혹은 케루트질)." *IAE* 13 (1900) : 4-17, 97-119, 도판 열 장 포함.

Kako, Satoshi. "KAMISHIBAI-the Unique Cultural Property of Japan(카미시바이-일본적 특색을 지닌 유산)." *Newsletter* of the Tokyo Book Development Center, 8, 2 (1976.9) : 6-7.

Karlgren, Bernhard. "Word Families in Chinese(중국어의 어족)." *BMFEA* 5 (1933) : 9-120.

Karnataka Chitrakala Parishath 편. "Leather Puppets of Karnataka : The Art and Performance of Leather Puppets(까르나따까의 가죽 꼭두각시 인형 : 가죽 꼭두각시 인형의 예술과 공연)." *Bangalore,* 1979[?].

Keith, A. Berriedale. "The Caubhikas and the Indian Drama(짜우비까와 인도 연극)." *BSOS* 1, 4 (1920) : 26-32.

______. *The Sanskrit Drama in its Origin, Development, Theory and Practice*(산스끄리뜨 연극의 기원, 발전, 이론 그리고 공연). Oxford : Clarendon Press, 1924.

Kempers, A. J. Bernet. *Ancient Indonesian Art*(고대 인도네시아 예술). Cambridge, Massachusetts : Harvard University Press, 1959.

Kennedy, Raymond. *Bibliography of Indonesian Peoples and Cultures*(인도네시아 사람과 예술 참고 서지). Thomas W. Maretzki, H. Th. Fischer 편, 전 2권. New Haven : Human Relations Area Files, 1955.

Kern, R. A. "De Beteenkenis van het Woord Dalang(달랑의 의미)." *Bijdragen tot de Taal-, Land-en Volkenkunde (van Nederlandsch-Indië)*(언어와 아시아, 카라비안학회(네덜란드령 인도)기고문) 99 (1940) : 123-124.

______. "De Wajang Beber van Patjitan(파트지탄의 와장)." *Tijdschrift voor Indische Taal-, Land-en Volkenkunde*(인도의 동남아시아, 카라비안 저널)uitgegeven door het (Koninklijk) Bataviaasch Genootschap van Kunsten en Wetenschappen(왕립 바타비아(자카르타) 예술 과학회 간행) 51, 3-4 (1909) : 338-356, 도판 세 장 포함.

Kessler, Herbert L. · Marianna Shreve Simpson 편. *Pictorial Narrative in Antiquity and the Middle Ages*(고대와 중세의 그림서사). Studies in the History of Art(예술사 연구), 6. National Gallery of Art, Washington(워싱턴 국립 예술 박물관). Center for Advanced Study in the Visual Arts, Symposium Series(시각예술 고급 연구센터, 심포지엄 시리즈) IV. Hanover and London : University Press of New England, 1985.

Kipling, John Lockwood. *Beast and Man in India*(인도의 야수와 인간). London : Macmillan, 1981.

Kirby, E. T. *Ur-Drama : The Origins of the Theatre*(원시연극 : 연극의 기원). New York : New York University Press. 1975.

Klimkeit, Hans-Joachim. "Der Buddha Henoch : Qumran und Turfan(붓다 에녹 : 쿰란과 투루판)." *Zeitschrift fur Religions-und Geistesgeschichte*(종교사상사 저널)32, 4 (1980) : 367-377; 도판 두 장 포함.

______. "Hindu Deities in Manichaean Art(마니교 예술의 인도 정령)," *Zentralasiatische Studien*(중앙아시아 연구)14, 2 (1980) : 179-199.

______. *Manichaean Art and Calligraphy*(마니교 예술과 서예). Iconography of Religions, 20. Institute of Religious Iconography, State University Groningen. Leiden : E. J. Brill, 1982.

______. "Manichaeische und buddhistische Beichtformeln aus Turfan : Beobachtungen zur Beziehung zwischen Gnosis und Mahāyāna(투루판 출토 마니교와 불교 고백록 : 영지주의와 마하야나의 관련성 고찰)." *Zeitschrift für Religions-und Geistesgeschichte*(종교사상사 저널)(29, 3 (1977) : 193-228.

Konow, Sten. *The Indian Drama*(인도연극)[*The Sanskrit Drama*]. S. N. Ghosal의 독일어본 *Das Indische Drama*를 번역 (Berlin and Leipzig : Vereinigung wissenschafdicher verleger, 1920) Calcutta : General Printers and Publishers, 1969.

Kovács, Gy. "An Illustrated Wayang Book(도해본 와양 대본)." *Iparmüvészeti Múzeum Évokönyve* (실용예술 박물관 연보)(*Annals of the Museum of Industrial Art*) 7(Budapest, 1964) : 187-201.

Kramrisch, Stella. *Unknown India : Ritual Art in Tribe and Village*(미지의 인도 : 부족과 마을의 의례 예술). Philadelphia : Philadelphia Museum of Art, 1968.

Krom, N. J. "L'Art Javanais dans les Musées de Hollande et de Java(네덜란드와 자바박물관

소장 자바 예술품).” *Ars Asiatica* 8 (1926) : 1-80, 도판 60장 포함.

______. *Hindoe-Javaansche Geschiedenis*(인도-자바 역사). 's-Gravenhage : M. Nijhoff, 1926.

Kunst, J. “Een en Ander over de Javaansche Wajang(자바 와장에 관하여).” Koninklijke Vereenigung “Indisch Instituut(왕립 인도 연구소 통신문).” Mededeeling 53, Afd. Volkenkunde 161 (Amsterdam, 1945).

______. *Music in Java*(자바의 음악). 개정증보판. Emile van Loo가 네덜란드어 본을 번역. 전 2권. The Hague : Martinus Nijhoff, 1949.

Kunzle, Daivd. *The Early Comic Strip : Narrative Strips and Picture Stories in the European Broadsheet from c. 1450 to 1825*(초기의 코믹 만화 : 유럽 전단지의 이야기체 만화와 그림 이야기 1450-1825) 권1. Berkeley : University of California Press, 1974.

Kwanten, Luc. *Imperial Nomads : A History of Central Asia, 500-1500*(유목 제국 : 중앙아시아사 500-1500). Philadelphia : University of Pennsylvania Press, 1979.

Lanckorońska, Maria Gräfin · Arthur Rümann. *Geschichte der deutschen Taschenbücher und Almanache aus der klassisch-romantischen Zeit*(독일 포켓본 도서의 역사와 고전-낭만주의 시대의 연감). Munich : Ernst Heimeran, 1954.

Latil, Dom Agostino Maria. *Le Miniature nei Rotoli*(두루마리 미니어처)(*Les miniatures des rouleaux exultet*). Montecassino : Litografia di Montecassino, 1899. *Documenti per la storia della miniatura in Italia*(이탈리아 미니어처 역사 관련 자료)(*Documents pour l'histoire de la miniature*) 전 3권의 제3권에 해당함.

Laufer, Berthold. “Loan-Words in Tibetan(티베트어에서의 차용어).” *TP* 17 (1916) : 403-552.

Law, Bimala Charan. *Heaven and Hell in Buddhist Perspective*(불교 관점에서 본 천국과 지옥). Calcutta and Simla : Thacker, Spink, and Co., 1925. B. M. Barua의 “Books of Stories of Heaven and Hell”라는 글이 부록으로 실림.

Lee, Jean Gordon. *Philadelphians and the China Trade, 1784-1844*(필라델피아인과 중국무역 1784-1844), Philip Chadwick Foster Smith의 논문도 아울러 실림. Philadelphia : Philadelphia Museum of Art, 1984.

Lejeune, Rita · Jacques Stiennon. *The Legend of Roland in the Middle Ages*(중세의 롤랑의 전설). Christine Trollope 역, 전 2권. London : Phaidon, 1971; 불어판은 1966.

Lévi, Sylvain. “Le sūtra du sage et du fou dans la littérature de l'Asie Centrale(중앙아시아 문헌에 나타나는 현우경).” *JA* 207, 2 (1925.10-12) : 304-332.

Leydi, Roberto. “Cantastorie(칸타스토리에).” Roberto Leydi 편. *La Piazza : Spettacoli popolari italiani descritti e illustrati*(광장 : 설명과 그림으로 보는 이탈리아 대중공

연), 275-289. Milan : Collana del "Gallo Grande," 1959.

Leydi, Roberto, Renata Mezzanotte Leydi. *Marionette e burattini*(꼭두각시 인형). Milan : Collana del "Gallo Grande," 1958.

Li, Fang Kuei. *A Handbook of Comparative Tai*(台語(민남어) 비교 手册). Honolulu : University Press of Hawaii, 1977.

Liang Ch'i-ch'ao. *China's Debt to Buddhist India*(중국이 불교 인도에 빚진 것들). New York : The Maha Bodhi Society of America, 1927(?).

Lieu, Samuel Nan Chiang. "The Diffusion and Persecution of Manichaeism in Rome and China-A Comparative Study(로마와 중국에서의 마니교의 전파와 박해-비교연구)." Oxford University 박사학위논문, 1981. *Manichaeism in the Later Roman Empire and Medieval China : A Historical Survey*(후기 로마제국과 중세 중국에서의 마니교 : 역사적 개관)으로 개정 출간. Mary Boyce 서문. Manchester : Manchester University Press, 1985.

Li Gotti, Ettore. *Il teatro dei pupi*(꼭두각시 인형극). Florence : Sansoni, 1957.

Litvinsky, B. A. "Outline History of Buddhism in Central Asia(중앙아시아 불교사 개관)." *Kushan Studies in U.S.S.R.*, 53-132. Calcutta, *Indian Studies, Past and Present*, 1970.

Liu Mau-tsai. *Kutscha und seine Beziehungen zu China vom 2. Jh. v. bis zum 6. Jh. n. Chr*(기원전 2세기부터 기원후 6세기까지 쿠차와 중국의 관계). 전 2권. Wiesbaden : Otto Harrassowitz, 1969.

Lommel, Andreas. *Shamanism : The Beginnings of Art*(샤머니즘 : 예술의 기원). Michael Bullock이 독일어 본을 영역. New York : McGraw Hill, 1967.

Long, Roger. *Javanese Shadow Theatre : Movement and Characterization in Ngayogyakarta Wayang Kulit*(자바의 그림자 연극 : 나욕야카르타 와양 쿨리트의 동작과 성격화). Theater and Dramatic Studies, 11. Ann Arbor : UMI Research Press, 1979, 1982.

Lorca, Frederico Garcia. *Obras Completas*(전집). Arturo del Hoyo 편주. Madrid : Agujiar, 1954.

Low, James. "On Siamese Literature(태국 문학에 관하여)." *Asiatic Researches; or Transactions of the Society Instituted in Bengal* 20, 2, 338-392. Calcutta : Bishop's College Press, 1839.

Lüders, Heinrich. *Philologica Indica*(인도 언어학). Göttingen : Vandenboeck und Ruprecht, 1940.

______. "Die Śaubhikas : Ein Betrag zur Geschichte des indischen Dramas(샤우비까 : 인도 연극사에 대한 논의)." 그의 *Philologica Indica*, 391-428, 788에 재수록. 원래 *SPAW*

32-33 (1916) : 698-737에 수록되어 있었음.
McKean, Sammy K. *The Bänkelsang and the Work of Bertolt Brecht*(밴클장과 베르톨트 브레히트의 작품). The Hague : Mouton, 1927.
MacKenzie, D. N. "Buddhist Terminology in Sogdian : A Glossary(소그드어 불교용어 : 단어집)." *AM* (뉴 시리즈) 17, 1 (1971) : 28-89.
MacKerras, Colin 편역. *The Uighur Empire According to the T'ang Dynastic Histories : A Study in Sino-Uighur Relations 744-780*(두 당서에 보이는 위구르 제국 : 중국-위구르 관계연구 744-780). Canberra : Australian National University Press, 1972; Columbia, South Carolina : University of South Carolina Press, 1973.
McPhee, Colin. "The Balinese Wayang Kulit and Its Music(발리의 와양 쿨리트와 그 음악)." Jane Belo 편, *Traditional Balinese Culture*(발리의 전통문화), 146-197. New York : Columbia University Press, 1970. *Djâwâ* 16, 1 (1936) : 1-34에 실림(네덜란드어 번역은 35-50).
Magnin, Charles. *Histoire des marionettes en Europe, despuis l'antiquité jusqu'a nos jours*(유럽 꼭두각시 인형극의 역사, 고대부터 현재까지). 개정 제2판. Paris : Michel Lévy Frères, 1862.
Mahler, Jane Gaston. *The Westerners among the Figurines of the T'ang Dynasty of China* (중국 당삼채에 보이는 서구인 형상). Serie Orientale Roma, 20. Rome : Istituto italiano per il Medio ed Estremo Oriente, 1959.
Mair, Victor H. "The Buddhist Tradition of Prosimetric Oral Narrative in Chinese Literature(중국문학의 운산문 구연 서사체의 불교전통)." *Oral Tradition*에 게재 예정.
______. "The Contributions of Transformation Texts (pien-wen) to Later Chinese Popular Literature(중국문학에 끼친 변문의 영향)." *Sino-Platonic Papers*에 게재 예정.
______. "India and China : Observations on Cultural Borrowing(인도와 중국 : 문화 차용 개관)." 게재 예정.
______. "Lay Students and the Making of Written Vernacular Narrative : An Inventory of Tun-huang Manuscripts(세속의 학생들과 백화 기록서사의 형성 : 돈황 사본 목록)." *CHINOPERL* Papers 10 (1981) : 5-96.
______. "The Narrative Revolution in Chinese Literature : Ontological Presuppositions(중국문학의 서사 혁명 : 존재론적 전제)." 심포지엄 원고를 논문으로 게재. *CLEAR* 5, 1 (1983.7) : 1-27.
______. "Notes on the Maudgalyāyana Legend in East Asia(동아시아 목련 전설 소고)." *Monumenta Serica*에 게재 예정.
______. "Oral and Written Aspects of Chinese Sutra Lectures (chiang-ching-wen)(강경문

의 구연과 기록 양상).” Han-hsüeh yen-chiu (Chinese Studies) 漢學硏究 4, 2 (총권 8) (1986.12) : 311-334.

______. “ The Origins of an Iconographical Form of the Pilgrim Hsüan-tsang(행자 현장의 초상화의 기원).” *T'ang Studies* 4 (1986) : 29-41, 도판 일곱 장 포함.

______ 편. A Partial Bibliography for the Study of Indian Influence on Chinese Popular Literature(인도가 중국문학에 미친 영향 연구를 위한 참고서지). *Sino-Platonic Papers* 3 (1987.3).

______. “Records of Transformation Tableaux (pien-hsiang)(변상의 銘文).” *TP* 72 (1986) : 3-43.

______. “Scroll Presentation in the T'ang Dynasty(당대의 행권).” *HJAS* 38, 1 (1978.6) : 35-60.

______. *T'ang Transformation Texts*(당 변문). Harvard-Yenching Monograph Series 28. Cambridge, Massachusetts : Harvard University Council on East Asian Studies Publications, 1988.

Maity, Pradyot Kumar. “Folk Entertainment and the Role of the Patuas(민간 연희와 빠뚜아의 역할),” *Folklore* 13, 12 (1972) : 484-488.

Majumdar, Ramesa-Chandra. *Ancient Indian Colonies in the Far East*(극동의 고대인도 식민지). 제1권, *Champa*. Lahore : The Punjab Sanskrit Book Depot, 1927. 제2권 (두 부분으로 나누어서) 한 부분은, *Suvarnadvipa*. Dacca : Asoke Kumar Majumdar, 1937에, 다른 한 부분은 Calcutta : Modern Publishing Syndicate, 1938에 게재.

______. *Ancient Indian Colonisation in South-East Asia*(동남아시아의 고대인도 식민지화). Raopura, Baroda : University of Baroda Press, 1955.

Malinowski, Bronislaw. *Argonauts of the Western Pacific : An Account of Native Enterprise and Adventure in the Archipelagoes of Melanesian New Guinea*(서태평양의 영웅 모험가들 : 멜라네시아 뉴기니제도, 원주민의 모험담). Sir James G. Frazer 서문. New York : E. P. Dutton, 1961; 1922 초판.

Mande, Prabhaker B. “Dakkalwars and Their Myths(닥깔라와 계급과 그들의 신화).” *Folklore* (Calcutta) 14 (1973.1) : 69-76.

Mangkunagoro Ⅶ of Surakarta, K. G. P. A. A. “On the Wayang Kulit (Purwa) and Its Symbolic and Mystical Elements(와양 쿨리트(푸르와)와 그 상징적, 신비적 요소).” Claire Holt가 네덜란드어를 번역. 코넬대학 극동학과 동남아시아 프로그램 데이터 집 27, Ithaca, New York, (1957). 원래 *Djâwâ*, 13 (1933)에 실림.

Maretin, Y. V. “Indian Influences on Bali Culture(발리문화에 끼친 인도의 영향).” *The Countries and Peoples of the East : Selected Articles*(동양의 나라와 민족 : 논문선),

266-285. Moscow : Nauka Publishing House, 1974. 본래 The Oriental Commission of the Geographical Society of the U. S. S. R이 발행한 *Countries and Peoples of the East*, 제5권, *India-The Country and People,* 129-148에 실렸음. Moscow, 1967.

Mason, George Henry. *The Costume of China, Illustrated by Sixty Engravings, with Explanations in English and French*(중국의 복식, 60점의 판화 삽도와 영어와 불어 해설 포함). London : Printed for W. Miller, by S. Gosnell, 1800.

Maspero, Henri. "Le dialecte de Tch'ang-ngan sous les T'ang(당대 장안 방언)." *BEFEO* 20, 2 (1920) : 1-124.

Meinhard, H. "The Javanese Wayang and Its Indian Prototype(자바 와양과 그 인도 원형)" 이라는 제목의 보도문 요약 (94) *Man : A Monthly Record of Anthropological Science* 39, 88-108 (1939.7) : 109-111.

Menéndez Pidal, Ramon. *Poesía juglaresca y juglares : aspectos de la historia literaria y cultural de España*(목가 : 스페인 문화와 문학의 역사). Publicaciones de la "Revista de filología española," 7. Madrid : Junta para ampliación de estudios e investigaciones cientificos. Centro de estudios histórica, 1924.

Miller, Joseph C. "Current Investigations in the Genre of Rājasthānī Par Painting Recitations(라자스탄 빠르 그림 구연 현황 조사)." Winand M. Callewaert 편, *Early Hindī Devotional Literature in Current Research*(초기 인도 신앙 문학 현황 연구), 116-125. Katholieke Universiteit Leuven이 조직한 The International Middle Hindī Bhakti Conference (April 1979)의 발표문. Orientalia Lovaniensia Analecta 8. New Delhi : Impex India, 1980 (별쇄본).

Mistler, Jean, François Blaudez · André Jacquemin. *Épinal et l'imagerie populaire*(에피날과 일상 이미지). Bobigny(?) : Librairie Hachette, 1961.

Mitra, Asok 편. *Tribes and Castes of West Bengal* (*Census 1951*)(서부 벵갈의 부족과 카스트 (1951년 센서스)). Calcutta : Land and Land-Revenue Department, 1953.

Mittal, Jagdish. *Andhra Paintings of the Ramayana*(안드라의 라마야나 그림). Hyderabad : Andhra Pradesh Lalit Kala Akademi, 1969.

Mode, Heinz · Subodh Chandra. *Indian Folk Art*(인도 민간 예술). Peter와 Betty Ross가 독일어 본을 번역. Bombay : Taraporevala, 1985.

Mookerjee, Ajit[coomar]. *Art of India*(인도의 민간 예술). Calcutta : Oxford Book and Stationery Company, 1952.

______. *The Arts of India, from Prehistoric to Modern Times*(인도 예술 : 선사시대부터 현재까지). 개정증보판. Calcutta : Oxford Book and Stationery Company, 1966.

Mookerji, Radhakumud. *Indian Shipping : A History of the Sea-Borne Trade and*

Maritime Activity of the Indians from the Earliest Times(인도 무역 : 인도의 해상 활동과 해운무역의 역사). 개정 제2판. Bombay : Orient Longmans, 1957.

Moor, Edward. *A Narrative of the Operations of Captain Little's Detachment and of the Mahratta Army Commanded by Purseram Bhow; during the Late Confederacy in India, against the Nawab Tippoo Sultan Bahadur*(나와브 팃뿌 술탄 바하두르에 대항한 후기 인도 동맹기간 동안 푸르세람 보우가 지휘한 마라타 군대와 리틀대위 부대의 전투이야기). 1794년 런던에서 George Woodfall이 작가 Edward Moor를 위해 출간하고 J. Johnson이 판매.

Morab, S. G. *The Killekyatha : Nomadic Folk Artists of Northern Mysore*(낄레꺄야타 : 북부 마이소르의 유목민족 예술가들). Anthropological Survey of India, Memoir 46. Calcutta : Anthropological Survey of India, Government of India, 1977.

"Moritaten(Ergebnisse einer Umfrage)(거리가요(조사 보고))." *MBV* 6 (1931) : 90.

Morley, S. Griswold 역. *The Interludes of Cervantes*(세르반테스의 막간극)[영어-스페인어 대역]. Princeton : Princeton University Press, 1948.

Müller, F. W. K. "Năng, siamesische Schattenspielfiguren im Kgl. Museum für Völkerkunde zu Berlin(낭, 태국 왕국의 그림자 꼭두각시 연극. 베를린 민속 박물관)." *IAE* 제7권의 부록, 도판 열두 장 포함. Leiden : E. J. Brill, 1894.

Müller, F. W. K., E. Sieg. "Maitrisimit und 'Tocharisch'(미륵회견기와 토카라어)." *SPAW* 14-16 (1916) : 395-417, 도판 한 장 포함.

Müller-Waldeck, Gunnar. *Unter Reu' und bitterm Schmerz : Moritaten aus vier Jahrhunderten*(쓰라린 고통의 기억 아래에서 : 4세기 동안의 거리가요). Rostook : Hinstorff, 1977.

Mukharji, T. N. *Art-Manufactures of India*(인도의 예술품 제조). Calcutta : Superintendent of Government printing, 1888.

Mukherji, Probhat K. *Indian Literature in China and the Far East*(중국과 극동의 인도문학). Calcutta : Greater India Society, 1931.

Muret-Sanders : Enzyklopädisches deutsch-enlisches Wörterbuch((에드워드) 무렛-(다니엘) 샌더스 : 백과사전 타입의 독일어-영어사전). Mit Angabe der Aussparche nach dem phonetischen System der Methode Toussaint-Langenscheidt(뚜생-랑엔샤이트 발음 표기법에 따르고 자세한 설명은 부가함). H. Baumann 개정. Berlin-Schöneberg : Langenscheidtsche Verlagsbuch-handlung, 1910.

Museum Folkwang (West Germany). *Wayang Kulit*(와양 쿨리트). Essen (?) : Museum Folkwang (?), 출판일 불명.

Nanjundayya, H. V. · Rao Bahadur L. K. Ananthakrishna Iyer. *The Mysore Tribes and*

Castes(마이소르 부족과 카스트), 제3권. Mysore : Mysore University, 1930.
"Narration in Ancient Art." 1955년 12월 29일 시카고에서 열린 미국고고학회(Archaeological Institute of America)의 57차 총회의 심포지엄에서 발표된 논문. 논문들은 *American Journal of Archaeology* 61 (1957) : 43-91에 실림. 도판 11-36 포함.
Carl H. Kraeling, Introduction, 43
Helene J. Kantor, Egyptian, 44-54
Ann Perkins, Babylonian, 54-62
Hans G. Güterbock, Anatolian, Syrian, and Assyrian, 62-71
G. M. A. Hanfmann, Greek, 71-78
Peter H. von Blanckenhagen, Hellenistic and Roman, 78-83
Kurt Weitzmann, Early Christendom, 83-91
Naumann, Hans. "Studien über der Bänkelsang(밴클장 연구)." *Zeitschrift des Vereine für Volkskunde*(민속학회 저널) 30-32 (1920-1922) : 1-21. 아울러 저자의 *Primitive Gemeinschaftskultur : Beiträge zur Volkskunde und Mythologie*(원시 문화 공동체 : 민담과 신화 탐색), 168-190에 실림. Jena : Eugen Diederichs, 1921.
Neunzig, Hans Adolf. *Das illustrirte Moritaten-Lesebuch : Geschichten und Lieder, Parodien und Fundsachen*(도해본 모리타트-독본 : 이야기, 노래, 풍자 그리고 사라진 유산). Munich : Nymphenburger, 1973.
Nicolas, Rene. "Le Theatre d'ombres au Siam(태국의 그림자 연극)." *JSS* 21, 1 (1927.7) : 37-51, 도판 열일곱 장 포함.
Okudaira, Hideo. *Emaki : Japanese Picture Scrolls*(에마키 : 일본의 그림두루마리). Rutland, Vermont, and Tokyo : Charles E. Tuttle, 1962.
______. *Narrative Picture Scrolls*(이야기 그림두루마리). Elizabeth ten Grotenhuis가 번안 · 번역, Arts of Japan, 5. New York : Weatherhill, 1973.
Olbrechts, Frans M. "Le Théâtre javanais(자바 연극)." Bulletin des Musées Royaux d'Art et d'Histoire (Brussels) 4 (1932.7) : 82-88.
Onghokham. "The Wayang Topèng World of Malang(말랑의 와양 토펑 세계)." *Indonesia* 14 (1972년 10월) : 111-124.
Orr, Inge C. "Puppet Theatre in Asia(아시아의 꼭두각시 인형극)." *Asian Folklore Studies* 33, 1 (1974) : 69-84.
Osman, Mohd. Taib 편. *Traditional Drama and Music of Southeast Asia*(동남아시아 전통 연극과 음악에 관한 국제회의에서 발표된 논문). Kuala Lumpur, 1969.8.27-30. Kuala Lumpur : Dewan Bahasa dan Pustaka, 1974.
Pal, Pratapaditya. "Paintings from Nepal in the Prince of Wales Museum(황태자(프린스 어

브 웨일즈) 박물관 소장 네팔 회화)." *Bulletin of the Prince of Wales Museum of Western India* 10 (1967); 재판.

Pani, Jiwan. *Ravana Chhaya*(라와나 차야). New Delhi : Sangeet Natak Akademi, 출판일 불명.

Parmar, Shyam. *Traditional Folk Media in India*(인도의 전통 민간 매체). New Delhi : Geka, 1975.

Pelliot, Paul. "Autour d'une traduction sanscrite du Tao Tö King(도덕경의 범어 번역문제에 관하여)." *TP* 13 (1912) : 351-430.

______. "Les grands voyages maritimes chinois au début du XVe siècle(15세기 초 중국인의 대항해)." *TP* 30, 3-5 (1933) : 237-452.

______. "Les influences iraniennes en Asie Centrale et en Extrême-Orient(중앙아시아와 극동에 끼친 이란 문화의 영향)." *Revue d'histoire et de littérature religieuses*(역사와 종교문학 저널)(뉴 시리즈) 3, 2 (1912.3-4) : 97-119.

______. "Neuf notes sur des questions d'Asie Centrale(중앙아시아 역사지리총람)." *TP* 26, 4-5 (1928) : 201-265.

______. "Notes à propos d'un catalogue du Kanjur(깐주르 목록 노트)." *JA*, series 11, 4 (1914) : 110-150.

Pellowski, Anne. *The World of Storytelling*(스토리텔링의 세계). New York and London : R. R. Bowker, 1977.

Petzoldt, Leander. *Bänkelsang. Vom historischen Bänkelsang zum literarischen Chanson*(밴클장, 역사로서의 밴클장부터 문학적 연가까지). Stuttgart : J. B. Metzler, 1974.

______. *Die freudlose Muse : Texte, Lieder und Bilder zur historischen Bänkelsang*(기쁨잃은 뮤즈 : 역사 속의 밴클장의 텍스트, 노래 그리고 그림들). Stuttgart : J. B. Metzler, 1978.

Piantanida, Sandro. "Ciarlatani(치아를라타니)." Roberto Leydi 편, *La Piazza : Spettacoli popolari italiani descritti e illustrati*(광장 : 설명과 그림으로 보는 이탈리아 대중공연), 213-274. Milan : Collanan del "Gallo Grande.", 1959.

Pigeaud, Th. G. Th. *Javaanse Volksvertoningen : Bijdrage tot de Beschrijving van Land en Volk*(자바인 인상기 : 자바 그리고 자바인에 대한 묘사). Batavia : Volkslectuur and 's-Gravenhage : Martinus Nijhoff, 1938.

Pischel, Richard. "Das altindische Schattenspiel(고대 인도 그림자 연극)." *SPAW* 23 (1906) : 482-502.

______. Die Heimat des Puppenspiels(꼭두각시 인형극의 고향). Address to Friedrichs-universität. Halle a.S. : M. Niemayer, 1900. Mildred C. Tawney (Mrs. R. N. Vyvyan)가

*The Home of the Puppet-Play*라는 제목으로 번역, London : Luzac, 1902.
Pleyte, C. M. *Die Buddha-Legende in den Skulpturen des Tempels von Bôrô-Budur*(보로-부두르 사원 조각상에 깃든 전설). Amsterdam : J. H. De Bussy, 1901.
Poensen, C. "De Wajang(와장)." *Mededeelingen [or Tijdschrift] van wege het Nederlandsche Zendelinggenootschap; bijdragen tot de kennis der zending en der taal-, land-en volkenkunde van Nederlansch īndië*(네덜란드 선교회 저널 : 선교지식 및 네덜란드령 인도차이나의 언어, 지리, 민속학 개요). 제1부, 16 (1872) : 59-115. 204-222, 233-280, 353-367; 제2부, 17 (1873) : 138-164.
Poucha, Pavel. "Indian Literature in Central Asia(중앙아시아의 인도문학)." *ArchOr* 2, 1 (1930.3) : 27-38.
Porras, Francisco. *Titelles Teatro Popular*(민간 꼭두각시 인형극). Madrid : Editora Nacional, 1981.
Priest, Alan 도언과 주석, *Ch'ing Ming Shang Ho : Spring Festival on the River*(清明上河 : 강에서의 봄축제). New York : The Metropolitan Museum of Art, 1948.
Průšek, Jaroslav. *The Origins and Authors of the hua-pen*(화본의 기원과 저자). Prague : Oriental Institute, 1967.
Puech, Henri-Charles. Article on Manichaeism(마니교 논고). *Macropaedia*, 11 : 442-447. *EB*.
Quaritch Wales, H. G. *The Indianization of China and of South-East Asia*(중국과 동남아시아의 인도화). London : Bernard Quaritch, 1967.
Raffles, Sir Thomas Stamford. *The History of Java*(자바 역사), 1817 서문. 제2판. 전 2권. London : J. Murray, 1830.
Raghavan. V. "Picture-Showmen : Mankha(그림 공연자 : 망카)." *IHQ* 12, 3 (1936) : 524.
______ 편. *The Ramayana Tradition in Asia*(아시아의 라마야나 전통). International Seminar on the Ramayana Tradition in Asia(아시아의 라마야나 전통에 대한 국제 학술대회)에서 발표된 논문. New Delhi, 1975.12. New Delhi : Sahitya Akademi, 1980.
Rassers, W. H. *Pañji, the Culture Hero : A Structural Study of Religion in Java*(판지, 문화 영웅 : 자바 종교의 구조적 연구). KITLV, Translation Series, 3. The Hague : Martinus Nijhoff, 1959.
Rawson, Philip S. *Indian Painting*(인도 회화). New York : Universe Books, 1961.
Ray, Eva. "Documentation for Paithān Paintings(파이탄 회화 고증)." *Artibus Asiae* 40, 4 (1978) : 239-282, 그림 49장 포함.
Ray, Niharranjan. *Maurya and Śuṅga Art*(마우리아와 숭가 왕조의 예술). Calcutta, *Indian Studies : Past and Present*(인도연구 : 과거와 현재), 1965.

Ray, Sudhansu Kumar. *The Ritual Art of the Bratas of Bengal*(벵갈 브라따의 의례 예술). Calcutta : Mudkhopadhyay, 1961.

Rebiczek, Franz. *Der wiener Volks-und Bänkelgesang in den Jahren von 1800-1848*(비엔나의 민요와 밴클장 1800-1848). Wien and Leipzig : Gerlach and Wiedling, 1913.

Rentse, Anker. "The Kelantan Shadow-Play (Wayang Kulit)(켈라탄 그림자 연극(와양 쿨리트))." Journal of the Royal Asiatic Society(왕립 아시아 학회저널), Malayan Branch 14, 3 (1936.12) : 284-301, 도판 9-15 포함.

______. "The Origin of the Wayang Theatre (Shadow Play)(와양 연극(그림자 연극)의 기원)." *Journal of the Royal Asiatic Society*(왕립 아시아 학회저널), *Malayan Branch* 20, 1 (1947) : 12-15.

Rezvani, M. *Le Théâtre et la danse en Iran*(이란의 연극과 무용). Paris : G.-P. Maisonneuve et Larose, 1962.

Ridgeway, William. *Dramas and Dramatic Dances of Non-European Races in Special Reference to the Origin of Greek Tragedy with an Appendix on the Origin of Greek Comedy*(비유럽 민족의 연극과 연극적 무용 : 그리스 비극의 기원을 특별히 언급하고 아울러 그리스 희극의 기원을 부록에서 다룸). Cambridge : Cambridge University Press, 1915.

Riedel, Karl Veit. *Der Bänkelsang : Wesen und Funktion einer volkstümlichen Kunst*(밴클장 : 민간예술의 본질과 기능). Volkskundiche Studien, 1. Hamburg : Museum für Hamburgische Geschichte, 1963.

Riha, Karl. *Moritat, Song, Bänkelsang : zur Geschichte der modernen Ballade*(모리타르, 노래, 밴클장 : 현대 민가의 역사). Göttingen : Sachse and Pohl, 1965.

Robert, Carl. *Bild und Lied. Archäologische Beiträge zur Geschichte der griechischen Heldensage*(이미지와 노래 : 그리스 영웅 서사시의 고고학적 고찰). Philologische Untersuchungen, 1881. Berlin : Weidmann, 1881.

Roerich, George N. "The Epic of King Kesar of Ling(링의 게사르 왕 서사시)." *Journal of the Royal Asiatic Society of Bengal*. Letters 8 (1942) : 277-311, 도판 한 장 포함.

Röhler, Walter. *Grosse Liebe zu kleinen Theatern : Ein Beitrag zur Kulturgeschichte des Papiertheaters*(소극장에 대한 무한사랑 : 종이 인형극 문화사 고찰). Hamburg : Marion von Schröder, 1963.

Rossat, Arthur. *La chanson populaire dans la Suisse romande*(서부 스위스의 민가). Publications de la Société suisse des traditions populaires(스위스 민요 학회 간행물), 14. Basel-Lausanne : Foetisch Frères, 1917.

Roth, Paul. *Die neuen Zeitungen in Deutschland im 15. und 16. Jahrhundert*(15,16세기 독

일의 새 신문). Leipzig : B. G. Teubner, 1914.
Rouffaer, G. P. "Kunst(beeldende)(예술(시각))." *Encyclopaedie van Nederlandsch-indie*(네덜란드-인도지나 백과사전). P. A. van der Lith, F. Fokkens. 권2, 324-336. 's-Gravenhage and Leiden : Martinus Nijhoff and E. J. Brill, 출판일 불명. [1897?].
Ruch, Barbara, "Medieval Jongleurs and the Making of a National Literature(중세 음유시인과 국민문학의 형성)." John W. Hall, Toyoda Takeshi 편, *Japan in the Muromachi Age*(무로마찌 시대의 일본), 279-309. Berkeley : University of California Press, 1977.
Russell, R. V. Rai Bahadur Hira Lal. "Chitrakathi, Hardas(치뜨라까티, 하르다)." *The Tribes and Castes of the Central Provinces of India*(인도 중부 제성의 종족과 카스트), 전2권, 438-440. London Macmillan, 1916.
Rypka, Jan 등. *History of Iranian Literature*(이란 문학사). Karl Jahn 편; P. van Popta-Hope가 독일어 본을 번역, Dordrecht, Holland : D. Reidel, 1968. 본래 *Dějiny Perské a Tadžické Literatury*라는 이름으로 출간됨. Prague : Nakladatelstvi Československé akademie věd, 1956.
Salmen, Walter. *Der fahrende Musiker in europäischer Mittelalter*(중세 유럽의 떠돌이 음악가들). Kassel : Johann Philipp Hinnenthal, 1960.
Sander, Lore. "Buddhist Literature in Central Asia(중앙아시아의 불교문학)." *Encyclopaedia of Buddhism*(불교 백과사전)4, 1 (1979) : 52-75.
Santoso, Soewito. "The Old Javanese Rāmāyana, Its Composer and Composition(고 자바어 라마야나 전통, 그 작곡자와 작곡)." V. Raghavan 편, *The Ramayana Tradition in Asia*(아시아의 라마야나 전통), 20-39. New Delhi : Sahitya Akademi, 1980.
Sárközi, Alice. "A Mongolian Picture-Book of Molon Toyin's Descent into Hell(몽골의 목련구모 그림책)." *Acta Orientalia* 30, 3 (1976) : 273-308. 도판 여덟 장 포함.
Sarma, M. Nagabhushana. *Tolu Bommalata : The Shadow Puppet Theatre of Andhra Pradesh*(똘루 봄말타 : 안드라 쁘라데쉬의 그림자 꼭두각시 극). New Delhi : Sangeet Natak Akademi, 1985.
Scheible, J. 편. *Die Fliegenden Blätter des XVI. und XVII. Jahrhunderts, in sogenannten Einblatt-Drucken mit Kupferstichen und Holzschnitten; zunächst aus dem Gebiete der politischen und religiösen Caricatur*(16-17세기 떠돌이 종이 뭉치(팸플릿), 주로 정치, 종교관련 캐리커처를 담아, 낱장으로 프린트된 판화와 목판 인쇄본). 88장의 도판 포함. Ulmer Stadtbibliothek의 텍스트. Stuttgart : J. Scheible, 1850.
Schenda, Rudolf. "Der italienische Bänkelsang heute(현대 이탈리아의 밴클장)." *Zeitschrift für Volkskunde*(민담 저널)63, 1 (1967) : 17-39.

Schlegel, Gustave. J. J. M. de Groot의 *The Religious System of China*(중국의 종교체제)(Leiden : E. J. Brill, 1901)의 제4권, 제2책, 제1부에 대한 서평. *TP*, series 2, 3 (1902) : 41-48.

______. "Sprechsaal." *IAE* 17 (1902) : 34.

Schmidt, Leopold. "Geistlicher Bänkelgesang(성직자 밴클장)." Österreichisches Volksliedwerk, *Jahrbuch* (Wien) 12 (1963) : 1-16.

Schmitt, Gerhard · Thomas Thilo 편. Taijun Inokuchi의 도움을 받아서 작업. *Katalog chinesischer buddhistischer Textfragmente*(중국불교 전적목록), 권1. Akira Fujieda, Thomas Thilo의 부록. 34장의 도판 포함. Schriften zur Geschichte und Kultur des alten Orients, Berliner Turfantexte VI(고대 동양의 역사와 문화에 대한 저작, 베를린 투루판 텍스트 6). Akademie der Wissenschaften der DDR(동독 과학회), Zentralinstitut für alte Geschichte und Archäologie(고고학 고대사 중앙 연구소). Berlin : Akademie, 1975.

Scott-Kemball, Jeune. *Javanese Shadow Puppets : The Raffles Collection in the British Museum*(자바의 그림자 꼭두각시 인형 : 대영박물관 래플스 컬렉션). London(?) : The Trustees of the British Museum, 1970.

Sears, Laurie Jo. "The Transmission of the Epics from India to Java(인도에서 자바로의 서사시 전파)." *Wisconsin Papers on Southeast Asia,* May 1979.

Seckel, Dietrich. *Emakimono : The Art of the Japanese Painted Hand-Scroll*(에마키모노 : 일본 그림두루마리의 예술). Akihisa Hasé의 서언과 사진; J. Maxwell Brownjohn이 독일어본을 번역, New York : Pantheon Books, 1959.

______. *Kunst des Buddhism, werden, wanderung und wandlung*(불교예술, 전파와 수용). Baden-Baden : Holle, 1962. 영어본은 *The Art of Buddhism*이란 이름으로 출간. New York : Crown, 1963.

Seemann, Erich. "Newe Zeitung und Volkslied(새 신문과 민요)." *Jahrbuch für Volkliedforschung* 3 (1932) : 87-119.

Sekhar, A. Chandra (안드라 쁘라데쉬주 인구센서스의 부록). "Selected Crafts of Andhra Pradesh(안드라 쁘라데쉬의 장인 일람)." Census of India, 1961, 권2, 7a부분 (1), 19-35.

Seltmann, Friedrich. *Schattenspiel in Kerala : Sakrales Theater in Süd-Indien*(께랄라의 그림자 연극 : 남부인도 성극). Mit einem Anhang : Sequence of scenes of the Kamba-Râmâyanak-Kûttu. Wiesbaden : Franz Steiner, 1986. (영어 초록 포함.)

______. "Schattenspiel in Mysore und Ândhra Pradés(마이소르와 안드라 쁘라데쉬의 그림자 연극)." *Bijdragen tot de Taal-, Land-en Volkenkunde van Nederlandsch Indië*

(네덜란드령 인도의 언어·지역·민족학 기고문)127 (1971) : 452-489.
______. *Schatten-und Marionetten-spiel in Sâvantvâdi (Süd-Mahârâṣṭra)*(사완뜨와디(남-마하라슈뜨라)의 그림자극과 꼭두각시 인형극). Wiesbaden : Franz Steiner, 1985(영어 초록 포함.)
______. "Vergleichende Komponenten der Schattenspielformen von Süd-Indien, Malaysia, Thailand, Kambodscha, Bali und Java(남부 인도, 말레이시아, 태국, 캄보디아, 발리, 자바의 그림자 연극 형식 요소 비교 고찰)." *Tribus* 23 (1974) : 23-70.
Sen Gupta, Sankar 편. *The Patas and the Patuas of Bengal*(벵갈의 빠따와 빠뚜와). Calcutta : Indian Publications, 1973. 아래와 같은 논문을 포함하고 있다 :
Sankar Sen Gupta, "Introduction(서언)," 9-38.
"The *Patas* of Bengal in General and Secular-*patas* in Particular : A Study of Classification and Dating(벵갈 빠따 개론 및 세속-빠따 각론 : 분류와 연대고증)," 39-71.
Pradyot Kumar Maity, "Religious Pata and the Role of Patuas as Entertainers (종교 빠따와 공연 예인으로서의 빠뚜와의 역할)," 72-76.
Bholanath Bhattacharya, "The Evolution of the Kalighat Style and the Occupational Mobility of the Patuas : A Sample Survey(깔리가뜨 스타일의 발전과 빠뚜아의 직업 이동성 : 사례조사)." 77-84.
Sunil Chakraborty, "The Origin and Perspective of the Word 'Pat'(단어 '빠뜨'의 기원과 전망)" 85-94.
Binoy Bhattacharya, "The Patuas-A Study on Islamization(빠뚜아-이슬람화 연구)," 95-100.
Akshay Kumar Kayal, "Chitrita Puthi or Illustrated Hand-Written Manuscripts and Paataa or Their Cover Designs-A Study(치뜨리따 뿌티, 도해본 수고 그리고 빠아따아, 표지 디자인)," 101-106.
Prabhat Kumar Das, "Face to Face with the Patuas(빠뚜아 마주보기)," 107-121.
Rabindra Nath Ganguli, "Jogen Patua-An Intimate Exposition(조겐 빠뚜아-상세 해설)," 122-126.
Swapan Das Adhikary, "A Bibliographical Note on the Pat Painting of Bengal (벵갈 빠뜨 회화 참고문헌 해설)," 127-140(벵갈어와 영어로 작성.)
Serrurier, Lindor. *De Wajang Poerwå, eene Ethnologische Studie*(와장 푸르와 : 민족학적 연구). Leiden : E. J. Brill, 1896. 같은 해, 같은 제목으로 출판된 두 개의 판본이 있는데, 페이지 수 표시는 완전히 다르다. 내가 이용한 판본은 사륙판이다. 사절판은 희귀본으로서 하버드대학 Tozzer Library에 84번째 카피가 소장되어 있다.

Severy, Merle. "The Byzantine Empire(비잔틴제국)," *National Geographic* 164, 6 (1983.12) : 709-767.

Shafer, Robert. *Introduction to Sino-Tibetan*(중국-티베트어 입문). Wiesbaden : Otto Harrassowitz, 1966-1974.

Sheppard, Dato Haji Mubin. "The Khmer Shadow Play and Its Links with Ancient India. A Possible Source of the Malay Shadow Play of Kelantan and Trengganu(크메르 그림자 연극과 고대 인도와의 관련성. 켈란탄과 트레가누의 말레이 그림자 연극의 원천)." *Journal of the Malaysian Branch of the Royal Asiatic Society* 41, 1 (1968.7) : 199-204.

Shergold, N. D. *A History of the Spanish Stage from Medieval Times until the End of the Seventeenth Century*(중세부터 17세기까지 스페인 무대 연극의 역사). Oxford : Clarendon, 1967.

Simmonds, E. H. S. "New Evidence on Thai Shadow-Play Invocations(태국의 그림자 연극 기원문 관련 새로운 증거)." *BSOAS* 24, 3 (1961) : 542-559.

Simorra, R. Violant. *El Arte Popular Español*(스페인 대중예술). Barcelona : S. L. Aymá, 1953.

Sims-Williams, Nicholas. "Indian Elements in Parthian and Sogdian(파르티아어와 소그드어의 인도어 요소)." Klaus Röhrborn, Wolfgang Veenker 편, *Sprachen des Buddhismus in Zentral-asien*(중앙아시아 불교언어), 132-141. Vorträge des Hamburger Symposions vom 2. Juli bis 5. Juli 1981(1981년 7월 2일부터 5일까지 함부르크 심포지움의 강좌). Veröffentlichungen der Societas Uralo-Altaica(우랄-알타이아 학회 간행물), 16. Wiesbaden : Otto Harrassowitz, 1983.

Sivaramamurti, C. *Sanskrit Literature and Art-Mirrors of Indian Culture*(산스끄리뜨 문학과 예술-인도 문화의 거울). Memoirs of the Archaeological Survey of India(인도 고고 조사 회상록), 73. Calcutta : Government of India Press, 1955.

Slyomovics, Susan. *The Merchant of Art : An Egyptian Oral Epic Poet in Performance*(예술 상인 : 이집트의 서사시 구연자). Berkeley : University of California Press, 1987.

Smith, John D. "Metre and Text in Western India(서부인도의 운율과 텍스트)." *BSOAS* 42, 1 (1972) : 347-357.

Soeripno, R. M. "Javanese Classical Dances(자바의 고전무용)." *London Geographical Magazine* 19 (1946.9) : 220-221, 도판 8장 포함.

Spitzing, Günter. *Das indonische Schattenspiel : Bali-Java-Lombok*(인도네시아의 그림자 연극 : 발리-자바-롬복). Cologne : DuMont, 1981.

Stache-Rosen, Valentina. "On the Shadow Theatre in India(인도의 그림자 연극에 관하여)."

Cultural Department of the Embassy of the Federal Republic of Germany, New Delhi 편, *German Scholars on India : Contributions to Indian Studies*(독일의 인도학 연구자들 : 인도학 논문 기고), 제2권, 276-285, 그림 17장 포함. Delhi : Nachiketa, 1976.

______. "Schattenspiele und Bildervorführungen, zwei Formen der religiösen Volks-unterhaltung in Indien(그림자 이미지와 그 구현, 인도의 민간 종교 연회의 두 가지 형식)." ZDMG 126, 1 (1976) : 136-148, 도판 6장 포함.

______. "Shadow Players and Picture Showmen(그림자 연극과 그림 공연자)." *Quarterly Journal of the Mythic Society* 66, 3-4 (Bangalore, 1975.7-12) : 43-55.

______. "Survival of Some Ancient Forms of Audio-Visual Education in Present-Day India(현대 인도에 남아있는 고대 시청각 교육형식)." Lokesh Chandra, Perala Ratnam 편, *Studies in Indo-Asian Art and Culture*(인도-아시아 예술과 문화 연구), 제5권, 141-150, 도판 10장 포함. Acharya Raghuvira 75세 생일 기념판. New Delhi : International Academy of Indian Culture, 1977.

Stein, Rolf A. *Recherches sur l'épopée et le barde au Tibet*(티베트의 서사시와 음유시인). Bibliothèque de l'Institut des Hautes Études Chinoises(고등 중국학 연구소 도서관), 13. Paris : Presses Universitaires de France, 1959.

______. *Tibetan Civilization*(티베트 문명). J. E. Stapleton-Driver가 불어본을 번역, Stanford : Stanford University Press, 1972.

Stimson, Hugh M. *The Jongyuan In Yunn : A Guide to Old Mandarin Pronunciation*(중원음운 : 고대 중국어 발음탐색). New Haven : Far East Publications, Yale University, 1966.

Stutterheim, Willem Frederik. *Indian Influences in the Lands of the Pacific*(태평양제도에 미친 인도의 영향). Weltevreden : G. Kolff, 1929(?).

______. *Indian Influences in Old-Balinese Art*(고대 발리 예술에 미친 인도의 영향). London : The India Society, 1935.

Sweeney, Amin. *Malay Shadow Puppets : The Wayang Siam of Kelantan*(말레이 그림자 꼭두각시 : 켈란탄의 와양 시암). London : The Trustees of the British Museum, 1972; 1980년 개정판 발행.

______. "The Malaysian Rāmāyana in Performance(말레이시아의 라마야나 공연)." V. Raghavan 편, *The Ramayana Tradition in Asia*. 122-141. New Delhi : Sahitya Akademi, 1980.

______. "Professional Malay Story-Telling : Some Questions of Style and Presentation(말레이의 직업적 이야기 구연 : 형식과 공연의 몇 가지 문제)." *Studies in Malaysian*

Oral and Musical Traditions(말레이시아의 구연과 음악 전통), Michigan Papers on South and Southeast Asia 8, 45-99. Ann Arbor : Center for South and Southeast Asian Studies, University of Michigan, 1974. *Journal of the Malaysian Branch of the Royal Asiatic Society*에서 재출간.

Sweeney, P. L. Amin. *The Ramayana and the Malay Shadow-Play*(라마야나와 말레이 그림자 연극). Kuala Lumpur : National University of Malaysia Press, 1972.

Takakusu, J. "Tales of the Wise Man and the Fool, in Tibetan and Chinese(현우경 이야기, 티베트어와 중국어)." *JRAS* (1901.7.15) : 447-460.

Tambiah, S. J. *Buddhism and the Spirit Cults in North-East Thailand*(북동 태국의 불교와 영적 제의). Cambridge : Cambridge University Press, 1970.

______. "The Magical Power of Words(언어의 마술적 힘)." *Man* (뉴 시리즈) 3, 2 (1968) : 175-208.

Teeuw, A. 등. *Śiwarātrikalpa of Mpu Tanakuṅ : An Old Javanese Poem, Its Indian Source and Balinese Illustrations*(엠피유 타나꿈의 쉬와라뜨리깔파 : 고대 자바어 시, 그 인도 기원과 발리 삽화). Bibliotheca Indonesica (KITLV), 3. The Hague : Martinus Nijhoff, 1969.

Thieme, Paul. "Classical Literature(고전문학)." W. Norman Brpwn 편, *India, Pakistan, Ceylon*, 개정판, 74-80. Philadelphia : University of Pennsylvania, 1960.

Thomas, F. W. "Political and Social Organisation of the Maurya Empire(마우리아 왕국의 정치적, 사회적 구조)." *The Cambridge History of India*(케임브리지 인도사), 제1권, *Ancient India*. E. J. Rapson 편, 474-494. Cambridge : Cambridge University Press, 1922.

Tiger, Rebecca. "Narrative Folk Paṭ-s of West Bengal : Approaches to the Analysis of Painted Scrolls in Village India(서부 벵갈의 서사체 민속 빠뜨 : 인도마을의 그림두루마리 분석)." University of Pennsylvania 석사학위 논문, 1975.

Tod, James. *Annals and Antiquities of Rajasthan or the Central and Western Rajput States of India*(라자스탄, 인도 중서부 라즈뿌뜨 주의 연대기와 유물). William Crooke 편, 전 3권. London : Oxford University Press, 1920.

Toda, Kenji. *Japanese Scroll Painting*(일본의 두루마리 회화). Chicago : University of Chicago Press, 1935.

Tucci, Giuseppe. *Tibetan Painted Scrolls*(티베트의 그림 두루마리). 전 2권. 포트폴리오 포함. Rome : Libreria dello Stato, 1949.

van Beuningen van Helsdingen, R. "The Javanese Theatre : Wayang Purwa and Wayang Gedog(자바 연극 : 와양 푸르와와 와양 게독)." *Journal of the Straits Branch of the*

Royal Asiatic Society(왕립 아시아 학회 (말레이) 해협 지부 저널)65 (1913.12) : 19-28, 도판 6장 포함.

van der Loon, Piet. "Les origines rituelles du théâtre chinois(중국연극의 의례적 기원)." *JA* 265, 1-2 (1977) : 141-168, 영어 초록 포함.

Vaníčková, E. "A Study of the Javanese Ketoprak(자바 케톱락 연구)." *ArchOr* 33, 3 (1965) : 397-450.

VanNess, Edward C., Shita Prawirohardjo. *Javanese Wayang Kulit : An Introduction*(자바 와양 쿨리트 : 도언). Kuala Lumpur : Oxford University Press, 1980.

van Tongerloo, A. "Buddhist Indian(역주 : 원문에는 'Iranian'으로 되어 있으나 'Indian'이 맞다. 제2장 각주 91은 'Indian'으로 맞게 되어 있으나 여기서는 착오가 생겨 바로잡는다) Terminology in the Manichaean Uygur and Middle Iranian Texts(마니교 관련 위구르와 중세 이란 문헌에 보이는 인도불교 용어)." Wojciech Skalmowski, Alois van Tongerloo 편, *Middle Iranian Studies*(중세 이란어 연구), 245-251. Katholieke Universiteit Leuven이 1982년 5월 17일부터 20일까지 개최한 국제학회에서 발표된 논문. *Orientalia Lovaniensa Analecta*, 16. Leuven : Peeters, 1984.

Varey, J. E. *Historia de los titeres en España desde sus Origenes hasta Mediados del Siglo XⅧ*(스페인 꼭두각시 인형극의 역사, 기원부터 18세기까지). Madrid : Revista de Occidenta, 1957.

______. "Minor Dramatic Forms in Spain with Special Reference to Puppets(스페인의 비주류 연극 형식, 특히 꼭두각시와 관련하여)." 전 2권. Cambridge University 박사학위 논문, 1950.

______. "Titeres, Marionetas y otras Diversiones Populaires de 1758 a 1859(꼭두각시 인형 연극 그리고 다양한 대중예술, 1758-1859)." *Temas Madrileños* 19. Madrid : Instituto de Estudios Madrileños, 1959.

Varma, K. M. "The Art Medium of the Śaubhikas and Its Nature(샤우비까의 예술적 표현수단과 그 특성)." *Asiatische Studien* (Berne) 15, 3-4 (1962) : 95-109.

Verneuil, M. P. "Javanese Wayangs(자바의 와양)." *Art et Décoration* 45-46 (1924.3) : 119-128.

Vogel, Jean Philippe. "The Relation between the Art of India and Java(인도와 자바예술의 관계)." *The Influences of Indian Art*, 35-86. Josef Strzygowski 도언. London : The Indian Society, 1925.

von Boehm, Max. *Puppen und Puppenspiele*(꼭두각시 인형과 꼭두각시 인형극). 전 2권. Munich : F. Bruckmann, 1929.

von Gabain, Annemarie. "Ksitigarbha-Kult in Zentralasien : Buchillustrationen aus den Turfa n-Funden(중앙아시아의 지장보살 문화 : 투루판 출토 유물 삽화)." *Indologen-Tagung*, 1971, 47-71. Verhandlungen der Indologischen Arbeitstagung im Museum für Indische Kunst Berlin(베를린 인도 예술 박물관 협회 지역회). 7.-9. Oktober 1971. Wiesbaden : Franz Steiner, 1973.

______. *Das Leben im uigurischen Königreich von Qočo*(850-1250)(고창 위구르 왕국의 생활 방식(850-1250)). 전 2권. Wiesbaden : Otto Harrassowitz, 1973.

______. *Das uigurische Königreich von Chotscho*(고창 위구르 왕국), *850-1250*. Sitzungsberichte der deutscher Akademie der Wissenschaften zu Berlin(베를린 독일과학 아카데미 발표문). Klasse für Sprachen, Literatur, und Kunst(언어, 문학, 예술분야). 1961, no. 5. Berlin : Akademie-Verlag, 1961.

von le Coq, Albert. *Bilderatlas zur Kunst und Kulturgeschichte Mittel-Asiens*(중앙아시아 예술과 문화사 지도 도해서). Museum für Völkerkunde. Berlin : D. Reimer, Ernst Vohsen, 1925.

______. *Die buddhistische Spätantike in Mittelasien*(중앙아시아의 불교유물). 전 7권. Berlin : D. Reimer (Ernst Vohsen), 1922-1933. 특히 제3권, *Die Wandmalereien*. Berlin : Dietrich Reimer (Ernst Vohsen), 1924.

______. *Buried Treasures of Chinese Turkestan : An Account of the Activities and Adventures of the Second and Third German Turfan Expeditions*(중국령 투르키스탄의 유물 : 독일 투루판원정대의 2차, 3차 활동과 모험 소개), Anna Barwell 역, New York : Longmans Green and Co., 1929.

Waddell, L. A. *The Buddhism of Tibet : Or Lamaism with Its Mystic Cults, Symbolism and Mythology, and in Its Relation to Indian Buddhism*(티베트 불교 : 라마교 그리고 신비적 제의, 상징주의 신화 그리고 인도 불교와의 관계). 제2판. Cambridge : W. Heffer and Sons (재판), 1939.

Wagner, Frits A. *Indonesia : The Art of an Island Group*(인도네시아 : 여러 섬들의 예술). Ann E. Keep이 독일어 본을 번역, New York : McGraw Hill, 1959. Bruno Loets의 독일어 번역본의 제목은 *Indonesien-Die Kunst eines Inselreiches*. Baden-Baden : Holle, 1959.

Waldschmidt, Ernst. *Gandhara, Kutscha, Turfan*(간다라, 쿠차, 투루판). Leipzig : Klinkhardt and Biermann, 1925.

Weber, Albrecht. *Indische Studien : Beiträge für die Kunde des indischen Alterthums*(인도연구 : 독일 소장 유물 해설). 제13권. Hildesheim and New York : Georg Olms, 1973; 1873년 본의 재판, Leipzig : F. A. Brockhaus.

Weitzmann, Kurt. *Ancient Book Illumination*(고대 도서의 설명화). Cambridge, Massachusetts

: 프린스턴대학 Oberlin College와 예술과 고고학과를 위하여 하버드대학 출판부에서 1959년에 발간.

______. *Illustrations in Roll and Codex : A Study of the Origin and Method of Text Illustration*(두루마리와 사본의 삽화 : 텍스트 설명화의 기원과 방법 연구). Princeton : Princeton University Press, 1947; 1970년에 부록을 추가하여 재판.

Welch, Stuart Cary. *India : Art and Culture, 300-1900*(인도 : 예술과 문화 1300-1900). The Metropolitan Museum of Art. New York : Holt, Rinehart and Winston, 1985.

West, M. L. 편주. *Hesiod : Theogony*(헤시오드스 : 신통기). Oxford : Clarendon, 1966.

Westermann, W. L. "Entertainment in the Villages of Graeco-Roman Egypt(그리스-로마-이집트 마을의 오락)." *The Journal of Egyptian Archaeology* 18 (1932) : 16-27.

Wheatley, Paul. *The Pivot of the Four Quarters*(전지구의 중심축). Edinburgh and Chicago : Aldine, 1971.

Whitfield, Roderick. "Chang Tse-tuan's Ch'ing-Ming shang-ho t'u(장택단의 청명상하도)." Princeton University 박사학위 논문, 1965.

Wiese, E. 번역과 서문. *Enter the Comics*(코믹입문). Rodolphe Topffer(1799-1846) Essay on Physiognomy and The True Story of Monsieur Crepin(로돌프 토퍼의 관상술 논문과 크레팡씨의 실화). Lincoln : University of Nebraska Press, 1965.

Wilken, George Alexander. *Handleiding voor de vergelijkende volkenkunde van Nederlandsch-Indië*(네덜란드령 인도차이나 비교 종족학 안내서). C. M. Pleyte 편, Leiden : E. J. Brill, 1893.

Winter, Werner. "Some Aspects of 'Tocharian' Drama : Form and Techniques(토카리어 연구의 제측면 : 형식과 기교)." *JAOS* 75(1955.1-3) : 26-35.

Winternitz, Moriz. *Geschichte der indische Litteratur*(인도문학사). 전 3권. Leipzig : C. F. Amelang, 1908-1922; Stuttgart : Koehler, 1969 재판. 제1권과 2권은 Silavati Ketkar가 번역하고 저자 Moriz Winternitz가 개정하여 *A History of Indian Literature*라는 타이틀로 출판하였다. Calcutta : University of Calcutta, 1927-1933; New York : Russell and Russell, 1971 재판. 제3권은 Helen Kohn이 번역하였으며 Subhadra Jhā가 개정하였다. Delhi : Motilal Banarsidass, 1963, 2부로 나누어 출간.

______. "Kṛṣṇa-Dramen(끄리슈나-드라마)." *ZDMG* 74, 1 (1920) : 118-144.

Yule, Henry, A. C. Burnell 편. *Hobson-Jobson : A Glossary of Colloquial Anglo-Indian Words and Phrases, and of Kindred Terms, Etymological, Historical, Geographical and Discursive*(홉슨-존슨 : 영어-인도어 일상 단어와 상용구, 가족, 어원, 역사적, 지리적, 논증적 단어). William Crooke의 개정판. London : John Murray, 1903. 제3

판 New Delhi : Munshiram Manoharlal, 1979.

Zguta, Russell. *Russian Minstrels : A History of the Skomorokhi*(러시아 음유시인 : 스코모로키의 역사). Philadelphia : University of Pennsylvania Press, 1978.

Zimmermann, Hans Dieter 편. *Lechzend nach Tyrannenblut : Ballade, Bänkelsang und Song*(폭군 기질을 위한 그림 : 민가, 밴클장 그리고 노래). Colloquium über das populäre und das politische Lied. Berlin : Gebr. Mann, 1972.

Zoetmulder, P. J. *Kalangwan : A Survey of Old Javanese Literature*(칼랑완 : 고대 자바문학 개관). KITLV, Translation Series 16. The Hague : Martinus Nijhoff, 1974.

3. 중국어 논문, 문헌, 번역본, 사전

A-ying 阿英 [Ch'ien Hsing-ts'un 錢杏村의 필명]. *Chung-kuo lien-huan t'u-hua shih-hua*[Historical sketch of Chinese serial paintings(간단하게 정리한 중국의 연환그림의 역사)] 中國連環圖畵史話. Peking : Chung-kuo ku-tien mei-shu ch'u-pan-she(北京 : 中國古典美術出版社), 1957.

Cheng Chen-to 鄭振鐸. "'Ch'ing-ming shang-ho t'u' te yen-chiu" [Research on the "Picture of the Spring Festival by the River("청명에 강에 나서다"라는 제목의 그림에 대한 연구")] 淸明上河圖的硏究. *Wen-wu ching-hua*(文物精華) [Finest cultural artifacts(문화유물의 최정수)] 文物精華. Peking : Wen-wu ch' u-pan-she (北京 : 文物出版社), 1959.

Ch'ien Ts'ai 錢彩 (1729 전후인). *Shuo Yüeh ch'üan chuan* [Complete telling of the story of Yüeh Fei(악비 일대기 전편)] 說岳全傳. 출판지 불명. [Taipei?] : Li-ming ch'u-pan-she(台北 : 黎明出版社), 출판일 불명 [1969?].

Ch'ing-ming shang-ho t' u [Picture of "Spring Festival by the River"("청명에 강에 나서다"라는 제목의 그림)] 淸明上河圖. Peking : Wen-wu ch'u-pan-she(北京 : 文物出版社), 1958.

Ch'ing-ming shang-ho t' u chüan [Scroll of the "Picture of Spring Festival by the River"("청명에 강에 나서다"라는 제목의 그림 두루마리)] 淸明上河圖卷. Peking : Chung-kuo ku-tien i-shu ch'u-pan-she(北京 : 中國古典藝術出版社), 1958.

Chou I-liang 周一[乙]良. Tu T'ang-tai su-chiang k'ao [당대 속강에 대한 고찰이란 논문을 읽고서On reading the article "An Examination of Popular Lectures during the T'ang Period"] 讀唐代俗講考. Wei Chin nan-pei-ch'ao shih lun-chi [Collected essays on the history of the Wei, Chin, and Northern and Southern Dynasties] 魏晉南北朝史論集, 377-386에 수록. Peking : Chung-hua shu-chü(北京 : 中華書局), 1963; 역시 같은 天津大公報에 실린 속편과 함께 이 책에 재수록함. 천진대공보의 서지사항은

이 참고문헌 바로 아래에 실려 있음.
______. Tu T'ang-tai su-chiang k'ao [On reading the article "An Examination of Popular Lectures during the T'ang Period"] 讀唐代俗講考. *T'u-shu chou-k'an* [Book Weekly] 圖書週刊, 6. T'ien-chin ta-kung pao (Tientsin l'Impartiale) 天津大公報 (1947.2.8).

Ch'üan-hsiang p'ing-hua wu-chung [삽화가 완비된 평화 다섯 작품Five fully illustrated p'ing-hua] 全相平話五種. Peking : Lai-hsün ko(北京 : 來薰閣), 1940. 원대 至治 연간(1321-1323), 建安 지역 虞씨의 출판사에서 출판한 목판본을 석판 영인함.

Feng Ch'eng-chün 馮承鈞 편. *Ying-yai sheng-lan chiao-chu* [먼 바다의 기이한 볼거리 기록, 교정과 주석Captivating views of the ocean's shores, collated and annotated] 瀛涯勝覽校注. Shanghai : Commercial Press(上海 : 商務印書館), 1935.

Giles, Herbert A. *A Chinese-English Dictionary* 中英辞典. Taipei : Ch'eng Wen(台北 : 成文), 1972; 제2판의 영인본, 증보판 Shanghai and London, 1912; 본래 상해에서 1892년에 출판.

Gulik, Robert Hans van 역. T'ang-yin pi-shih 棠陰比事, "Parallel Cases from Under the Pear-Tree(감당나무 그늘 아래에서 재판하였던 사례를 종류별로 모아 기록한 책)" : A 13th Century Manual of Jurisprudence and Detection(13세기의 수사와 재판 매뉴얼). 1211년에 Kuei Wan-jung 桂萬榮이 편찬. Sinica Leidensia 10. Leiden : Brill, 1956.

Hsio Yü-chi'ih chiang-tou chiang jen fu kuei ch'ao [Commanding General Viśa' Fils recognizes his father and gives his allegiance to the T'ang Dynasty(날래고 용맹한 장수가 자신의 아버지를 찾고선 당왕조에 충성을 맹서하다)] 小尉犀將鬪將認父歸朝. *Yüan-ch'ü hsüan* [A selection of Yüan drama(원대 희곡 선집)] 元曲選, 16[17]책. 商務印書館에서 1918년에 涵芬樓 본을 영인함.

Hsieh Sheng-pao 謝生保. "Ho-hsi pao-chüan yü Tun-huang pien-wen te pi-chiao" [A comparison of precious scrolls from the Kansu Corridor and Tun-huang transformation texts(하서 보권과 돈황 변문의 비교)] 河西寶卷與敦煌變文的比較. *Tun-huang yen-chiu* (Dunghuang Research) 敦煌研究 4 [총13] (1987) : 78-83, 95.

Hsü K'o 徐珂 (1869生). *Ch'ing pai lei-ch'ao* [Classified notes on trivia from the Ch'ing period(청대의 사소한 사항을 종류별로 분류하고 기록함)] 清稗類鈔. Taipei : Commercial Press(台北 : 商務印書館), 1966; 1917년 조판본의 재인쇄본.

Hui-li(慧立). The Life of Hsuan-tsang(玄奘의 일생), 大慈恩寺三藏法師 The Tripiṭaka-Master of the Great Tzu En Monastery. Li Yung-hsi 역, Peking : The Chinese Bu ddhist Association(北京 : 中國佛教協會), 1959.

Julien, Stanislas 역. Histoire de la vie de Hiouen-thsang(玄奘의 일생). Paris : L'Imprimerie Impériale, 1853.

Kao Ch'eng 高承 (1078-1085경). *Shih-wu chi yüan* [Notes on the origins of events and things(사건과 물건의 기원에 대한 기록)] 事物紀原. *TsSCC* 1209-1212.

Karlgren, Bernhard. *Analytic Dictionary of Chinese and Sino-Japanese*(중국어와 중국-일본어 분석사전). Paris : Paul Geuthner, 1923.

Kung Chen 鞏珍 (1430-1434 경). *Hsi-yang fan-kuo chih* [A record of foreign nations across the western ocean(서쪽 바다 너머 다른 나라에 대한 기록)] 西洋番國志. Hsiang Ta 向達 편, Peking : Chung-hua shu-chü(北京 : 中華書局), 1961.

Kung Tien Min[Kung T'ien-min] 龔天民. *T'ang-ch'ao chi-tu-chiao chih yen-chiu* (Christianity in the T'ang dynasty(당대 기독교에 대한 연구)) 唐朝基督教之硏究. Hong Kong : Chi-tu-chiao fu-ch'iao ch'u-pan-she(香港 : 基督教輔僑出版社) (The Council on Christian Literature for Overseas Chinese), 1975.

Li Chia-jui 李家瑞 편. *Pei-p'ing feng-su lei-cheng* [Classified references to the customs of Peking(북경의 풍속을 종류별로 정리한 참고자료)] 北平風俗類徵. 전 2권. *CYYY*. Chuan-k'an [Special issue] 專刊 14. Shanghai : Commercial Press(上海 : 商務印書館), 1937.

Li-Fang 李昉 (925-996) 등 편. *T'ai-p'ing kuang-chi* [Extensive register of great tranquility (태평시대의 광대한 기록)] 太平廣記 (977-988). 전 5권. Peking : Jen-min wen-hsüeh ch'u-pan-she(北京 : 人民文學出版社), 1959.

Li Feng-hsing 李鳳行. *Chung-kuo min-chien i-shu* [Chinese folk arts] 中國民間藝術. Taipei : Ch'u-pan-chia wen-hua shih-yeh yu-hsien kung-ssu(台北 : 出版家文化事業有限公司), 1978.

Li Pen-yao 李本燿. *Sung Yüan Ming p'ing-hua yen-chiu* [Studies on p'ing-hua of the Sung, Yüan, and Ming dynasties] 宋元明平話硏究. Taipei(?) : Taiwan National University, Research Institute of Chinese Literature(?)(台北 : 國立台湾大學, 中文硏究所), 1973(?).

Li Tou 李斗. *Yang-chou hua-fang lu* [A record of the pleasure barges of Yangchow(양주의 놀잇배에서의 기록)] 揚州畫舫錄. Peking : Chung-hua shu-chu(北京 : 中華書局), 1960; 원본 1795.

Liu Yüan-lin 劉淵臨. *Ch'ing-ming shang-ho t'u chih tsung-ho yen-chiu* [Synthetic research on "Picture of Spring Festival by the River"("청명에 강에 나서다"라는 제목의 그림에 대한 종합적 연구)] 淸明上河圖之綜合硏究. Taipei : I-wen yin-shu kuan(台北 : 藝文印書館), 1969.

Lu Yu 陸游 (1125-1210). *Wei-nan wen chi* [Prose works of Lu Yu(육유 산문집)] 渭南文集 (*SPPY*사부비요판).

Ma Huan 馬歡 (1413-1451경). *Ying-yai sheng-lan* [Captivating views of the ocean's shores (먼 바다의 기이한 볼거리 기록)] 瀛涯勝覽. Shen Chieh-fu 沈節甫 (1533-1601) 편, *Chi-lu hui-pien* [Compendium of contemporary records(당대의 기록을 총괄한 모음집)] 紀錄匯編. Shanghai : Commercial Press(上海 : 商務印書館), 涵芬樓, 1938, 19책. (아울러 Mills, J. V. G. 편역, Ying-Yai Sheng-lan : "The Overall Survey of the Ocean's Shores(먼 바다까지 두루 살펴 기록하다)도 참고할 것")

Mair, Victor H. "Popular Narratives from Tun-huang(돈황의 민간 서사)." 박사학위논문, Harvard University Press, 1976.

______. 역주와 서문. *Tun-huang Popular Narratives*(돈황 민간 서사). Cambridge : Cambridge University Press, 1983.

Mills, J. V. G. 편역. *Ying-Yai Sheng-lan : "The Overall Survey of the Ocean's Shores*(먼 바다까지 두루 살펴 기록하다)" [1433]. Hakluyt Society, Extra Series No. XLII. Cambridge : Cambridge University Press, 1970.

Na Chih-liang 那志良. *Ch'ing-ming shang-ho t'u* [Picture of the Spring Festival by the River("청명에 강에 나서다"라는 제목의 그림)] 淸明上河圖. Taipei : Kuo-li ku-kung po-wu-yüan(台北 : 國立古宮博物院), 1977.

Pan Chung-kwei[P'an Ch'ung-kuei] 潘重規 편. *Tun-huang pien-wen chi hsin shu* [New collection of Tun-huang pien-wen(새롭게 모아 펴낸 돈황 변문집)] 敦煌變文集新書, Tun-huang-hsüeh ts'ung-shu (Tunhuangology Series) 敦煌學叢書, 제6번, 전 2권. Taipei : Chung-kuo wen-hua ta-hsüeh Chung-wen yen-chiu-so(台北 : 中國文化大學中文硏究所), 1983-1984.

Pan Ku 班固. *Pai-hu t'ung-i* [Universal discussions at White Tiger Lodge(백호관에서의 종합 토론)] 白虎通義(79IE). BSS, 21.

Pei-ching min-chien feng-su pai t'u [One hundred drawings of popular customs in Peking (북경 민속에 관한 백 가지 그림)] 北京民間風俗百圖; 원래 *Pei-ching min-chien sheng-huo ts'ai t'u* [Colored drawings of folklife in Peking(북경 민간 생활에 대한 칼라 그림)] 北京民間生活彩圖란 제목이었음. 청대 생활에 대한 그림 자료의 영인본이 북경국립도서관에 소장되어있다. Peking : Shu-mu wen-hsien ch'u-pan-she(北京 : 書目文獻出版社), 1983. 자신의 소장본을 빌려준 Lillian Li에게 감사한다.

Shan-hsi sheng wen-wu kuan-li kung-tso wei-yüan-hui [Shansi Provincial Working Committee in Charge of Managing Cultural Artifacts] 山西省文物管理工作委員會 편, *Yung-lo kung* [The Palace(Temple) of Eternal Joy(영원한 기쁨이란 이름을 가진

궁궐)] 永樂宮. Peking : Jen-min mei-shu ch'u-pan-she(北京 : 人民美術出版社), 1964.

Shen Kua 沈括 (1030-1094). *Meng-hsi pi-t'an chiao-cheng* [Collated Dream Brook essays(대조하고 교정한 꿈꾸는 시내에서 쓴 수필들)] 夢溪筆談校證, 1086-1091 작성, Hu Tao-ching 胡道靜 편, Shanghai : Shanghai ch'u-pan kung-ssu(上海 : 上海出版公司), 1956.

Shih Yai[Yen] 史岩. *Tun-huang shih-shih hua-hsiang t'i-shih* [Chinese inscriptions in the caves of Tun-huang(돈황 석굴 벽화에 보이는 한자 서명 혹은 글자)] 敦煌石室畫象題識. Chengtu : The Institute of Comparative Cultures(成都 : 比較文化研究所), National Research Institute of Tun-huang and the West China Union University Museum(國立敦煌藝術研究所, 華西大學博物館), 1947.

Soothill, William Edward, Lewis Hodous 편. *A Dictionary of Chinese Buddhist Terms with Sanskrit and English Equivalents and a Sanskrit-Pali Index*(중국어 불교용어사전-산스끄리뜨어, 영어 대응어 및 산스끄리뜨-빨리어 색인포함). London : Kegan Paul, Trench, Trubner and Co., 1937.

Sun K'ai-ti 孫楷第. *Chung-kuo t'ung-su hsiao-shuo shu-mu* [A book catalog of popular Chinese fiction(중국 통속소설의 목록)] 中國通俗小說書目. Peiping : Kuo-li pei-p'ing t'u-shu-kuan(北平 : 國立北平圖書館), 1933; 1957.

Takakusu, J. 역. *A Record of the Buddhist Religion as Practised in India and the Malay Archipelago(A. D. 671-695) by I-Tsing(634-713)*(義淨이 인도와 말레이 군도에서 전파한 불교에 관한 기록). Oxford : Clarendon Press, 1896.

T'an Cheng-pi 譚正璧, T'an Hsün 譚尋 편. *T'an-tz'u hsü lu* [Descriptive catalog of strum lyrics(설명을 곁들인 탄사 목록)] 彈詞敍錄. Shanghai : Shanghai Ku-chi ch'u-pan-she(上海 : 上海古籍出版社), 1981.

T'ao Chün-ch'i 陶君起. *Ching-chü chü-mu ch'u-t'an* [Preliminary investigation of Peking Opera titles(경극의 목록에 대한 초보적 탐색)] 京劇劇目初探. 증보 개정판. Peking : Chung-kuo hsi-chü ch'u-pan-she(北京 : 中國戲劇出版社), 1963.

Teng Pai 鄧白. "Yung-le kung pi-hua chien-chieh" [A brief introduction to the wall-paintings of the Temple of Eternal Joy(영락궁 벽화에 대한 간단한 소개)] 永樂宮壁畫簡介. *Yung-le kung pi-hua* [Wall-paintings of the Temple of Eternal Joy] 永樂宮壁畫. Shanghai : Jen-min mei-shu ch'u-pan-she(上海 : 人民美術出版社), 1962.

Vandier-Nicolas, Nicole 편역. *Śāriputra et les Six Maîtres d'Erreur*(사리불과 육사외도 도권). Facsimilé du Manuscrit Chinois 4524 de la Bibliothèque Nationale(국립도서관

중국본 4524 영인본). Mission Pelliot en Asie Centrale, Série in-Quarto(펠리오의 중앙아시아 원정, 4절판 시리즈), V. Paris : Imprimerie Nationale, 1954.

Wang Chung-min 王重民. Wang Ch'ing-shu 王慶菽, Hsiang Ta 向達, Chou I-liang 周一良, Ch'i-kung 啓功, Tseng I-kung 曾毅公 편, *Tun-huang pien-wen chi*[Collection of pien-wen from Tun-huang] 敦煌變文集, 전 2권. Peking : Jen-min wen-hsüeh ch'u-pan-she(北京 : 人民文學出版社), 1957.

Wang Kuo-wei 王國維. *Wang Kuo-wei hsi-ch'ü lun-wen chi*[Collected essays of Wang Kuo-wei on drama(희곡에 관한 王國維의 논문 모음집)] 王國維戲曲論文集. Peking : Chung-kuo hsi-chü ch'u-pan-she(北京 : 中國戲劇出版社), 1957.

Wang Yuyi [Yü-i] 王羽儀, Tuan-mu Hung-liang 端木蕻良. *Chiu-ching feng-su pai t'u*[Old Beijing in genre paintings(옛 서울 북경의 풍속 화보집)] 舊京風俗百圖. Wang Lu 역, Hong Kong : Joint Publishing Company, 1984.

Wen-wu Ching-hua pien-chi wei-yüan-hui [Committee for the Compilation of Finest Cultural Artifacts] 文物精華編輯委員會 편, *Wen-wu ching-hua* [Finest cultural artifacts(고대 문화유물 정화)] 文物精華. 권 1. Peking : Wen-wu ch'u-pan-she(北京 : 文物出版社), 1959.

Yü Yüeh 俞樾 (1821-1906). *Chiu-chiu hsiao-hsia lu* [A record of whiling away the summer to its very end(구구 팔십일 일에 달하는 여름날 더위를 식히면서 기록한 것들)] 九九消夏錄, *Ch'un-tsai t'ang ch'üan-shu* [Collected works from the Hall Where Spring Lingers On(봄이 머무는 서가에서 쓴 작품들의 총집)] 春在堂全書, 1902, 150-152책.

Yung-lo kung pi-hua hsüan-chi [A selection of wall-paintings from the Temple of Eternal Joy(永樂宮 벽화 선집)] 永樂宮壁畫選集. Peking : Wen-wu ch'u-pan-she(北京 : 文物出版社), 1958.

4. 일본어, 한국어 논문, 문헌, 번역본, 사전

Akiyama Terukazu 秋山光和 편. *Genji monogatari emaki* [Picture scroll of the Tale of Genji(겐지 모노가타리의 그림 두루마리)] 源氏物語繪卷. Heibonsha Gallery 平凡社キヤラリー, 29. Tokyo : Heibonsha(東京 : 平凡社), 1974.

______. "Henbun to etoki no kenkyū (Pien-wen chinois et Etoki japonais-la peinture et la prédication)" 變文と繪解きの研究, 저자의 Heian jidai sezoku-ga no kenkyū [Secular Painting in Early Medieval Japan(일본 중세 초기의 세속화)] 平安時代世俗畵の研究의 제3부에 해당, 387-454. Tokyo : Yoshikawa kōbunkan, 1964. 불어 초록 30-32. Perio-bon gōma-hen (Rōtakusha tōsei hen) gakan to Tonkō hekiga (La rouleau illustré du 'Combat magique de Çāriputra et de Raudrâkṣa' (Pelliot 4524) et son rapport avec les peintures murales des grottes de Touen-houang)(제1부 : 펠리오 본 降魔變(勞度差鬪聖變) 그림 두루마리와 돈황 벽화) ペリオ本降魔變(勞度差鬪聖變)畵卷と敦煌壁畵, 389-426; Tonkō ni okeru henbun to eiga(Le pien-wen et la peinture dans l'art de touen-houang) 敦煌における變文と繪書(제2부 : 돈황의 변문과 회화), 427-454.

______. "Tonkō-bon gōma-hen (Rōtakusha tōsei hen) gakan ni tsuite (A Scroll-painting. Illustrating the Pien-wen, about the Magic Competition between Śāriputra and Raudrākṣa; Brought back by Paul Pelliot from Tun-huang)(돈황본 降魔變(勞度差鬪聖變) 그림 두루마리에 대하여)" 敦煌本降魔變(勞度差鬪聖變)畵卷について. The Bijutsu kenkyū (The Journal of Art Studies) 美術硏究 187 (July 1956) : 1-35 (43-77), 도판 하나와 12개의 삽화 그리고 영문 초록 포함.

______. "Tonkō ni okeru henbun to kaiga-Futatabi Rōtakusha tōsei-hen (gōma-hen) o chūshin ni-(Pien-wen and Painting at Tun-huang-again with special reference to the 'Magic competition between Śāriputra and Raudrākṣa [Chiang-mo-pien]')(돈황의 변문과 회화-다시 勞度差鬪聖變(降魔變)을 중심으로)" 敦煌における變文と繪畫-再び牢度叉鬪聖變(降魔變)を中心に. The Bijutsu kenkyu (The Journal of Art Studies) 美術硏究 211 (1960.7) : 1-28; 16장의 사진과 영문 초록 포함.

Fujii Otoo (Shiei) 藤井乙男 (紫影) 편. Chikamatsu zenshū [Complete works of chika-matsu(치카마쯔 전집)] 近松全集. Osaka : Asahi shinbunsha(大阪 : 朝日新聞社), 1925-1928.

Fujiwara no Yorinaga 藤原賴長 (1120-1156). Taiki [Diary] 台記 (1136-1155). Tokyo : Tetsugaku shoin(東京 : 哲學書院), 1898.

Hayashi Masahiko 林雅彥. *Nihon no etoki : shiryō to kenkyū* [Japanese picture explanation : Materials and studies(일본의 그림 이야기 구연-자료와 연구)] 日本の繪解き-資料と硏究. Tokyo : Miyai shoten(東京 : 三弥井書店), 1982.

______. "Setsuwa bungaku to etoki-Tateyama jigoku to jojin o meguru shūhen-[변Around the periphery of Mt. Tateyama's hell and women(설화문학과 에토키-다데야마 산의 지옥과 여인의 주변)]" 說話文學と繪解き-立山地獄と女人をめぐる周邊. Denshō bungaku kenkyū [Studies on oral literature] 傳承文學硏究 21 (1978.3) : 1-22 (별쇄본).

Horio Seisi [Seishi] 堀尾青史, Inaniwa Keiko 稻庭桂子. Kamishibai : Sōzō to kyōiku-sei [Paper theater : creativity and educational characteristics(종이연극 : 창조성과 교육성)] 紙芝居·創造と教育性. Tokyo : Dōshinsha, 1972.

Iwase Kyōden 岩瀨京傳 (Edo Seisei 江戶醒醒)(1816 졸). Kottōshū [Collection of antiquities] 骨董集. Nihon zuihitsu taisei [Collected essays of Japan] 日本隨筆大成. 권8, 275-474. Tokyo : Yoshikawa kōbunkan(東京 : 吉川弘文館), 1927.

Kata Koji 加太こうじ. Machi no jijoden [Autobiography of the streets(거리의 자서전)] 街の自叙傳. Tokyo : Banseisha, 1977.

Kawaguchi, Hisao 川口久雄. "Etoki no rutsu Tonkō[The roots of picture explanations-Tun-huang(에토키의 뿌리-돈황)]" 繪解きのルーツ敦煌, 제1부와 제2부. Asahi Shinbun(朝日新聞), (석간) 1978년 2월 20일자, 5면, 1978년 2월 21일자, 5면.

______. Etoki no sekai-Tonko kara no kage [The world of picture-storytelling : reflections from Tun-huang(그림 이야기 구연의 세계 : 돈황의 영향)] 繪解きの世界-敦煌からの影-. Tokyo : Meiji shoin(東京 : 明治書院), 1981.

______. "Motto etoki kenkyū o-bungakushi no kūhaku uzumeru mono[Further research on picture-storytelling fills a gap in the history of literature(문학사의 공백을 매우기 위한 에토키 연구)]" もつと繪解き硏究を文學史の空白埋めるもの. Nihon Keizai Shinbun(日本 : 經濟新聞), 1981년 4월 28일자, 27면.

______. Saiiki no tora[Tiger of the western regions(서역의 호랑이)] 西域の虎. Tokyo : Yoshikawa Kōbunkan(東京 : 吉川弘文館), 1974.

______. "Tonkō henbun no seikaku to Nihon bungaku-etoki no sekai-[The nature of Tun-huang pien-wen and Japanese literature-the world of picture explanations(돈황 변문의 성격과 일본문학-에토키의 세계)]" 敦煌變文の性格と日本文學-繪解きの世界-. Nihon bun-gaku [Japanese literature] 日本文學 12, 10 (1963.10) : 27-41 (761-765), 사진 1장 포함.

Kudara Kōgi 百濟康義, "Tenri toshokan zō Uigurugo bunken[Uigur texts preserved at Tenri Central Library(天理大學 소장 위구르어 문헌)]" 天理圖書館藏ウイグル語文獻. Biburia (Biblia) ビブリア 86 (May 1986) : 127-180, 칼라 사진 한 장과 영문 초록 포함.

Matsumoto Yeiichi [Eiichi] 松本榮一. "Kosha hekiga ni okeru Ajasei-Ō koji[On a Narrative of King Ajâtaśatru in the Kucha Frescos(쿠차 벽화에 보이는 아사세왕 이야기)]" 庫車壁畵に於ける阿闍世王故事. Kokka [Essence of the nation] 國華 566 (1938.1) : 3-7, 양질의 목판 영인본 1장 포함.

Mizutani Shinjō 水谷眞成. "Ippo' no igi ni tsuite-henbun enshutso hō ni kansuru ichi shiron[On the meaning of "i-p'u"-a preliminary discussion regarding the method of performance of pien-wen"(一鋪의 의미에 대하여-변문 연출에 관한 시론)]" 一鋪の意義について-變文演出法に關する-試論. *Shina gakuhō* (Ōtani University(大谷大學)) [China journal] 支那學報 2 (1957) : 29-32.

Murata Noboru 村田昇. *Nihon bungaku no bukkyōteki ronkyū* [Buddhistic studies of Japanese literature(일본문학의 불교적 연구)] 日本文學の佛教的論究. Tokyo : Hitotsubashi shobō, 1952.

Mushakōji Minoru 武者小路穰. *Emaki pureparāto ni noseta chūsei* [Picture scrolls-medieval Japan preserved on microscopic slides(에마키-현미경 슬라이드에 보존되어 있는 일본의 중세)] 繪卷プレパラートにのせた中世. Tokyo : Bijutsu shuppan sha(東京 : 美術出版社), 1963.

Naba Toshisada 那波利貞. "Tōdai no Tonkō-chi ni okeru Chōsen-jin no rugū ni tsukite [On the Residence of Coreans at Toun-Huang Province in T'ang Dynasty(당대 돈황 지역 한국인 유민에 대하여)]" 唐代の燉煌地に於ける朝鮮人の流寓に就きて, 1-3. The Bunka Shigaku (Studies in the Cultural History) 文化史學 8 (1954.9) : 20-42; 9 (1955.6) : 14-26; 10 (1956.5) : 44-52.

______. "Zokkō to henbun[Popularised Lectures and Peculiar Style(속강과 변문)]" 俗講と變文, 1-3. The Bukkyo Shigaku (Journal of the History of Buddhism) 佛教史學 1, 2 (1950.1) : 61-72; 1, 3 (1950.6) : 73-91; 1, 4 (1950.10) : 39-65. 인용은 재판본 NT, 395-458. 영어제목은 "Vulgarized Stories and Ballads from Buddhist Texts"이다.

Nakamura Hajime 中村元. Bukkyōgo daijiten [Dictionary of Buddhist terms] 佛教語大辭典. 전 3권. Tokyo : Tōkyō shoseki kabushiki kaisha(東京 : 東京書籍株式會社), 1975.

Nihon daijiten kankō-kai [Publications Committee for the Great Japanese Dictionary] 日本大辭典刊行會 편, Nihon kokugo daijiten [Great dictionary of the Japanese national language] 日本國語大辭典. 전 20권. Tokyo : Shōgakukan(東京 : 小學館), 1972-1976.

Okami Masao 岡見正雄. "Etoki to emaki, ezōshi[Picture explanations, picture-scrolls, and picture booklets]" 繪解と繪卷, 繪冊子. Kadokawa shoten hen-shūbu[Editorial Office of Kadokawa Bookstore] 角川書店編輯部. Jigoku zōshi, Gaki zōshi, Yamai zōshi (Scrolls of Hells, Scrolls of Hungry Ghosts, and Scrolls of Diseases) 地獄草紙, 餓鬼草紙, 病草紙, 39-49, 삽화 3장 포함. Nihon emakimono zenshū [Japanese picture-scrolls] 日本繪卷物全集, 6 Tokyo : Kadokawa shoten(東京 : 角川書店), 1959.

______. "Etoki to emaki, ezōshi-kinko shōsetsu no katachi (zoku)-[Picture explanations, picture-scrolls, and picture booklets-the form of fiction in the early modern period (continuation)(에토키와 에마키, 에조시-근고소설의 형식)]" 繪解と繪卷, 繪冊子-近古小說のかたち (續). Kokugo kokubun [Japanese language and literature] 國語

國文 23, 8 (1954.8) : 1-16, 28, 삽화 3장 포함.

Okudaira Hideo 奧平英雄. Emaki [Picture-scrolls] 繪卷. Tokyo : Bijutsu shuppansha(東京 : 美術出版社), 1957.

Ruch, Barbara. "Kaigai ni okeru etoki kenkyū" [The study of etoki abroad] 海外における繪解き研究. KKK, 155-169. 영어본 제목은 "Research on Pan-Asiatic 'Painting Recitation'"이다.

Uehara Yoshitarō 上原芳太郎 편. *Shin saiiki-ki* [A new record of the western regions(신서역기)] 新西域記. 전 2권. Tokyo : Yūkōsha(東京 : 有光社), 1937.

Umezu Jirō 梅津次郎. Emakimono sōshi [Collected essays on painted scrolls(에마키 관련 논문 총편)] 繪卷物叢誌. Kyoto : Hōzōkan(京都 : 法藏館), 1972.

______. "Hen to henbun : Etoki no kaiga-shi teki kōsatsu[On Pien and Pien Wen(변과 변문)]" 變と變文一繪解の繪畫史的考察, 2. Kokka [Essence of the nation] 國華 760 (1955.7) : 191-207, 영문 초록 포함.

______. *Kegon engi* (*Legends of the Kegon Sect*) 華嚴緣起. Nihon no meiga [Famous paintings of Japan] 日本の名畵, 7. Tokyo : Heibonsha(東京 : 平凡社), 1957.

______. "Tonkō shutsudo Kaikotsu Bukkyō gamaki danpen[Portions of A Buddhist Picture discovered in Touen-houang, China(돈황에서 출토한 위구르 불교 그림 두루마리 조가리)]" 敦煌出土回鶻佛敎畵卷斷片. Kokka [Essence of the nation] 國華 760 (1955.7) : 190, 도판 1, 2 그리고 영문 초록 포함.

Yūki Somei 結城素明 편. *Saiiki-ga shūsei* [Collection of paintings from the western regions (서역 그림 총 모음)] 西域畵聚成. 전 15권. Tokyo : Shinbi shoin(東京 : 審美書院), 1940-1941.

5. 남아시아, 동남아시아 및 불교권 중앙아시아 문헌, 번역본, 사전(인도, 위구르, 인도네시아 및 기타 지역)

Bandyopādhyāya, Debāśisa. *Bīrabhūmer Yama-paṭ o paṭuyā*. Calcutta : Suvarṇarekhā, 1972. (벵갈어.)

Bang, W. · A. von Gabain. *Analytischer Index zu den Fünf Ersten Stücken der Türkischen Turfan-Texte*(터키어 투루판 문헌 앞 5책 단어 분석 색인). Sonderausgabe aus dem Sitzungsberichten der Preussischen Akademie der Wissenschaften in Kommission bei Walter de Gruyter(발터 드 그뤼터 프러시아 과학 아카데미 특별판 원고), 1931.

______. "Türkische Turfan-Texte. III. Der Grosse Hymnus auf Mani(터키어-투루판 텍스트 III.인간에 대한 위대한 찬가)." *SPAW* 12-13 (1930) : 183-211, 도판 2장 포함.

Barnett, L. D. 역. *The Antagaḍa-dasāo and Aṇuttarovavāiya-dasāo*. Oriental Translation

Fund, 뉴 시리즈, XVII. London : Royal Asiatic Society, 1907.

Basak, Radhagovinda, 편역과 서문. *The Prākrit Gāthāsaptaśati*(쁘라끄리뜨 가타삽따샤띠), Sātavāhana King Hāla 편, Bibliotheca Indica-A Collection of Oriental Works. Calcutta : The Asiatic Society, 1971.

Belvalkar, Shripad Krishna. *Rama's Later History or Uttara-Rama-Charita*(라마 후기역사 혹은 웃따라-라마-차리따). 제1부 : 도언과 번역. The Harvard Oriental Series, 권 21. Cambridge : Harvard University Press, 1915.

Bendall, Cecil 편. *Çikshāsamuccaya*(식샤사뭇짜야). Bibliotheca Buddhica, 1. Osnabrück : Biblio Verlag, 1970; 원래 1897-1902에 Imperial Academy of Sciences, St. Petersburg에 의하여 출판. Editorial Board of the Indo-Iranian Journal ('s-Gravenhage : Mouton, 1957)에 의하여 재출간.

Bendall, Cecil · W. H. D. Rouse 역. *Śikshāsamuccaya : A Compendium of Buddhist Doctrine*(식샤사뭇짜야 : 불교원리제요), Sāntideva에 의하여 주로 Earlier Mahāyāna Sūtras에서 편집. London : John Murray, 1922.

Bhagavatī-[vyākhyáprajñapti] sūtra(바가와띠-[비야키야 쁘라지나쁘띠] 수뜨라). The Fifth anga of the Jain canon, Abhayadeva의 Sanskrit어 주석, Ramacandra Gaṇi의 산스끄리뜨어 단락, Megharāja의 Gujarati 주석. 전 4권. Benares : Rāya Dhanapati Siṇha Bāhāduraka Agamasaṃgraha, 1938.

Bharata-Muni. *The Nāṭyaśāstra*(나띠야샤스뜨라). 개정 제2판. 편역. Manumohan Ghosh. Calcutta : Royal Asiatic Society of Bengal, 1951.

______. *The Nāṭyaśāstra*(나띠야샤스뜨라). 제2판. M. Ramakrishna Kavi 편; K. S. Ramaswami Sastri 개정판. Baroda : Oriental Institute, 1956.

______. *The Nāṭyaśāstra*(나띠야샤스뜨라). Pandit Śivadatta, Kāśīnāth Pāṇdurang Parab 편, Kāvyamālā 42. Bombay : Tukārām Jāvajī, 1894.

Bhavabhuti. *Uttararāmacharita*(웃따라라마짜리따). Shrīnivās Govind Bhānap 편, Bombay : Subodha-Prakasha Press, 1888.

______. *Uttararāmacharita*(웃따라라마짜리따). Edward B. Cowell의 요청으로 Premachandra Tarkabágísá가 편찬. Calcutta : Bangala Press, 1862.

______. *Uttararāmacharita*(웃따라라마짜리따). 제3판. P. V. Kane의 주석과 서문 C. N. Joshi 역, Bombay : Panduray Varman Kane, 1929.

______. *Uttararāmacharita*(웃따라라마짜리따). Vinayak Sadashiv Patvardhan 편역, Bombay : Damodar Savalaram. 1852.

______. *Uttararāmacharita*(웃따라라마짜리따). 제2판. C. H. Tawney 역, Calcutta : Thacker, Spink, and Company, 1874.

______. *Uttararāmacharita*(웃따라라마짜리따). 제3판. Vîrarâghava의 주석, T. R. Ratnam Aiyar, Vâsudev Laxmaṇ Shâstrî Fansikar 편, Bombay : Tukârâm Jâvajî of the Nirṇaya-sâgara Press, 1906.

______. *Uttararāmacharita*(웃따라라마짜리따). Vîraraghava의 주석; M. R. Kále 편, Bombay : Gopal Narayan, 1911.

Bischoff, Friedrich A. 편역. *Ārya mahābala-nāma mahāyānasūtra*(聖大力大乘經). Buddhica, 10. Paris : Paul Geuthner, 1956.

Böhtlingk, Otto 편역. *Pâṇini's Grammatik*(빠니니의 문법). Leipzig : H. Haessel, 1887.

Böhtlingk, Otto · Rudolph Roth. *Sanskrit-Wörterbuch*(산스끄리뜨어 사전). 전 7권. St. Petersburg : Buchdruckerei der Kaiserlichen Akademie der Wissenschaften(페테스부르크 : 제국 과학 아카데미 간행물), 1855-1875.

Böhtlingk, Otto · Charles Rieu 편. *Hemak'andra's Abhidânak'intâmaṇi : ein systematisch angeordnetes synonymisches Lexicon*(눈 오는 달빛 아래의 여의보 헤마칸드라의 아비다나킨타마니 : 구조적으로 정리한 동의어 단어집). St. Petersburg : Kaiserlichen Akademie der Wissenschaften(페테스부르크 : 제국 과학 아카데미 간행물), 1847.

Brandon, James R. *On Thrones of Gold : Three Javanese Shadow Plays*(황금보좌 : 자바 그림자연극) 3편. Cambridge, Massachusetts : Harvard University Press, 1970.

Buddhaghoṣa. *Sārattha-ppakāsinī*. Commentary on *Saṃyutta-nikāya*(사랏타-빠까시니, 상윳따-니까야(주제별로 모은 경들) 주석). 태국문자로 이루어진 빨리어 텍스트. 전 3권. Bangkok : Sayamaratthassa rājadhaniyam mahāmakuta rājavijālayen pakāsita, 1920.

Caferoğlu, A. 편. *Eski Uygur Türkçesi Sözlüğü*(고 위구르어 터키어 사전). Türk Dil Kurumu Yayinlari : Sayi 260. Istanbul : Edebiyat Fakültesi Basimevi, 1968.

Cowell, E. B. 편. *The Jātaka, or Stories of the Buddha's Former Births*(자따까, 부처의 전생담). 여러 사람의 협력으로 빨리어를 번역. 전 6권. London : Luzac for the Pāli Text Society, 1957 (1895-1907 초판).

Cowell, E. B. · R. A. Neil 편. *The Divyâvadâna*(天譬喻經). Cambridge : At the University Press, 1886.

Cowell, Edward Byles · Frederick William Thomas 역. *The Harṣa-carita of Bāṇa*(바나의 하르샤-짜르따). Oriental Translation Fund, 뉴 시리즈 8. London : Royal Asiatic Society, 1897.

Daniélou, Alain 역. *Shilappadikaram (The Ankle Bracelet)*(발찌). By Prince Ilangô Adigal. New York : New Directions, 1965.

Devadhar, C. R. · N. G. Suru 편역. *Ratnāvalī of Śrī Harṣa*(스리 하르샤의 瓔珞傳). 제2판 개정본. Poona : Poona Oriental Book House, 1954.

Dikshitar, V. R. Ramachandra 편역. *The Śilappadikāram*(발찌). Madras : Indian Branch, H. Milford, Oxford University Press, 1939.

Echols, John M. · Hassan Shadily. *An Indonesian-English Dictionary*(인도네시아어-영어사전). 제2판. Ithaca : Cornell University Press, 1962.

Edgerton, Franklin. *Buddhist Hybrid Sanskrit Grammar and Dictionary*(불교 혼합 산스끄리뜨 문법과 사전). 전 2권. New Haven : Yale University Press, 1953.

Emmerick, R. E. 역. *The Sutra of Golden Light*(금광명경). London : Luzac, 1970.

Fausbøll, V. 편. *The Jātaka*(자따까). 전 7권. London : Kegan, Paul, Trench, and Trübner, 1875-1897.

Feer, Leon 편. *Saṃyutta-Nikaya*(상윳따-니까야[相應部]). 권3. London : Henry Frowde for the Pāli Text Society, 1890.

Finch, Roger. "The Śrī-parivarta(Chapters XVI, XVII) Sīngqu Säli's Uighur Translation of I-tsing's Version of the Suvarṇaprabhāsottama-sūtra 吉祥天女品(16품, 17품), 상쿠샤리가 위구르어로 번역한 義淨本 金光明最勝王經" Harvard University 박사학위 논문, 1976.

Foucaux, Éd. 역. *Le Lalita Vistara-Développement des jeux-contenant l'histoire du Bouddha Çakya-Mouni depuis sa naissance jusqu'à sa prédication*(방광대장엄경-석가모니의 탄생에서부터 설교까지의 일생). Annales du Musée Guimet(기메 박물관 연보), 16, 19. Paris : E. Leroux, 1884-1892.

______ 역. *Rgya tch'er rol pa : ou, Développement des jeux, contenant l'histoire du Bouddha Çakya-Mouni, traduit sur la version tibétaine du Bkahhgyour, et revu sur l'original sanscrit*(방광대장엄경 : 석가모니불 이야기, 티베트어본을 번역하고 산스끄리뜨 원본을 대조함). Paris : L'Imprimerie royale, 1848.

Franke, R. Otto 편역. *Dīghanikāya : Das Buch der Langen Texte des Buddhistischen Kanons*(디가니까이야 : 불경長部). Göttingen : Vandenhoeck und Ruprecht, 1913.

Guesdon, Joseph. *Dictionnaire cambodgien-franÇais*(캄보디아어-프랑스어사전). 전 2권. Paris : Librairie Plon, 1930.

Headley, Robert K. Jr. 등편. *Cambodian-English Dictionary*(캄보디아-영어사전). 전 2권. Publications in the Languages of Asia, Ⅲ. Washington, D. C. : Catholic University of America Press, 1977.

Hillebrandt, Alfred 편. *Mudrārākṣasa of ViÇākha-datta*(비차카-닷따의 무드라락샤사). Breslau : M. and H. Marcus, 1912.

Hirakawa, Akira 平川彰가 Shunei Hirai, So Takahashi, Noriaki Hakamaya 그리고 Giei Yoshizu과 함께 공동 작업. *Abidatsuma kusharon sakuin* (*Index to the*

Abhidharmakośabhāṣya [P. Pradhan edition]) 阿毘達磨俱舍論索引. Tokyo : Daizo shuppan kabushikikaisha(東京 : 大蔵出版株式会社), 1973.

Hoernle, A. F. Rudolf 편역. *The Uvāsagadasāo*(十居士支). 전 2권. Bibliotheca Indica, 752. Calcutta : Asiatic Society, 1880, 1890.

Horne, Elinor Clark. *Javanese-English Dictionary*(자바어-영어사전). New Haven and London : Yale University Press, 1974.

Jacobi, Hermann 편. *The Kalpasūtra*(칼파수트라, 祭事經). Leipzig : F. A. Brockhaus, 1879.

Johnson, Helen M. 역. *Triṣaṣṭiśalākāpuruṣacaritra*(뜨리샤스띠샤라까뿌루샤짜리따). 권1, *Ādīśvaracaritra*. Gaekwad's Oriental Series, 51. Baroda : Oriental Institute, 1931.

Jones, J. J. 역. *The Mahāvastu*(大事). 전 3권. London : Luzac, 1949-1956.

Kane, P. V. 편. *The Harshacharita of Bāṇabhatta*(바나밧따의 하르샤짜리따). Bombay : By the editor, 1918.

Kangle, R. P. 편. *The Kautīlya Arthaśāstra*(까우띨리야의 政事論). 제1부. Bombay : University of Bombay, 1960.

Khadabadi, B. K. *Vaḍḍārādhane : A Study*(밧다라다네 : 학습). Research Publication Series 38. Dharwad : Karnatak University, 1979.

Kielhorn, F. 편. *The Vyākaraṇa-Mahābhāshya by Patañjali*(빠딴잘리의 大疏). 전 3권. 개정 제2판. Bombay : Government Central Book Depot, 1880-1909.

Krause, Wolfgang, Werner Thomas. *Tocharisches Elementarbuch*(토카라어 입문). 전 2권. (제 2권은 Winter출판사 단독 출판). Heidelberg : Carl Winter, Universitätsverlag, 1960-1964.

Lefmann, Salomon 역. *Lalita Vistara : Erzählung von dem Leben des Çakya Simha*(방광대장엄경 : 석가모니 생애 이야기). Berlin : Ferd. Dümmler, 1874.

______ 편. *Lalita Vistara : Leben und Lehre des Çâkya-Buddha*(방광대장엄경 : 석가모니불의 생애와 가르침). 전 2권. Halle a. S. : Verlag der Buchhandlung des Waisenhauses, 1902-1908.

Leumann, Ernst 편. *Das Aupapātika Sūtra : erstes Upānga der Jaina*(아우빠삐띠까 경: 자이나교의 제일 副本[우빵가]). *Abhandlungen für des Kunde des Morgenlandes*(동방학 소식지), VII.2. Leipzig : F. A. Brockhaus, 1883.

Lin Huan-wen 林煥文 편. *Kamus Mĕlayu-Tionghoa*(말레이어-중국어 사전). Singapore : Shanghai shu-chü yu-hsien kung-ssu, 1959.

A Malay Dictionary(말레이어 사전). 미군 극동 Office of the Assistant Chief of Staff, G-2에서 작업(1944). 주로 Van Ronkel의 Malay-Dutch 사전에 근거하였음.

Mayrhofer, Manfred. *Kurzgefasstes etymologisches Wörterbuch des Altindischen*(고 인도어 어

원 소사전). 전 2권. +. Heidelberg : Carl Winter, Universitätsverlag, 1956-1963, 그리고 속간.

Merutuṅga Ācārya. *Prabandhacintāmaṇi*(쁘라반다찐따마니, 자이나교식으로 풀이한 고대 인도 제왕들의 이야기). Ramacandra Dinanatha 편, Bombay : Rajyabhakte Press, 1888.

Meyer, Johann Jakob 역. *Das Altindische Buch vom Welt-und Staatsleben : Das ArthaÇāstra des Kautilya*(세계와 정사에 관한 고대 인도의 서적 : 까우띨리야의 정사론). Leipzig : Otto Harrassowitz, 1926.

Monier-Williams, Monier. *A Sanskrit-English Dictionary*(산스끄리뜨어-영어 사전). Oxford : Clarendon Press, 1899.

Müller, Edward 편. *The Atthasālinī*(앗타살리니 : 주석서). London : Henry Frowde for the Pali Text Society, 1897.

Müller, F. W. K. "Uigurica II(위구르학 2)." *AKPAW* 3 (1910), 도판 3장 포함. Berlin : Königlichen Akademie der Wissenschaften, 1910.

______. "Uigurica III : Uigurische Avadāna-Bruchstücke (I-VIII)(위구르학 3 : 위구르 부처 전생담 편린(1-8))." *APAW* 2 (1920). Berlin : Akademie der Wissenschaften, 1922.

Nadelyaev, B. M. 등. *Drevnetyurksiī Slovar'*(고 위구르어사전). Leningrad : Nauka, 1969.

Nève, Félix 역. *Le dénouement de l'histoire de Rama*(라마 이야기의 대단원). Brussells and Paris : C. Muquardt and Ernest Leroux, 1880.

Nguyên-Văn-Khôn. *Việt-Anh Anh-Việt tùĐể : Thông Dụng*[Usual Vietnamese-English, English-Vietnamese Dictionary(베트남어-영어, 영어-베트남어 상용사전)]. Saigon : Khai-tri, 1967.

Nobel, Johannes 편. *Suvarnabhāsottamasūtra, Das Goldglanz-Sūtra, ein Sanskrittext des Mahāyāna-Buddhismus*(金光明最勝王經, 마하야나 불교의 고대 산스끄리뜨어 텍스트). Leipzig : Otto Harrassowitz, 1937.

Patañjali. *Vyākarana mahābhāṣyam*(大疏). Śaṃkara Śāstri Mārulakara 편, Ānandāśrama Sanskrit granthāvali, 108. Poona : Ānandāśrama mudraṇālya, 1938, 2부.

[Pe] Maung Tin 역. *The Expositor (Atthasālinī) : Buddhaghosa's Commentary on the Dhammasanganī, the First Book of the Abhidhamma Piṭaka* (주석서(앗타살리니) : 아비담마 빠따까(논장)의 첫 번째 책인 담마상가니(法集論)에 대한 붓다 고샤의 주석), Mrs. Rhys Davids 편, Pali Text Society(팔리 불경 번역회), 번역 시리즈 8(특별 간행물(별도구매)), 1. London : Oxford University Press for the Pali Text Society, 1920?

Pigeaud, Th. G. Th. *Literature of Java*(자바 문학). Catalogue raisonné of Javanese Manuscripts in the Library of the University of Leiden and Other Public

Collections in the Netherlands(네덜란드 라이덴 대학 도서관과 네덜란드 공공 컬렉션의 자바어 원고 분류정리). 전 3권. KITLV. Leiden. The Hague : Martinus Nijhoff, 1967-1970.

Poerbatjaraka (Lesya), R. Ng., 편. "[Kaṇva] Arjuna-wiwāha(아르주나와 [깡와]의 결혼)." *Bijdragen tot de Taal-, Land-en Volkenkunde van Nederlansch-Indië*(네덜란드령 인도의 언어 · 지역 · 민족학 기고문)82 (1926) : 181-305.

Poppe, Nicholas 역주. *The Twelve Deeds of Buddha : A Mongolian Version of the Lalitavistara*(부처12공덕경 : 방광대장엄경 몽골어 역본). Seattle : University of Washington Press, 1968; Wiesbaden : Harrassowitz, 1967 초판.

Poucha, Pavel. *Institutiones Linguae Tocharicae*(토카리어 규칙), pars I : *Thesauras Linguae Tocharicae Dialecti*(토카리어 방언 시소러스) A. Monografie Archivu Orientálního, 15. Prague : Státní Pedagogické Nakladatelství, 1955.

Radloff, Vasilii Vasil'evich 역. *Das Goldglanz-Sūtra*(금광명경). S. Malov 편, Bibliotheca Buddhica, 27. Leningrad : Academy of Science, 1930; Osnabrück : Biblio Verlag, 1970 재출간.

______. *Versuch eines Wörterbuches der Türk-dialekte Südsibiriens*(남시베리아 터키어 방언 사전 시안). St. Petersburg : Commissionnaires de l'Académie impériale des sciences, 1888-1911.

Radlov', V. V. · S. E. Malov' 편. *Suvarṇaprabhāsa*(금광명경)[Uighur Text]. 전 8권. Bibliotheca Buddhica, 17. Osnabrück : Biblio Verlag, 1970; 1913-1917본의 재판.

Ratnachandraji. *An Illustrated Ardha-Magadhi Dictionary*(도해본 안드라-마가디 사전). 전 5권. By the Resident G. Secretaries and others for the S. Sthanakwasi Jaina Conference(총대총독 총비서 등이 S. Sthanakwasi Jaina Conference를 위하여 편찬). London : Probsthain, 1923-1938.

Renou, Louis 역. *La grammaire de Pāṇini*(빠니니의 문법). 전 3권. Paris : C. Klincksieck, 1947-1954.

Rhys Davids, Mrs. (Caroline Augusta [Foley]) 역. *Psalms of the Early Buddhists-II. Psalms of the Brethren*(초기 불교도들의 찬송 2. 형제 신도들의 찬송). London : Henry Frowde for the Pali Text Society, 1913.

Rhys Davids, Thomas William 역. *Buddhist Birth Stories : or, Jātaka Tales*(부처의 탄생이야기 : 자따까). 권1. London : Trübner, 1880.

Rhys Davids, Thomas W. · C. A. F. Rhys Davids 역. *Dialogues of the Buddha [Dīgha Nikāya]*(붓다의 대화[디가-니까야]). 전 4권. London : Humphrey Milford and H. Frowde for Oxford University Press, 1899-1921; 1923 재판.

Rhys Davids, Thomas W. · J. E. Carpenter 편. *The Dīghanikāya*(디가니까야). 전 3권. London : H. Frowde for the Pali Text Society, 1890-1911.

Rhys Davids, T. W. · William Stede 편. *The Pali Text Society's Pali-English Dictionary*(빨리 불경 번역회의 빨리어-영어 사전). Chipstead, Surrey : Pali Text Society, 1925.

Rōy, Pratāpa Chandra 역. *The Mahābhārata*(마하바라따). Book 12, 권 2. Calcutta; Bhārata Press, 1891.

Sastri, Panditabhushana V. · Vidwan M. Ramakrishna Bhat 역주. *Varahamihira's Brihat Samhita*(바라하미하라의 브리하뜨 삼히따). Bangalore : V. B. Soobbiah, 1947.

Sen, Rajendra Nath 역. *The Brahma-vaivarta Puranam*(브라흐마-바이와르따 뿌라남). 전 2권. Allahabad : Panini Office, 1920-1922; New York : AMS Press, 1974.

Senart. É. 편. *Le Mahâvastu*(大事). 전 3권. Paris : l'Imprimerie Nationale, 1882-1897.

Shamasastry, R. 역. *Kauṭilya's Arthaśāstra*(까우띨리야의 政事論). Mysore : Mysore Printing and Publishing House, 1961, 제7판; 1915 초판.

Sharma, Sudarshan Kumar 편역. *Dutavakyam : A Sanskrit One-Act Play of Bhasa*(두따와끼얌 : 바사의 산스끄리뜨어 단막극). Jullundur and Delhi : Raj, 1964.

Sieg, Emil · W. Siegling. *Tokharische Sprachreste*(현존하는 토카라어 자료). 권 1. Berlin and Leipzig : W. de Gruyter, 1921.

Stchoupak, Nadine 역주. *Uttararāmacarita*(*La Dernière Aventure de Rāma*)(웃따라라마짜리따(라마의 마지막 모험)). Paris : Société d'édition "Les Belles Lettres," 1935.

Steinglass, F. 편. *Persian-English Dictionary*(페르시아어-영어 사전). London : Routledge and Kegan Paul, 1892.

Subramanyan, Ka. Naa. 역. *The Anklet Story : Silappadhikaaram of Ilango Adigal*(발찌이야기 : 시인 일랑고 아디갈의 실라빠디까아람). Delhi : Agam Prak, 1977.

Sūri, Somadeva (10세기). *Nītivākyāmrtam*(니띠와끼얌르탐). 전 2권. Mānikacandra Digambara Jaina Granthamālā, 22, 34. Bombay : Pannālāla Sonī, 1923, 1933.

Takakusu, J. · Makoto Nagai 편. *Samantapāsādikā : Buddhaghosa's Commentary on the Vinaya Pitaka*(사만따-빠사디까 : 율장에 대한 붓다 고샤의 주석). 권6. London : Pali Text Society, 1947.

Tawney, C. H. 역. *The Prabandhacintāmaṇi or Wishing-Stone of Narratives*(쁘라반다찐따마니, 소원을 들어주는 돌 이야기). Bibliotheca Indica, 뉴 시리즈 931, 950, 956. Calcutta : Asiatic Society, 1899-1901.

Tekin, Şinasi 역. *Die Kapitel über die Bewusstseinslehre im uigurischen Goldglanzsūtra* (IX. und X.)(위구르어본 금광명경 가운데 意識論 부분(9,10품)). K. Röhrborn · P. Schulz 편, Veröffentlichungen der Societas Uralo-Altaica(우랄 알타이학회 간행

물), 3. Wiesbaden : Otto Harrassowitz, 1971.
______ 편역. *Maitrisimit nom bitig. Die uigurische Übersetzung eines Werkes der buddhistischen Vaibhāṣika-Schule*(미륵회견기, 불교 毘婆娑論(說一切有部)경전의 위구르어 번역). 전 2권. Schriften zur Geschichte und Kultur des alten Orients(고대 동양의 역사와 문화에 대한 논저). Akademie der Wissenschaften der DDR Zentralinstitut für alte Geschichte und Archäologie(동독 과학아카데미 고고학 고대사 중앙연구원). Berliner Turfantexte IX. Berlin : Akademie Verlag, 1980.
Tezcan, Semih 편역. *Das uigurische Insadi-Sūtra*(위구르어 Insadi경). 도판 69장 포함. Schriften sur Geschichte und Kultur des alten Orients(고대 동양의 역사와 문화에 대한 논저), 6. Berliner Turfantexte III.6. Akademie der Wissenschaften der DDR Zentralinstitut für alte Geschichte und Archäologie(동독 과학아카데미 고고학 고대사 중앙연구원). Berlin : Akademie-Verlag, 1974.
Tjan Tjoe Siem [Tseng Chu-sen] 편역. "Hoe Koeroepati zich zijn Vrouw Verwerft(꼬에로에 빠띠는 어떻게 그의 여인을 얻었는가?)." Thesis, Leiden, 1938.
Trenckner, V. 등편. *A Critical Pāli Dictionary*(필수 빨리어 사전). Copenhagen : Munksgaard, 작업 진행 중.
Ui Hakuju, Munetada Suzuki, Yenshō Kanakura, Tōkan Tada. *A Complete Catalogue of the Tibetan Buddhist Canons (Bkaḥ-ḥgyur and Bstan-ḥgyur), Sde-dge*(西藏大藏經總目錄(깐주르, 딴주르), 세르게). 전 2권. Sendai : Tōhoku Imperial University(仙台 : 東北帝国大学), 1934.
Upadhye, A. N. 편. *Uddyotana-Sūri's Kuvalayamālā*(웃띠요따나-수리의 꾸왈라야말라). (A Unique Campū in Prakrit)(운문과 산문 혼합된 독특한 장르 쁘라끄리뜨어). Sindhi Jain Granthanmālā, 45-46. 전 2권. Bombay : Bharatiya Vidya Bhavan, 1959-1970.
Vaidya, P. L. *Lalita-vistara*(방광대장엄경). Buddhist Sanskrit Texts, 1. Darbhanga : Mithila Institute of Post-Graduate Studies and Research in Sanskrit Learning, 1958.
van Buitenen, J. A. B. 역. *Two Plays of Ancient India : The Little Clay Cart, The Minister's Seal*(고대인도의 두 연극 : 귀여운 진흙수레, 장관의 인장). New York and London : Columbia University Press, 1968.
van Windekens, A. J. *Lexique étymologique des dialectes tokhariens*(토카라 방언 어원 사전). Universiteit te Leuven, Instituut voor Oriëntalisme(루벵대학 동양학 연구소). Bibliothèque du Muséon, 11. Louvain : Bureaux du Muséon, 1941.
Vasu, Śrīśa Chandra 편역. *The Ashtāhāyī of Pānini*(빠니니의 八章書). 전 2권. Varanasi : Motilal Banarsidass, 1962 : 1891 초판.

von Gabain, Annemarie. *Alttürkische Grammatik*(고 터키어의 문법). Leipzig : Otto Harrassowitz, 1950.

______. "Briefe der Uigurischen Hüen-tsang Biographie(위구르어 현장전에 대하여)." *SPAW* 29 (1938) : 371-415, 도판 1장 포함.

______ 편. Helmuth Scheel 서언. *Maitrisimit : Faksimile der alttürkischen Version eines Werkes der buddhistischen Vaibhāśika-Schule*(미륵회견기 : 불교 毘婆娑論(說一切有部)경전의 고 터키어 역본). 전 2권. Wiesbaden : Franz Steiner, 1957, 1961.

______. "Turkische Turfan-texte(터키어-투루판 문헌) Ⅷ." *ADAWB* 7 (1952), 도판 2장 포함. Berlin : Akademie Verlag, 1954.

______. "Die uigurische Übersetzung der Biographie Hüen-tsangs(현장전의 위구르어 역본) : I. Bruchstücke des 5. Kapitels." *SPAW* 7 (1935) : 151-180.

von Gabain, Annemarie, Tadeusz Kowalski, 편. "Turkische Turfantexte X : Das Avadāna des Dämons Āṭavaka(터키어-투루판 문헌 10 : 괴물 아따와까 설화(아와다나))." *ADAWB* 1 (1958). Berlin : Akademie Verlag, 1959.

Wogihara Unrai [Ogiwara Unrai] 荻原雲來・Tsuji Naoshiro 辻直四郎, 편. *Kan'yaku taishō Bon-wa daijiten* (*Sanskrit-Japanese Dictionary* [*with Parallel chinese Translations*]) (漢譯對照) 梵和大辭典. Taipei : Hsin wen feng ch'u-pan-she(台北 : 新文豐出版社), 1979. Tokyo : Suzuki Gakujutsu Zaidan(鈴木学術財団), 1968의 재판.

Woodward, F. L. 역. *The Book of the Kindred Sayings* (Saŋyutta-Nikāya)(相應部(상윳따-니까야)). Mrs. Rhys Davids 편, Pali Text Society(빨리 불경 번역회), 번역시리즈 13(특별 간행물(별도구매))(extra subscription).

London : Oxford University Press for the Pali Text Society, [1924?].

______ 편. *Sārattha-Ppakāsinī, Buddhaghosa's Commentary on the Saŋyutta-nikāya*(사랏타-빠까시니, 상응부에 대한 붓다고사의 해설). 전 3권. London : Humphrey Milford, Oxford University Press for the Pali Text Society, 1929-1937.

6. 근동, 중동의 문헌, 번역본, 사전

And, Metin. *Dünyada ve Bizde : Gölge Oyunn*(세계와 우리 : 그림자 연극). Ankara : İŞ Bankasi Kültür Yayinlari, 1977.

Clauson, Gerard. *An Etymological Dictionary of Pre-Thirteenth-Century Turkish*(13세기 이전 터키어 어원사전). Oxford : Clarendon Press, 1972.

Evliyā, Efendi (1611-1660 경). *Narrative of Travels in Europe, Asia, and Africa, in the Seventeenth Century*(17세기 유럽, 아시아, 그리고 아프리카 여행기). Ritter Joseph von Hammer가 터키어를 번역함. 런던 : Oriental translation fund of Great Britain and Ireland(영국과 아일랜드 동양번역기금)을 위해서 출간; W. H. Allen, and Co.에서 보급, 1834-1846; 1846-1850. New York : Johnson, 1968 재출간.

Lane, Edward William. *An Arabic-English Lexicon*(아랍어-영어사전(전 8권)). Beirut : Librairie du Liban, 1968, London : Williams and Norgate, 1872의 재출간.

Steinglass, F. *A Comprehensive Persian-English Dictionary*(페르시아어-영어 종합사전). London : Routledge and Kegan Paul, 1957; 제4쇄.

Vullers, Johann August. *Lexicon Persico-Latinum Etymologicum*(페르시아어-라틴어 어원사전). 전 2권. 부록 1권 추가. Bonnae ad Rhenum : Impensis Adolphi Marci, 1855-1864; 부록은 1867.

Wehr, Hans. *A Dictionary of Modern Written Arabic*(현대 아랍어 서면어 사전). 제3판. J. Milton Cowan 편, Ithaca, New York : Spoken Language Services, 1971. 원래 1952년 독일에서 출간.

Zenker, Julius Theodor. *Türkisch-Arabisch-Persisches Handwörterbuch*(터키어-아랍어-페르시아어 소사전). Hildesheim : Georg Olms, 1976; 1876년 본의 재출간.

7. 영화, 공연, 강좌, 미출간 원고, 개인 서신

Barat, Kahar. "Hui-he-wen liang-chien" [Two Old Uighur fragments(두 건의 위구르어 문건)] 回鶻文兩件. 돈황, 투루판학 학술대회에서 발표된 논문, Urumchi, Sinkiang. 1985.8.

Ben-Amos, Dan. Bibliography of studies dealing with the relationship between texts and images(1980)(텍스트와 그림자료의 관계를 다룬 연구의 서지사항).

Botsford, A. "The Inter-Relationship of Traditional Picture Storytelling Methods and Shadow Puppetry(전통적인 그림 이야기 구연 방식과 그림자 인형극의 상호 관계)." Paper presented at University of California at Los Angeles. 1976.5.

Chung Yoo-jin[singer(창)], Gregory Pai[drummer(고수)]. "A Concert of Korean Traditional Music including The Sanjo for Kayakeum and P'ansori[Narrative Song(한국 국악 가야금 산조와 판소리 공연)]." Harvard University Music Department, Paine Hall. 1974.2.27.

Crawford, Bill. "The Tamil Cinema and the Plays of the Tamil Nātu Nāṭaka Naṭikar Cañkam(따밀 영화와 따밀 Nātu Nāṭaka Naṭikar Cañkam의 연극)." Cambridge, Massachusetts : Unpublished paper presented at Harvard University based on field work carried out in Madurai during the year 1976-1977(1976년에서 1977년 사이에 마두라이에서 진행된 현장조사에 기초하여, 1977년 3월에 하버드대학에서 발표한 논문(미출간)). 1977.3.

[Ferguson, Henry, Joan Ferguson]. "Textiles that Tell a Story(이야기를 전달해주는 천)." Thompson, Connecticut : InterCulture Associates, 출판일 불명. 팸플릿.

Frasca, Richard A. "Ritual Theater of Tamil India(인도 따밀의 의례 연극)." A Videotape presentation and lecture-demonstration on the Terukkūttu, folk theater of Tamilnadu. University of Pennsylvania Department of South Asia Regional Studies. 1988년 4월 13일(따밀나두의 민간연극인 떼룩꿋뚜의 비디오 테이프 방영과 강좌 시연. 펜실베이니아 대학 남아시아학과에서 1988년 4월 13에 행해짐).

Gunardjo, Bambang. Meeting with author at Amherst College on December 13, 1976(1976년 12월 13일 암허스트 대학에서 저자와의 만남).

Hanan, Patrick. Letter to author, September 28, 1982(1982년 9월 28일 저자에게 쓴 편지).

Hartkamp-Jonxis, Ebeltje, Joseph C. Miller, Jr., John D. Smith, Ernst van de Wetering. "Pābūjī's Par : Essays on an Indian Cloth-Painting and Its Function in an Oral Tradition(빠부지 빠르 : 인도의 천-그림의 구연 전통에서의 기능)."

Heston, Wilma. Letter to author, July 26, 1984(1984년 7월 26일 저자에게 쓴 편지).

Kale, Pramod. "The Folk Arts of Pinguli(삥굴리의 민가예술)." Privately produced film(1980?)(비공개 공연 필름).

______. Letter to author, April 6, 1981(1981년 4월 6일 저자에게 쓴 편지).

Keeler, Ward. "Disconnecting Wayang(와양과의 단절)"(미출간 원고). 출판사, 출판일 불명.

Koenen, L. "Manichaean Apocalypticism at the Crossroads of Iranian, Egyptian, Jewish, and Christian Thought(이란, 이집트, 유태 그리고 기독교 사상의 교착점에서의 마니교 계시사상)." Lecture, University of Pennsylvania, 1985년 11월 14일.

Kuan Te-tung. Letter to author, March 14, 1985(1985년 3월 14일 저자에게 쓴 편지).

Kuo Chih-lüeh 郭智略 등. "Wang Tso tuan pi" [Wang Tso cuts off his arm] 王佐斷臂. Recording of Ch'ao-chou Opera 潮劇. Hong Kong : Art-Tune Company 藝聲唱片公司, 출판일 불명. No. AC-786.

Miller, Joseph C., Jr. 다양한 주제에 걸친 저자와의 폭넓은 논의, 최근에는 1984년 12월 30일과 1985년 1월 22일에 있었다.

______. "Oral Literature of India : An Exhibition of Pictorial Media Used in Narrative Recitations(인도의 구비문학 : 이야기 구연에 사용된 매체로서의 그림 전시회)"란 제목으로 1978년 2월 14일부터 4월 9일까지 펜실베이니아대학 Van Pelt Library에

서 열렸던 전시회 노트.
______. "The Performance of Pābūjī's par(빠부지 빠르의 공연)." 미출간 원고, 1980.
______. "The Rājasthānī par-Painting Tradition(라자스탄 빠르-그림 전통)." A film sponsored by the Central Research Laboratory for Objects of Art and Science (예술 과학의 결과물 중앙 연구실험실 후원을 받는 영화). 출판일 불명.
______. "The Structure and Social Significance of a Multi-channeled Epic Recitation Performance of Rājasthān, India : The Epic Recitation of the Par-painting of Devnārāyan(인도 라자스탄 다중 경로 서사 구연 공연의 구조적, 사회적 의미 : 데와 나라얀 빠르-그림의 서사 구연)." 1977년 Social Science Research Council의 International Doctoral Research Fellowships에 제출한 제안서.
______. "The Three Principal Ways the Epic of the Twenty-Four Bagaravat Brothers and Lord Devanarayan Is Performed(바가라와뜨 24형제와 데브나라얀 신 이야기를 공연하는 세 가지 주요 방식)." 미출간 원고, 1982(?).
______. Videotape of a par performance(빠르 공연 비디오 테이프)(April 1982).
Miller, Joseph C., Jr., 전사자이자 번역자로서 Bhoju Ram Gujar, Nathu Nath, John D. Smith의 도움을 받음. "The Epic of the Twenty-Four Bagaravat Brothers and Lord Devanarayan(바가라와뜨 24형제와 데브나라얀 신 이야기)." Ramanarayan Litarya Gujar의 노래와 구연. Gordhan Bhaler Gujar 보조. 제3 개정판, 1983.1.27. 미출간 번역 원고.
Molan, Peter, Letter to author, August 16, 1984(1984년 8월 16일 저자에게 쓴 편지).
Moran, Robert[puppeteer(꼭두각시인형 조종)], Joseph Kubera[piano(피아노)], Donald Case[projectionist(조명담당)]. "An Evening of Shadow Puppet Theater(그림자 인형 연극의 밤)." Harvard University Music Department, Paine Hall. 1977.4.28.
Nattier-Barbaro, Jan. "On Some Uses of the Maitreya Myth in Central Asia(중앙아시아에서의 미륵신화의 활용)." 하버드대학에서 1978년 1월에 발표된 원고(미출간).
Parker, Harrison. Private wayang (various types) collection at Singing Brook Farm, Hawley, Massachusetts(메사추세츠 주 홀리타운 싱잉 브룩 팜의 개인소장 와양 컬렉션(다양한 유형)).
Raducha, Joan A. "The Narrative Tradition in Mathurā Art(마투라 예술의 서사전통)." 1981년 위스콘신대학에서 발표된 미출간 원고.
Reed, Larry. Wayang Kulit performances at South House, Harvard College, October 25, 1976(1976년 10월 25일 하버드 칼리지 사우스 하우스의 와양 쿨리트 공연), Lang Hall, Swarthmore College, March 3, 1985(1985년 3월 3일 스왓모어 칼리지 랭 홀의 공연).

Ruch, Barbara. Letter to author, November 7, 1978(1978년 11월 7일 저자에게 쓴 편지).

______. "The Religious Picture Scroll in the Development of Medieval Japanese Fiction(중세 일본 소설 발전에서의 종교 그림 두루마리)." Unpublished manuscript(미출간 원고), 출판일 불명.

______. Talk given at the Seminar for High and Popular Culture, Harvard University, November 20, 1978(1978년 11월 20일 하버드 대학 고급, 대중 강좌에서의 강연).

Seaman, Gary. The Chinese Cult of the Dead(중국인들의 사자에 대한 제의), a series of films. Cedar Park, Texas : Far Eastern Audio Visuals, 1977.

______. Letters to author, August 3, 1978, and August 5, 1984(1978년 8월 3일과 1984년 8월 5일 저자에게 쓴 편지).

Smith, John D. Letter to author, July 19, 1978(1978년 7월 19일 저자에게 쓴 편지).

Subandono, D. Ch. Letters to author, March 22, 1977, and June 5, 1977, from Solo, Java(1977년 3월 22일과 1977년 6월 5일 자바 솔로에서 저자에게 쓴 편지).

Tekin, Şinasi. Letters to author, May 27, 1978, and September 25, 1981(1978년 5월 27일과 1981년 9월 25일 저자에게 쓴 편지).

Utz, David A. "Two Parthian Words in the Chinese Manichaean Tradition(중국 마니교 전통에 보이는 두 개의 파르티아어 단어)." Unpublished paper presented at the University of Pennsylvania (1985?)(펜실베이니아 대학에서 행해진 강연의 미출간 원고).

Wibisono, Singgih. Interview with Bill Crawford and Diana Borden(빌 크로포드와 다이아나 보든이 진행한 인터뷰), Indonesia, 1977.

8. 미확인 논문, 저서*

Akiyama Terukazu 秋山光和. "Henbun to emaki-Perio shōraibon gōmahen zukan ni tsuite[Pien-wen and picture-scrolls-on the illustrated scroll of the subduing of demons retrieved by Paul Pelliot(변문과 에마끼-펠리오 복원본 항마변 그림 두루마리에 관하여)]" 變文と繪卷-ペリオ將來本降魔變圖卷について. Bunkashi kondan kaihō[Bulletin of the cultural history discus-sion group] 文化史懇談會報 32 (1955).

* 이 코너에서는 논저의 제목이 이 책의 주제와 관련이 있어 보이거나, 다른 참고문헌을 통해서 본서의 주제와 관련이 있는 것으로 생각되는 리스트들을 모았다. 독자들은 이 코너에서 제시되는 서지사항은 매우 다양한 소스를 통하여 이루어진 것이며 따라서 백 퍼센트 확신할 수 없으며 불완전할 수도 있다는 것을 염두에 두기 바란다. 이 코너의 일부 항목은 앞서 정리한 본서의 참고문헌에 나오는 논저의 참고문헌을 통해서 수집되었음을 밝히고자 한다.

Bhānāvat, Mahendra. *Rāmdala kī Par*. Udaipur : Bhārtīya Lok Kalā Maṇḍal, 1968.

Hirooka Jōsen 廣岡城泉. "Jōdo henso kō" [An examination of Pure Land pien-hsiang(정토 변상 고찰)] 淨土變相考. Shinkō[New Change] 新更 5, 3 (1934).

Koentjaraningrat, Raden Mas 편. *Tari dan Kesusasteraan di Djawa*(*Dance and Literature in Java*(자바의 무용과 문학)). Published in connection with the Ⅷ-th anniversary of Javanese Dance Institute(자바 무용 협회 8주년 기념호), Indonesia Tunggal Irama (INTI). Jogjakarta : Taman-Siswa, 1959.

Kramrisch, Stella, J. H. Cousins, R. Vasudeva Poduval. *The Arts and Crafts of Kerala*(케랄라의 예술과 공예). Cochin, 출판일 불명.

Kure, B. *The Historical Development of the Marionette Theatre in Japan*(일본 꼭두각시의 역사적 발전). New York : Columbia University Printing Office, 1920.

Levinson, André. "Javanese Dancing(자바의 무용)." *Theatre Arts Monthly* 14 (1930.12) : 1056-1065.

Oetoyo, Raden Mas. "Beantwoording der vragen, gesteld door Mr. L. Serrurier, over de verschillende soorten wajangs in de afd. Batang, res. Pekalongan[Answers to the Questions Asked by Mr. L. Serrurier concerning the various Types of Wayang in the Batang District, Pekalongan Residency(Pekalongan Residency Batang District의 다양한 유형의 와양과 관련된 Mr. L. Serrurier의 질문에 대한 답변)]." *Tijdschrift voor het Binnenlandsch Bestuur* 10 (1895) : 361-406.

Perumal, Sakti. "Origin and Growth of Tamil Drama(따밀 연극의 기원과 발전)." University of Madurai 박사학위논문, 1976.

Radhakrishnan, J. "The Development of Drama and Stage in Indonesia(인도네시아의 연극과 무대의 발전)." *Indonesian Spectator* 11(1958.11.1) : 15-16.

Rassers, W. H. *Bydrage tot de kennis van het Javaansche tooneel*(자바 풍광 안내). Leiden : Brill, 1920(?).

Subandono, D. Ch. "The Enduring Traditional Wayang Beber Theater in the Southern Mountains of Central Java(중앙 자바 남부 산악지대의 전통적인 와양 베베르)." Thesis[Indonesian?(인도네시아어)].

Tekin, Şinasi, 위구르어에서 현대 터키어로 편역. *Maytrisimit*(미륵). 전 2권. Ankara, 1976. 베를린에서 독일어본도 출간 (q. v.).

Tolstov, S. P., B. A. Litvinsky, B. Ya. Stavisky, A. M. Belenitsy, L. I. Albaum, M. I. Vorobyeva-Desyatovskaya. *India in Antiquity*(고대 인도). Moscow, 1964.

van Lelyveld, Theodore Bernard. *La danse dans le théâtre javanais*(자바 연극에서의 무용). Paris : Floury, 1931.

삽화 출처(Illustration Credits)

Cover illustration : Courtesy of *Marg*, vol.36, no.3; photograph by Saryu Doshi; collection of Shri Digambara Jain Atishaya Kshetra (Shri Mahavirji). Jaipur.
표지 삽화 : *Marg*, 3권 3호 제공; 사리유 도쉬 촬영; 쉬리 디감바라 자인 아띠샤야 끄쉐뜨라(쉬리 마하위르지) 컬렉션. 자이뿌르.

Frontispiece : Reproduced by permission from Archives Internationales d'Ethnographie.
속표지 : 국제 민족지학 문서 보관소의 허가를 받고서 복사.

Figures 2, 3, 4, 5, 6, 7, and Color Plate 5 : Courtesy of Joseph C. Miller, Jr.
그림 2, 3, 4, 5, 6, 7 및 컬러도판 5 : 조셉 C. 밀러, 주니어 제공.

Figure 9 : Reproduced by permission from Wang Yuyi, *Chiu-ching feng-su pai t'u.* ⓒ Joint Publishing Co., 1984, 9 Queen Victoria Street, Hong Kong.
그림 9 : 王羽儀,『舊京風俗百圖』(홍콩 삼련서점 판권 소유, 1984, 9 Queen Victoria Street, Hong Kong) 허가를 받고서 복사.

Figures 11b, 28, 29, 31, 33, 38, 44, 45, 48, 51, 54, 56, 58, 61, 65, 70, 71 : Reproduced by permission from H. D. Zimmermann, *Lechzend nach Tyrannenblut.* ⓒ Gebr. Mann Verlag, Berlin.
그림 11b, 28, 29, 31, 33, 38, 44, 45, 48, 51, 54, 56, 58, 61, 65, 70, 71 : H. D. 짐머만, 『폭군 기질을 위한 그림』(베를린의 Grbr. Mann Verlag 출판사 판권 보유) 허가를 받고서 복사.

Figures 12, 32, 34 : Reproduced by permission of the publishers from R. W. Brednich, "Zur Vorgeschichte des Bänkelsangs," *Jahrbuch des Osterreichisches Volksliedwerk.* Vienna.
그림 12, 32, 34 : R. W. 브레드니히, 「밴클장의 초기 역사」(『오스트리아 민요 연구 연감』, 비엔나)의 출판사로부터 허락을 받고서 복사.

Figures 15, 27, 36, 43, 46, 50, 57, 62, 74, 75, 77, 78, 79, 80, 81, 82, and color plates 2, 4 : Reproduced by permission from Ulrike Eichler, *Bänkelsang und Moritat*, Ausstellung der Staatsgalerie Stuttgart, Graphische Sammlung, 14 June-24 August 1975. Staatsgalerie,

Stuttgart.
그림 15, 27, 36, 43, 46, 50, 57, 62, 74, 75, 77, 78, 79, 80, 81, 82 및 컬러도판 2, 4 : 울리크 아이쉴러, 『밴클장과 모리타트』, 슈투트가르트 주립 갤러리 전시회, 그림 예술 컬렉션, 1975.6.14-8.24의 허가를 받고서 복사.

Figure 39 : Reproduced from Fitz Brüggemann, *Bänkelgesang und Singspiel vor Goethe*, courtesy of Philipp Reclam Jun. GmbH & Co., Stuttgart.
그림 39 : 슈투트가르트의 Philipp Reclam Jun. GmbH & Co.의 허락을 받고서 피츠 브뤼거만, 『괴테 이전의 독일 이야기 구연 밴클장과 음악극 싱스피엘』에서 복사.

Figure 41 : Reproduced by permission of the publishers from David Kunzle, *The Early Comic Strip*, vol. 1. University of California Press.
그림 41 : 데이비드 쿤즐, 『초기의 코믹 만화』 권1, 캘리포니아 대학 출판부의 출판인으로 부터 허가를 받고서 복사.

Figures 52, 64, 83 : Reproduced by permission from Hans Adolf Neunzig, *Das illustrirte Moritaten-Lesebuch*. ⓒ by Nymphenburger Verlagshandlung München mit Genehmigung des Deutschen Volksliederarchiv in Freiburg im Breisgau 1973.
그림 52, 64, 83 : 한스 아돌프 누인지히, 『도해본 모리타트-독본』의 허락을 받고서 복사. 판권은 프라이부르크의 독일 민요 자료집 출판사의 허가를 받은 뮌헨의 님펜부르그 소유.

Plate I and Color Plate 1 : Courtesy of Bibliothèque Nationale, Paris.
도판 I, 컬러도판 1 : Bibliothèque Nationale, Paris 제공.

Plate Ⅲ : Reproduced by permission of the Metropolitan Museum of Art, New York. A. W. Bahr Collection, Purchase, Fletcher Fund, 1947.
도판 Ⅲ : 뉴욕의 메트로폴리탄 미술 박물관의 허가를 받고서 복사. A. W. 바르 콜렉션, 퍼처스, 플레춰 펀드, 1947.

Color Plate 6 : Courtesy of Kazuo Tokuda.
컬러도판 6 : 가즈오 도쿠다 제공.

Color Plates 7 and 8 : Courtesy of William L. Hanaway, Jr.
컬러도판 7 및 8 : 윌리엄 하나웨이 주니어 제공.

Color Plate 9 : One of a set of the hanging "Land and Water" scrolls used in conjunction with *pao-chüan* ("precious scroll") recitations in Ts'ang County, Hopei province. Courtesy of Li Shih-yü and Paul Cohen.
컬러도판 9 : 河北省 滄縣에서 공연된 水陸寶卷에서 사용된 걸개그림 시리즈 가운데 하나. 李世瑜와 폴 코헨 제공.

Plate X : From Sven Hedin, *Trans-Himalaya*, courtesy of Macmillan & Co., London.
도판 X : 스벤 헤딘의『히말라야를 넘어서』에서, Macmillan & Co., London 제공.

찾아보기

ㄱ

ㄴ

ㄷ

ㄹ

ㅅ

ㅈ

ㅊ

ㅋ

ㅎ

기타